# Il faut qu'on parle
# de Kevin

Lionel Shriver

# Il faut qu'on parle de Kevin

*Traduit de l'américain*
*par Françoise Cartano*

ÉDITIONS FRANCE LOISIRS

Titre original : *WE NEED TO TALK ABOUT KEVIN*
Publié par Counterpoint, a member of the Perseus Books Group,
New York.

Édition du Club France Loisirs,
avec l'autorisation des Éditions Belfond

Éditions France Loisirs,
123, boulevard de Grenelle, Paris
www.franceloisirs.com

*Pour Terri,*
*Le scénario du pire,*
*auquel nous avons tous les deux échappé*

*C'est quand il le mérite le moins*
*qu'un enfant a besoin de votre amour.*

Erma BOMBECK

8 novembre 2000

*Cher Franklin,*

Je ne sais trop pour quelle raison un incident mineur survenu cet après-midi m'a poussée à t'écrire. Mais depuis que nous sommes séparés, ce qui me manque le plus est peut-être de pouvoir rentrer à la maison te livrer les curiosités narratives de ma journée, comme un chat déposerait des souris à tes pieds : menus et humbles tributs que s'offrent les couples après avoir chassé chacun dans son jardin. Si tu étais encore installé dans ma cuisine, en train de tartiner généreusement du beurre de cacahuète sur une tranche de pain Branola alors qu'il est presque l'heure de dîner, je n'aurais pas plus tôt déposé les sacs des courses, dont l'un laisse couler une espèce de liquide visqueux, que cette petite histoire sortirait, avant même la remarque

11

grondeuse pour te dire qu'il y a des pâtes au menu de ce soir, alors si tu pouvais éviter de manger ce sandwich en entier...

Au début, bien sûr, ce que je racontais avait la saveur de l'exotisme, Lisbonne, Katmandou. Mais personne n'aime écouter des récits de l'étranger, en fait, et j'ai bien discerné, sous ta politesse de circonstance, que tu avais une secrète préférence pour les anecdotes géographiquement plus proches : une rencontre extravagante avec un employé du péage du George Washington Bridge, par exemple. Les surprises du quotidien banal contribuaient à confirmer ton opinion selon laquelle tous mes voyages à l'étranger recelaient une sorte de supercherie. Mes souvenirs – un paquet de gaufrettes belges éventées, le mot *calembredaines* (pour dire foutaises !) – se paraient d'une magie qui n'était due qu'à la distance. Comme ces babioles qu'échangent les Japonais – dans une boîte à l'intérieur d'un sac à l'intérieur d'une boîte à l'intérieur d'un sac –, le lustre de mes cadeaux rapportés de contrées lointaines se limitait à l'emballage. Quel exploit considérable c'était, en regard, de s'enraciner dans la fadeur immuable de ce cher État de New York, et de gratter un instant de sensations fortes à l'occasion d'une expédition au Grand Union de Nyack !

Qui est justement le lieu où se déroule mon histoire. On dirait que j'apprends finalement ce que tu essayais toujours de m'enseigner, à savoir que mon propre pays est aussi exotique et dangereux que l'Algérie. J'étais au rayon crémerie et je n'avais pas besoin de grand-chose. Je ne mange plus de pâtes, désormais, sans toi pour liquider l'essentiel du plat. Ton bel appétit me manque.

Il m'est encore difficile de m'aventurer en public. On pourrait croire que, dans un pays aussi dépourvu de « sens de l'Histoire », comme le prétendent les Européens, j'allais pouvoir tabler sur la célèbre amnésie américaine. Je n'ai pas cette chance. Personne au sein de cette « communauté » ne montre le moindre signe d'oubli, après un an et huit mois – jour pour jour. Il faut donc que je m'arme de courage quand les provisions s'épuisent. Oh, pour les employées du 7-Eleven de Hopewell Street, j'ai perdu un peu de l'attrait de la nouveauté, et je peux prendre un demi-litre de lait sans me faire foudroyer du regard. Mais notre Grand Union traditionnel demeure une épreuve.

Je me sens toujours en situation irrégulière là-bas. Pour compenser, je me force à me tenir droite, à baisser les épaules. Je comprends maintenant l'expression « garder la tête haute », et il m'arrive d'être surprise par la transformation intérieure que peut procurer une certaine raideur dans l'attitude. Quand j'affiche physiquement de la fierté, je me sens un tout petit peu moins mortifiée.

Hésitant entre les œufs gros ou moyens, j'ai lorgné du côté des yaourts. À quelques pas de là, les cheveux d'un noir roussi d'une autre cliente avaient pris deux bons centimètres de blanc à la racine, et la frisure ne tenait plus que sur les pointes : une vieille permanente fatiguée. L'ensemble jupe et haut lavande avait peut-être connu des jours meilleurs, mais à présent le chemisier tirait aux emmanchures et le plissé ne servait qu'à souligner les hanches lourdes. Le tout avait besoin d'un coup de pressing, les épaules garnies d'épaulettes et légèrement passées portaient la trace d'un long séjour sur un cintre métallique. Un truc sorti du fin fond d'une penderie, ai-je diagnostiqué, ce qu'on décroche quand tout le reste est sale, ou chiffonné par terre. Elle a tourné la tête pour s'intéresser au fromage et j'ai remarqué le sillon d'un double menton.

N'essaie pas de deviner : impossible de la reconnaître dans ce portrait. Elle était jadis d'une minceur névrotique, toujours tirée à quatre épingles, impeccable comme un paquet-cadeau. Bien qu'il soit plus romantique de conjuguer le deuil avec l'extrême maigreur, j'imagine que les chocolats peuvent efficacement remplacer l'eau du robinet pour accompagner la détresse. Sans compter que certaines femmes font moins attention à leur silhouette et à leur tenue pour plaire à un mari que pour soutenir la comparaison avec leur fille, et, grâce à nous, cette motivation lui fait désormais défaut.

C'était Mary Woolford. Je n'en suis pas fière, mais je n'ai pas pu l'affronter. J'ai senti mes jambes se dérober. Mes mains sont devenues moites tandis que je tripotais la boîte en carton pour vérifier que les œufs n'étaient pas cassés. Je me suis composé le visage de la cliente qui se souvient brusquement qu'elle a oublié de prendre un article dans l'allée d'à côté, et j'ai réussi à poser les œufs sur le siège enfant du chariot sans me retourner. Détalant au nom de cette prétendue mission, j'ai abandonné le chariot dont les roues grinçaient. J'ai retrouvé mon souffle au rayon soupes.

J'aurais dû être préparée, et je le suis souvent – bouclier levé, sur le qui-vive, parfois inutilement d'ailleurs. Mais je ne peux pas franchir la porte en armure complète chaque fois que j'ai une petite course à faire, et d'ailleurs, quel mal pourrait me faire Mary à présent ? Elle a déjà mis le paquet en me traînant devant le tribunal. Pourtant, impossible d'empêcher mon cœur de s'emballer, impossible de retourner tout de suite au rayon crémerie, même après m'être rendu compte que j'avais oublié dans le chariot mon sac brodé rapporté d'Égypte avec mon portefeuille à l'intérieur.

C'est l'unique raison qui m'a retenue de quitter purement et simplement le Grand Union. Il me faudrait bien retourner récupérer mon sac, aussi ai-je médité un moment sur le velouté d'asperge Campbell's, en imaginant inutilement l'accablement de Warhol devant le nouveau packaging.

Quand je me suis risquée de nouveau au rayon crémerie, le champ était libre et j'ai pu empoigner mon chariot, incarnant brusquement la femme qui travaille et doit expédier les tâches domestiques en un temps record. Un rôle plutôt familier, a priori. Sauf que je ne me range plus sous cette étiquette depuis si longtemps que j'étais certaine que les gens faisant la queue aux caisses avaient interprété mon impatience, non pas comme les manières impérieuses du second salaire de la famille pour qui le temps est de l'argent, mais comme la panique moite d'une fugitive.

Lorsque j'ai sorti mes achats hétéroclites, la boîte à œufs était poisseuse, ce qui a incité la caissière à l'ouvrir. Ah. Mary Woolford m'avait finalement repérée.

« Les douze ! s'est exclamée la jeune fille. Je vais vous faire apporter une autre boîte. »

Je l'ai arrêtée dans son élan. « Non, non. Je suis pressée. Je les prends tels quels.

— Mais ils sont tous…

— Je les prends tels quels ! » Dans ce pays, il n'est pas de meilleur moyen de s'assurer la coopération des gens que d'avoir l'air un peu zinzin. Après avoir opportunément épongé le code barres avec un Kleenex, elle a passé les œufs sous le lecteur puis s'est essuyé les mains sur le mouchoir en papier, en écarquillant les yeux.

« *Khatchadourian* », a articulé la fille quand je lui ai tendu ma carte de paiement. À haute voix, comme si elle s'adressait à ceux qui attendaient derrière moi. On était en fin d'après-midi, en plein dans les horaires des boulots d'étudiants ; cette fille pouvait avoir dans les dix-sept ans, ce qui faisait d'elle une éventuelle camarade de classe de Kevin. Certes, il y a une demi-douzaine d'établissements scolaires dans le secteur, et sa famille arrivait peut-être tout juste de Californie. Mais à voir l'expression de son regard, ce n'était sans doute pas le cas. Elle m'a fixée durement : « C'est un nom inhabituel. »

Je ne sais pas ce qui m'a pris, mais je suis si fatiguée de toutes ces histoires ! Non que je n'éprouve aucune honte. Au contraire, je n'en peux plus de tant de honte, qui me colle à la peau comme un

16

film d'albumine. C'est une émotion qui ne mène à rien. « Je suis la seule Khatchadourian de l'État de New York », ai-je répondu avec mépris en récupérant ma carte. Elle a jeté mes œufs dans un sac, où ils ont coulé un peu plus.

À présent, donc, je suis à la maison – ou ce qui en tient lieu. Bien sûr tu ne connais pas l'endroit, alors, si tu veux bien, je vais te le décrire.

Tu serais sidéré. Entre autres parce que j'ai choisi de rester à Gladstone après avoir fait tout un pataquès à l'idée de partir habiter en banlieue. Mais j'ai pensé que je devais demeurer à proximité de Kevin. Et puis, j'ai beau aspirer à l'anonymat, je ne désire pas pour autant que mes voisins oublient qui je suis. Ce que je veux, toutes les villes ne peuvent pas l'offrir. Celle-ci est le seul endroit au monde où les ramifications de ma vie sont connues de l'intérieur, et pour moi il est maintenant moins important d'être appréciée que d'être comprise.

Le maigre pécule qui m'est resté après avoir réglé les avocats m'aurait permis d'acheter une petite maison, mais la précarité inhérente à la location était appropriée. Par ailleurs, vivre dans ce duplex de bric et de broc m'est apparu comme l'alliage de caractères semblables. Oh, tu serais horrifié ; l'ébénisterie en carton-pâte est un affront à la devise de ton père : « Tout est dans le matériau. » Mais c'est précisément cette qualité de trucs qui pendouillent qui me plaît.

Ici, tout est hasardeux. L'escalier raide qui monte à l'étage n'a pas de rampe, et l'ascension pour rejoindre mon lit s'en trouve épicée d'une sensation de vertige après trois verres de vin. Les planchers grincent, les fenêtres ne sont pas étanches, et tout dans ce lieu respire la fragilité et le manque de fiabilité, comme si l'ensemble de la construction pouvait, d'un instant à l'autre, disparaître à la façon d'une mauvaise idée. Fixées à un fil nu traversant le plafond et accrochées à un cintre rouillé, les minuscules ampoules halogènes du bas ont tendance à clignoter, et leur lumière vacillante contribue à la sensation de valse des jours avec et des jours sans qui caractérise ma nouvelle vie. Dans le même ordre d'idées, les entrailles de mon unique prise de téléphone sont à l'air ; ma connexion aléatoire au monde extérieur est suspendue à deux fils mal soudés, et elle est souvent rompue. Bien que le propriétaire m'ait promis une vraie cuisinière, je m'accommode du petit réchaud électrique – dont le voyant lumineux ne marche pas. La poignée intérieure de la porte d'entrée me reste régulièrement dans la main. Jusqu'à présent, j'ai réussi à la remettre, mais la vision d'une serrure sans poignée me met en agaçante sympathie avec ma mère : je ne peux pas sortir de la maison.

Je reconnais, aussi, une tendance marquée de mon duplex à l'exploitation optimale de ses possibilités. Le chauffage, faible, sort des radiateurs comme un souffle court et aigre, et bien qu'on soit seulement au début du mois de novembre, j'ai déjà poussé les thermostats au maximum. Quand je prends une douche, j'ouvre le robinet d'eau chaude au maximum, et je laisse le froid fermé ; la température me permet de ne pas grelotter, mais le fait de savoir qu'il n'y a aucune réserve ôte toute sérénité à mes ablutions. Le réfrigérateur est réglé au maximum, et le lait ne se garde que trois jours.

Quant à la décoration, son aspect caricatural convient bien à la situation. Le bas est barbouillé d'un jaune agressivement vif, les traces du rouleau passé au hasard sont aérées par les traînées blanches de la sous-couche d'apprêt, comme un gribouillis au crayon. En haut, les murs de ma chambre ont eu droit à un badigeonnage amateur fait à l'éponge dans les tons bleu-vert, évoquant les pochoirs d'école primaire. Cette petite maison est fragile – elle ne semble pas tout à fait *vraie*, Franklin. Et moi non plus.

Pourtant, j'espère sincèrement que tu n'es pas triste pour moi ; mon intention n'est pas de t'inspirer la pitié. J'aurais éventuellement pu trouver un logement plus royal, si tel avait été mon désir. Je me plais, ici, d'un certain point de vue. Ce n'est pas du sérieux, c'est un jouet. Je vis dans une maison de poupée. Même les meubles ne sont pas à la bonne échelle. La table du coin repas m'arrive à la poitrine, ce qui me donne l'impression d'être une gosse, et la petite table de chevet, sur laquelle j'ai posé ce portable, est beaucoup trop basse pour taper – à la bonne hauteur, en revanche, pour servir des biscuits à la noix de coco et du jus d'ananas dans un jardin d'enfants.

Peut-être cette atmosphère juvénile, de guingois, explique-t-elle un peu pourquoi, hier, je n'ai pas voté à l'élection présidentielle. J'ai tout simplement oublié. Tout ce qui se passe autour de moi me paraît si lointain. À présent, au lieu de servir de puissant contrepoint à la discontinuité de ma vie, le pays semble m'avoir rejointe dans le royaume de ce qui n'appartient pas au réel. Les votes sont dépouillés. Mais, comme dans un conte de Kafka, personne ne semble savoir qui a gagné.

Et puis j'ai cette douzaine d'œufs – ou ce qu'il en reste. J'ai transvasé ce que j'ai pu dans un bol et retiré les bouts de coquille. Si tu étais là, je nous préparerais peut-être une bonne omelette, avec des dés de pommes de terre, un peu de coriandre et une cuiller à café de sucre, le secret de la réussite. Seule, je vais tout verser dans une poêle, battre, et manger sans plaisir. Mais manger tout de même. Quelque chose dans le geste de Mary possédait, confusément, une certaine élégance.

J'ai commencé par faire un rejet de la nourriture. Quand j'allais rendre visite à ma mère, à Racine, je devenais verte devant ses *dolmas*, alors qu'elle avait passé la journée entière à blanchir des feuilles de vigne et à rouler la farce d'agneau et de riz en petits paquets impeccables ; je lui rappelais qu'elle pouvait les congeler. À Manhattan, quand je passais devant le deli de la 57ᵉ Rue, en me rendant à pied au cabinet de Mᵉ Harvey, l'odeur poivrée du gras de pastrami me soulevait le cœur. Mais la nausée est passée, et je l'ai regrettée. Lorsque, après quatre ou cinq mois, j'ai de nouveau ressenti la faim – une faim de loup, pour tout dire –, l'envie de manger m'a paru inconvenante. J'ai donc continué à jouer le rôle de la femme qui n'a plus aucun appétit.

Au bout d'un an, cependant, j'ai bien dû admettre que je faisais ce cinéma en pure perte. Si je devenais cadavérique, personne ne s'en soucierait. Je m'attendais à quoi ? À ce que tu enserres ma cage thoracique entre ces mains gigantesques servant à mesurer les chevaux, et que tu me soulèves de terre avec ce reproche grave que toute femme occidentale rêve secrètement de mériter : « Tu es trop maigre » ?

Désormais donc, je mange un croissant avec mon café chaque matin, et j'humecte le bout de mon index pour attraper jusqu'à la dernière miette. Hacher méthodiquement du chou meuble une partie de ces longues soirées. J'ai même décliné, une ou deux fois, les quelques invitations qui font encore sonner mon téléphone, généralement des amis étrangers qui envoient des mails de temps à autre, mais que je n'ai pas vus depuis des années. Surtout s'ils ne sont pas au courant, et je le sais toujours : les candides ont des accents trop enthousiastes ; les initiés commencent par un bégaiement compassé et une voix basse aux relents d'encens. Manifestement, je n'ai pas envie de débiter l'histoire. Pas plus que je ne cours après la commisération d'amies qui *ne trouvent pas les mots*, et qui comptent donc sur mes aveux complets en guise de conversation. Mais ce qui me pousse vraiment à invoquer le surmenage, c'est ma terreur à l'idée que nous allons commander une salade chacune, et l'addition arrivera, il ne sera que huit heures et demie ou neuf heures du soir, et je regagnerai mon minuscule duplex où je n'aurai rien à hacher.

Il est drôle qu'après tant de temps par monts et par vaux pour *A Wing and a Prayer* – un restaurant différent tous les soirs, où les serveurs parlaient espagnol ou thaï et où la carte proposait du *ceviche* ou du chien – je me sois installée dans cette routine sévère. C'est horrible, mais je me fais penser à ma mère. Je suis cependant incapable de rompre ce schéma strict (carré de fromage ou six-sept olives ; blanc de poulet, côtelette ou omelette ; légumes chauds ; un biscuit fourré à la vanille ; jamais plus d'une demi-bouteille de vin, exactement), comme si je marchais sur une poutre et qu'un faux pas pouvait me faire basculer. J'ai dû rayer les pois gourmands parce que leur préparation n'était pas suffisamment laborieuse.

De toute façon, malgré notre séparation, je savais que tu te soucierais de savoir si je mangeais. Tu l'as toujours fait. Grâce à la maigre vengeance de Mary Woolford, ce soir, je suis largement repue. Toutes les démonstrations ostentatoires de nos voisins n'ont pas été aussi anodines.

Ces litres entiers de peinture écarlate projetés sur tout le devant de la maison, par exemple, lorsque je vivais encore dans notre villa de nouveaux riches (c'est bien le nom qui convient, Franklin, qu'il te plaise ou pas – une *villa*) de Palisades Parade. Plein les fenêtres et la porte d'entrée. Ils sont venus la nuit, et quand je me suis réveillée le lendemain matin la peinture était pratiquement sèche. Je croyais à l'époque, à peine un mois après – quel mot utiliser pour parler de ce JEUDI ? –, que plus rien ne pourrait me faire horreur ni me blesser. J'imagine qu'il s'agit là d'une illusion répandue, l'idée que l'on a déjà subi un tel dommage que ce dommage en soi, et dans sa totalité, devient une protection.

En passant de la cuisine au living, ce matin-là, j'ai éprouvé mon imperméabilité aux foutaises en tout genre. Je suis restée bouche bée. Le soleil filtrait par les fenêtres, celles du moins dont les vitres n'étaient pas maculées de peinture. Il filtrait aussi aux endroits où la peinture était peu épaisse, illuminant les murs blanc cassé de la pièce de cette lueur rouge pétant digne d'un restaurant chinois tape-à-l'œil.

Je me suis toujours fixé comme ligne de conduite d'affronter mes peurs, ce que tu admirais d'ailleurs, même si l'idée remontait à l'époque où la pire de ces peurs devait être de perdre mon chemin dans une ville étrangère – un jeu d'enfant. Que ne donnerais-je aujourd'hui pour revenir à ces jours où je n'avais aucune idée de ce qui m'attendait (en matière de *jeu d'enfant* par exemple) ! Reste que les vieilles habitudes ont du mal à mourir, de sorte qu'au lieu de retourner me cacher la tête sous les couvertures au fond de notre lit j'ai résolu d'évaluer les dégâts. Sauf que la porte d'entrée collait, scellée par l'épaisse couche de laque écarlate. À la différence de l'acrylique, la laque n'est pas soluble dans l'eau. Et la laque coûte cher, Franklin. Quelqu'un avait fait un investissement conséquent. Notre ancien quartier a certes bien des défauts, mais le manque d'argent n'en fait pas partie.

Je suis donc sortie par la porte de derrière, et j'ai fait le tour en peignoir. Tout en appréciant l'œuvre d'art de nos voisins, j'ai senti mon visage se figer dans ce fameux « masque impassible » que le *New York Times* décrivait dans ses comptes-rendus du procès. Le *Post* parlait moins gentiment de « défi permanent », tandis que notre *Journal News* local allait encore plus loin : « À voir l'expression imperturbable sur le visage de marbre d'Eva Khatchadourian, son fils aurait pu n'avoir commis rien de plus épouvantable que tremper une natte dans un encrier. » (Je reconnais une certaine raideur dans mon attitude face à la cour, le regard fixe, la mâchoire crispée ; je me souviens que je me cramponnais à l'une de tes devises de vrai dur : « Ne les laisse jamais voir que tu transpires. » Mais Franklin, du « défi permanent », moi ? J'essayais de ne pas pleurer.)

L'effet était grandiose, si on avait le goût du sensationnel, ce qui n'était certainement pas mon cas à cet instant. La maison semblait avoir été égorgée. Étalée en grands Rorschach spectaculaires, la teinte avait été choisie avec un tel soin – profonde, riche, sensuelle, avec une pointe de bleu violacé – qu'il s'agissait peut-être d'un mélange artisanal. Je me suis vaguement dit que si les coupables avaient commandé cette couleur précise au lieu de prendre une boîte en rayon, la police retrouverait peut-être leur trace.

Je n'étais pas près de franchir à nouveau la porte d'un poste de police, sauf extrême nécessité.

Mon kimono était léger – celui que tu m'as offert pour notre premier anniversaire de mariage, en 1980. Un peignoir d'été, mais le seul à avoir été offert par toi, et je refusais d'en porter un autre. J'ai beaucoup jeté, mais aucun cadeau de toi ni rien t'ayant appartenu. Je reconnais que ces talismans sont une torture. C'est la raison pour laquelle je les garde. Tous ces tyrans de psys décréteraient que mes placards pleins à craquer ne sont pas « sains ». Je demande un peu de temps. Contrairement à la souffrance sale et servile liée à Kevin, à la peinture, aux procès en assises et au civil, cette souffrance-là est saine. Fort décriée dans les années soixante, c'est une qualité que j'ai fini par apprécier pour son étonnante rareté.

Le problème est que, enroulée dans le doux coton bleu pour inspecter le généreux barbouillage dont nos voisins avaient eu la gracieuse initiative, j'avais froid. On était en mai, mais il faisait frais, avec un vent vif. Avant que l'expérience me renseigne, j'aurais facilement imaginé qu'au lendemain d'une apocalypse personnelle les petits tracas de la vie quotidienne disparaissent de fait. Mais c'est faux. On frissonne encore quand il fait froid, on se désespère quand un paquet est perdu par la poste, et on est toujours agacé en découvrant que le Starbucks nous a grugés en nous rendant la monnaie. Il pourrait paraître légèrement inconvenant de ma part, vu les circonstances, de réclamer un pull ou des moufles, ou de protester parce que je me suis fait refaire d'un dollar cinquante. Mais, depuis ce JEUDI, ma vie entière est étouffée sous une telle couverture de gêne que j'ai plutôt choisi de trouver une sorte de réconfort dans ces menus ennuis, emblèmes d'une survie de la normalité. Vêtue de manière inappropriée pour la saison, ou agacée que dans un Wal-Mart grand comme un marché aux bestiaux il soit impossible de repérer une seule boîte d'allumettes, éprouver des émotions banales me réjouit.

Rebroussant chemin jusqu'à la porte de derrière, je me suis demandé comment une bande de marau-deurs avait réussi un tel assaut général des lieux pen-dant que je dormais à l'intérieur sans rien soupçon-ner. J'ai accusé la forte dose de tranquillisants que je prends chaque soir (je t'en prie, inutile de protester, Franklin, je sais que tu désapprouves), jusqu'au moment où je me suis rendu compte que je me trompais complètement dans ma façon d'imaginer la scène. C'était un mois après, pas le lendemain. Il n'y avait eu ni insultes, ni hurlements, ni lunettes de ski pour dissimuler les visages, ni fusils à canon scié. Ils étaient venus en secret. Les seuls bruits avaient été ceux de brindilles brisées, et d'un choc mat lorsque le premier bidon de peinture avait été balancé contre notre somptueuse porte en acajou, avec le lapement océanique de la laque contre les vitres, accompagné de l'imperceptible mitraillage correspondant aux menues éclaboussures ; rien de plus sonore qu'une grosse averse. Notre maison n'avait pas été aspergée au spray d'une fureur spontanée, mais enduite avec une haine lentement mijotée jusqu'à devenir épaisse et savoureuse, comme une bonne sauce française.

Tu aurais tenu à ce que nous utilisions les services d'une tierce personne pour nettoyer. Tu as toujours été un adepte de ce splendide penchant américain pour la spécialisation des tâches en vertu duquel à chaque besoin correspond un expert, et il t'arrivait de feuilleter les Pages jaunes juste pour le plaisir. « Effaceurs de peinture : laque rouge ». Mais les journaux en avaient fait des tonnes sur notre richesse, et sur Kevin, notre enfant, forcément gâté. Je ne voulais pas offrir à Gladstone la satisfaction d'ironiser : regardez, il lui suffit de payer un larbin de plus pour réparer les dégâts, comme son coûteux avocat. Non, je les ai obligés à me regarder jour après jour gratter à la main et utiliser un Kärcher de location pour les briques. Un soir, j'ai aperçu mon reflet après une journée de labeur – les vêtements tachés, les ongles cassés, les cheveux sales – et j'ai hurlé. J'avais déjà eu cette allure une fois.

Quelques fissures autour de la porte ont peut-être encore tendance à briller en rouge ; tout au fond des minuscules cavités de ces briques en faux vieux luisent peut-être encore quelques gouttes de haine que je n'ai pas réussi à atteindre avec l'échelle. Je ne saurai jamais. J'ai vendu la maison. Après le procès au civil, j'y ai été obligée.

Je m'attendais à avoir du mal à me débarrasser de ce bien. À coup sûr, les acheteurs superstitieux allaient se rétracter en découvrant l'identité de la propriétaire. Mais cela ne fait que confirmer une fois de plus la mauvaise compréhension que j'ai de mon pays. Tu m'as un jour accusée de dilapider toute ma curiosité dans des « chiottes du tiers-monde » alors que ce qui était, preuves à l'appui, l'empire le plus extraordinaire dans l'histoire de l'humanité me tendait les bras. Tu avais raison, Franklin. Rien ne vaut son chez-soi.

Dès que la mise en vente a été rendue publique, les offres ont afflué. Pas parce que les enchérisseurs n'étaient pas au courant. Parce qu'ils l'étaient. Notre maison s'est vendue nettement au-dessus de sa valeur – plus de trois millions. Dans ma candeur, je n'avais pas anticipé que la notoriété de cette maison était précisément ce qui en faisait grimper la cote. Tout en inspectant notre buanderie, des couples en pleine ascension sociale imaginaient joyeusement le point d'orgue de leur pendaison de crémaillère.

*Ding-ding ! Votre attention s'il vous plaît. Je vais porter un toast, mais auparavant, vous n'allez pas croire à qui nous avons acheté cette propriété. Prêts ? Eva Khatchadourian… Le nom vous dit quelque chose ? Forcément. Où vouliez-vous qu'on s'installe, de toute façon, à Gladstone !… Oui,* cette *Khatchadourian-là, Pete, parmi toutes les Khatchadourian que tu connais, vu ? Putain, mec, t'es pas rapide.*

*… C'est cela, « Kevin ». Super, non ? Mon fils Lawrence reprend sa chambre. Il a tenté un truc l'autre soir. Il fallait absolument qu'il reste avec moi pour regarder* Henry : portrait d'un serial killer, *parce que sa chambre à lui était « hantée » par « Kevin Ketchup ». J'ai dû lui causer une belle déception, à ce gamin. Désolé, je lui ai dit, Kevin Ketchup ne peut pas hanter ta chambre vu que ce petit salaud est parfaitement en vie et qu'il se la coule douce dans une prison pour*

*enfants de l'État. Si cela n'avait tenu qu'à moi, j'aurais envoyé ce fumier à la chaise… Non, ce n'était pas aussi horrible qu'à Columbine. Il s'en est fait combien, chérie, dix ? Neuf, tu as raison, sept gosses et deux adultes. La prof qu'il a bousillée, paraît qu'elle le défendait, en plus, ce minable. Et qu'on ne vienne pas me dire que c'est la faute des vidéos et de la musique rock. On a grandi en écoutant du rock, non ? Aucun de nous n'a été pris de folie meurtrière dans notre collège. Ou bien prenez Lawrence. Ce gamin adore les trucs sanglants à la télé, et même les images les plus réalistes ne le font pas sourciller. Mais son lapin se fait écraser ? Il pleure pendant une semaine. Ils savent faire la différence. Nous l'élevons en lui apprenant à reconnaître ce qui est bien. C'est peut-être injuste, mais il faut vraiment se poser des questions sur les parents.*

*Eva*

15 novembre 2000

*Cher Franklin,*

Tu sais, j'essaie d'être polie. Alors quand mes collègues – oui, que tu le croies ou non, je travaille, dans une agence de voyages de Nyack, et j'en suis ravie, de surcroît –, quand mes collègues, donc, commencent à écumer sur le nombre aberrant de voix recueillies par Pat Buchanan à Palm Beach, j'attends qu'ils aient terminé avec une patience si parfaite que j'ai fini par devenir un élément précieux : je suis la seule personne du bureau à les laisser achever une phrase. Si l'atmosphère a soudain pris des allures de carnaval dans ce pays, un vrai festival d'opinions tranchées, je n'ai pas le sentiment de faire partie des invités à la fête. Je me moque de qui est Président.

Pourtant, cette dernière semaine, je ne la vois que trop bien à travers le filtre personnel de mes

« si seulement ». J'aurais voté pour Gore et toi pour Bush. Nous aurions eu des échanges assez vifs avant l'élection, mais cela – cela – oh, cela aurait été merveilleux ! Grands coups de poing sur la table, portes qui claquent, moi débitant des morceaux choisis du *New York Times* tandis que tu aurais mis furieusement en avant certaines tribunes libres du *Wall Street Journal* – non sans retenir en permanence des envies de rire. J'ai une telle nostalgie des joutes futiles !

Il n'était peut-être pas parfaitement honnête de ma part de laisser entendre, au début de ma dernière lettre que, lorsque nous discutions, à la fin d'une journée, je disais tout. Bien au contraire, une des choses qui me poussent à t'écrire est que j'ai la tête pleine des menues anecdotes que je ne t'ai jamais racontées.

N'imagine pas que je tirais plaisir de mes petits secrets. J'ai été prise à leur piège, malgré moi et, autrefois, je n'aurais demandé qu'à ouvrir mon cœur. Mais, Franklin, tu ne voulais pas entendre. Je suis sûre que tu ne veux toujours pas. Peut-être aurais-je dû insister davantage, te forcer à écouter, sauf que très tôt quelque chose nous a séparés. Pour beaucoup de couples qui se disputent, ce qui les oppose peut rester assez flou, une sorte de ligne, une abstraction qui les divise – un passé, une vague rancune, une lutte inconsciente pour le pouvoir, qui leur échappe : un écran de fumée. Il est possible que, dans leurs moments de réconciliation, l'absence de réalité de cette ligne contribue à sa dissolution. Avec jalousie, je les imagine remarquer : *Regarde, il n'y a rien dans cette chambre ; sauf de l'air que nous pouvons franchir.* Mais dans notre cas, la chose qui nous séparait n'était que trop tangible, et lorsqu'elle n'était pas présente dans la chambre, elle pouvait débarquer quand bon lui semblait.

Notre fils. Qui n'est pas une accumulation de menues anecdotes, mais une longue histoire. Et, bien que la tendance naturelle des conteurs soit de commencer au commencement, je résisterai à ce penchant. Il faut que je remonte plus loin en arrière. Parce que bien des histoires sont écrites avant même de commencer.

*Qu'est-ce qui nous a pris ?* Nous étions si heureux ! Pourquoi diable avons-nous fait tapis de tout ce que nous possédions pour nous lancer dans le pari fou d'avoir un enfant ? Bien sûr, pour toi, le seul fait de poser cette question est sacrilège. Quoique les terrains infertiles soient voués aux fruits secs, il est contre les règles, n'est-ce pas, d'avoir un bébé et d'accorder la moindre minute de temps à cette vie parallèle et désormais bannie où l'on n'avait pas d'enfant. Sauf qu'une perversité toute pandorienne me pousse à priser ce qui est défendu. J'ai une imagination et j'aime les défis. Je savais aussi une autre chose sur moi : j'étais le genre de femme dotée de la capacité, pour immonde qu'elle soit, de regretter quelque chose d'aussi irréversible que l'existence d'une autre personne. Mais Kevin ne considérait pas l'existence des autres comme irréversible – si ?

Je suis désolée, mais tu ne peux pas imaginer que je vais faire l'impasse. Je ne sais peut-être pas quel nom lui donner, à ce JEUDI-là. L'« *atrocité* » semble reprise d'un journal, l'« *incident* » frôle l'obscénité par son côté réducteur, et « *le jour où notre fils a commis un massacre* » est trop long, non ? pour être systématiquement prononcé ? Or je vais le prononcer. Chaque matin je me réveille avec ce qu'il a fait, et chaque soir je vais me coucher avec. Un piètre ersatz de mari.

Je me suis donc creusé les méninges pour tenter de reconstituer ces quelques mois en 1982 où nous étions officiellement en train de « décider ». Nous vivions encore dans mon vaste loft de Tribeca, où nous étions entourés d'homosexuels purs et durs, d'artistes libres comme l'air – que tu accusais de « complaisance » – et de couples professionnellement actifs et sans fil à la patte, qui dînaient tous les soirs au Tex-Mex et traînaient au Limelight jusqu'à trois heures du matin. Dans ce quartier, les enfants tenaient de la chouette tachetée ou autre espèce en voie de disparition, ce qui donnait forcément à nos délibérations un côté théorique et abstrait. Nous nous étions même fixé une date butoir – quelle ironie ! : mon trente-septième anniversaire, en août de cette année-là – car nous ne voulions pas d'un enfant susceptible de vivre encore sous notre toit quand nous aurions franchi le cap de la soixantaine.

La soixantaine ! Un âge aussi étonnamment virtuel, à l'époque, que la venue d'un bébé. Et pourtant j'embarque pour cette contrée étrangère dans cinq ans, sans plus de cérémonie que pour prendre le bus. Le véritable saut dans le temps, je l'ai fait en 1999, même si le vieillissement, je l'ai moins vu dans le miroir que dans les signaux émis par les autres. Par exemple, lorsque j'ai fait renouveler mon permis de conduire en janvier dernier, le fonctionnaire au guichet n'a exprimé aucune surprise face à mes cinquante-quatre ans sonnés, alors que, tu te souviens, il fut un temps où j'étais plutôt gâtée de ce côté-là, habituée à ce qu'on me dise régulièrement que je faisais dix ans de moins que mon âge. Les flatteries ont cessé du jour au lendemain. J'ai même eu droit à un incident embarrassant, juste après ce JEUDI, avec un agent du métro, à Manhattan, qui a attiré mon attention sur le fait que, au-delà de soixante-cinq ans, on pouvait bénéficier du tarif senior.

Nous étions d'accord pour dire que la décision de devenir ou non parents serait le « choix le plus capital » que nous aurions jamais à faire ensemble. Pourtant, c'est précisément l'importance cruciale de cette décision qui l'a toujours privée de réalité, la maintenant définitivement du côté du caprice. Chaque fois que l'un de nous soulevait la question de la parentalité, j'avais l'impression d'être une gamine de sept ans envisageant de commander pour Noël une poupée qui fait pipi.

Je me souviens d'une série de discussions au cours de cette période, oscillant constamment entre le plutôt oui et le plutôt non. L'apogée de nos débats se situe sans doute dans Riverside Drive, après un déjeuner dominical avec Brian et Louise.

Ils ne faisaient plus de dîners, car ils se soldaient invariablement par un apartheid parental : un des époux jouait à l'adulte entre olives grecques et cabernet, l'autre contenant, baignant et couchant leurs deux tornades de fillettes. Moi, pour la vie sociale, je préfère toujours le soir – implicitement plus décontracté –, encore que la décontraction ait cessé de figurer parmi les qualités que j'associais à ce scénariste chaleureux bien installé chez HBO, qui faisait ses pâtes lui-même et arrosait ses pots de fines herbes sur le rebord de sa fenêtre.

En partant, je m'étais exclamée dans l'ascenseur : « Quand on pense à la dose de coke qu'il sniffait !

— Tu as l'air toute nostalgique, avais-tu remarqué.

— Oh, je suis certaine qu'il est plus heureux maintenant. »

Je n'en étais pas si sûre. À l'époque, je tenais encore pour suspect ce qui était sain. En vérité, nous venions de passer un moment très « agréable », qui me laissait dans une tristesse déconcertante. J'avais admiré la salle à manger en chêne massif, chinée pour une bouchée de pain dans une brocante de l'État de New York, tandis que tu te livrais à un inventaire complet des immondes poupées Cabbage Patch Kids de la cadette avec une patience qui m'avait époustouflée. Nous avions salué la salade inventive avec une ferveur ingénue, car le fromage de chèvre et les tomates séchées n'étaient pas encore has been à l'époque.

Des années auparavant, nous étions convenus que Brian et toi éviteriez le sujet Ronald Reagan – à tes yeux une icône sympathique, accrochant bien la lumière et fiscalement candide, qui avait restauré la fierté nationale ; pour Brian, une figure du crétinisme menaçant qui mettrait le pays en faillite à coups de baisses d'impôts au profit des riches. Nous nous étions donc limités à des sujets inoffensifs, avec *Ebony and Ivory* en musique de fond à volume tolérable par des adultes, et j'avais fait taire mon agacement d'entendre les deux gamines chanter faux en même temps que la chanson qui passait en boucle. Tu t'étais plaint que les Knicks ne soient pas allés en finale et Brian avait exécuté une imitation saisissante du type intéressé par le sport. Nous étions tous déçus de savoir que *All in the Family* n'allait pas tarder à boucler sa dernière saison, tout en admettant que la série était usée jusqu'à la trame. Le seul conflit ou presque à avoir émergé dans l'après-midi concernait le destin également terminal de M*A*S*H. Sachant parfaitement que Brian le révérait, tu avais qualifié Alan Alda de « purge bien-pensante ».

Néanmoins, le différend était resté désespérément jovial. Brian était de parti pris sur le sujet d'Israël et j'avais ressenti l'envie de lâcher une allusion tranquille aux « judéo-nazis », histoire de faire exploser cette réunion affable. Au lieu de quoi je l'avais interrogé sur son nouveau scénario, sans jamais obtenir de véritable réponse du reste, parce que l'aînée avait collé un chewing-gum dans ses cheveux blond Barbie. Il y avait eu un long intermède sur les solvants, auquel Brian avait mis un terme en coupant la mèche avec un couteau à découper, ce dont Louise avait été légèrement contrariée. Mais ce fut l'unique note discordante et, à part cela, personne ne but exagérément, ni ne prit la mouche ; ils avaient une belle maison, faisaient bien la cuisine et avaient de jolies petites filles – ils avaient bon partout. Partout.

Je me suis déçue personnellement en trouvant à redire à ce déjeuner parfaitement agréable avec des gens parfaitement agréables. Pourquoi aurais-je préféré une dispute ? Ces deux fillettes n'étaient-elles pas totalement passionnantes, alors quelle importance si elles interrompaient constamment la conversation et si je n'avais pas réussi une seule fois à aller au bout d'une idée ? N'étais-je pas mariée à un homme dont j'étais amoureuse, alors pourquoi quelque chose de pervers en moi avait espéré que Brian glisserait une main sous ma jupe pendant que je l'aidais à apporter les coupes de glace Häagen-Dazs de la cuisine ? Rétrospectivement, j'avais bien raison de me fustiger aussi. Quelques années plus tard, j'aurais donné tout l'or du monde pour vivre une réunion de famille normale, heureuse, au cours de laquelle la pire bêtise inventée par un des enfants aurait consisté à se coller du chewing-gum dans les cheveux.

Toujours est-il que toi tu as claironné dans le vestibule de l'immeuble : « C'était formidable. Je les trouve fantastiques tous les deux. Il faudrait absolument les inviter chez nous, s'ils peuvent faire garder les petites. »

J'ai tenu ma langue. Tu n'avais pas de temps à perdre à m'écouter pinailler sur le déjeuner – un peu terne, ce n'est pas ton impression ? Quel intérêt ?

Elle n'a pas un côté un peu insipide et gnangnan, cette ritournelle du *Papa sait tout sur tout*, alors que Brian a un solide passé de fauteur de troubles ? (Je peux enfin avouer un petit coup rapide dans la chambre d'amis lors d'une soirée, avant que nous ne nous soyons rencontrés toi et moi.) Il est fort possible que tu aies ressenti les choses exactement comme moi, que ce déjeuner aux allures de parfaite réussite t'ait semblé incolore, inodore et sans saveur à toi aussi, mais faute de pouvoir aspirer à un modèle différent – nous n'allions pas nous mettre en quête d'un gramme de cocaïne – tu t'es réfugié dans le déni. Ces gens étaient des gens bien, ils nous avaient bien reçus, donc nous avions passé un *bon moment*. Aboutir à une autre conclusion était terrifiant et faisait surgir le spectre d'une chose innommable, sans laquelle nous ne tiendrions pas le coup, mais que nous ne pouvions pas faire apparaître en claquant des doigts, encore moins en respectant les codes vertueux du fonctionnement établi.

Pour toi, la rédemption était un acte de volonté. Tu balayais avec mépris les gens (les gens comme moi) pour leurs sempiternelles insatisfactions diverses et variées, parce que ne pas goûter le simple bonheur d'être en vie trahissait une faiblesse de l'âme. Tu as toujours détesté ceux qui font la fine bouche, les hypocondriaques et autres snobs qui dénigrent *Tendres passions* au seul prétexte que le film est un succès populaire. Un bon repas, dans un bel appartement, chez des gens sympas – je voulais quoi de plus ? Sans compter que le bonheur ne frappe pas à la porte. Être heureux, c'est un métier. Bref, en mettant assez d'ardeur à croire qu'on avait passé un bon moment chez Brian et Louise, eh bien le bon moment devenait réalité. Le seul élément indiquant qu'en vérité tu avais trouvé l'après-midi pénible avait été le côté excessif de ton enthousiasme.

Dans la porte à tambour pour retrouver Riverside Drive, je suis sûre que mon malaise était encore informe et fugitif. Plus tard, ces pensées reviendraient me hanter, et pourtant comment aurais-je pu prévoir alors que l'impérieux besoin que tu avais d'inscrire de force ton expérience rétive et tordue dans une boîte impeccable, comme on tenterait de tasser un fouillis de bois flotté dans une Samsonite rigide, ou que ta propension à confondre en toute sincérité le *est* et le *devrait* – cette tendance poignante à prendre ce que tu avais pour ce que tu désirais désespérément – se solderait par de si ravageuses conséquences.

J'ai proposé de rentrer à pied. En repérage pour *Wing and a Prayer*, je me baladais toujours à pied, et chez moi, l'inspiration soudaine est une seconde nature.

« Il doit y avoir pas loin de douze kilomètres d'ici à Tribeca ! as-tu protesté.

— Tu prends un taxi pour aller faire sept mille cinq cents sauts à la corde devant le match des Knicks à la télé, mais une bonne marche qui te mènerait là où tu veux aller t'épuise à l'avance.

— Oui. Putain, chaque chose à sa place. » Quand ils se limitaient à la gymnastique ou à ta façon rigoureuse de plier les chemises, tes principes étaient adorables. Mais dans un contexte plus sérieux, Franklin, le charme opérait moins. Au fil du temps, le goût de l'ordre finit par flirter avec le conformisme.

J'ai donc menacé de rentrer à pied toute seule, et l'argument a porté ; je partais pour la Suède trois jours plus tard, et tu étais avide de ma compagnie. Nous nous sommes engagés joyeusement sur le chemin traversant Riverside Park, plein de ginkgos en fleur et de pelouses en pente douce encombrées d'anorexiques faisant leur tai-chi. Ravie de m'éloigner de mes propres amis, j'ai trébuché.

« Tu es ivre ! as-tu dit.

— Avec deux verres ! »

Tu as tiqué. « C'est le début de l'après-midi.

— J'aurais dû en boire trois », ai-je rétorqué sèchement. Tous tes plaisirs étaient contingentés, à l'exception de la *télévision*, et j'aurais voulu que tu te laisses aller de temps en temps, comme aux beaux jours de notre amour, quand tu me faisais la cour et débarquais chez moi avec deux pinot noirs, un pack de St Pauli Girl, et un sourire libidineux qui promettait de ne pas nous laisser le temps d'un brossage de dents.

« Les petites de Brian, ai-je commencé. Elles te donnent envie d'avoir un enfant ?

— P… p… peut-être. Elles sont mignonnes. En même temps, ce n'est pas moi qui dois coller au lit ces deux chipies quand elles réclament un gâteau, leur doudou et le cinq millionième verre d'eau. »

J'avais compris. La discussion était rouverte et ton attaque ne tirait pas à conséquence. L'un de nous endossait toujours le rôle du rabat-joie, et j'avais douché tes envies de descendance lors de notre précédente séance : un enfant c'est bruyant, salissant, contraignant et ingrat. Cette fois-ci, j'ai pris le rôle à risques : « Au moins, si je tombais enceinte, il se passerait quelque chose.

— C'est sûr. Tu aurais un bébé. »

Je t'ai entraîné dans l'allée qui descendait au bord de l'eau. « J'aime l'idée de tourner une page, voilà.

— Ce n'était pas franchement limpide.

— Écoute, on est heureux. Tu ne trouves pas ?

— Si, si, as-tu répondu prudemment. Je crois que oui. » De ton point de vue, notre bonheur ne supportait pas l'analyse – comme si l'on parlait d'un oiseau craintif, qui prend peur facilement, et qu'à l'instant où l'un de nous s'écrierait *Regarde ce cygne comme il est beau !* il s'envolerait.

« Peut-être que nous sommes trop heureux.

— Oui, je comptais justement t'en parler. Je voudrais bien que tu me rendes un peu plus malheureux.

— Arrête. Je parle de notre histoire. Dans les contes de fées, on finit toujours par "et ils vécurent heureux jusqu'à la fin des temps".

— Fais-moi plaisir : sois vache avec moi. »

Oh, tu comprenais parfaitement ce que je voulais dire. Non que le bonheur soit ennuyeux. C'est juste qu'il ne se raconte pas bien. Or l'une des grandes distractions des gens, avec l'âge, est de rabâcher, pas seulement aux autres, mais aussi à eux-mêmes, leur propre histoire. Je devrais le savoir ; je fuis mon histoire chaque jour et elle me poursuit comme un chien fidèle. Du coup, s'il y a bien un point sur lequel j'ai changé, c'est que je considère aujourd'hui les gens sans histoire ou presque comme terriblement chanceux.

Nous avons ralenti en passant près des courts de tennis, sous la lumière vive d'avril, pris le temps d'admirer, par une brèche dans les brise-vent verts, un puissant revers slicé. « Tout semble tellement figé, me suis-je lamentée. *A Wing and a Prayer* est sur les rails ; la seule chose qui pourrait vraiment m'arriver sur le plan professionnel serait que ma société capote. De l'argent, je pourrais toujours en gagner plus – mais je suis une fan des puces, Franklin, et je ne sais pas comment le dépenser. Le fric m'ennuie, et il commence à nous faire vivre d'une façon qui ne me plaît pas vraiment. Beaucoup de gens ne font pas d'enfants parce qu'ils n'en ont pas les moyens. Moi, je serais soulagée de trouver un bon motif pour dépenser de l'argent.

— Je ne suis pas un bon motif ?

— Tu ne coûtes pas assez cher.

— Une nouvelle corde à sauter ?

— Dix dollars.

— D'accord, as-tu concédé. Au moins un enfant répondrait à la Grande Question. »

Moi aussi, je savais être perverse. « Quelle Grande Question ?

— Tu sais bien, as-tu répondu solennellement : le fameux dilemme existentiel. »

Je ne sais pas vraiment pourquoi, mais ta Grande Question m'a laissée de marbre. Je préférais de loin ma *page à tourner*. « Je pourrais toujours aller arpenter un nouveau pays…

— Il en reste ? Tu changes de pays comme d'autres changent de chaussettes.

— Oui, la Russie. Mais ne t'inquiète pas, je ne risque pas de mettre ma vie entre les mains d'Aeroflot. De toute façon, ces derniers temps, tous les endroits ont l'air de se ressembler. On mange différemment dans chaque pays, mais on mange partout, tu vois ce que je veux dire ?

— C'est quoi ton mot, déjà ? Ah oui ! Foutaises. »

À l'époque, tu avais la fâcheuse manie de faire comme si tu ne comprenais pas ce dont je parlais dès que j'abordais un sujet compliqué ou subtil. Plus tard, cette stratégie du mâle obtus, simple taquinerie au départ, a viré à une profonde incapacité à saisir le sens de mes démonstrations, non parce qu'elles étaient particulièrement opaques, mais parce qu'elles étaient parfaitement limpides, et que cela te déplaisait.

Permets-moi donc de tirer les choses au clair : tous les pays ont des climats différents, mais tous ont un climat, quel qu'il soit, une architecture, quelle qu'elle soit, une conception du rot à table, qu'il soit flatteur ou grossier. Savoir si l'on devait laisser ses chaussures sur le pas de la porte au Maroc m'intéressait moins que le constat que, dans toutes les contrées du monde, les chaussures sont associées à un code culturel. Du coup, tout ça – l'enregistrement des bagages, les changements de fuseaux horaires – devenait un effort bien gigantesque pour ne jamais sortir du bon vieux continuum climats-chaussures ; lequel continuum avait fini par prendre plus ou moins des allures de décor, me lâchant indéfiniment dans le même lieu. Cependant, même si j'y allais parfois de ma tirade antimondialisation – je pouvais maintenant trouver à Bangkok ton modèle préféré de boots Banana Republic en gros cuir chocolat –, la vraie monotonie était celle de mon monde intérieur : ce que je pensais, ce que j'éprouvais, ce que je disais. La seule façon pour moi d'aller vraiment voir ailleurs était de voyager vers une vie différente, pas vers un aéroport de plus.

« La maternité, ai-je résumé, voilà un pays étranger. »

En ces rares occasions où je donnais l'impression de vraiment passer à l'acte, tu paniquais. « Peut-être que ta réussite te permet d'être contente de toi, as-tu dit. En ce qui me concerne, faire du repérage pour des boîtes de pub de Madison Avenue ne m'a pas conduit à l'orgasme de l'accomplissement personnel.

— D'accord. » Je me suis arrêtée, adossée contre le bois tiède de la rambarde qui longe l'Hudson, j'ai écarté les bras et je t'ai regardé dans les yeux. « Qu'est-ce qu'il va se passer, alors ? Je parle de toi, professionnellement : qu'est-ce qu'on attend, qu'est-ce qu'on espère ? »

Tu as scruté mon visage. Apparemment, tu as vu que je n'étais pas en train de questionner ta réussite ni l'importance de ton travail. Je parlais d'autre chose. « Je pourrais faire du repérage pour des longs-métrages.

— Mais tu as toujours dit que c'était le même boulot : tu trouves la toile et c'est un autre qui peint le tableau. Et puis la pub paye mieux.

— Vu que je suis le mari de Mrs Pleine-aux-As, ça n'a pas d'importance.

— Pour toi, si. » Ta maturité à l'égard de notre grosse différence de revenus avait ses limites.

« J'envisage de changer complètement de voie.

— Quoi, tu vas monter ton restaurant ? »

Tu as souri. « On ne passe jamais à l'acte.

— Exactement. Tu es trop réaliste. Tu feras peut-être autre chose, mais cela restera dans le même cadre. Moi je parle topographie. Topographie émotionnelle, topographie narrative. Nous vivons en Hollande ; il m'arrive parfois de rêver de Népal. »

Dans la mesure où les autres New-Yorkais ne jurent que par la réussite, tu aurais pu être blessé que je ne te considère pas comme ambitieux. Mais tu as toujours été lucide sur toi-même, alors tu ne l'as pas mal pris. Tu avais de l'ambition – pour ta vie, ton humeur le matin au réveil, pas la réussite matérielle. Comme beaucoup de gens n'ayant pas répondu à une vocation précoce, tu ne t'identifiais pas à ton travail ; un métier pouvait remplir ta journée, mais pas ton cœur. J'aimais cela en toi. Énormément.

Nous nous sommes remis à marcher, main dans la main. Je suis revenue à l'attaque. « Nos parents vont bientôt mourir. En fait, l'une après l'autre, toutes nos connaissances vont commencer à céder au chant des sirènes. Nous allons vieillir, et il arrive un moment où l'on perd plus d'amis qu'on ne s'en fait. Certes, on peut partir en vacances, succomber enfin

45

au charme des valises à roulettes. On peut manger plus, boire plus, faire plus l'amour. Mais – et ne le prends pas mal – j'ai peur que tout cela commence un peu à s'user.

— Un de nous deux pourrait se faire un cancer du pancréas, as-tu plaisanté.

— Oui. Ou flanquer ton pick-up dans une bétonneuse, et là, l'intrigue prend du corps. Mais justement, c'est ce que je veux. Quand j'essaie d'imaginer ce qui peut nous arriver désormais – je ne parle pas d'une gentille carte postale de France, je veux dire arriver vraiment –, je ne vois que des trucs affreux. »

Tu as embrassé mes cheveux. « Tu es d'humeur bien morbide pour une si belle journée. »

Nous avons fait quelques pas à demi enlacés, mais nos rythmes ne s'accordaient pas ; j'ai passé mon index dans ta ceinture. « Tu connais l'euphémisme *elle est dans une situation intéressante*, pour dire elle est enceinte ? Eh bien, c'est parfaitement vu. La naissance d'un bébé, s'il est en bonne santé, est un événement intéressant. Plus qu'intéressant, même. Positif, formidable, immense. Ensuite, toutes les belles choses qui lui arrivent nous arrivent à nous aussi… Les mauvaises également, bien sûr, me suis-je empressée d'ajouter. Mais, tu sais, il y a surtout les premiers pas, les premiers rendez-vous, les premiers prix de course en sac, tout. Les gosses, ça fait des études, ça se marie, et puis ça fait des enfants – d'une certaine façon, on fait tout une seconde fois. Et quand bien même notre gamin aurait des problèmes, ai-je spéculé bêtement, au moins ce ne serait pas les mêmes que ceux qu'on se traîne depuis toujours… »

Ça suffit. Retranscrire cette conversation me brise le cœur.

Rétrospectivement, quand je disais que je voulais plus d'« histoires » dans notre histoire, j'indiquais peut-être que je voulais quelqu'un d'autre à aimer. Nous ne nous disions pas ce genre de choses directement, par timidité. Et je n'aurais jamais osé insinuer que tu ne me suffisais pas. En fait, maintenant que nous sommes séparés, je regrette de ne pas avoir surmonté ma pudeur et dit plus souvent que tomber amoureuse de toi était la chose la plus extraordinaire qui me soit jamais arrivée. Pas seulement tomber, d'ailleurs, ce qui est à la fois banal et limité, mais être amoureuse de toi. Chaque jour que nous passions l'un sans l'autre, je rêvais à la chaleur de ta large poitrine, avec les pectoraux modelés par tes cent pompes quotidiennes, le creux de la clavicule où je pouvais nicher le sommet de mon crâne les matins bénis où je n'avais pas d'avion à prendre. Parfois je t'entendais crier mon nom du bout du couloir – « E-VA ! » – d'une voix souvent irascible, cassante, exigeante, m'appelant au pied parce que j'étais ta chose, comme un *chien*. Franklin, j'étais à toi, et ravie de l'être, et j'avais envie que tu l'affirmes ainsi. « Eeeee-VAH ! » avec l'accent sur la seconde syllabe, toujours, et certains soirs je pouvais à peine répondre, à cause de la boule qui me serrait la gorge. Il fallait ensuite que je cesse de couper des pommes pour le crumble que j'étais en train de préparer dans la cuisine, parce qu'un voile avait noyé mes yeux, et la cuisine était devenue liquide, tremblante, et si je persistais à trancher les quartiers de pomme, j'allais me couper. Tu te fâchais toujours quand je me coupais, tu étais fou de rage, et l'irrationalité de cette fureur m'incitait presque à recommencer.

Jamais, jamais je ne t'ai tenu pour acquis. Nous nous étions rencontrés trop tard dans la vie ; j'avais presque trente-trois ans à l'époque, et mon passé sans toi était trop clair et tenace pour que je trouve banal le miracle d'être deux. Moi qui survivais depuis si longtemps des miettes de ma propre table sentimentale, tu m'as gâtée jour après jour en m'offrant un festin de regards complices pour dire « quel con ! » pendant les soirées, des bouquets surprises sans raison précise, des mots doux sous les magnets du frigo, que tu signais toujours par une litanie de « love, love, love, Franklin ». Tu m'as appris la gourmandise. Comme n'importe quelle droguée digne de ce nom, j'en voulais toujours plus. Et puis j'étais curieuse. Je m'interrogeais sur l'effet produit par une petite voix flûtée qui appellerait « Ma-MAN ? » depuis le même bout de couloir. C'est toi qui as commencé – comme lorsqu'une personne t'offre un éléphant sculpté en ébène et que tu te dis tout à coup que ce serait sympa de commencer une collection.

*Eva*

P.-S. (trois heures quarante du matin)

J'essaie de me désintoxiquer des somnifères, ne serait-ce que parce que je sais que tu n'aimerais pas que je prenne des pilules. Mais sans pilules, je tourne et vire sur le matelas. Je serai nulle demain chez Travel R Us, mais j'avais envie de noter encore un autre souvenir de cette époque.

Tu te souviens du dîner de crabes mous avec Eileen et Belmont, au loft ? Une vraie débauche, cette soirée. Même toi, tu as envoyé promener toute prudence et, à deux heures du matin, tu as sorti la bouteille de framboise. Sans interruption pour admirer des habits de poupée, sans *demain, il y a école*, nous nous sommes régalés de fruits, de sorbet, généreusement accompagnés de cette framboise capiteuse, pouffant de rire aux blagues des uns et des autres, dans l'orgie de l'éternelle adolescence propre aux couples qui vieillissent sans enfants.

Nous avons tous évoqué nos parents – à leur commun désavantage, je le crains. Nous avons organisé une sorte de concours inédit : qui avait les parents les plus barges ? Tu avais un handicap : l'imperturbable stoïcisme Nouvelle-Angleterre de tes parents était difficile à parodier. En revanche, les trésors d'imagination déployés par ma mère pour éviter de sortir de la maison ont provoqué une belle hilarité, et j'ai même réussi à expliquer la plaisanterie qui scellait la complicité entre mon frère Giles et moi, le « C'est très pratique » – mot de passe familial pour « Ils livrent à domicile ». À l'époque (avant qu'il rechigne à laisser ses enfants m'approcher), je n'avais qu'à dire à Giles : « C'est très pratique » pour le voir s'esclaffer. Aux petites heures du jour, si je disais « C'est très *pratique* » à Eileen et Belmont, eux aussi se tordaient.

Mais ni l'un ni l'autre, nous ne pouvions rivaliser avec ce duo d'opérette qui connaissait la chanson. La mère d'Eileen était schizophrène, son père, joueur de cartes professionnel ; la mère de Belmont était une ancienne prostituée qui continuait de s'habiller comme Bette Davis dans *Qu'est-il arrivé à Baby Jane ?*, et son père, un batteur de jazz vaguement célèbre qui avait joué avec Dizzy Gillespie. Je sentais qu'ils avaient déjà raconté ces histoires, mais de fait ils les racontaient très bien, et après tout le chardonnay que j'avais avalé pour faire passer les crabes, j'ai ri aux larmes. À un moment, j'ai failli orienter la conversation sur cette décision monstrueuse que nous tentions de prendre, tous les deux, mais Eileen et Belmont avaient bien dix ans de plus que nous, et je n'étais pas certaine que l'absence d'enfant chez eux était un choix ; aborder le sujet aurait pu être cruel.

Ils sont restés jusqu'à quatre heures du matin. Et ne va pas te tromper : je me suis beaucoup amusée. Ce fut une de ces rares soirées où l'on ne regrette pas d'avoir couru pour aller acheter les crabes au marché aux poissons, pelé tous ces fruits, et même nettoyé une cuisine poisseuse de peau de mangue et blanche de farine. J'étais bien un peu déçue parce que la fête était terminée, un peu soûle aussi d'avoir forcé sur l'alcool dont les effets s'estompaient, laissant place à une démarche mal assurée et une difficulté à me concentrer pour ne pas casser les verres. Mais ma tristesse venait d'ailleurs.

« Tu es bien silencieuse, as-tu remarqué en empilant les assiettes. Crevée ? »

Je grignotais une pince de crabe tombée de la friteuse. « On a dû passer – combien ? – quatre ou cinq heures à parler de nos parents.

— Et alors ? Si tu te sens coupable d'avoir dit du mal de ta mère, prépare-toi à vivre dans les remords jusqu'en 2025. C'est un de tes sports favoris.

— Je sais. C'est bien ce qui me gêne.

— Elle ne pouvait pas t'entendre. Et personne autour de cette table n'a pensé que si tu la trouvais bizarre, tu ne la trouvais pas aussi tragique. Ou que tu ne l'aimais pas. » Et tu as ajouté : « À ta façon.

— Mais quand elle sera morte, on ne pourra pas, je ne pourrai pas continuer comme cela. Je ne pourrai plus être aussi cinglante sans avoir un goût de trahison dans la bouche.

— Raison de plus pour crucifier la pauvre femme tant que tu le peux, alors.

— Mais est-il normal de passer des heures à parler de ses parents, à notre âge ?

— Où est le problème ? Tu riais tellement que tu t'es presque pissé dessus.

— J'ai eu une vision, après leur départ – je nous ai vus tous les quatre, à quatre-vingts ans passés, le foie plein de taches ; on picolait encore et on racontait toujours les mêmes histoires. Il y avait peut-être une pointe de regret ou de tendresse, vu qu'ils étaient morts, mais on parlait toujours de Papa-Maman qui étaient barges. Tu ne trouves pas que c'est pathétique ?

— Tu ferais mieux de t'inquiéter de la situation au Salvador.

— Ce n'est pas ça…

— Ou de distribuer les douceurs culturelles d'après-dîner : les Belges sont grossiers, les Thaïs réprouvent le flirt en public, les Allemands ont l'obsession de la merde. »

L'amertume qui pointait dans ces attaques était de plus en plus récurrente. Mes pépites anthropologiques, rudement gagnées, servaient apparemment à rappeler que je courais l'aventure dans les pays lointains tandis que tu écumais le New Jersey en quête d'un garage en ruine pour Black & Decker. J'aurais pu répliquer que j'étais désolée si mes récits de voyage t'ennuyaient, mais tu voulais surtout me taquiner, il était tard et je n'étais pas d'humeur querelleuse.

« Ne dis pas n'importe quoi, ai-je répondu. Je suis comme tout le monde : j'adore parler des autres. Pas les autres au sens des autres peuples. Non, les autres, les gens que je connais, mes proches – ceux qui me rendent dingue. Mais j'ai l'impression d'user ma famille jusqu'à la corde. Mon père a été tué avant ma naissance : un frère et une mère, c'est un peu maigre. Sincèrement, Franklin, on devrait peut-être faire un enfant, rien que pour avoir un autre sujet de conversation.

— Là, pour le coup, tu deviens frivole. » Tu as jeté la casserole d'épinards dans l'évier.

J'ai arrêté ta main. « Pas du tout. Nous parlons de ce que nous avons dans la tête, de nos vies. Je ne suis pas sûre d'avoir envie de passer la mienne en contemplant par-dessus mon épaule une génération que je contribue personnellement à amputer. Il y a quelque chose de nihiliste dans le fait de ne pas avoir d'enfants, Franklin. Comme si on n'avait pas foi en l'humanité. Si tout le monde faisait comme nous, l'espèce disparaîtrait en cent ans.

— Arrête. Personne ne fait d'enfant pour perpétuer l'espèce.

— Peut-être pas consciemment. Mais ce n'est que depuis 1960 que nous avons le choix, et sans devoir nous faire nonnes. Par ailleurs, après des soirées comme celle-ci, faire des enfants serait peut-être un acte de justice poétique : une fois grands, c'est eux qui parleraient de moi pendant des heures à leurs amis. »

C'est fou ce qu'on peut se camoufler ! À vrai dire, la perspective d'un tel passage au crible me plaisait clairement. *Elle était jolie, Maman, non ? Elle n'était pas courageuse, Maman ? Bon sang, tous ces pays dangereux où elle s'est aventurée toute seule !* Cet échantillon des réflexions nocturnes de mes enfants à propos de leur mère laissait filtrer une adoration précisément absente de la cruelle dissection que j'opérais sur ma propre mère. Petit essai : *Elle est prétentieuse, Maman, non ? Il n'est pas énorme, son nez ? Et tous ces guides de voyage qu'elle pond, ils sont d'un chiant !* En fait, la justesse impitoyable des jugements filiaux est facilitée par la proximité, la confiance, le désir d'honnêteté, et constitue par conséquent une double trahison.

Pourtant, même rétrospectivement, cette envie d'« avoir un autre sujet de conversation » est tout sauf frivole. En vérité, ce désir de grossesse m'a peut-être été soufflé par ces séduisantes petites séquences imaginaires fonctionnant comme la bande-annonce d'un film : j'ouvre la porte de la maison au premier amoureux de ma fille (j'avoue avoir toujours pensé à une fille), je réponds à sa gaucherie par des plaisanteries, et quand il est parti je fais le compte de tous ses défauts – joyeusement, cruellement. Mon envie de veiller tard avec Eileen et Belmont et de faire porter nos ruminations sur des jeunes qui avaient la vie devant eux – qui écrivaient d'*autres* histoires, au sujet desquelles j'aurais d'*autres* avis, et dont la trame n'était pas usée à force d'être racontées –, cette envie-là était bien réelle. Ce n'était pas une pirouette.

Sauf que jamais je n'aurais eu idée de ce que j'aurais à raconter une fois que j'aurais enfin accédé à mon nouveau sujet de conversation. Et encore moins de la douloureuse ironie par laquelle, en m'offrant mon passionnant nouveau sujet de conversation, j'allais perdre mon plus précieux interlocuteur.

28 novembre 2000

*Cher Franklin,*

En Floride, le grand cirque ne donne aucun signe de faiblesse. Le bureau est sens dessus dessous à cause de la couche de maquillage d'une élue de l'État, et une bonne partie de mes collègues surmenés prévoient une « crise constitutionnelle ». Bien que je n'aie pas suivi tous les détails, je n'y crois pas. Ce qui me frappe, alors que les gens se lamentent entre eux au bar des restaurants avant de manger en silence, ce n'est pas qu'ils se sentent menacés, mais au contraire qu'ils se savent en sécurité. Seul un pays qui se sent invulnérable peut s'offrir le désordre politique comme divertissement.

Mais pour avoir approché l'extermination d'aussi près et en garder encore la mémoire vivante (je sais que tu es las d'entendre cette chanson), peu d'Américains arméniens partagent béatement avec leurs compatriotes le sentiment d'être en sécurité. La simple numérique de ma vie est apocalyptique. Je suis née en août 1945, alors que les retombées de deux champignons vénéneux nous donnaient à tous un salutaire avant-goût de l'enfer. Kevin lui-même est né en plein dans l'angoissant compte à rebours avant 1984 – échéance fort redoutée, tu t'en souviens ; j'avais beau me moquer des gens qui prenaient au pied de la lettre le titre arbitraire de George Orwell, ces chiffres ont effectivement ouvert pour moi une ère de tyrannie. Le JEUDI est intervenu en 1999, année largement considérée comme celle de la fin du monde. Et de fait.

Depuis ma dernière lettre, je m'enferme dans le grenier mental de mes préventions originelles concernant la maternité. Je me souviens d'un chaos de craintes, toutes fausses. Si j'avais dressé le catalogue des inconvénients de la parentalité, « un fils peut devenir un assassin » ne serait pas arrivé en tête de liste. On aurait plutôt eu affaire à une énumération de ce genre :

1. Harcèlement.
2. Moins de temps pour tous les deux. (Plutôt, plus de temps du tout pour tous les deux).
3. Les autres. (Réunions de parents d'élèves. Professeurs de danse. Les exécrables camarades de l'enfant et leurs exécrables parents.)
4. Devenir une grosse vache. (J'étais mince et préférais le rester. Pendant sa grossesse, ma belle-sœur s'était pris des varices monstrueuses qui n'avaient jamais complètement disparu, et

la perspective d'avoir les mollets agrémentés d'un réseau de racines noueuses et bleues était pour moi plus mortifiante que je ne pouvais le dire. Alors je ne disais pas. Je suis vaniteuse, ou du moins je l'étais, et l'une de mes vanités était d'affecter de ne pas l'être.)

5. Altruisme contre nature : être contrainte de prendre des décisions dans l'intérêt d'un autre que soi. (Je suis dégueulasse.)

6. Coup de frein sur mes voyages. (Attention, coup de frein sur, pas terme définitif à.)

7. Mortel ennui. (Je trouvais les petits enfants radicalement stupides. Opinion que, d'entrée de jeu, je me suis avouée à moi-même.)

8. Vie sociale : néant. (Je n'avais jamais pu tenir une conversation digne de ce nom avec la présence d'un gosse de cinq ans dans la pièce.)

9. Régression dans l'échelle sociale. (J'étais un entrepreneur respecté. Lestée d'un bambin, tous les hommes que je connaissais – et toutes les femmes aussi, ce qui est déprimant – me prendraient moins au sérieux.)

10. Payer le tribut. (En étant parent, on acquitte une dette. Mais qui a envie de payer une dette à laquelle on peut échapper ? Apparemment, les gens sans enfant s'en tirent à bon compte. Par ailleurs, quel est l'intérêt de rembourser à la mauvaise personne ? Il faudrait être une mère dénaturée pour se sentir payée de sa peine par le fait de voir la vie de sa fille devenir enfin une abomination.)

Si je fouille ma mémoire, voilà les menues interrogations auxquelles je réfléchissais avant, et je me suis efforcée de ne pas contaminer leur confondante candeur avec ce qui s'est passé dans la réalité. Clairement, les raisons de rester stérile – avec tout le côté dévastateur de ce mot – étaient une addition de petits inconforts et de minuscules sacrifices. Elles étaient toutes égoïstes, mesquines, étriquées, de sorte que la personne qui, munie de ce catalogue, choisissait néanmoins de préserver sa vie ordonnée, confinée, statique, desséchée, sans horizon et sans famille, était non seulement quelqu'un qui avait la vue courte, mais aussi une sorte de monstre.

Pourtant, à contempler cette liste à présent, j'observe que, aussi condamnables soient-elles, les préventions traditionnelles contre le fait d'avoir des enfants sont d'ordre pratique. Finalement, aujourd'hui que les enfants ne labourent plus nos champs et ne nous prennent plus chez eux lorsque nous devenons incontinents, il n'existe plus de raison valable d'en avoir, et il est stupéfiant qu'avec l'avènement d'une contraception efficace on trouve encore des gens qui choisissent de se reproduire. En regard, l'amour, l'histoire, la satisfaction, la foi en l'« humanité » – bref, toutes les motivations modernes sont comme des dirigeables, immenses, suspendus et rares ; optimistes, généreuses, voire profondes, mais dangereusement infondées.

Des années, j'ai attendu ce désir irrésistible dont j'entendais parler depuis toujours, cette espèce d'état de manque qui pousse inéluctablement les femmes sans enfant vers les poussettes des autres dans les parcs. Je voulais être submergée par l'impératif hormonal, un matin au réveil serrer mes bras autour de ton cou, me faire très câline et prier, tandis qu'au fond de mes yeux s'épanouirait la fleur noire, pour que tu m'aies fait un bébé. (*Faire un bébé* : il y a de l'amour et de la tendresse dans cette expression, et la promesse, archaïque, que pendant neuf mois on sera « accompagnée » partout où l'on ira. *Mettre enceinte*, en revanche, a des échos négatifs, massifs, entravants, et sonne toujours à mon oreille comme une mauvaise nouvelle. « Je suis *enceinte*. Spontanément, je vois une adolescente de seize ans à la table familiale – pâle, nauséeuse, dotée d'un sacripant de petit ami – se forçant à cacher ce qui est la terreur de sa mère.)

Quel que soit le déclencheur, il n'a jamais fonctionné pour moi, et je me suis sentie un peu flouée. Ayant bien entamé la trentaine sans avoir éprouvé la moindre fièvre maternelle, je me suis demandé si j'étais anormale, quelque part, s'il me manquait quelque chose. Quand, à trente-sept ans, j'ai donné naissance à Kevin, j'avais commencé à redouter d'avoir, faute d'accepter simplement ce manque, amplifié une déficience mineure et peut-être strictement chimique, au point d'en faire une tare aux proportions shakespeariennes.

Quel événement a fini par rompre la digue ? Toi, pour commencer. Car si *nous* étions heureux, toi, tu ne l'étais pas, pas complètement, et je le savais forcément. Il y avait un vide dans ta vie que je ne suffisais pas à combler. Tu avais un travail, qui te plaisait.

Fouiner dans des écuries et des armureries improbables, chercher un champ qui soit clos par des
rails de récupération, dégoter un silo rouge cerise et
des vaches noir et blanc (Kraft – dont les tranches
de crème de gruyère sont faites avec du « vrai
lait ») ; tu étais maître de tes horaires, tu voyais les
choses à ta façon. Tu aimais bien faire du repérage.
Mais ce n'était pas une passion. Toi, tu avais la passion des gens, Franklin. Alors quand je t'ai vu jouer
avec les enfants de Brian, les câliner avec leurs vilaines
poupées, admirer leurs tatouages partant au lavage,
j'ai eu très envie de t'offrir la possibilité de vivre
une ardeur que j'avais moi-même découverte jadis
avec *A Wing and a Prayer* – ou AWAP, comme tu
disais.

Je me souviens qu'un jour tu as essayé de le dire,
maladroitement, ce qui ne te ressemblait pas. Ni le
sentiment ni les mots utilisés. Tu as toujours eu du
mal avec la rhétorique de l'émotion, sans pour
autant éprouver de malaise face à elle. Tu craignais
qu'un excès d'analyse mette à mal les sentiments,
comme la manipulation bien intentionnée mais
brusque d'une salamandre par des grosses mains
gauches.

Nous étions au lit, dans ce fameux loft de Tribeca
dont l'ascenseur à commande manuelle était perpé-
tuellement en panne. Sombre, poussiéreux, apprivoisé en cubes civilisés avec tables basses, ce loft
me rappelait toujours la cachette secrète que mon
frère et moi nous étions fabriquée avec de la ferraille
rouillée, à Racine. Nous venions de faire l'amour,
toi et moi, et je m'abandonnais juste lorsque je me

suis redressée brutalement, comme une flèche. Je devais attraper un vol pour Madrid dans dix heures, et j'avais oublié de mettre le réveil. Après avoir réglé la sonnerie, j'ai remarqué que tu étais sur le dos. Les yeux ouverts.

« Qu'est-ce qu'il y a ? »

Tu as soupiré. « Je ne sais pas comment tu fais. » Tandis que je m'enfonçais de nouveau dans l'oreiller pour écouter béatement un nouvel éloge de mon courage et de mon stupéfiant goût de l'aventure, tu as dû deviner le malentendu car tu t'es empressé d'ajouter : « Partir. Toujours partir. Partir pour longtemps. Me laisser.

— Mais je n'aime pas te laisser.

— Je me demande.

— Franklin, je n'ai pas monté mon entreprise pour échapper à tes griffes. Ne l'oublie pas, elle était là avant toi.

— Je vois mal comment je pourrais l'oublier.

— C'est mon travail !

— Qui n'a rien d'une nécessité. »

Je me suis redressée. « Est-ce que tu…

— Non, pas du tout. » Tu m'as gentiment fait recoucher ; les choses ne se passaient pas comme tu l'avais prévu, parce que tu avais tout prévu, je le savais. Tu t'es retourné sur le matelas pour placer tes coudes de chaque côté de moi et appuyer brièvement ton front contre le mien. « Je ne cherche pas à t'enlever tes guides. Je sais l'importance qu'ils ont pour toi. C'est bien le problème. Si les rôles étaient inversés, je serais incapable d'en faire autant. Je ne pourrais pas me lever le lendemain et prendre un avion pour Madrid en essayant de te dissuader de venir me chercher à l'aéroport trois semaines plus tard. Je le ferais peut-être une fois ou deux. Pas à répétition.

— Tu le ferais si tu y étais obligé.

— Eva. Nous le savons tous les deux. Tu n'y es pas obligée. »

Je me suis tortillée. Tu étais si proche, au-dessus de moi ; j'avais chaud et, entre tes deux coudes, je me sentais prisonnière. « Nous avons déjà eu cette discussion…

— Pas souvent. Tes guides de voyage sont une réussite foudroyante. Tu pourrais embaucher des étudiants pour faire à ta place toutes ces investigations autour des hébergements. Ils font déjà le plus gros de ton travail de documentation, non ? »

J'étais agacée : je connaissais la chanson. « Si je ne les ai pas à l'œil, ils trichent. Ils disent qu'ils ont vérifié, que la liste est toujours correcte, aucun souci, c'est bon. Plus tard, on s'aperçoit que telle chambre d'hôte a un nouveau propriétaire et qu'elle est envahie par les punaises, ou bien que l'adresse a changé. Je reçois des plaintes de cyclotouristes qui ont pédalé pendant cent cinquante kilomètres pour découvrir un cabinet d'assurances à la place du lit bien mérité. Ils sont légitimement furieux. Et quand ils n'ont pas la patronne sur le dos, certains de ces étudiants acceptent les bakchichs. L'atout le plus précieux d'AWAP est sa réputation.

— Tu pourrais aussi embaucher quelqu'un pour faire des contrôles. Tu pars donc à Madrid demain parce que c'est ce que tu veux. Il n'y a rien d'abominable à cela, sauf que moi, je ne voudrais pas, je ne pourrais pas. Tu sais que lorsque tu es partie, je pense constamment à toi ? Heure après heure, je pense à ce que tu manges, aux gens que tu vois...

— Mais moi aussi, je pense à toi ! »

Tu as ri, et ce rire était sincère ; tu ne cherchais pas la bagarre. Tu m'as libérée, et tu t'es laissé rouler sur le dos. « Arrête tes conneries, Eva. Tu te demandes si l'échoppe de sandwiches libanais va tenir jusqu'à la prochaine édition, et tu cherches les mots pour décrire la couleur du ciel. Parfait. Mais dans ce cas tu ne dois pas avoir pour moi les sentiments que j'ai pour toi. C'est tout ce que je veux dire.

— Est-ce que tu es en train de dire sérieusement que je ne t'aime pas autant que toi tu m'aimes ?

— Tu ne m'aimes pas de la même façon. Ce n'est pas une question de quantité. Il y a quelque chose que... tu gardes pour toi, as-tu lancé, comme une hypothèse. Peut-être que j'envie cela. C'est comme... des sortes de réserves. Tu sors d'ici, et aussitôt tu pompes dans ces réserves-là. Tu te balades en Europe, en Malaisie, et quand les réserves finissent par s'épuiser, tu rentres à la maison. »

En vérité, cependant, ta description correspondait plus à ma période pré-Franklin. J'avais été jadis une petite unité très efficace, comme ces brosses à dents de voyage qui se plient dans un étui. Je sais que j'ai tendance à avoir une vision excessivement romantique de cette époque. En fait, j'étais une môme. À l'origine, l'idée de *A Wing and a Prayer* m'était venue à mi-parcours environ de mon premier voyage en Europe, pour lequel j'étais partie avec beaucoup trop peu d'argent. Ce concept de guide de voyage a donné un objectif à ce qui, autrement, se délitait en une seule interminable tasse de café, et, à partir de là, je ne me suis plus déplacée qu'avec un carnet tout corné où je notais les prix des chambres simples, avec ou sans eau chaude, avec ou sans personnel parlant anglais, avec ou sans toilettes décentes.

On l'oublie facilement, aujourd'hui que AWAP a fait beaucoup d'émules, mais dans les années soixante, les globe-trotters étaient fort dépendants des *Guides bleus*, dont le public principal avait un certain âge et disposait de moyens certains. En 1966, quand la première édition de *Western Europe on a Wing and a Prayer* a dû être réimprimée pratiquement dès le lendemain de sa sortie, j'ai compris que j'avais mis le doigt sur quelque chose. J'aime bien qu'on me gratifie d'une intelligence aiguë, mais nous savons, toi et moi, que j'ai eu un coup de chance. Je ne pouvais pas prévoir que le style routard allait faire un tabac, et je n'avais pas des talents de démographe amateur suffisants pour profiter délibérément de la bougeotte permanente de ces baby-boomers qui accédaient tous en même temps à l'âge adulte, qui vivaient tous sur les sous de papa dans une ère de prospérité, qui partageaient tous le même optimisme sur le temps qu'ils pouvaient espérer tenir en Italie avec quelques centaines de dollars, qui cherchaient tous désespérément des conseils pour faire durer au maximum un voyage auquel leur père avait commencé par s'opposer formellement. Mon raisonnement personnel a surtout été que le voyageur qui arriverait après moi aurait peur, comme j'avais eu peur, peur de se faire avoir, comme il m'était arrivé de me faire avoir ; et si, dans un premier temps, j'étais prête à courir le risque de l'intoxication alimentaire, je pourrais épargner à notre globe-trotter novice l'insomnie d'une première nuit aux antipodes agitée par des nausées. Je ne dis pas que j'étais mue par l'altruisme, mais seulement que j'ai écrit le guide dont j'aurais bien aimé disposer moi-même.

Tu as levé les yeux au ciel. Cette rengaine est usée, et peut-être est-il inévitable que ce qui nous a d'abord séduit chez quelqu'un soit précisément ce qui nous agace ensuite. Sois patient avec moi.

Tu sais que la perspective de devenir comme ma mère m'a toujours horrifiée. Curieusement, Giles et moi avons appris le mot « agoraphobie » alors que nous avions déjà la trentaine, et la définition précise de ce terme, plus d'une fois vérifiée dans le dictionnaire, m'a toujours laissée perplexe : « Peur des lieux ouverts, ou publics. » Pas exactement, pour ce que j'en savais, la description fidèle de ce dont ma mère se plaignait. Elle n'avait pas peur des stades de foot, elle avait peur de sortir de chez elle, et j'avais l'impression qu'elle était aussi paniquée par les lieux clos que par les lieux ouverts, si le lieu clos n'était pas le 137, Enderby Avenue, à Racine, Wisconsin. Mais il semble qu'il n'y ait pas de mot pour cela (Enderbyphilie ?), et au moins, quand je dis que ma mère est agoraphobe, les gens ont l'air de comprendre qu'elle vit cloîtrée.

*Ça alors, quelle ironie !* ai-je entendu plus de fois que je ne saurais compter. *Avec tous les endroits où tu es allée ?* Les autres apprécient la symétrie des contraires.

Mais laisse-moi être sincère. En fait, je ressemble beaucoup à ma mère. Peut-être parce que, petite, j'allais toujours faire des courses pour lesquelles j'étais trop jeune, et que cela m'a ôté tout courage ; à huit ans, on m'envoyait acheter des joints pour changer ceux de l'évier de la cuisine. En me forçant à être son émissaire à un âge aussi précoce, ma mère est parvenue à reproduire en moi la même angoisse disproportionnée face aux menues interactions avec le monde extérieur que celle qui l'étreignait elle-même alors qu'elle avait trente-deux ans.

Même en cherchant bien, je n'ai pas souvenir d'un seul voyage à l'étranger que j'aie vraiment eu envie de faire, que je n'aie pas plus ou moins appréhendé et désespérément souhaité annuler. J'étais chaque fois jetée dehors par une conspiration d'engagements antérieurs : le billet était acheté, le taxi commandé, une flopée de réservations confirmées et, histoire de me coincer davantage, j'avais toujours abreuvé mes amies de détails concernant ce périple, avant des adieux grandioses. Même dans l'avion, j'aurais été béate de reconnaissance si l'appareil avait pu entrer dans la stratosphère pour l'éternité entière. L'atterrissage était une torture, découvrir le lit de ma première nuit une autre torture, ce qui n'empêchait pas le soulagement consécutif – ma version ad hoc d'Enderby Avenue – d'être pure félicité. À la longue, cette succession en accéléré de terreurs culminant par un plongeon vertigineux sur mon matelas d'adoption est devenue une drogue. Toute ma vie, je me suis forcée à faire des choses. Franklin, je ne suis jamais allée à Madrid à cause d'une folle envie de paella, et chacun de ces voyages de prospection dont tu croyais qu'ils me servaient à échapper aux rébarbatives entraves de notre vie domestique correspondait en fait à un gant que je m'étais moi-même jeté, avec obligation de le ramasser. Si j'ai jamais été heureuse d'être partie, jamais je ne l'ai été de partir.

Au fil des années cependant, l'aversion a faibli, et surmonter un simple désagrément n'est pas aussi gratifiant. Une fois habituée à relever mes propres défis – prouver encore et encore mon indépendance, ma compétence, ma mobilité et ma maturité –, la peur s'est progressivement inversée : la chose au monde que je redoutais plus encore qu'un nouveau voyage en Malaisie, c'était de rester à la maison.

Je n'avais donc pas seulement peur de devenir ma mère, j'avais peur de devenir UNE mère. J'avais peur d'être l'ancre solide et stable qui servirait de starting-block à un nouveau jeune aventurier dont je risquais d'envier les voyages, et dont l'avenir était encore libre d'amarres et de projets précis. J'avais peur d'être cette figure archétypale sur le pas de la porte – négligée, un peu ronde – qui fait au revoir et envoie des baisers tandis qu'un sac à dos est tassé dans le coffre ; qui essuie une larme dans le volant de son tablier coquet quand elle reste avec la fumée des gaz d'échappement ; qui fait demi-tour pour tirer tristement le verrou et laver la vaisselle trop rare posée à côté de l'évier, tandis que le silence de la pièce devient pesant comme un plafond qui va s'écrouler. Plus que celle de partir, j'ai développé l'horreur de rester. Combien de fois t'ai-je mis dans cette situation, te plantant là avec les miettes de baguette de notre dîner d'adieux pour filer dans le taxi qui m'attendait ? Je ne crois pas t'avoir jamais dit combien j'étais désolée de te faire subir toutes les petites morts de ces désertions en série, de te livrer à la remarque humoristique cachant ton sentiment justifié d'être abandonné.

Franklin, j'étais totalement *terrorisée par l'idée d'avoir un enfant*. Avant de tomber enceinte, les images que j'avais de l'art d'être parent – lire à l'heure du coucher des histoires de wagon qui font de larges sourires, enfourner de la pâtée dans des bouches grandes ouvertes –, tout cela relevait d'un univers ne me concernant pas. Je redoutais la confrontation avec ce qui risquait de s'avérer une nature froide, fermée, mon propre égoïsme et mon absence de générosité, les pouvoirs noirs et opaques de mes ressentiments personnels. Pour intriguée que j'étais par l'idée de « tourner une page », j'étais aussi mortifiée par la perspective de me retrouver désespérément coincée dans l'histoire de quelqu'un d'autre. Et je crois que cette terreur est précisément ce qui m'a stimulée, comme un plongeoir donne la tentation de sauter. L'aspect insurmontable de la tâche, son côté répulsif auront été finalement les agents de séduction qui m'ont incitée à me lancer.

*Eva*

*Cher Franklin,*

Je me suis installée dans un petit café de Chatham, raison pour laquelle cette lettre est manuscrite ; et puis, tu as toujours été capable de déchiffrer mes pattes de mouche sur les cartes postales, puisque je t'ai amplement fourni les occasions de t'entraîner. Le couple assis à la table d'à côté est embringué dans une polémique sans fin à propos du traitement des votes par procuration dans le comté de Seminole – le genre de détail qui semble mobiliser le pays entier ces derniers temps, dans la mesure où, autour de moi, tout le monde s'est apparemment transformé en champion de la procédure. Reste que je me réchauffe à leur chaleur comme auprès d'un poêle. Ma propre apathie glace les os.

Le Bagel Café est un établissement accueillant et je ne pense pas que la serveuse s'offusquera de me voir cajoler une tasse de café à côté de mon bloc-notes. Chatham aussi est confortable, authentique – avec cette touche d'étrangeté de l'Amérique profonde que des villes plus huppées comme Stock-bridge et Lenox s'efforcent à grands frais d'affecter. La gare voit encore s'arrêter des trains. Le principal centre commercial étale l'habituelle succession de librairies d'occasion (remplies de ces romans de Loren Estleman que tu dévorais) ; de pâtisseries vendant des muffins au blé complet brûlés sur les bords ; de friperies tenues par des œuvres de charité ; un cinéma affichant l'appellation « Theatre » avec l'idée étriquée que la dénomination à l'anglaise est plus sophistiquée ; un vins et spiritueux, ayant en rayon outre les magnums de Taylor pour les autochtones quelques *zinfandels* de Californie à des prix étonnamment élevés pour ceux qui ne sont pas d'ici. Les habitants de Manhattan qui ont là une résidence secondaire maintiennent en vie cette bourgade en perdition, à présent que la plupart des industries locales ont fermé – des estivants donc, sans oublier le nouvel établissement pénitentiaire en dehors de la ville.

Je pensais à toi en chemin, au cas où cela n'irait pas sans dire. Dans une sorte de contrepoint, j'essayais d'imaginer avec quel genre d'homme je me voyais finir ma vie avant notre rencontre. Le résultat était incontestablement un mélange des petits amis rencontrés sur la route, au sujet desquels tu me taquinais tout le temps. Certains de mes coups de cœur étaient gentils, encore que chaque fois qu'une femme parle d'un homme en disant qu'il est *gentil*, la libido en prenne un coup.

Si cet assortiment de compagnons éphémères (pardon – ces « losers »), à Arles ou à Tel-Aviv, est un élément à prendre en compte, j'étais destinée à me caser avec un cérébral maigre dont le métabolisme bondissant brûle les frichtis de pois chiches à une vitesse féroce. Coudes pointus, pomme d'Adam saillante, poignets fins. Végétarien pur et dur. Type angoissé, qui lit Nietzsche et porte des lunettes, étranger à son époque et grand contempteur de l'automobile. Marcheur et cyclotouriste insatiable. Profession marginale – genre potier, adorant les bois nobles et les jardins d'herbes diverses, dont les aspirations à une vie sans prétention faite de labeur physique et de couchers de soleil contemplés à loisir depuis une terrasse abritée sont quelque peu démenties par la rage froide et contenue avec laquelle il jette dans un vieux bidon d'huile les poteries décevantes. Un faible pour la fumette ; les épisodes de rumination. Un sens de l'humour un peu douteux, mais implacable ; petit rire distant et sec. Massages du dos. Recyclage. Cithare et léger flirt avec le bouddhisme, Dieu merci à conjuguer au passé. Vitamines et parties de *cribbage*, filtres à eau et cinéma français. Pacifiste possédant trois guitares mais pas de télé, peu porté sur les sports d'équipe après une enfance malmenée par les costauds de la classe. Une pointe de vulnérabilité dans le recul des cheveux sur les tempes ; et les volutes brunes d'une queue de cheval le long de la colonne

71

vertébrale. Teint blême et verdâtre, presque maladif. Tendresse et chuchotements côté sexe. Étrange talisman en bois sculpté, pendu autour du cou, sur lequel il reste muet et qu'il refuse d'enlever même pour prendre un bain. Journaux intimes que je ne dois pas lire, agrémentés de coupures de presse en piètre état, illustrant que nous vivons dans un monde bien affreux. (« Sinistre découverte : la police trouve divers morceaux d'un corps humain, dont deux mains et deux jambes, dans six casiers de consigne de la gare centrale de Tokyo. Après inspection des deux mille cinq cents casiers à pièces, les forces de l'ordre ont mis la main sur une paire de fesses dans un sac-poubelle en plastique noir. ») Cynisme face à la politique officielle, doublé d'une infatigable distance ironique vis-à-vis de la culture populaire. Et surtout quoi ? Anglais courant, mais doté d'un charmant accent, bref, un *étranger*.

Nous habiterions à la campagne – au Portugal ou dans un petit village d'Amérique centrale –, avec une ferme au bout de la route qui vendrait du lait cru, du beurre fraîchement baratté, et de grosses citrouilles charnues pleines de pépins. Notre petite maison en pierre serait couverte de plantes grimpantes, avec des géraniums écarlates aux fenêtres, et nous ferions de compacts brownies à la carotte et au seigle pour nos rustiques voisins. Doté d'une éducation supérieure, mon compagnon imaginaire n'en gratterait pas moins le terreau de notre idylle pour trouver les graines de sa propre insatisfaction. Et, entouré de luxuriance naturelle, sombrer dans un ascétisme dédaigneux.

Tu glousses enfin ? Parce que c'est toi qui es arrivé. Un grand carnassier à la solide carrure, le cheveu effrontément blond et une peau rose qui vire au rouge à la plage. Dévoreur de vie. Rire franc et massif ; roi du calembour. Hot dogs – même pas aux *bratwurst* de la 86$^e$ Rue Est, mais avec ces boyaux de cochon graisseux et granuleux d'un rose immonde. Base-ball. Casquette siglée. Jeux de mots et *blockbusters*, eau du robinet et packs de six canettes. Consommateur confiant et téméraire qui ne lit les étiquettes que pour vérifier qu'il y a beaucoup d'additifs. Fan des autoroutes vouant une passion à son pick-up et convaincu que les vélos, c'est pour les pauvres mecs. Aime la baise et les gros mots ; un goût secret mais assumé pour le porno. Suspense, thrillers et science-fiction ; abonné à *National Geographic*. Barbecue pour fêter le 4 Juillet, et projet, la maturité venue, de se mettre au golf. Adore manger les saloperies en tout genre : Curkies. Doritos. Ruffles. Cheesies. Tortillas – tu ris, mais je n'en mange pas – tout ce qui ressemble moins à de la nourriture qu'à du matériau d'emballage et se trouve à six étapes au moins de la ferme. Bruce Springsteen, les premiers albums, à pleins tubes avec les vitres baissées et les cheveux au vent. Chante en même temps, faux – comment ai-je pu craquer à ce point pour un type qui chante comme une casserole ? Les Beach Boys. Elvis – tu n'as jamais perdu tes racines, n'est-ce pas, et vive le bon vieux rock & roll. Effets de manche. N'excluant pas le vide sidéral ; je me souviens, tu t'es toqué de Pearl Jam, au moment précis où Kevin passait à autre chose… (pardon). Il fallait simplement que ça fasse du bruit ; pas question de te faire écouter mon Elgar, mon Leo Kottke, malgré l'exception notable que tu faisais pour Aaron Copland. Tu as furtivement passé la main devant tes yeux, comme pour chasser des moucherons, en espérant que je n'avais pas remarqué que *Quiet City* t'avait fait pleurer. Et puis les plaisirs évidents, ordinaires ; le zoo du Bronx et les Jardins botaniques, le surf à Coney Island, le ferry de Staten Island, l'Empire State Building. Tu étais le seul Américain que je connaisse à avoir déjà pris le ferry pour aller voir la statue de la Liberté. Tu m'y as traînée une fois, et sur le bateau nous étions les seuls touristes à parler anglais. Peinture figurative – Edward Hopper. Et bon sang, Franklin, *républicain*. Qui ne jure que par une défense forte, mais hormis cela peu d'intervention du gouvernement, et des impôts bas. Physiquement aussi, tu as été une sacrée surprise – la défense forte à toi tout seul. Il t'est arrivé de penser que je te trouvais trop gros, j'en faisais tant sur ta taille, alors que tu accusais un très commun soixante-quinze – soixante-dix-sept kilos, combattant en permanence les deux kilos de cochonneries au cheddar qui se fixaient au niveau de ta ceinture. Mais pour moi tu étais *énorme*. Trapu, massif, large, dense, rien à voir avec le truc délié de mes fantasmes. Bâti comme un chêne, contre lequel je pouvais appuyer mon oreiller pour lire ; le matin, je pouvais me lover au creux de tes branches. C'est une sacrée chance d'échapper à ce qu'on croit vouloir ! Je me serais vite lassée de toute cette fichue poterie, des régimes à la noix, et j'abomine le nasillement de la cithare.

Mais la surprise des surprises, c'est que j'aie épousé un Américain. Pas un Américain tout court, un homme se trouvant être de nationalité américaine. Non, tu étais américain par choix autant que de naissance. En fait, tu étais un patriote. Je n'en avais jamais rencontré avant toi. Chez les ploucs, oui. Des gens aveugles, ignorants, n'ayant jamais voyagé, qui croyaient qu'il n'y avait que les États-Unis au monde, et que par conséquent la moindre critique revenait à décrier l'univers. Toi, tu avais vu quelques pays, le Mexique, un voyage désastreux en Italie avec une femme dont la pléthore d'allergies incluait les tomates – et tu avais décidé que tu aimais ton pays. Pardon, que tu adorais ton pays, sa facilité, son efficacité, son pragmatisme, ses accents forts et sans prétentions, l'importance qui y était donnée à l'honnêteté. Je dirais – je disais – que tu étais amoureux d'une version archaïque des États-Unis, d'une Amérique qui n'existait plus depuis longtemps, si elle avait jamais existé ; que tu étais amoureux d'une idée. Et tu dirais – disais – qu'une partie de ce qu'était l'Amérique était une idée, ce qui était plus que ce à quoi pouvaient prétendre la plupart des autres pays, qui n'étaient pour l'essentiel que des passés belliqueux et des circonscriptions sur une carte. C'était une belle, une bonne idée, disais-tu, et tu faisais remarquer – ce que je t'accordais – qu'une nation qui visait à préserver avant tout la possibilité, pour ses citoyens, de faire exactement ce qu'ils avaient envie de faire était

précisément le genre d'endroit qui aurait dû conquérir les gens de mon espèce. Sauf que les choses ne
se sont pas passées de cette façon, objectais-je, à
quoi tu rétorquais que c'était toujours mieux que
n'importe où ailleurs, et nous en restions là.

Il est vrai que, pour moi, le désenchantement est
arrivé. Je voudrais encore te remercier de m'avoir
fait connaître mon propre pays. N'est-ce pas ainsi
que nous nous sommes rencontrés ? Nous avions
décidé, à l'AWAP, de passer des publicités dans
*Mother Jones* et *Rolling Stone*, et comme j'étais
floue à propos des photos que je souhaitais,
Young & Rubicam t'avait demandé de passer. Tu as
débarqué dans mon bureau en jeans poussiéreux et
chemise de flanelle, trompeuse impertinence. J'ai
fait des efforts immenses pour rester professionnelle, distraite que j'étais par tes épaules. La France,
ai-je avancé. La vallée du Rhône. Puis je me suis
excitée sur le coût – tes frais de voyage, de séjour.
Tu as ri. Ne soyez pas ridicule, as-tu lancé. Je peux
vous trouver la vallée du Rhône en Pennsylvanie.
Ce que tu as fait.

Jusqu'alors, j'avais toujours vu les États-Unis
comme un endroit dont il fallait partir. Après
m'avoir tranquillement invitée à dîner – j'étais une
dirigeante avec qui tu étais en relation de travail –,
tu m'as forcée à reconnaître que, si j'étais née
ailleurs, les États-Unis seraient peut-être le pays que
j'irais visiter en premier : quoi que j'en pense par
ailleurs, le pays qui donnait les ordres et tirait les
ficelles, qui faisait les films, qui vendait le Coca-
Cola et exportait *Star-Trek* jusqu'à Java ; le centre de

l'action, un pays avec lequel on devait être en relation, fût-elle d'hostilité ; un pays qui exigeait sinon l'acceptation, du moins le rejet – tout sauf l'indifférence. Le pays entre tous les pays qui, lui, viendrait vous visiter, que cela vous plaise ou non, à peu près n'importe où sur la planète. C'est bon, c'est bon, ai-je protesté. C'est bon. J'allais visiter.

Alors j'ai visité. En ces temps de nos débuts, te souviens-tu de tes étonnements récurrents ? Parce que je n'avais jamais assisté à un match de baseball. Que je n'étais jamais allée à Yellowstone. Ni dans le Grand Canyon. Que je dénigrais sans jamais y avoir goûté les tartes aux pommes chaudes de McDonald's. (J'avoue : j'ai aimé.) Un jour, as-tu fait remarquer, il n'y aurait plus de McDonald's. Et ce n'est pas parce qu'il y en a partout que ces tartes aux pommes chaudes ne sont pas excellentes, ou que vivre à une époque où on peut les acheter pour cinquante-cinq cents n'est pas un privilège. C'était un de tes thèmes favoris : que la profusion, la reproduction, le succès n'étaient pas forcément des facteurs de dévaluation, et que le temps se chargeait de tout rendre rare. Tu adorais savourer le moment présent et tu étais conscient, plus que quiconque parmi toutes les personnes que j'ai pu rencontrer, que ce qui constitue ce moment est éphémère.

Tu avais du reste le même point de vue sur ton pays : il n'était pas inscrit dans l'éternité. Certes, c'était un empire, encore que cela ne soit aucunement une honte. L'histoire est faite d'empires, et les États-Unis étaient de loin le plus grand, le plus riche et le plus juste des empires ayant jamais dominé le monde. Ce qui n'empêchait pas sa chute d'être inévitable. Comme il en va de tous les empires. Mais nous avions de la chance, disais-tu. Nous participions à la plus fascinante expérience sociale jamais tentée. Bien sûr, elle était imparfaite, ajoutais-tu, avec la même insouciante diligence qui m'avait amenée à souligner, avant la naissance de Kevin, que, bien sûr, certains enfants avaient des « problèmes ». Néanmoins, disais-tu, si, de ton vivant, tu devais voir les États-Unis sombrer, ou trébucher, ou s'effondrer économiquement, être défaits par un agresseur ou devenir une chose mauvaise par corruption de l'intérieur, tu pleurerais.

Je le crois. Mais il m'est arrivé de penser au cours de cette période où tu m'introduisais dans la Smithsonian, me forçant à réciter dans l'ordre la liste des présidents, me passant au gril sur les causes des émeutes de Haymarket, qu'en fait je ne visitais pas vraiment le pays. Que je visitais *ton* pays. Celui que tu t'étais construit, comme un enfant construit une cabane avec des bâtons de Popsicles. Une jolie reproduction, du reste. Aujourd'hui encore, quand mes yeux tombent sur des citations du préambule à la Constitution : *Nous, peuple de…*, je sens un frémissement dans le cuir chevelu. Parce que j'entends ta voix. La déclaration d'Indépendance : *Nous tenons ces vérités…* – ta voix.

Ironie. J'ai réfléchi à ton rapport à l'ironie. Ça te mettait toujours en colère quand mes amis européens diagnostiquaient chez nos compatriotes une « totale ignorance du sens de l'ironie ». Pourtant (ironiquement), au cours de cette dernière partie du xxe siècle, l'ironie aura été massive aux États-Unis, douloureusement massive. En fait, avant notre rencontre, j'en avais par-dessus la tête, sans trop m'en rendre compte. Au début des années quatre-vingt, tout était « rétro », et il y avait une sorte de mépris sous-jacent, une distanciation dans tous ces restaurants années cinquante avec des tabourets chromés et des *root-beer floats* servies dans des saladiers. L'ironie, c'est à la fois avoir et ne pas avoir. L'ironie implique un dénigrement feutré, un désaveu. Nous avions des amis dont les appartements avaient une déco kitsch second degré – baigneurs noirs, réclames encadrées des années vingt pour les cornflakes Kellogg's (« Ils en redemandent ! ») – il fallait que tout soit marrant.

Tu refusais de vivre de cette façon. Oh, la « totale ignorance du sens de l'ironie » devait vouloir dire qu'on ne savait pas ce dont il s'agissait – être débile –, n'avoir aucun sens de l'humour. Mais toi, tu savais. Tu as ri, un peu, pour être poli, du Black Jockey en fonte monté en lampe que Belmont avait dégoté pour leur cheminée. Tu voyais le clin d'œil. Simplement, la plaisanterie ne t'amusait pas, et dans ta vie à toi, tu voulais des objets authentiquement beaux, pas des trucs rigolos. Avec ton intelligence, tu étais sincère par choix et pas seulement par nature, *américain* par consentement éclairé, et tu embrassais tous les bons aspects de cela. Faut-il parler de naïveté quand on est délibérément naïf ? Tu faisais des pique-niques. Des excursions conventionnelles dans les grands sites nationaux. Tu chantais *O'er the la-and of the free* ! à pleine puissance de ta voix de casserole pendant les matches des Mets, sans jamais l'ombre d'un sarcasme. Les États-Unis, affirmais-tu, se trouvaient sur le fil du rasoir existentiel. Un pays d'une prospérité sans précédent, où virtuellement tout le monde mangeait à sa faim ; un pays qui faisait beaucoup pour la justice et offrait pratiquement tous les divertissements, sports, religions, appartenances ethniques, métiers et engagements politiques possibles, avec une profusion de paysages, de flore, de faune et de climat. S'il n'était pas possible d'avoir une vie belle, riche et somptueuse dans ce pays, avec une femme jolie et un enfant en bonne santé qui grandit bien, alors ce n'était possible nulle part. Et aujourd'hui encore, je crois que tu avais peut-être raison. Que ce n'est peut-être possible nulle part.

Neuf heures du soir (rentrée chez moi)
La serveuse était compréhensive, mais le Bagel Café fermait. La sortie imprimante risque d'être plus impersonnelle, mais elle est plus confortable à l'œil. À propos, j'ai peur que dans cette partie manuscrite tu aies lu en diagonale, sauté des passages. J'ai peur qu'à l'instant où tu as repéré le « Chatham » en haut de la première page tu n'aies pu penser à rien d'autre et que, pour une fois, tu te sois royalement moqué de ce que m'inspiraient les États-Unis. *Chatham*. Je vais à *Chatham*.

Oui. J'y vais chaque fois que j'en ai le droit. Heureusement, ces voyages que je fais une semaine sur deux, pour aller jusqu'au centre de détention de mineurs de Claverack, sont soumis à des contraintes horaires tellement étroites que je n'ai pas la liberté d'envisager de partir une heure plus tard, ou un autre jour. Je m'en vais à onze heures trente précises parce qu'on est le premier samedi du mois, et je dois arriver immédiatement après le second service de déjeuner, soit deux heures de l'après-midi. Je ne me laisse pas aller à me demander combien je redoute d'aller le voir, ou combien j'attends ce moment avec impatience. J'y vais, c'est tout.

Tu es stupéfait. Tu ne devrais pas. C'est mon fils, et une mère se doit d'aller voir son fils en prison. J'ai accumulé les échecs comme mère, mais j'ai toujours observé les règles. Un de mes échecs a d'ailleurs consisté à suivre à la lettre les diktats de la loi non écrite du droit parental. La chose a été dite lors du procès – au civil. J'ai été consternée par la haute image morale que j'avais sur le papier. Vince Mancini, l'avocat de Mary, m'a accusée devant la cour de ne rendre visite à mon fils incarcéré, pendant son procès, qu'en prévision d'une poursuite pour négligence parentale. Je jouais la comédie, a-t-il déclaré, en faisant tous les gestes convenus. Évidemment, le problème de la jurisprudence est son incapacité à prendre en compte les subtilités. Mancini n'a pas eu totalement tort. Ces visites n'étaient peut-être pas exemptes d'une dose de théâtre. Mais elles se poursuivent alors que personne ne regarde, parce que si j'essaie de prouver que je suis une bonne mère, il se trouve que c'est tristement à moi-même que je le prouve.

Kevin lui-même a été surpris par mes apparitions entêtées, ce qui ne signifie pas pour autant qu'il en était, au début du moins, particulièrement heureux. En 1999, à seize ans, il était encore à l'âge où être vu avec sa mère était embarrassant ; il est doux-amer de constater que les truismes sur l'adolescence persistent envers et contre des troubles plus qu'adultes. C'est ainsi que lors des premières visites il a semblé voir dans ma présence d'abord une forme d'accusation, de sorte qu'il se mettait en colère avant même que j'aie prononcé une seule parole. Et que ce soit lui qui éprouve de la colère contre moi ne semblait pas tout à fait logique.

Mais dans le même ordre d'idées, lorsqu'une voiture me frôle sur un passage protégé, j'ai remarqué que, souvent, le conducteur est furieux – hurlements, gesticulations, insultes – contre moi, qu'il vient de quasiment renverser, et qui avais indiscutablement le droit de traverser à cet endroit. Il s'agit là d'une caractéristique vivace des conducteurs mâles, qui paraissent s'indigner d'autant plus qu'ils sont dans leur tort. Je crois que le raisonnement émotionnel, si l'on peut utiliser cette expression, est transitif. À cause de vous, me sentir mauvais me met en rage ; *ergo*, vous me mettez en rage. Si j'avais eu alors la lucidité de prendre la première partie de la démonstration, j'aurais éventuellement aperçu dans l'indignation instantanée de Kevin une lueur d'espoir. Mais, à l'époque, sa fureur m'a simplement mystifiée. Elle semblait tellement injuste ! Les femmes sont plus portées vers le chagrin, et pas seulement dans les encombrements. J'avais tort à mes yeux, tort à ses yeux. J'étais coincée de partout.

Du coup, au début de son incarcération, nous n'avions pas de véritables conversations. Le seul fait de me trouver face à lui m'ôtait toutes mes forces. Il me vidait même de l'énergie de pleurer, ce qui du reste n'aurait guère été productif. Après cinq minutes, je lui demandais éventuellement, la voix cassée, si la nourriture était correcte. Il se gaussait de moi avec incrédulité, comme si, les circonstances étant ce qu'elles étaient, la question semblait aussi inepte qu'elle l'était effectivement. Ou bien je demandais : « Est-ce qu'on te traite comme il faut ? » sans savoir au demeurant ce que j'entendais par là, ni même si j'avais *envie* qu'il soit traité « comme il faut ». Il marmonnait : *t'as raison, on vient m'embrasser tous les soirs dans mon lit*. Il ne m'a pas fallu très long-temps pour épuiser le registre des questions mater-nelles standard, ce qui a, je crois, été un soulagement pour nous deux.

S'il m'a fallu peu de temps pour cesser de faire la mère loyale qui n'a d'autre préoccupation que celle de s'assurer que son fiston mange bien ses légumes, nous sommes toujours aux prises avec la posture plus impénétrable de Kevin jouant le sociopathe que rien ne peut atteindre. Le problème est que, grâce à mon rôle de mère qui soutient son fils en toute circonstance, quitte à en sortir diminuée – un rôle stupide, irrationnel, aveugle et bêta, dont je pourrais aisément me passer –, Kevin se nourrit trop de son propre cliché pour y renoncer tranquillement.

Il semble tenir encore très fort à me démontrer que si chez moi il était un subalterne qu'on obligeait à finir son assiette, il est devenu à présent une célébrité ayant fait la couverture de *Newsweek*, dont la dénomination occlusive, *Kevin Khatchadourian* – ou « KK » dans les tabloïds, comme Kenneth Kaunda en Zambie –, avait balayé avec fracas l'accroche de tous les bulletins d'information. Il est même passé sur une chaîne nationale, déclenchant quelques appels en faveur des châtiments corporels, de la peine de mort pour les mineurs et du contrôle parental sur les programmes télé. Derrière les barreaux, il me faisait savoir qu'il n'était pas un délinquant de pacotille, mais un monstre célèbre, dont ses collègues mineurs moins accomplis ont une sainte terreur.

Une fois, dans ces temps du début (après qu'il était devenu plus bavard), je lui ai demandé : « Ils te considèrent comment, les autres ? Sont-ils… critiques ? De ce que tu as fait ? » C'était m'approcher au plus près d'une autre question : « Est-ce qu'ils te font des croche-pieds dans les couloirs ou crachent dans ta soupe ? » Au début, tu le vois, j'étais hésitante, déférente. Il me faisait peur, physiquement peur, et je ne voulais surtout pas l'inciter à sortir de ses gonds. Il y avait des gardiens à proximité, bien sûr, mais il y avait aussi du personnel de sécurité dans son lycée, des policiers à Gladstone, et cela avait servi à quoi ? Plus jamais je ne me sens protégée.

Kevin a claironné ce rire dur et sans joie expulsé par le nez. Et dit un truc du genre : « Tu rigoles ? Ils me respectent grave, petite mère. Y a pas un mineur dans cette taule qui n'ait pas ratatiné cinquante têtes de nœud parmi ses pairs avant le petit déjeuner… dans ses rêves. Moi, je suis le seul à avoir eu le cran de le faire dans la vraie vie. » Chaque fois qu'il utilise l'expression « dans la vraie vie », Kevin arbore l'assurance excessive des fondamentalistes parlant du ciel ou de l'enfer. Comme s'il essayait de se faire exister par les mots.

Je n'avais que sa parole, bien sûr, pour croire que, loin d'être mis en quarantaine, Kevin avait acquis le statut de mythe parmi les voyous qui avaient seulement braqué des voitures ou suriné des dealers rivaux. Mais j'ai fini par penser qu'il avait dû acquérir un certain prestige puisque, cet après-midi même, il a concédé, sur le mode détourné qui est le sien, que ce prestige avait commencé à décroître.

« Tu sais quoi ? a-t-il dit. J'en ai plus que marre de répéter encore et encore cette histoire de merde. » D'où j'ai conclu qu'il fallait renverser la proposition, et entendre que ses codétenus étaient las de l'entendre. Plus d'un an et demi, c'est long pour un adolescent, et l'histoire de Kevin, c'était déjà le passé. Il devient assez vieux pour apprécier que la différence entre un perpète, comme on dit dans les séries policières, et le lecteur de journal moyen, c'est que ce dernier peut s'offrir le luxe d'« en avoir marre de cette histoire de merde » et passer librement à autre chose. Les coupables sont enfermés dans ce qui doit ressembler à une sempiternelle et tyrannique répétition de la même histoire. Kevin gravira les marches montant à la salle de muscu du gymnase de Gladstone jusqu'à la fin de ses jours.

Il est donc plein de ressentiment, et je ne lui reprocherai certainement pas d'être déjà las de ses propres atrocités ni d'envier aux autres leur capacité à s'en défaire. Aujourd'hui, il a continué de rouspéter à cause de l'arrivée à Claverack d'un minus de tout juste treize ans. À mon intention, Kevin a précisé : « Sa quéquette a la taille d'un Tootsie Roll. Les minis, tu sais ? » Et d'agiter le petit doigt. « Vingt-cinq cents les trois. » Puis Kevin a exposé avec gourmandise le titre de gloire du gamin : un couple de vieux dans un appartement mitoyen s'était plaint qu'il écoutait trop fort ses CD des Monkees à trois heures du matin. Le week-end suivant, la fille du couple a trouvé ses parents dans leur lit, ouverts de l'entrejambe à la gorge.

« C'est consternant, ai-je dit. Je n'arrive pas à croire qu'on puisse encore écouter les Monkees. »

J'ai eu droit à un maigre hennissement. Il a continué en expliquant que la police n'avait jamais retrouvé les viscères, détail qui a fait les choux gras des médias, pour ne rien dire du fan-club que le gamin s'est constitué du jour au lendemain à Claverack.

« Ton copain est précoce, ai-je dit. Les viscères disparus – tu ne m'as pas expliqué que pour se faire remarquer, dans ce domaine, il faut un petit plus ? »

Tu es peut-être horrifié, Frank, mais il m'a fallu l'essentiel de ces deux ans pour aller aussi loin avec lui, et nos joutes noires et impassibles tiennent du progrès. Cependant, Kevin n'est pas encore à l'aise avec mon audace. Je vais sur son terrain. Et puis je l'avais rendu jaloux.

« Je ne le crois pas si malin, a dit Kevin avec détachement. Il a dû voir ces boyaux et se dire : *Cool ! Des saucisses gratuites !* »

Kevin m'a lancé un regard furtif. Mon impassibilité était visiblement une déception pour lui.

« Tout le monde dans le coin prend ce minable pour un vrai dur, a-t-il repris. Genre : "Man, tu peux le mettre à donf, ton *Sound of Music*, c'est pas un blèm". » Son accent afro-américain est devenu très réussi et a supplanté en partie le sien. « Mais je suis pas impressionné. C'est qu'un môme. Trop petit pour savoir ce qu'il faisait.

— Et toi, tu ne le savais pas ? » ai-je demandé sèchement.

Kevin a croisé les bras, l'air satisfait ; j'avais repris le rôle de la mère. « Je savais exactement ce que je faisais. » Il s'est accoudé. « *Et je referais la même chose.*

— Je comprends pourquoi », ai-je articulé clairement, en désignant d'un ample geste la pièce sans fenêtre dont les murs étaient couverts de panneaux rouge vermillon et vert bénédictine ; je me demande vraiment pourquoi ils décorent les prisons comme des haltes-garderies. « Ça t'a formidablement réussi.

— Je suis simplement passé d'un endroit de merde à un autre endroit de merde. » Il a bougé la main droite avec deux doigts tendus, montrant qu'il s'était mis à fumer. « Ça m'a réussi super. »

Chapitre clos, comme d'habitude. Ce qui ne m'a pas empêchée de noter que ce blanc-bec de treize ans prenant la vedette à Claverack avait chagriné notre fils. Apparemment, ni toi ni moi n'aurions dû nous inquiéter de son déficit d'ambition.

Quant à notre prise de congé, j'avais pensé la mettre de côté. Sauf que c'est précisément ce que j'ai envie de te cacher qui est peut-être le plus important à dire.

Le gardien au visage grêlé de verrues avait annoncé que la visite était terminée ; pour une fois, nous avions utilisé l'heure entière sans en passer la plus grande partie à regarder l'horloge. Nous étions debout chacun d'un côté de la table et je m'apprêtais à bredouiller une banalité du genre : « On se revoit dans quinze jours », quand je me suis rendu compte que Kevin me fixait dans les yeux, alors que tous ses autres regards avaient été à la dérobée, fuyants. J'en ai été coupée dans mon élan, déstabilisée au point de me demander pourquoi diable j'avais jamais souhaité qu'il me regarde en face.

Quand j'ai cessé de tripoter mon manteau, il a dit : « Tu trompes peut-être les voisins, et les gardiens, et Jésus, et ta gâteuse de mère avec tes gentilles visites, mais moi tu ne me roules pas. Si tu veux une médaille, tu peux te la mettre où je pense. Mais ne reviens pas promener ton cul dans le coin pour me faire plaisir. » Et d'ajouter : « Parce que je te déteste. »

Je sais que les enfants sortent à tout bout de champ cette phrase : *Je te déteste, je te déteste !* avec plein de larmes dans les yeux. Mais Kevin approche des dix-huit ans, et il a articulé ces mots froidement.

J'avais certes une idée de ce que j'étais censée répondre : *Allons, tu sais bien que tu ne le penses pas*, alors que je savais qu'il le pensait. Ou encore : *Eh bien moi, je t'aime, jeune homme, que cela te plaise ou pas*. Mais j'avais le vague sentiment qu'avoir suivi ces chemins balisés avait précisément contribué à me faire atterrir dans une pièce surchauffée à la déco criarde et aux odeurs de W.-C. de bus, par un après-midi de décembre autrement agréable et inhabituellement clément. J'ai donc lâché sur le même ton neutre de l'information : « Il m'arrive aussi souvent de te détester, Kevin », avant de tourner les talons.

Tu comprends donc pourquoi j'avais besoin d'un café pour me remettre. Résister aux attraits du bar a représenté un effort.

Sur la route du retour, je réfléchissais et je me disais que, en dépit de tout mon désir de marquer ma distance envers un pays dont les citoyens, quand ils sont encouragés à « faire exactement ce qui leur plaît », éviscèrent les vieux, mon mariage avec un Américain était parfaitement logique. J'avais de meilleures raisons que la plupart des gens de trouver les étrangers has been, ayant exploré leur exotisme jusqu'à savoir le pipi de chat qu'ils sont l'un pour l'autre. Par ailleurs, arrivée à trente-trois ans, j'étais fatiguée, souffrant de l'épuisement cumulé d'une station debout permanente qui ne se fait sentir que lorsque l'on s'assoit. J'étais moi-même une étrangère à jamais, qui révisait sa méthode d'italien rapide pour demander une corbeille de pain. Même en Angleterre, je devais penser à oublier les américanismes au bénéfice du mot britannique, et dire « *pavement* » au lieu de « *sidewalk* ». Consciente d'être une sorte d'ambassadrice, je relevais le défi d'un barrage quotidien d'idées préconçues hostiles, veillant à ne pas être arrogante, arriviste, ignorante, présomptueuse, nulle ou tapageuse en public. Mais si je m'étais arrogé la planète entière comme jardin privé, cette effronterie même me désignait comme désespérément américaine, de même que l'illusion baroque que je pouvais me reconvertir en hybride tropical et internationaliste avec des origines d'une horrible spécificité : Racine, Wisconsin. Jusqu'à l'insouciance avec laquelle j'avais abandonné mon pays natal formait un tout classique avec notre peuple curieux, impatient et agressif, qui dans sa totalité (toi mis à part) considère non sans morgue l'Amérique comme une donnée permanente. Les Européens sont mieux parés. Ils savent la vie éphémère et la contemporanéité de l'Histoire, ses rapacités immédiates, et ils font souvent volte-face pour courir prendre soin de leurs périssables jardins afin de s'assurer que, disons, le Danemark est toujours là. Mais pour ceux d'entre nous pour qui le mot « invasion » est associé exclusivement aux autres planètes, notre pays est un roc imprenable capable d'attendre notre retour indéfiniment, et intact. En vérité, j'avais plus d'une fois expliqué ma bougeotte à des étrangers en la déclarant encouragée par l'idée que j'avais que « les États-Unis n'ont pas besoin de moi ».

Il est embarrassant de choisir son compagnon en fonction des émissions de télé qu'il regardait enfant, mais d'une certaine façon, c'est exactement ce que j'ai fait. Je voulais décrire un petit bonhomme maigrichon et inefficace en le qualifiant de « Barney Fife », sans avoir à signaler au passage que Barney était un personnage du feuilleton chaleureux et peu exporté ayant pour titre *The Andy Griffith Show*, dans lequel un sous-fifre incompétent se met en permanence dans le pétrin grâce à sa propre présomption. Je voulais être capable de fredonner la musique des *Honeymooners* et que tu t'y mettes aussi avec : « C'est si bon ! » Et puis je voulais encore pouvoir dire : « Ça venait du champ gauche » sans devoir me rappeler que les images de base-ball ne franchissent pas forcément les frontières. Je voulais ne plus être obligée de faire comme si j'étais un monstre culturel dépourvu de coutumes spécifiques, je voulais une maison qui ait ses règles propres, auxquelles les visiteurs devraient se plier, concernant les chaussures. Tu m'as rendu la notion de chez-soi.

Chez moi, c'est précisément ce que Kevin m'a arraché. Mes voisins me regardent maintenant avec la suspicion qu'ils réservent d'habitude aux immigrés illégaux. Ils cherchent les mots et s'adressent à moi avec une résolution exagérée, comme si j'étais une femme pour qui l'anglais est une seconde langue. Et depuis que je suis exilée dans cette classe de spécimens rares que sont les mères d'un des « gosses de Columbine », moi aussi je cherche mes mots, faute de savoir traduire sans hésitation les pensées de mon monde en marge dans la langue du deux-pour-le-prix-d'un et des tickets de parking. Kevin m'a renvoyée à mon statut d'étrangère dans mon pays. Peut-être est-ce là un élément d'explication à ces visites bimensuelles du samedi, parce qu'il n'y a qu'au pénitencier de Claverack que je n'ai pas besoin de traduire mon argot étranger dans la langue des quartiers résidentiels. Au pénitencier de Clave-rack seulement, nous pouvons faire des allusions sans expliquer, considérer comme compris un passé culturel partagé.

*Eva*

92

8 décembre 2000

*Cher Franklin,*

À Travel R Us, je suis celle qui se porte volontaire pour rester tard et faire la fermeture, mais la plupart des vols de Noël sont complets et, cet après-midi, nous avons tous été incités à quitter de bonne heure, une « faveur », puisque nous étions vendredi. Commencer un triste marathon de plus dans la solitude de ce duplex à cinq heures trente à peine me plonge dans un état proche de l'hystérie.

Plantée devant la télé, grignotant du poulet, remplissant les cases des mots-croisés faciles du *Times*, j'éprouve souvent la sensation d'attendre quelque chose. Je ne parle pas du truc classique : attendre que la vie commence pour soi, comme le débile sur la ligne de départ qui n'a pas entendu le coup de feu. Non, c'est l'attente d'une chose précise, qu'on frappe à la porte, et la sensation peut devenir très insistante. Ce soir, elle revient en force. Une demi-oreille aux aguets, une partie de moi, toute la nuit, toutes les nuits, attend que tu rentres à la maison.

Ce qui inévitablement me remet en mémoire cette féconde soirée de mai 1982, lorsque le fait de m'attendre à te voir débarquer dans la cuisine d'une minute à l'autre était moins déraisonnable. Tu étais en repérage dans les vastes forêts de pins du sud du New Jersey, pour une publicité Ford, et tu devais être de retour aux alentours de sept heures du soir. J'étais rentrée depuis peu d'un voyage d'un mois en Grèce pour la mise à jour de *Greece on a Wing and a Prayer*, et lorsque, à huit heures passées, tu n'avais toujours pas fait ton apparition, je me suis souvenue que mon propre avion avait atterri avec six heures de retard, ruinant ainsi ton projet de m'emmener directement de l'aéroport à Union Square Café.

Reste que, sur le coup de neuf heures, j'étais un peu sur les nerfs pour ne rien dire de ma faim. J'ai mâchouillé distraitement un morceau de halva à la pistache rapporté d'Athènes. D'humeur ethnique, j'avais fait un plat de moussaka, grâce auquel je prévoyais de te convaincre que, lorsqu'elles étaient nichées dans l'agneau haché avec des tonnes de cannelle, finalement, tu aimais bien les aubergines.

À neuf heures trente, le dessus de béchamel avait commencé à brunir et à durcir sur les bords, bien que j'aie baissé le thermostat du four à cent vingt degrés. J'ai sorti le plat. Oscillant entre colère et panique, je me suis offert une petite manifestation d'humeur en claquant le tiroir où je venais de prendre du papier alu, et en fulminant contre toutes les rondelles d'aubergine que j'avais fait frire pour me retrouver avec un *gros, gros gâchis carbonisé* ! J'ai sorti du frigo ma salade grecque pour me mettre à dénoyauter furieusement les olives calamatas, avant de laisser le tout ramollir sur le plan de travail, et la situation s'est alors inversée. Impossible de continuer d'être furieuse. J'étais pétrifiée. J'ai vérifié que les deux téléphones étaient raccrochés. Me suis assurée que l'ascenseur fonctionnait, même s'il restait toujours l'escalier, au cas où. Dix minutes plus tard, je vérifiais de nouveau les téléphones.

Voilà pourquoi les gens fument, ai-je pensé.

Lorsque le téléphone a sonné pour de vrai, vers dix heures vingt, j'ai un peu défailli. À la voix de ma mère, mon cœur a chaviré. Je lui ai dit sans fioritures que tu avais plus de trois heures de retard et que je ne voulais pas occuper la ligne. Elle a manifesté une certaine compassion, sentiment rare chez ma mère, qui avait tendance à voir dans ma vie un acte d'accusation sans fin, comme si la seule raison qui m'expédiait toujours ailleurs était de lui rappeler qu'elle venait de passer encore un jour sans franchir le seuil de sa porte. J'aurais dû me souvenir qu'elle avait vécu la même expérience, à l'âge de vingt-trois ans, et que cette expérience n'avait pas duré des heures mais des semaines, jusqu'à l'arrivée d'une mince enveloppe glissée dans la fente de sa porte, venant du ministère de la Guerre. Au lieu de ça, j'ai fait preuve d'une cruelle grossièreté, avant de raccrocher.

Dix heures quarante. Le sud du New Jersey n'était pas une région à haut risque – forêts et prairies, pas comme Newark. Mais il existait des voitures semblables à des missiles armés et des conducteurs dont la stupidité était meurtrière. *Pourquoi n'appelais-tu pas ?*

C'était avant l'avènement des portables, je ne te fais donc aucun reproche. Et puis je me rends compte que cette expérience est d'une banalité à pleurer : un mari, une épouse, un enfant sont en retard, très en retard, et puis ils finissent par arriver à la maison, et il y a une explication. Pour la plupart, ces frôlements avec un univers parallèle, sans retour à la maison – et il y a une explication, mais cette explication divisera la vie entière entre un avant et un après –, disparaissent sans laisser de trace. Les heures qui avaient pris l'ampleur de vies entières se replient soudain comme un éventail. C'est pourquoi, malgré le goût familier et salé de la terreur sur mes gencives, j'étais incapable de me souvenir d'une occasion précise où j'aurais arpenté notre loft auparavant, la tête pleine d'un tourbillon de cataclysmes : rupture d'anévrysme ; un employé des postes ulcéré avec un automatique, dans un Burger King.

À onze heures, j'en étais à faire des vœux.

J'ai avalé un verre de sauvignon ; on aurait dit du jus de cornichon. Le goût du vin sans toi. La moussaka, sécheresse d'une épave morte. Le goût de la nourriture sans toi. Notre loft, plein d'un bric-à-brac international de vanneries et sculptures, prenait l'aspect entassé et clinquant d'un entrepôt d'articles importés. Chez nous, sans toi. Jamais les objets n'avaient semblé à ce point inertes, à ce point résolument non compensatoires. Tes vestiges me narguaient : la corde à sauter pendant bêtement à son crochet ; les chaussettes sales, raides, enveloppes caricaturalement vides de tes pieds taille quarante-cinq.

Oh, Franklin, évidemment que je savais qu'un enfant ne remplace pas un mari, car j'avais vu mon frère ployer sous la charge de « petit homme de la maison » ; j'avais vu comment ma mère le mettait à la torture en scrutant constamment son visage pour y trouver des ressemblances avec la photo intemporelle posée sur la cheminée. Ce n'était pas juste. Giles ne se souvenait même pas de notre père, mort quand il avait trois ans, un Papa en chair et en os qui bavait de la soupe sur sa cravate, promptement transformé en grande icône sombre planant au-dessus de l'âtre dans son uniforme immaculé d'aviateur, emblème sans tache et sans reproche de tout ce que n'était pas le petit garçon. À ce jour encore, Giles fait son chemin avec un manque de confiance en soi. Lorsque, au printemps 1999, il s'est forcé à me rendre visite, il n'y avait rien à dire ni à faire, il est devenu écarlate sous le fard d'un ressentiment muet, parce que je rallumais en lui cette sensation d'incompétence qui avait imprégné son enfance. Il a réagi d'autant plus négativement à l'attention publique renvoyée par notre fils. Kevin et ce JEUDI l'ont tiré de son terrier, et il est furieux contre moi de s'être trouvé ainsi exposé. Giles n'aspire qu'à l'obscurité, parce que, pour lui, l'observation est associée au risque de se voir reconnu défaillant.

Toujours est-il que je m'en suis voulu d'avoir fait l'amour la veille et d'avoir une fois de plus glissé sans réfléchir cette calotte de caoutchouc au fond de mon vagin. J'allais faire quoi avec ta corde à sauter et tes chaussettes sales ? Comme si d'un homme il n'existait qu'un seul souvenir respectable et digne d'être conservé, le genre qui dessine des cœurs et apprend à orthographier *Mississippi*. Aucune progéniture ne pourrait te remplacer. Mais si je devais jamais vivre avec ton absence, ton absence définitive, je voulais que quelqu'un d'autre regrette cette absence avec moi, quelqu'un qui te connaîtrait au moins comme un manque dans sa vie, comme tu serais un manque dans la mienne.

Lorsque le téléphone a sonné de nouveau à presque minuit, j'ai attendu un instant. Il était assez tard pour que l'appel vienne tristement d'un hôpital, de la police. J'ai laissé sonner une seconde fois, la main sur le combiné, cajolant le plastique comme une lanterne magique susceptible de m'accorder un dernier vœu. Ma mère affirme qu'en 1945 elle a laissé pendant des heures l'enveloppe posée sur la table, préparant tasse sur tasse d'un thé amer et noir qu'elle laissait ensuite refroidir. Déjà enceinte de moi après la dernière permission de mon père, elle faisait de fréquentes expéditions en direction des toilettes, dont elle verrouillait la porte sans allumer la lumière, comme si elle se cachait. À mots hésitants, elle m'avait décrit un après-midi quasiment gladiatorial : le face-à-face avec un adversaire plus gros et plus féroce qu'elle, en sachant qu'elle allait perdre.

Tu avais l'air épuisé, ta voix était tellement blanche que, l'espace d'un instant sans gloire, je l'ai prise pour celle de ma mère. Tu t'es excusé pour l'inquiétude. Le pick-up était tombé en panne en rase campagne. Tu avais fait vingt kilomètres à pied pour trouver un téléphone.

Il n'y avait aucune raison de parler pendant des heures, mais raccrocher a été un déchirement. Lorsque nous nous sommes dit au revoir, mes yeux se sont remplis de larmes pour n'avoir jamais prononcé ces « Je t'aime ! » qui accompagnent les petits baisers donnés sur le pas de la porte et constituent une imitation fort convaincante de la passion.

J'ai été épargnée. Dans l'heure qu'il a fallu au taxi pour te ramener à Manhattan, j'ai pu m'offrir le luxe de retourner à mes soucis culinaires, mes projets de te convertir aux aubergines et à l'idée de faire la lessive. Le monde précis où je pouvais remettre à plus tard l'idée de faire un enfant ensemble, parce que nous avions une réservation dans un restaurant, et beaucoup de nuits devant nous.

Mais j'ai refusé de me détendre immédiatement, de me laisser sombrer dans l'insouciance qui rend possible le quotidien, et sans laquelle nous nous arrimerions tous à nos salons pour l'éternité, comme ma mère. En fait, j'avais peut-être eu l'occasion de goûter ce qu'était sa vie depuis la fin de la guerre, dans la mesure où ce qui lui manque n'est sans doute pas tant le courage que l'art de se peindre la vie en rose. Entre une famille massacrée par les Turcs et un mari cueilli dans le ciel par de fourbes petits bonshommes jaunes, ma mère voit le chaos mordre son paillasson, alors que nous autres, nous vivons dans un décor fabriqué dont l'innocuité relève de l'illusion collective. En 1999, quand je suis entrée pour de bon dans l'univers de ma mère – un monde où tout peut arriver et souvent arrivait –, je suis devenue beaucoup plus indulgente vis-à-vis de ce que Giles et moi avions toujours considéré comme sa névrose.

Tu allais certes rentrer à la maison – cette fois-là. Mais, en raccrochant le téléphone, j'ai entendu murmurer sous le clic : il pourrait bien arriver un jour où ce ne sera pas le cas.

Dès lors, au lieu de devenir souple et infini, le temps a continué de sembler dramatiquement court. Quand tu as franchi le seuil de la porte, tu étais si fatigué que tu pouvais à peine marcher. Je t'ai laissé sauter le dîner, mais pas question de te laisser dormir. J'ai eu mon lot d'expériences de ce qu'on peut appeler un désir sexuel impérieux, et je peux t'assurer qu'en l'occurrence l'urgence était d'un autre ordre. Je voulais créer une copie de secours, pour toi et pour nous, comme je glisse un carbone dans mon IBM Silectric. Je voulais m'assurer que si quoi que ce soit arrivait à l'un de nous, il resterait plus que des chaussettes. Ce soir-là, je voulais un bébé, par toutes les fentes de mon corps, comme l'argent caché dans les pots, comme les bouteilles de vodka qu'on dissimule aux alcooliques manquant de volonté.

« Je n'ai pas mis mon diaphragme », ai-je murmuré quand tout a été fini.

Tu as réagi : « Il y a des risques ?

— De gros risques », ai-je dit. De fait, un total inconnu aurait très bien pu pointer le nez neuf mois plus tard. Nous aurions aussi bien pu laisser la porte ouverte.

Le lendemain matin, pendant que nous nous habillions, tu as demandé : « Hier soir… ce n'était pas seulement un oubli ? » J'ai secoué la tête, fière de moi. « Tu es sûre de toi ?

— Franklin, jamais nous ne serons sûrs. Nous n'avons aucune idée de ce qu'est avoir un enfant. Et il n'y a qu'une façon de le découvrir. »

Tu m'as prise sous les aisselles et soulevée au-dessus de ta tête, et j'ai retrouvé sur ton visage l'expression radieuse que tu avais en jouant à l'avion avec les filles de Brian. « Fantastique ! »

J'avais semblé bien sûre de moi, mais lorsque tu m'as reposée les pieds sur terre, la panique s'est déclenchée. La complaisance a le chic pour se reconstituer à sa guise, et j'avais déjà cessé de me demander si tu serais encore vivant la semaine suivante. *Qu'avais-je fait ?* Lorsque, plus tard dans le mois, j'ai eu mes règles, je t'ai dit que j'étais déçue. Mon premier mensonge. De taille.

Pendant les six semaines qui ont suivi, tu as fait du zèle chaque soir. Il te plaisait d'avoir une tâche à accomplir, et tu te mettais au lit avec le même enthousiaste « quand on fait les choses, autant les faire correctement » que tu avais déployé pour

101

monter nos bibliothèques. Pour ma part, l'ardeur paysanne de cette baise me laissait un peu dubitative. J'avais toujours aimé le sexe frivole, et brut de décoffrage. Le fait que nous avions désormais l'approbation chaleureuse de l'Église orthodoxe d'Arménie avait de quoi me couper carrément l'envie.

Dans le même temps, je me suis mise à regarder mon corps sous un jour nouveau. Pour la première fois, j'appréhendais les petites protubérances sur ma poitrine comme des tétons pour l'allaitement des petits, et leur similitude avec des pis de vache ou distensions mammaires de chienne allaitant une portée est devenue brutalement incontournable. Étrange comme les femmes elles-mêmes oublient la fonction des seins.

La fourche entre mes jambes s'est aussi transformée. Elle a perdu une certaine outrance, une obscénité, pour accéder à une autre forme d'obscénité. Les lèvres semblaient s'ouvrir non pas sur une impasse étroite et étriquée, mais sur une béance. Le passage lui-même devenait une route vers un ailleurs, un véritable endroit, et plus simplement une obscurité dans ma tête. Le petit bout de chair, à l'entrée, prenait un aspect perfide, celui d'une inclusion manifestement ultérieure, une tentation, un édulcorant pour faciliter la lourde tâche de perpétuation de l'espèce, comme les bonbons qu'on me donnait jadis chez le dentiste.

Las, tout ce qui faisait ma séduction était intrinsèque à la maternité, et jusqu'à mon désir que les hommes me trouvent jolie n'était que l'astuce d'un corps fait pour expulser son propre remplacement. Je ne cherche pas à avoir l'air d'être la première femme à découvrir le Pérou. Mais pour moi, tout cela était neuf. Et, honnêtement, je n'avais pas de vraies certitudes. Je me sentais contingente, exclue, avalée par un vaste projet biologique que je n'avais ni décidé ni choisi, qui m'avait produite mais allait aussi me rogner et me cracher. Je me sentais utilisée.

Je suis sûre que tu te souviens de ces disputes à propos de l'alcool. À t'entendre, je n'aurais pas dû boire du tout. Je me suis rebiffée. Dès que je découvrirais que j'étais enceinte – que j'étais enceinte, moi, parce que je ne marchais pas dans le truc du *nous* –, j'arrêterais tout instantanément. Mais la conception pouvait prendre des années, pendant lesquelles je n'étais pas prête à bousiller systématiquement mes soirées à coups de verres de lait. Plusieurs générations de femmes avaient picolé gentiment pendant la durée de leur grossesse, et à ma connaissance elles n'avaient pas toutes donné le jour à des débiles mentaux.

Tu as boudé. Tu te taisais quand je me servais un second verre de vin, et tes regards désapprobateurs gâchaient le plaisir (ce qui était leur but). L'air sombre, tu grommelais qu'à ma place, toi, tu cesserais de boire, et, oui, pendant des années s'il le fallait, ce dont je ne doutais pas un instant. J'étais prête à laisser la parentalité influencer notre comportement ; tu voulais que la parentalité nous dicte notre conduite. Si la distinction peut paraître subtile, c'est le jour et la nuit.

103

J'ai été privée du cliché des fort cinématographiées nausées matinales, mais il semble qu'il ne soit pas dans l'intérêt des producteurs de films d'accepter que certaines femmes ne commencent pas la journée en vomissant. Bien que tu aies proposé de m'accompagner pour l'analyse d'urine, je t'en ai dissuadé : « Ce n'est pas comme si j'allais me faire dépister pour un cancer, si ? » Je me souviens de ma remarque. Comme souvent ce qui est dit en plaisantant, la phrase dit ce qu'une chose n'est pas.

Chez la gynécologue, j'ai remis mon petit bocal d'artichaut mariné avec un entrain masquant la gêne inhérente au fait de tendre des eaux usées odorantes à des inconnus, et j'ai attendu dans le cabinet. Le Dr Rhinestein – une jeune femme plutôt froide pour sa profession, avec une sorte de distance clinique naturelle qui l'aurait désignée plus judicieusement pour mener des expériences sur des souris de laboratoire – a débarqué dix minutes plus tard et s'est penchée sur son bureau pour noter soigneusement des choses. « C'est positif », a-t-elle articulé clairement.

Quand elle a relevé les yeux, elle a eu un sursaut à retardement. « Vous allez bien ? Vous êtes devenue blême. »

J'avais en effet étrangement froid.

« Eva, je croyais que vous faisiez tout pour tomber enceinte. Ce devrait être une bonne nouvelle. » La voix était sévère, comme un reproche. J'ai eu l'impression que si je n'étais pas contente d'être enceinte, elle allait prendre mon bébé et le donner à quelqu'un d'autre qui fonctionnait normalement

– quelqu'un qui sauterait à pieds joints de plaisir tel un candidat venant de gagner la voiture à un jeu télévisé.

« Laissez pendre votre tête entre vos deux genoux. » Apparemment, j'avais commencé à tituber.

Je me suis forcée à me redresser sur ma chaise, ne serait-ce qu'à cause de l'ennui qui s'inscrivait sur le visage du Dr Rhinestein, qui s'est alors lancée dans une longue énumération de ce que je ne devais pas faire, de ce que je ne devais pas manger, pas boire, et m'a donné la date de mon prochain rendez-vous – tant pis pour mes projets de mise à jour du WEEWAP, comme le bureau appelait désormais, grâce à toi, notre édition concernant l'Europe occidentale. Telle a été mon introduction à la manière dont, en franchissant le seuil de la maternité, vous devenez sans transition propriété de la société, l'équivalent animé d'un jardin public. Quant à l'inoffensif « tu manges pour deux, maintenant », il n'est qu'une manière détournée d'exprimer que même votre assiette n'est plus un domaine privé ; en vérité, le pays de la liberté se faisant de plus en plus coercitif, le message sous-jacent tendrait à être : « tu manges pour *nous*, maintenant », nous étant quelque deux cents millions de donneurs de conseils ayant tous la prérogative de protester, si d'aventure vous étiez d'humeur à préférer un beignet plein de confiture à un vrai repas avec céréales complètes et légumes à feuilles couvrant le spectre des cinq grands groupes alimentaires. L'autorité citoyenne sur la femme enceinte était assurément en voie de constitutionnalisation.

Le Dr Rhinestein a nommé les marques de vitamines recommandées et fait un sermon sur les dangers de continuer la pratique du squash.

J'ai eu l'après-midi pour investir le personnage de future maman. Instinctivement, j'ai choisi une robe à bretelles en joli madras, puis j'ai rassemblé les ingrédients pour un repas agressivement nutritif (la truite de mer sautée ne serait pas panée, la salade serait agrémentée de germes). Dans le même temps, j'ai essayé diverses approches d'un scénario éculé : modeste, retenue ; médusée, artificiellement prise de court ; articulant *oh, chéri* ! Aucune ne fonctionnait. Tandis que je circulais dans le loft pour mettre des bougies neuves dans les bougeoirs, j'ai même courageusement essayé de fredonner, mais je n'avais en tête que des airs de comédies musicales à gros budget, genre *Hello, Dolly* !

J'ai horreur des comédies musicales.

En temps ordinaire, la touche finale d'une occasion spéciale était le choix du vin. J'ai eu un regard plein de tristesse sur notre casier à bouteilles vouées à prendre la poussière. Drôle de célébration.

Lorsque l'ascenseur s'est arrêté à notre étage, je suis restée le dos tourné pour me composer un visage. Après un seul coup d'œil à l'assortiment de rictus torturés et contradictoires que l'on expose, lorsque l'on se « compose » un visage, tu m'as évité l'annonce. « Tu es enceinte. »

J'ai eu un petit haussement d'épaules. « On dirait. »

Tu m'as embrassée, un baiser chaste, sans mettre la langue. « Alors, quand tu as appris... ça t'a fait quoi ?

— Une petite faiblesse, à vrai dire. »

Délicatement, tu as touché mes cheveux : « Bienvenue dans ta nouvelle vie. »

L'alcool ayant été pour ma mère un sujet de terreur aussi intense que la rue d'à côté, un verre de vin n'avait jamais perdu pour moi l'irrésistible attrait de l'interdit. Sans pour autant estimer que j'avais un *problème*, une bonne gorgée de rouge bien tannique était depuis longtemps emblématique pour moi de l'âge adulte, enviable Saint-Graal américain de liberté. Sauf que je commençais à percevoir que la maturité épanouie n'était pas si différente de l'enfance. Les deux états, dans leur extrême, signifiaient des règles à respecter.

Je me suis donc servi une flûte de jus d'airelle, et j'ai levé mon verre pour dire gaiement : « *La chaim !* »

Étrange, cette façon de creuser son trou à la petite cuiller – compromis minuscule, menues approximations, légers recentrages d'une émotion en une autre, un poil plus sympathique, ou flatteuse. Être privée d'un verre de vin ne me gênait pas tant en soi. Mais, comme pour ce voyage légendaire qui commence par un seul pas, j'avais déjà embarqué sur mon premier ressentiment.

Anodin, ainsi que sont la plupart des ressentiments. Et qu'à cause de sa petitesse je me sentais obligée de refouler. D'ailleurs, c'est précisément la nature du ressentiment que d'être une objection que l'on ne peut exprimer. Le silence, plus que la lamentation elle-même, rend l'émotion toxique, comme les poisons que le corps ne peut évacuer dans les urines. De sorte que, en dépit de tous mes efforts pour me montrer adulte à propos de ce jus d'airelle, soigneusement choisi pour sa ressemblance avec un beaujolais nouveau, tout au fond de moi j'étais une sale môme. Pendant que tu suggérais des prénoms (de garçon), je me creusais la cervelle pour trouver ce que, dans tout ce truc – les couches, les nuits blanches, les trajets pour emmener à l'entraînement de foot –, j'étais censée attendre avec impatience.

Désireux de participer, tu avais proposé de renoncer à l'alcool pendant ma grossesse, même si le bébé ne risquait pas de gagner en vigueur parce que tu sacrifiais ta bière bio d'avant dîner. Tu t'es donc mis à descendre joyeusement le jus d'airelle jusqu'à plus soif. Tu semblais ravi de cette occasion de prouver le peu d'importance qu'avait pour toi le fait de boire. J'en ai été ennuyée.

Il est vrai que tu as toujours eu un faible pour le sacrifice. Pour admirable qu'elle soit, ta hâte à donner ta vie à quelqu'un d'autre peut être en partie due au fait que, lorsque tu l'avais totalement en main, tu ne savais pas quoi en faire. Se sacrifier pour un autre est une issue facile. Je sais que ces mots semblent méchants. Mais je pense sincèrement que cette course désespérée – pour te débarrasser de toi-même, si l'expression n'est pas trop abstraite – a pesé immensément lourd sur ton fils.

Te souviens-tu de cette soirée ? Nous aurions dû avoir mille choses à discuter, mais nous étions gênés, hésitants. Nous n'étions plus Eva et Franklin, mais Maman et Papa ; ce dîner a été notre premier repas *en famille*, mots et concept avec lesquels je n'ai jamais été à l'aise. Et puis j'étais de mauvaise humeur, rejetant tous les prénoms que tu suggérais, Steve et George et Mark, « beaucoup trop ordinaires », disais-je, ce qui t'a blessé.

Je ne parvenais pas à te parler. J'avais la sensation d'être coincée, lestée. J'aurais voulu te dire : Franklin, je ne suis pas sûre que ce soit une bonne idée. Tu sais que pendant les trois derniers mois on ne te laisse même plus prendre l'avion ? Et puis je déteste toute cette rigidité, bien suivre son régime, être un bon exemple, trouver une bonne école...

C'était trop tard. Nous étions censés fêter la nouvelle, et moi, j'étais censée être aux anges.

Dans une recherche frénétique pour recréer le désir de « copie de secours » qui m'avait entraînée vers tout cela, j'ai fait remonter le souvenir de cette soirée où tu étais en panne au milieu des forêts sans fin – le mythe du Petit Poucet ? Cependant, cette décision intempestive un soir de mai avait été une illusion. J'avais certes fait mon choix, mais cela remontait à beaucoup plus longtemps, le jour où j'avais craqué fortement et irrévocablement pour ton sourire sans malice, tellement américain, et pour la foi touchante que tu avais dans les pique-niques. Avec toute la lassitude qu'aurait pu susciter en moi l'obligation d'écrire sur de nouveaux pays, à la longue, il était inévitable que la nourriture, les boissons, les couleurs, les arbres… le seul fait d'être vivant perde de sa fraîcheur. Si l'éclat s'était un peu terni, je l'aimais toujours cette vie, une vie où les enfants n'avaient pas place. L'unique chose que j'aimais plus encore, c'était Franklin Plaskett. Tu n'avais pas de grandes exigences ; un seul article de taille, qu'il était en mon pouvoir de fournir. Comment aurais-je pu te refuser cette lumière sur ton visage quand tu soulevais dans les airs les petites braillardes de Brian ?

Faute d'avoir une bouteille à finir lentement, nous sommes allés nous coucher de bonne heure. Tu t'inquiétais de savoir si nous étions « censés » avoir des relations sexuelles, si cela risquait de blesser le bébé, et j'ai senti monter un peu d'exaspération. Je devenais déjà la victime, comme certaine princesse, d'un organisme aussi gros qu'un petit pois. Moi, j'avais vraiment envie de faire l'amour, pour la première fois depuis des semaines, puisque nous pouvions enfin baiser pour le plaisir de baiser, et pas pour apporter notre contribution à la perpétuation de l'espèce. Tu as cédé. Mais tu as fait preuve d'une tendresse déprimante.

Malgré mon espoir de voir mon ambivalence s'estomper, la sensation conflictuelle n'a fait que devenir plus aiguë, donc plus secrète. Je devrais enfin être sincère. Je crois que l'ambivalence n'a pas disparu parce qu'elle n'était pas ce qu'elle semblait être. Il n'est pas vrai que j'étais « ambivalente » au sujet de la maternité. Tu avais envie d'avoir un enfant. En face, je n'en voulais pas. Les deux pris ensemble, cela ressemblait à une ambivalence, mais pour être un couple exceptionnel, nous n'étions pas la même personne. Je n'ai jamais réussi à te faire aimer les aubergines.

*Eva*

9 décembre 2000

*Cher Franklin,*

Je sais que ma dernière lettre date seulement d'hier, mais je compte désormais sur cette correspondance pour faire le point en sortant de Chatham. Kevin était d'humeur particulièrement combative. D'entrée de jeu, il a attaqué : « Tu ne m'as jamais désiré, hein ? »

Avant d'être bouclé tel un animal domestique méchant, Kevin n'avait guère tendance à m'interroger sur moi-même, et j'ai considéré la question comme un changement prometteur. Certes, il était allé la chercher au fond de la cage où il tournait en rond, dans un état de morne impatience, mais l'ennui finit par faire sortir de soi-même. Il avait dû, auparavant, reconnaître que j'avais une vie afin de pouvoir entreprendre de la ruiner avec une telle détermination. Mais à présent, il avait compris que je disposais en plus d'un libre arbitre : j'avais choisi d'avoir un enfant et je nourrissais d'autres aspirations que son arrivée risquait de contrarier. Cette intuition était en si totale contradiction avec le diagnostic des thérapeutes parlant de « déficit d'empathie » que j'ai pensé qu'il méritait une réponse honnête.

« Je l'ai cru, ai-je dit. Et ton père, il te désirait – désespérément. »

J'ai détourné les yeux ; l'inscription du sarcasme ensommeillé sur le visage de Kevin a été immédiate. Peut-être n'aurais-je pas dû parler de désespoir à ton endroit. Moi, j'adorais ce désir qui était en toi ; j'avais bénéficié personnellement de ton insatiable solitude. Mais les enfants doivent trouver ce genre d'aspiration troublante, et Kevin traduisait systématiquement le trouble en mépris.

« *Tu l'as cru*, a-t-il repris. Tu as changé d'avis.

— J'ai pensé que j'avais besoin de changement, ai-je dit. Mais personne n'a besoin de changer pour le pire. »

Kevin a eu l'air victorieux. Il a passé des années à me pousser à l'ignominie. Je m'en suis toujours tenue aux faits. Présenter les émotions comme des faits – ce qu'elles sont – offre une fragile défense.

« Être mère a été plus dur que je croyais, ai-je expliqué. J'avais l'habitude des aéroports, des vues sur la mer, des musées. D'un seul coup, je me suis retrouvée coincée entre quatre murs, avec des Lego.

— Je me suis pourtant donné un mal de chien pour que tu ne t'ennuies pas, a-t-il dit avec un sourire inerte qui semblait tenir par des crochets.

— Je m'attendais à nettoyer du vomi. À faire des gâteaux de Noël. Je ne pouvais pas m'attendre à… » Le regard de Kevin m'a défié. « Je ne pouvais pas m'attendre à ce que simplement m'attacher à toi… » J'ai cherché la formulation la plus diplomatique possible : « … représente un tel travail. Je croyais… » J'ai respiré un grand coup. « … je croyais que cette partie était cadeau.

— Cadeau ! a-t-il moqué. Se réveiller chaque matin n'est pas cadeau.

— N'est plus », ai-je concédé tristement. Mon expérience du quotidien et celle de Kevin se sont rejointes. Le temps me colle à la peau comme la mue des serpents.

« Tu ne t'es jamais dit, a-t-il demandé sournoisement, que moi, je ne voulais pas de vous ?

— Tu n'aurais pas aimé davantage un autre couple. Quelque métier qu'ils aient exercé, tu aurais trouvé cela débile.

— Des guides de voyage pour ringards ? Repérer un virage relevé pour la prochaine pub du Jeep Cherokee ? Avoue que c'est carrément stupide.

— Tu vois ? ai-je explosé. Franchement, Kevin, est-ce que toi, tu voudrais de toi ? S'il existe une justice, un jour tu te réveilleras avec toi-même, dans un berceau à côté de ton lit ! »

Au lieu de reculer, ou de contre-attaquer, il s'est affaissé. Cet aspect de lui est plus courant chez les vieillards que chez les enfants ; les yeux se vitrifient

114

et se baissent, les muscles deviennent flasques. Une apathie si totale qu'elle ressemble à un trou où l'on risque de tomber.

Tu trouves que j'ai été méchante avec lui, et que c'est la raison de son repli. Je ne le pense pas. Je crois qu'il veut que je sois méchante avec lui comme d'autres se pincent pour s'assurer qu'ils sont bien éveillés, et en l'occurrence c'est seulement la déception qui l'a fait s'affaisser, parce qu'enfin je lançais sans grande conviction quelques remarques injurieuses, et qu'il ne ressentait rien. De plus, je pense que c'est l'image du réveil avec lui-même à côté de lui qui a servi de déclencheur, parce que c'est précisément ce qu'il vit, et la raison pour laquelle il trouve le prix des matins aussi élevé. Franklin, je n'ai jamais rencontré personne – et on rencontre quand même bien ses propres enfants – pour qui l'existence est un fardeau plus lourd, une indignité plus grande que pour Kevin. Si tu as seulement l'impression que c'est parce que je l'ai brutalisé que notre fils a une piètre estime de lui, réfléchis-y à deux fois. J'ai vu exactement cette expression vide dans ses yeux alors qu'il avait un an. En fait, il a une haute idée de lui-même, surtout après avoir acquis cette célébrité. La différence est énorme entre la haine de soi et la seule absence d'envie d'être là.

En prenant congé, je lui ai jeté un os. « J'ai bagarré très dur pour que tu portes mon nom.

— Ben, ça t'a profité, a-t-il marmonné. Le *K-H-A*… ? Grâce à moi, tout le monde sait comment ça s'écrit, maintenant. »

Savais-tu que les Américains dévisagent les femmes enceintes ? Dans le monde des riches à faible taux de natalité, la gestation est un événement, et à une époque où culs et nichons s'exposent dans tous les kiosques, la vraie pornographie est celle qui suscite ces visions agressivement intimes de jambons étalés, d'écoulements incontinents, de visqueux appendice ombilical. Balayant moi-même du regard la 5$^e$ Avenue tandis que mon ventre s'arrondissait, j'enregistrais avec incrédulité que toutes ces personnes, sans exception, étaient sorties du con d'une femme. Mentalement, j'utilisais les mots les plus crus, pour leur donner plus de poids. Comme la fonction des seins, c'est un de ces faits criants que l'on a tendance à gommer.

N'empêche, moi qui avais fait tourner les têtes en minijupe, les regards vacillants d'inconnus, dans les boutiques, se sont mis à me taper sur les nerfs. Derrière la fascination, voire le ravissement qui s'inscrivait sur leur visage, je repérais aussi le petit frémissement de répulsion.

Tu trouves que j'y vais trop fort ? Pas du tout. Tu as remarqué le nombre de films qui représentent la grossesse comme une infestation, une colonisation sournoise ? *Rosemary's Baby* n'a été que le commencement. Dans *Alien*, un extraterrestre immonde se fraye un chemin sanglant pour sortir du ventre de John Hurt. Dans *Mimic*, une femme donne naissance à une larve bipède. Plus tard, les *X-Files* ont fait des extraterrestres aux yeux globuleux jaillissant sanguinolents d'entrailles humaines un thème récurrent. Dans les films d'horreur et de SF, l'hôte est consumé, ou déchiré, réduit à une coquille ou à un déchet, afin qu'une créature de cauchemar puisse survivre à son enveloppe.

Désolée, mais je ne suis pas l'auteur de ces films, et toute femme dont les dents se sont cariées, les os fragilisés, la peau détendue connaît le tribut prélevé par un parasite occupant les lieux pendant neuf mois. Tous ces films sur les animaux montrant la longue remontée des saumons femelles en train de se battre contre le courant pour pondre leurs œufs avant de se désintégrer – voile sur les yeux, écailles qui tombent – me rendaient folle. Tout le temps où j'ai été enceinte de Kevin, j'ai combattu l'idée de Kevin, la notion que je m'étais moi-même dégradée du statut de conducteur à celui de véhicule, de propriétaire de maison à maison.

Physiquement, l'expérience s'est révélée plus facile que prévu. Le pire affront du premier terme aura été une rétention d'eau aisément interprétée comme une faiblesse pour les Mars. Mon visage s'est rempli, adoucissant l'androgynie de mes traits anguleux en contours plus féminins. Mon visage faisait plus jeune, mais selon moi plus bête.

Je ne sais pas pourquoi il m'a fallu si longtemps pour comprendre que, pour toi, il coulait de source que notre bébé porterait ton nom, et même pour le prénom nous n'étions pas du même avis. Tu proposais *Leonard*, ou *Peter*. Quand j'ai contré avec *Engin* ou *Garabet* – ou *Selim*, comme mon grand-père paternel –, tu as affiché la même mine tolérante que moi lorsque les petites de Brian m'ont montré leur collection de poupées Cabbage Patch

Kids. « Tu ne peux pas me proposer sérieusement d'appeler mon fils *Garabet Plaskett*.

— Certes pas, ai-je répondu. *Garabet Khatchadourian*. Ça sonne mieux.

— Ça sonne comme le nom d'un enfant qui n'a aucun lien familial avec moi.

— Marrant. Exactement l'impression que j'ai avec *Peter Plaskett*. »

Nous étions au Beach House, le petit bar charmant à l'angle de Beach Street, qui n'existe plus je le crains, et était un peu trop bien pour mon jus d'orange nature, malgré l'excellent chili servi avec.

Tu t'es mis à pianoter sur la table. « Peut-on au moins faire l'impasse sur *Plaskett-Khatchadourian* ? Parce que lorsque les noms composés commencent à se marier entre eux, on finit avec des gosses qui font un bottin à eux tout seuls. Et puisqu'il faut bien un perdant, le plus simple est de s'en tenir à la tradition.

— Au nom de la tradition, dans les années soixante-dix, les femmes n'avaient toujours pas accès à la propriété dans certains États. Traditionnellement, au Moyen-Orient, nous nous baladons dans des grands sacs noirs, et traditionnellement, en Afrique, on nous coupe le clitoris comme un bout de cartilage… »

Tu m'as enfourné un bout de pain dans la bouche. « Assez pour les discours, chérie. Nous ne parlons pas de l'excision mais du nom de notre bébé.

— Les hommes ont toujours pu transmettre leur nom à leurs enfants, tout en ne prenant aucune part

118

au travail. » Des miettes de pain tombaient de ma bouche. « Il est temps que ça change.

— Pourquoi le changement tombe sur moi ? Putain, comme si l'homme américain n'était pas assez efféminé. Tu es la première à te plaindre qu'il n'y a plus que des pédés qui mangent des quiches et fréquentent des ateliers pour apprendre à pleurer. »

J'ai croisé les bras et sorti l'artillerie lourde. « Mon père est né dans le camp de concentration de Dier-ez-Zor. Ces camps étaient ravagés par la maladie et les Arméniens avaient à peine de quoi manger et boire – il est stupéfiant que le petit ait survécu, ce qui n'a pas été le cas de ses trois frères. Son père, Selim, a été abattu. Les deux tiers de ma famille maternelle, les Serafian, ont été si radicalement rayés de la carte que même l'histoire de leur vie n'a pas survécu. Désolée de profiter de l'avantage. Mais les Anglo-Saxons ne sont pas franchement une espèce en voie de disparition. Mes ancêtres ont été systématiquement exterminés, et personne ne veut seulement en dire un mot, Franklin !

— Un million et demi de gens ! es-tu intervenu avec force gesticulations. Est-ce que tu te rends compte que c'est ce que les Jeunes-Turcs ont fait aux Arméniens en 1915 qui a donné à Hitler l'idée de l'Holocauste ? »

Regard assassin de ma part.

« Eva, ton frère a deux enfants. Il y a un million d'Arméniens, rien qu'aux États-Unis. Personne n'est menacé de disparition.

— Mais tu ne tiens à ton nom que parce que c'est le tien. Je tiens au mien… euh, ça semble plus important.

— Mes parents en feraient une maladie. Ils auraient l'impression que je les renie. Ou que je suis sous ta coupe. Ils me prendraient pour un pauvre con.

— Et moi, je devrais me fabriquer des varices pour un *Plaskett ?* Un nom aussi moche ! »

Tu as accusé le coup. « Tu n'as jamais dit que tu n'aimais pas mon nom.

— Ce *a* qui n'en finit pas, ce n'est pas franchement discret, et même carrément nul.

— Nul !

— Ça fait *américain* à trois lieues. Je vois tout de suite des touristes gras et nasillards, dans Nice, avec leurs mômes qui réclament tous des glaces. Ça crie : *Chéri, regarde "Pla-a-a-as-skett"*, alors qu'il s'agit d'un mot français que l'on devrait prononcer *pla-skay.*

— Faux. Ce n'est pas *Pla-skay*, espèce de snobinarde anti-américaine ! C'est Plaskett, une vieille famille écossaise, petite mais respectable, et ce nom je serai fier de le transmettre à mes enfants ! Je sais maintenant pourquoi tu n'as pas voulu le prendre quand on s'est mariés. Tu détestais mon nom !

— Pardon ! Il est évident que j'aime ton nom, d'une certaine façon, ne serait-ce que parce que c'est le tien.

— Je te fais une proposition », as-tu dit. Dans ce pays, la partie offensée bénéfice d'un gros avantage.

120

« Si c'est un garçon, c'est un Plaskett. Si c'est une fille, tu auras droit à ton *Khatchadourian*. »

J'ai poussé de côté la corbeille de pain et enfoncé l'index dans ta poitrine. « Parce que pour toi, une fille compte pour rien. Si tu étais iranien, elle serait bouclée à la maison et privée d'école. Si tu étais indien, on la vendrait à un inconnu, contre une vache. Si tu étais chinois, on la laisserait mourir de faim avant de l'enterrer au fond du jardin… »

Tu as levé les deux mains. « C'est bon, si c'est une fille, elle s'appellera Plaskett ! Mais à une condition : pas tes *Gara-souvlaki* pour le prénom d'un garçon. Un truc *américain*. Marché conclu ? »

Marché conclu, donc. Et, rétrospectivement, nous avions fait le bon choix. En 1996, Barry Loukaitis, âgé de quatorze ans, a tué un professeur et deux élèves avant de prendre toute une classe en otage à Moses Lake, Washington. Un an plus tard, Tronneal Magnum, âgé de treize ans, a tué par balles un jeune garçon de son collège qui lui devait quarante dollars. Le mois suivant, Evan Ramsey, seize ans, tuait un élève, le principal, et faisait aussi deux blessés, à Bethel, Alaska. Cet automne, Luke Woodham, seize ans également, a abattu sa mère et deux élèves, avec sept blessés en prime, à Pearl, Mississippi. Deux mois plus tard, Michael Carneal, quatorze ans, réalisait un score de trois morts et cinq blessés par balles, tous collégiens, à Paducah, Kentucky. Le printemps suivant, en 1998, Mitchell Johnson, treize ans, et Andrew Golden, onze ans, ouvraient le feu dans leur collège, bilan : cinq morts – un professeur et quatre élèves – plus dix élèves blessés, à Jonesboro, Arkansas. Un mois plus tard, Andrew Wurst, quatorze ans, tuait un professeur et blessait quatre élèves à Edimboro, Pennsylvanie. Le mois suivant, à Springfield, Oregon, c'est Kip Kinsel, quinze ans, qui massacrait ses deux parents, avant de tuer deux collégiens et d'en blesser vingt-cinq. En 1999, une petite dizaine de jours après notre JEUDI, Eric Harris, dix-huit ans, et Dylan Klebold, dix-sept ans, ont posé des bombes dans le collège de Littleton, Colorado, puis ils ont fait feu à volonté, tuant un professeur, douze élèves et laissant vingt-trois blessés derrière eux, avant de se suicider en retournant leur arme contre eux. Le jeune Kevin – ton choix – s'est révélé aussi américain qu'un Smith & Wesson.

Quant à son patronyme, ton fils a fait plus pour garder vivant le nom de *Khatchadourian* que n'importe quel autre membre de ma famille.

Comme tant de nos voisins qui se cramponnent à une tragédie pour sortir de l'anonymat – esclavage, inceste, suicide –, j'avais exagéré le détail ethnique pesant sur mes épaules pour me singulariser. J'ai appris depuis qu'on ne spécule pas sur la tragédie. Seuls les épargnés, les bien nourris et les satisfaits peuvent convoiter la souffrance comme une veste de créateur. Je ferais volontiers don de mon histoire à l'Armée du Salut pour qu'une autre godiche en mal de couleur s'en pare et l'emporte avec elle.

Le nom ? Je crois que je voulais seulement faire en sorte que ce bébé soit le mien. La sensation d'avoir été dépossédée ne me quittait pas. Même en voyant l'échographie, pendant que le Dr Rhinestein désignait du doigt une masse mouvante sur l'écran, je pensais : *C'est qui, cette chose ?* Même si, là, sous ma peau, flottant dans un autre monde, cette forme me semblait lointaine. Et puis, un fœtus avait-il des sentiments ? Comment aurais-je pu prévoir que je continuerais de me poser cette question à propos de Kevin quand il aurait quinze ans ?

J'avoue que, lorsque le Dr Rhinestein a pointé la petite marque entre les jambes, mon cœur a faibli. Certes, selon les termes de notre « marché », je portais désormais un Khatchadourian, mais la seule inscription de mon nom sur l'acte de naissance ne suffirait pas à annexer l'enfant à sa mère. Et puis, si j'appréciais la compagnie des hommes – j'aimais leur côté pragmatique, je confondais aisément agression et franchise, je méprisais volontiers la joliesse –, je n'avais aucune certitude concernant les *garçons*.

Alors que j'avais huit ou neuf ans, et qu'une fois de plus je faisais une course pour ma mère qui voulait une chose compliquée, d'adulte, j'avais été assaillie par une bande de garçons, justement, à peine plus vieux que moi. Oh, je n'ai pas été violée ; ils m'ont soulevé la jupe et baissé la culotte, puis lancé quelques mottes de terre avant de déguerpir. Mais j'ai eu très peur. Plus vieille, dans les jardins publics, j'ai continué à me tenir à distance des garçons de onze ans – plantés face aux buissons la braguette ouverte, ricanant et lançant des regards égrillards par-dessus leur épaule. Avant même d'en mettre un au monde, j'avais bel et bien la frousse des garçons. Quant à aujourd'hui, hélas, je suppose que j'ai la frousse d'un peu tout le monde.

Malgré notre propension à confondre les deux sexes en répliques identiques, peu de cœurs se mettent à battre trop vite en croisant un groupe de gamines goguenardes. Mais toute femme croisant le chemin de jeunes racailles ivres de testostérone sans presser le pas, sans éviter le contact visuel susceptible d'accompagner le défi ou l'invite, sans soupirer intérieurement de soulagement en atteignant le croisement suivant, est *zoologiquement* folle. Le garçon est un animal dangereux.

En va-t-il différemment pour les hommes ? Je n'ai jamais posé la question. Peut-être qu'on voit clair en eux, qu'on sait lire leurs angoisses personnelles à cause d'un pénis pas bien droit, la manière transparente qu'ils ont de fanfaronner les uns devant les autres (qui est précisément ce qui me fait peur). Assurément, en apprenant que tu allais héberger sous ton propre toit une de ces terreurs bénies, la félicité a été si forte que tu as dû masquer un peu ton enthousiasme. Et le sexe de notre enfant t'a donné le sentiment que ce bébé était d'autant plus le tien, à toi, *toi*.

Sincèrement, Franklin, tes manières de propriétaire étaient irritantes. Si jamais je traversais la rue un peu à l'arrache, tu ne t'inquiétais pas de ma sécurité personnelle, mais mon irresponsabilité te scandalisait. Dans ton esprit, les « risques » que je prenais – pour moi, continuer ma vie normale – semblaient constituer une attitude cavalière affichée à l'endroit d'une chose qui t'appartenait personnellement. Chaque fois que je franchissais le seuil de la porte, je jure qu'il y avait une pointe de colère dans ton regard, comme si j'emportais avec moi une de tes précieuses possessions, sans demander la permission.

Tu refusais même de me laisser danser, Franklin ! Si : un certain après-midi, mon angoisse impalpable mais permanente m'a laissé un répit bienvenu. J'ai mis notre *Speaking in Tongues* et j'ai commencé à me secouer allègrement dans notre loft peu encombré de meubles, au rythme énergique des Talking Heads. L'album était encore au premier morceau, *Burning down the House*, et je commençais à peine à transpirer quand a résonné le clic de l'ascenseur, avant ton entrée martiale. En soulevant avec superbe le bras de la platine, tu as rayé un sillon, de sorte qu'ensuite la chanson sauterait et répéterait inlassablement *Baby what did you expect*, sans jamais arriver à *Gonna burst into fla-ame*[1] sans la participation de mon index exerçant une légère pression sur le bras.

« Ho ! ai-je fait. C'est à quel sujet ?

— Tu crois que tu fais quoi, là ?

---

1. Il s'agit du cinquième couplet :
*It was once upon a place sometimes I listen to myself*
*Gonna come in first place*
*People on their way to work say baby what did you expect*
*Gonna burst into flame*
*Go ahead.*
(N.d.T.)

— Je m'amusais, pour une fois. C'est interdit par la loi ? »

Tu m'as attrapée par l'avant-bras. « Tu essaies de provoquer une fausse couche ? Ou tu t'amuses à tenter le destin ? »

Je me suis dégagée. « Aux dernières nouvelles, la grossesse n'était pas une peine de prison ferme.

— Sauter dans tous les sens et te jeter contre les meubles...

— Oh, ça suffit, Franklin. Il n'y a pas si long-temps, les femmes travaillaient aux champs jusqu'au dernier moment, et quand ce moment arrivait, elles s'accroupissaient entre les rangées de légumes. Il fut un temps où les gosses naissaient vraiment dans les choux...

— Il fut un temps où la mortalité infantile et en couches atteignait des chiffres vertigineux !

— Comme si tu te préoccupais des morts périna-tales ! Dès lors qu'on extirperait le gosse de mon corps sans vie pendant que le cœur bat encore, tu serais le plus heureux des hommes.

— Voilà une accusation ignoble.

— Je suis d'humeur à être ignoble, ai-je dit ver-tement, avant de me laisser tomber sur le canapé. Mais avant l'arrivée de Papa Doc, j'étais d'humeur radieuse.

— Encore deux mois. Est-ce un si gros sacrifice de mettre une sourdine pour le bien de quelqu'un d'autre ? »

Bon Dieu, j'en avais déjà ma claque d'avoir le « bien de quelqu'un d'autre » suspendu au-dessus de ma tête. « Et mon bien à moi, apparemment, il compte maintenant pour des cacahuètes.

— Tu peux tout à fait écouter de la musique – à condition de ne pas faire écrouler le plafond de John sur sa tête. » Tu as remis le saphir au début de la face A, baissant le son au point que David Byrne ressemblait désormais à Minnie Mouse. « Mais comme une femme enceinte normale, tu peux rester assise où tu es et battre la mesure avec le pied.

— Je n'en suis pas trop sûre, ai-je dit. La vibration – elle risque d'atteindre le petit lord Fountleroy et de gâcher son beau sommeil. Et puis, ne sommes-nous pas censées écouter Mozart ? Les Talking Heads ne doivent pas être dans la liste agréée. Des fois qu'en passant *Psycho Killer* on lui mette de mauvaises idées en tête. Il faudrait vérifier. »

Tu étais celui qui savait, grâce à tous ces manuels sur l'art d'être parents – la respiration, les dents, le sevrage –, tandis que je lisais l'histoire du Portugal.

« Arrête de t'apitoyer sur ton sort, Eva. Je pensais que le projet de devenir parents fonctionnait avec celui de devenir adultes.

— Si je m'étais rendu compte que pour toi il s'agissait d'arborer une fausse maturité de rabatjoie, j'aurais reconsidéré tout le projet.

— Ne dis *jamais*, jamais une chose pareille, as-tu répliqué, le visage écarlate. Il est trop tard pour les doutes. Et ne me dis surtout jamais, au grand jamais, que tu regrettes notre propre enfant. »

C'est là que je me suis mise à pleurer. Alors que j'avais partagé avec toi mes désirs sexuels les plus sordides, en si dérangeante violation des normes hétérosexuelles que, sans l'aide de ta propre vérole mentale, je ne saurais les évoquer ici – depuis quand existait-il une chose qui ne doive *jamais, au grand jamais* être dite par l'un de nous ?

*Baby what did you expect – Baby what did you expect…*

Tu t'attendais à quoi, dis…

À part un disque rayé ?

*Eva*

12 décembre 2000

*Cher Franklin,*

Bon, disons qu'aujourd'hui je n'avais aucune envie de m'attarder à l'agence. Le personnel est passé de la joute verbale bon enfant à la guerre totale. L'observation, sans prendre parti, des passes d'armes au sein de notre petit bureau prête à ces scènes la qualité inoffensive et légèrement comique d'une télévision avec le son coupé.

Je ne saurais trop dire comment la Floride est devenue un enjeu racial, sauf que dans ce pays tout finit tôt ou tard – généralement tôt – par devenir un enjeu racial. Les trois autres démocrates du bureau ont lancé des termes tels que « Jim Crow » à l'encontre des deux républicains qui, faisant cause commune, se retrouvent dans la pièce de derrière pour parler à voix basse, ce que les trois démocrates dénoncent comme les conciliabules secrets de deux fieffés réactionnaires. Étrange. Avant l'élection, aucun des protagonistes ne montrait le moindre intérêt pour ce qui était globalement perçu comme une bagarre sans intérêt.

Bref, aujourd'hui devait tomber une décision de la Cour suprême, et la radio est restée allumée toute la journée. Les commentaires du personnel étaient si nourris et furieux que plus d'un client, abandonné au comptoir, est tout simplement reparti. À la longue, j'ai fait de même. Alors que les deux conservateurs tendent à plaider de front en faveur de leur camp, les progressistes passent leur temps à tout jauger à l'aune de la vérité, de la justice ou de l'humanité. Bien que démocrate convaincue par le passé, j'ai depuis belle lurette renoncé à défendre l'humanité. Je ne parviens même pas, certains jours, à me défendre moi-même.

Bref, tout en espérant que cette correspondance ne s'est pas transformée petit à petit en vibrant plaidoyer *pro domo*, je m'inquiète aussi de ne pas fournir les éléments permettant de conclure que, pour Kevin, tout est ma faute. Je cède parfois à cette tendance, dégustant la culpabilité à grandes lampées assoiffées. Mais j'ai bien dit : je *cède*. Il y a une certaine boursouflure de l'ego dans ces *mea culpa* complaisants, une vanité. La culpabilité confère un terrifiant pouvoir. Elle est aussi simplificatrice, non seulement pour les témoins et les victimes, mais aussi et en premier lieu pour les coupables. Elle est facteur d'ordre. La culpabilité porte en elle des leçons claires qui peuvent offrir du réconfort aux autres : *si seulement elle n'avait pas…*, et rend implicitement la tragédie évitable. Assumer la responsabilité totale peut même apporter une paix fragile, et j'observe à l'occasion ce calme chez Kevin. C'est un aspect que ses gardiens prennent pour une absence de remords.

Sauf que, pour moi, cette absorption vorace de la faute ne fonctionne jamais. Je ne parviens jamais à ingérer l'histoire complète. Elle me dépasse. Elle a blessé trop de gens, tantes, et cousines, et amis proches que je ne connaîtrai jamais et ne reconnaîtrais pas si nous nous rencontrions. Je ne peux pas contenir d'un coup la souffrance de tous ces repas de famille avec une chaise vide. Je n'ai pas été torturée par la corruption définitive de la photo sur le piano, parce que c'est ce cliché qui est paru dans la presse, ni parce que, de chaque côté, des portraits semblables continuent de célébrer des tournants de la vie – remises de diplôme à l'université, mariages – pendant que la photo du collège, statique, perd sa couleur au soleil. Je n'ai pas été témoin de la détérioration, mois après mois, de mariages autrefois solides ; je n'ai pas reniflé, de plus en plus tôt dans l'après-midi, les douces et vénéneuses vapeurs de gin dans l'haleine d'un marchand de biens autrefois zélé. Je n'ai pas éprouvé le poids de tous ces cartons que l'on tire jusqu'à un camion après qu'un quartier plein de chênes resplendissants, de doux gargouillis de ruisseau courant sur des galets lisses, de rires d'enfants sains et robustes – les enfants des autres – est du jour au lendemain devenu insupportable. J'ai l'impression que pour me sentir coupable il faudrait que je garde toutes ces choses perdues gravées en permanence dans ma tête. Pourtant, comme dans ces jeux où l'on récite : *Je pars en voyage et j'emporte avec moi un arrosoir ambulant, un bébé bredouillant, une chenille chevrotante…* je sèche toujours une ou deux fois avant la fin de l'alphabet. Je commence à jongler avec la fille de Mary, plus belle que nature ; le petit génie de l'informatique des Ferguson, myope comme une taupe ; la rouquine longiligne des Corbitt, qui en faisait toujours trop quand elle jouait dans la troupe de l'école ; et puis je lance la délicieuse et adorable professeur de lettres Dana Rocco, et les balles tombent par terre.

Évidemment, mon incapacité à absorber toute la culpabilité ne signifie pas que les autres vont se priver de m'en créditer de toute façon, et j'aurais été heureuse de servir de réceptacle utile si je pensais que l'accumulation de mes fautes leur faisait le moindre bien. Je reviens toujours à Mary Woolford, dont l'expérience de l'injustice avait jusqu'alors suivi un parcours à sens unique particulièrement embarrassant. Sans doute la qualifierais-je d'enfant gâtée ; elle avait fait un scandale pour le moins excessif lorsque Laura n'avait pas été sélectionnée pour l'équipe d'athlétisme, alors que sa fille, certes ravissante, était assez languide et tout sauf sportive. Mais il n'est peut-être pas juste de retenir contre une personne que, pour elle, la vie s'est toujours déroulée sans accroc majeur. De plus, c'était une femme assez volcanique, et, comme mes collègues démocrates, elle était par nature portée à l'indignation. Avant ce JEUDI, elle avait l'habitude d'évacuer le trop-plein, qui je suppose aurait autrement fini par provoquer des explosions, dans des campagnes visant à obtenir de la municipalité un nouveau passage protégé, ou la suppression des refuges pour les sans-abri à Gladstone ; en conséquence de quoi, le refus de financer le passage protégé réclamé, ou l'arrivée d'une populace chevelue en périphérie de la ville avait auparavant constitué sa version de la catastrophe. Je ne sais pas trop comment ce genre de personne parvient à se maintenir la tête hors de l'eau en cas de véritable désastre, après avoir à maintes reprises exercé son plein pouvoir de consternation sur les questions de circulation routière.

Je vois donc assez bien comment une princesse ayant eu longtemps un sommeil agité en dormant sur des petits pois peut avoir des difficultés à s'allonger sur une enclume. Reste qu'il est dommage qu'elle n'ait pu rester dans le puits serein et immobile de la totale incompréhension. Oh, je suis consciente qu'on ne peut pas s'en tenir à la stupéfaction – le besoin de comprendre ou au moins de faire semblant de comprendre est trop fort –, mais, pour ma part, j'ai trouvé dans la mystification vaste et patente un endroit de mon esprit dont le calme est béni. Et je crains à l'opposé que l'ire de Mary, la fièvre évangélique qui lui commande de forcer les coupables à rendre des comptes, soit un lieu de clameur qui crée l'illusion d'une croisade, d'un but à atteindre, aussi longtemps seulement que ce but est hors de portée. Sincèrement, j'ai dû lutter contre l'envie spontanée, pendant le procès au civil, de la prendre à part et de charger en douceur : « Vous n'imaginez pas que vous vous sentirez mieux si vous l'emportez, tout de même ? » En fait, j'ai acquis la conviction qu'elle trouverait plus de consolation à voir l'accusation étonnamment peu fondée de négligence parentale rejetée, parce qu'elle pourrait alors nourrir cet univers alternatif et théorique qui lui avait permis d'évacuer avec succès sa souffrance sur une femme froide et indifférente, qui le méritait bien. En fait, Mary semblait mal cerner le problème. La question n'était pas de savoir qui était puni, et de quoi. Le problème était que sa fille était morte. Malgré l'immense sympathie qu'il m'inspirait, son fardeau était impossible à décharger sur une tierce personne.

Par ailleurs, je serais éventuellement plus sensible à cette notion ultra-séculière voulant que chaque fois qu'il se passe des abominations il faut un coupable, si une curieuse petite auréole d'irréprochabilité ne semblait accompagner ces gens qui se perçoivent comme cernés par des agents du mal. En d'autres termes, on a l'impression que les mêmes personnes qui vont attaquer devant le tribunal les maçons n'ayant pas su les protéger parfaitement des dégâts d'un tremblement de terre seront les premières à affirmer que leur fils a raté son contrôle de math à cause d'un déficit de sa capacité de concentration, et pas parce qu'il a passé la nuit précédente dans une galerie de jeux vidéo au lieu d'étudier les fractions complexes. D'autre part, si, sous-jacente à cette relation conflictuelle avec le cataclysme – signe distinctif de l'Amérique profonde –, il y avait la conviction absolue que les abominations ne devraient tout simplement pas se produire, point final, je trouverais éventuellement cette naïveté désarmante. Sauf que l'intime conviction de cette sorte de furieux – qui se repaissent avec gourmandise des carambolages sur les autoroutes – semble être que les abominations ne devraient pas leur arriver à eux. Ces derniers temps, malgré le peu de goût que tu me connais pour le religieux, après l'indigestion d'inepties orthodoxes qui m'ont été imposées enfant (encore que, par chance, lorsque j'ai eu onze ans, ma mère ne pouvant plus affronter l'église qui se trouvait à quatre rues de chez nous célébrât sans enthousiasme des « offices » à domicile), je m'étonne encore devant une espèce devenue à ce point anthropocentrique que tous les événements, depuis les éruptions volcaniques jusqu'au réchauffement de la planète, soient à présent des sujets dont les protagonistes sont justiciables. L'espèce elle-même est un acte, à défaut de mot plus approprié, de Dieu. Personnellement, je dirais que chaque naissance d'un enfant dangereux est également un acte de Dieu, mais c'est précisément le fond de notre procès.

Harvey a estimé d'emblée qu'il fallait que je prenne mes marques. Tu te souviens de Harvey Landsdown ; tu le trouvais imbu de lui-même. C'est vrai, mais il racontait des histoires si formidables ! Aujourd'hui, dans les dîners en ville, il raconte des histoires sur moi.

Harvey m'a pas mal secouée, dans la mesure où il est du type « ne nous égarons pas ». Dans son cabinet, je bafouillais, je partais dans des digressions ; il tripotait ses dossiers, signifiant ainsi que je gaspillais son temps et mon argent – qui sont une seule et même chose. Nous étions en désaccord sur ce qu'il faut entendre par vérité. Lui voulait du sens. Moi, je pense qu'on atteint du sens en assemblant tous les menus détails insignifiants qui tomberaient à plat si on les racontait pendant un dîner et paraissent dépourvus de pertinence tant qu'on ne les a pas organisés les uns avec les autres. Peut-être est-ce ce que j'essaye de faire en ce moment, Frank, parce que, malgré mes efforts pour répondre à ses questions de façon directe, chaque fois que j'affirmais une chose simple et à décharge comme : « Bien sûr que j'aime mon fils », je sentais que je mentais et que n'importe quel juge ou jury serait capable de le percevoir.

Harvey s'en moquait. Il fait partie de ces avocats qui pensent que le droit est un jeu, pas une moralité. Il paraît que c'est ce que tu veux. Harvey adore clamer qu'être dans son droit n'a jamais fait gagner un procès, me laissant même avec la vague sensation qu'avoir la justice de son côté est plutôt un désavantage.

Je n'avais évidemment aucune certitude que la justice fût de mon côté, et Harvey trouvait mes interrogations pénibles. Il m'a ordonné de cesser de me focaliser sur l'apparence des choses et d'endosser la réputation de mauvaise mère, car il était clair qu'il se moquait totalement de savoir si je l'avais vraiment été. (Et, Franklin, je l'ai été. Une horreur. Je me demande si tu pourras jamais me le pardonner.) Son raisonnement était strictement économique, et j'imagine que l'économie est le primat dans beaucoup de procès. Son avis était que nous pourrions probablement trouver un arrangement beaucoup moins coûteux avec les parents que ce que risquait de leur accorder un jury sentimental. Point crucial : nous n'avions aucune garantie d'être remboursés de nos frais de justice, même si nous gagnions. Ce qui signifie donc, ai-je articulé lentement, que dans ce pays où l'on est « innocent tant que l'on n'a pas été reconnu coupable », une personne peut m'accuser de n'importe quoi, et je risque d'en être pour des centaines de milliers de dollars, même si je prouve que l'accusation était infondée ? Bienvenue aux États-Unis d'Amérique, a-t-il dit gaiement. Je voudrais que tu sois là pour écouter mes récriminations. Harvey n'avait rien à faire de mon exaspération. Il trouvait amusantes ces ironies de la loi, parce que ce n'était pas sa société montée à partir d'un simple billet pour un vol en charter qui était en jeu.

Rétrospectivement, Harvey a eu totalement raison – à propos de l'argent, s'entend. Et j'ai réfléchi depuis à ce qui m'avait poussée à laisser Mary me traîner devant le tribunal, contre l'avis éclairé d'un homme de droit. Je devais être en colère. Si j'avais fait quelque chose de mal, il me semblait que j'avais déjà été largement punie. Aucune cour n'aurait pu me condamner à pire que cette vie aride dans mon vilain petit duplex, avec mes blancs de poulet et mes choux, mes ampoules halogènes tremblotantes, mes excursions bimensuelles effectuées en pilotage automatique à Chatham – ou pire peut-être, à près de seize ans de vie avec un fils qui, comme il l'a affirmé, ne voulait pas de moi comme mère, et qui me donnait presque quotidiennement de bonnes raisons de ne pas le vouloir comme fils. Il n'empêche, j'aurais dû comprendre toute seule que si la condamnation par un jury ne calmerait jamais le chagrin de Mary, un verdict plus clément ne réussirait pas non plus à tempérer mon propre sentiment de complicité. Je dis avec tristesse que, pour une part non négligeable, ma motivation était un besoin désespéré d'être publiquement exonérée.

Hélas, ce n'était pas une exonération publique que je désirais vraiment, ce qui explique peut-être pourquoi je rumine, soirée après soirée, chaque détail accablant. Regarde le triste spécimen que je suis : adulte et heureuse en mariage, une femme de presque trente-sept ans apprend qu'elle est enceinte pour la première fois et s'évanouit presque d'horreur, réaction qu'elle dissimule à son mari comblé sous une jolie robe à bretelles en coton madras. Elle qui vient de se voir accorder le miracle de fabriquer une nouvelle vie choisit de ne penser qu'au verre de vin qu'elle ne boira plus, et aux veines de ses jambes. Elle gesticule dans le living au son d'une musique médiocre et grand public, sans une pensée pour son bébé à naître. À un moment où elle ferait mieux d'apprendre dans ses tripes le véritable sens du mot « nous », elle décide de se soucier plutôt de savoir si le bébé attendu est « à elle ». Même à un stade où elle devrait largement avoir compris, elle continue d'en faire des tonnes sur un film dans lequel l'accouchement se confond avec l'expulsion d'une larve géante. Et puis c'est une hypocrite impossible à contenter : après avoir reconnu que courir la planète n'est pas le périple magique et plein de mystère qu'elle avait jadis prétendu – que ces pérégrinations superficielles sont en fait devenues éprouvantes et monotones –, à l'instant où ces vagabondages sont mis en péril par les besoins de quelqu'un d'autre, elle se met à se pâmer sur la vie idyllique qui était la sienne quand elle notait si les auberges de jeunesse du Yorkshire permettaient ou pas de faire sa cuisine. Pire que tout, avant même que son malheureux enfant ait seulement réussi à survivre au climat peu hospitalier de son ventre réticent et tendu, elle a commis ce que toi-même, Franklin, as désigné comme l'indicible : sur un caprice, elle a changé d'avis, comme si les enfants n'étaient que de petits accessoires qu'on peut essayer chez soi et dont, après évaluation critique face au miroir, on peut conclure que non, navrée, mais finalement, ce n'est pas ce que je désirais, avant de les rapporter au magasin.

Je reconnais que le portrait que je brosse ici n'est guère séduisant, et, à ce sujet, je suis incapable de me souvenir de la dernière fois que je me suis sentie séduisante, à mes propres yeux ou pour quiconque. En fait, des années avant que je tombe moi-même enceinte, j'ai rencontré au White Horse, dans le Village, une jeune femme, avec qui j'étais allée à la fac à Green Bay. Bien que nous ne nous soyons plus parlé depuis, elle avait récemment mis au monde son premier enfant, et je n'ai eu qu'à dire bonjour pour qu'elle se mette à exhaler son désespoir. Trapue, avec une carrure inhabituelle et des cheveux noirs bouclés, Rita était une femme pleine de charme, au sens physique du terme. Sans sollicitation de ma part, elle m'a fait le descriptif complet de l'état irréprochable de son corps avant de concevoir. Apparemment, elle faisait un usage quotidien du matériel Nautilus, et sa définition n'avait jamais été aussi pointue – rapport graisse-muscles irréel, performance en aérobic au top. Ensuite, la grossesse, une horreur ! Le Nautilus ne semblant plus approprié, elle a dû cesser. Maintenant, maintenant, c'était une catastrophe, elle pouvait à peine faire un *sit-up*, encore moins trois séries de *crunches* dans les règles, elle repartait de zéro, voire pire ! Cette femme écumait de rage, Franklin ; elle en avait clairement après ses muscles abdominaux lorsqu'elle a rejoint la rue en marmonnant. Cela dit, à aucun moment elle n'a mentionné le nom de son enfant, ni son sexe, ni son âge, ni son père. Je me souviens d'avoir regagné le bar en m'excusant et de m'être éclipsée sans dire au revoir à Rita. Ce qui m'avait le plus mortifiée, ce que j'avais dû fuir, ce n'est pas seulement son apparente absence de sensibilité et son narcissisme, mais le fait qu'elle était exactement comme moi.

Je ne suis plus très sûre d'avoir regretté notre premier enfant avant même sa naissance. Il est difficile pour moi de reconstituer cette période en évitant la contamination de mes souvenirs par le regret excessif des années récentes, regret qui fait exploser les contraintes du temps et s'engouffre dans l'époque où, Kevin n'étant pas encore là, il était difficile de

140

le regretter. Mais s'il est une chose que je n'ai jamais voulue, c'est bien passer sous silence mon rôle dans cette histoire épouvantable. Cela dit, je suis résolue à assumer la responsabilité qui m'incombe pour chaque pensée rebelle, chaque agacement, chaque épisode égoïste, non pas pour endosser personnellement la totalité de la culpabilité, mais pour reconnaître que ceci est ma faute, cela aussi, pourtant là, là, là précisément, je trace une ligne, et au-delà de cette ligne, Franklin, ça, ça et ça, ce n'est pas moi.

Reste que, pour tracer cette ligne, je crains de devoir m'en approcher de très près.

Le dernier mois de la grossesse avait été presque distrayant. J'étais tellement empotée que ma condition était cocasse dans sa nouveauté et, pour une femme qui avait toujours été d'une minceur appliquée, devenir une baleine procurait une sorte de soulagement. Comprendre comment vit l'autre moitié du pays, si vous voulez – plus de la moitié, je crois, car 1998 est la première année où une majorité des habitants des États-Unis a été officiellement grosse.

Kevin est arrivé avec deux semaines de retard. Rétrospectivement, et irrationnellement, je suis persuadée qu'il traînait déjà les pieds dans mon ventre – qu'il se cachait. Peut-être n'étais-je pas la seule partie, dans cette expérience, à avoir des réticences.

Pourquoi n'as-tu jamais été torturé par nos mauvais pressentiments ? J'ai dû te dissuader d'acheter tant de lapins, poussettes et nid d'ange avant la

141

naissance ! Et si quelque chose tournait mal ? disais-je. Tu ne pourrais pas te préparer un peu en cas de problème ? Tu rétorquais avec mépris que prévoir le désastre, c'était l'appeler de ses vœux. (C'est donc en envisageant un double plus sombre du petit garçon heureux et vigoureux sur lequel tu comptais que j'ai permis l'échange dans la réalité.) J'étais la future maman de plus de trente-cinq ans qui tient à faire l'examen de dépistage de la trisomie – auquel tu étais farouchement opposé. Ils ne peuvent te donner que des probabilités, disais-tu. Vas-tu m'expliquer qu'à une chance sur cinq cents tu continues, mais qu'à une sur cinquante, c'est poubelle et on recommence tout ? Bien sûr que non, répondais-je. Une sur dix, alors ; une sur trois ? Où places-tu la barre ? Pourquoi t'obliger à faire ce genre de choix ?

Tes arguments étaient convaincants, bien que je soupçonne, sous le raisonnement logique, un romantisme à courte vue de l'enfant handicapé : un de ces émissaires de Dieu, pataud mais gentil, qui enseigne à ses parents que dans la vie il n'y en a pas que pour les surdoués, une âme sans malice que l'on comble d'affectueuses caresses, comme le petit chien de la maison. Pressé d'absorber le cocktail génétique détonant concocté par nos ADN, tu as dû flirter avec les perspectives de points de bonus que te vaudrait ton sens du sacrifice : ta patience, alors qu'il faut six mois d'apprentissage quotidien à ton benêt adoré pour réussir à nouer correctement ses lacets de chaussures, est jugée surhumaine. Grandiose et farouchement protecteur, tu découvres en toi un puits apparemment sans fond de générosité dans lequel ne puise jamais ta « Je m'envole demain pour le Guyana » de femme, et tu finis par abandonner le repérage pour mieux te consacrer, à plein temps, à notre fils de trois ans d'âge mental et d'un mètre soixante. Tous les voisins chantent les louanges de ta résignation positive face aux cartes distribuées par la Vie, la maturité sereine avec laquelle tu reçois ce que d'autres, appartenant à notre race et notre classe sociale, considéreraient comme un coup fatal. Tu piaffais tellement de pouvoir te lancer dans la paternité, n'est-ce pas ? Comme on plonge du haut d'une falaise, comme on se jette dans la fournaise. Notre vie ensemble était-elle à ce point insupportable, insipide ?

Je ne te l'ai jamais dit, mais j'ai fait le test derrière ton dos. L'optimisme du résultat (environ un sur cent) m'a permis une fois de plus d'éluder l'immensité de nos différences. Moi, je pinaillais. Mon approche de la parentalité était soumise à conditions, et les conditions étaient sévères. Je ne voulais pas mettre au monde un débile, ni un paraplégique ; chaque fois que je voyais des femmes exténuées rouler leur progéniture aux membres maigres comme des allumettes vers le centre d'hydrothérapie de l'hôpital de Nyack où l'on soigne les dystrophies musculaires, mon cœur ne fondait pas, il sombrait. En vérité, pour dresser une liste sincère de tout ce que je ne voulais pas élever, depuis le débile des champs jusqu'à l'obèse à la surcharge pondérale grotesque, il risquait de me falloir plus d'une page. À y repenser, cependant,

143

mon erreur n'a pas été de passer le test en cachette, mais de m'être sentie rassurée par le résultat. Le test du Dr Rhinestein ne portait ni sur la capacité de nuisance, ni sur l'indifférence méprisante, ni sur la méchanceté congénitale. Si cela était possible, je me demande combien de poissons nous rejetterions à la mer.

Quant à la naissance proprement dite, j'avais toujours affiché face à la douleur une morgue macho qui trahissait seulement que je n'avais jamais souffert de maladie débilitante, jamais eu de fracture, jamais émergé d'un carambolage de quatre voitures. Sincèrement, Franklin, je ne sais pas où je me suis forgé cette idée que j'étais une dure de dure. J'étais la Mary Woolford du monde physique. Ma notion de la souffrance physique dérivait d'orteils cognés, de coudes éraflés, de règles douloureuses. Je connaissais les courbatures après la première journée de squash de la saison ; je n'avais aucune idée de ce que pouvait représenter une main happée par une machine-outil, ou une jambe écrasée par une rame du métro de la 7$^e$ Avenue. Mais nous ne nous accrochons pas moins à nos mythologies respectives, aussi farfelues soient-elles. Tu as interprété mon calme total quand je me coupais un doigt dans la cuisine – une provocation transparente à ton admiration, mon chéri – comme une preuve suffisante que j'allais expulser un rôti de trois kilos et demi par un orifice qui auparavant n'avait pas accueilli plus gros qu'une saucisse, avec un stoïcisme égal. Il allait simplement de soi que je refuserais l'anesthésie.

Je suis définitivement incapable de comprendre ce que nous tentions de prouver. Pour toi, j'incarnais peut-être l'héroïsme plus grand que nature que tu voulais avoir épousé. De mon côté, il se pourrait que je me sois laissé entraîner dans cette petite compétition entre femmes à propos de l'accouchement. Même Louise, l'épouse on ne peut plus modeste de Brian, avait déclaré qu'elle avait encaissé vingt-six heures de travail pour Kiley, avec pour seul antalgique une infusion de « feuilles de framboisier », haut fait de la saga familiale qu'elle a raconté à trois reprises. Ce sont les rencontres de ce type qui grossissaient les effectifs du cours d'accouchement par les méthodes naturelles que j'ai suivi à la New School, encore que je sois prête à parier que nombre de ces étudiantes dont le discours était « Je veux vivre cette expérience » se sont écroulées et ont réclamé une péridurale à la première contraction.

Pas moi. Je n'étais pas courageuse, mais entêtée, et orgueilleuse. La simple obstination est infiniment plus durable que le courage, à défaut d'être aussi jolie.

La première fois, donc, que mes entrailles se sont serrées comme un drap mouillé que l'on tord pour l'essorer, mes yeux se sont légèrement exorbités, les paupières s'écarquillant de surprise ; mes lèvres se sont pincées. Mon calme t'a impressionné. C'est bien ce que j'escomptais. Nous déjeunions une fois encore au Beach House, et j'ai décidé de ne pas finir mon chili. En marque de mutuelle équanimité, tu as repoussé un morceau de pain avant de filer vers les toilettes pour y prendre un paquet de trente centimètres d'épaisseur de serviettes en papier ; la poche des eaux s'était rompue, libérant des litres de liquide, enfin j'avais cette impression, et j'avais trempé la banquette. Tu as réglé la note et même pensé à laisser un pourboire avant de me prendre par la main pour retourner à notre loft, en regardant ta montre. Nous n'allions pas nous ridiculiser à débarquer au Beth Israel des heures avant le début de la dilatation.

Plus tard dans l'après-midi, en me faisant parcourir Canal Street dans ton pick-up bleu layette, tu as marmonné que tout se passerait bien, ce que tu n'avais aucun moyen de savoir. Aux admissions, j'ai été frappée par la banalité de ma situation ; l'infirmière bâillait, renforçant ma détermination à me montrer une patiente exemplaire. J'allais épater le Dr Rhinestein par mon soudain pragmatisme. Je savais qu'il s'agissait d'une chose naturelle, je n'allais donc pas faire d'histoires. Alors, quand une nouvelle contraction m'a pliée en deux comme si je venais de me faire surprendre par un crochet du droit, j'ai tout juste articulé un petit *ouille*.

Un cinéma aussi ridicule que parfaitement inutile. Je n'avais aucune raison de vouloir épater le Dr Rhinestein, que je n'aimais pas particulièrement. Si je voulais susciter ta fierté, tu gagnais un fils dans l'affaire, ce qui payait largement quelques cris et grossièretés. Il aurait peut-être même été positif pour toi de te rendre compte que la femme que tu avais épousée était une banale mortelle qui adorait le confort et détestait souffrir, ce qui allait la faire sainement opter pour la piqûre. Au lieu de quoi, j'ai fait de laborieuses plaisanteries sur mon brancard, et j'ai tenu ta main. La main dont tu m'as dit ensuite que j'avais bien failli la briser.

Oh, Franklin, il ne sert plus à rien de faire semblant. C'était atroce. Je peux être capable de résister à certains types de douleur, mais dans ce cas ma force se trouve dans mes mollets, ou mes avant-bras, pas entre mes jambes. Cette partie-là de mon corps, je ne l'avais jamais associée à l'endurance, ni à rien d'aussi odieux que l'exercice. Au fil des heures, je me suis mise à penser que je devais être trop vieille pour ce jeu, qu'à l'approche de la quarantaine je n'avais plus l'élasticité suffisante pour m'ouvrir à cette nouvelle vie. Le Dr Rhinestein a dit suavement que j'étais étroite, comme pour indiquer une tare, et au bout d'environ quinze heures elle désespérait sévèrement : *Eva ! Il faut vraiment que vous fassiez un effort.* Adieu la perspective de l'épater.

À certains moments, après environ vingt-quatre heures, quelques larmes roulaient sur mes tempes et je m'empressais de les essuyer, pour que tu ne les voies pas. Plus d'une fois, on m'a proposé la péridurale, et ma détermination à repousser la perfusion a pris un aspect dément. Je me suis accrochée à ce refus, comme si ce qui comptait était réussir cette petite épreuve, et non mettre au monde un fils nouveau-né. Tant que je déclinais l'aiguille, je gagnais.

À la fin, c'est la menace d'une césarienne qui a eu raison de moi. Le Dr Rhinestein n'a pas caché que d'autres patientes l'attendaient à son cabinet, et qu'elle était écœurée par ma piètre performance. J'éprouvais une horreur anormale à l'idée d'être charcutée. Je ne voulais pas de cicatrice ; comme Rita, je dois bien avouer, à ma propre honte. J'avais peur pour mes muscles abdominaux ; et puis la procédure me rappelait trop tous ces films d'horreur.

Alors, *j'ai fait un effort*, ce qui m'a obligée à admettre que depuis le début je résistais à la naissance. Chaque fois que l'énorme masse approchait de ce minuscule conduit, je la ravalais. Parce que ça faisait mal. Très mal. Pendant les cours de cette New School, on vous serine que la douleur est positive, qu'il faut l'accompagner, pousser dans le sens de son impulsion, et c'est seulement là, couchée sur le dos, que j'ai appréhendé l'ineptie de cette opinion. La douleur, positive ? Le mépris m'a submergée. En fait, je ne te l'ai jamais dit auparavant, mais l'émotion à laquelle je me suis cramponnée afin de pousser au-delà du seuil critique, c'est la *haine*. Je méprisais cette position où j'étais, offerte comme un animal de ferme, avec des inconnus regardant bêtement entre mes genoux relevés. Je détestais le petit visage aigu de souris du Dr Rhinestein, ainsi que son ton brusque de censeur. Je me détestais moi-même pour avoir accepté cette mise en scène humiliante, alors qu'avant j'allais très bien et qu'à ce moment précis j'aurais pu être en France. J'ai renié toutes mes copines qui autrefois partageaient leurs préventions contre les effets bénéfiques des baisses d'impôts sur l'économie, ou au moins m'interrogeaient sans enthousiasme sur mon dernier voyage à l'étranger, mais qui, ces derniers mois, n'avaient plus pour sujet de conversation que les vergetures ou les remèdes contre la constipation, quand elles ne brandissaient pas des histoires abominables de crise d'éclampsie fatale et de progéniture autiste qui passait la journée à se balancer d'avant en arrière en se mordant les mains. Ton expression d'espoir permanent et d'encouragement indéfectible me donnait la nausée. Facile pour toi d'avoir envie de jouer les Papa, de gober tous ces bobards à deux sous quand c'était moi qui devais exploser comme une truie, moi qui devais me transformer en gentille abstinente qui avale des vitamines à la place de l'alcool, moi qui devais regarder mes seins devenir énormes, distendus, douloureux, alors qu'ils avaient été impeccables et ronds, moi qui allais être déchirée en voulant faire passer de force une pastèque dans un tuyau d'arrosage. Oui, je t'ai détesté, toi et tes petits mots doux, toi et tes gestes tendres, j'avais envie que tu cesses de me tamponner le front avec ce chiffon trempé, comme si cela changeait quelque chose, et je crois bien que je savais que je te faisais mal à la main. Et puis, oui, j'ai détesté le bébé – qui ne m'avait pas jusque-là apporté d'espoir pour l'avenir, ni d'*histoire*, ni de contenu, ni de « page qui se tourne », mais un encombrement, et de la gêne, et le grondement souterrain d'une vibration ébranlant jusqu'à son fond marin celle que je croyais être.

Mais en forçant le fameux seuil, j'ai atteint un tel embrasement de souffrance que je n'avais plus les moyens de m'offrir le luxe de la haine. J'ai crié, et je m'en fichais bien. À cet instant, j'aurais fait n'importe quoi pour que ça s'arrête : hypothéquer ma société, vendre notre enfant en esclavage, promettre mon âme au diable. « S'il vous plaît…, ai-je haleté, faites-moi… cette péridurale ! »

La sentence du Dr Rhinestein est tombée : « C'est trop tard à présent, Eva. Si c'était trop dur, vous auriez dû le dire plus tôt. La tête du bébé est engagée. Pour l'amour du ciel, ne lâchez pas maintenant. »

Et puis tout à coup, fini. Plus tard, nous avons plaisanté sur le temps que j'ai tenu, et comment j'ai demandé à être soulagée seulement lorsque la possibilité en avait été retirée. Mais sur le moment, ce n'était pas drôle. À l'instant précis où il est né, j'ai associé Kevin à mes propres limites – qui n'étaient pas seulement celles de la souffrance, mais celles de la défaite.

*Eva*

*Cher Franklin,*

Lorsque j'ai mis un pied au travail, ce matin, j'ai su immédiatement, à une pesanteur maligne et sombre du côté démocrate, que la « Floride », c'était terminé. Le sentiment de fin, dans les deux camps, a des saveurs de post-partum.

Mais si mes collègues des deux bords sont déçus de voir la fin d'un affrontement fort roboratif, je me sens plus inconsolable encore, exclue de leur sentiment partagé et unifiant de dépossession. Élevée à une puissance bien supérieure, cette solitude où je suis doit ressembler à l'expérience vécue par ma mère à la fin de la guerre, car le jour de ma naissance, le 15 août, coïncide avec le VJDay, victoire sur le Japon, qui vit l'empereur Hirohito annoncer sur les ondes sa reddition aux Japonais.

Apparemment, les infirmières étaient dans un tel état de béatitude qu'il était difficile d'obtenir d'elles une surveillance précise de la durée de ses contractions. En entendant sauter les bouchons de champagne dans le couloir, elle avait dû se sentir douloureusement abandonnée. Les maris de beaucoup d'infirmières allaient rentrer à la maison, mais pas mon père. Si le reste du pays avait gagné la guerre, les Khatchadourian de Racine, Wisconsin, y avaient perdu.

Plus tard, elle avait dû se trouver semblablement décalée par rapport aux sentiments embaumés par la société de cartes de vœux et aux autres félicitations pour laquelle elle s'était mise à travailler (tout sauf aller chez Johnson Wax). Plutôt étrange d'empaqueter les vœux de bonheur à l'occasion d'un anniversaire de mariage quand on n'a pas personnellement à glisser un de ces tributs dans son sac à l'approche de la date. Je suis partagée lorsque je me demande si je dois me réjouir que ce boulot lui ait donné l'idée de monter sa propre entreprise de cartes artisanales, ce qui lui a permis de se retirer dans Enderby Avenue à perpétuité. Mais je dirai que la carte « Pour la naissance de ton premier bébé » qu'elle avait faite spécialement pour moi, avec des couches de papiers déchirés dans les bleus et les verts… bref, c'était très joli.

En fait, quand j'ai retrouvé mes esprits au Beth Israel, je me suis souvenue de ma mère, et j'ai éprouvé un sentiment d'ingratitude. Mon père avait été dans l'incapacité de lui tenir la main comme tu as tenu la mienne. Et pourtant, cette main offerte par un mari bien vivant, je l'ai broyée.

Mais nous savons tous que les femmes qui accouchent peuvent devenir agressives ; je serais donc tentée de reconnaître une certaine poussée d'hostilité au fil des heures, et d'en rester là. Après tout, je me suis immédiatement sentie mal, et je t'ai embrassé. C'était avant l'époque où les docteurs posent un nouveau-né directement sur le sein de sa mère, tout visqueux et sanguinolent, et nous avons disposé de quelques minutes pendant qu'ils nouaient le cordon et nettoyaient le bébé. J'étais heureuse, je serrais ton bras et je le caressais, nichant mon front au creux de ton coude. Je n'avais pas encore tenu notre enfant.

Mais je ne me laisse pas décramponner si facilement.

Jusqu'au 11 avril 1983, je me flattais d'être une personne exceptionnelle. Mais depuis la naissance de Kevin, j'en suis venue à penser que nous sommes tous d'une normalité profonde. (À ce sujet, se voir comme un être exceptionnel est probablement plus la règle que l'exception.) Nous avons des attentes explicites sur notre comportement dans des situations spécifiques – qui dépassent les attentes ; il y a des obligations. Certaines sont petites : si on nous organise une fête, il faut être content. D'autres sont de taille : si un parent meurt, il faut être effondré de chagrin. Mais peut-être que couplée à ces attentes existe la peur secrète de ne pas honorer la tradition sous le coup de l'émotion. Recevoir le sinistre coup de fil : notre mère est morte, et on ne ressent rien.

153

Je me demande si cette petite peur muette, indicible, est encore plus aiguë que celle de la mauvaise nouvelle elle-même : découvrir que l'on est monstrueux. Si cela ne semble pas trop choquant, j'ai vécu pendant toute la durée de notre mariage avec une terreur : que, s'il t'arrivait quelque chose, je sois détruite. Mais il y avait toujours, sous-jacente, une facette contradictoire, si tu préfères, où je ne le serais pas : j'occulterais joyeusement l'après-midi en allant jouer au squash.

Le fait que cette peur sous-jacente prenne rarement des proportions importantes vient d'une certitude brute. On doit s'accrocher à l'idée que si l'impensable se produit effectivement, le désespoir va s'abattre spontanément ; que le chagrin, par exemple, n'est pas une expérience qu'il faut convoquer ni un talent qu'il faut cultiver, et la même chose vaut pour la joie obligatoire.

Même la tragédie peut donc s'accompagner d'une pointe de soulagement. Découvrir qu'un cœur qui se brise est bien en morceaux nous console sur notre humanité (encore que, considérant ce dont sont capables les humains, ce soit là un mot étrange pour dire la compassion, voire la capacité d'émotion). Pour donner un exemple récent, prends hier, Franklin. J'étais en voiture sur la 9W pour aller travailler quand une Fiesta a tourné à droite, coupant la route d'un cycliste sur le bas-côté. La portière passager a transformé la roue avant de la bicyclette en bretzel, et le cycliste est passé par-dessus la voiture. Il a atterri dans une position subtilement impossible, comme s'il avait été croqué par un étudiant en dessin au talent peu prometteur. J'avais déjà dépassé, mais dans mon rétroviseur j'ai vu trois autres voitures derrière moi s'arrêter sur le bord de la route pour porter secours.

Il paraît pervers de trouver un réconfort dans pareil malheur. Pourtant, il est vraisemblable qu'aucun des automobilistes qui sont descendus de leur voiture pour appeler les secours d'urgence ne connaissait personnellement ce cycliste ni n'était concrètement intéressé par son sort. Ils se sont néanmoins suffisamment souciés de lui pour se procurer la gêne potentielle de devoir aller témoigner au tribunal. Pour mon compte, je suis sortie de ce drame physiquement ébranlée – mes mains tremblaient sur le volant, j'avais la bouche sèche et la mâchoire pendante. Mais je m'étais acquittée convenablement : je blêmissais encore devant la souffrance d'inconnus.

Pourtant, je sais aussi ce que c'est que dérailler. Une fête ? Curieux que j'aie cité cet exemple. L'année de mes dix ans, j'avais vite senti qu'il se tramait quelque chose. Il y avait des chuchotements, un placard qui m'était interdit. Si ces indices ne suffisaient pas, Giles roucoulait : « Tu vas avoir une surprise ! » La deuxième semaine d'août, j'ai compris quel jour fatidique approchait, et j'ai passé le reste du temps proche de l'explosion.

Tôt dans l'après-midi du jour de mon anniversaire, j'ai été priée d'aller dans le jardin.

« Surprise ! » Quand j'ai été invitée à revenir, j'ai découvert que cinq de mes amies avaient été introduites secrètement par la porte principale, pendant que j'essayais d'épier ce qui se tramait à travers les rideaux tirés de la cuisine. Dans notre living encombré, elles se tenaient autour d'une table de bridge recouverte d'une nappe en dentelle de papier sur laquelle étaient disposées des assiettes en carton de couleur vive, à côté desquelles maman avait placé des petits bristols assortis, où était calligraphié, avec la fluidité de la professionnelle qu'elle était, le nom de chaque convive. Il y avait également des accessoires achetés en magasin : petits parapluies miniatures en bambou, crécelles et klaxons pour faire du bruit. Le gâteau, lui aussi, venait d'une pâtisserie, et elle avait teinté la limonade en rose vif pour accentuer le côté festif.

Sans aucun doute, ma mère a vu mon visage se défaire. Les enfants sont très maladroits quand ils cherchent à dissimuler. Pendant la fête, j'ai été distraite, laconique. J'ai ouvert et refermé mon parapluie, dont je me suis vite fatiguée, ce qui était étrange ; j'avais envié très fort les autres filles qui étaient allées à des fêtes où je n'étais pas invitée, et étaient revenues à l'école avec précisément ces parapluies bleu et rose. Pourtant, d'obscure façon, il m'avait été révélé qu'on les achetait en paquet de dix, sous plastique, et que même les gens comme nous pouvaient se les payer, ce qui en avait dévalué les charmes plus qu'on ne saurait dire. Parmi les invitées se trouvaient deux filles que je n'aimais pas trop ; les parents ne tombent jamais juste à propos de nos amitiés. Le gâteau était scellé dans un glaçage fondant comme un palet en plastique, sucré et sans goût ; les gâteaux de ma mère étaient meilleurs. Il y avait plus de cadeaux que d'ordinaire, mais la seule chose dont je me souviens à leur sujet, c'est que chacun avait été une inexplicable déception. Et puis j'ai fait connaissance avec un avant-goût de l'âge adulte, une sensation non répertoriée de cul-de-sac qui s'abat rarement sur les enfants : être assis dans une pièce, avec rien à se dire, rien à faire. À l'instant où la fête a été terminée, le plancher jonché de miettes et de papier cadeau, j'ai pleuré.

Je dois passer pour une enfant gâtée, mais ce n'était pas vrai. On avait fait peu de cas de mes anniversaires auparavant. Avec le recul, je me trouve méprisable, de surcroît. Ma mère s'était donné beaucoup de mal. Son affaire ne rapportait pas beaucoup d'argent, pour beaucoup de travail ; elle devait passer plus d'une heure sur chaque carte, qu'elle vendait ensuite un quart de dollar, un prix qui faisait encore tiquer les clients. En regard de l'économie naine de notre famille, l'investissement avait été considérable. Elle avait dû être stupéfaite ; si elle avait appartenu à une autre espèce de parents, elle aurait botté mon petit derrière ingrat. Qu'avais-je bien pu espérer, pour qu'en comparaison ma fête fût un tel désenchantement ?

Rien. Ou rien de particulier, rien que je pouvais dessiner précisément dans ma tête. C'était bien le problème. J'attendais une chose énorme et informe, un truc immense et si merveilleux que je ne pouvais même pas l'imaginer. La fête organisée par ma mère n'était que trop parfaitement imaginable. D'ailleurs, aurait-elle convoqué une fanfare et des magiciens, mon dépit aurait été le même. Aucune extravagance n'aurait pu éviter de tomber à plat, parce qu'elle n'aurait pu être que finie et fixée, comme ci et pas comme ça. Elle n'aurait pu être que ce qu'elle était.

Le problème, c'est que je ne sais pas exactement ce que j'avais imaginé qui allait m'arriver lorsqu'on m'a mis Kevin au sein pour la première fois. Je n'avais rien imaginé de *précis*. Je voulais ce que je ne pouvais pas imaginer. Je voulais être transformée ; je voulais être transportée. Je voulais qu'une porte s'ouvre et que se déploie devant moi une toute nouvelle perspective dont je ne soupçonnais même pas l'existence. Je ne voulais rien qui fût dépourvu de révélation, et la nature même d'une révélation est qu'on ne peut pas l'anticiper ; elle promet ce dont nous ne sommes pas encore familiers. Mais si j'ai tiré une seule leçon de mon dixième anniversaire, c'est que les attentes sont dangereuses quand elles sont à la fois élevées et vagues.

J'ai peut-être donné une idée inexacte de moi. Certes, j'avais des doutes. Mais mes espérances concernant la maternité étaient élevées, ou je n'aurais pas accepté de m'y lancer. J'avais suivi avec gourmandise les récits d'amis : *Tu n'as aucune idée de ce que c'est avant d'en avoir un à toi.* Chaque fois que je concédais ne pas nourrir de passion pour les nourrissons et les jeunes enfants, on m'affirmait : *J'étais pareil ! Je ne supportais pas les gosses des autres ! Mais c'est différent – complètement différent – quand ce sont les tiens.* J'adorais cette perspective, la découverte d'un *autre pays*, une contrée étrange où des garnements insolents étaient transformés par une alchimie miraculeuse en, pour reprendre ton expression, réponse à la « Grande Question ». En fait, j'ai peut-être donné aussi une idée fausse de ce que m'inspirent les pays étrangers. Oui, j'éprouvais une lassitude des voyages, oui, je luttais toujours contre une terreur héréditaire avant de sauter dans un avion. Mais poser le pied en Namibie, ou à Hong Kong, et même au Luxembourg pour la première fois me faisait planer comme un cerf-volant.

*Ce qui m'avait échappé*, avait confié Brian, *c'est qu'on tombe amoureux de ses propres enfants. On ne se contente pas de les aimer. On tombe amoureux. À cet instant, quand on pose les yeux sur eux pour la première fois… c'est indescriptible.* J'aurais bien voulu qu'il décrive quand même. J'aurais bien voulu qu'il essaie simplement.

Le Dr Rhinestein a tenu le nourrisson un instant au-dessus de mon sein avant d'y déposer la minuscule créature avec – j'étais heureuse de la voir en témoigner enfin – une attention pleine de délicatesse. Kevin était humide, avec du sang dans les plis du cou et des membres. Je l'ai prudemment entouré de mes deux mains. L'expression de son visage tordu était maussade. Son corps était inerte ; je ne pouvais interpréter sa lassitude que comme un manque d'enthousiasme. Le réflexe de succion est un de nos rares réflexes innés, mais, la bouche juste contre le brun de mon aréole élargie, il a basculé la tête de l'autre côté avec dégoût.

J'ai continué d'essayer ; il a continué de résister ; l'autre sein ne lui a pas plu davantage. Et tout ce temps-là, j'attendais. Le souffle court, j'attendais. Et j'ai continué d'attendre. *Mais tout le monde dit…*, me disais-je. Et puis, très clairement : *Méfie-toi de ce que « tout le monde dit ».*

Franklin, je me sentais… absente. Je continuais de fouiller en moi, à la recherche de cette nouvelle émotion *indescriptible*, comme on remue un tiroir à couverts trop plein pour trouver l'économe – sauf que j'avais beau fourrager partout, déblayer au passage, rien. L'économe est toujours dans le tiroir, en fin de compte. Sous une spatule, caché entre les pages du certificat de garantie de l'autocuiseur…

« Il est beau », ai-je bredouillé ; j'avais pioché une réplique de téléfilm.

« Je peux ? » as-tu demandé timidement.

J'ai soulevé le bébé et te l'ai tendu. Alors que Kevin nouveau-né gigotait misérablement sur mon sein, il a posé un bras autour de ton cou, comme s'il avait trouvé son véritable protecteur. Quand j'ai regardé ton visage, les yeux clos, la joue posée contre ton bébé fils, la lumière s'est faite, si la métaphore n'est pas trop déplacée : il était là, l'économe. C'était tellement injuste ! Tu étouffais littéralement, empli jusqu'aux oreilles d'un émerveillement qui défiait l'expression. Sensation de te regarder manger un cornet de glace que tu refusais de partager.

Je me suis redressée dans le lit, tu me l'as rendu à regret, et c'est alors que Kevin a lâché les gaz et le reste. Tenant le bébé, qui refusait toujours de téter, j'ai retrouvé cette sensation de « et après ? » éprouvée lors de mon dixième anniversaire : nous étions là, dans une pièce, et il n'y avait apparemment rien à dire, ni à faire. Les minutes passaient, Kevin piaillait, restait inerte, avait des sursauts irrités de temps à autre ; je ressentais les premiers pincements de ce que, lamentablement, je ne pouvais appeler que de l'ennui.

Oh, je t'en prie, non. Je sais ce que tu dirais. Que j'étais épuisée. Je sortais d'un accouchement de trente-sept heures, et il était ridicule de croire que je pourrais éprouver autre chose que de la lassitude et de l'indifférence. Et puis, il avait été absurde d'imaginer un feu d'artifice ; un bébé est un bébé. Tu me dirais de me souvenir de cette petite histoire idiote que je t'avais racontée à propos de mon premier grand voyage, quand j'ai traversé l'océan pour le séjour à l'étranger, pendant ma première année à Green Bay, et qu'en posant le pied sur le tarmac, à Madrid, j'ai été vaguement dépitée de voir qu'en Espagne aussi il y avait des arbres. *Bien sûr, qu'il y a des arbres en Espagne !* t'étais-tu moqué. Je m'étais sentie gênée. En un sens, je savais évidemment qu'il y avait des arbres en Espagne, mais entre le ciel, le sol, les gens autour de moi… le paysage ne semblait pas si différent. Plus tard, tu rappelais cette anecdote pour illustrer le fait que mes espérances étaient toujours follement démesurées ; que la voracité même avec laquelle je consommais l'exotisme était destructrice, parce que dès lors que j'accédais à l'étranger, cet étranger cessait de l'être et ne comptait plus.

Par ailleurs, ajouterais-tu d'un ton câlin, on ne devient pas parent en un jour. L'existence d'un bébé – alors que tout récemment il n'y en avait pas – est une réalité si déconcertante que je n'avais probablement pas encore tout à fait pris la mesure de cette réalité. J'étais hébétée. C'est ça, j'étais hébétée. Je n'étais ni défaillante ni dépourvue de cœur. En plus, parfois, quand on se surveille trop, qu'on passe ses sentiments au crible, ils se dérobent, ne se laissent pas appréhender. J'étais trop tendue, trop dans l'effort. J'avais fini par me placer dans une sorte de paralysie émotionnelle. N'avais-je jamais constaté que ces débordements spontanés de passion sont une question de foi ? Eh bien, la mienne avait vacillé ; j'avais permis à la peur sous-jacente de prendre temporairement le dessus. Il fallait seulement que je me détende et que je laisse faire la nature. Et, pour l'amour du ciel, que je me repose. Je sais que tu dirais toutes ces choses, parce que je me les suis dites moi-même. Et elles sont restées sans effet – en ce sens, le mien, que tout allait de travers depuis le début, que je ne suivais pas le programme, que j'avais lamentablement raté, en n'étant pas à la hauteur, de nous deux, de notre enfant nouveau-né. Que j'étais un vrai, vrai monstre.

Pendant qu'on me recousait, tu as proposé de prendre de nouveau Kevin, et je savais que j'aurais dû protester. Ce que je n'ai pas fait. Ma gratitude d'être soulagée en te le donnant a été ravageuse. Si tu veux connaître la vérité, j'étais en colère. J'avais peur, j'avais honte, mais j'avais aussi la sensation de m'être fait avoir. Je voulais ma fête. Je me disais que si une femme ne peut pas compter sur ses propres ressources pour être à la hauteur d'une circonstance comme celle-ci, alors elle ne peut compter sur rien ; à partir de ce moment, le monde a cessé de tourner rond. Prostrée, les jambes grandes ouvertes, j'ai fait un serment : que si j'avais peut-être appris à exposer mon « intimité » à la face de monde, jamais je ne révélerais à qui que ce soit sur cette terre que mettre un enfant au monde n'avait suscité en moi aucune émotion. Tu avais ton indicible « Ne dis jamais, au grand jamais que tu regrettes notre propre enfant » ; à présent, j'avais le mien. Plus, en évoquant ce moment en société, je me raccrocherais à ce mot, *indescriptible*. Brian était un père formidable. J'emprunterais à mon ami sa tendresse pour ce jour-là.

*Eva*

*Cher Franklin,*

Ce soir, on fêtait Noël au bureau, ce qui n'était pas évident avec six personnes qui avaient tout juste cessé de s'empoigner. Nous n'avons pas grand-chose en commun, mais leur compagnie m'est en général agréable – pas tant pour les tête-à-tête avec sandwiches que pour les échanges quotidiens concernant les forfaits pour les Bahamas. (Il m'arrive d'éprouver une telle gratitude envers la tâche absorbante de réserver des vols que j'en pleurerais presque.) Sans oublier que la simple proximité de corps tièdes procure le réconfort animal le plus profond.

La gérante de l'agence avait été gentille de m'embaucher dans son équipe. Tant de gens dans le secteur avaient été meurtris par ce JEUDI que

Wanda s'était dans un premier temps inquiétée à l'idée que les gens risquaient éventuellement d'éviter son agence simplement pour éviter de repenser à tout cela. Mais, pour être juste envers nos voisins, c'est souvent un mot gentil exceptionnellement chaleureux qui me fait comprendre qu'un client sait qui je suis. C'est plutôt l'équipe que j'ai déçue. Ils avaient dû espérer que le contact permanent avec une célébrité allait avoir des retombées positives sur eux, et qu'avec le stock d'anecdotes dérangeantes et glauques que je fournirais ils auraient de quoi briller dans les dîners. Mais l'association est trop superficielle, et je doute que leurs amis soient impressionnés. La plupart de mes histoires sont banales. En réalité, ils n'ont envie d'entendre qu'une seule histoire, et cette histoire-là, ils la connaissaient en long, en large et en travers avant mon arrivée.

Divorcée aux hanches larges et au rire chevalin, Wanda elle-même a peut-être nourri l'espoir que nous devenions amies intimes. À la fin de notre premier déjeuner ensemble, elle m'avait confié que son ex-mari avait une érection en la regardant faire pipi, qu'elle venait de se faire scléroser des hémorroïdes, et que, jusqu'au jour où, à trente-six ans, elle avait bien failli se faire prendre par un agent de la sécurité de chez Saks, elle piquait systématiquement dans les magasins. J'ai de mon côté révélé qu'après six mois dans mon duplex de poupée je m'étais enfin décidée à acheter des rideaux. Tu imagines bien qu'elle s'est peut-être sentie flouée de

165

m'avoir donné Manhattan contre une poignée de perles.

Ce soir, Wanda m'a donc coincée près du fax. Sans vouloir être indiscrète, est-ce que j'avais songé à me faire « aider » ? Je comprenais évidemment de quelle aide il était question. Tous les élèves du collège de Gladstone s'étaient vu proposer un soutien psychologique gratuit par la direction de l'établissement – même que certaines recrues de cette année, qui n'étaient pas seulement inscrites en 1999, ont prétendu être traumatisées, et sont allées s'allonger sur le divan. Pour ne pas paraître hostile, j'ai dit sincèrement que je ne voyais pas comment le simple fait de répéter mes ennuis devant un inconnu pourrait les alléger d'un milligramme, et que sans aucun doute l'aide psychologique était le refuge logique de ceux dont les problèmes étaient des fantasmes éphémères, et pas des faits historiques. J'ai donc occulté que mon expérience avec les professionnels de la santé mentale avait été plutôt amère, oubliant gentiment que les échecs des traitements psychiatriques prescrits à mon fils avaient fait la une des journaux dans tout le pays. Par ailleurs, il ne m'a pas paru judicieux de confier que je n'avais trouvé d'« aide » que dans les lettres que je t'écris, Franklin. Parce que j'ai le sentiment que cette correspondance ne figure pas dans les listes de thérapies prescrites, vu que tu es au cœur même de ce que je dois « dépasser » pour arriver à « clore » le chapitre. Et cette perspective est effroyable.

En 1983 déjà, j'étais stupéfaite qu'une étiquette psychiatrique standardisée comme *dépression post-natale* fût censée apporter un réconfort. Nos compatriotes semblent compter beaucoup sur les vertus de l'étiquetage de leurs maux. L'idée étant qu'une plainte suffisamment banale pour avoir un nom implique que l'on n'est pas seul, et agite des possibilités comme les « chats » sur Internet et les associations de soutien pour s'offrir les délices de lamentations en commun. Cette tendance compulsive à vouloir faire groupe a même contaminé la conversation. Personne ne dit plus jamais « avoir mis longtemps à se réveiller ». J'entends en revanche beaucoup de : « je ne suis pas quelqu'un du matin ». Tous ces professionnels du voyage qui ont besoin de bassines de café au réveil doivent combattre par un sérieux cordial leur peu d'enthousiasme à sauter du lit pour une balade de seize bornes.

J'aurais pu revoir mon appréciation de mes propres propensions normatives – y compris l'espérance, qui n'avait rien de déraisonnable, qu'en portant un enfant j'allais éprouver quelque chose, et que ce quelque chose serait agréable. Mais je n'avais pas changé à ce point. Je ne m'étais jamais sentie consolée d'être simplement comme tout le monde. Et malgré le terme de *dépression post-partum* offert par le Dr Rhinestein comme un cadeau, à croire que le seul fait de s'entendre dire qu'on est malheureuse devait remonter le moral, je n'ai pas payé de professionnels pour me voir servir l'évidence, ce qui ne dépasse pas les bornes du descriptif. On était moins dans le diagnostic que dans la tautologie : j'étais déprimée après la naissance de Kevin parce que j'étais déprimée après la naissance de Kevin. Merci.

Elle a néanmoins également suggéré que, le désintérêt de Kevin pour mon sein ayant persisté, je souffrais peut-être d'un sentiment de rejet. Là, j'ai changé de couleur. Que je puisse prendre à cœur les prédilections opaques de cette minuscule créature à moitié formée me gênait beaucoup.

Elle avait évidemment raison. Au début, j'ai pensé que je faisais quelque chose de travers, que je ne guidais pas sa bouche. Mais non ; je plaçais le tétin entre ses lèvres, où donc aurait-il pu aller autrement ? Il avait tiré une ou deux fois, avant de se détourner aussitôt, le lait bleuté coulant sur son menton. Il s'étranglait, et, c'est peut-être le fruit de mon imagination, mais il essayait de se faire vomir. Lorsque je suis allée à une consultation d'urgence, le Dr Rhinestein m'a informée froidement que « cela arrive parfois ». Mon Dieu, Franklin, ce que tu découvres *arrive parfois* quand on devient parent ! J'étais désemparée. Dans son cabinet, j'étais entourée de prospectus sur la construction du système immunitaire du bébé. Et j'ai tout essayé. Pas d'alcool. J'ai éliminé les laitages. Au prix d'un immense sacrifice, j'ai renoncé aux oignons, à l'ail et aux piments. J'ai supprimé viande et poisson. J'ai suivi un régime sans gluten qui me laissait avec à peine plus qu'un bol de riz et de la salade sans assaisonnement.

À la fin, j'étais affamée alors que Kevin continuait à prendre sans gloire ses biberons d'un mélange chauffé au micro-ondes, à la condition exclusive qu'ils soient donnés par toi. Même au biberon, il refusait mon lait, et se tortillait sans tirer une gorgée. Il sentait. Il me sentait, moi. Pourtant, il n'a été positif à aucun test d'allergie, au sens médical du moins. Entre-temps, mes seins qui avaient été menus étaient tendus, douloureux, et coulaient. Le Dr Rhinestein tenait à tout prix à ce que je n'arrête pas les montées de lait dans la mesure où, parfois, cette aversion – c'est le mot qu'elle a utilisé, Franklin, *aversion* – se dissipait. L'opération était tellement malcommode et pénible que je n'ai jamais pris complètement le coup avec le tire-lait, et pourtant c'était vraiment gentil de ta part d'aller acheter ce Medela, modèle hospitalier. Je crains d'avoir fini par le détester, cet ersatz en plastique glacial d'un nourrisson tout tiède qui tète le sein. Moi qui voulais tant lui donner le lait de la tendresse humaine, il n'en voulait pas, ou il ne voulait pas du mien.

Je n'aurais pas dû le prendre personnellement, mais comment faire autrement ? Ce n'était pas le lait maternel qu'il refusait, c'était la mère. En fait, j'ai fini par être convaincue que notre petit paquet de bonheur m'avait démasquée. Les tout-petits ont beaucoup d'intuition, parce que c'est à peu près tout ce qu'ils ont. J'étais sûre et certaine qu'il percevait un raidissement symptomatique de mes bras quand je le prenais. Et non moins certaine qu'il savait détecter dans la subtile pointe d'exaspération de ma voix, quand je roucoulais et babillais, que ni le roucoulement ni le babil ne m'étaient naturels, et que son oreille précoce était capable d'isoler dans ce flot ininterrompu d'onomatopées charmeuses un sarcasme insidieux et compulsif. De plus, depuis que j'avais lu – pardon, que tu avais lu – qu'il était important de sourire aux nourrissons pour obtenir un sourire en retour, je souriais, souriais, souriais, jusqu'à en avoir mal dans le visage, sauf que lorsque j'avais mal, je suis sûre qu'il le percevait. Chaque fois que je me forçais à sourire, il savait clairement que je n'en avais pas envie, parce qu'il ne répondait jamais par un sourire. Il n'avait pas vu des masses de sourires dans son existence, mais il avait vu les tiens, suffisamment pour se rendre compte qu'en comparaison celui de sa mère n'était pas conforme. Les lèvres se retroussaient hypocritement ; et le sourire s'effaçait avec une rapidité révélatrice quand je m'éloignais de son berceau. Est-ce de là que Kevin tient le sien ? En prison, il a ce sourire de marionnette, comme si quelqu'un tirait les ficelles.

Je sais que tu ne me crois pas vraiment à ce sujet, mais j'ai fait de gros efforts pour établir un lien passionnel avec mon fils. Sauf que je n'avais jamais vécu mes sentiments pour toi, par exemple, comme un exercice que je devais répéter telles des gammes au piano. Plus je faisais d'efforts, plus je prenais conscience que ces efforts en tant que tels étaient une abomination. Sans aucun doute, toute cette tendresse qu'à la fin je me contentais de simuler, elle aurait dû surgir spontanément. Ce n'était donc pas seulement cela qui me déprimait, ni le fait que tes propres sentiments se détournaient de plus en plus ; je me déprimais. J'étais coupable d'incompétence émotionnelle.

Mais Kevin aussi me déprimait, et je dis bien *Kevin*, pas le *bébé*. Depuis le tout début, cet enfant a été spécial pour moi, alors que toi, tu demandais souvent *Comment va le petit ?* ou *Comment va mon garçon ?* ou encore *Où est le bébé ?* Pour moi, il n'a jamais été « le bébé ». Il était un individu singulier, particulièrement rusé, qui était arrivé pour vivre avec nous, et qui se trouvait être très petit. Pour toi, il était « notre fils » – ou bien, après que tu as renoncé à mon sujet, « mon fils ». Ton adoration possédait un caractère générique persistant qu'il sentait j'en suis certaine.

Avant que tu te rebiffes, ceci n'est pas une critique. Cet engagement impérieux pour ce qui est en réalité une abstraction, ce qui est bien ou mal pour ses enfants, cet engagement-là peut être plus fort encore que celui que l'on a envers eux comme êtres explicites, difficiles, et il est en conséquence capable d'entretenir la dévotion à leur égard alors même qu'en tant qu'individus ils sont décevants. En ce qui me concerne, c'est ce pacte d'envergure avec des enfants virtuels que j'ai peut-être omis de passer, et auquel j'ai été incapable de recourir quand Kevin a finalement mis à l'épreuve mes liens maternels en les poussant dans leurs limites parfaitement mathématiques, ce JEUDI-là. Je ne vote pas pour des partis, mais pour des candidats. Mes opinions étaient aussi œcuméniques que mon garde-manger, qui à l'époque regorgeait de *salsa verde* de Mexico, d'anchois de Barcelone, de citronnelle de Bangkok. Pour moi, l'avortement n'était pas un problème, mais j'abhorrais la peine capitale, ce qui signifie j'imagine que je ne reconnaissais le caractère sacré de la vie que chez les adultes. Mes habitudes environnementales étaient capricieuses ; je mettais facilement une brique dans notre chasse d'eau pour économiser l'eau, mais, après quelques douzaines de douches étiques grâce à la pression dérisoire de la plomberie européenne, je me prélassais pendant une demi-heure sous le déluge brûlant. Ma penderie était pleine de saris indiens, de pagnes ghanéens, et d'*ao dài* vietnamiennes. Mon vocabulaire était pimenté d'importations – *gemütlich*, *scusa*, *hugge*, *mzungu*. Je faisais un tel micmac avec la planète entière que tu craignais parfois que je n'aie aucune attache, à aucun lieu, à aucune chose, ce en quoi tu avais tort. C'est juste que mes attaches étaient beaucoup plus larges, et étaient d'une précision obscène.

Par le même raisonnement, je ne pouvais pas aimer « un » enfant : je devais aimer celui-ci. J'étais reliée au monde par une multitude de fils, toi par quelques grosses cordes solides. C'était la même chose pour le patriotisme : tu aimais l'idée des États-Unis infiniment plus puissamment que le pays lui-même, et c'était grâce à ton adhésion à l'idéal américain que tu pouvais passer sur le fait que tes Yankees de parents faisaient la queue une nuit entière devant FAO Schwarz, avec des Thermos de soupe aux clams, pour acheter une édition limi-

172

tée de la Nintendo. Le particulier abrite l'ordinaire. Le conceptuel est le domaine du grandiose, de la transcendance, de l'éternité. Les vrais pays et les petits garçons malfaisants peuvent aller au diable ; le concept de pays et celui de fils triompheront à jamais. Bien que ni l'un ni l'autre nous n'ayons jamais fréquenté les églises, j'en suis venue à la conclusion que tu étais une personne naturellement religieuse.

Pour finir, une mastite a mis un terme à ma recherche désespérée de l'aliment qui faisait que Kevin refusait mon lait. Une alimentation pauvre m'a peut-être fragilisée. Ça et la bagarre pour convaincre Kevin de prendre le sein, qui risquait d'avoir suffisamment mis à mal les tétins pour que l'infection se soit transmise par sa bouche. Hostile à la nutrition venant de moi, il pouvait néanmoins m'offrir la contamination, comme s'il était déjà, à l'an zéro de la vie, la part la plus réelle de la paire que nous formions.

Le premier signe de la mastite étant la fatigue, il n'est pas très surprenant que les premiers symptômes soient passés inaperçus. Il m'épuisait depuis des semaines. Je parie que tu ne me crois toujours pas à propos de ses crises de fureur, bien qu'une rage durant entre six et huit heures tienne moins de la crise que de l'état naturel, dont les interludes de calme réparateur auxquels tu assistais étaient d'étranges exceptions. Notre fils avait des *crises de calme*. Et même si la chose peut paraître totalement folle, la constance avec laquelle Kevin poussait ses hurlements d'une puissance précoce, tout le temps que lui et moi étions seuls, pour renoncer, avec la brutalité d'un poste de radio à plein volume qu'on éteint, à l'instant où tu franchissais la porte... eh bien, on aurait dit un comportement délibéré. Alors que le silence était encore vibrant pour moi, tu te penchais sur ton ange assoupi qui, à ton insu, commençait tout juste à réparer dans le sommeil ses exploits olympiens de la journée. Jamais je ne t'aurais souhaité de connaître la torture de mes migraines, mais je ne supportais pas l'imperceptible défiance qui s'installait entre nous lorsque l'expérience que tu avais de ton fils ne cadrait pas avec la mienne. Il m'est arrivé de cultiver la chimère rétroactive que, même au berceau, Kevin apprenait à diviser et conquérir, manigançant d'offrir des caractères tellement contradictoires que nous ne pouvions qu'être en désaccord. Le visage de Kevin était inhabituellement aigu pour un bébé, alors que j'arborais toujours cette crédulité naïve à la Marlo Thomas, comme s'il m'avait vidée de toute perspicacité in utero.

Quand je n'avais pas d'enfant, les cris d'un bébé qui pleure étaient pour moi un peu tous les mêmes. Forts. Moins forts. Mais la maternité m'a aiguisé l'oreille. Il y a le gémissement du besoin inarticulé, qui constitue effectivement les premières incursions de l'enfant dans le langage, avec des sons qui veulent dire *mouillé*, ou *manger*, ou *pique*. Il y a le hurlement de terreur – parce qu'il n'y a personne près de lui, et qu'il n'y aura peut-être plus jamais personne. Il y a encore le lancinant *ouin-*

174

*ouin*, qui n'est pas sans ressemblance avec l'appel à la mosquée, au Moyen-Orient, ou le chant improvisé ; il s'agit là de cris créatifs, récréatifs, de bébés qui, sans être spécialement malheureux, n'ont pas encore enregistré que nous aimons réserver les pleurs aux situations de détresse. Et le plus triste de tous peut-être, le sanglot étouffé et habituel d'un bébé éventuellement très malheureux mais qui, par négligence ou pressentiment, ne compte plus sur la clémence – qui, dans sa prime enfance, s'est déjà réconcilié avec l'idée que vivre est une souffrance.

Oh, j'imagine qu'il existe autant de raisons de pleurer chez les nouveau-nés que chez les grands, mais Kevin ne pratiquait aucun de ces standards lacrymaux. Certes, après ton retour à la maison, il lui arrivait de grogner un peu comme un bébé *normal*, qui a faim, qui veut qu'on le change, et tu t'en occupais, et il cessait ; tu me regardais alors, genre : tu vois ? et j'avais envie de t'assommer.

Avec moi, quand tu étais parti, Kevin ne se laissait pas amadouer avec des choses aussi banales et éphémères que du lait, ou une couche sèche. Si la peur de l'abandon se traduisait par un niveau de décibels n'ayant rien à envier à une scie électrique industrielle, sa solitude déployait une redoutable pureté existentielle ; ce n'était pas les gesticulations de ce truc hagard aux relents nauséeux de fluide blanc qui allaient arranger les choses. Et puis je ne percevais aucun pathétique appel à l'aide, aucune lamentation désespérée, aucun hoquet de terreur sans nom. Il lançait plutôt sa voix comme une arme, des hurlements qui heurtaient les murs de notre loft comme une batte de base-ball détruisant un Abribus. Ensemble, ses poings boxaient le mobile au-dessus de son berceau, il talonnait sa couverture, et plusieurs fois j'ai reculé après l'avoir câliné, caressé, changé, et je me suis émerveillée de la simple performance athlétique de la démonstration. Pas d'erreur possible : ce qui faisait tourner ce remarquable moteur à combustion, c'était le carburant concentré et renouvelable à l'infini qu'est le *courroux*.

Oui, mais la cause d'un tel courroux ? serais-tu en droit de demander.

Il avait les fesses au sec, le ventre plein, il avait dormi. J'avais essayé sans couverture, avec couverture ; il n'avait ni froid ni chaud. Il avait fait son rot, et je savais d'instinct qu'il ne souffrait pas de coliques ; les cris de Kevin n'étaient pas provoqués par la douleur, mais par la fureur. Il avait des jouets suspendus au-dessus de lui, des cubes en mousse dans son lit. Sa mère s'était arrêtée de travailler pendant six mois pour passer tout son temps avec lui, et je le prenais si souvent que j'en avais mal dans les bras ; on ne pouvait pas dire qu'il ne recevait pas assez d'attention. Comme les journaux aimeraient tant le souligner seize ans plus tard, Kevin avait tout.

J'ai une théorie selon laquelle la plupart des gens peuvent être situés sur un spectre rudimentaire, tous leurs autres attributs étant corrélés à leur position sur cette échelle. Et leur position sur cette échelle dépend de la réponse à cette question : à quel point exactement sont-ils contents d'être là,

176

d'être en vie ? Je crois que Kevin détestait ; je crois que Kevin était hors échelle, tant il détestait être là. Il se peut même qu'il ait conservé une sorte de mémoire mentale rétroactive d'avant sa conception, et que le glorieux néant lui manquait beaucoup plus que mon ventre, de loin. Kevin semblait furieux que personne ne lui ait jamais demandé s'il avait envie de se retrouver dans un berceau avec le temps qui passait, passait, alors que ce berceau n'avait rigoureusement aucun intérêt pour lui. Il était le petit garçon le moins curieux que j'aie jamais rencontré, à quelques exceptions près dont l'évocation me fait frissonner.

Un après-midi, j'ai commencé à me sentir plus amorphe encore que d'habitude, avec des sortes d'absence. Depuis des jours, je n'arrivais pas à me réchauffer, et on était à la fin mai ; dehors, les New-Yorkais étaient en short. Kevin s'était surpassé avec un récital virtuose. Blottie dans une couverture, sur le canapé, je ruminais le fait que tu avais accumulé plus de travail que jamais. Assez légitimement, en tant que free-lance, tu ne voulais pas que tes clients de toujours s'adressent ailleurs pour leurs repérages, alors que ma société pouvait être confiée à des collaborateurs, et ne risquait pas de s'en aller. Sauf que cela signifiait que j'étais coincée toute la journée avec l'enfer dans un couffin pendant que tu te baladais gaiement dans ton pick-up bleu layette en quête de pâturages garnis de vaches de la bonne couleur. Je nourrissais le soupçon que si nos situations avaient été inversées – toi à la tête d'une

177

société en perpétuelle ébullition et moi faisant du repérage free-lance, en solitaire –, il serait allé de soi qu'Eva devrait laisser tomber le repérage comme une patate chaude.

Quand le bruit de l'ascenseur a retenti, je venais de remarquer qu'une petite zone, sous mon sein droit, était devenue rouge vif, tendre et *curieusement* dure, comme un reflet de la tache identique, en beaucoup plus gros, sur le sein gauche. Tu as ouvert la porte à claire-voie et t'es dirigé directement vers le berceau. J'étais heureuse de te voir te transformer en père aussi attentif, mais des deux autres habitants de notre loft, ton épouse était la seule à apprécier le sens du mot « bonjour ».

« Surtout ne le réveille pas, ai-je dit tout bas. Il ne dort que depuis vingt minutes et aujourd'hui il s'est surpassé. Je doute qu'il s'endorme jamais. Il faut qu'il tombe de sommeil.

— Bon, il a eu son biberon ? » Sourd à mes imprécations, tu l'avais perché sur ton épaule et tu taquinais son visage absent. Il paraissait trompeusement content. Rêves d'oubli, peut-être.

« Oui, Franklin, ai-je dit avec un calme exagéré. Après avoir écouté le petit Kevin mettre la maison à feu et à sang pendant *quatre ou cinq heures de suite*, j'y ai pensé… Pourquoi est-ce que tu te sers du gaz ?

— Le micro-ondes tue les éléments nutritifs. » Pendant le déjeuner, chez McDonald's, tu lisais des livres sur l'éducation des enfants.

« S'il s'agissait seulement de deviner ce qu'il veut sans pouvoir le demander, ce serait assez simple. La plupart du temps, il n'a aucune idée de ce qu'il veut. » J'ai remarqué : tes yeux ont regardé vers le plafond, genre : et voilà, c'est reparti. « Tu penses que j'exagère.

— Je n'ai pas dit ça.

— Tu crois qu'il est "ombrageux". Qu'il "fait un peu de cirque" parfois, parce qu'il a faim…

— Écoute Eva, je sais qu'il peut faire preuve d'un petit peu d'impatience…

— Tu vois ? Un *petit peu d'impatience*. » J'ai titubé en direction de la cuisine, dans ma couverture. « Tu ne me crois pas ! » Je venais d'être prise d'une sueur froide, et je devais être écarlate, ou blême. Marcher me faisait mal à la plante des pieds, et la douleur remontait en frissons douloureux dans mon bras gauche.

« Je te crois sincère dans la perception que tu as des choses en les trouvant très dures. Mais tu t'attendais à quoi ? Un parcours de santé ?

— Une balade tranquille, non, mais là, ça tient plutôt de la promenade avec *agression* !

— Écoute, c'est mon fils à moi aussi. Je le vois tous les jours, moi aussi. Il lui arrive de pleurer un peu. Et alors ? Je serais inquiet, dans le cas contraire. »

Apparemment, mon témoignage était déformé. J'allais devoir faire intervenir d'autres témoins. « Tu te rends compte que John, en bas, menace de déménager ?

— John est un pédé, et les pédés n'aiment pas les bébés. D'ailleurs, c'est le pays tout entier qui est contre les bébés, ce dont je commence juste à prendre conscience. » La sévérité ne te ressemblait pas, sauf que pour une fois tu parlais du pays réel et pas du

179

Walhalla à bannière étoilée que tu avais dans la tête. « Tu vois ? » Kevin s'était animé sur ton épaule, et il prenait maintenant paisiblement le biberon, sans ouvrir les yeux. « Je suis désolé, mais la plupart du temps il me semble de bonne composition.

— Là tout de suite, il n'est pas *de bonne composition*, il est épuisé ! Comme moi, d'ailleurs. Je sais que je suis surmenée, mais je ne me sens pas très bien. J'ai des vertiges. Des frissons. Je me demande si je ne fais pas une poussée de fièvre.

— C'est embêtant, as-tu dit de manière automatique. Repose-toi, alors. Je m'occupe du dîner. »

J'ai écarquillé les yeux. Cette froideur était tellement peu ton genre ! J'étais censée minimiser mes bobos, et toi en faire des tonnes. Pour te forcer à retrouver les gestes de ta sollicitude passée, j'ai pris le biberon et posé ta main sur mon front.

« Un peu chaud », as-tu dit en retirant aussitôt ta main.

Je crois bien que je ne tenais carrément plus debout, ma peau me faisait mal partout où elle était en contact avec la couverture. J'ai regagné le canapé en titubant, comme si je n'avais plus de jambes après cette révélation : tu étais fâché contre moi. Avoir un enfant ne t'avait pas déçu ; moi, si. Tu croyais avoir épousé un soldat. Et tu te retrouvais avec une pleurnicheuse, le genre précisément à s'agacer d'un rien, le genre qu'elle stigmatisait chez les suralimentés jamais contents de l'Amérique, qu'une corvée aussi banale que d'avoir à se rendre au dépôt après avoir manqué trois fois de suite le coursier de FedEx met dans un état de « stress » insupportable, objet de coûteuses thérapies et de préparations pharmaceutiques. Même le refus de Kevin de prendre mon sein, tu m'en tenais pour obscurément responsable. Je t'avais privé du tableau maternel, de ces grasses matinées sensuelles du dimanche, au lit avec des tartines grillées : le fils qui tète, l'épouse radieuse, les seins répandant leur opulence sur l'oreiller, et toi, forcé de t'arracher aux draps pour aller chercher l'appareil photo.

Tu sais, je pensais avoir brillamment caché mes véritables sentiments sur la maternité jusqu'à ce jour ; un tel degré de mensonge, dans un mariage, repose sur le simple fait de garder le silence. Je m'étais abstenue de poser comme un trophée sur la table du salon le diagnostic, clair comme de l'eau de roche, de *dépression post-partum*, préférant garder pour moi cette accréditation formelle. Entre-temps, j'avais rapporté des tonnes de relectures, dont je n'avais fait que quelques pages ; je mangeais mal, je dormais mal, je me douchais au mieux tous les trois jours ; je ne voyais personne et sortais rarement, parce que les colères de Kevin, en public, n'étaient pas acceptables socialement ; et, quotidiennement, j'affrontais le chaos écarlate d'une furie insatiable tout en me répétant intérieurement, avec une triste incompréhension : *Je suis censée adorer cela.*

« Si tu as du mal à assumer, nous ne manquons pas de moyens. » Tu surplombais le canapé avec ton fils, semblable à l'une de ces puissantes icônes paysannes de dévouement à la famille et la maternité, dans les affiches soviétiques. « Nous pourrions embaucher quelqu'un.

— Au fait, j'ai oublié de te dire, ai-je bredouillé. J'ai été en conférence téléphonique avec le bureau. On fait des études pour une édition africaine. AFRIWAP. J'ai trouvé que ça sonnait bien.

— Je ne voulais pas dire, as-tu articulé dans mon oreille en te baissant, que quelqu'un d'autre pourrait élever notre enfant pendant que tu vas chasser le python au Congo belge.

— Au Zaïre, ai-je rectifié.

— Nous sommes ensemble dans cette histoire, Eva.

— Alors *pourquoi est-ce que tu prends toujours son parti ?*

— Il n'a que sept semaines ! Il n'est pas encore assez grand pour avoir un parti ! »

Je me suis péniblement mise debout. Tu as peut-être cru que je pleurais, mais mes yeux se remplissaient de larmes tout seuls. Quand j'ai atterri dans la salle de bains, c'était moins pour y prendre le thermomètre que pour minimiser le fait que tu n'étais pas allé me le chercher. Quand je suis revenue, le tube émergeant de ma bouche, est-ce mon imagination, ou bien tes yeux étaient-ils une fois de plus fixés sur le plafond ?

J'ai interrogé le mercure sous une lampe. « Tiens – lis, toi. Je vois un peu trouble. »

Sans prêter attention, tu as tenu le thermomètre à la lumière. « Eva, tu as foiré. Tu as dû le mettre trop près de l'ampoule, ou je ne sais pas. » D'une secousse énergique, tu as fait redescendre le mercure, collé l'extrémité dans ma bouche, et tu es parti changer la couche de Kevin.

182

Je suis tant bien que mal allée te rejoindre près de la table à langer pour t'offrir mon tribut. Tu as lu le résultat, avant de me foudroyer d'un regard noir. « Ce n'est pas drôle, Eva.

— De quoi tu parles ? » Cette fois, les larmes ont coulé.

« Faire chauffer le thermomètre. C'est une blague à la con.

— Je ne chauffe pas le thermomètre. Je mets simplement le bout sous ma langue…

— Arrête tes conneries, Eva, on est pratiquement à 40 °C.

— Oh. »

Tu m'as regardée. Tu as regardé Kevin, pour une fois déchiré entre deux loyautés. Vite, tu l'as relevé de la table à langer pour le coucher avec une telle hâte qu'il en a oublié son cinéma bien réglé et embrayé sur le refrain diurne du « je déteste le monde entier ». Avec cette mâle assurance que j'ai toujours adorée, tu l'as ignoré.

« Je te demande pardon ! » D'un seul geste, tu m'as soulevée du sol et ramenée au canapé. « Tu es vraiment malade. Il faut qu'on appelle Rhinestein, qu'on t'emmène à l'hôpital. »

J'avais sommeil, je perdais pied. Mais je me rappelle bien avoir pensé que c'était trop. M'être demandé si j'aurais eu le gant mouillé sur le front, de l'eau glacée et trois aspirines près de moi, et le Dr Rhinestein au téléphone si le thermomètre n'avait indiqué que 38,3 °C.

*Eva*

183

21 décembre 2000

*Cher Franklin,*

Je suis un peu confuse car le téléphone vient de sonner et je n'ai aucune idée de comment ce Jack Marlin s'est procuré mon numéro sur liste rouge. Il s'est présenté comme un documentariste de NBC. Je suppose que le titre de travail, plutôt drôle, de son projet fait assez authentique : « Activités hors champ », et il a au moins très vite pris ses distances avec « Angoisse au collège de Gladstone », cette émission bâclée de la Fox dont Giles m'a dit qu'elle se composait essentiellement de larmes en direct et de prières. J'ai néanmoins demandé à Marlin pourquoi il imaginait que j'aurais envie de participer à une émission sensationnaliste et post mortem de plus sur le jour où s'est achevée ma vie, telle que je la concevais, et il a répondu que je pourrais avoir envie de raconter « ma version de l'histoire ».

« Quelle serait cette version ? » J'étais déjà dans l'opposition quand Kevin avait sept semaines.

« Par exemple, votre fils n'a-t-il pas été victime d'abus sexuel ? a suggéré Marlin.

— *Victime ?* Est-ce que nous parlons bien du même enfant ?

— Et cette histoire de Prozac ? » Le ronronnement de sympathie ne pouvait qu'être une simulation. C'était sa ligne de défense au tribunal, et elle a remarquablement été soutenue.

« L'idée est de son avocat, ai-je dit dans un souffle.

— En général… peut-être pensez-vous que Kevin a été mal compris ? »

Je suis désolée, Franklin, je sais que j'aurais dû raccrocher, mais je parle à si peu de monde, en dehors du bureau… Ce que j'ai dit ? Un truc du genre : « J'ai bien peur de ne connaître mon fils que trop bien. » Puis : « Sur ce chapitre, Kevin est sans doute un des jeunes gens les mieux compris de ce pays. Les actes parlent plus fort que les paroles, non ? J'ai l'impression qu'il a fait passer son point de vue mieux que beaucoup. Et que vous devriez interroger des enfants qui ont une maîtrise beaucoup moins grande que la sienne de l'art de s'exprimer.

— À votre avis, qu'essayait-il de dire ? a demandé Marlin, ravi d'avoir ferré un spécimen réel et bien vivant de ce qui est devenu une inaccessible élite parentale, dont les membres curieusement ne courent pas après leur quart d'heure sur le petit écran.

185

Je suis certaine que la conversation a été enregistrée, et j'aurais dû tenir ma langue. Au lieu de quoi, j'ai lâché : « Quel que soit ce *message*, Mr Marlin, il était clairement déplaisant. Pourquoi diable voudriez-vous lui fournir un forum supplémentaire pour le délivrer ? »

Lorsque mon interlocuteur s'est lancé dans un baratin poreux sur le fait que déchiffrer ce qui se passe dans la tête de jeunes garçons perturbés est vital afin que la prochaine fois « on voie venir les choses », je l'ai coupé net.

« J'ai vu venir les choses pendant près de seize ans, Mr Marlin, ai-je dit sèchement. Ce qui a été d'une utilité formidable. » Et j'ai raccroché.

Je sais qu'il faisait seulement son boulot, mais je n'aime pas son boulot. J'en ai par-dessus la tête des enquêteurs qui frétillent de la truffe sur le pas de ma porte comme des chiens attirés par l'odeur de viande. Je suis lasse de servir de plat de résistance.

J'ai été comblée quand le Dr Rhinestein, après avoir fait un discours sur l'extrême rareté de la chose, a dû concéder que j'avais en réalité contracté une mastite aux deux seins. Les cinq jours au Beth Israel, sous perfusion d'antibiotiques, ont été pénibles, mais j'en arrivais à chérir la douleur physique parce que c'était une forme de souffrance que je comprenais, par opposition au désespoir déroutant de la maternité. Le soulagement procuré par le seul silence était immense.

Toujours sous l'emprise de la fièvre nourricière qui te poussait à gagner de l'argent, et peut-être

– reconnais-le – peu désireux de mettre à l'épreuve la « bonne nature » de notre fils, tu as saisi cette occasion d'embaucher une nounou. Ou devrais-je dire deux nounous, puisque, le temps que je rentre, la première avait démissionné ?

Non que tu aies fourni cette information spontanément. Dans le pick-up, pendant que tu me ramenais à la maison, tu as simplement évoqué la merveilleuse Siobhan, et j'ai dû t'interrompre. « Je croyais qu'elle s'appelait Carlotta.

— Oh, *elle*. Tu sais, beaucoup de ces filles sont des immigrées dont le plan est de s'évanouir quand leur visa se transformera en citrouille. Elles ne s'intéressent pas vraiment aux enfants. »

Chaque fois que le pick-up roulait sur une bosse, mes seins s'enflammaient. Je n'étais pas impatiente de m'infliger la torture d'en extraire le lait en arrivant, ce que l'on m'avait prescrit de faire religieusement toutes les quatre heures à cause de la mastite, ne serait-ce que pour faire passer le lait aussi vite dans le siphon. « Je suppose que les choses ne se sont pas bien passées avec Carlotta.

— Je lui ai dit qu'il s'agissait d'un *bébé*. Un bébé qui fait caca, lâche des pets, rote…

— Hurle…

— Un *bébé*. Il semble qu'elle se soit attendue à, disons, un four autonettoyant, ou un truc du genre.

— Tu l'as virée.

— Pas exactement. Mais Siobhan est une sainte. Qui vient d'Irlande du Nord, en plus. Peut-être que des gens habitués à prendre des bombes et de la

187

merde sur la tête peuvent relativiser quelques menues protestations.

— Tu veux dire que Carlotta a démissionné. Après quelques jours seulement. Parce que Kevin était – quel est le terme, déjà ? – *ombrageux.*

— Au bout d'un jour, si tu veux bien le croire. Et lorsque j'ai appelé à l'heure du déjeuner pour m'assurer que tout allait bien, elle a eu le culot d'insister pour que j'interrompe ma journée de travail et vienne la libérer de mon fils. J'ai été assez tenté de ne pas lui donner un sou, mais je n'avais pas envie que l'agence nous mette sur liste noire. » (Prophétique. Nous étions deux ans plus tard sur la liste noire.)

Siobhan était effectivement une sainte. Un peu ordinaire au premier abord, avec des boucles noires indisciplinées et un teint irlandais blanc comme la mort, elle possédait un de ces corps poupins qui ne s'affinent pas aux attaches mais forment simplement des plis ; malgré une relative minceur, les membres tubulaires et l'absence de taille donnaient une impression de masse. J'ai cependant appris à la voir plus jolie avec le temps, à cause de son bon cœur. Certes, j'ai ressenti une appréhension quand elle a signalé, lors des présentations, qu'elle était membre de cette secte chrétienne dite Alpha Course. Pour moi, ce genre de personnes étaient des fanatiques sans cervelle et je craignais de subir des témoignages quotidiens. Un préjugé que Siobhan ne devait pas confirmer ; elle a rarement abordé le sujet par la suite. Peut-être cette option religieuse hors des sentiers battus était-elle son pari pour évacuer le débat stérile entre catholiques et protestants, dans son County Antrim d'origine qu'elle n'évoquait jamais, et dont elle s'était encore éloignée grâce à l'océan Atlantique, comme pour faire bonne mesure.

Tu me taquinais en attribuant mon gros faible pour Siobhan au seul fait qu'elle était une fan de *A Wing and a Prayer*, qu'elle avait utilisé pour voyager sur l'Ancien Continent. Ne sachant pas trop à quoi Dieu l'« appellerait », elle disait qu'elle n'imaginait pas de métier plus agréable que de courir le monde professionnellement, réveillant ma nostalgie d'une vie qui devenait déjà lointaine. Elle suscitait la même fierté que j'espérais voir Kevin déclencher un jour, quand il serait assez grand pour apprécier les talents de ses parents. Je m'étais déjà laissée aller à l'étrange rêverie d'un Kevin s'intéressant à mes vieilles photos dans un flot continu de questions : *Là, c'est où ? C'est quoi ? Tu es allée en AFRIQUE ? Waouh !* Mais l'admiration de Siobhan s'est révélée cruellement trompeuse. Kevin s'est bien *intéressé* un jour à une boîte de mes photos – pour y verser du pétrole.

Après un second traitement aux antibiotiques, la mastite a disparu. Résignée à l'idée que Kevin était du genre à ne rien céder, j'ai laissé mes seins s'engorger, puis se tarir, et, avec Siobhan pour garder le fort, j'ai enfin pu reprendre le travail à l'automne. Quel soulagement de bien s'habiller, de marcher d'un pas vif, de parler d'une voix grave, adulte, de dire à quelqu'un ce qui devait être fait, et que la chose soit faite ! Alors que je trouvais un plaisir tout neuf à ce qui avait été la routine quotidienne, je me reprochais d'avoir imputé à un minuscule paquet de confusion des intentions aussi malignes que de tenter d'enfoncer un angle entre toi et moi. J'avais été mal. L'adaptation à notre nouvelle vie avait été plus dure que je ne pensais. Récupérant un peu de mon énergie d'antan et découvrant avec plaisir que mon agitation m'avait rendu mon ancienne silhouette, j'ai supposé que le pire était passé, et j'ai décidé dans ma tête que la prochaine fois qu'une de mes amies porterait un premier enfant, je me mettrais en quatre pour lui manifester ma sympathie.

Souvent, j'invitais Siobhan à rester prendre une tasse de café quand je rentrais à la maison, et le plaisir que j'éprouvais à bavarder avec une femme qui avait à peine la moitié de mon âge était peut-être moins celui de sauter les générations que celui, très banal, de parler à quelqu'un. Je me confiais à Siobhan parce que je ne me confiais plus à mon mari.

« Vous deviez désirer Kevin très fort, a dit Siobhan en l'une de ces occasions. Voir des paysages, rencontrer des gens étonnants – et gagner de l'argent en plus du plaisir ! Je ne comprends pas qu'on renonce à ça.

— Je n'ai pas renoncé, ai-je répondu. Après, disons une année, je reprendrai mes activités comme d'habitude. »

Siobhan remuait son café. « C'est dans les projets de Franklin ?

— Il ferait bien de faire en sorte.

— Mais il a dit que, enfin… » Elle n'aimait pas trop jouer les rapporteuses. « … que vos escapades de plusieurs mois à la fois, ben… c'était terminé.

— J'ai eu un bref moment de lassitude. Toujours manquer de petites culottes propres ; toutes ces grèves de train en France. J'ai pu donner une impression trompeuse.

— Ah, bon », a-t-elle dit tristement. Je doute qu'elle ait cherché à semer le trouble, qu'elle voyait pourtant venir. « Il devait se sentir seul quand vous étiez loin. Et maintenant, si vous reprenez vos voyages, il sera tout seul à s'occuper du petit Kevin quand je ne suis pas là. Bien sûr, en Amérique, il y a des papas qui restent à la maison et les mamans vont travailler.

— Il y a Américains et Américains. Franklin n'est pas du genre.

— Mais vous dirigez toute une société. Vous pourriez vous permettre de…

— Financièrement seulement. C'est assez dur quand l'épouse d'un homme a droit à un article dans *Fortune*, et que lui est le gars qui a fait le repérage pour la publicité de la page d'en face.

— Franklin a dit que vous étiez sur la route en moyenne cinq mois par an.

— Manifestement, ai-je dit pesamment, il faudra que je réduise.

— Vous savez, vous trouvez peut-être que Kevin est un tout petit peu, disons, compliqué. C'est un… un bébé difficile. Dans certains cas, ça s'arrange. » Et puis elle a ajouté, abruptement : « Dans d'autres, non. »

Tu pensais que Siobhan était dévouée à notre fils, mais, pour moi, sa loyauté était surtout envers toi et moi. Elle parlait rarement de Kevin autrement que dans un sens logistique. Il y avait une autre série de biberons stérilisés ; nos réserves de « changes complets » s'épuisaient. Pour une fille passionnée comme elle, cette approche mécanique n'était pas naturelle. (Bien qu'elle ait un jour observé : « Il a des yeux, on dirait des boutons de bottine, exactement ! » Après un rire nerveux, elle a tempéré : « Je veux dire... ils sont intenses. » « Oui, et inquiétants, non ? » ai-je renchéri, avec toute la neutralité dont j'étais capable.) Mais elle nous adorait tous les deux. Elle était sous le charme de la liberté de nos deux métiers autonomes et sans patron, et, malgré le couplet évangélique vantant les « valeurs familiales », elle était à l'évidence déconcertée que nous ayons délibérément compromis cette joyeuse liberté par la chaîne et le boulet que représente un nourrisson. Et puis, nous lui donnions peut-être espoir en son propre avenir. Nous n'étions plus tout jeunes, mais nous écoutions The Cars et Joe Jackson ; et, à défaut d'apprécier les gros mots, elle était peut-être rassurée d'entendre une vioque approchant la quarantaine qualifier un douteux manuel sur les bébés de *paquet de conneries*. De notre côté, nous la payions bien et respections ses obligations religieuses. Je lui faisais des petits cadeaux, comme ce foulard en soie de Thaïlande, sur lequel elle s'est tant extasiée que j'en étais gênée. Elle te trouvait un charme ravageur, admirant ta belle carrure et la raideur désarmante de tes cheveux de lin. Je me demande si elle n'avait pas un petit béguin pour toi.

Ayant toutes les raisons de croire que Siobhan était satisfaite de son emploi chez nous, j'ai été perplexe en remarquant, au fil des mois, une étrange crispation chez elle. Je sais que les Irlandaises ne vieillissent pas bien, mais même en tenant compte de la qualité de ces peaux diaphanes, elle était beaucoup trop jeune pour avoir le front strié par ces rides de contrariété. Elle pouvait être sur les nerfs quand je revenais du bureau, répliquant sèchement alors que je m'étonnais simplement que nous soyons déjà à court de petits pots : « Parce que si vous croyez que tout passe dans sa bouche ! » Elle s'excusait aussitôt et ses yeux se remplissaient fugitivement de larmes, mais elle ne fournissait aucune explication. Il devenait plus difficile de la garder pour une tasse de café avec causette, comme si elle avait hâte de quitter notre loft, et j'ai été carrément médusée par sa réaction quand je lui ai proposé de venir habiter ici. Tu te souviens que j'avais suggéré de monter une cloison pour isoler ce coin toujours en désordre, et d'installer une salle de bains indépendante. Ce que j'avais en tête aurait été très nettement plus spacieux que le placard qu'elle partageait dans l'East Village avec une serveuse vulgaire, impie, picolant beaucoup, qu'elle n'aimait guère. Je n'aurais pas réduit son salaire, en plus, ce qui lui aurait permis d'économiser le loyer. Or, à la perspective de devenir une nounou logée, elle a reculé. Quand elle m'a opposé l'impossibilité de rompre le bail pour son taudis dans l'Avenue C, j'ai su que c'était, tiens, des *foutaises*.

Ensuite, elle a commencé à se faire porter pâle. Une ou deux fois par mois au début, mais à la longue elle a fini par appeler au moins une fois par semaine avec un mal de gorge ou une indigestion. Elle avait l'air malheureuse ; elle ne mangeait certainement pas bien, parce que toutes les rondeurs de bébé avaient cédé la place à une silhouette frêle et osseuse, et puis, quand les Irlandaises sont pâles, elles deviennent fantomatiques. J'hésitais donc à l'accuser de simulation. Poliment, je lui ai demandé si elle avait des problèmes de petit ami, des ennuis avec sa famille à Carickfergus, ou si l'Irlande du Nord lui manquait. « L'Irlande du Nord, *me manquer !* a-t-elle ironisé. Vous vous moquez, là. » Cet instant d'humour m'a permis de remarquer que ses plaisanteries s'étaient faites rares. Ces absences impromptues me gênaient énormément dans la mesure où, selon notre logique désormais acquise de la précarité de ton travail free-lance face à la fastueuse sécurité de ma position de P-DG, c'était moi qui restais à la maison. Non seulement je devais décommander des rendez-vous ou les tenir inconfortablement par le biais de conférences téléphoniques, mais une pleine journée supplémentaire en compagnie de notre petit rejeton adoré mettait à mal un équilibre personnel fragile ; le soir des jours où je n'avais pas été protégée contre l'horreur permanente de Kevin pour sa propre existence, j'étais, comme disait notre nounou, *zinzin*. C'est grâce à l'insupportable addition d'un jour de plus en semaine que Siobhan et moi en sommes venues à une compréhension réciproque, tacite au début.

Manifestement, les enfants de Dieu ont le devoir d'apprécier Ses présents glorieux sans rechigner, car le degré de tolérance hors du commun de Siobhan ne pouvait avoir d'autre source que le catéchisme. Aucune manœuvre de séduction ne pouvait provoquer ce qui l'envoyait au lit tous les vendredis. Aussi, ne serait-ce que pour lui donner le feu vert, je me suis plainte.

« Je ne regrette pas mes voyages, ai-je commencé un soir tôt, alors qu'elle se préparait à partir, mais c'est vraiment dommage que Franklin et moi nous soyons rencontrés si tard. Quatre années rien que tous les deux n'ont pas suffi, au contraire, à me lasser de lui ! Je crois qu'il doit être bien de rencontrer son compagnon quand on a une vingtaine d'années, et de vivre assez longtemps en couple sans enfant pour, je ne sais pas, en avoir un peu marre. Ensuite, quand arrive la trentaine, on est prêt pour quelque changement, et un bébé est le bienvenu. »

Siobhan m'a lancé un regard aigu, et quoique m'attendant à une certaine condamnation, je n'y ai vu qu'une soudaine inquiétude. « Vous ne voulez pas dire, bien sûr, que Kevin n'a pas été désiré. »

Je savais que l'instant appelait d'urgence des paroles qui rassurent, mais j'ai été incapable de les fournir. C'est une chose qui allait m'arriver sporadiquement dans les années à venir ; je faisais et disais ce qu'il fallait faire mais dire, semaine après semaine, sans défaillance, jusqu'au moment où je me heurtais brutalement contre un mur. J'ouvrais la bouche mais *En voilà un joli dessin, Kevin*, ou *Si nous arrachons les fleurs des massifs, elles vont mourir, et tu n'as pas envie qu'elles meurent, si ?* ou *Oui, nous sommes extrêmement fiers de notre fils, Mr Cartland* refusaient simplement de sortir.

« Siobhan, ai-je dit malgré moi. Je suis un peu déçue.

— Je sais que j'ai été minable, Eva...

— Pas par vous. » J'ai considéré qu'elle pouvait fort bien m'avoir parfaitement comprise et avoir choisi de me laisser croire le contraire. Je n'aurais pas dû faire porter à cette jeune fille le fardeau de mes secrets, mais je m'y sentais étrangement poussée. « Tous les hurlements et les immondes jouets en plastique... Je ne sais pas exactement ce que j'imaginais, mais certainement pas cela.

— Vous faites sûrement un petit coup de dépression post-partum...

— Peu importe le nom que vous donnez, je ne me sens pas transportée de joie. Et Kevin ne semble pas l'être non plus.

— C'est un bébé !

— Il a plus d'un an et demi. Vous savez comment les gens s'extasient : *Il respire la joie de vivre, ce petit !* Eh bien, en l'occurrence, il existe des enfants qui ne sont pas joyeux. Et rien de ce que je fais n'y change quoi que ce soit. »

Elle rangeait méticuleusement ses affaires, plaçant avec une concentration excessive la dernière de ses possessions dans la poche qui lui était réservée. Elle apportait toujours un livre à lire pendant que

Kevin dormait, et j'ai fini par me rendre compte qu'elle remettait le même volume dans son sac depuis des mois. J'aurais compris s'il s'était agi de la bible, mais ce n'était qu'un texte spirituel, mince et à présent tout taché sur la couverture – alors qu'elle s'était un jour décrite comme une lectrice acharnée.

« Siobhan, je suis nulle avec les bébés. Je n'ai jamais beaucoup fréquenté les petits enfants, mais j'avais espéré... je ne sais pas, que la maternité révélerait une autre facette de moi. » J'ai croisé un de ses coups d'œil. « Ça n'a pas été le cas. »

Elle s'est tortillée. « Vous n'avez jamais parlé avec Franklin de ce que vous ressentez ? »

J'ai ri en articulant un seul *ha*. « Après, il faudrait trouver un remède. Lequel ?

— Vous ne pensez pas que les deux-trois premières années sont les plus dures ? Que les choses s'arrangent après ? »

J'ai passé la langue sur mes lèvres. « Je suis consciente que ce que je vais dire n'est pas très gentil. J'attends toujours la gratification affective.

— Ce n'est qu'en donnant qu'on peut recevoir. »

Elle m'a fait honte, mais ensuite j'ai réfléchi. « Je lui donne tous mes week-ends, toutes mes soirées. Je lui ai même donné mon mari, qui n'a absolument aucun autre sujet de conversation que notre fils, et n'envisage aucune activité commune autre que descendre et remonter la promenade de Battery Park en poussant une poussette. En retour, Kevin me jette un œil mauvais et ne supporte pas que je le prenne dans les bras. Il ne supporte pas grand-chose, en fait, pour ce que j'en sais. »

Ce genre de conversation mettait Siobhan mal à l'aise ; on était dans l'hérésie domestique. Pourtant, quelque chose a dû faire mouche, l'empêchant de continuer à afficher un bel optimisme. Et au lieu de dresser le tableau des délices qui m'attendaient lorsque Kevin serait devenu un petit bonhomme autonome, elle a déclaré d'un air sinistre : « Ouais, je sais ce que vous voulez dire.

— Dites-moi, est-ce que Kevin… réagit avec vous ?

— S'il *réagit* ? » Le sarcasme était nouveau. « On peut dire ça comme ça.

— Quand vous êtes avec lui, dans la journée, est-ce qu'il rit ? Est-ce qu'il gazouille ? Est-ce qu'il dort ? »

Je me suis rendu compte que depuis des mois je m'étais abstenue de lui en demander autant, et que ce faisant j'avais profité de sa nature sans malice.

« Il me tire les cheveux, a-t-elle répondu calmement.

— Mais tous les bébés… ils ne savent pas…

— Il tire vraiment fort. Il est assez grand maintenant, et je crois qu'il sait qu'il fait mal. Et puis, Eva, ce joli foulard en soie de Bangkok… Il est en charpie. »

*Ch-plang ! Ch-plang !* Kevin était réveillé. Il tapait un hochet sur le xylophone en métal que tu avais (hélas !) fait entrer dans la maison, et ne montrait pas de talent musical prometteur.

« Quand il est seul avec moi, ai-je remarqué par-dessus le vacarme, Franklin dit qu'il est *ombrageux*…

— Il jette tous ses jouets en dehors du parc, et ensuite il hurle – et il ne cesse pas de hurler tant qu'ils ne sont pas revenus dans le parc, et là il les jette tous de nouveau par-dessus bord. Il les *balance*.

*P-p-plang-k-chang-CHANG ! PLANK ! P-P-P-plank-plankplankplank !* Il y a eu un grand bruit de chute, qui m'a fait penser que Kevin avait évacué l'instrument par les barreaux de son lit.

« Il n'y a rien à faire, s'est désespérée Siobhan. Il fait exactement la même chose dans sa chaise haute, avec les Cheerios, le porridge, les biscuits… Tout ce qu'on lui donne à manger y passe, et je n'ai pas l'ombre d'une idée de l'endroit où il trouve l'énergie !

— Vous voulez dire, ai-je rectifié en lui touchant la main, que vous n'avez pas la moindre idée de l'endroit où vous, vous allez puiser l'énergie. »

*Mouah… Mmouah… Mmmmouahouah…* Il commençait comme une tondeuse à gazon. Siobhan et moi nous sommes regardées droit dans les yeux. *Mouah-iiii ! UUUiii ! UUUUiiii ! UUahUUUahiiiii !* Aucune de nous deux n'a quitté sa chaise.

« Bien sûr, a dit Siobhan, pleine d'espoir, je suppose que les choses sont différentes quand c'est le vôtre.

— Mouais. Complètement différentes. »

*UUah-UUUUahiiiii ! UUah-UUUUahiiiii ! UUah-UUUUahiiiii !*

« Avant, je voulais une famille nombreuse, a-t-elle ajouté en détournant le regard. Maintenant, je ne suis plus aussi sûre.

— À votre place, ai-je dit, j'y réfléchirais à deux fois. »

Kevin meublait le silence entre nous tandis que je luttais contre une bouffée de panique. Il fallait absolument que je dise quelque chose pour prévenir ce qui allait suivre, mais impossible d'imaginer une remarque qui ne servirait pas à justifier davantage encore ce que je désirais tant éviter.

« Eva, a-t-elle commencé. Je suis épuisée. Je ne crois pas que Kevin m'aime. J'ai prié de toutes mes forces pour avoir… la patience, l'amour, la force. J'ai cru que Dieu me mettait à l'épreuve.

— Lorsque Jésus a dit : *Laissez venir à moi les petits enfants*, ai-je énoncé froidement, je ne pense pas qu'il avait en tête le métier de nounou.

— Je déteste l'idée de Lui avoir manqué ! Et aussi de vous avoir manqué, Eva ! Cependant, pourrait-il y avoir la moindre chance – pensez-vous que vous pourriez me faire travailler à *A Wing and a Praye*r ? Ces guides, vous disiez qu'une bonne part de la documentation est faite par des étudiants. Pourriez-vous… pourriez-vous éventuellement, s'il vous plaît, m'envoyer en Europe, ou en Asie ? Je ferais un boulot superbe, promis juré ! »

Je me suis affaissée. « Vous voulez dire que vous souhaitez démissionner.

— Franklin et vous avez été plus que formidables, et vous devez me prendre pour une horrible ingrate. Sauf que, quand vous allez tous partir vous installer en dehors de la ville, il faudra bien que vous trouviez une autre personne, non ? Parce que moi, je suis venue ici résolue dur comme fer à vivre à New York.

— Même chose pour moi ! Qui dit que nous allons déménager en banlieue ?

— Franklin, bien sûr.

— On ne va déménager nulle part », ai-je dit fermement.

Elle a eu un haussement d'épaules. Elle s'était déjà tellement désinvestie de notre petite unité que ce défaut de communication n'était plus son affaire.

« Vous aimeriez gagner plus d'argent ? » ai-je tenté, pathétique ; mon statut de résidente permanente dans ce pays commençait à se faire sentir.

« Je suis très bien payée, Eva. C'est juste que je ne peux pas continuer. Chaque matin quand je me réveille… »

Je savais exactement comment elle se sentait au réveil. Et je ne pouvais pas lui faire ça plus longtemps. Je pense être une mauvaise mère, et tu as toujours pensé la même chose. Mais tout au fond de moi se cache un peu de fibre maternelle. Siobhan avait atteint ses limites. Son salut terrestre, bien que totalement contraire à nos intérêts, se trouvait entre mes mains.

« Nous faisons une mise à jour de NETHER-WAP », ai-je annoncé non sans tristesse ; j'avais l'affreux pressentiment que la démission de Siobhan allait être effective instantanément. « Cela vous irait-il ? Évaluer les hôtels à Amsterdam ? Leurs *rijsttafels* sont délicieux. »

Siobhan s'est lâchée au point de me sauter au cou. « Voulez-vous que j'essaie de le calmer ? a-t-elle proposé. Peut-être que sa couche…

— J'en doute ; c'est trop rationnel. Non, vous avez eu une rude journée. Et prenez le reste de la semaine. Vous êtes en mille morceaux. » J'étais déjà en train de l'amadouer pour la faire rester dans les parages le temps de lui trouver une remplaçante. Dans mes rêves.

« Une dernière chose, a dit Siobhan en rangeant dans son sac le bout de papier où j'avais inscrit le nom de l'éditeur de NETHERWAP. Les petits, ça peut changer, bien sûr. Mais Kevin devrait vraiment parler à présent. Au moins dire quelques mots. Vous devriez peut-être demander l'avis de votre médecin. Ou lui parler davantage. »

J'ai promis, avant de la raccompagner jusqu'à l'ascenseur, en lançant un regard chagrin vers le petit lit. « Vous savez, les choses sont vraiment différentes, quand c'est le sien. On ne peut pas rentrer chez soi. » Certes, mon envie de « rentrer chez moi » s'était faite récurrente, mais elle était encore plus vive quand j'étais déjà là.

Nous avons échangé de pauvres sourires, et elle a salué derrière la grille de l'ascenseur. Je l'ai regardée depuis la fenêtre dévaler Hudson Street, fuir loin de notre loft et du « petit Kevin » aussi vite que le lui permettaient ses jambes disgracieuses.

Je suis revenue au marathon de notre fils et à la contemplation de son ire gesticulante. Je n'allais pas le prendre dans les bras. Personne n'était là pour m'y contraindre, et je n'en avais pas envie. Je ne regarderais pas sa couche, malgré la suggestion de Siobhan, et je ne ferais pas chauffer un biberon de lait. J'allais le laisser pleurer, pleurer, pleurer. Accoudée sur la rambarde du lit à barreaux, j'ai posé mon menton sur mes doigts entrecroisés. Kevin était à quatre pattes, dans l'une des positions recommandées par la New School pour accoucher : idéale pour l'effort suprême. La plupart des bambins pleurent les yeux fermés, mais ceux de Kevin étaient grands ouverts. Lorsque nos regards se sont croisés, j'ai senti que la communication finissait par passer. Ses pupilles étaient encore presque noires, et je les voyais enregistrer sans sourciller que, pour une fois, Maman n'allait pas se mettre dans tous ses états, quel que soit le problème.

« Siobhan pense que je devrais te parler, ai-je fanfaronné au-dessus du vacarme. Qui d'autre va le faire, maintenant que tu l'as fait fuir ? Eh oui, à force de hurlements et de hoquets, tu l'as poussée dehors. Qu'est-ce qui ne va pas, petit merdeux ? On est fier de soi parce qu'on pourrit la vie de Maman ? » Je prenais soin d'adopter la voix de fausset recommandée par les experts. « Tu roules Papa, mais Maman t'a à l'œil. Parce que tu es un petit merdeux, n'est-ce pas ? »

Kevin s'est hissé en position debout sans ralentir le rythme de ses hurlements. Cramponné aux barreaux, il criait à quelques centimètres de mon visage, et j'avais mal aux oreilles. Avec sa frimousse chiffonnée par la colère, il avait une tête de petit vieux, et le rictus « je t'aurai au tournant » du prisonnier qui a déjà commencé de creuser un tunnel à la lime à ongles. Sur le plan strictement professionnel du gardien de zoo, ma proximité était hasardeuse ; Siobhan ne plaisantait pas à propos des cheveux.

« Elle était heureuse, Maman, avant la venue au monde du petit Kevin, tu le sais ça, hein ? Et aujourd'hui, elle se réveille tous les jours en regrettant de ne pas être en France, Maman. Parce qu'elle est rasoir la vie de Maman. Elle n'est pas rasoir la vie de Maman ? Est-ce que tu sais que, certains jours, elle préférerait être morte, Maman ? Plutôt que t'écouter hurler une minute de plus, il y a des jours où elle aimerait mieux sauter de Brooklyn Bridge, Maman… »

Je me suis retournée et j'ai blêmi. Jamais peut-être je n'avais vu cette expression de marbre sur ton visage.

« Ils comprennent le langage bien avant d'apprendre à parler, as-tu dit, en me bousculant au passage pour le prendre dans tes bras. Je ne sais pas comment tu peux rester plantée là à le regarder pleurer.

— Franklin, du calme, c'était pour rire ! » J'ai décoché un regard assassin à Kevin. C'était à cause de ses piaillements que je n'avais pas entendu la porte de l'ascenseur. « Je fais baisser un peu la pression, d'accord ? Siobhan a démissionné. Tu entends ? Siobhan a démissionné.

— Oui, j'ai entendu. Zut alors. On prendra quelqu'un d'autre.

— Il s'avère que, depuis le début, ce boulot a représenté pour elle une version moderne du Livre de Job… Donne, je vais le changer. »

204

Tu l'as éloigné de moi. « Tu peux aller où tu veux le temps de reprendre tes esprits. Ou de sauter du pont. Selon ce qui se présentera en premier. »

Je t'ai poursuivi. « Au fait, c'est quoi cette histoire de partir en banlieue ? Depuis quand ?

— Depuis que le – je cite – petit merdeux acquiert de la mobilité. Cet ascenseur est un piège mortel.

— On peut mettre une grille de protection !

— Il a besoin d'un jardin... » Tu as cérémonieusement expédié dans la poubelle la couche humide « ... où nous puissions faire du base-ball, remplir une piscine. »

Se fit jour l'abominable révélation que nous étions en train de parler de ton enfance – une idéalisation de ton enfance – qui risquait de s'avérer, comme ta version idéalisée des États-Unis, une arme redoutable. Il n'est pas de plus vain combat que celui mené contre l'imaginaire.

« Mais j'adore New York ! » Je croyais m'entendre réciter un de ces slogans que l'on colle sur le pare-chocs de sa voiture.

« C'est sale et ça grouille de microbes, alors que le système immunitaire des enfants n'est complètement développé qu'après sept ans. Et puis, s'installer dans un secteur doté d'établissements scolaires de qualité ne serait pas du luxe.

— Cette ville possède les meilleures écoles privées du pays.

— Les écoles privées de New York sont snobs et élitistes. Les enfants de cette ville commencent à penser à leur admission à Harvard à l'âge de six ans.

— Et que ta femme n'ait aucune envie de quitter cette ville, tu en fais quoi ?

— Tu as eu vingt ans pour faire tout ce que tu voulais. Moi aussi. Par ailleurs, tu as dit que tu rêvais de dépenser notre argent pour une chose qui en vaudrait la peine. Eh bien, tu en as l'occasion. Nous devrions acheter une maison, avec du terrain et une balançoire.

— Ma mère n'a jamais pris une seule décision majeure en fonction de ce qui était bien pour MOI.

— Ta mère vit enfermée dans un placard depuis quarante ans. Ta mère est folle. Ta mère n'est pas vraiment le modèle parental sur lequel se fonder.

— Je veux dire que, du temps de mon enfance, les parents faisaient la loi. Aujourd'hui, je suis parent, et c'est les enfants qui font la loi. On se fait baiser à l'aller et au retour. Je n'arrive pas à y croire. » Je me suis laissée tomber sur le canapé. « Moi, j'ai envie d'aller en Afrique, et toi, tu veux aller dans le New Jersey.

— C'est quoi cette histoire d'Afrique ? Pourquoi tu remets ça sur le tapis ?

— Nous accélérons sur AFRIWAP. *The Lonely Planet* et *The Rough Guide* commencent à nous talonner sérieusement en Europe.

— Quel rapport avec toi ?

— Le continent est immense. Il faut que quelqu'un fasse un quadrillage préliminaire des différents pays.

— Quelqu'un qui n'est pas toi. Tu n'as toujours pas compris, on dirait. Peut-être que tu as eu tort de considérer la maternité comme un "nouveau pays". Il ne s'agit pas de grandes vacances. C'est sérieux…

— *Nous sommes en train de parler de vies humaines, Jim !* »

Tu n'as même pas souri. « Quelle serait ta réaction s'il perdait une main en touchant la grille de cet ascenseur ? S'il devenait asthmatique à cause de toutes ces saloperies qu'on respire ? Si un pauvre type le kidnappait dans ton Caddie ?

— La vérité, c'est que c'est toi qui veux une maison, ai-je accusé. Toi qui veux un jardin. Tu as cette vision ringarde de l'art d'être papa tout droit sortie de chez Norman Rockwell, et tu as envie de t'occuper de l'équipe Little League.

— Tu as tout compris. » Tu t'es redressé victorieusement devant la table à langer, en tenant sur la hanche Kevin dans ses Pampers tout frais. « Et nous sommes à deux contre un. »

Un rapport de forces auquel je serais régulièrement confrontée.

*Eva*

*Cher Franklin,*

J'ai accepté de passer Noël chez ma mère, je t'écris donc de Racine. Au tout dernier moment – quand il s'est aperçu que je venais –, Giles a décidé que lui et les siens iraient dans sa belle-famille. Je pourrais prendre cela comme un insulte, et la présence de mon frère me manque vraiment, ne serait-ce que pour avoir quelqu'un avec qui me moquer de ma mère, mais elle devient si frêle, avec ses soixante-dix-huit ans, que notre désespoir méprisant quant à son cas semble injuste. En plus, je comprends. Devant Giles et ses enfants, je ne prononce jamais le nom de Kevin, je ne parle pas non plus du procès intenté par Mary ; un peu traîtreusement, je ne fais même pas allusion à toi. Mais, à travers les conversations innocentes sur la neige ou sur les pignons qu'on doit mettre ou ne pas mettre dans le *sarma*, je continue d'incarner une horreur qui, au mépris des portes verrouillées et des fenêtres hermétiquement closes de chez Maman, s'est insinuée à l'intérieur.

Giles m'en veut d'avoir endossé le costume familial de la tragédie. Lui n'est parti que jusqu'à Milwaukee, et l'enfant que l'on a sous la main est toujours quantité négligeable, alors que pendant des décennies j'avais gagné ma vie en étant aussi loin que possible de Racine. Comme De Beers contingentant la production de diamants, je m'étais faite rare, stratagème minable, selon Giles, pour fabriquer artificiellement la préciosité. Aujourd'hui, je suis tombée encore plus bas en utilisant mon fils pour accaparer le marché de la pitié. Ayant fait profil bas en travaillant pour Budweiser, il a une sainte horreur de quiconque a son nom dans le journal. Je persiste à tenter de trouver un moyen de lui dire que ce genre de célébrité à trois sous, le parent le plus banal peut la gagner en soixante secondes, le temps qu'il faut à un fusil-mitrailleur pour tirer une centaine de balles. Je ne me sens pas exceptionnelle.

Tu sais, il y a dans cette maison une odeur spéciale que je qualifiais de renfermée. Tu te souviens que je disais toujours que l'air y était confiné ? Ma mère ouvre rarement une porte, et elle aère moins souvent encore la maison, et j'étais convaincue que la migraine carabinée qui me frappait systématiquement à l'arrivée correspondait à un début d'intoxication à l'oxyde de carbone. Aujourd'hui, le mélange dense et persistant de gras rance d'agneau, de poussière et de moisi relevé par la puanteur chimique de ses encres de couleur me réconforterait plutôt.

Pendant des années, j'ai disqualifié ma mère au motif qu'elle ne s'intéressait pas à ma vie, mais, après ce JEUDI, j'ai reconnu que je n'avais fait aucun effort pour comprendre la sienne. Elle et moi avions été distantes pendant des dizaines d'années non pas à cause de son agoraphobie, mais parce que j'étais inaccessible et inconséquente. Ayant moi-même besoin de douceur, je suis devenue plus douce, et nous nous entendons étonnamment bien. Pendant mon époque nomade, je devais paraître prétentieuse et supérieure, et mon nouveau besoin vital de sécurité m'a fait retrouver mon statut d'enfant normale. De mon côté, j'ai fini par reconnaître – tout monde étant par définition fermé et, pour ses habitants, représentant la totalité de ce qui existe – la relativité de la géographie. Pour ma mère intrépide, le salon pouvait être l'Europe centrale, et ma chambre d'enfant le Cameroun.

Évidemment, l'Internet est la meilleure et la pire des choses qui lui soient advenues, et elle est maintenant en mesure de commander n'importe quoi, depuis ses bas de contention jusqu'aux feuilles de vigne, sur le Web. En conséquence de quoi, la multitude de courses que je faisais pour elle chaque fois que j'étais à la maison est un problème déjà réglé, et je me sens un peu inutile. Je suppose qu'il est bien que la technologie lui ait offert son indé-pendance – si ce mot convient.

Maman, au demeurant, n'évite absolument pas de parler de Kevin. Ce matin, comme nous ouvrions nos petits cadeaux près de son arbre mai-grichon (commandé en ligne), elle a fait remarquer que Kevin faisait rarement des bêtises au sens tradi-tionnel, ce qui l'avait toujours rendue suspicieuse. Tous les enfants font des bêtises, a-t-elle dit. On est plus tranquille quand ils les font ostensiblement. Elle a évoqué une de nos visites quand Kevin avait une dizaine d'années – assez grand pour savoir ce qu'il faisait, a-t-elle dit. Elle venait de terminer une série de vingt-cinq cartes de Noël commandées par un riche dirigeant de chez Johnson Wax. Pendant que nous étions dans la cuisine en train de préparer la *khurabia* avec du sucre en poudre, il avait métho-diquement déchiqueté les cartes. (« Il voulait seu-lement aider », as-tu dit – rengaine connue.) *Il lui manquait quelque chose, à ce gamin,* a-t-elle déclaré, à l'imparfait, comme s'il était mort. Elle essayait de me réconforter, mais moi je me suis demandé si ce qui manquait à Kevin, ce n'était pas une mère comme la mienne.

En réalité, je fais remonter l'épanouissement de mon actuelle grâce filiale à un coup de fil hébété, le soir même de ce JEUDI. Vers qui donc étais-je cen-sée me tourner, sinon ma mère ? Par son caractère primitif, ce lien avait des vertus lénifiantes. En dépit de tous mes efforts, je ne me souviens pas que Kevin m'ait appelée une seule fois – pour un genou couronné ou une dispute avec un camarade.

J'ai su à la politesse retenue de ses premières paroles : *Allô, Sonya Khatchadourian à l'appareil*, qu'elle n'avait pas regardé les infos du soir.

*Maman* ? C'est tout ce que j'ai su articuler – une écolière désemparée. La respiration lourde qui a suivi devait tenir du SOS. Je me suis sentie soudainement protectrice. Si le trajet jusqu'à la pharmacie de Racine la mettait dans un état de mortelle angoisse, comment allait-elle affronter la terreur infiniment plus gigantesque d'avoir un petit-fils assassin ? Par pitié, ai-je pensé, elle a soixante-seize ans et vit déjà sa vie à travers la fente d'une boîte aux lettres. Après ça, elle ne sortira plus jamais la tête de sous les couvertures.

Mais les Arméniens sont doués pour le chagrin. Tu sais qu'elle n'a même pas été surprise ? Elle a réagi avec gravité mais sans perdre son sang-froid, et pour une fois, malgré son âge avancé, elle a assumé un rôle de véritable parent. Je pouvais compter sur elle, a-t-elle assuré, affirmation qui jusqu'alors m'aurait fait pouffer. À croire que toute cette peur qui la paralysait se trouvait finalement confirmée ; comme si quelque part sa stratégie de l'enfermement maximal ne s'était pas révélée sans fondement. Après tout, elle avait déjà vécu cette situation, quand la tragédie du reste du monde était venue toquer à sa porte. Elle n'avait peut-être plus franchi le seuil de sa propre porte, mais, de tous les membres de notre famille, elle seule percevait très profondément la menace que l'insouciance avec laquelle des proches vivaient leur vie faisait peser sur tout ce que l'on chérit. La majeure partie de sa vaste famille avait été massacrée, son propre mari avait servi de pigeon aux tirs des Japonais ; la violence destructrice de Kevin ne déparait pas. En vérité, l'événement a paru libérer quelque chose en elle, pas seulement de l'amour, mais de la bravoure, à supposer qu'à maints égards les deux ne se confondent pas. Respectant le souhait de la police de me voir rester à leur disposition, j'ai décliné son invitation à Racine. Gravement, ma mère recluse *a proposé de venir me rejoindre en avion.*

C'est peu de temps après la désertion de Siobhan (qui n'est plus jamais revenue, j'ai dû lui envoyer son dernier salaire par l'agence American Express d'Amsterdam) que Kevin a cessé de hurler. Cessé net. Peut-être que, une fois sa nounou évacuée, il considérait sa mission comme accomplie. À moins qu'il ne soit arrivé à la conclusion que cette débauche de décibels ne lui évitant pas le progrès sans remords d'une vie confinée, elle ne valait pas l'énergie dépensée. Ou bien encore il concoctait une nouvelle invention, à présent que Maman était devenue insensible à ses piaillements, ainsi qu'on le devient aux alarmes des voitures auxquelles on ne réagit plus.

Si je ne m'en plaignais pas vraiment, le silence de Kevin avait un caractère oppressant. Tout d'abord, c'était un vrai silence – total, bouche close, débarrassé des gloussements et petits cris qu'émettent la plupart des enfants pendant l'exploration de l'univers fascinant du tiers de mètre carré de leur parc en filet de Nylon. Ensuite, il était inerte. Alors qu'il savait désormais marcher – capacité que, comme toutes celles qui viendraient ensuite, il avait acquise en secret –, il n'avait apparemment envie d'aller nulle part en particulier. Il restait donc assis, dans son parc ou par terre, des heures durant, ses yeux éteints laissant filtrer une désaffection généralisée. Je ne comprenais pas pourquoi il ne tirait pas au moins une petite touffe de poils de nos tapis d'Arménie, même s'il refusait d'enfiler les anneaux de couleur sur leur support en plastique, ou de tourner la manivelle de son Fisher Price. Je l'entourais de jouets (il se passait rarement un jour où tu ne rentrais pas avec un nouveau cadeau pour lui), et il les regardait fixement ou en dégageait un d'un coup de pied. Il ne jouait pas.

Tu dois te souvenir de cette période en grande partie comme de l'époque où nous nous disputions pour savoir si nous allions déménager et si j'allais faire ce long voyage en Afrique. Moi, je me souviens surtout de ces mornes journées où je restais à la maison après que nous avions encore une fois perdu une nounou, et, mystérieusement, elles ne défilaient pas moins vite qu'à l'époque où Kevin hurlait.

Avant la maternité, j'avais imaginé qu'avoir un petit enfant, c'était un peu comme avoir la compagnie d'un chien intelligent, sauf que la présence exercée par notre fils était beaucoup plus dense que celle de n'importe quel animal familier. Je sentais lourdement, et à chaque instant, qu'il était là. Malgré ce flegme nouveau qui facilitait un peu mon travail de correction de copie à la maison, je me sentais observée, ce qui créait une certaine crispation. Je faisais rouler des balles en direction des pieds de Kevin, et une fois, j'ai réussi à la lui faire renvoyer. Ravie, au point d'en être ridicule, je l'ai renvoyée à mon tour ; et il l'a encore renvoyée. Mais quand je l'ai expédiée une troisième fois entre ses jambes, terminé. Avec un regard vide, il a laissé la balle à côté de son genou. J'ai commencé à me dire, Franklin, qu'il était malin. En soixante secondes, il avait tout compris : si nous poursuivions ce « jeu », la balle allait continuer de rouler dans un sens puis dans l'autre, en suivant la même trajectoire, exercice manifestement dépourvu d'intérêt. Je n'ai plus jamais réussi à lui faire renvoyer une balle.

Cette indifférence aussi lisse qu'impénétrable qu'il avait, ajoutée à une réticence qui dépassait largement les schémas prévus par tous nos manuels concernant les premiers essais langagiers m'ont convaincue de consulter notre pédiatre. Le Dr Foulke s'est montré rassurant, avec le couplet parental convenu sur les figures « normales » de développement qui passaient par une série de stagnations et de bonds idiosyncrasiques, tout en soumettant néanmoins notre fils à une batterie de tests classiques. J'avais exprimé mon inquiétude que l'absence de réponse de la part de Kevin pût être due à un déficit auditif ; chaque fois que j'appelais son nom, il réagissait avec une telle dose d'inébranlable impassibilité qu'il était impossible de savoir s'il m'avait entendue ou non. Mais s'il n'était pas nécessairement *intéressé* par ce que je pouvais dire, ses oreilles fonctionnaient bien, et ma théorie selon laquelle ses cordes vocales avaient été endommagées par le volume de ses hurlements infantiles n'a pas été confirmée par la science. J'ai même émis le souci que la nature renfermée de Kevin pût être un signe avant-coureur d'autisme, mais apparemment il n'avait pas les symptômes révélateurs de balancement, ni les comportements répétitifs scellant le sort de ces malheureux enfermés dans leur propre monde ; si Kevin était enfermé, c'était dans le même monde que toi et moi. En fait, je n'ai pas tiré du Dr Foulke plus qu'une remarque songeuse disant que Kevin était « un petit garçon un peu atone, non ? » et désignant par là une certaine inertie physique. Le docteur soulevait le bras de notre fils, et quand il le lâchait celui-ci retombait comme une nouille molle.

Je tenais tant à voir Foulke diagnostiquer un handicap chez notre fils, coller le nom d'un syndrome bien américain sur le front de Kevin, que notre pédiatre a dû me prendre pour une de ces mères névrosées qui veulent à tout prix que leur enfant sorte du lot commun, mais qui, dans la dégénérescence actuelle de notre civilisation, ne parviennent à concevoir l'exception qu'en termes de déficience ou d'affliction. Et, sincèrement, je désirais vraiment qu'il trouve quelque chose à Kevin. Je désirais que notre fils ait une petite anomalie ou une imperfection capables d'éveiller ma sympathie. Je n'étais pas de marbre et, chaque fois que je repérais un petit garçon affligé d'une tache lie-de-vin sur la joue ou de doigts palmés, sagement assis dans la salle d'attente, mon cœur fondait pour lui, et je frissonnais en songeant aux tortures qu'il allait devoir endurer. Je désirais éprouver au moins de la compassion pour Kevin, ce qui me semblait être un début. Avais-je réellement envie que notre fils ait les doigts palmés ? Eh bien, oui, Franklin. S'il fallait en passer par là.

Son poids était inférieur à la normale, en conséquence de quoi il n'a jamais eu le visage rond et poupin du bout de chou mal assuré sur ses jambes, qui peut rendre adorables les enfants les plus vilains sur les photos que l'on prend entre deux et trois ans. Lui avait gardé le visage de fouine de ses premières années. À défaut d'autre chose, j'aurais aimé pouvoir regarder plus tard les photos d'un bourreau des cœurs, potelé, en me demandant ce qui avait dérapé. Au lieu de quoi, les clichés que j'ai (et tu en as fait des quantités) exposent tous une méfiance sans nuances et un contrôle de soi dérangeant. L'étroit visage mat est instantanément familier : des yeux enfoncés, un nez droit et fin, au pont assez large et légèrement busqué, des lèvres minces figées dans une sombre résolution. Ces tirages sont reconnaissables non seulement pour leur ressemblance avec la photo de classe parue dans tous les journaux, mais pour leur ressemblance avec moi.

Sauf que je voulais qu'il te ressemble à toi. Toute sa géométrie était fondée sur le triangle alors que la tienne l'était sur le carré ; il y a quelque chose de rusé et d'oblique dans les angles aigus, alors que les perpendiculaires respirent la stabilité et la fiabilité. Je ne m'attendais pas à voir courir dans la maison un petit clone de Franklin Plaskett, mais j'avais envie de pouvoir regarder le profil de mon fils en y retrouvant, avec une bouffée de joie radieuse, ton grand front puissant – au lieu d'un front en saillie au-dessus de ces yeux étonnamment enfoncés et perçants, mais destinés avec l'âge à sembler noyés dans les profondeurs. (Je sais de quoi je parle.) J'étais heureuse de son physique manifestement arménien, mais j'avais espéré que ton robuste optimisme d'Anglo-Américain vivifierait un peu le sang nonchalant et rancunier de mon héritage ottoman, éclairant son teint mat des nuances roses des matches de foot de l'automne, donnant à ses mornes cheveux noirs des reflets des feux d'artifice du 4-Juillet. De plus, ses regards furtifs et son silence plein de secrets semblaient me confronter à une version miniature de ma propre imposture. Il me regardait, et je me regardais, et sous cette double scrutation je me sentais deux fois plus mal à l'aise et fausse. Si à mes yeux le visage de notre fils était trop aigu et impassible, le même masque trompeur d'opacité me rendait mon regard quand je me brossais les dents.

J'étais hostile à l'idée de planter Kevin devant la télévision. Je détestais les programmes pour enfants ; les dessins animés étaient hyperactifs, les émissions éducatives racoleuses, hypocrites, méprisantes. Mais il paraissait avoir un tel besoin de stimulation... Alors, un après-midi, ayant épuisé les charmes du : *C'est l'heure du jus de fruits !* j'ai mis les dessins animés d'après l'école.

« Z'aime pas ça. »

J'ai lâché les haricots que j'étais en train d'équeuter pour le dîner, certaine, au ton monocorde et terne de cette réplique, qu'elle ne pouvait avoir été émise par un personnage du programme enfantin. Je me suis précipitée sur le téléviseur pour baisser le son avant de me pencher sur notre fils. « Qu'est-ce que tu as dit ? »

Il a répété d'une voix égale : « Z'aime pas ça. »

Avec plus d'empressement que j'ai peut-être jamais manifesté envers cette relation en naufrage, je l'ai pris par les deux épaules. « Kevin ? *Tu aimes quoi ?* »

C'était une question à laquelle il n'était pas préparé à répondre, et à ce jour, tandis qu'il est âgé de dix-sept ans, il reste incapable d'y donner une réponse satisfaisante, pour lui et plus encore pour moi. Je suis donc revenue à ce qu'il *n'aimait pas*, sujet qui ne tarderait pas à se révéler inépuisable.

« Chéri ? C'est quoi ce que tu veux faire cesser ? »

Il a tapé dans le tube cathodique avec une main. « Z'aime pas ça. Éteins. »

Je me suis redressée, émerveillée. Et j'ai éteint de bonne grâce le dessin animé en me disant : *Mince alors, j'ai un bout de chou qui a du goût.* Comme si j'étais moi-même l'enfant, je n'ai pas pu résister à l'envie d'essayer tous les boutons de mon nouveau jouet, pour voir ce qui s'allumait.

« Kevin, tu veux un biscuit ?

— Ze déteste les biscuits.

— Kevin, tu parleras à Papa quand il rentrera ?

— Pas si z'ai pas envie.

— Kevin, est-ce que tu sais dire "Maman" ? »

J'avais été mal à l'aise sur la façon dont je voulais être appelée par notre fils. « Maman » faisait puéril, « Mam' » cucul, « M'man » servile. « Mama » c'était pour les poupées avec des piles, « Mum » faisait branché et sympa, « Mère » était d'un formalisme désuet en 1986. Rétrospectivement, je me demande si je n'avais envie d'aucun des noms couramment donnés aux mères parce que je n'aimais pas... enfin, j'éprouvais encore une sorte de malaise à en être une. Peu importait d'ailleurs, puisque la réponse prévisible était « Non ».

Quand tu es rentré, Kevin a refusé de reproduire son exploit loquace, mais je l'ai récité mot à mot. Tu étais sur un nuage. « Des phrases complètes, d'entrée de jeu ! J'ai lu que ce que l'on prend pour un retard peut cacher une intelligence brillante. Il s'agit de perfectionnistes. Ils ne veulent pas se lancer avant d'être certains d'avoir tout intégré. »

J'avais de mon côté une théorie concurrente, à savoir qu'étant secrètement capable de parler depuis des années il avait eu tout loisir d'écouter en douce ; qu'il était un espion. Et je m'occupais moins de sa grammaire que de ce qu'il disait. Je sais que ce genre de remarques t'agace toujours, mais il m'est arrivé de penser que, de nous deux, j'étais celle qui s'intéressait le plus à Kevin. (Dans ma tête, je te vois proche de l'apoplexie.) Je veux dire que je m'intéressais au vrai Kevin, pas à Kevin Ton Fils, à celui qui devait rivaliser en permanence avec le formidable parangon que tu t'étais fabriqué dans ta tête, avec lequel il était en rivalité beaucoup plus féroce qu'il ne l'a jamais été avec Celia. Ce soir-là, par exemple, j'ai dit : « Il y a des lustres que j'attends de découvrir ce qui se passe derrière ces petits yeux perçants. »

Tu as haussé les épaules. « Cigarettes et whisky et p'tites pépées. »

Tu vois ? Kevin était (et il reste) un mystère pour moi. Tu avais cette insouciance de garçon et tu t'en tenais joyeusement à l'idée que tu étais passé par là toi-même, qu'il n'y avait rien à découvrir. Et il se peut que toi et moi ayons différé à un niveau aussi profond que la nature du caractère humain. Pour toi, un enfant était une créature partielle, une forme de vie plus simple, qui évoluait ouvertement vers la complexité de l'âge adulte. Sauf que dès l'instant où il a été déposé sur mon sein, j'ai perçu Kevin Khatchadourian comme préexistant, avec une vie intérieure vaste, fluctuante, dont la subtilité et l'intensité ne pouvaient que diminuer avec l'âge. Surtout, pour moi il était caché, alors que ton expérience était celle d'un accès ensoleillé et tranquille.

Bref, sept semaines durant, il m'a parlé pendant la journée et s'est refermé comme une huître à ton retour. Dès qu'il entendait l'ascenseur, il me lançait un regard complice : on va faire une farce à Papa. Il se peut que j'aie pris un plaisir coupable dans cette exclusivité sur le discours de mon fils, grâce auquel j'ai été informée qu'il *n'aimait pas* le riz au lait, avec ou sans cannelle, et qu'il *n'aimait pas* les livres du Dr Seuss, et qu'il *n'aimait pas* les comptines mises en musique que je prenais à la bibliothèque. Kevin avait un vocabulaire spécialisé ; et le génie des mots commençant par « n ».

L'unique souvenir que je garde d'une vraie liesse enfantine au cours de cette époque concerne la célébration de son troisième anniversaire, alors que j'étais occupée à verser du jus de myrtille dans sa tasse à bec et que tu nouais des rubans autour des paquets qu'il te faudrait défaire pour lui quelques minutes plus tard. Tu avais rapporté de chez Vinierro's, dans la First Avenue, un triple gâteau marbré avec un glaçage de crème sur le thème du base-ball, et tu l'avais posé fièrement devant sa chaise haute. Pendant les deux minutes où nous sommes restés le dos tourné, Kevin a déployé un talent comparable à celui dont il avait fait montre plus tôt dans la semaine, en tirant méthodiquement, dans ce que nous pensions être son lapin préféré, tout le rembourrage par un petit trou. Mon attention a été attirée par un gloussement que je ne pouvais identifier que comme l'amorce d'un rire narquois. Les mains de Kevin étaient des mains de plâtrier. Et il avait une expression béate.

Un si petit garçon, trop jeune pour bien comprendre le concept d'anniversaire, n'avait aucune raison de comprendre celui de « tranche ». Tu as ri, et après le mal que tu t'étais donné, je me suis réjouie que tu prennes l'aventure au comique. Sauf qu'en lui nettoyant les mains avec un linge humide mon hilarité s'est figée. La technique utilisée par Kevin, consistant à plonger les deux mains au centre du gâteau et à l'ouvrir en deux, en un seul geste chirurgical, me rappelait désagréablement ces scènes de fictions médicales où le patient est en arrêt cardiaque et où un docteur hurle : « On casse ! » Les programmes les

222

plus gore, vers la fin du millénaire passé, ne laissaient pas grande place à l'imagination : la cage thoracique est fendue à la scie électrique, les côtes sont écartées, et notre séduisant médecin urgentiste plonge dans une mer rouge. Kevin n'avait pas fait que jouer avec ce gâteau. Il lui avait arraché le cœur.

Pour finir, nous avons mis au point l'inévitable troc. Je t'accorderais la charge de nous trouver une maison de l'autre côté de l'Hudson. Tu m'accorderais mon voyage de reconnaissance en Afrique. Le marché était sévère pour moi, mais quand on est désespéré, on consent souvent des pertes à long terme en échange d'un soulagement immédiat. J'ai donc vendu pour un bol de soupe mon droit légitime.

Je ne veux pas dire par là que je regrette ce séjour africain, encore qu'en termes d'organisation le moment était mal choisi. La maternité m'avait engouffrée dans ce que nous avons coutume de considérer comme les sujets les plus vils : manger, pipi, caca. Et, en dernière analyse, l'Afrique n'est rien d'autre. Le constat vaut peut-être pour tous les pays, mais j'ai toujours apprécié les efforts pour le cacher, et je me serais peut-être sentie mieux en voyageant dans des contrées plus attentives au décor, où l'on trouve des savonnettes roses dans les salles de bains, et où les plats sont servis avec au moins une garniture de trévise. Brian avait recommandé les enfants comme merveilleux remède à la lassitude ; il disait qu'on se met à réapprécier le monde à travers leurs yeux épouvantés, et que tout ce dont on était fatigué paraît soudain d'une vibrante nouveauté. Bref, l'antidote absolu avait semblé fantastique, mieux qu'un lifting ou une ordonnance de Valium. Mais je témoigne sans joie que, chaque fois que j'ai vu le monde à travers les yeux de Kevin, il tendait à prendre une teinte inhabituellement terne. À travers ces yeux, le monde entier ressemblait à l'Afrique, avec des gens raclant, récupérant, s'accroupissant et se couchant pour mourir.

Pourtant, au milieu de toute cette désolation sordide, je n'ai pas réussi à repérer un organisme proposant des safaris que l'on pourrait qualifier d'économiques ; la plupart demandaient des centaines de dollars par jour. Dans le même ordre d'idées, l'hébergement se scindait en deux catégories qui éliminaient la clientèle constituant ma cible : il fallait choisir entre le luxe très cher et la crasse trop bradée. Il y avait un bel assortiment de restaurants italiens et indiens offrant un bon rapport qualité-prix, mais les endroits servant de la cuisine africaine authentique proposaient essentiellement de la chèvre nature. Les transports étaient catastrophiques, avec des trains ayant tendance à s'arrêter sans crier gare, une aviation décrépite, des pilotes frais émoulus de l'école de pilotage de Bananarama, une conduite sur route kamikaze, des cars transportant des passagers caquetant et trois fois plus nombreux que le maximum autorisé, plus les poules sur le toit.

Je sais que j'ai l'air de m'arrêter à des détails. J'étais allée une fois sur le continent africain quand j'avais vingt et quelques années, et j'avais succombé au charme de cette terre. À l'époque, être en Afrique m'avait semblé être vraiment « ailleurs ». Mais depuis, la nature sauvage avait reculé, la population humaine bourgeonné ; la montée de la pauvreté était exponentielle. Cette fois, en évaluant le territoire avec un œil professionnel, j'ai éliminé des pays entiers comme « inenvisageables ». L'Ouganda retirait encore des cadavres de la gueule des crocodiles abandonnés par Idi Amin Dada et Milton Obote ; le Liberia était gouverné par ce débile sanguinaire de Samuel Doe ; déjà à l'époque, Hutus et Tutsis se taillaient mutuellement en pièces au Burundi. Le Zaïre était sous la coupe de Mobutu, pendant que Mengistu continuait de dépouiller l'Éthiopie et que Renamo donnait cours à sa folie meurtrière au Mozambique. Si je retenais l'Afrique du Sud, je risquais un boycott de toute la collection aux États-Unis. Quant à ce qui restait, et même si tu as pu m'accuser d'être une piètre nourricière, je n'étais pas chaude pour prendre la responsabilité de lâcher des hordes de jeunes Occidentaux mal dégrossis dans ces régions dangereuses, avec pour seul sauf-conduit un exemplaire à la jolie couverture bleu ciel de *A Wing and a Prayer*. Je pouvais m'attendre à lire dans la presse qu'on avait retrouvé trois morts dans un fossé du côté de Tsavo, tués pour un butin de deux mille shillings, un appareil photo et un guide touristique, et me sentir entièrement coupable. Comme Kevin l'illustrerait plus tard, j'attire la fiabilité, réelle ou imaginaire.

J'en suis donc arrivée progressivement à la conclusion que les gens du marketing marchaient sur la tête. Ils avaient fait des études de marché concernant la demande, mais pas l'offre. Je n'avais pas assez de foi pour croire que même notre intrépide armée d'étudiants plus mon équipe au complet pouvaient produire un volume unique capable de protéger ses utilisateurs des erreurs les plus grossières, qu'ils risquaient de payer tellement cher qu'un continent plein de bonnes affaires paraîtrait encore surévalué. Pour une fois, j'éprouvais de vrais sentiments maternels – envers des clients comme Siobhan, et le dernier endroit où je voudrais expédier Siobhan avec son teint de cachet d'aspirine et son optimiste tout-le-monde-il-est-beau-tout-le-monde-il-est-gentil, c'était bien dans un bouge caniculaire et sans pitié de Nairobi. AFRIWAP était un faux départ.

Mais j'aurai été moi-même ma plus grande déception. Alors que l'abandon du projet AFRIWAP aurait pu me libérer pour me balader sur le continent sans prendre de notes, j'étais devenue dépendante de la recherche de l'existence d'un objectif dans le fait de tailler la route. Débarrassée de la contrainte d'un itinéraire dicté par des chapitres bien organisés, j'étais désemparée. L'Afrique n'est pas l'endroit idéal pour s'interroger en permanence sur ce qu'on fait là, bien que quelque chose dans ses cités fétides, abandonnées, désespérées impose cette interrogation.

Je ne parvenais pas à vous effacer de mon esprit, Kevin et toi. Tu me manquais cruellement, et cette sensation fonctionnait comme un douloureux rappel du fait que j'éprouvais ce manque depuis la naissance de Kevin. Loin, je n'avais pas un sentiment d'émancipation mais de désertion, avec la honte de savoir qu'à moins d'avoir finalement trouvé une solution au problème de la nounou tu étais obligé de l'embarquer dans le pick-up pour tes repérages. Partout où j'allais, je me sentais lestée, comme si je devais me traîner dans les rues pleines d'ornières de Lagos avec des poids de trois livres à chaque pied : j'avais commencé à New York quelque chose qui était loin d'être fini, je me dérobais, et en plus ce que j'avais entrepris allait mal. Mais j'ai fait front ; mon isolement avait eu au moins cet aspect positif. Après tout, la seule chose à laquelle on ne peut échapper, en Afrique, ce sont les enfants.

Dans les derniers temps de mon périple, dont tu te souviens que je l'ai écourté, j'ai pris des résolutions. Ce séjour de trop ayant été entamé moins dans un esprit d'exploration que pour marquer un point, prouver que ma vie n'avait pas changé, que j'étais toujours jeune, et curieuse, et libre, il démontrait finalement sans contestation possible que ma vie avait en fait changé, qu'à quarante et un ans j'étais loin d'être jeune, que j'avais de fait satisfait une certaine curiosité superficielle à propos des autres pays, et qu'il existait une forme de liberté dont je ne pouvais plus me prévaloir sans couler le seul minuscule îlot de permanence, de signification durable et de désir persistant que j'étais parvenue à annexer dans ce vaste océan arbitraire d'indiffé-rence internationale.

Campant dans le bar de l'aéroport de Harare, sur un linoléum grenu parce qu'il n'y avait pas de sièges et que l'avion avait huit heures de retard, le 737 ayant été entièrement réquisitionné par une vague épouse de ministre qui avait des courses à faire à Paris, j'avais inexplicablement perdu, semblait-il, ma vieille certitude pleine de sérénité qui me faisait affirmer qu'un peu d'inconfort (sinon le complet désastre) était le ressort de pratiquement toute aventure à l'étranger. Je n'étais plus convaincue par cette vieille scie jouée dans chaque introduction AWAP, disant qu'il n'est pire voyage que celui qui se déroule sans le moindre incident. Au contraire, à l'instar du touriste occidental moyen, je rêvais de climatisation et râlais de n'avoir pas d'autre choix de soda que du Fanta orange, que je n'aimais pas. Et qui, compte tenu de la panne du système de réfrigération, était bouillant.

Cette attente torride et prolongée m'a permis de méditer le fait que, jusqu'à présent, mon enga-gement dans ma maternité avait été aussi minimal qu'un orteil que l'on trempe dans l'eau froide. J'ai étrangement décidé qu'il me fallait refaire le choix ardu de 1982, et sauter cette fois à pieds joints dans la maternité. Il fallait que je redevienne enceinte de Kevin. Comme sa naissance, l'éducation de notre fils pouvait représenter une expérience exaltante, mais à l'expresse condition de cesser de la combattre. Ainsi que je me suis évertuée à l'enseigner (sans grand succès) à Kevin dans les années qui ont suivi, il est rare que l'objet de nos attentions soit intrinsèquement nul ou pleinement séduisant. Rien n'est intéressant, si l'on n'est pas soi-même intéressé. Vainement, j'avais attendu, les bras croisés, un signe de Kevin, la preuve qu'il était digne de mon ardeur. C'était trop exiger d'un petit garçon qui ne serait jamais aimable par moi que dans la mesure où je le lui permettais. Il était plus que temps, pour moi au moins, de faire la moitié du chemin vers lui.

En atterrissant à Kennedy, j'étais débordante de détermination, d'optimisme, de bonne volonté. Mais, rétrospectivement, je dois bien observer que je n'étais jamais aussi enthousiaste au sujet de notre fils que lorsqu'il n'était pas là.

*Joyeux Noël,*
*Eva*

27 décembre 2000

*Cher Franklin,*

Après m'avoir gentiment demandé auparavant si je m'en ressentais, ma mère a organisé une petite soirée entre filles chez elle, et je crois qu'elle a regretté la date choisie. Il se trouve que, hier, dans le Massachusetts, un homme très corpulent et très malheureux – un ingénieur programmeur en informatique répondant au nom de Michael McDermott, dont le pays entier connaît désormais la passion pour la science-fiction, exactement comme l'homme de la rue est désormais familier de la prédilection de notre fils pour les vêtements trop petits – a pénétré dans les locaux d'Edgeware Technology avec une carabine, un automatique et un pistolet, puis a abattu sept de ses collègues. J'ai cru comprendre que Mr McDermott était très en colère – et me voilà au fait des détails de sa situation financière, jusqu'à savoir que sa voiture vieille de six ans était menacée de saisie – parce que ses employeurs avaient retenu ses salaires pour un retard dans le paiement de ses impôts.

Je n'ai pu m'empêcher de songer à tes parents, qui ne vivent pas loin de Wakefield. Ton père a toujours tenu à ce que ses équipements haut de gamme gardent le sens des proportions, préoccupation qui s'étend sûrement aux ratios de comportements comme la réparation des torts. Tes parents doivent imaginer que le monde des physiquement grotesques, qui ne respecte pas le matériau, se referme sur eux.

Ayant depuis longtemps renoncé à faire péniblement semblant de rendre les invitations de Sonya Khatchadourian pour encaisser le genre d'excuses variées qu'elle me fournissait déjà pour ne pas assister à la première de ma représentation théâtrale scolaire, ces vieilles nanas avaient maintes fois eu l'occasion de goûter le *lahmajoon* de ma mère ainsi que ses *ziloogs* au sésame, et elles n'avaient plus trop envie de commenter la nourriture. En revanche, non sans appréhension compte tenu de l'invitée d'honneur de la soirée, elles mouraient toutes d'envie de parler de Michael McDermott. Une veuve fortunée signala avec tristesse qu'elle comprenait comment un jeune homme avait pu se sentir rejeté à cause d'un surnom comme « Mucko ». Ma très acerbe tante Aleen marmonna que la bagarre qu'elle-même avait avec le fisc – un moins-perçu de dix-sept dollars datant de l'année 1991 avait enflé au fil des ans au point d'atteindre, grâce aux intérêts et aux pénalités, une somme supérieure à mille trois cents dollars – pourrait lui faire prendre bientôt les armes. Mais toutes se tournèrent au bout du compte vers moi, la résidente experte en compréhension des esprits tordus.

J'ai fini par être obligée de rappeler à ces femmes que ce type solitaire, trop gros et sans ami, et moi-même ne nous étions jamais rencontrés. Ce qui a semblé faire passer aussitôt le message que personne, dans ce pays, ne se spécialisait plus dans le bon vieux meurtre d'antan, pas plus qu'un juriste n'étudiait la bonne vieille loi d'antan. On avait d'un côté le genre « carton sur le lieu de travail » et de l'autre « massacre à l'école », un tout autre sujet de réflexion, et j'ai perçu une gêne collective dans la pièce, comme si, toutes, elles avaient sonné au département des ventes alors qu'elles auraient dû demander le service clientèle. Et comme la « Floride » reste un sujet épineux à soulever en société sans avoir l'assurance que tout le monde est du même bord, quelqu'un a prudemment ramené la conversation sur le *lahmajoon*.

De toute façon, qui prétend que le crime ne paie pas ? Je doute que les services du fisc voient jamais la couleur de l'argent de Mucko, désormais, et le fraudeur de quarante-deux ans risque bien de coûter infiniment plus cher à l'Oncle Sam que ce que les impôts auraient jamais réussi à tirer de son salaire.

C'est ma façon de considérer les choses aujourd'hui, bien sûr, depuis que le prix de la justice a cessé d'être une abstraction dans ma vie personnelle pour devenir un implacable paquet de dollars et de cents. Et j'ai de fréquents flash-backs de ce procès – au civil. Alors que celui en assises est associé à un blanc pratiquement total.

« Mrs Khatchadourian, commence la forte voix de Harvey pour son contre-interrogatoire. L'accusation a beaucoup commenté le fait que vous dirigiez une entreprise à Manhattan en laissant votre fils à la garde d'étrangères, et que pour son quatrième anniversaire vous vous trouviez en Afrique.

— J'ignorais à l'époque qu'il était illégal d'avoir une vie.

— Mais en rentrant de ce voyage, vous avez embauché quelqu'un pour superviser au jour le jour le travail de votre société, afin d'être une meilleure mère pour votre enfant ?

— C'est exact.

— Ne vous êtes-vous pas alors consacrée entièrement à lui ? En fait, à part quelques baby-sittings occasionnels, n'avez-vous pas supprimé toute aide étrangère ?

— Franchement, nous avons renoncé à prendre une nounou parce que nous ne trouvions personne susceptible de supporter Kevin plus de quelques semaines. »

Harvey faisait la tête. Sa cliente était autodestructrice. Dans mon esprit, cette qualité faisait de moi un cas, mais la lassitude lisible sur le visage de mon

avocat laissait penser que je rentrais dans une catégorie connue.

« Vous étiez néanmoins consciente qu'il avait
besoin de continuité, et c'est pour cette raison que
vous avez mis un terme à ce manège permanent
de jeunes filles. Vous avez cessé de faire du neuf
heures – dix-sept heures au bureau.

— Oui.

— Mrs Khatchadourian, vous adoriez votre travail, exact ? Vous en tiriez une grande satisfaction
personnelle. Cette décision a donc représenté un
sacrifice considérable, et tout cela pour le bien de
votre enfant ?

— Le sacrifice a été énorme, ai-je dit. Et aussi
inutile.

— Plus de questions, Votre Honneur. »

Nous avions répété « énorme », point ; il m'a
fusillée du regard.

Étais-je déjà, en 1987, en train de prévoir ma
défense ? Ma démission réversible de AWAP avait
beau se situer dans la surcompensation grandiose,
elle était aussi esthétique. Je trouvais que ça « faisait
bien ». Je ne m'étais jamais perçue comme une personne se souciant de l'opinion des autres, mais
ceux qui abritent des secrets coupables sont inévitablement dévorés par les apparences.

C'est ainsi que, lorsque vous êtes venus ensemble
me chercher à Kennedy, je me suis penchée pour
embrasser d'abord Kevin. Il était encore dans sa
phase déconcertante « poupée de chiffons », tout
mou ; il ne m'a pas rendu mes baisers. Mais la force

et la durée de mes propres effusions exposaient ma conversion de Harare, une nouvelle naissance. « Tu m'as beaucoup manqué ! ai-je dit. Maman a deux surprises pour toi, chéri ! Je t'ai rapporté un cadeau. Mais je te fais aussi la promesse que Maman ne restera plus jamais, jamais partie aussi longtemps ! »

Kevin s'est affaissé davantage. Je me suis relevée, et j'ai lissé ses mèches de cheveux rebelles, gênée. Je jouais mon rôle, mais des spectateurs auraient pu déduire de la lassitude anormale de mon fils que je le gardais menotté à la chaudière dans la cave.

Je t'ai embrassé. Contrairement à l'idée que j'avais que les enfants aiment voir leurs parents se témoigner de la tendresse, Kevin a trépigné et meuglé en te tirant par la main. Je m'étais peut-être trompée. Je n'ai jamais vu ma mère embrasser mon père. Ce que je regrette.

Tu as abrégé le baiser et marmonné : « Ça risque de prendre du temps, Eva. Pour les enfants de cet âge, trois mois c'est une éternité. Ils deviennent fous. Ils pensent que jamais tu ne reviendras. »

J'ai failli répliquer que Kevin semblait surtout dépité que je sois revenue, justement, mais je me suis retenue ; l'un de nos premiers sacrifices à la vie de famille, c'est la légèreté de cœur. « C'est quoi ce truc beurk ? ai-je demandé tandis que Kevin continuait de tirer sur ton bras et de meugler.

— Des *doodles* au fromage, as-tu répondu, ravi. La dernière toquade. D'accord, garnement ! On va te chercher un paquet de trucs chimiques qui brillent dans le noir ! » Et tu l'as suivi clopin-clopant, en

235

me laissant sur place, avec mes bagages à faire rouler.

Dans le pick-up, j'ai été obligée de décoller du siège passager plusieurs *doodles* collants à divers stades de déliquescence. L'enthousiasme gastronomique de Kevin n'allait pas jusqu'à manger les biscuits salés ; il les suçait, en aspirant la couche phosphorescente, ce pour quoi il devait les imprégner de suffisamment de salive pour les faire fondre.

« Les enfants aiment en général le sucré, as-tu expliqué joyeusement. Eh bien, le nôtre aime le salé. » Apparemment, un toqué de sodium valait mieux qu'un bec sucré, à tout point de vue.

« Les Japonais pensent que ce sont deux principes opposés », ai-je dit, en évacuant par la vitre ma visqueuse récolte. Malgré l'existence d'une petite banquette arrière, le siège d'enfant de Kevin était fixé entre nous deux, et je regrettais de ne plus pouvoir, comme j'en avais l'habitude, poser une main sur ta cuisse.

« Maman a pété, a dit Kevin. Ça sent pas bon.

— Ce n'est pas une chose que l'on est censé clamer sur les toits, Kevin », ai-je répliqué sèchement. J'avais mangé cette garniture de purée de haricots à la banane, à Norfolk, juste avant d'attraper l'avion.

« Si on s'arrêtait au Junior's ? as-tu proposé. C'est sur le chemin, et les enfants y sont les bienvenus. »

Cela ne te ressemblait pas d'oublier que j'avais été en transit pendant quinze heures, depuis Nairobi, que je risquais par conséquent d'être un peu fatiguée, gonflée par le vol, gavée de biscuits et de cheddar sous Cellophane, et que j'avais envie de tout sauf d'un boui-boui bruyant, cucul, à la lumière violente, dont l'unique point positif était le cheesecake. J'avais secrètement espéré que tu aurais trouvé une baby-sitter et que tu serais venu seul m'accueillir à l'aéroport, avant de m'emmener prendre tranquillement un verre dans un endroit où je pourrais en toute discrétion te révéler que j'avais ouvert la page maternelle. En d'autres termes, j'avais envie d'écarter Kevin pour mieux te confier tout le temps que je comptais passer désormais avec lui.

« Parfait, ai-je articulé faiblement. Kevin, ou tu manges tes trucs au fromage ou je les retire. Ne les écrase pas partout dans la voiture.

— Les enfants font des saletés, Eva ! as-tu dit gaiement. Relax ! »

Kevin m'a gratifiée d'un chef-d'œuvre de sourire orange, avant de m'écraser un *doodle* sur les cuisses.

Au restaurant, Kevin a dédaigné la chaise haute prévue pour les petits. La vocation parentale transformant du jour au lendemain celui qui y succombe en insupportable rabat-joie, j'ai sermonné : « Très bien, Kevin. Mais souviens-toi : quand on veut manger assis comme les adultes, on doit se conduire en adulte.

— Gna-gna, gna-gna. Gna gna-gna-gna : gna gna gna gna-gna gna-gna gna gna gna-gna, gna gna gna gna-gna gna gna-gna. » Sur un rythme moqueur, il avait capté ma cadence sérieuse et mes intonations moralisatrices avec une exactitude tellement parfaite qu'il était peut-être promis à un avenir de chanteur de bar.

« Ça suffit, Kevin. » J'ai tenté d'affecter la décontraction.

« Gna gna-gna, Gna-gna. »

Je me suis tournée vers toi. « Ce petit jeu dure depuis combien de temps ?

— Gna gna-gna gna gna gna-gna gna-gna gna gna ?

— Un mois ? C'est une phase. Ça va lui passer.

— Gna gna ? Gna gna gna. Gna gna gna gna-gna.

— Je suis impatiente », ai-je dit, de plus en plus réticente à laisser quoi que ce soit sortir de ma bouche pour me l'entendre resservir en gna-gna-gna de perroquet.

Tu voulais commander des beignets d'oignons pour Kevin, et j'ai objecté qu'il avait dû se gaver de saloperies salées tout l'après-midi. « Écoute, as-tu répondu. Comme toi, je suis très content quand il mange quelque chose. Peut-être est-il en manque de certains éléments, comme l'iode par exemple. Il faut faire confiance à la nature.

— Traduction : tu aimes ces cochonneries de trucs apéritifs, toi aussi, et vous vous êtes ligués sur la junk food. Commande-lui un steak. Il a besoin de protéines. »

Lorsque notre serveuse a relu ta commande, Kevin a fait gna-gna-gna d'un bout à l'autre. Apparemment, « gna gna-gna gna, gna-gna gna gna-gna-gna gna gna » signifie « une salade verte avec la vinaigrette à part ».

« Il est mignon, ce petit garçon », a-t-elle dit avec un coup d'œil désespéré en direction de la pendule.

Quand sa viande est arrivée, Kevin s'est emparé de la grande salière à facettes, avec un bouchon à gros trous, et il a recouvert son steak de sel jusqu'à lui donner l'allure du Kilimandjaro après une chute de neige. Fâchée, j'ai voulu gratter la couche blanche avec un couteau, mais tu as retenu mon bras. « Tu ne peux donc jamais laisser ce petit bonhomme s'amuser ? Ou nous amuser ? as-tu articulé calmement. Le sel est aussi une phase, qui va lui passer, et plus tard, quand il sera plus grand, nous lui raconterons, et il aura l'impression qu'il avait déjà beaucoup d'originalité, même quand il était petit. C'est la vie. Et la vie est belle.

— Je doute que Kevin peine un jour à trouver des manières de se distinguer. » Le sens de ma mission maternelle, qui s'était abattu sur moi au cours de la quinzaine écoulée, s'estompait à vive allure, mais je m'étais fait une promesse, j'en avais fait une à Kevin à l'arrivée, et à toi, une autre encore, implicite. J'ai inspiré un grand coup. « Franklin, j'ai pris une décision capitale, pendant que j'étais partie. »

Avec un sens de la coordination classique quand on mange dehors, notre serveuse est arrivée avec ma salade et ton cheesecake. Ses pieds crissaient sur le lino. Kevin avait vidé la salière sur le sol.

« La dame a du caca sur la figure. » Kevin pointait du doigt une tache de naissance sur la joue gauche de notre serveuse, huit centimètres de large, et grossièrement la forme de l'Angola. Elle avait badigeonné la grosse marque brune d'anticernes beige, mais presque tout le maquillage était effacé.

Comme beaucoup de camouflages, le remède était pire que le mal, leçon qu'il me faudrait enregistrer pour mon propre compte. Avant que je puisse l'interrompre, Kevin lui a demandé directement : « Pourquoi tu te débarbouilles pas ? Tu as plein de caca sur la joue. »

Je me suis confondue en excuses devant la gamine qui ne devait guère avoir plus de dix-huit ans et avait manifestement passé toute sa vie à souffrir de ce défaut. Elle a réussi à faire un pauvre sourire et promis d'apporter ma vinaigrette.

Je me suis retournée vers mon fils. « Tu savais que cette tache n'était pas du caca, n'est-ce pas ?

— Gna gna-gna gna gna gna gna-gna gna gna gna-gna, gna gna ? » Kevin était en attente sur la banquette, les paupières mi-closes et l'œil brillant. Il a placé ses mains sur la table et le nez contre le bord, mais je devinais à l'éclat révélateur du regard que sous la table se cachait un grand sourire : large, les lèvres serrées, et étrangement forcé.

« Kevin, tu sais que tu lui as fait de la peine, n'est-ce pas ? ai-je dit. Est-ce que tu aimerais que je te dise que tu as la joue pleine de "caca" ?

— Eva, les enfants ne comprennent pas que les adultes puissent être susceptibles à propos de leur apparence physique, es-tu intervenu.

— Tu es sûr qu'ils ne comprennent pas ? C'est une chose que tu as lue quelque part ?

— Pourrions-nous ne pas gâcher notre première soirée ensemble ? as-tu imploré. Pourquoi faut-il toujours que tu le voies tout en noir ?

— D'où sors-tu cela ? ai-je demandé, en affichant une grande perplexité. On dirait plutôt que toi, tu me vois tout en noir. »

Le coup de la candeur mystifiée demeurerait mon échappatoire pendant trois ans. Mais avec tout cela, l'atmosphère avait viré pour mon effet d'annonce, alors j'ai fait ma déclaration avec le minimum de cérémonie. Je crains que mes intentions n'aient été reçues comme un défi : tiens, avale, et digère ça si tu crois que je suis une mère indigne.

« Waouh ! as-tu fait. Tu es sûre ? C'est un sacré pas.

— Je me suis rappelé ce que tu as dit à propos de Kevin et de l'apprentissage du langage, que peut-être il avait mis tant de temps parce qu'il voulait le faire correctement. Eh bien, moi aussi je suis perfectionniste. Or je n'assume correctement ni AWAP ni mon rôle de mère. Au travail, je multiplie les jours d'absence sans prévenir, et les publications prennent du retard sur le programme. Dans le même temps, Kevin se réveille sans savoir qui va s'occuper de lui pendant la journée, sa mère ou une mercenaire désespérée qui prendra la poudre d'escampette dès la fin de la semaine. Je pense essentiellement à la période avant la scolarisation de Kevin. Et en plus la chose pourrait être bénéfique aussi à W&P. Amener de nouvelles perspectives, des idées neuves. Ma voix domine peut-être un peu trop dans la série.

— Toi, t'es-tu exclamé, horrifié, dominatrice ?

— GNAAAAA ? Gna-gna-gna-gna ?

« — Kevin, ça suffit ! ai-je dit. Tu arrêtes. Laisse Maman et Papa...

— GNA-gna, gna-gna-gna... ! Gna Gna-gna...

— Je parle sérieusement, Kevin. Tu cesses les "gna-gna", ou nous partons.

— Gna gna gna-gna-gna, gna-gna. Gna gna gna gna-gna, gna gna gna-gna. »

Je ne sais pas pourquoi je l'ai menacé de partir, sans que rien n'indique son envie de rester. J'ai ainsi goûté pour la première fois ce qui allait devenir un dilemme chronique : comment punir un gamin opposant une indifférence quasiment zen à tout ce qu'on pouvait lui refuser ?

« Eva, tu ne fais qu'aggraver les choses...

— Quelle solution préconises-tu pour qu'il la boucle ?

— Gna gna-gna-gna gna-gna-gna-gna gna gna gna gna ? »

Je l'ai giflé. Pas très fort. Il a eu l'air ravi.

« Où as-tu appris cette méthode ? » as-tu interrogé sombrement. Et il s'agissait bien d'une méthode : ta question a été la première phrase du repas à ne pas être traduite en « gna-gna ».

« Franklin, il faisait de plus en plus de bruit. Les gens commençaient à nous regarder. »

Kevin s'est alors mis à pleurnicher. Les larmes arrivaient un peu tard, selon moi. Je n'ai pas été émue. Je l'ai laissé pleurer.

« On nous regarde parce que tu l'as frappé, as-tu dit *sotto voce*, soulevant ton fils pour le câliner sur tes genoux, tandis que les petits sanglots enflaient et devenaient hurlements. « Ça ne se fait plus, Eva.

242

Pas ici, en tout cas. Je crois qu'ils ont voté une loi. Ou en tout cas ils auraient dû. C'est considéré comme une agression.

— Je gifle mon propre fils, et je me fais arrêter ?

— Il existe un consensus pour dire que la violence n'est pas un argument de persuasion. Ce qui est incontestablement vrai. Je ne veux pas que tu recommences, Eva. Plus jamais. »

En clair : je mets une gifle à Kevin, tu m'en mets une. Compris.

« Peut-on sortir d'ici, je te prie ? » ai-je proposé avec froideur. Kevin avait baissé de régime et en était à des restes de sanglots, mais il pouvait facilement tenir le decrescendo encore dix bonnes minutes. Un vrai chant d'amour, bon sang. Bravo l'artiste.

Tu as fait signe pour avoir l'addition. « Ce n'est pas franchement le contexte dans lequel je voulais annoncer ma nouvelle à moi, as-tu dit en mouchant le nez de Kevin dans une serviette. Parce que j'ai aussi une vraie nouvelle. Je nous ai acheté une maison. »

J'ai mis un moment à réagir. « Tu nous as ACHETÉ une maison. Tu n'as pas trouvé une maison à me faire visiter. L'affaire est conclue…

— Si je ne me mouillais pas, elle allait me filer sous le nez. Par ailleurs, tu n'étais pas intéressée. Je croyais que tu serais contente, heureuse que ce soit chose faite.

— Parfait. Je suis aussi contente qu'on peut l'être de quelque chose dont on ne voulait pas dès le début.

— Nous y voilà, hein ? Tu ne peux pas te rallier à un projet qui ne vient pas de toi. Si le SUBUR-BAWAP n'est pas ton œuvre personnelle et exclusive, rien ne va plus. Bonne chance à toi pour la délégation de pouvoirs au bureau. Ça ne t'est pas très naturel. »

Tu as laissé un pourboire généreux. Les trois dollars, me suis-je dit, c'était pour maquiller le visage « plein de caca ». Tes gestes étaient mécaniques. Je voyais que tu étais blessé. Tu avais cherché loin, et beaucoup, pour trouver cette maison, tu étais impatient d'annoncer ta grande nouvelle, et la propriété avait dû te séduire, sinon tu ne l'aurais pas achetée.

« Excuse-moi », ai-je chuchoté en t'accompagnant vers la sortie tandis que les autres clients louchaient discrètement dans notre direction. Je suis simplement fatiguée. En fait je suis très contente. J'ai hâte de la voir.

— Gna gna gna-gna-gna gna-gna-gna. Gna gna, gna gna GNA gna-gna… »

J'ai pensé : *Tout le monde dans ce restaurant est content qu'on s'en aille.* J'ai pensé : *Je suis devenue une de ces personnes qui me faisaient pitié.* J'ai pensé : *Et qui me font toujours pitié, d'ailleurs.*

Plus que jamais.

*Eva*

1ᵉʳ janvier 2001

*Cher Franklin,*

Disons que c'est pour bien commencer l'année, vu qu'il y a des années que je cherche le moyen de te le dire : cette maison, je la détestais. Je l'ai détestée au premier regard. Et je n'ai jamais varié. Chaque matin, j'ai ouvert les yeux sur ses surfaces lisses, son design élégant, ses horizontales parfaites, et je l'ai gaillardement détestée.

Je reconnais que le district de Nyack, boisé et donnant directement sur l'Hudson, était un bon choix. Tu avais gentiment opté pour le comté de Rockland, dans l'État de New York, plutôt que pour un endroit dans le New Jersey, État dont je ne doute pas qu'il recèle des tas de lieux charmants à habiter, mais qui avait un écho meurtrier sur moi. À Nyack même, l'intégration raciale était une réalité et, à l'œil nu, l'endroit était plutôt populaire, avec la même pointe de décadence qu'à Chatham – sauf qu'à la différence de Chatham le côté simple et sans présomption était illusoire, vu que depuis plusieurs décennies les nouveaux arrivants étaient tous pleins aux as. Main Street était un défilé permanent d'Audi et de BMW, les bouges servaient des *fajitas* hors de prix et les bars à vin fleurissaient, les baraques en bois excentrées se vendaient à sept cent mille dollars, et la seule prétention de Nyack était son absence de prétention. À l'opposé de Gladstone même, je le crains, une ville-dortoir relativement nouvelle, au nord, dont le centre minuscule – avec faux becs de gaz, clôtures en bois, commerces du genre Ye Olde Sandwich Shoppe – illustrait parfaitement le concept « à l'ancienne ».

En fait, j'ai senti mon cœur se serrer dès que tu as engagé fièrement le pick-up dans la longue allée solennelle partant de Palisades Parade. Tu ne m'avais rien dit de l'endroit pour que la « surprise » soit complète. Eh bien, pour une surprise, elle était de taille. Un vaste espace de plain-pied, avec toit-terrasse, tout en vitres et briques bises, qui au premier coup d'œil ressemblait au siège d'un organisme philanthropique politiquement neutre œuvrant pour la résolution des conflits, avec plus d'argent qu'il n'en pouvait dépenser, et où l'on décernait des « prix de la Paix » à Mary Robinson et Nelson Mandela.

N'avions-nous jamais parlé de ce que j'avais en tête ? Tu devais bien en avoir une idée. La maison de mes rêves était vieille, victorienne. Si elle devait être grande, alors elle serait aussi haute, deux étages plus un grenier, pleine de coins et recoins dont la raison d'être originale se serait envolée – quartier des esclaves et garage à bateau, caves à bulbes et fumoirs, monte-charge et chemins de la veuve. Une maison qui tombait en morceaux, qui suintait l'histoire et perdait des ardoises, qui avait grand besoin de bricoleurs du samedi pour réparer sa balustrade branlante, pendant que le délicat parfum de gâteaux en train de refroidir dans la cuisine montait dans les étages. Je l'aurais meublée avec des canapés d'occasion aux housses fleuries passées et râpées, des tentures de vide-grenier avec embrases en passementerie, des dessertes en acajou sculpté et des miroirs piqués. À côté de la balancelle de la galerie, des géraniums rivaliseraient pour déferler d'un vieux seau à traire en fer-blanc. Personne n'encadrerait jamais ni ne vendrait aux enchères comme antiquités américaines valant des milliers de dollars nos vieux quilts élimés ; chez nous, ils seraient sur les lits et nous les userions jusqu'à la trame. Comme la laine fait des peluches, la maison semblerait accumuler le bric-à-brac spontanément : une bicyclette avec les patins de freins usés et un pneu crevé, des dossiers de chaise dont les barreaux auraient besoin d'être recollés, un vieux placard d'angle en bois massif peint d'un bleu immonde dont je répéterais en permanence que j'allais le décaper, sans jamais le faire.

Je ne poursuivrai pas, parce que tu vois très exactement ce dont je parle. Je sais que ces maisons sont difficiles à chauffer et pleines de courants d'air. Je sais que la fosse septique ne pourrait que fuir, que les factures d'électricité atteindraient des sommets. Je sais que tu serais angoissé par le vieux puits dans le jardin qui constituerait un danger pour les gamins du voisinage, parce que je suis capable de me faire une image si précise que je peux traverser le jardin en friche les yeux fermés, et tomber moi-même dans ce fameux puits.

En m'extrayant du pick-up pour me retrouver sur le terre-plein demi-circulaire en face de notre nouvelle demeure, je me suis dit : « demeure », c'est bien le mot qui convient. Ma maison idéale, elle était douillette et protégée du monde extérieur ; donnant sur l'Hudson (la vue était certes époustouflante), ces larges baies vitrées promettaient une maison éternellement ouverte. Du gravier rose et des allées dallées entouraient l'ensemble comme un unique et grand paillasson. La façade et l'allée centrale étaient bordées d'arbustes bas. Pas de noyers noirs, pas de fouillis de genêts sauvages ni de mousse, rien que des arbustes. Et autour ? De la pelouse. Pas même la douce et fraîche pelouse dont les brins d'herbe brillante donnent des envies de sieste avec citronnade et abeilles, mais le genre dru et rêche, comme ces tampons verts à récurer les casseroles.

Tu as ouvert la porte d'un coup. Le vestibule menait dans une salle de séjour grande comme un terrain de basket, puis, en montant deux marches basses, on accédait à la « salle à manger », partiellement séparée de la cuisine par une cloison avec passe-plat – pour passer un mets à base de tomates séchées, à coup sûr. Je n'avais toujours pas aperçu de portes. La panique m'a pris : aucun endroit où se cacher.

« Ose dire que ce n'est pas spectaculaire », as-tu déclaré.

À quoi j'ai répondu en toute franchise : « Je suis médusée. »

J'aurais cru qu'un petit enfant, lâché sur un vaste espace sans meubles, mais doté d'un plancher ciré resplendissant à la lumière insipide du soleil, se mettrait à courir dans tous les sens, à faire de longues glissades sur ses chaussettes, à rire et à ramper, absolument pas perturbé par ce terrain vague aseptisé – un terrain vague, Franklin – dans lequel il avait été déposé. Au lieu de quoi, Kevin se laissait pendre au bout de ton bras comme un poids mort, peu pressé de « partir en exploration ». Il a marché sans conviction jusqu'au milieu de la salle de séjour et il s'est assis. La sensation de n'avoir aucun lien de parenté avec mon fils, je l'avais maintes fois éprouvée, mais à cet instant précis – avec les billes vides de ses yeux d'Annie l'orpheline, l'enthousiasme d'un tas de cire fondue et ses mains qui battaient le parquet comme des poissons sur un quai – je n'aurais pu me sentir plus semblable à lui.

« Tu vas voir la chambre de maître, as-tu dit en m'attrapant la main. Les puits de lumière sont spectaculaires.

— Des puits de lumière ! » ai-je finement dit.

Tous les angles de notre monumentale chambre à coucher étaient de guingois, le plafond était en pente. Le résultat était perturbant, et la défiance manifeste vis-à-vis du classicisme des parallèles et des perpendiculaires, comme l'embarras de l'ensemble de l'architecture face au concept de pièce, créait une certaine insécurité.

« C'est autre chose, hein ?

— C'est autre chose ! » À un certain moment, au cours des années quatre-vingt-dix, les grandes surfaces de teck allaient devenir has been. Nous n'y étions pas encore, mais je sentais le tournant proche.

Tu as fait fonctionner notre panier à linge en teck, intégré, qui devenait astucieusement banc, avec un coussin jaune smiley fixé sur le couvercle. Tu as fait rouler les portes du placard sur leurs rails impeccables. Toutes les parties mobiles de la maison étaient silencieuses, toutes les surfaces lisses. Les portes du placard n'avaient pas de boutons. Aucune boiserie n'était gondée. Les tiroirs avaient de jolies encoches. Les placards de la cuisine s'ouvraient et se fermaient d'un doigt. Franklin, la maison entière était sous Zoloft.

Tu m'as fait sortir par les portes-fenêtres coulissantes, sur la terrasse en bois. Je me suis dit : j'ai une terrasse. Je ne crierai jamais : « Je suis dans la véranda », mais : « Je suis sur la terrasse ». Je me suis encore dit : ce n'est qu'une question de mot. Sauf que la terrasse en question appelait les barbecues avec les voisins, ce que je n'aimais guère. Les steaks d'espadon passant de crus à carbonisés en une minute, très peu pour moi.

Chéri, je sais que j'ai l'air d'une ingrate. Tu avais cherché activement, traitant avec autant de sérieux la tâche de nous trouver une maison qu'un repérage pour Gillette. Je connais mieux les problèmes immobiliers de la région, à présent, alors je crois volontiers que tous les autres biens sur le marché que tu as visités étaient carrément hideux. Ce qui n'était pas le cas de cette maison. Ceux qui l'avaient construite n'avaient pas regardé à la dépense. (À bas les gens qui ne regardent pas à la dépense ! Je ne les connaissais que trop bien, puisque ce sont aussi les voyageurs qui dédaignent AWAP pour des vacances « à l'étranger » dont le confort relève selon eux de l'expérience des portes de la mort.) Les bois étaient précieux – à plus d'un sens –, les robinets plaqués or. Les précédents propriétaires les avaient fait faire à leur goût exact. Tu nous avais acheté la maison de rêve d'une autre famille.

Je le voyais. Notre couple besogneux progresse de la location miteuse à une série de niveaux intermédiaires ne suscitant aucun commentaire, jusqu'à ce que, un jour, un héritage, une montée de la Bourse, une promotion… Ils ont enfin les moyens de faire sortir du sol « la maison qui satisfait tous leurs désirs ». Ce couple est attentif au moindre détail, choisissant longuement où cacher chaque placard, comment assurer joliment la transition entre l'espace vie et le bureau. (« Avec une PORTE ! » ai-je envie de crier, mais mon avis désespérément banal arrive trop tard.) Tous ces angles novateurs sont pleins de dynamisme sur le papier. Même les arbustes sont adorables quand ils mesurent deux centimètres et demi.

Mais j'ai ma théorie à propos des maisons de rêve. Ce n'est pas pour rien que le mot « folie » désigne à la fois une bêtise audacieuse et une construction coûteusement décorative. Parce que je n'ai jamais vu une maison de rêve qui fonctionne à l'usage. Certaines, comme la nôtre, fonctionnent « presque », mais les cas de désastre total sont aussi fréquents. Une partie du problème est que, en dépit de tout l'argent que l'on peut dépenser pour avoir de somptueuses boiseries en chêne, une maison sans histoire restera forcément peu de chose vue sous un autre angle. Autrement, le problème semble tenir à la nature même de la beauté, qualité étonnamment insaisissable, et que l'on peut rarement acheter d'entrée de jeu. Elle se volatilise sous trop d'efforts. Elle récompense le hasard, et, surtout, elle daigne arriver sur un caprice, par accident. Au cours de mes voyages, je suis devenue une adepte de l'art trouvé : un rayon de lumière sur une usine d'armes désaffectée de 1914, un panneau d'affichage abandonné où l'usure des couches successives de papier révèle un troublant *pentimento*, collage de Coca-Cola, Chevrolet et Burma Shave, des pensions à prix cassés où les coussins fanés forment une harmonie parfaite et involontaire avec les rideaux frémissants et blanchis par le soleil.

De confondante façon, donc, ce Xanadu à Gladstone se serait matérialisé, poutre après poutre, dans une déception destructrice de l'âme. Les maçons avaient-ils coupé des angles, un architecte arrogant avait-il pris des libertés avec ces plans laborieux ? Pas du tout. Jusqu'à la torture lisse des placards de la cuisine, les plans visionnaires avaient été respectés à la lettre. Ce mausolée dans Palisades Parade avait surgi exactement comme ses créateurs l'avaient voulu, et c'était justement ce qui le rendait si déprimant.

Pour être juste, le gouffre qui sépare la capacité des gens à faire naître la beauté à partir de rien et celle de se contenter de savoir la reconnaître en la voyant a la profondeur de l'océan Atlantique. Faute de preuve du contraire, les propriétaires d'origine peuvent très bien avoir été dotés d'un goût exquis ; ce qui serait encore plus triste. Assurément, le fait que ces deux-là aient construit un spectacle d'horreur n'entame en rien ma théorie qu'ils savaient parfaitement, en plus, qu'ils étaient en train de construire un spectacle d'horreur. J'étais de plus convaincue que ni le mari ni la femme n'avait jamais avoué à l'autre l'éteignoir que cette atrocité inepte s'était révélée être, que chacun avait bravement prétendu que cette maison exauçait leurs vœux, en même temps que, en son for intérieur, il méditait d'en partir depuis le jour de leur emménagement.

Tu as dit toi-même que cette maison n'avait que trois ans. Trois ans ? Il en avait bien fallu autant pour la construire ! Qui se donne un mal pareil pour s'en aller aussi vite ? Peut-être Mr Proprio avait-il été muté à Cincinatti – encore que, dans ce cas, il avait accepté le poste ? Quelle autre raison aurait pu lui faire franchir cette porte balourde, hormis la répulsion qu'il éprouvait pour sa propre création ? Qui vivrait jour après jour avec les

253

défaillances de son imagination figées dans des briques ?

« Comment se fait-il, t'ai-je demandé lorsque tu m'as fait visiter le jardin paysager, que les gens qui ont fait construire cette maison l'aient vendue si vite ? Après avoir bâti une maison aussi clairement… ambitieuse ?

— J'ai eu l'impression que leurs vies prenaient plus ou moins des routes différentes.

— Un divorce.

— Ce n'est pas comme si la maison devenait maudite pour autant. »

Je t'ai regardé avec curiosité. « Ce n'est pas ce que j'ai dit.

— Si les maisons transmettaient ce genre de maladie, as-tu craché, pas une baraque dans ce pays ne serait sûre pour un mariage heureux. »

Maudite ? Tu avais manifestement eu l'intuition que, aussi raisonnable en soi que puisse être le choix de la banlieue – grands parcs, air pur, bonnes écoles –, nous nous étions dangereusement éloignés. Pourtant, ce qui me frappe aujourd'hui est moins ta prémonition que ta capacité à l'ignorer.

Quant à moi, je n'ai eu aucune prémonition. J'étais seulement stupéfaite d'avoir atterri à Gladstone, New York, après la Lettonie et la Guinée équatoriale. L'impression de me tenir debout dans les rouleaux, à Far Rockaway, pendant une forte marée ramenant des saletés en tout genre, et d'avoir peine à garder mon équilibre tandis que notre nouvelle acquisition lâchait ses vagues successives de pure laideur. *Comment avais-tu pu ne pas le voir ?*

À cause peut-être de cette tendance naturelle qui te poussait toujours à voir le bon côté des choses. Dans les restaurants, si les quinze pour cent de service faisaient dix-sept dollars, tu laissais un billet de vingt. Si nous venions de passer une soirée parfaitement ennuyeuse avec de nouvelles relations, je les rayais de la liste, alors que toi, tu voulais leur donner une seconde chance. Lorsque cette Italienne que je connaissais à peine, Marina, avait débarqué dans le loft pour deux nuits, et qu'ensuite ta montre avait disparu, j'étais folle de rage ; toi, tu as été d'autant plus convaincu de l'avoir oubliée à la salle de sport. On était censé s'amuser en déjeunant avec Brian et Louise ? Eh bien, le déjeuner était très drôle. Tu avais apparemment le don d'accommoder en gommant les angles vifs. Pendant que tu me faisais visiter dans les règles notre nouvelle propriété, ton discours d'agent immobilier accrocheur contrastait avec une lueur d'émotion dans tes yeux, comme si tu me suppliais de jouer le jeu. Tu as parlé sans interruption, de la vitesse avant toute chose, et un rien d'hystérie est venu fatalement trahir tes propres doutes concernant ce 12, Palisades Parade, qui n'était pas un tour de force architectural, mais un ratage ostentatoire. Pourtant, grâce à un mélange d'optimisme, de désir et de panache, tu as continué à en voir les aspects positifs. Si ce genre de procédé peut être qualifié plus crûment de mensonge, on peut aussi plaider que l'illusion est une variante de la générosité. Après tout, avec Kevin, tu as fait dans la version résolument optimiste depuis le jour de sa naissance.

Moi, je suis une perfectionniste. J'aime que mes photos soient nettes. Au risque de la tautologie, je n'aime les gens que dans la mesure où je les aime. Je mène une vie émotive d'une telle rigueur arithmétique, avec deux ou trois chiffres après la virgule, que je suis même prête à accepter des degrés d'agréabilité chez mon propre fils. En d'autres termes, Franklin, je laisse dix-sept dollars.

J'espère t'avoir persuadé que je trouvais la maison très jolie. C'était la première grande décision que tu prenais seul pour nous deux, et je n'allais pas commencer à tout critiquer sous prétexte qu'à la perspective de vivre là j'avais envie de m'ouvrir les veines. Dans ma tête, je me suis dit que l'explication n'était pas dans ton sens de l'esthétique, différent ou inexistant, mais dans le fait que tu étais influençable. Je n'étais pas là pour te glisser à l'oreille des commentaires sur les passe-plats. En mon absence, tu es revenu au goût de tes parents.

Ou à une version modernisée de ce goût. Palisades Parade tentait désespérément, et fatalement, d'être dans le coup ; la maison construite par tes parents, à Gloucester, Massachusetts, était une boîte à sel dans la tradition de la Nouvelle-Angleterre. Sauf que la qualité qui ne lésine pas sur les moyens et la foi innocente en la beauté des choses se voyaient à l'œil nu.

Quand je souriais de la devise de ton père : « Tout est dans le matériau », ce n'était pas entièrement à ses dépens. Jusqu'à un certain point, je voyais la valeur de gens qui font les choses, et qui font avec une grande exigence de qualité : Herb et Gladys avaient construit leur maison, ils fumaient leur saumon, ils brassaient leur bière. Mais je n'avais jamais rencontré deux personnes existant aussi exclusivement en trois dimensions. Les seules fois où j'ai vu ton père s'exciter, c'était sur un manteau de cheminée en ronce d'érable ou une bière brune à la mousse crémeuse, et je crois que c'était la perfection physique statique qu'il exaltait ; s'asseoir devant le feu, boire la bière étaient des pensées qui venaient après coup. Ta mère cuisinait avec la précision d'une chimiste et nous mangions bien lors de nos visites. Ses tartes meringuées à la framboise, qu'on aurait crues découpées dans une revue malgré, une fois de plus, la nette impression que j'avais que le but recherché était l'objet tarte, et que le fait de les manger, de poignarder sa création, était une sorte de vandalisme. (Symptomatique que ta mère à la minceur cadavérique soit une cuisinière merveilleuse mais sans appétit.) Si la chaîne de production des marchandises semble mécanique, leur goût l'est aussi. J'éprouvais toujours un petit soulagement en quittant la maison de tes parents, et ils étaient tellement gentils avec moi, matériellement s'entend, que chaque fois je me sentais ingrate.

Reste que tout, dans leur maison, était astiqué pour avoir un lustre uni et plat, tout ce lustre visant à dissimuler le fait qu'il n'y avait rien dessous. Ils ne lisaient pas ; il y avait quelques livres, une série d'encyclopédies (leurs reliures bordeaux réchauffaient un peu le coin bureau), mais les seuls volumes vraiment consultés étaient des manuels divers pour faire les choses soi-même, des livres de recettes, et un duo égaré, les volumes un et deux de *Comment ça marche*. Ils n'avaient aucune compréhension de ce qui pouvait inciter quiconque à regarder un film qui finit mal ou acheter un tableau qui ne soit pas joli. Ils possédaient une stéréo haut de gamme, avec des baffles à mille dollars pièce, mais ils n'avaient qu'une poignée de CD, de la musique facile à écouter, compiles et autres : *Les Grands Airs d'Opéra*, *Les Grands Succès classiques*. On peut conclure à une certaine paresse, mais je pense que c'était pire : ils ne savaient pas à quoi sert la musique.

Dans ta famille, on peut dire la même chose de toutes les cases de la vie : ils ne savent pas à quoi ça sert. Ils sont très forts en mécanique ; ils savent faire fonctionner un engrenage, mais ils pensent qu'ils construisent un objet qui est lui-même sa propre fin, comme ces gadgets qu'on pose sur les tables basses, dont les boules en métal inox s'entre-choquent dans un mouvement de balancier stérile jusqu'au moment où le bruit les irrite. Ton père a été profondément malheureux quand leur maison a été achevée, non pas parce que certaines choses n'allaient pas, mais parce qu'il n'y avait rien qui n'allait pas. Sa cabine de douche aux parois de verre hermétiques et au pommeau à haute pression était impeccablement installée, et de même qu'il se mobilisait pour choisir négligemment un CD offrant une sélection banale afin de le mettre dans sa somptueuse hi-fi, je l'imaginais facilement courant se rouler dans la terre pour fournir à sa douche quotidienne une raison d'être. De ce point de vue, leur maison est si nette et si rutilante et si impeccable, si largement équipée d'ustensiles pour pétrir, couper en julienne, décongeler et trancher les bagels, qu'elle pourrait se passer de ses occupants. Parce que ses habitants qui rotent, chient et renversent le café sont les seuls éléments de désordre d'une biosphère autrement immaculée et autosuffisante.

Nous avons longuement parlé de cela lors de nos visites, évidemment – longuement et en détail, dans la mesure où, suralimentés et à quarante minutes de la salle de cinéma la plus proche, disséquer la vie de tes parents nous servait de divertissement. Le problème est que, lorsque Kevin... *ce* JEUDI... bref, ils n'étaient pas préparés. Ils n'avaient pas acheté la machine ad hoc, comme leur épépineuse de framboises, fabriquée en Allemagne, celle qui pourrait traiter ce genre d'événement et lui trouver un sens. Ce qu'avait fait Kevin n'était pas rationnel. Il n'y avait pas un moteur qui tournait plus régulièrement, pas de poulie ayant gagné en efficacité ; pas de bière brassée, pas de fumage de saumon. Pas de calcul ; seulement une totale débilité physique.

L'ironie est que, pour avoir toujours déploré son absence de zèle protestant, tes deux parents ont néanmoins plus en commun avec Kevin que personne à ma connaissance. S'ils ne savent pas à quoi sert la vie, ni quoi faire de cette vie, Kevin ne le sait pas non plus ; de façon intéressante, tant tes parents que ton fils aîné ont une sainte horreur du « temps libre ». Ton fils fonçait toujours tête baissée contre cette antipathie, ce qui implique un certain courage, quand on y pense ; il n'a jamais été du genre à se bercer de l'illusion qu'en remplissant ce temps il le consacrait à une chose utile. Pas du tout – tu te souviendras de sa façon de rester des heures assis sur place à bouillir, fulminer et ne rien faire sinon maudire chaque seconde de chaque minute de son samedi après-midi.

Pour tes parents, bien sûr, la perspective de l'inactivité est effrayante. Ils n'ont pas assez de tempérament pour affronter le néant, comme le faisait Kevin. Ton père passait son temps à bricoler, huiler les rouages de la vie quotidienne, tout en sachant que la tâche terminée lui offrirait un supplément de confort qui ne ferait qu'alourdir encore son odieux fardeau de temps libre. Pire, en installant un adoucisseur d'eau ou un système d'arrosage automatique, il n'avait absolument aucune idée de l'amélioration qu'il tentait d'apporter. L'eau calcaire offrait l'heureuse perspective d'un détartrage régulier et méticuleux de l'arrivée d'eau, à côté de l'évier de la cuisine, et il aimait assez arroser le jardin au jet. La différence entre Kevin et ton père est que ce dernier allait installer l'adoucisseur d'eau de lui-même, et sans raison valable, alors que Kevin, certainement pas. L'absence de bonne raison n'a jamais été un souci pour ton père. Pour lui, la vie est une série de cellules et d'impulsions électriques, la vie est de la matière, ce qui précisément lui fait dire que le matériau fait tout. Et cette vision prosaïque le satisfait – ou le satisfaisait. Là est le contraste ; Kevin aussi soupçonne que la matière est tout. Il se trouve simplement qu'il se fiche de la matière.

Je n'oublierai jamais la première visite que j'ai rendue à tes parents, après ce fameux JEUDI. Je reconnais avoir remis l'échéance, ce qui était une faiblesse. Je suis sûre que la difficulté aurait été colossale, même si tu avais pu m'accompagner, sauf que bien sûr, ta situation irréversible l'empêchait. Seule, sans le cartilage que constituait leur fils, j'ai dû affronter le fait brut qu'il n'y avait plus de lien organique entre nous, et je crois qu'ils ont éprouvé tous les deux la même rupture. Quand ta mère a ouvert la porte, elle est devenue blême, mais lorsqu'elle m'a priée d'entrer, l'invitation polie aurait aussi bien pu s'adresser à un vendeur d'aspirateurs Hoover.

Qualifier ta mère de rigide serait injuste, mais elle tient beaucoup aux convenances. Elle aime savoir ce qu'il convient de faire dans l'instant et ce qui va se passer ensuite. C'est pour cela qu'elle adore les repas élaborés. Les menus fixes la reposent, la soupe avant le poisson, et elle ne résiste pas, comme je l'aurais fait, à l'abrutissement que représentent la préparation, le service, puis la vaisselle de trois repas quotidiens, qui peuvent dévorer le temps d'une cuisinière du matin jusqu'au soir. Elle ne lutte pas, comme moi, contre la contrainte des conventions ; c'est une personne vaguement bien intentionnée mais dépourvue d'imagination, et pleine de gratitude envers les règles. Hélas, il n'existe apparemment pas d'étiquette – à ce jour –

pour offrir une tasse de thé à votre ancienne belle-fille après que votre petit-fils a commis un massacre.

Elle m'a fait asseoir dans le grand salon, au lieu du petit bureau plus intime, ce qui était une erreur ; la rigidité des hauts dossiers des fauteuils n'a servi qu'à accentuer par contraste la chute libre des règles. Les couleurs du velours, vert d'eau et rose poudré, accusaient un tel décalage avec la lividité brillante du motif sous-jacent de ma visite qu'elles en devenaient glauques et légèrement nauséeuses : les couleurs de la décrépitude. Ta mère a filé à la cuisine. J'étais sur le point de lui crier de ne pas se déranger, parce que je ne pouvais vraiment rien avaler, quand j'ai pris conscience que lui refuser ce petit délai affairé dont elle était fort reconnaissante serait trop cruel. J'ai été jusqu'à me forcer, un peu plus tard, à manger une de ses torsades feuilletées au gruyère, malgré un petit haut-le-cœur.

Gladys est une femme tellement tendue et nerveuse que sa fragile raideur – et je ne veux pas dire qu'elle est incapable de chaleur ou de gentillesse –, sa fragile raideur physique lui avait évité de changer. Certes, les rides du front avaient pris une expression de permanente perplexité ; ses yeux regardaient dans toutes les directions avec plus de frénésie que d'habitude, et sur son visage s'inscrivait, surtout lorsqu'elle n'était pas consciente de mon regard, un côté perdu qui rappelait la petite fille qu'elle avait dû être. L'effet global était celui d'une femme touchée, mais les éléments constitutifs de cet effet étaient tellement ténus qu'un objectif aurait pu ne pas les fixer sur la pellicule.

Quand ton père est remonté du sous-sol (j'ai entendu ses pas dans l'escalier et j'ai combattu l'angoisse ; malgré ses soixante-quinze ans, il avait toujours été un homme vigoureux et les pas étaient trop lents, et trop lourds), le changement était tout sauf ténu. Ses bleus de travail flottaient sur son corps et pendaient de tous les côtés. Il ne s'était écoulé que six semaines, et j'ai été interloquée que l'on pût perdre autant de poids en si peu de temps. Toute la chair de son visage fripé s'était affaissée : les paupières inférieures, flasques, découvraient une bande rouge ; ses joues ressemblaient à celles d'un bouledogue. Je me suis sentie coupable, contaminée par la conviction destructrice de Mary Woolford clamant qu'il devait bien y avoir un responsable. Ce qui était aussi l'opinion de ton père, du reste. Il n'a pas l'esprit vengeur, mais c'est un fabricant d'outils informatiques en retraite (en d'autres termes, il faisait des machines pour fabriquer d'autres machines) qui prend les questions de responsabilité civile et d'amélioration des pratiques professionnelles avec le plus grand sérieux. Kevin s'était avéré défectueux, et il était de ma fabrication.

Raclant ma tasse étroite contre sa soucoupe dorée, je me sentais mal à l'aise. J'ai demandé à ton père des nouvelles de son jardin. Il m'a regardée d'un air confus, comme s'il avait oublié qu'il avait un jardin. « Les myrtilles, s'est-il souvenu douloureusement, commencent juste à donner. » Le mot « donner » est resté en suspens. Les myrtilles donnaient peut-être, mais lui restait en suspens, avec ses paroles.

« Et les pois de senteur ? Vous avez toujours cultivé de si jolis pois de senteur. »

Il a cligné. Les pendules ont sonné quatre heures. Il n'a jamais répondu à propos des pois de senteur, et notre silence contenait une atroce nudité. Nous venions de révéler que toutes les autres fois où je lui avais posé la question, je me moquais bien de ses pois de senteur, et que toutes les autres fois où il m'avait répondu, il se moquait bien de me répondre.

J'ai baissé les yeux. Je me suis excusée de ne pas être venue avant. Ils n'ont fait aucun bruit pour dire : nous comprenons, ce n'est pas grave. Ils n'ont fait aucun bruit, comme des mots prononcés, alors j'ai continué de parler.

J'ai dit que j'avais eu le désir d'assister à tous les enterrements si ma présence était acceptée. Tes parents n'ont pas eu l'air étonnés par l'absence de logique ; nous avions de fait parlé de ce JEUDI dès l'instant où ta mère avait ouvert la porte. J'ai dit que je ne voulais pas être indélicate, que j'avais donc appelé les parents au préalable : deux fois on m'avait raccroché au nez. Certains m'avaient suppliée de me tenir à l'écart ; ma présence serait « indécente », avait dit Mary Woolford.

Ensuite, j'ai parlé à tes parents de Thelma Corbitt – tu te souviens, son fils Denny était ce grand garçon roux et longiligne, l'acteur en herbe – qui m'a répondu si gentiment que j'en avais été gênée. J'ai suggéré à ta mère que la tragédie semble faire éclore toute une série de qualités inattendues chez les gens. J'ai dit qu'on avait l'impression que certaines personnes (je pensais à Mary) se retrouvaient scellées dans un emballage sous vide, tel un repas sous plastique alimentaire, et ne savaient plus que transpirer dans leur enfer personnel. D'autres semblaient avoir le problème exactement inverse, comme si la catastrophe les avait plongées dans l'acide, les dépouillant de la couche d'épiderme qui jadis les protégeait de la fronde et des flèches de la fortune enragée, d'autrui. Pour ceux-là, le simple fait d'arpenter la rue dans le sillage vénéneux de chaque inconnu devenait une torture, un cheminement douloureux au travers du divorce de tel homme, et du cancer de la gorge incurable de telle femme. Ils étaient eux aussi en enfer, mais c'était l'enfer de tout le monde, ce vaste océan tourmenté et sans fin du gâchis toxique.

Je doute de l'avoir formulé aussi joliment que cela, mais j'ai dit que Thelma Corbitt était le genre de femme que son tourment personnel ouvre à celui des autres. Et je n'ai évidemment pas infligé à tes parents l'intégralité de la conversation téléphonique, mais toutes les phrases me sont revenues, spontanément : Thelma admirant immédiatement le « courage » qu'il avait dû me falloir pour décrocher le téléphone, et m'invitant aussitôt aux obsèques de Denny, mais uniquement si cela n'était pas trop douloureux pour moi. J'ai confié à Thelma qu'exprimer mon propre chagrin face à la mort de son fils me serait peut-être une aide, et pour une fois j'ai senti que je ne me contentais pas de faire

les gestes et de prononcer les mots que j'étais censée prononcer. Incidemment, Thelma a expliqué
que Denny avait été baptisé du nom de la chaîne
de restaurants où son mari et elle avaient eu leur
premier rendez-vous. J'ai failli l'empêcher de poursuivre, parce qu'il me semblait plus facile pour moi
d'en savoir le moins possible sur son fils, mais elle
était manifestement convaincue que nous nous
sentirions mieux l'une et l'autre si je savais exactement qui mon fils avait assassiné. Elle a dit que
Denny avait répété pour la troupe de théâtre du
collège qui avait choisi pour la représentation du
printemps la pièce de Woody Allen *Don't Drink the
Water* et qu'elle l'aidait à apprendre son texte. « Il
nous a fait tordre de rire », a-t-elle dit spontanément. J'ai répondu que je l'avais vu l'année précédente dans *Un tramway nommé Désir* où il était
absolument génial (exagération de la vérité). Elle a
eu l'air ravie, ne serait-ce que du fait que son fils ne
soit pas pour moi un simple élément de statistique,
un nom dans le journal, ou une torture. Puis elle a
dit qu'elle se demandait si par rapport à eux tous je
n'étais pas celle pour qui les choses étaient le plus
dures. J'ai eu une réaction de recul. J'ai dit que ce
serait trop injuste ; après tout, j'avais encore mon
fils, et la chose qu'elle a dit alors m'a impressionnée : « Vraiment ? a-t-elle demandé. Vous êtes sûre
de l'avoir encore ? » Je n'ai pas répondu à cette
question, mais je l'ai remerciée de sa gentillesse, et
nous nous sommes ensuite perdues dans un tel
assaut de gratitude réciproque – une gratitude quasi
impersonnelle, sur le thème de : il n'y a pas que des

gens horribles sur cette terre – que nous nous sommes mises à pleurer toutes les deux.

Comme je l'ai dit à tes parents, donc, j'ai assisté aux obsèques de Denny. Je suis restée au fond. J'étais habillée en noir, bien que le noir pour les enterrements soit aujourd'hui démodé. Puis, dans la file pour présenter mes condoléances, j'ai tendu la main à Thelma en disant : « Je compatis sincèrement au deuil qui me frappe. » Ce sont mes paroles, un lapsus, une gaffe, mais j'ai pensé qu'il serait encore pire de rectifier – « qui *vous* frappe, je veux dire. » Pour tes parents, je délirais. Ils me regardaient, les yeux ronds.

Je me suis finalement réfugiée dans la logistique. Le système judiciaire est en soi une machine, et je pouvais en décrire les rouages, comme ton père m'avait un jour expliqué, avec une lucidité poétique, le fonctionnement des pots catalytiques. J'ai dit que Kevin avait été inculpé et placé en détention sans mise en liberté sous caution, et j'avais bon espoir que la terminologie, rendue familière par la télé, serait réconfortante ; à tort. (Elle est vitale, la paroi de verre lisse du petit écran. Les spectateurs n'ont pas envie que ces émissions déboulent sans retenue dans leur foyer, pas plus qu'ils ne souhaitent voir les eaux usées des autres faire déborder leurs toilettes.) J'ai dit que j'avais engagé le meilleur avocat que j'avais pu trouver – ce qui signifiait évidemment le plus cher. Je pensais avoir l'approbation de ton père ; lui-même achetait toujours du haut de gamme. Je faisais erreur.

Il est intervenu mollement : « Pour quoi faire ? »

Je ne l'avais jamais entendu poser cette question à propos de quoi que ce soit de toute sa vie. Tous les deux, nous critiquions toujours derrière leur dos l'aridité de leur âme.

« Je ne suis pas trop sûre, même si cela me semblait évident... Pour que Kevin prenne le minimum, j'imagine. » J'ai froncé le sourcil.

« C'est ce que vous désirez ? a demandé ta mère.

— Non... Ce que je désire, c'est remonter le temps. Ce que je désire, c'est ne jamais être née, si c'était pour en arriver là. Je ne peux pas avoir ce que je désire.

— Mais souhaiteriez-vous le voir puni ? » a insisté ton père. Attention, il n'y avait pas de courroux en lui ; il n'en avait pas l'énergie.

Je crains bien d'avoir ri. Un tout petit *pfff !* blasé. Mais qui n'en était pas moins déplacé. « Désolée, ai-je dit. Mais je leur souhaite bien du plaisir. J'ai passé le plus clair de ces seize années à essayer de punir Kevin. Rien de ce dont je le privais ne lui importait, pour commencer. Que va faire le tribunal pour mineurs de l'État de New York ? L'envoyer dans sa chambre ? J'ai essayé ça. Il n'avait pas franchement besoin de quoi que ce soit se trouvant en dehors de sa chambre, ni à l'intérieur d'ailleurs ; alors, quelle différence ? Et qu'ils ne comptent pas lui faire honte. On ne peut atteindre quelqu'un que s'il possède une conscience. On ne peut punir quelqu'un que s'il a des espoirs que l'on peut contrarier, ou des attachements que l'on peut rompre ; quelqu'un qui se soucie de ce que l'on pense de lui. On ne peut punir que des gens qui ont déjà un tout petit quelque chose de bon en eux.

— On pourrait au moins faire en sorte qu'il ne puisse plus nuire à personne », a suggéré ton père.

Un produit défectueux, on le rappelle et il est retiré du marché. J'ai dit, non sans provocation : « Il y a une campagne en ce moment pour réclamer qu'il soit jugé comme un adulte et condamné à mort.

— Et vous, quel est votre sentiment ? » a interrogé ta mère. Une première : tes parents m'avaient demandé si *A Wing and a Prayer* serait un jour célèbre ; ils avaient demandé si ces gadgets à vapeur pressaient les pantalons aussi bien qu'un fer à repasser ; ils ne s'étaient encore jamais enquis de mes sentiments.

« Kevin n'est pas un adulte. Mais sera-t-il différent le jour où il le sera ? » (Techniquement, il peut s'agir de spécialités différentes, mais le style « carnage au bureau » n'est jamais qu'un « massacre au collège » pour les plus grands.) « Sincèrement, il y a des jours où… (Je regardais tristement par leur baie vitrée.) … je voudrais qu'ils prononcent la peine de mort. Pour en finir. Mais c'est peut-être aussi pour me décharger moi.

— Tout de même, vous ne vous faites pas de reproches, chérie ! » a bien articulé ta mère, malgré une pointe de nervosité ; si je m'en faisais, elle ne voulait surtout pas le savoir.

« Je n'ai jamais été trop contente de ce qu'il était, Gladys. » Je l'ai regardée droit dans les yeux, de mère à mère. « Je suis consciente qu'il est très banal pour des parents de prendre un air sévère pour dire à son enfant : "Je t'aime, mais je ne suis pas toujours contente de toi." Mais quel genre d'amour est-ce là ? Pour moi, ça ressemble à : "Je ne fais pas comme si tu n'existais pas – en clair, tu peux encore me faire du mal –, mais je ne supporte pas de t'avoir toujours sur le dos." Qui a envie d'être aimé de cette façon ? Si j'avais le choix, je crois que je choisirais peut-être de me passer des prétendus liens du sang, et qu'on soit content de moi. Je me demande si je n'aurais pas été plus émue si ma propre mère m'avait serrée dans ses bras en disant : "Je suis contente de toi." Je me demande si le simple fait d'apprécier la compagnie de son enfant n'est pas plus important. »

Je les avais embarrassés. Pire, j'avais fait précisément ce contre quoi Harvey m'avait déjà mise en garde. Plus tard, ils ont été appelés à la barre des témoins, et des bribes de ce petit discours fatal ont été citées mot pour mot. Je ne pense pas que tes parents aient voulu me nuire, mais c'étaient d'honnêtes Américains de la Nouvelle-Angleterre, et je ne leur avais donné aucune raison de me protéger. Je suppose que je n'avais pas envie de leur protection.

Lorsque j'ai commencé à faire certains gestes annonçant mon départ, comme poser ma tasse de thé refroidi, les deux ont semblé soulagés, bien qu'affolés, les yeux hagards. Ils avaient dû deviner que ces conversations douillettes autour d'une tasse de thé seraient en nombre limité, et peut-être que tard, ce soir-là, incapables de trouver le sommeil,

270

ils ont pensé à des questions qu'ils auraient pu poser. Ils se sont montrés cordiaux, bien sûr, en me disant que je serais toujours la bienvenue. Ta mère m'a assuré que, en dépit de tout, ils me considéraient toujours comme *faisant partie de la famille*. Leur protestation intégrative m'a peut-être semblé moins gentille que si elle avait été exprimée six semaines plus tôt. À présent, la perspective d'être enrobée dans une famille avait autant de charme que celle de rester coincée dans un ascenseur entre deux étages.

« Une dernière chose. » Ton père a touché mon bras devant la porte et, une fois de plus, il a posé le genre de question qu'il avait fui toute sa vie. « Est-ce que vous comprenez pourquoi ? »

Je crains que ma réponse n'ait servi qu'à le guérir de pareille curiosité, car les réponses sont souvent fort peu satisfaisantes.

*Bonne année, chéri,*
*Eva*

*Cher Franklin,*

Le collège électoral vient de proclamer l'élection d'un Président républicain, ce qui doit te faire plaisir. Sauf que, malgré ta posture de réactionnaire sexiste et cocardier, en tant que père de famille, tu as été un bon petit progressiste, aussi intraitable sur les châtiments corporels et les jouets violents que l'exigeait l'époque. Je ne me moque pas, je me demande simplement si, toi aussi, il t'arrive de passer en revue ces précautions en te demandant où nous nous sommes trompés.

Mon retour personnel sur l'éducation de Kevin s'est opéré sous assistance judiciaire éprouvée. « Mrs Khatchadourian, m'a cuisinée Harvey à la barre des témoins, existait-il une règle chez vous stipulant de ne pas laisser les enfants jouer avec des pistolets ?

— Pour ce qu'elle vaut, la réponse est oui.

— Et vous exerciez un contrôle sur la télévision et les vidéos ?

— Nous nous efforcions de tenir Kevin à l'écart de tout ce qui pouvait être trop violent ou sexuellement explicite, surtout quand il était petit. Malheureusement, cela signifiait que mon mari était privé de la plupart de ses émissions préférées. Et puis nous avons dû faire une exception.

— Qui était ? » La pointe de contrariété, de nouveau ; cela ne faisait pas partie du scénario.

« La chaîne Histoire. » Gloussements ; j'amusais la galerie.

« Le point important, poursuivit Harvey en serrant les dents, c'est que vous avez bien fait tout ce qui était en votre pouvoir pour que votre fils ne soit pas soumis à des influences néfastes, n'est-ce pas ?

— Chez moi, en tout cas, ai-je dit. Soit un peu plus de deux hectares sur une planète entière. Et même ainsi, je n'étais pas protégée de l'influence néfaste que Kevin avait sur moi. »

Harvey a marqué un temps d'arrêt pour respirer profondément. J'ai senti la technique inculquée par un professionnel des médecines douces. « Autrement dit, vous n'aviez aucun contrôle sur les jouets avec lesquels jouait Kevin, ni sur ce qu'il regardait quand il allait chez d'autres enfants ?

— Pour être franche, les autres enfants invitaient rarement Kevin plus d'une fois. »

Le juge est intervenu.

« Mrs Katchadourian, veuillez vous contenter de répondre à la question.

— Oh, je pense que non », ai-je obtempéré négligemment ; l'ennui commençait à me gagner.

« Et pour Internet ? a poursuivi Harvey. Votre fils avait-il libre accès à tous les sites qu'il voulait, y compris ceux que l'on pourrait qualifier de, disons, violents ou pornographiques ?

— Oh, nous sommes passés par tout le tintouin des systèmes de contrôle parental, mais Kevin les faisait tous sauter dans la journée. » J'ai eu un geste de lassitude. Harvey m'avait expliqué l'importance de ne surtout pas donner l'impression que je ne prenais pas cette procédure au sérieux, et cette séance faisait effectivement ressortir mes tendances perverses. Mais mon plus gros souci était de maintenir mon attention. Quand j'étais de retour à la table de la défense, mes paupières se faisaient lourdes, ma tête dodelinait. Ne serait-ce que pour me réveiller, j'ai ajouté le commentaire gratuit qui m'avait déjà valu un avertissement de la juge – une femme sèche et prude qui me rappelait le Dr Rhinestein.

« Voyez-vous, ai-je articulé, quand il a franchi le cap des onze ou douze ans, c'était déjà trop tard. La règle bannissant les pistolets, les codes sur l'ordinateur, et le reste. Les enfants vivent dans le même monde que nous. Se raconter qu'on peut les en protéger est non seulement naïf, mais la marque d'une certaine vanité. Nous voulons pouvoir nous féliciter d'être de bons parents, de ne pas ménager nos efforts. Si c'était à refaire, je laisserais Kevin jouer avec tout ce qu'il veut ; pour ce qu'il avait comme centres d'intérêt. Et je balancerais les règles concernant la télé et les vidéos déconseillées aux jeunes enfants. Elles ne servent qu'à nous faire passer pour des imbéciles. En soulignant notre impuissance, et en suscitant leur mépris. »

Bien qu'ayant été autorisée, en termes juridiques, à me livrer à un soliloque, dans ma tête, j'avais abrégé. Je ne suis plus soumise aux contraintes de l'impatience jurisprudentielle, alors si tu veux bien, je vais développer.

Ce qui a motivé le mépris de Kevin n'était pas, comme j'avais semblé l'insinuer, notre incapacité patente à le protéger du Grand Méchant Monde. Non, c'est le contenu de nos tabous, qui était en cause, et pas leur inefficacité. Le sexe ? Oh, il a pratiqué, quand il s'est aperçu que j'en avais peur, ou que j'avais peur du sexe chez lui, mais sinon ? C'était rasoir. Ne le prends pas mal, car toi et moi, nous nous donnions beaucoup de plaisir l'un à l'autre, mais le sexe est effectivement ennuyeux. Comme dans la boîte à outils Fisherprice dédaignée par Kevin quand il était tout petit, le truc rond va dans le trou rond. Le secret, c'est qu'il n'y a pas de secret. En fait, dans son collège, le fait de baiser était si répandu, et si quotidien, que je doute qu'il ait été très attiré. Les trous ronds successifs fournissent une nouveauté transitoire dont l'aspect illusoire ne lui aura pas échappé.

Quant à la violence, le secret est encore plus nul.

Tu te souviens, un jour, nous avons laissé tomber les histoires de classement pour voir quelques films dignes de ce nom, et nous avons regardé une vidéo de *Braveheart* en famille, si j'ose dire. Dans la scène de torture finale, Mel Gibson est écartelé sur une roue, les quatre membres attachés aux quatre coins du cadran. Chaque fois que ses ravisseurs anglais tendaient davantage la corde, le chanvre gémissait, et moi avec. Lorsque le bourreau a plongé sa lame dentée dans les entrailles de Mel pour l'éventrer de bas en haut, j'ai pris ma tête à deux mains et couiné. Mais quand j'ai jeté un coup d'œil en direction de Kevin, sous mon bras replié, j'ai vu qu'il regardait l'écran d'un air blasé. Le demi-rictus maussade de sa bouche était son expression normale au repos. Il n'était pas précisément en train de faire les mots croisés du *Times*, mais il noircissait négligemment toutes les cases blanches avec un crayon feutre.

Les dépeçages cinématographiques ne sont insoutenables que si, dans une certaine mesure, on croit que ces tortures nous sont infligées à nous. En réalité, la mauvaise réputation de ces spectacles chez les brandisseurs de bible est assez ironique, si l'on songe que l'impact des effets spéciaux sanglants sur le public repose sur une propension positivement chrétienne à se mettre à la place de l'autre. Sauf que Kevin avait percé le secret : non seulement ce n'était pas « pour de vrai », mais surtout ce n'était pas lui. Au fil des années, j'ai observé Kevin en train de regarder des décapitations, des éviscérations, des écartèlements, des flagellations, des empalements, des énucléations, des crucifixions, et je ne l'ai jamais vu sourciller. Parce qu'il maîtrisait le truc. Si l'on refuse l'identification, voir quelqu'un se faire tailler en pièces n'est pas plus troublant que de regarder sa mère préparer un bœuf Stroganoff. Alors, de quoi essayions-nous de le protéger, exactement ? Concrètement, la violence relève d'une géométrie rudimentaire, et elle obéit aux lois de la grammaire ; à la manière d'une définition scolaire de la préposition, la violence est tout ce qu'un avion peut faire à un nuage. Notre fils avait une maîtrise, tant de la grammaire que de la géométrie, supérieure à la moyenne. Il n'y avait pas grand-chose dans *Braveheart* – ou *Reservoir Dogs*, ou *Chucky II* – que Kevin n'aurait pu inventer tout seul.

Finalement, c'est ce que Kevin ne nous a jamais pardonné. Peut-être ne nous en veut-il pas d'avoir tenté d'imposer un rideau entre lui et les terreurs adultes qui étaient cachées derrière. Mais il nous en veut puissamment de lui avoir montré le chemin du jardin – de lui avoir fait miroiter un certain exotisme. (N'avais-je pas moi-même nourri le fantasme que je finirais par atterrir dans un pays qui serait « ailleurs » ?) En couvrant d'un voile pudique nos mystères d'adultes pour lesquels Kevin était trop jeune, nous lui faisions la promesse implicite que, le moment venu, le voile se lèverait pour révéler… quoi donc ? Comme l'univers émotionnel ambigu qui, dans mon imagination, m'attendait de l'autre côté de l'accouchement, il est peu probable que Kevin se soit fait une image claire de ce que nous lui avions dissimulé. Mais il est une chose qu'il n'aurait en aucun cas pu imaginer, c'est que cette chose que nous dissimulions, c'était RIEN. Il n'y avait RIEN de l'autre côté de nos règles imbéciles, RIEN.

La vérité est que la vanité des parents protecteurs que j'ai évoquée devant la cour va au-delà du : « Voyez les gardiens parfaitement responsables que nous sommes. » Nos interdits sont aussi les garants de notre importance. Ils consolident l'idée admise que nous autres adultes sommes tous des initiés. Par vanité, nous avons accédé à un Talmud non écrit dont nous avons fait serment de cacher aux « innocents », pour leur bien, le contenu troublant pour l'âme. En cédant à ce mythe de la naïveté, nous servons notre propre légende. Parce que nous aurions regardé l'horreur en face, comme on fixe le plein soleil, subi la brûlure de créatures corrompues, turbulentes, énigmes même à nos yeux. Ayant reçu la révélation, nous remonterions le temps si nous le pouvions, mais on ne peut pas se défaire de la connaissance de cet affreux canon, ni retourner au monde béatement insipide de l'enfance, et il n'est pas d'autre choix que d'assumer le poids de cette noire sagesse, dont le plus noble but est de protéger nos chères têtes blondes d'un aperçu sur l'abysse. Le sacrifice est flatteusement tragique.

La dernière chose que nous sommes prêts à reconnaître est que le fruit défendu dans lequel nous mordons depuis que nous avons atteint l'âge magique de vingt et un ans est la même pomme charnue que celle que nous glissons dans le cartable de nos enfants. La dernière chose que nous sommes prêts à reconnaître, c'est que les querelles de cour de récré sont la parfaite préfiguration des machinations de conseil d'administration, que nos hiérarchies sociales ne sont qu'une extension du rang dans lequel on est choisi pour une partie de ballon prisonnier, et que les adultes se divisent encore en tyrans, gros tas et trouillards. Que peut découvrir un gamin ? À tout coup, nous leur servons sur un plateau une exceptionnelle compétence sexuelle, mais cette présomption vole si vite en éclats à l'épreuve de la réalité qu'elle doit résulter d'une conspiration d'amnésie collective. À ce jour, certains de mes souvenirs sexuels les plus intenses remontent à l'époque où je n'avais pas encore dix ans, comme je t'en ai fait la confidence sur l'oreiller en des temps meilleurs. Non, ils ont aussi une sexualité. La vérité est que nous sommes des versions plus grandes, plus voraces de la même engeance qui mange, chie et fornique, tenant mordicus à dissimuler à quelqu'un, serait-ce un môme de trois ans, que nous ne faisons pratiquement que manger, chier et forniquer. Le secret est qu'il n'y a pas de secret. Voilà ce que nous souhaitons en réalité cacher à nos enfants, et cette dissimulation est la véritable accession à l'âge adulte, le pacte que nous passons, le Talmud que nous protégeons.

Certes, quand il a eu quatorze ans, nous avions renoncé à tenter de contrôler les vidéos qu'il regardait, les horaires qu'il pratiquait, le peu qu'il lisait. Mais en regardant ces films stupides, en allant sur ces sites stupides, en picolant ces breuvages stupides, en léchant ces culs stupides et en baisant ces collégiennes stupides, Kevin a dû se sentir sacrément floué. Quant à ce JEUDI ? Je parie qu'il s'est encore senti floué.

Entre-temps, j'avais deviné à l'expression résignée de Harvey qu'il avait analysé mon petit laïus comme un exemple de plus de mes tendances autodestructrices. Notre argumentation – la sienne, en fait – reposait sur l'idée que j'avais été une mère normale, ayant déployé une affection maternelle normale, et pris les précautions normales pour être sûre d'élever un enfant normal. Déterminer si nous avions été des victimes de la malchance, de mauvais gènes, ou d'une culture fautive relevait de la compétence de chamans, de biologistes ou d'anthropologues, mais pas d'une cour de justice. Harvey cherchait à jouer sur la crainte, latente chez tous les parents, qu'il était possible de faire absolument tout ce qu'il fallait, et de plonger néanmoins dans un cauchemar dont on ne se réveille pas. C'était une approche solide, rétrospectivement, et aujourd'hui, avec le recul d'une année environ, j'éprouve un peu de honte d'avoir été aussi peu coopérative à l'époque.

Mais, comme pour l'estampillage dépersonnalisant de la « dépression post-partum », notre ligne du Tout-est-entre-les-mains-du-Seigneur me mettait hors de moi. J'avais envie de me distinguer de toutes ces mamans normalement normales, quitte à me faire étiqueter comme une mère particulièrement indigne, pour un coût potentiel de six virgule cinq millions de dollars (les plaignants avaient enquêté sur la valeur de W&P). J'avais déjà tout perdu, Franklin, enfin, tout sauf ma société, et le fait d'en rester propriétaire, au vu des circonstances, me semblait immonde. Il est vrai que, depuis, il m'est arrivé parfois de me languir un peu du bébé que j'avais construit et qui était désormais entre des mains étrangères, mais à l'époque je m'en fichais totalement. Je me moquais bien de perdre le procès si au moins je réussissais à m'intéresser un peu à son déroulement, je me moquais bien de perdre tout l'argent que je possédais, et je priais même pour être contrainte de vendre notre hideuse maison. Je me moquais royalement de tout. Et l'apathie donne une sorte de liberté, une libération brute et enivrante qui peut presque créer une ivresse. On est capable de tout. Demande à Kevin.

Comme d'habitude, j'avais mené moi-même mon propre contre-interrogatoire pour la partie adverse (ils étaient ravis ; pour un peu, ils m'auraient fait citer du côté de l'accusation), aussi ai-je été priée de me retirer. Je me suis arrêtée à mi-chemin.

« Je suis désolée, Votre Honneur, je viens de me rappeler une chose.

— Vous souhaitez modifier votre témoignage pour le procès-verbal ?

— Nous avons laissé Kevin avoir un pistolet. (Soupir de Harvey.) Un pistolet à eau, quand il avait quatre ans. Mon mari adorait les pistolets à eau quand il était gosse, alors nous avons fait une exception. »

Une exception à une règle que je trouvais imbécile de toute façon. Empêchez les gamins d'avoir des imitations, ils pointeront un bout de bois sur vous, et je ne vois pas de différence qualitative entre brandir un morceau de plastique moulé qui fait *rat-a-tat-tat* grâce à des piles et un morceau de bois en criant « bang-bang-bang ! ». Au moins Kevin aimait-il son pistolet à eau, pour avoir découvert son pouvoir de nuisance.

Pendant tout le trajet depuis Tribeca, il a arrosé les braguettes de nos déménageurs, pour les accuser ensuite d'avoir « fait pipi dans leur pantalon ». J'ai trouvé l'accusation particulièrement savoureuse, de la part d'un petit garçon qui refusait toujours d'entendre nos modestes exhortations à « faire pipi comme un grand » deux ans après que la plupart des enfants savaient tirer la chasse d'eau. Il portait le masque de bois que je lui avais rapporté du Kenya, avec des cheveux de chanvre hirsutes, comme électrisés, de minuscules trous pour les yeux, entourés d'immenses ronds blancs, et des dents féroces de six ou sept centimètres, en os d'oiseau. Énorme sur son corps maigrichon, ce masque lui donnait des allures de poupée vaudou portant ses couches. Je ne sais pas à quoi je pensais en l'achetant. Ce gamin n'avait pas vraiment besoin d'un masque, avec le visage impénétrable qui était naturellement le sien, et la rage du cadeau qui achète les bonnes grâces me collait des frissons.

Trimballer des caisses avec des démangeaisons et une humidité mal placées ne devait pas être du gâteau. Ils étaient gentils, en plus, travaillant soigneusement et sans se plaindre, alors, quand j'ai vu les premières grimaces sur leur visage, j'ai prié Kevin de cesser. À cet instant, il a tourné son masque de mon côté pour vérifier que je le regardais, et il a aspergé les fesses du déménageur noir.

« Kevin, je t'ai dit de cesser. Je te prie une fois de plus de ne pas asperger ces gentils messieurs qui cherchent seulement à nous aider, et je ne plaisante pas. » Évidemment, je venais tout simplement de sous-entendre que, la première fois, je plaisantais peut-être. Un enfant intelligent va au bout de la logique du « cette fois, je ne plaisante pas », et conclut que tous les avertissements de sa mère sont du pipeau.

Nous entamons donc le manège. Pschitt-pschitt-pschitt. Kevin, cesse immédiatement. Pschitt-pschitt-pschitt. Kevin, je ne le répéterai pas. Et puis – pschitt-pschitt-pschitt – l'inévitable : Kevin, si tu arroses qui que ce soit une fois de plus, je confisque le pistolet, qui me vaut un : « GNA-gna, gna gna gna-gna gna gna gna gna gna gna gna gna, gna gna-gna gna gna-gna-GNAAAAAAA. »

Franklin, ils ont servi à quoi tous tes livres sur l'art d'être parent ? L'instant d'après, tu te pliais en deux pour emprunter son fichu jouet à notre fils. J'entends un gloussement étouffé, un truc parlant de « Maman », et toi, tu m'asperges, moi.

« Franklin, ce n'est pas malin. Je viens de lui dire de cesser. Tu n'es pas très coopératif.

— Gna-gna, gna gna gna gna-gna. Gna gna gna gna gna gna gna-gna. Gna gna gna gna gna-gna-gna-gna-gna ! » Incroyable, mais le « gna-gna » est venu de toi, et ensuite tu m'as aspergée entre les deux yeux. Kevin a rugi (tu sais, à ce jour, il n'a toujours pas appris à rire). Quand tu lui as rendu le pistolet, il l'a vidé en cascade sur ma tête.

J'ai attrapé le pistolet.

« Ho ! t'es-tu écrié. Eva, ça casse les clarinettes, de déménager ! (« Clarinettes », c'était notre nouveau vocabulaire.) On ne peut pas s'amuser un peu ? »

C'est moi qui avais le pistolet, à présent, alors j'avais une porte de sortie facile en renversant la situation : je t'aspergeais le nez en riant, et nous pourrions nous livrer à une de ces grosses bagarres en famille au cours de laquelle tu m'arracherais le pistolet avant de le lancer à Kevin… et on roulerait tous par terre les uns sur les autres en éclatant de rire, et peut-être même qu'on s'en souviendrait pendant des années, de cette bagarre mythique à coups de pistolet à eau, le jour du déménagement pour Gladstone. Ensuite, l'un de nous deux rendrait son jouet à Kevin, qui retournerait arroser les déménageurs, et je serais plutôt mal placée pour le faire cesser vu que, moi aussi, je venais d'asperger quelqu'un. L'alternative était de jouer les rabat-joie, ce que j'ai fait, en mettant le pistolet dans mon sac, ce que j'ai fait.

« Les déménageurs ont fait pipi dans leur pantalon, as-tu dit à Kevin, mais Maman, elle nous fait un caca nerveux. »

J'avais certes entendu d'autres parents parler du partage injuste des rôles entre le Gentil et le Méchant, avec le Gentil qui était toujours le préféré de l'enfant, tandis que le Méchant se tapait tout le sale boulot, et je me suis dit : ce cliché de merde, comment en suis-je arrivée là ? Ce genre de sujet ne m'intéresse même pas.

L'alter ego vaudou de Kevin avait repéré que le pistolet était dans mon sac. La plupart des gamins se seraient mis à pleurer. Lui s'est contenté d'offrir son rictus en os d'oiseau à sa mère, sans un mot. Avant même d'aller à l'école, Kevin préparait ses coups. Il savait attendre son heure.

Les sentiments d'un enfant pouvant être aisément meurtris, ses privilèges étant peu nombreux et ses possessions négligeables, même lorsqu'il a des parents aisés, j'avais bien reçu le message que châtier son propre enfant était une douleur terrible. Pourtant, franchement, en confisquant le pistolet à eau de Kevin, j'ai senti une bouffée de joie sauvage. Tandis que nous suivions en pick-up le camion de déménagement en route pour Gladstone, le fait de toujours détenir le jouet adoré de Kevin me comblait d'un tel plaisir que je l'ai sorti de mon sac, et, assise à la place du mort, j'ai posé l'index sur la détente. Attaché entre nous deux sur la banquette avant, Kevin s'est mis à fixer le tableau de bord, en m'ignorant avec un mépris ostensible. Kevin affichait une mine taciturne, son corps était relâché, mais le masque le trahissait : il rageait intérieurement. Il me détestait de tout son être, et moi j'étais ravie.

Je pense qu'il a perçu mon plaisir, et résolu de m'en priver à l'avenir. Il pressentait déjà que cet attachement – même pour un malheureux pistolet à eau – le rendait vulnérable. Dans la mesure où tout ce dont il pouvait avoir envie était aussi quelque chose que je risquais de lui refuser, le moindre désir le rendait tributaire. Comme pour acter cette divine inspiration, il a flanqué le masque par terre et l'a martelé négligemment du bout de ses baskets, en lui cassant quelques dents. Je n'imagine pas qu'il ait été à ce point précoce – monstrueux – qu'il avait déjà vaincu tous ses appétits matériels à l'âge de quatre ans et demi. Il avait encore envie de récupérer son pistolet. Mais l'indifférence finirait par l'emporter comme une arme dévastatrice.

Lorsque nous avons pris l'allée, la maison était encore plus hideuse que dans mon souvenir, et je me suis demandé comment j'allais réussir à passer la nuit sans me mettre à pleurer. J'ai sauté en bas de mon siège. Kevin savait à présent défaire sa ceinture et a décliné mon aide. Il est resté planté sur le marchepied, m'empêchant de fermer la portière.

« Rends-moi mon pistolet maintenant. » Le ton n'était pas celui de la supplique genre Maman-je-le-ferai-plus, mais celui de l'ultimatum. Je n'aurais pas de seconde chance.

« Tu as été un sale môme, Kevin, ai-je dit d'un ton guilleret en le soulevant sous les bras pour le poser par terre. Pas de jouets pour les sales mômes. » Tiens, ai-je pensé, je vais peut-être finir par aimer mon rôle de parent. C'est amusant.

Le pistolet à eau fuyait, et je n'avais donc pas envie de le remettre dans mon sac. Pendant que les déménageurs commençaient à décharger, Kevin m'a suivie dans la cuisine. Je me suis hissée sur le bar et j'ai glissé son pistolet du bout des doigts sur le dessus des placards.

J'étais très occupée à dire où allaient les choses, et il est possible que je ne sois pas repassée par la cuisine de vingt minutes.

« Posez ça là, monsieur…, ai-je dit. NE BOUGE PAS. »

Kevin avait poussé une caisse à côté d'une pile de deux autres afin de fabriquer un escalier pour monter sur le bar, sur lequel un des déménageurs avait placé une caisse de vaisselle, ce qui faisait une marche supplémentaire. Mais il avait attendu d'entendre le bruit de mes pas avant d'escalader les étagères du placard. (Pour Kevin, désobéir sans témoin est gaspiller de l'énergie.) Le temps que j'arrive, ses baskets étaient sur la troisième étagère. Sa main gauche cramponnait le dessus de la porte qui bougeait, pendant que la droite était suspendue en l'air à quelques centimètres de son pistolet à eau. J'aurais pu éviter de crier NE BOUGE PAS ! Il tenait déjà la pose, immobile, comme si quelqu'un allait le prendre en photo.

« Franklin ! ai-je hurlé avec autorité. Viens tout de suite, s'il te plaît ! Vite ! » Je n'étais pas assez grande pour le soulever et le faire redescendre. Alors que je me tenais en dessous de lui, prête à le rattraper s'il glissait, nos regards se sont croisés. Dans les pupilles de Kevin vibrait ce qui était peut-être de la fierté, ou de la joie, ou de la pitié. Mon Dieu, me suis-je dit. Il n'a que quatre ans, et il est déjà le gagnant.

« Houlà, le costaud ! » Tu as ri et tu l'as attrapé sous les aisselles pour le redescendre, non sans lui laisser le loisir de récupérer le pistolet. Franklin, j'aimais tant tes bras musclés ! « Un peu jeune pour apprendre à voler !

— Kevin a été très, très vilain ! ai-je martelé. Alors, nous sommes obligés de lui confisquer ce pistolet pour très, très, très longtemps !

— Hé, il l'a bien gagné, pas vrai, fiston ? Bon sang, fallait pas avoir peur pour se lancer dans cette escalade. Un vrai ouistiti, ce petit, hein ? »

Une ombre a voilé son visage. Il a peut-être cru que tu lui parlais de haut, ce qui, le cas échéant, servait ses plans. « Oui, je suis le ouistiti », a-t-il dit, impassible. Puis il est sorti de la pièce, balançant son pistolet à eau au bout de son bras, avec la non-chalante arrogance que j'associe aux pirates de l'air.

« Tu viens de m'humilier.

— Eva, un déménagement est une épreuve pour nous, mais pour les gosses c'est traumatisant. Donne-lui un peu de mou. Écoute, j'ai de mauvaises nouvelles de ton rocker… »

Pour notre pendaison de crémaillère, le lende-main soir, nous avons acheté des steaks, et j'ai mis mon caftan préféré, en brocart blanc sur blanc, que j'avais rapporté de Tel-Aviv. Le même soir, Kevin a rempli son pistolet à eau avec du jus de raisin noir. Ce que tu as trouvé amusant.

La maison m'a résisté autant que je lui résistais. Rien n'allait. Il y avait si peu d'angles droits qu'une simple commode glissée dans un coin laissait toujours un vilain triangle d'espace inoccupé. Mes meubles, en plus, étaient pleins de gnons, encore que dans le loft de Tribeca ce coffre à jouets artisanal, le piano droit désaccordé, le grand canapé confortablement défoncé dont les coussins laissaient échapper du duvet de canard donnaient juste la touche anticonformiste qui sied. Brusquement, dans notre nouvelle maison toute lisse, le style brocante faisait très récup'. J'étais triste pour eux, exactement comme je me prenais de pitié pour les camarades d'école, rustiques mais gentilles, débarquant de Racine, quand elles se trouvaient à une soirée avec des New-Yorkaises chic et pestes comme Eileen et Belmont.

Même chose avec les ustensiles de cuisine : au contact du marbre vert poli des plans de travail, mon mixer des années quarante est passé d'original à ringard. Plus tard, tu es arrivé à la maison avec un KitchenAid aérodynamique, et je suis allée porter l'antique mixer à l'Armée du Salut comme une condamnée. Quand j'ai déballé mes marmites et mes casseroles cabossées, à l'aluminium encrassé, et aux poignées rafistolées au chatterton, on aurait cru que des SDF étaient venus squatter une maison dont les locataires jet-set se trouvaient à Rio. Les casseroles sont parties, elles aussi ; tu as dégotté chez Macy's une batterie assortie d'un rouge émaillé très élégant. Je n'avais jamais remarqué la couche de crasse sur mes vieux ustensiles, mais je n'avais pas envie de la remarquer.

Au total, si j'ai frôlé la vraie richesse, je n'ai jamais possédé grand-chose, et, outre les tentures en soie d'Asie du Sud-Ouest, quelques sculptures d'Afrique de l'Ouest, et les tapis arméniens de mon grand-père, nous avons acclimaté le plus gros des débris de mon ancienne vie à Tribeca à une vitesse effarante. Même le style international semblait manquer d'authenticité, comme sorti d'un entrepôt d'import-export haut de gamme. Et notre recyclage esthétique correspondant à mon année sabbatique loin de AWAP, j'ai eu la sensation de m'évaporer.

Le projet autour de mon bureau n'en était que plus important pour moi. Je me rends compte que, pour toi, l'incident est symptomatique de mon intolérance, ma rigidité, mon refus de laisser s'exprimer les enfants. Mais je lui donne un tout autre sens.

Pour installer mon bureau, j'avais choisi la seule et unique pièce qui n'était pas traversée par un arbre, qui avait un seul puits de lumière et une forme presque rectangulaire – assurément conçue tardivement, lorsque par bonheur notre couple à la Maison Idéale commençait à être à court d'idées géniales. Pour la plupart des gens, tapisser un bois précieux est une abomination, mais nous nagions dans le teck, et il m'est venu une idée qui risquait de me donner l'impression, dans une pièce au moins, d'être chez moi : j'allais tapisser les murs de cartes. J'en avais des caisses entières : les villes de Porto ou Barcelone, avec toutes les pensions et tous les hôtels que je comptais mettre dans IBERIWAP entourés de rouge ; des cartes aériennes de la vallée du Rhône avec les méandres paresseux de mon périple en train surlignés en jaune ; des continents entiers striés d'ambitieux itinéraires en avion tracés au stylo-bille.

Comme tu le sais, j'ai toujours eu une passion pour les cartes. Je me suis parfois dit que, face à une attaque nucléaire imminente ou une invasion militaire, ceux qui détiendront le pouvoir ne seront ni la suprématie blanche et ses armes ni les mormons et leurs sardines en boîte, mais les initiés à la cartographie qui savent que telle route mène dans les montagnes. C'est pourquoi la première chose que je fais en débarquant dans un nouveau pays est de trouver une carte quand je n'ai pas pu me procurer une Rand McNally en ville avant de prendre l'avion. Sans carte, je me sens frustrée et perdue. Dès que j'ai ma carte en main, je me repère mieux dans une ville que la plupart de ses habitants, dont beaucoup sont totalement dans le brouillard en dehors de l'orbite restreinte de la pâtisserie, la charcuterie et la maison de Luisa. Je me suis longtemps enorgueillie de mon sens de l'orientation, car j'ai plus de talent que la moyenne pour traduire un monde en deux dimensions en espace en trois dimensions, et j'ai appris à utiliser les cours d'eau, les voies ferrées et le soleil pour me repérer. (Désolée, mais de quoi d'autre puis-je me vanter à présent ? Je vieillis, et cela se voit. Je travaille dans une agence de voyages, et mon fils est un tueur.)

J'associais donc les cartes à une certaine maîtrise, et il se peut que j'aie espéré que, grâce au sens de l'orientation qu'elles m'avaient toujours fourni, je réussirais à m'orienter, figurativement s'entend, dans cette vie étrangère de mère au foyer. J'avais désespérément besoin d'un emblème physique de ce que j'étais avant, ne serait-ce que pour me rappeler que j'avais quitté cette vie par choix, et que je pourrais y retourner quand je le souhaiterais. Je caressais un lointain espoir qu'en grandissant Kevin devienne curieux, désigne Majorque, dans le coin, et demande comment c'était là-bas. J'étais fière de ma vie, et si je me disais qu'à travers ce qu'avait accompli sa mère Kevin risquait d'apprendre à être fier de lui, je désirais sans doute seulement qu'il soit fier de moi. Je n'avais encore aucune idée du défi que cela pouvait constituer pour n'importe quel parent.

Concrètement, le projet était délicat. Les cartes étaient de tailles diverses, et il me fallait trouver un schéma qui ne soit ni systématique ni symétrique, mais qui dessine néanmoins une mosaïque agréable, avec un équilibre dans les couleurs et un mélange judicieux de villes et de continents. Je devais apprendre à manipuler la colle à papier, ce qui était salissant, et les vieilles cartes en lambeaux avaient besoin d'un repassage ; or le papier brunit facilement. Avec toutes les autres tâches à accomplir dans une nouvelle maison, plus les constantes consultations interminables avec Louis Role, mon nouveau directeur éditorial à AWAP, j'ai passé des mois à tapisser mon bureau.

Voilà ce que j'appelle attendre son heure. Il a suivi mon travail de tapissier dans mon bureau et en connaissait la complication ; qu'il a personnellement contribué à aggraver en trimballant de la colle à papier dans toute la maison. Il ne comprenait peut-être rien aux pays représentés sur ces cartes, mais il comprenait qu'elles représentaient quelque chose pour moi.

Quand j'ai eu appliqué le dernier rectangle à côté de la fenêtre, une carte topographique de la Norvège semée de fjords, je suis descendue de l'escabeau et j'ai contemplé les résultats d'un regard panoramique. Superbe ! Énergique, original, sentimental à souhait. Vieux billets de train, plans de musée et notes d'hôtel comblant les vides ajoutaient au collage une note personnelle. J'avais forcé un bout de cette maison blême et sans âme à prendre une signification. J'ai mis *Big World* de Joe Jackson, refixé le couvercle sur le pot de colle, roulé la bâche de deux mètres de long recouvrant mon bureau, fait grincer le rideau en le relevant, et puis, après avoir ouvert la dernière caisse, j'ai disposé ma collection de vieux stylos plume, des bouteilles d'encres rouge et noire, le rouleau de Scotch, l'agrafeuse, et les gadgets à tripoter – la petite cloche de vache suisse miniature, le pénitent en terre cuite rapporté d'Espagne.

Dans le même temps, je faisais des discours à Kevin, des trucs très à la Virginia Woolf : « Tout le monde a besoin d'une chambre à soi. Toi, tu as ta chambre, tu sais ? Eh bien, ici, c'est la pièce de Maman. Et tout le monde aime donner de l'originalité à sa pièce. Maman est allée dans des tas de pays différents, et toutes ces cartes lui rappellent les voyages qu'elle a faits. Tu verras, peut-être qu'un jour tu auras envie que ta chambre soit originale, et je t'aiderai, si tu veux…

— Ça veut dire quoi, "original" ? » a-t-il interrogé en serrant un de ses coudes. De sa main libre pendait le pistolet à eau qui fuyait, de plus en plus. Il avait beau être encore menu pour son âge, j'ai rarement connu quelqu'un occupant plus d'espace métaphysique. Une gravité maussade ne laissait jamais oublier sa présence, et, s'il parlait peu, il regardait en permanence.

« Que ça ressemble à ta personnalité.

— Quelle personnalité ? »

J'étais certaine de lui avoir déjà expliqué ce mot. Je passais mon temps à lui faire avaler du vocabulaire, ou lui raconter qui était Shakespeare ; les propos pédagogiques comblaient le vide. J'ai eu le sentiment qu'il avait surtout envie que je me taise. La liste des informations dont il ne voulait pas était sans fin.

« Ton pistolet à eau, par exemple, fait partie de ta personnalité. » Je me suis retenue d'ajouter : comme la façon dont tu as ruiné mon caftan préféré, cela aussi fait partie de ta personnalité. « De toute façon, Kevin, tu joues les têtes de mule. Je crois que tu sais très bien ce que je veux dire.

— Il faut que je mette des cochonneries sur les murs. » Il avait l'air vaincu.

« Sauf si tu n'as pas envie.

— Je n'ai pas envie.

— Super, nous venons de découvrir une chose de plus dont tu n'as pas envie, ai-je dit. Tu n'as pas envie d'aller au parc, tu n'as pas envie d'écouter de la musique, tu n'as pas envie de manger, tu n'as pas envie de jouer avec des Lego. Je parie que tu ne trouverais pas une chose de plus dont tu n'as pas envie, si tu essayais.

— Tous ces carrés en papier pas droits, a-t-il proposé aussitôt. C'est nul. » Après « j'aime pas ça », « c'est nul » était son expression préférée.

— C'est ce qu'il y a de bien avec une pièce rien qu'à soi, Kevin : les autres n'ont rien à dire. Je me fiche que tu les trouves nulles, mes cartes. Moi, elles me plaisent. » Je me rappelle avoir ouvert le parapluie défensif : il n'allait pas gâcher la fête. Mon bureau était superbe, il était à moi et rien qu'à moi, je m'installerais à ma table et jouerais en adulte, et je mourais d'impatience de pouvoir visser un verrou sur sa porte, ma touche finale. Parce que, oui, j'avais fait appel à un menuisier local et ajouté une porte.

Mais Kevin refusait de laisser tomber. Il tenait à me dire quelque chose. « Je ne comprends pas. C'était tout poisseux. Ça a pris un temps énorme. Et maintenant c'est trop nul. Pour la différence que ça fait. Pourquoi tu t'es donné ce mal ? » Il a tapé du pied. « C'est nul ! »

Kevin avait sauté la phase des « pourquoi » qui sévit généralement aux alentours de trois ans, âge auquel il parlait à peine. Bien que la phase des « pourquoi » puisse ressembler à un désir insatiable de comprendre le principe de cause à effet, j'avais suffisamment laissé traîner mes oreilles dans les aires de jeu (C'est l'heure de préparer le dîner, chéri ! POURQUOI ? Parce que nous allons bientôt avoir faim ! POURQUOI ? Parce que notre corps nous dit qu'il est l'heure de manger !

POURQUOI ?) pour m'y laisser prendre. À trois ans, on ne s'intéresse pas à la chimie digestive ; mais on tombe sur le mot magique qui déclenche toujours une réponse. Sauf que Kevin passait effectivement par une vraie phase de POURQUOI. Il trouvait que mon papier mural était une perte de temps incompréhensible, exactement comme il trouvait absurde la plupart des choses que faisaient les adultes. Ce qui ne le laissait pas perplexe, mais furieux, et à ce jour, chez Kevin, la phase du POURQUOI s'est révélée être non pas une étape de son développement, mais une condition permanente.

J'ai mis un genou à terre. J'ai fixé son visage crispé et sombre, et j'ai posé une main sur son épaule. « Parce que j'adore mon nouveau bureau. J'adore les cartes. Je les adore. »

J'aurais aussi bien pu parler en ourdou. « C'est nul », s'est-il entêté. Je me suis relevée. J'ai ôté ma main. Le téléphone sonnait.

La ligne séparée pour mon bureau n'était pas encore installée, je suis donc sortie pour décrocher dans la cuisine. C'était Louis, avec un autre problème concernant JAPWAP, dont la résolution a pris un certain temps. J'ai crié, plus d'une fois, à Kevin de sortir pour que je puisse le voir. Mais j'avais toujours une affaire à superviser, et tu n'as pas idée de la fatigue que c'est de garder un œil sur un petit enfant à chaque instant de la journée. Je suis de tout cœur avec la mère attentive qui tourne le dos un quart de seconde – celle qui laisse un enfant dans la baignoire pour répondre à la porte, signer un reçu et vite revenir pour découvrir que sa petite fille s'est cogné la tête contre le robinet et gît noyée dans cinq centimètres d'eau. Cinq centimètres. Y a-t-il une seule personne pour donner crédit à cette femme des vingt-quatre heures moins trois minutes d'une journée passée à surveiller cette enfant comme le lait sur le feu ? Des mois, des années de « ne mets pas ça dans la bouche, chérie », de « houlà, on a failli tomber » ? Que non ! Nous poursuivons ces gens, nous les accusons de « négligence parentale criminelle », et nous les traînons devant un tribunal avec la morve et les larmes salées de leur chagrin. Parce que seules comptent ces trois minutes, ces trois misérables minutes qui ont suffi.

J'ai fini par raccrocher. Au bout du vestibule, Kevin avait découvert les joies d'une pièce dotée d'une porte : le bureau était fermé. « Dis donc, toi, ai-je articulé en baissant la poignée, je ne suis pas tranquille quand tu es sage comme ça. »

Mon papier mural était strié d'encres noire et rouge. Les papiers les plus absorbants avaient commencé de faire éponge. Le plafond aussi, puisque je l'avais également tapissé : l'exercice en haut de l'escabeau avait été un supplice pour mon dos. Des gouttes tombant de là-haut étaient en train de maculer les tapis arméniens les plus précieux de mon oncle, notre cadeau de mariage. La pièce était tellement aspergée et ruisselante qu'on avait l'impression qu'une alarme incendie avait déclenché un système d'arrosage, sauf que des tuyaux avaient jailli non pas de l'eau, mais de l'huile de vidange, du punch griotte Hawaï, et du sorbet à la mûre.

Des éclaboussures de transition, d'un violet morbide, j'aurais pu déduire qu'il avait d'abord épuisé la bouteille d'encre de Chine noire avant de passer au rouge, sauf que Kevin ne m'a pas laissé le loisir de déduire : il était encore en train de pomper le reste d'encre rouge dans le canon de son pistolet. Exactement comme il avait marqué un temps de pause dans l'opération de récupération de son pistolet à eau en haut de notre placard de cuisine, il avait apparemment gardé cette ultime ration pour mon arrivée. Il était debout sur mon fauteuil, courbé en deux et concentré ; il n'a même pas levé les yeux. Le trou était petit, et malgré la constance de son application, mon bureau en chêne ciré était criblé de gouttelettes. Lui avait les mains trempées.

« Maintenant, a-t-il annoncé calmement, c'est original. »

Je lui ai arraché le pistolet, que j'ai jeté par terre avant de l'écrabouiller en le piétinant. Je portais de jolis escarpins jaunes, italiens. L'encre a ruiné mes chaussures.

*Eva*

*Cher Franklin,*

Oui, deuxième samedi du mois, et une fois de plus je fais le point au Bagel Café. Je suis hantée par l'image de ce gardien au visage grêlé de verrues, qui m'a regardée aujourd'hui avec son mélange habituel de consternation et de répulsion. J'éprouve exactement la même chose vis-à-vis de son visage. Les verrues sont grosses et bouffies, comme des tiques se gorgeant, grumeleuses et gélatineuses, s'élargissant à la façon de champignons vénéneux à partir d'un pied moins imposant, de sorte que certaines ont amorcé un affaissement. Je me suis demandé si ses lésions étaient une obsession pour lui, s'il faisait des heures supplémentaires à Claverack pour économiser de quoi les faire enlever, ou bien s'il avait développé une affection perverse pour elles. Apparemment, les gens réussissent à s'habituer à tout, et la marge est étroite entre l'adaptation et l'attachement.

En fait, j'ai lu récemment qu'on a mis au point une opération de chirurgie neurologique virtuellement capable de guérir certains patients atteints par la maladie de Parkinson. Cette chirurgie est un tel succès qu'elle a conduit plus d'un de ses bénéficiaires à se supprimer. Oui, tu as bien lu : se supprimer. Plus de tremblements, plus de mouvements spasmodiques des bras qui renversent le vin au restaurant. Mais aussi, plus d'ardente sympathie d'inconnus aux yeux de cocker, plus de débordements spontanés de tendresse psychotique de conjoints qui pardonnent tout. Ceux qui guérissent deviennent dépressifs, renfermés. Ils ne supportent pas d'être comme tout le monde, tout simplement.

Entre nous, j'ai commencé à craindre de m'être déjà, de manière ambiguë, attachée à la défiguration de ma propre vie. Désormais, ce n'est qu'à travers ma notoriété que je comprends qui je suis, et le rôle que j'ai joué dans les drames des autres. Je suis la mère d'« un de ces gamins de Columbine » (et Kevin est plus que meurtri que Littleton ait emporté l'étiquette générique devant Gladstone). Rien de ce que je peux dire ou faire ne pèsera jamais plus lourd que cette réalité, et la tentation est grande de cesser le combat et de rendre les armes. Ce qui doit expliquer que certaines mères de mon acabit aient renoncé à essayer de reconquérir leur vie d'avant, où elles étaient directrices commerciales ou architectes, pour aller porter la bonne parole ou

300

conduire la Marche d'un Million de Mamans. Peut-être est-ce ce que Siobhan appelait la « vocation ».

La vérité est que j'ai acquis un sain respect des faits en tant que tels, avec leur terrible suprématie sur l'explication. Aucune interprétation que je tartinerais sur les événements tandis que je m'adresse à toi n'a une chance de balayer la simple réalité concrète de ce JEUDI, et peut-être est-ce le miracle du fait en tant que tel que Kevin a découvert. Je peux commenter jusqu'à plus soif, mais ce qui est arrivé est arrivé et triomphe, comme trois dimensions triomphent sur deux. Quelle que soit la quantité de laque rouge projetée par ces vandales contre nos fenêtres, la maison est restée une maison, et ce JEUDI conserve cette consistance immuable, comme un objet que je peux peindre mais dont l'énormité physique persiste par ses contours, envers et contre n'importe quelle couleur.

Franklin, je crains bien de m'être surprise à lâcher prise dans la salle d'attente des visites de Claverack, aujourd'hui. Et, soit dit en passant, j'aurais mauvaise grâce à me plaindre des conditions générales de l'établissement. De construction récente pour répondre au besoin d'un marché en expansion, le centre n'est pas encore en sureffectif. Les toits ne fuient pas, les toilettes fonctionnent ; dans un JUVIEWAP (le guide W&P des centres de détention pour mineurs), l'endroit serait chaudement recommandé. Les salles de classe de Claverack pourraient bien dispenser une meilleure instruction élémentaire que les lycées chics des beaux quartiers, dont le programme est truffé de cycles sur la littérature inuit et la sensibilisation aux problèmes de harcèlement sexuel. Mais, outre les couleurs primaires incongrues du hall d'accueil de l'espace visiteurs, Claverack est esthétiquement agressif – à nu, une fois ôtées les menues babioles de la vie, il ne reste désespérément rien. Avec ses murs de béton blanc immaculé et son sol en linoléum uniment vert petit pois, la salle d'attente pour les visiteurs est cruellement dépourvue de distractions – une inoffensive affiche de voyage à Belize, un seul numéro de *Glamour* –, comme pour étouffer délibérément toute illusion. C'est une pièce qui ne souhaite pas être confondue avec rien d'aussi anodin qu'une agence de voyages, ou la salle d'attente d'un dentiste. Cette unique affiche pour la prévention du SIDA relève moins de la volonté décorative que de l'accusation.

Aujourd'hui, une femme noire, menue et sereine, était assise à côté de moi, plus jeune d'une génération, mais assurément une mère. J'ai passé mon temps à jeter des regards fascinés à ses cheveux, tressés de manière à dessiner une spirale complexe qui se fondait au sommet du crâne, mon admiration luttant contre une prévention de petite-bourgeoise se demandant depuis combien de temps les tresses n'avaient pas été shampouinées. Sa résignation tranquille était caractéristique des familles noires fréquentant cette pièce ; j'ai fait une étude poussée.

Les mères blanches de délinquants, espèce statistiquement rare, ont tendance à gigoter, ou, si elles restent immobiles, elles sont raides comme la justice, la mâchoire crispée, la tête figée comme pour un scanner. Si la faible affluence le permet, les mamans blanches vont toujours choisir une chaise en plastique avec au moins deux sièges vides de chaque côté. Elles apportent souvent des journaux. Elles découragent les tentatives de conversation. Le message est clair ; quelque chose a violé le continuum espace-temps. Leur place n'est pas ici. Je repère souvent une pointe de scandale à la Mary Woolford, comme si toutes ces mères scrutaient la salle avec l'envie féroce de trouver quelqu'un à poursuivre en justice. L'autre cas de figure se lit instantanément comme un : ceci est un mauvais rêve – une incrédulité si belliqueuse qu'elle peut générer dans la pièce la présence holographique d'un univers parallèle dans lequel ce jour-là Johnny, ou Billy, est rentré à la maison à la même heure que d'habitude après la classe, un après-midi ordinaire où il a bu son lait et mangé ses HoHos avant de faire ses devoirs. Nous autres Blancs sommes accrochés à un tel sentiment de légitimité permanente que, lorsque les choses déraillent, nous sommes incapables de dire adieu à ce fantasme de monde douloureusement ensoleillé et stupidement joyeux auquel nous avons droit, et dans lequel la vie est belle.

Par contraste, les mères noires vont s'asseoir les unes à côté des autres, même si la pièce est pratiquement vide. Elles ne se parlent pas forcément, mais leur proximité véhicule une présomption de solidarité, un esprit de corps rappelant un club de lecture dont les membres peinent tous sur la lecture ardue du même classique. Elles ne donnent jamais l'impression d'être en colère, ou fâchées, ou surprises de se trouver là. Elles sont dans l'univers qui a toujours été le leur. Et les Noirs semblent avoir une appréhension beaucoup plus sophistiquée de la nature des événements dans le temps. Les univers parallèles sont de la science-fiction, et Johnny – ou Jamille – n'est pas rentré à la maison cet après-midi-là, n'est-ce pas ? Fin de l'histoire.

Tout de même, il existe un consensus tacite au sein de notre cercle, pour ne pas poser de questions sur les détails du délit qui a conduit là le fils de notre voisine de chaise. Quoique la transgression en question soit dans bien des cas la manifestation la plus publique de la famille, dans cette pièce nous communions dans l'opinion bienséante que ce qui se trouve dans la page locale du *Times* et à la une du *Post* est une affaire privée. Certes quelques mères, de temps à autre, prêtent l'oreille à la voisine expliquant que Tyrone n'a jamais volé le baladeur, ou qu'il gardait seulement un kilo pour un copain, mais vite les autres mères échangent des sourires entendus, et Miss « Nous allons porter plainte contre cette injustice » remballe sa marchandise. (Kevin m'informe qu'à l'intérieur personne ne clame son innocence. Au contraire, ils inventent des crimes ignobles pour lesquels ils ne se sont jamais fait prendre. « Si la moitié de ces branleurs disait la vérité, a-t-il lâché la semaine dernière, la plus grande partie de ce pays serait morte. » En fait, Kevin a revendiqué plusieurs fois son JEUDI, sans que la bleusaille le croie : « Eh moi, je suis Sidney Poitier, Ducon. » Apparemment il a traîné un des sceptiques par les cheveux jusqu'à la bibliothèque afin de confirmer ses titres de gloire grâce à un vieux numéro de *Newsweek.*)

Bref, le calme de cette jeune femme m'a frappée. Au lieu de se curer les ongles ou de sortir des vieux tickets de caisse de son portefeuille, elle se tenait droite, les mains posées sur les genoux. Elle regardait pile devant elle, lisant pour la centième fois peut-être l'affiche sur le SIDA. J'espère ne pas faire preuve de racisme – ces derniers temps, je ne sais jamais ce qui va être reçu comme une injure –, mais les Noirs semblent avoir un talent particulier pour l'attente, à croire qu'ils ont hérité du gène de la patience avec celui du globule falciforme. Je me suis déjà fait cette remarque en Afrique en voyant ces dizaines d'Africains, debout ou assis le long de la route, attendant le car, ou bien, pire, n'attendant rien de particulier, et jamais ils ne semblaient agacés, ou contrariés. Ils n'arrachaient pas de brins d'herbe pour en mâchouiller l'extrémité entre leurs incisives ; ils ne traçaient pas de dessins gratuits dans le sable rouge avec la pointe de leur sandale en plastique. Ils restaient immobiles, et présents. C'est une capacité existentielle, cette aptitude à seulement être là, avec une profondeur que j'ai vue faire défaut à certaines personnes très instruites.

À un moment, elle s'est dirigée vers le distributeur de friandises, dans le coin. L'annonce « La machine ne rend pas la monnaie » devait être allumée, parce qu'elle est revenue et m'a demandé si j'avais la monnaie d'un dollar. Je me suis pliée en quatre pour fouiller toutes les poches de mon

305

manteau, tous les recoins de mon sac, et le temps que je rassemble le nombre de pièces voulu elle regrettait peut-être de m'avoir demandé. J'ai si peu de contacts avec des inconnus, désormais – je préfère encore réserver des vols dans l'arrière-boutique de Travel R Us –, que les petites transactions me font paniquer. Peut-être avais-je désespérément envie d'exercer un effet positif sur la vie de quelqu'un d'autre, ne serait-ce qu'en lui permettant d'acheter un Mars. Au moins cet échange maladroit avait-il brisé la glace, et pour me rembourser l'effort que j'avais rendu si visible, elle a parlé quand elle est revenue s'asseoir.

« Je devrais lui apporter des fruits, je crois. » Elle a jeté un coup d'œil contrit sur les M&M's qu'elle avait posés sur ses genoux. « Mais, Seigneur, jamais il ne les mangerait. »

Nous avons partagé un regard de sympathie, nous émerveillant mutuellement que des gosses qui commettent des crimes d'adultes gardent leur gourmandise de petit garçon.

« Mon fils dit que la nourriture de Claverack, c'est de la bouillie pour les cochons, ai-je commencé.

— Oh, mon Marlon passe son temps à se plaindre, lui aussi. Il dit que c'est  "impropre à la consommation humaine". Et il paraît qu'ils mettent du salpêtre dans les petits pains ? » (Cette rumeur éculée de colonie de vacances doit trouver ses origines dans la vanité adolescente : l'abondance et l'urgence des besoins libidineux d'un adolescent représentent une telle menace contre l'ordre public qu'ils ont besoin d'être calmés par des méthodes secrètes.)

« Non,  "bouillie pour les cochons" est tout ce que j'ai pu lui tirer, ai-je dit. Mais Kevin n'a jamais prêté intérêt à la nourriture. Quand il était petit, j'ai eu peur qu'il meure de faim jusqu'au moment où je me suis rendu compte qu'il mangeait tant que je ne le regardais pas. Alors je lui laissais un sandwich à un endroit où j'étais sûre qu'il allait le trouver, et je m'éloignais. C'était comme si je nourrissais un chien. De loin, je le voyais enfourner le tout en deux ou trois bouchées, tout en guettant pour être sûr que personne ne le voyait. Il m'a surprise une fois en train d'épier, et il a recraché. Il a pris le pain à moitié mâché avec le cheddar, et il l'a tartiné sur la vitre de la porte. Où je l'ai laissé le plus longtemps possible. Je ne sais pas très bien pourquoi. »

L'œil de ma compagne, qui était vif, s'était vitrifié. Elle n'avait aucune raison de s'intéresser aux goûts alimentaires de mon fils et semblait à présent regretter d'avoir entamé la conversation. Je suis désolée, Franklin – c'est juste que je passe des journées entières sans presque dire un mot, alors si je commence à parler, ça part en cascade, comme du vomi.

« Quoi qu'il en soit, ai-je poursuivi avec un petit peu plus de discernement, j'ai prévenu Kevin qu'une fois transféré dans un centre de détention pour adultes il aurait droit à une nourriture bien pire encore. »

Les yeux de mon interlocutrice se sont plissés. « Votre fils ne sort pas à dix-huit ans ? C'est vraiment moche. » Contournant le sujet tabou de la salle d'attente, elle voulait dire : il a dû commettre un délit très grave.

« L'État de New York est plutôt compréhensif avec les mineurs de moins de seize ans, ai-je dit. Mais, même dans cet État, les gamins doivent faire au moins cinq ans en cas de meurtre – surtout quand les victimes sont sept lycéens et un professeur de lettres. » Pendant que son visage changeait, j'ai ajouté : « Oh, plus un serveur de la cafétéria. Peut-être que Kevin attache plus d'importance à la nourriture que je ne croyais. »

Elle a murmuré : « KK ».

J'entendais les moulinets rembobiner dans sa tête au fur et à mesure qu'elle essayait de se remémorer tout ce que j'avais dit et qu'elle n'avait écouté que distraitement. À présent, elle avait des raisons de s'intéresser à l'appétit rétif de mon fils – et à son goût « musical » pour la cacophonie produite de façon aléatoire par un ordinateur pendant le petit jeu malin auquel il se livrait en n'utilisant que des mots de trois lettres pour rédiger ses compositions scolaires. Ce que je venais de faire, c'était une sorte de truc mondain. Elle cherchait maintenant désespérément quelque chose à dire, non pas parce que je l'ennuyais, mais parce que je l'intimidais. Si elle pouvait récupérer un lot de détails blets et consistants du pétard que je venais de lui lâcher mine de rien, elle pourrait les servir à sa sœur dès le lendemain au téléphone comme cadeau de Noël.

« Lui-même, ai-je dit. C'est drôle que "KK" ait pu désigner les beignets Krispy Kreme.

308

— Ce doit être… » Elle a marqué un temps d'arrêt. Je me suis souvenue du jour où j'avais été surclassée pour un vol et m'étais retrouvée à côté de Sean Connery dans la cabine des Premières. Pétrifiée, je n'avais rien trouvé de mieux à dire que : « Vous êtes Sean Connery », ce qui ne devait pas être franchement une nouvelle pour lui.

« Ce doit être une s-sacrée croix à porter, a-t-elle bredouillé.

— Oui. » Je n'avais plus besoin de chercher à capter son attention ; je l'avais. J'étais capable de contrôler la logorrhée verbale qui m'avait gênée quelques minutes plus tôt. J'avais la sensation d'avoir trouvé une assise, concrétisée par le confort improbable que me procurait ma chaise en plastique moulé orange. Toute obligation de manifester un intérêt pour le sort pénible du fils de cette jeune femme s'était apparemment volatilisée. J'étais maintenant la partie sereine, celle qu'il fallait courtiser. Je me sentais presque royale.

« Votre fils, a-t-elle risqué. Il tient le coup ?

— Oh, Kevin se plaît beaucoup ici.

— Comment c'est possible ? Marlon passe son temps à maudire cet endroit.

— Kevin s'intéresse à peu de choses, ai-je dit, accordant à notre fils le bénéfice du doute en ne fermant pas complètement la porte. Il n'a jamais su quoi faire de sa personne. Les heures post-scolaires et les week-ends lui pendaient des épaules en faisant de grands plis, comme un manteau trop grand. Super, voilà sa journée plaisamment organisée du petit déjeuner à l'extinction des feux. Et il vit

309

désormais dans un univers où être mécontent toute la journée est absolument normal. Je pense qu'il doit même se sentir de plain-pied. » J'ai tout de même concédé : « Enfin, peut-être pas avec les autres détenus. Mais les humeurs dominantes chez eux – la détestation, l'hostilité, la dérision – sont de vieilles connaissances. »

D'autres visiteurs écoutaient manifestement notre conversation, dans la mesure où ils lançaient des regards entendus en direction de nos chaises avec la rapidité vorace d'une langue de lézard. J'aurais pu baisser la voix, mais j'étais contente d'avoir un public.

« Quand il repense à ce qu'il a fait, il éprouve, vous savez...

— Des remords ? ai-je soufflé froidement. Que pourrait-il bien regretter ? Aujourd'hui, il est quelqu'un, non ? Et puis, il s'est trouvé, comme on disait de mon temps. Il n'a plus à se demander s'il est un monstre ou un mauvais clown, un benêt, ou un cador, ou un polard. Il n'a pas à se demander s'il est homo. Il est un meurtrier. C'est une merveilleuse absence d'ambiguïté. Et la cerise sur le gâteau... (J'ai pris mon souffle.) ... c'est qu'il est débarrassé de moi.

— On dirait qu'il y a des compensations, alors. » Elle se tenait à trois ou quatre centimètres de plus qu'il ne sied à deux femmes en grande conversation, l'axe de son regard s'écartant de trente degrés de la ligne droite pour croiser le mien. Ces imperceptibles reculs étaient quasiment scientifiques :

j'étais un spécimen. « Vous aussi, vous êtes débarrassée de lui. »

J'ai eu un grand geste d'impuissance à l'intention de la salle d'attente. « Pas exactement. »

Après un coup d'œil à sa Swatch, elle a manifesté une conscience croissante de devoir profiter d'une occasion qui ne se reproduirait peut-être jamais, en amenant la seule question qu'elle avait toujours voulu poser à la vraie mère de KK avant qu'il soit trop tard. Je savais ce qui allait sortir.

« Vous avez jamais compris ce qui avait pu le conduire à... vous avez jamais compris POURQUOI ? »

C'est la question qu'ils veulent tous poser – mon frère, tes parents, mes collègues, les réalisateurs de documentaires, le psy que voit Kevin, les designers du site web gladstone_carnage.com, tous à l'exception, intéressante, de ma mère. M'étant endurcie pour accepter la gentille invitation de Thelma Corbitt à venir boire un café, une semaine après les obsèques de son fils (encore qu'elle n'ait jamais formulé la question et qu'elle ait passé le plus clair de notre entretien à me lire ses poèmes et me montrer ce qui m'a paru être des centaines de photos de Denny dans des pièces de théâtre montées à l'école), cette question a jailli d'elle de façon compulsive et s'est accrochée à mes vêtements : un désir de comprendre qui frôlait l'hystérie. Comme tous ces parents, elle avait été ravagée par l'idée angoissante que tout ce sanglant chaos dont des fragments poisseux continueraient de nous coller l'une comme l'autre à la peau pour notre vie entière

311

n'était pas une fatalité. Exact. Ce JEUDI était un choix, une option, comme la typo, ou l'espagnol. Sauf que ce harcèlement incessant, le refrain suppliant – POURQUOI, POURQUOI, POURQUOI – est grossièrement injuste. Pourquoi, après tout ce que j'ai supporté, suis-je tenue comptable de la tâche d'ordonner leur chaos ? N'est-il pas suffisant que je subisse la brutalité des faits sans devoir endosser cette responsabilité déraisonnable de leur trouver un sens ? Cette jeune femme, à Claverack, ne songeait pas à mal, j'en suis sûre, mais sa question trop familière m'a rendue agressive.

« Je suppose que c'est ma faute, ai-je lancé comme un défi. Je n'ai pas été une très bonne mère – froide, critique, égoïste. Encore qu'on ne puisse pas dire que je n'en ai pas payé le prix.

— Alors, a-t-elle répliqué doucement en comblant les cinq centimètres et en faisant pivoter son regard de trente degrés pour soutenir le mien de face, vous pouvez aussi rendre votre mère responsable, et elle la sienne. Au moins, comme ça, au bout d'un moment, c'est la faute de quelqu'un de mort. »

Imperturbable dans ma culpabilité à laquelle je m'accrochais comme une petite fille à son lapin en peluche, je me suis abstenue d'embrayer.

« Greenleaf ? » a crié le gardien. Ma voisine a fourré les bonbons dans son sac et s'est levée. Je l'ai vue calculer qu'elle avait juste assez de temps pour glisser une rapide question-réponse de plus, ou émettre une opinion en prenant congé. Avec Sean Connery, c'est toujours le dilemme, n'est-ce pas ? On purge l'information, ou on se répand.

Finalement, elle m'a impressionnée en prenant la seconde option.

« C'est toujours la faute de la mère, pas vrai ? a-t-elle dit tout bas, en ramassant son manteau. Ce gamin a mal tourné parce que sa mère elle est alcoolo, ou accro à la drogue. Elle le laisse à l'abandon, elle lui apprend pas la différence entre le bien et le mal. Elle est jamais à la maison quand il rentre de l'école. Personne va jamais dire que le père est un poivrot, ou qu'il est pas à la maison quand il revient de l'école. Et personne non plus va jamais dire qu'il y a des enfants qu'ont la méchanceté. Croyez pas ces vieilles salades. Les laissez pas vous charger avec tous ces meurtres.

— LORETTA GREENLEAF !

— C'est dur d'être une maman. Personne n'a jamais fait voter de loi disant qu'il faut être parfaite avant de tomber enceinte. Je suis sûre que vous avez fait de votre mieux. Vous êtes dans ce trou à rats par un beau samedi après-midi ? Vous essayez encore. Faut prendre soin de vous, maintenant, jolie madame. Et ne racontez plus jamais ces bêtises. »

Loretta Greenleaf a pris ma main, et l'a serrée. Les yeux se sont mis à me brûler. À mon tour, j'ai serré sa main, si fort et si longuement qu'elle a dû craindre que je ne la laisse plus partir.

Oh, chéri, le café est froid.

*Eva*

(Neuf heures du soir)

De retour dans mon duplex. J'ai honte de moi. Je n'avais pas besoin de faire savoir que j'étais la mère de Kevin. Loretta Greenleaf et moi, nous aurions pu nous contenter de parler de la nourriture servie à Claverack. Genre : qui a dit que le salpêtre supprimait les besoins sexuels ? ou même : d'ailleurs, c'est quoi le salpêtre, bon sang ?

J'allais écrire : « Je ne sais pas ce qui m'a pris », mais j'ai bien peur de le savoir, Franklin. J'avais soif de compagnie, et j'ai senti son intérêt pour cette Blanche un peu bavarde qui donnait des signes de faiblesse. J'avais le moyen de la river sur place si je le souhaitais, et je l'ai fait.

Certes, tout de suite après ce JEUDI, je n'avais pas de plus grand désir que celui de me glisser dans un égout et de fermer le couvercle. J'avais envie d'être transparente, comme mon frère, qu'on m'oublie, si cela n'est pas seulement un synonyme d'être morte. La dernière chose au monde dont je me souciais était bien ma propension à vouloir sortir du lot. Sauf que la résilience morale est confondante. Comme je disais, je connais de nouveau la sensation de faim, et pas seulement pour du poulet. Que ne donnerais-je pour revenir au temps où, au milieu d'inconnus, je faisais une impression mémorable parce que j'avais créé une société qui marchait ou que j'avais sillonné le Laos ! J'avais la nostalgie de l'époque où Siobhan applaudissait à deux mains en me déclarant, admirative, qu'elle emporterait *A Wing and a Prayer* quand elle irait sur l'Ancien Continent. C'est cette reconnaissance-là que je m'étais choisie. Mais nous sommes tous pleins de ressources et faisons avec ce qui nous tombe sous la main. Dépouillée de ma société, de ma richesse et de mon joli mari, je plonge sur mon raccourci le plus sûr vers la notoriété.

La mère de l'ignoble Kevin Khatchadourian, voilà ma nouvelle identité, et elle constitue une petite victoire de plus pour notre fils. AWAP et notre mariage ont été réduits à des notes en bas de page, n'ayant d'intérêt que par l'éclairage éventuel qu'ils donnent à mon rôle de mère du gamin que tout le monde adore détester. Sur le plan très privé, cette agression filiale sur ce que j'ai été un jour à mes yeux est peut-être ce qui m'atteint le plus. Pendant la première moitié de ma vie, j'ai été ma propre création. Partant d'une enfance sinistre et recluse, j'avais moulé une adulte ouverte et vibrante de vie, possédant des notions d'une douzaine de langues et capable de se repérer dans les rues inconnues de n'importe quelle ville étrangère. Cette idée que l'on est chacun son œuvre d'art est très américaine, comme tu t'empresserais de me le faire remarquer. Aujourd'hui, j'ai une vision européenne : je suis un paquet d'histoires vécues par d'autres, une créature des circonstances. C'est Kevin qui s'est chargé de la tâche yankee, faite d'optimisme et d'agressivité, de se forger lui-même.

Il se peut que je sois hantée par cette question du « pourquoi », mais je me demande quel véritable effort j'ai fait pour tenter d'y répondre. Je ne suis pas certaine d'avoir envie de comprendre Kevin, de trouver en moi-même un puits si profond que, du fond de cette profondeur, ce qu'il a fait prenne sens. Pourtant, petit à petit, à mon corps défendant, je saisis la rationalité de ce JEUDI. Mark

David Chapman reçoit aujourd'hui le courrier du fan-club que John Lennon ne peut plus recevoir ; Richard Ramirez, le Rôdeur Nocturne, a peut-être détruit les chances de bonheur nuptial d'une douzaine de jeunes femmes, mais il n'en reçoit pas moins de nombreuses propositions de mariage dans sa prison. Dans un pays qui ne distingue pas entre célébrité et infamie, la seconde se présente comme une option objectivement plus accessible. C'est pourquoi je ne suis plus stupéfiée par la fréquence des actes de violence publique à l'arme automatique, mais par le fait que chaque citoyen américain très ambitieux ne se trouve pas sur le toit d'un centre commercial, bardé de chargeurs. Entre ce qu'a fait Kevin ce JEUDI et ce que j'ai fait dans la salle d'attente de Claverack aujourd'hui n'existe qu'une différence d'échelle. Désirant éperdument sortir du lot, me sentir « originale », j'étais résolue à capter l'attention de quelqu'un, même si je devais pour cela utiliser le meurtre de neuf personnes.

Rien de mystérieux dans les raisons de la bonne adaptation de Kevin à Claverack. Dans son lycée, il était en colère, il avait trop de concurrence ; des douzaines de gamins se battaient pour le rôle de triste cancre avachi au fond de la classe. À présent, il s'est fait une niche.

Et puis il a des collègues, à Littleton, Jonesboro, Springfield. Comme dans la plupart des disciplines, la rivalité est en compétition avec un sens plus collégial nourri d'une communauté d'objectifs. À l'instar de bien des champions charismatiques, Kevin est sévère avec ses contemporains, qu'il soumet à des normes rigoureuses : total mépris pour les pleureuses du style Michael Carneal, de Paducah, qui se repentent et souillent la pureté de leur geste par un remords minable. Admiration pour le panache – par exemple, le mot d'esprit d'Evan Ramsey mettant en joue pendant le cours de maths, à Bethyl, Alaska : « Ça, c'est plus fort que l'algèbre, non ? » Respect pour les préparatifs impeccables : Carneal qui met des oreillettes de tir avant de lever son calibre 22 luger ; Barry Loukaitis, de Moses Lake, qui traîne sa mère dans neuf boutiques différentes avant de trouver exactement le manteau noir de la longueur adéquate pour dissimuler son fusil de chasse de calibre 30. Kevin ne manque pas non plus d'un joli sens de l'ironie en appréciant particulièrement le fait que le professeur abattu par Loukaitis venait peu de temps auparavant d'écrire, sur le bulletin de cet élève noté A : « Un plaisir de l'avoir en classe. » À la manière de n'importe quel professionnel, Kevin n'a que dédain pour le genre d'incompétence crasse manifesté par John Sirola, l'adolescent de quatorze ans de Redlands, Californie, qui a tiré sur son principal à bout portant, en 1995, avant de trébucher en prenant la fuite et de se mettre une balle mortelle. Et, à la façon des experts reconnus, Kevin se méfie des parvenus qui jouent des coudes pour tenter de se frayer un chemin dans sa spécialité avec une bien maigre qualification – voir sa rogne contre cet éviscérateur de treize ans. Il est difficile à impressionner.

De même que John Updike balaye Tom Wolfe en le traitant de faiseur, Kevin réserve un traitement particulier à Luke Woodham, le « frimeur » de Pearl, Mississippi. Il approuve la rigueur idéologique, mais dédaigne la morale pontifiante, autant qu'un aspirant perpétreur de massacre à l'école qui n'observe pas ses propres préceptes – et apparemment, avant de mettre hors circuit son ex-petite amie avec un calibre 30-30, Woodham n'avait pu se retenir de faire passer un petit mot à un camarade de classe disant (et je voudrais que tu entendes l'interprétation larmoyante de ton fils) : « J'ai tué parce que les gens comme moi, on les maltraite tous les jours. J'ai fait cela pour montrer que la société nous pousse, et que nous allons la pousser. » Kevin décriait les pleurnicheries de Woodham, avec les larmes tombant sur son pull orange pendant l'émission « Prime Time Live », en les qualifiant de « carrément nulles » : « Je suis qui je suis ! Je ne suis pas un tyran. Je ne suis pas mauvais, j'ai un cœur, j'ai des sentiments ! » Woodham a reconnu s'être entraîné en massacrant son chien Sparky, qu'il a enveloppé dans un sac en plastique avant d'y mettre le feu avec de l'alcool à brûler, avoir écouté le chiot gémir, puis l'avoir balancé dans un étang, et, au terme d'une réflexion studieuse, Kevin a conclu que torturer un animal était un cliché. Ces derniers temps, il est particulièrement critique sur les façons de cette créature geignarde qui a tenté de fuir ses responsabilités en accusant un club satanique. L'histoire elle-même ne manquerait pas de panache, mais Kevin tient le refus d'assumer ses propres réalisations non seulement pour minable, mais comme une trahison de la tribu.

Je te connais, chéri, et tu t'impatientes. Peu importe les préliminaires, tu veux le récit de la visite elle-même – dans quelle humeur il était, de quoi il avait l'air, ce qu'il a dit. D'accord, donc. Mais, virtuellement, c'est toi qui as demandé.

Il a l'air d'aller plutôt bien. Quoiqu'il y ait encore un peu trop de tons bleus dans son teint, de fines veines sur ses tempes disent une vulnérabilité prometteuse. S'il s'est taillé les cheveux en mèches inégales, j'y vois la représentation d'une saine préoccupation par rapport à son apparence. Le perpétuel demi-rictus au coin droit de sa bouche commence à creuser une fossette unique et permanente dans la joue, qui demeure lorsqu'il passe à une moue boudeuse. Il n'a pas de fossette du côté gauche, et la dissymétrie est déconcertante.

Finies les combinaisons orange à Claverack, en ce moment. Du coup, Kevin est libre de persister dans le style vestimentaire surprenant qu'il a adopté à quatorze ans, vraisemblablement élaboré en contre-point de la mode privilégiant les vêtements trop grands – le truc des durs de Harlem, des boxeurs prenant le soleil, sautillant au milieu de la circulation tandis que la ceinture de leur jean qui aurait pu gréer un petit voilier dégringole vers leurs genoux. Mais si le look différent de Kevin est identifié, je ne peux que me perdre en conjectures sur ce qu'il veut dire.

Quand il a commencé à arborer ce style en classe de quatrième, je me suis dit que les T-shirts qui lui bridaient les aisselles et faisaient des plis sur son buste étaient des vieux trucs qu'il aimait trop pour se résoudre à les abandonner, alors je me suis mise en quatre pour trouver les répliques en plus grande taille. Il ne les a jamais touchées. Je comprends aujourd'hui que les salopettes dont la fermeture Éclair ne fermait pas complètement étaient soigneusement choisies. Même chose pour les coupe-vent dont les manches remontaient sur les poignets, les cravates qui pendaient à dix centimètres au-dessus de la ceinture quand nous l'obligions à « présenter bien », les chemises qui bâillaient entre les boutons.

Je dirai que les vêtements minuscules produisaient leur effet. Au premier coup d'œil, il donnait une impression d'extrême pauvreté, et j'ai retenu plus d'une fois un commentaire du genre « les gens vont croire » que nous ne gagnons pas assez pour acheter un jean neuf à notre garçon qui a grandi ; les adolescents adorent prendre leurs parents en flagrant délit d'obsession de leur statut social. Par ailleurs, en y regardant mieux, on découvrait que cette tenue étriquée était de bonne marque, donnant à la posture de l'infortune une teinture parodique. L'hypothèse d'une machine réglée par inadvertance à une température trop élevée connotait une ineptie comique, et une veste en taille enfant serrée aux épaules laissait parfois dépasser stupidement ses bras, comme un babouin. (Cela étant le plus près qu'il se soit approché d'une tenue normale, et personne à qui j'ai parlé de notre fils n'a jamais dit le trouver drôle.) La façon dont les ourlets de ses jeans s'arrêtaient un peu au-dessus du haut de ses chaussettes lui donnait une allure de nigaud, en harmonie avec sa prédilection à jouer les imbéciles. Ce style faisait plus que suggérer un Peter Pan – refus de grandir –, bien que son désir de rester enfant persiste à me laisser perplexe, lui qui pendant tout le temps qu'elle a duré semblait tellement perdu dans son enfance, butant contre ces années un peu comme je me butais partout dans notre gigantesque maison.

La politique expérimentale de Claverack autorisant les détenus à porter des vêtements normaux a permis à Kevin de reproduire en prison son affirmation vestimentaire. Alors que les gamins des rues de New York qui flottent dans des tenues trop grandes ressemblent de loin à des bouts de chou, le style étriqué de Kevin a l'effet opposé en le faisant paraître plus grand – plus adulte, explosant ses vêtements. Un des psys qui le suivent m'a accusée de trouver cette manière de s'habiller énervante à cause de son agressivité sexuelle : l'entrejambe de Kevin lui scie explicitement les testicules, et les T-shirts peints lui moulent les bouts de sein. Soit. Il est bien certain que les coutures trop serrées des manches, les cols qui étranglent et les ceintures qui boudinent lui saucissonnent le corps, et m'évoquent la soumission.

Il semble mal à l'aise, et, de ce point de vue, le laïus est perspicace. Kevin est mal à l'aise, par définition ; les vêtements minuscules sont la réplique de la constriction qu'il éprouve dans sa propre peau. Voir son attirail étouffant comme une version

321

du cilice est peut-être pousser un peu le bouchon, mais la ceinture est irritante et le col lui entame le cou. L'inconfort fait naître de l'inconfort chez les autres, bien sûr, et cela aussi doit faire partie de la stratégie. Je me surprends souvent, quand je suis avec lui, à tripoter mes vêtements, tirer discrètement sur une couture qui me rentre entre les fesses, dégrafer un bouton de plus à mon chemisier.

À épier les échanges laconiques aux tables voisines, j'ai repéré que certains codétenus de Kevin se sont mis à imiter ses excentricités vestimentaires. Je suppose que les T-shirts de taille inhabituellement petite sont devenus des possessions prisées, et Kevin en personne a fait quelques allusions méprisantes au fait que les nabots se faisaient voler leurs vêtements. Il peut toujours taxer les imitateurs de ridicule, il semble franchement content d'avoir initié sa propre mode. S'il avait été également soucieux d'originalité il y a deux ans, les sept lycéens dont il s'est servi comme cible seraient en ce moment en train de remplir leur demande d'inscription dans l'université de leur choix.

Bref, aujourd'hui ? Il est venu s'installer dans le parloir, vêtu de ce qui avait dû être le bas de survêtement d'un nabot, dans la mesure où je n'ai pas reconnu un achat fait par moi. Le petit gilet écossais boutonné qu'il portait par-dessus ne tenait que par les deux boutons du milieu, laissant visible le haut de l'abdomen. De plus, même ses tennis sont trop petits et il aplatit les talons sous sa plante de pied. Il n'aimerait peut-être pas me l'entendre dire, mais il possède une certaine grâce. Il y a de la langueur dans ses mouvements, comme dans sa façon de parler. Et puis il a cette démarche de guingois : il va en biais, comme les crabes. Sa hanche gauche toujours en avant lui donne la démarche subtilement chaloupée d'un top model défilant sur un podium. S'il décelait que j'ai trouvé chez lui des éléments efféminés, je doute qu'il s'en offenserait. Il aime l'ambiguïté ; il adore laisser dans l'incertitude.

« Quelle surprise », a-t-il dit doucement en tirant la chaise. Les pieds de derrière avaient perdu leur embout en plastique, et l'aluminium nu a grincé contre le ciment comme le crissement d'ongle sur le tableau noir qu'émettait parfois Kevin. Il a laissé glisser son coude sur la table, la tempe appuyée contre son poing fermé, arborant cet air penché typique et sardonique avec tout son corps. J'ai tenté de me retenir, mais, chaque fois qu'il est assis en face de moi, je recule.

Je suis très agacée de devoir être toujours celle qui trouve un sujet de conversation. Il est assez grand pour parler. Et depuis qu'il m'a emprisonnée dans ma propre vie autant qu'il l'est dans la sienne, nous souffrons d'une égale pénurie de matière nouvelle. Souvent, nous récitons le même script. Je demande, avec une simplicité brutale : « Comment vas-tu ? » et il répond : « Tu as envie que je dise que ça va bien ? » Je relance par : « J'ai envie que tu dises quelque chose », à quoi il me rappelle : « C'est toi qui es venue me voir. » Il est ensuite capable de rester coi pendant l'heure entière. Et il le fait. Quant à celui de nous deux qui supporte le mieux la nullité, il n'y a pas compétition. Il passait des samedis entiers planté spectaculairement devant la chaîne Météo.

Aujourd'hui, j'ai même sauté le couplet de rigueur à base de « comment », partant de l'idée que les gens qui esquivent le bavardage ont toujours besoin des transitions faciles qu'il fournit, mais ont appris à faire faire tout le boulot par les autres. Et puis j'étais encore dans l'agitation de ma conversation avec Loretta Greenleaf. Peut-être avoir fait céder sa mère à la tentation de se vanter de ses liens avec l'immonde atrocité commise par lui serait une satisfaction pour Kevin. Mais apparemment, ma tendance messianique à prendre sur mes épaules la responsabilité de ce JEUDI est perçue par Kevin comme une forme de vol.

« D'accord, ai-je dit, sans plaisanter. J'ai besoin de savoir. Est-ce que, pour toi, je suis responsable ? Tu peux le dire, si c'est ce que tu penses. C'est ce que tu racontes à tes psys, ou ce qu'eux te racontent ? Que tout cela remonte à ta mère. »

La réponse a été cinglante. « Pourquoi est-ce que tout le mérite te reviendrait à toi ? »

La conversation qui dans mon esprit allait consommer l'heure entière s'est terminée en une minute et demie. Nous sommes restés silencieux.

« Est-ce que tu te souviens précisément de ta petite enfance, Kevin ? » J'avais lu quelque part que les gens ayant vécu une enfance douloureuse ont souvent tendance à l'effacer.

« Me souvenir de quoi ?

— Par exemple, que tu as eu des couches jusqu'à six ans.

— Et alors ? » Si j'avais eu vaguement l'idée de le gêner, c'était raté.

« C'était sûrement désagréable.

— Pour toi.

— Pour toi aussi.

— Pourquoi ? a-t-il demandé suavement. J'étais au chaud.

— Pas longtemps.

— Ça ne durait pas longtemps. Tu étais une gentille Maman.

— Les autres enfants de l'école maternelle ne se moquaient pas de toi ? Je m'inquiétais, à l'époque.

— Oh, je parie que tu n'en dormais pas.

— Je m'inquiétais », ai-je répété avec raideur.

Il a haussé une épaule. « Pourquoi ils se seraient moqués ? J'échappais à un truc, et pas eux.

— Je me demandais seulement si, avec le recul, tu pouvais éclairer un peu les raisons de ce retard. Ton père t'a fait assez de démonstrations.

— *Kevinou-chéri !* a-t-il psalmodié d'une voix de fausset. *Mon garçon d'amour ! Regarde ton Papa ! Tu vois comment il fait un gros pipi dans la lunette ? Tu ne voudrais pas faire pareil toi aussi, Kevinou-trésor ? Ça serait pas rigolo d'être comme papinou, de faire pipi avec ton zizi dans le grand cabinet ?* Je vous mettais juste face à votre propre débilité. »

J'ai trouvé intéressant qu'il se soit laissé aller à être verbalement intelligent ; il prend généralement garde à ne pas montrer qu'il a un cerveau. « Très bien, ai-je dit. Tu ne voulais pas utiliser les toilettes pour toi, ni pour toi et moi – pas question de le faire pour moi. Mais pour ton père, pourquoi pas ?

— *C'est que tu es un grand garçon, maintenant !* a minaudé Kevin. *Mon grand garçon à moi ! Mon petit homme !* Putain. Quel connard. »

Je me suis levée d'un bond. « Ne t'avise jamais de redire ça. Jamais, au grand jamais. Tu m'as bien comprise ? Plus jamais, jamais, jamais.

— Sinon quoi ? » a-t-il demandé doucement, avec des étoiles dans les yeux.

Je me suis rassise au fond de ma chaise. Je ne devrais pas le laisser m'atteindre de cette façon. Habituellement, je ne le laisse pas. Mais la moindre attaque contre toi…

Oh, je devrais peut-être m'estimer heureuse qu'il n'appuie pas plus souvent sur ce bouton. Quoique, dernièrement, c'est ce qu'il fait en permanence, plus ou moins. Disons que, pendant le plus clair de son enfance, ses traits aigus et anguleux m'ont renvoyé l'image obsédante de mon propre reflet. Puis, au cours de l'année passée, son visage s'est mis à se remplir, et au fur et à mesure qu'il s'étoffe je reconnais ton ossature solide. S'il est vrai qu'à une époque je scrutais avidement le visage de Kevin pour y lire une ressemblance avec son père, aujourd'hui je combats l'impression idiote qu'il le fait exprès, pour me faire souffrir. Je ne veux pas voir la ressemblance. Je ne veux pas identifier les mêmes tics, ce mouvement vertical de la main qui n'était qu'à toi, pour évacuer une question sans importance, comme le détail insignifiant que constituait le refus des voisins, les uns après les autres, de laisser leurs enfants jouer avec ton fils. Voir ton imposant menton saillir avec pugnacité, ton large sourire sans malice se tordre en rictus appliqué, j'ai l'impression de contempler mon mari... mais possédé.

« Tu aurais fait quoi, alors ? ai-je demandé. Avec un petit garçon qui persiste à faire dans sa culotte alors qu'il a l'âge d'entrer en cours préparatoire ? »

Kevin s'est avachi plus avant sur son coude, le biceps collé sur la table. « Tu sais comment on fait avec les chats, non ? Quand ils font dans la maison, on leur met le museau dans leur merde. Ça leur plaît pas. Ils font dans leur caisse. » Et de se radosser, content de lui.

« Ce n'est pas si loin de ce que j'ai fait, si ? ai-je dit solennellement. Tu t'en souviens ? Ce que tu m'as amenée à faire ? Comment j'ai fini par obtenir que tu utilises les cabinets ? »

Il a caressé une légère cicatrice blanche sur son avant-bras, près du coude, avec une tendresse pleine d'affection, comme s'il câlinait un ver de terre apprivoisé. « Absolument. » Le ton avait changé ; j'ai senti qu'il se rappelait vraiment, alors que les autres souvenirs étaient une reconstitution.

« J'ai été fier de toi, a-t-il ronronné.

— De toi, tu as été fier de toi, ai-je dit. Comme d'habitude.

— Attends, a-t-il lancé en se penchant de nouveau. Pour une fois que tu étais sincère. »

J'ai frémi, ramassé mon sac. J'avais peut-être désiré son admiration un jour, mais pas pour ça. Pour tout, sauf pour ça.

« Une minute, a-t-il dit. J'ai répondu à ta question. J'en ai une à te poser. »

Voilà qui était nouveau. « Très bien, ai-je dit. Vas-y.

— Ces cartes.

— Oui, eh bien quoi ?

— *Pourquoi tu as voulu les laisser sur les murs ?* »

C'est uniquement parce que j'ai refusé pendant des années d'arracher ces cartes barbouillées de mon bureau, ou de te laisser peindre par-dessus comme tu tenais tant à le faire, que Kevin « se souvient » un tant soit peu de l'incident. Il était, comme tu l'as répété maintes fois à l'époque, très, très jeune.

« Je les ai gardées pour ma santé mentale, ai-je répondu. J'avais besoin de voir quelque chose que tu m'avais fait, de pouvoir toucher cette chose du doigt. Comme preuve que ta méchanceté n'était pas seulement mon invention.

— Ouais, a-t-il dit en chatouillant de nouveau la cicatrice sur son bras. Je sais de quoi tu parles. »

Je promets de t'expliquer, Franklin, mais là tout de suite je ne peux pas.

*Eva*

*Cher Franklin,*

Je suis désolée de t'avoir laissé en plan, et depuis j'appréhende l'explication. En fait, dans la voiture en allant travailler, ce matin, j'ai eu un autre flash-back concernant le procès. En théorie, j'ai commis un parjure. Je ne pensais simplement pas devoir à cette juge aux yeux en soucoupe (jamais encore je n'avais vu cette anomalie congénitale, avec des pupilles extrêmement réduites qui lui donnaient un regard halluciné et vide de personnage de dessin animé venant de prendre un coup de poêle à frire sur le crâne) ce que j'avais caché pendant dix ans à mon propre mari.

« Mrs Khatchadourian, vous est-il jamais arrivé, à votre mari ou à vous, de frapper votre fils ? »

L'avocat de Mary s'était penché d'un air menaçant vers la barre des témoins.

« La violence ne fait qu'enseigner à un enfant que la force physique est une méthode acceptable pour arriver à ses fins, ai-je récité.

— La cour ne peut qu'être d'accord, Mrs Khatchadourian, mais il est très important de clarifier les choses sans ambiguïté pour le procès-verbal : est-il arrivé que vous, ou votre mari, ayez molesté Kevin physiquement pendant que vous en aviez la garde ?

— Absolument pas, ai-je répondu fermement, avant de marmonner encore une fois, pour faire bonne mesure : Certainement pas. » J'ai regretté la répétition. Une affirmation que l'on se sent obligé de réitérer a quelque chose d'incertain.

En quittant la barre, mon pied s'est pris dans un clou du parquet, et le talon de caoutchouc noir de ma chaussure a été arraché. J'ai regagné mon siège en boitillant et en me disant que mieux valait un talon brisé qu'un long nez en bois.

Mais garder des secrets est une discipline. Je ne m'étais jamais prise pour une bonne menteuse, mais avec l'entraînement j'ai adopté le credo des prévaricateurs selon lequel l'on forge moins un mensonge qu'on ne l'épouse. Un mensonge réussi, on ne peut pas l'introduire dans ce monde pour l'abandonner ensuite sur un caprice ; comme toute relation représentant un engagement, il nécessite un entretien et beaucoup plus de dévotion que la vérité, qui continue d'être vraie négligemment, sans aide. Ainsi mon mensonge avait-il besoin de moi autant que j'avais besoin de lui et exigeait la constance d'un mariage : pour le meilleur et pour le pire, jusqu'à ce que la mort nous sépare.

Je me rends compte que les couches de Kevin te faisaient honte, même si, de façon surprenante, elles ne gênaient pas le moins du monde l'intéressé. Nous utilisions déjà la très grande taille ; elles étaient déjà fort longues, et nous allions devoir nous mettre à acheter par correspondance le modèle médical pour les cas d'incontinence. Malgré le nombre impressionnant de manuels d'éducation des enfants prêchant la tolérance que tu avais dévorés, tu cultivais une masculinité désuète que je trouvais étonnamment séduisante. Tu ne voulais pas que ton fils soit une lopette, ni qu'il soit un sujet de moqueries faciles, ni qu'il s'accroche à un stigmate infantile aussi criant, dans la mesure où le paquet de couches sous son pantalon ne passait pas inaperçu. « Putain, râlais-tu une fois que Kevin était couché. Si seulement il avait pu se contenter de sucer son pouce ! »

Tu avais pourtant toi-même engagé un combat permanent avec ta maniaque de mère à propos de la chasse d'eau, parce que la cuvette avait un jour débordé, et que chaque fois que tu appuyais sur le bouton tu avais la terreur de voir les étrons se déverser sans fin sur le sol, comme dans une version scatologique de *L'Apprenti sorcier*. Et j'étais convenue qu'il était tragique pour des enfants de se fabriquer des névroses sur les questions de pipi et de caca, sans parler du gaspillage d'angoisse, de sorte que j'avais adopté la nouvelle méthode consistant à laisser les petits choisir le pot quand ils y étaient « prêts ». Ce qui ne nous empêchait pas de désespérer l'un et l'autre. Tu as commencé à me harceler pour savoir s'il me voyait utiliser les toilettes dans la journée (nous ne savions du reste pas si c'était souhaitable ou non), ou si j'avais peut-être dit quelque chose qui faisait de ce trône de la vie civilisée un sujet de panique en comparaison de quoi de charmants détails comme *s'il te plaît* et *merci* devenaient des luxes aussi peu indispensables que des dessous-de-verre. Tu m'accusais alternativement d'en faire trop, ou trop peu dans ce domaine.

Il était impossible que j'aie minimisé le problème, parce que cette étape du développement normal qu'apparemment notre fils avait escamotée tyrannisait ma vie quotidienne. Tu te souviendras que c'est uniquement grâce à la nouvelle éthique de neutralité pathologique (on-ne-parle-pas-de-supérieur-ou-inférieur-mais-uniquement-de-diversité) et aussi grâce à la peur paralysante d'un procès (dont les Américains ont une telle horreur qu'ils répugnent de plus en plus à la moindre initiative, depuis faire le bouche-à-bouche à un noyé jusqu'à virer de leur emploi les ahuris incompétents) que Kevin n'a pas été renvoyé de cette école maternelle de Nyack jusqu'à ce que, disons, il ne fasse plus sous lui. Dans la même logique, l'institutrice n'allait pas accepter de changer un garçon de cinq ans, au prétexte qu'elle prêterait ainsi le flanc à une accusation d'abus sexuel. (En fait, quand j'ai tranquillement informé Carol Fabricant de la petite excentricité de Kevin, elle m'a regardée en biais et annoncé dans un trémoussement que ce type de « comportement

332

non conforme » était parfois un « appel au secours ». Elle ne l'a pas dit explicitement, mais, pendant toute la semaine qui a suivi, j'ai vécu avec la peur d'entendre toquer à notre porte et d'apercevoir un gyrophare bleu sous une de nos fenêtres. Bref, je n'étais pas plus tôt de retour à la maison après l'avoir déposé à l'École du Bonheur à neuf heures, que je devais reprendre la voiture pour être là-bas vers onze heures trente, avec ma sacoche à langer passablement usée.

S'il était sec, je faisais mine de le repeigner un peu et demandais à voir ce qu'il dessinait, bien que l'éventail de ses « créations artistiques » collées sur la porte du frigo me donnât déjà une certaine idée. (Alors que les autres enfants étaient passés aux bonshommes bâtons avec une grosse tête et aux paysages avec une bande bleue en haut pour faire le ciel, Kevin en était encore aux gribouillages informes faits à coups de lignes brisées tracées au Crayola noir et violet.) Mais trop souvent, hélas, une rétention à mi-journée signifiait une nouvelle expédition à la suite d'un coup de téléphone : Miss Fabricant, pour m'informer que Kevin était à présent trempé et que les autres enfants se plaignaient de l'odeur. Si je pouvais… – difficile de refuser. C'est ainsi qu'après l'avoir repris à deux heures j'en étais à quatre allers et retours à l'École du Bonheur pour la journée. Adieu le temps libre dont j'allais disposer quand Kevin aurait commencé l'école, et adieu aussi l'illusion improbable que j'avais continué de nourrir d'un prochain retour à la direction de AWAP.

Si Kevin avait été un petit garçon docile et plein de bonne volonté, affligé de ce seul désagrément, Miss Fabricant l'aurait peut-être pris en pitié. Mais sa relation avec notre fils avait d'autres raisons de ne pas être idyllique.

Il se peut que nous nous soyons fourvoyés en l'inscrivant dans une école Montessori, dont la philosophie sur la nature humaine est, pour le moins, optimiste. Le principe de l'éducation contrôlée, mais laissée à l'initiative de l'enfant – on place les petits dans un environnement « stimulant », avec des aires de jeux allant des cubes à alphabet jusqu'aux bouliers, en passant par les petits pois germés – reposait sur le postulat que les enfants sont des autodidactes innés. Sauf que, dans mon expérience, quand on les laisse à leurs seules ressources, les gens vont s'intéresser à une ou deux choses : c'est peu, et ça ne va pas loin.

Une première évaluation des « progrès » de Kevin, au mois de novembre de cette année-là, signalait un « déficit de socialisation », et un « éventuel besoin d'encouragement à la prise d'initiative ». Miss Fabricant répugnait à critiquer les enfants qui lui étaient confiés, il a donc fallu déployer beaucoup d'efforts pour lui faire traduire que Kevin avait passé ses deux premiers mois inerte sur un tabouret, au milieu de la salle, à contempler avec indifférence les ébats de ses camarades. Ce regard, je le connaissais : l'œil glauque, précocement gériatrique, où ne brille que sporadiquement un éclair d'incrédulité méprisante. Quand on l'incitait à jouer avec les autres enfants, il répondait invariablement que ce qu'ils faisaient, c'était « nul », en articulant avec cette lassitude laborieuse qui, au collège, persuaderait son professeur d'histoire qu'il buvait. Comment Miss Fabricant réussissait à lui faire réaliser ces dessins furieux et sombres, je ne le saurai jamais.

Pour moi, ces barbouillages au Crayola étaient une injonction permanente à l'admiration. J'ai vite été à court de compliments (*Quelle énergie dans ce dessin, Kevin !*) et d'interprétations imaginatives (*C'est une tempête que tu as fait là, chéri ? Ou bien peut-être une boule de cheveux et de savon qu'on retire d'un siphon de baignoire !*). Pressée avec insistance de m'extasier sur son très joli choix de couleurs alors qu'il dessinait exclusivement en noir, marron et violet, je ne pouvais m'empêcher de glisser timidement qu'après le cul-de-sac monumental dans lequel avait fini l'expressionnisme abstrait à la fin des années cinquante, il ferait peut-être aussi bien d'essayer d'obtenir un truc ressemblant à un oiseau, ou un arbre. Mais, pour Miss Fabricant, les natures mortes compressées de Kevin étaient la preuve positive que la méthode Montessori pouvait faire des merveilles pourvu qu'on ne ferme pas les portes.

Cela étant, même Kevin, qui est pourtant orfèvre en la matière, ne peut soutenir une si longue inertie sans faire quelque chose qui mette un peu de piment dans la vie, comme il en a fait la démonstration définitive ce JEUDI. Vers la fin de l'année scolaire, Miss Fabricant devait nourrir une pointe de nostalgie pour le temps où Kevin Khatchadourian ne faisait rigoureusement rien.

Peut-être va-t-il sans dire que les plantations de petits pois étaient mortes, comme le noyau d'avocat germé qui les a remplacés, tandis que dans le même temps je remarquais au passage qu'il me manquait une bouteille d'eau de Javel. Il y avait des mystères : à la suite d'un jour précis du mois de janvier, dès que j'entrais dans la classe en tenant Kevin par la main, une petite fille avec des boucles à la Shirley Temple se mettait à pleurer, et ses cris sont allés en empirant jusqu'au moment où, courant février, elle n'est plus jamais revenue. Un autre petit garçon, agressif et turbulent en septembre, le genre bagarreur qui donne sans arrêt des coups dans les jambes et pousse les autres dans le bac à sable, est devenu brusquement silencieux et renfermé, développant à la fois de violentes crises d'asthme et une terreur inexplicable du vestiaire qui déclenchait chez lui un halètement sifflant à un mètre cinquante. Quel rapport avec Kevin ? Je n'en sais rien ; peut-être aucun. Certains incidents étaient d'ailleurs bénins, comme la fois où, en mettant les pieds dans ses jolies bottes en caoutchouc rouge vif, le petit Jason avait découvert qu'elles étaient pleines de bouts de cake aux pommes qui étaient restés après la collation. Une plaisanterie d'enfant – si c'en est bien une –, sommes-nous convenus.

Ce qui a fort chagriné Miss Fabricant, évidemment, c'est que successivement les autres élèves sous sa responsabilité ont commencé à régresser sur le plan de la propreté. Nous avions toutes les deux exprimé l'espoir, au début de l'année, que Kevin bénéficierait de l'exemple de ses pairs à l'occasion des pauses où tout le monde allait aux cabinets, mais je crains que l'inverse se soit produit, et au moment où il est passé à l'école élémentaire, ce n'était pas seulement un enfant, dans la classe des six ans, qui portait des couches, mais trois ou quatre.

Deux incidents m'ont du reste particulièrement perturbée.

Un matin, une petite chose délicieuse, répondant au surnom de Muffet, est arrivée avec un service à thé pour le montrer au reste du groupe. Il ne s'agissait pas d'un banal service à thé, mais d'un ensemble sophistiqué, avec beaucoup de tasses, dans un coffret en acajou doublé de velours où chaque pièce avait sa niche. Sa mère a souligné ensuite que ce service était depuis très longtemps dans la famille, que Muffet n'avait le droit de le sortir que dans des circonstances spéciales. Il est clair que ce service n'aurait jamais dû franchir les portes d'une école maternelle, mais la fillette était fière de toutes les pièces assorties, qu'elle avait appris à manipuler avec précaution, disposant soigneusement chaque tasse sur sa soucoupe avec la petite cuiller en porcelaine, devant une dizaine d'enfants installés à leurs petites tables basses. Lorsqu'elle a eu servi le « thé » (le jus d'ananas passe-partout), Kevin a soulevé sa tasse par la petite anse comme pour porter un toast – et l'a lâchée sur le plancher.

En succession rapide, les onze autres buveurs de thé l'ont imité. Avant que Miss Fabricant ait réussi à contrôler la situation, les soucoupes et les cuillers ont subi le même sort cliquetant ; en conséquence de quoi, lorsque la mère de Muffet est venue rechercher sa fille en larmes dans l'après-midi, il ne restait plus rien du précieux service à part la théière.

Si j'avais jamais nourri l'espoir de voir un jour mon fils manifester des qualités de meneur, ce n'est pas ce que j'avais en tête. Cependant, lorsque j'ai fait une réflexion sur ce thème, Miss Fabricant n'avait pas l'esprit à rire. J'ai senti que l'enthousiasme juvénile habituel avec lequel elle avait entrepris de transformer ces bouts de chou réceptifs en végétariens conscients de la multiculturalité, respectueux de l'environnement et prêts à corriger les inégalités dans le tiers-monde, commençait à prendre l'eau. Pour la première année, elle a dû gratter des bouts de peinture à l'œuf sur ses sourcils, aller se coucher le soir avec le goût salé de la pâte à modeler dans la bouche, et exiler tant d'enfants à la fois pour un petit stage sur le « banc de touche » qu'à la longue il n'y avait plus d'activités pouvant susciter de mise à l'écart. Après tout, elle nous avait déclaré lors de la réunion de rentrée de septembre qu'elle « adorait les enfants », affirmation qui me laissera éternellement songeuse. Proférée par de toutes jeunes femmes comme Miss Fabricant, avec son petit bout de nez retroussé et ses hanches de garçonnet, cette très virtuelle annonce semble devoir être décodée en : « Je veux me marier. » Moi-même, après avoir eu non pas un enfant, mais cet enfant précis, je n'imagine pas comment quiconque pourrait prétendre « adorer les enfants » au sens générique, pas plus qu'on ne saurait prétendre en toute crédibilité « adorer les gens » dans un sens suffisamment large pour englober Pol Pot, Jerry Lewis et le voisin du dessus qui fait deux mille sauts de pantin à trois heures du matin.

Après avoir fait dans un souffle théâtral son compte-rendu de la catastrophe, elle attendait à l'évidence que je propose spontanément de rembourser le service à thé. Je pouvais bien sûr me le permettre financièrement, quelle que soit la somme impliquée, mais je ne pouvais pas me permettre d'avaliser l'affirmation sous-jacente de culpabilité totale. Reconnais-le, Frank, tu aurais fait une attaque. Tu étais attentif à ce que ton fils ne soit pas mis à l'écart, ou, comme tu disais, persécuté. En théorie, il n'avait cassé qu'un ensemble tasse-soucoupe-cuiller, et compenser la perte à hauteur de un douzième était le maximum que tu pouvais accepter. J'ai aussi proposé de parler à Kevin du « respect de ce qui appartient aux autres », sans que cette promesse suscite l'enthousiasme de Miss Fabricant. Peut-être pressentait-elle que mes petits sermons avaient commencé à adopter le rythme cadencé et ironique des comptines chantées par les fillettes en sautant à la corde.

« Ce n'était pas très gentil, Kevin, ai-je dit dans la voiture. Casser la tasse de Muffet. » Je n'ai aucune idée de ce qui pousse les parents à persister dans leur certitude que nos enfants rêvent qu'on les trouve « gentils », alors que lorsque nous disons de quelqu'un qu'il est « très gentil » nous entendons généralement qu'il est ennuyeux.

« Elle a un nom idiot.

— Cela ne signifie pas qu'elle mérite…

— J'ai pas fait exprès, a-t-il déclaré sans conviction.

— Ce n'est pas ce qu'a dit Miss Fabricant.

— Qu'est-ce qu'elle en sait ? » Et de bâiller.

« Dis-moi, fiston, comment est-ce que tu réagirais si tu avais quelque chose à quoi tu tiens plus que tout au monde, et que tu l'apportais à l'école, et que quelqu'un le casse en mille morceaux ?

— Quel genre de chose ? » a-t-il demandé dans un mélange d'innocence et de satisfaction.

J'ai cherché négligemment dans ma tête un exemple de chose lui appartenant et qu'il chérissait particulièrement, en vain. En insistant, j'ai éprouvé le type de désarroi qui m'étreint peu à peu quand je tâte toutes mes poches après avoir découvert que celle où je mets toujours mon porte-monnaie est vide. Dans ma propre enfance, assez démunie, j'étais une gardienne fétichiste de trésors dérisoires, allant d'un âne mécanique à trois pattes baptisé Clopinou à un assortiment de quatre flacons de colorants alimentaires archivides.

Non que Kevin ait souffert de restrictions, puisque tu le couvrais de jouets. Je m'en voudrais de faire remarquer qu'il ignorait avec constance cette pléthore de Game Boy junior et autres camions Tonka, sauf que ton excès de générosité semblait indiquer que tu étais conscient qu'aucun de tes cadeaux précédents n'avait séduit. Cette générosité a peut-être eu comme effet pervers de transformer sa chambre en une sorte de décharge d'objets en plastique ; et peut-être s'est-il dit également que les cadeaux qu'on achète étaient faciles pour nous qui étions riches, et que donc, quel que soit leur prix, ils ne valaient rien.

Mais à une époque, j'avais passé des semaines entières à fabriquer des jouets artisanaux personnalisés qui auraient dû, en principe, avoir une signification. Je faisais en sorte que Kevin me regarde, en plus, pour qu'il voie ensuite en eux le labeur de l'amour. La seule curiosité qu'il ait jamais manifestée a consisté à me demander avec agacement pourquoi je n'achetais pas un livre dans une boutique. À part cela, quand mon livre d'histoires écrites et illustrées à la main a été mis en sandwich entre deux cartons toilés et peints, perforé, relié et agrémenté de cordelette brillante, le regard vide de Kevin s'est perdu dans le vague, par la fenêtre, pendant que je lisais à haute voix. Je reconnais que l'intrigue était un peu banale, avec le petit garçon qui perd son chien adoré, Snippy, qui a beaucoup de chagrin, qui le cherche partout, et bien sûr, à la fin, Snippy reparaît – je me suis sans doute inspirée de *Lassie chien fidèle*. Je n'ai jamais prétendu avoir des talents d'écrivain, et mes aquarelles bavaient un peu : j'étais victime de l'illusion que c'est l'intention qui compte. Mais en dépit de toutes les références aux cheveux noirs et aux yeux marron foncé du petit garçon que je semais, je n'ai jamais réussi à le faire s'identifier au héros de l'histoire qui pleure son chien perdu. (Tu te souviens, quand tu as voulu acheter un chien à Kevin ? Je t'ai demandé de ne pas le faire. Et j'étais ravie que tu n'exiges pas d'explications, car j'aurais été bien en peine de les trouver. Je sais seulement que chaque fois que j'imaginais notre labrador noir bondissant, ou notre setter irlandais plein de confiance, j'étais submergée d'horreur.) Une seule fois il a manifesté de l'intérêt pour ce livre, le jour où je l'ai laissé seul avec pour aller préparer le dîner, et où, à mon retour, j'ai découvert qu'il avait barbouillé toutes les pages au feutre indélébile – de l'« édition interactive » avant l'heure, apparemment. Plus tard, il a noyé le nounours en chaussette avec des yeux en boutons de bottine, non sans à-propos, dans Bear Lake, le lac de l'ours ; il a aussi glissé plusieurs pièces de mon puzzle noir et blanc en bois, représentant un zèbre, dans la grille d'égout devant la maison.

Je me suis raccrochée à l'histoire ancienne. « Tu te souviens de ton pistolet à eau ? »

Haussement d'épaules.

« Tu te souviens quand Maman s'est énervée, qu'elle a marché dessus, et qu'il s'est cassé ? » J'avais pris l'étrange habitude de parler de moi à la troisième personne ; peut-être avais-je déjà commencé à me dédoubler, et « Maman » était désormais mon alter ego vertueux, icône maternelle aux rondeurs avenantes, les mains pleines de farine, un feu qui ronronne dans un poêle joufflu, capable de régler toutes les disputes entre gamins du voisinage avec des histoires magiques et des cookies tout chauds. Entre-temps, Kevin avait complètement abandonné le mot Maman, ringardisant définitivement le nom par lequel je me définissais un peu bêtement. Dans la voiture, je me suis avisée avec un certain trouble qu'il avait cessé de m'appeler tout court. Cela semblait impossible, mais vos enfants utilisent généralement votre nom quand ils veulent quelque chose, ne serait-ce que de l'attention, et Kevin avait horreur de me solliciter, même pour que je tourne la tête. « Tu n'as pas aimé, hein ?

— Je m'en fichais pas mal, » a répondu Kevin.

Mes mains ont glissé sur le volant, passant du dix heures deux à un sept heures cinq désordonné. Sa mémoire était bonne. Puisque selon toi en barbouillant mes cartes il avait seulement « voulu m'aider », tu as racheté un pistolet à eau, qu'il a balancé dans le foutoir de son coffre à jouets pour ne jamais y toucher. Le pistolet à eau avait rempli son office. Pour tout dire, j'avais eu le curieux pressentiment, après avoir écrabouillé le barillet sur le sol, que, dans la mesure où il avait effectivement été attaché à cet objet, il était ravi de le voir disparaître.

Quand je t'ai raconté l'histoire du service à thé, tu allais balayer l'incident d'un revers de main, mais je t'ai lancé un regard dissuasif ; nous avions parlé de la nécessité d'offrir un front commun. « Dis donc, Kev', as-tu dit avec désinvolture. Je sais bien que les tasses à thé c'est un truc de filles, et plutôt fragile en plus, mais il ne faut pas les casser, d'accord ? Ce n'est pas sympa. Bon, et si on sortait le Frisbee ? On a juste le temps de travailler un peu les rebonds avant de dîner.

— Tout de suite, Papa ! » Je me souviens que j'ai regardé Kevin filer vers le placard pour sortir le Frisbee, et que j'étais perplexe. Les poings serrés, les coudes relevés, pour tout le monde il ressemblait à un gosse normal, turbulent, fou de joie d'aller jouer dans le jardin avec son père. Sauf qu'il ressemblait carrément trop à un gosse normal ; presque comme s'il jouait un rôle. Même le « Tout de suite, Papa ! » avait des accents « gna-gna » de composition que je ne parvenais pas à identifier. J'avais la même sensation nauséeuse, le week-end, quand Kevin gazouillait – oui, gazouillait : « Au fait, Papa, on est samedi ! Tu m'emmènes voir un autre champ de bataille ? » Tu étais tellement ravi que je ne pouvais pas me résoudre à suggérer qu'il se payait peut-être ta tête. Dans le même ordre d'idées, je regardais par la fenêtre de la salle à manger et je n'arrivais pas à croire, en fin de compte, que Kevin puisse être nul à ce point dans le lancer du Frisbee, après tout ce temps. Il continuait à prendre le disque de côté, en passant le majeur sous le bord, à l'expédier en arc de cercle, et il atterrissait à dix mètres de tes pieds. Tu étais patient, mais je craignais que ta patience soit précisément pour Kevin une incitation à en forcer les limites.

Oh, je n'ai pas en mémoire tous les incidents de cette année-là, sauf qu'il y en a eu plusieurs, et que tu les minimisais toujours. « Eva, tous les garçons ont un jour ou l'autre tiré une queue de cheval. » Je t'ai épargné nombre d'histoires, parce que, pour moi, te rapporter n'importe quelle bêtise de ton fils avait le goût de la délation. J'ai fini par avoir une mauvaise opinion non pas de lui, mais de moi. Si j'étais sa sœur, passe encore, mais une mère ne rapporte pas, si ? Quoique.

Pourtant, ce que j'ai surpris – je crois que c'était en mars… –, bref, je ne sais pas très bien pourquoi ma réaction a été aussi forte, mais je n'ai pas pu le garder pour moi. J'étais allée chercher Kevin à l'heure habituelle, et apparemment personne ne savait où il était. Le visage de Miss Fabricant s'est figé, encore qu'à l'époque, si Kevin avait été enlevé par des assassins pédophiles dont on nous faisait croire qu'il y en avait un tapi derrière chaque fourré, je l'aurais soupçonnée de les avoir payés pour le faire. L'enfant disparu étant notre fils, il s'est écoulé un moment avant que l'une de nous songe à aller voir dans les toilettes, qui n'étaient pas vraiment son refuge préféré.

« Le voilà ! » s'est exclamée joyeusement son institutrice à la porte des toilettes des filles. Avant de rester coite.

Je doute que tes souvenirs de ces vieilles histoires soient bien précis, alors je me permets de te rafraîchir la mémoire. Il y avait dans la classe une banale petite brunette qui s'appelait Violetta, et dont je t'avais sûrement déjà parlé au début de l'année parce qu'elle m'avait beaucoup émue. Elle était silencieuse, en retrait ; elle se cachait dans les jupes de Miss Fabricant, et il m'avait fallu un temps infini pour la convaincre de me dire son nom. Plutôt jolie, en vérité, mais il fallait regarder de près pour s'en rendre compte, ce que la plupart des gens ne faisaient pas. Ils s'arrêtaient à l'eczéma.

C'était affreux. Elle en était couverte, de grandes plaques squameuses, rouges, parfois pelant, parfois se fissurant, comme des cicatrices. Sur toute la surface de ses bras et de ses jambes maigrichonnes, et encore pire, de son visage. La texture craquelée était reptilienne. J'avais entendu dire que les problèmes de peau étaient liés à des désordres affectifs ; peut-être suis-je moi-même sujette aux suppositions dans l'air du temps, puisque je n'ai pu m'empêcher de me demander si Violetta était maltraitée d'une façon ou d'une autre, à moins que ses parents ne soient engagés dans un divorce conflictuel. Quoi qu'il en soit, chaque fois que mes yeux se posaient sur elle, je sentais un creux au fond de moi, et je luttais contre l'envie de la prendre dans mes bras. Je n'aurais jamais souhaité en soi voir notre fils affligé de maux terribles, mais c'était exactement le genre de tourment poignant que j'avais appelé de mes vœux dans le cabinet du Dr Foulke : une infortune temporaire qui guérirait, mais qui entre-temps déclencherait en moi, quand je regarderais mon fils, le même flot d'infinie compassion qui me submergeait chaque fois que Violetta – l'enfant d'une inconnue – se profilait discrètement dans mon champ de vision.

Je n'ai eu qu'une seule crise d'eczéma, sur le tibia, un tout petit avant-goût, mais suffisant pour connaître la furie de la démangeaison. J'avais entendu sa mère recommander tout bas à la fillette de ne pas se gratter, et conclu que le tube de crème que Violetta avait toujours sur elle, honteusement enfoncé dans la poche de sa robe d'écolière, était un onguent lénifiant, parce que s'il était censé soigner, c'était de la poudre de perlimpinpin ; je n'ai jamais vu l'eczéma de Violetta évoluer autrement que vers le pire. Mais les antiprurigineux ont cette efficacité, et la maîtrise de la petite était impressionnante. Elle passait un ongle tentateur sur son bras, et aussitôt attrapait la main fautive avec l'autre, comme pour la mettre en laisse.

Bref, lorsque Miss Fabricant est restée bouche bée, je l'ai rejointe sur le pas de la porte. Kevin nous tournait le dos et murmurait. Quand j'ai ouvert la porte un peu plus grand, il s'est tu et a reculé. Face à nous, devant les lavabos, se trouvait Violetta. Elle avait le visage levé dans ce que je ne peux que décrire comme l'expression de la béatitude. Ses yeux étaient fermés, ses bras croisés de sépulcrale façon, chaque main reposant sur l'épaule opposée, son corps incliné dans une sorte de pâmoison. Je suis sûre que nous n'aurions pas chipoté à cette infortunée fillette son extase bien méritée si elle n'avait été couverte de sang.

Je ne cherche pas le pathos. Il est vite apparu, après que Miss Fabricant eut hurlé et poussé Kevin pour prendre des serviettes en papier, que les écorchures de Violetta n'étaient pas aussi graves qu'elles le paraissaient. J'ai empêché ses mains de gratter le haut de ses bras pendant que l'institutrice tamponnait des serviettes humides sur ses membres et son visage, tentant désespérément de la nettoyer un peu avant l'arrivée de sa mère. J'ai essayé d'épousseter les pellicules blanches de peau morte sur sa robe bleu marine, mais elles collaient à la flanelle comme du Velcro. On n'avait manifestement pas assez de temps pour effacer les traces de sang sur l'ourlet à trou-trous des socquettes, et les fronces blanches de ses manches ballons. La plupart des lacérations étaient superficielles, mais elle en avait sur tout le corps, et Miss Fabricant n'avait pas plus tôt nettoyé une plaque d'eczéma – passée d'un mauve terne à un magenta incandescent – que le sang perlait de nouveau, et dégoulinait.

Écoute : je n'ai aucune envie de repartir dans cette dispute. J'accepte totalement que Kevin ne l'a peut-être jamais touchée. Pour ce que j'ai vu, je peux dire qu'elle s'est grattée au sang toute seule, sans l'aide de personne. Elle n'a plus supporté la démangeaison, c'est tout, et j'ose dire que, finalement, planter ses ongles dans ces croûtes rouges et immondes était un pur délice. J'ai même perçu une pointe de vengeance dans l'étendue du dégât, ou bien la conviction médicale erronée qu'avec un zèle chirurgical suffisant elle pourrait éradiquer une fois pour toutes la plaie squameuse qui lui ruinait l'existence.

Pour autant, je n'ai jamais oublié le visage que j'ai vu quand nous l'avons découverte, car il exprimait non seulement un plaisir manifeste, mais un soulagement plus sauvage, plus primitif, païen. Elle savait qu'elle aurait mal ensuite, elle savait qu'elle ne faisait qu'aggraver l'état de sa peau, elle savait que sa mère serait aux cent coups, et c'est cette connaissance qui saturait l'expression de son visage et lui donnait, même chez une fillette de cinq ans, une lueur obscène. Elle se sacrifiait pour cette seule et grandiose agape, et au diable les conséquences. Et c'était précisément le grotesque des conséquences – le sang, le picotement, le désespoir à la maison, les disgracieuses croûtes noires dans les semaines à venir – qui était apparemment au cœur de son plaisir.

Ce soir-là, tu as été furieux.

« Donc, une petite fille s'est grattée. Où est le rapport avec mon fils ?

— Il était présent ! Cette pauvre petite, en train de s'écorcher vive, et il n'a rien fait.

— Il n'est pas son gardien, Eva, il fait partie des enfants de la classe !

— Il aurait pu appeler quelqu'un, non ? Avant que ça aille aussi loin.

— Peut-être, mais il n'a même pas encore six ans, il les aura dans un mois. Tu ne peux pas lui demander d'avoir ce genre de réaction, ni même de se rendre compte qu'elle va « trop loin », alors qu'elle ne fait jamais que se gratter. Et tout cela n'explique ni de près ni de loin pourquoi tu as laissé Kevin se balader dans toute la maison, tout l'après-midi à en croire l'état dans lequel il était, baignant dans la merde ! » Dérapage inhabituel. Tu as oublié de dire « caca ».

« Si les couches de Kevin puent, c'est Kevin qu'il faut féliciter, parce que c'est Kevin qui tient à porter des couches. » Après avoir été lavé et baigné par son père hors de lui, Kevin était dans sa chambre, mais je savais que ma voix portait. « Franklin, j'ai tout essayé ! J'ai acheté tous ces manuels racontant que le caca n'est pas sale, et à présent il les trouve stupides parce qu'ils sont faits pour des petits de deux ans. Nous sommes censés attendre qu'il se décide tout seul, sauf qu'il ne se décide pas, Franklin ! Et pourquoi le ferait-il alors que Maman est toujours là pour nettoyer ? Combien de temps allons-nous laisser les choses continuer ainsi ? Jusqu'à ce qu'il soit à l'université ?

— D'accord, je reconnais que nous sommes dans une phase de renforcement positif. La situation lui assure une forte attention...

— Nous ne sommes pas dans une phase, Franklin, mais dans une guerre. Nos troupes sont décimées. Nous sommes à court de munitions. Nos frontières sont balayées.

— Pouvons-nous mettre une chose au clair ? Est-ce ta nouvelle théorie d'enseignement de la propreté de le laisser croupir dans sa crotte et en barbouiller notre canapé blanc ? S'agit-il d'une stratégie éducative, ou d'une punition ? Parce que cette dernière thérapie de ton cru semble passablement liée à l'indignation démente que t'inspire le fait qu'une gamine se soit grattée où ça la démangeait.

— Il l'y a poussée.

— Oh, par pitié !

— Elle réussissait très bien à laisser son eczéma tranquille. Et voilà que tout à coup on la retrouve dans les toilettes avec son nouveau petit camarade, et il lui tourne autour en lui soufflant de... Mon Dieu, Franklin, si tu avais pu la voir ! Elle m'a rappelé cette histoire horrible qui circulait dans les années soixante, sur le type sous acide qui s'était arraché la peau des bras parce qu'il la croyait infestée de cafards.

— L'idée te traverse-t-elle l'esprit que, si la scène était à ce point horrible, Kevin pourrait en être un tout petit peu traumatisé, lui aussi ? Que peut-être il a besoin d'être réconforté, rassuré, qu'on parle avec lui, au lieu d'être banni et abandonné à ses fuites personnelles ? Putain, on retire des enfants à la garde de leurs parents pour moins que ça.

— Si seulement j'avais cette chance, ai-je marmonné.

— Eva !

— Je plaisantais !

— Qu'est-ce qui ne va pas chez toi ? t'es-tu désespéré.

— Il n'était pas "traumatisé", il plastronnait. Pendant le trajet du retour, dans la voiture, il avait les yeux qui pétillaient. Je ne l'ai pas vu aussi content de lui depuis le jour où il a éventré son gâteau d'anniversaire. »

Tu t'es laissé choir sur un bout de notre peu pratique canapé blanc, la tête entre les deux mains ; je ne pouvais pas te rejoindre, parce que l'autre côté était encore maculé de marron. « Je suis, moi aussi, au bout du rouleau, Eva. » Tu t'es massé les tempes. « Mais pas à cause de Kevin.

— C'est une menace ?

— Non, ce n'est pas une menace.

— De quoi parles-tu ?

— Eva, je t'en prie calme-toi. Jamais je ne briserai notre famille. » À une certaine époque, tu aurais dit : « Jamais je ne te quitterai. » Plus dans le registre de la rectitude morale, ta déclaration gagnait en solidité, alors que les protestations de dévotion éternelle à l'être aimé sont notoirement fragiles. C'est pourquoi je me suis demandé pour quelle raison ton engagement fondamental envers « notre famille » me rendait triste.

« Je l'habille, ai-je dit. Je le nourris, quand il veut bien, je le conduis partout en voiture. Je lui fais les gâteaux du goûter pour l'école. Je suis à son service exclusif du matin jusqu'au soir. Je change sa couche six fois par jour, et la seule chose que l'on retient, c'est cet après-midi où il m'a tellement perturbée, voire effrayée, que je ne supportais plus son contact. Je n'essayais pas précisément de le punir. Mais, dans ces toilettes, il a semblé tellement, euh… » J'ai écarté trois ou quatre épithètes qui auraient mis le feu aux poudres, avant de renoncer. « Le changer était une chose trop intime.

— Écoute-toi un peu. Parce que je me demande bien de quel enfant tu parles. Nous avons un petit garçon qui respire la santé et la joie de vivre. Et je commence à croire qu'il est d'une intelligence supérieure. » (Je me suis retenue de lancer : « J'en ai bien peur. ») « S'il lui arrive d'être moins communicatif, c'est parce qu'il est posé, réfléchi. Autrement, il joue avec moi, il m'embrasse le soir avant de dormir, je lui lis des histoires. Quand nous sommes juste tous les deux, il me raconte tout.

— Par exemple, il te dit quoi ? »

Tu as eu un geste d'impuissance. « Ce qu'il a dessiné, ce qu'ils ont mangé à l'école…

— Et c'est ce que tu appelles "raconter tout" ?

— Tu es folle ou quoi ? Il a cinq ans, Eva, qu'y a-t-il d'autre à dire ?

— Pour commencer ? Ce qui s'est passé l'an dernier, dans ce jardin d'enfants préscolaire. L'une après l'autre, toutes les mères ont retiré leurs enfants. Oh, il y avait toujours une bonne excuse – Jordan attrape sans arrêt des rhumes, Tiffany se sent mal parce qu'elle est la plus jeune. Jusqu'au moment où je reste seule avec les petits de Lorna, qui marmonne un truc du genre qu'on ne peut plus trop parler de jardin d'enfants, avant de jeter l'éponge. Quelques semaines plus tard, je passe à l'improviste chez Lorna pour déposer un cadeau de Noël. Tout l'ancien petit groupe est réuni dans son salon. Elle était gênée et nous n'avons fait aucun commentaire, mais puisque Kevin te « raconte tout », pourquoi ne pas lui demander de t'expliquer ce qui a pu conduire toutes ces mamans à se retirer et reconstituer le groupe en secret, dans le seul but d'exclure notre "fils qui respire la santé et la joie de vivre" ?

— Je refuse de l'interroger parce que cette histoire est moche et que je ne veux pas lui faire de mal. Je ne vois d'ailleurs pas où est le mystère – commérages, snobisme, le travers des petites villes. C'est typique des mères au foyer qui ont beaucoup de temps libre.

— Je te rappelle que je fais partie de ces "mères au foyer", ce qui a représenté pour moi un énorme sacrifice, et s'il est une chose que nous n'avons pas, c'est bien du temps libre.

— Il a donc été boycotté ! Pourquoi est-ce que ta réaction n'est pas d'être furieuse contre elles ? Pourquoi penser que notre fils a fait quelque chose de mal plutôt que d'imaginer qu'une de ces mères poules névrosées a fait un pet de travers ?

— Parce que je ne sais que trop bien que Kevin ne me "raconte pas tout". Tiens, tant que tu y es, tu pourrais aussi lui demander pourquoi pas une seule baby-sitter n'accepte de revenir une seconde fois.

— Pas la peine. La plupart des adolescentes, par ici, reçoivent cent dollars d'argent de poche par semaine. Alors la perspective de se faire seulement douze dollars de l'heure ne les tente pas vraiment.

— Alors, tu pourrais au moins obtenir de ton chérubin qui te raconte tout qu'il te répète exactement ce qu'il a dit à Violetta. »

Ce n'est pas que nous passions notre temps à nous disputer. Au contraire, bien que ce soient des disputes qui me reviennent. Bizarre que la nature d'un jour normal soit la première à s'effacer de la mémoire. Et puis je ne suis pas du genre à aimer la bagarre – ce qui est peut-être dommage, finalement. Bref, il se peut que j'aie pris du plaisir à gratter la surface lisse de notre quotidien paisible comme Violetta avait arraché les croûtes sèches sur ses jambes et ses bras, tout pour refaire jaillir une substance liquide et brillante, qui coule et glisse entre nos doigts. Cela dit, je redoutais ce qui était caché en dessous. Je redoutais, tout au fond, de détester ma vie, de détester être une mère, et même, par moments, de détester être ta femme, pour ce que tu m'avais fait : transformer mes journées en succession sans fin de merde et de pisse et de biscuits que Kevin n'aimait même pas.

Dans le même temps, les hurlements ne résolvaient pas la crise des couches. Dans une inversion exceptionnelle de nos rôles respectifs, tu étais capable de considérer que le problème était très compliqué, vu de l'intérieur, et je pensais qu'il était très simple : nous voulions qu'il utilise les toilettes, il s'y refusait donc. Dans la mesure où nous n'allions pas cesser de vouloir qu'il utilise les toilettes, je ne savais plus quoi faire.

Tu trouvais indubitablement mon utilisation du mot « guerre » dépourvue de fondement. Mais, en coinçant Kevin sur la table à langer – devenue trop petite pour cet usage : il avait les jambes qui pendaient par-dessus le rebord –, je pensais souvent à ces guérillas passionnées où des forces rebelles dépenaillées et sous-équipées parviennent à infliger des pertes étonnamment sérieuses aux puissantes armées gouvernementales. Privés du vaste arsenal parfois incommode du pouvoir établi, les rebelles ont recours à la ruse. Leurs attaques, bien que souvent bénignes, sont fréquentes, et une détérioration durable peut être plus démoralisante, à la longue, que quelques dommages hautement spectaculaires. Désavantagées en termes de munitions, les guérillas utilisent tout ce qui leur tombe sous la main, trouvant parfois dans du matériel banalement quotidien un potentiel alternatif dévastateur. Je suppose qu'on peut fabriquer des bombes, par exemple, avec du compost en méthanisation. Pour sa part, Kevin menait une opération caca-boudin, et lui aussi avait appris à transformer la merde en arme.

Oh ! il se laissait changer plutôt placidement. Il était apparemment à l'aise avec le rituel, et avait peut-être détecté dans mes gestes de plus en plus brusques une gêne gratifiante, car manipuler ses petits testicules durs alors qu'il avait six ans commençait à représenter un risque.

Si Kevin prenait plaisir à nos attouchements, moi pas. Je n'ai jamais pu me persuader que les déjections d'un petit enfant sentaient particulièrement « bon » ; les excréments d'un écolier de maternelle n'ont pas cette réputation. Ceux de Kevin étaient devenus plus compacts, plus collants, et la nursery avait à présent des relents âcres de couloirs de métro squattés par des sans-abri. Je n'étais pas fière des monceaux de Pampers non biodégradables que nous fournissions à la déchetterie locale. Et le pire de tout, c'est que certains jours Kevin semblait exercer un contrôle délibéré sur ses intestins afin d'assurer une seconde salve. À défaut d'être le Léonard de Vinci du Crayola, il maîtrisait en virtuose son sphincter.

Attention, je dresse le décor, je ne cherche pas à excuser ce qui s'est passé en juillet. Je ne m'attends pas à une autre réaction de ta part qu'une horreur totale. Je ne sollicite même pas ton pardon ; il est trop tard pour cela. Mais j'ai affreusement besoin de ta compréhension.

Kevin a quitté la maternelle en juin, et nous avons été coincés l'un avec l'autre pendant tout l'été. (Tu sais, j'exaspérais Kevin autant qu'il m'exaspérait.) Malgré les modestes succès de Miss Fabricant en termes d'illustrations genre expression libre, la méthode Montessori ne faisait pas de miracles chez nous. Kevin n'avait toujours pas appris à jouer. Quand on le laissait s'amuser tout seul, il restait assis par terre comme un sac à patates, avec un détachement maussade qui rendait l'atmosphère de la maison oppressante. J'ai donc essayé de l'impliquer dans des projets, en assemblant ficelle, boutons, colle et bouts de tissus colorés, dans la salle de jeux, pour faire des marionnettes. Je m'installais avec lui sur le tapis, et je m'amusais comme une folle, sincèrement, sauf qu'à la fin j'avais fabriqué un petit lapin avec un museau en feutrine rouge, deux grandes oreilles bleues qui pendaient, et des pailles à soda en guise de moustaches, tandis que le bras de Kevin était tartiné jusqu'au coude de pâte à modeler. Je n'attendais pas spécialement de notre fils qu'il soit un prodige du travail manuel, mais il aurait pu faire au moins un petit effort.

J'ai aussi tenté de le préparer à l'école élémentaire en lui enseignant quelques bases. « On va apprendre à compter ! proposais-je.

— Pour quoi faire ?

— Comme ça, à la rentrée tu seras le meilleur en arithmétique.

— À quoi ça sert l'arithmétique ?

— Tu te souviens de la journée d'hier, quand Maman a payé des factures ? Il faut savoir additionner et retrancher pour payer des factures, et savoir combien d'argent il te reste.

— Tu t'es servie d'une calculette.

— Oui, mais il faut connaître l'arithmétique pour être sûr que la calculette donne le bon résultat.

— Pourquoi tu te servirais d'une calculette si elle n'a pas toujours bon ?

— Elle a toujours bon, ai-je concédé.

— Alors, on n'a pas besoin de faire de l'arithmétique.

— Pour se servir d'une calculette, ai-je dit, un peu désarçonnée, encore faut-il savoir à quoi ressemble un cinq, d'accord ? On va donc réviser nos nombres. Après trois, on a ?

— Sept », a dit Kevin.

Nous continuions de cette manière, jusqu'au jour où, après un échange de plus (« Qu'est-ce qui vient avant neuf ? » « Cinquante-trois. »), il m'a regardée d'un œil vide et s'est mis à débiter à toute vitesse, *recto tono* : « Unedeuxtroisquatre-cinqsixsepthuitneufdixonzedouze… » en s'arrêtant deux ou trois fois pour reprendre son souffle, mais en allant jusqu'à cent sans se tromper. « Maintenant, on peut arrêter ? » J'avais vraiment l'impression d'être l'idiote.

Je n'ai pas suscité plus d'enthousiasme dans le domaine littéraire. « Ne viens pas me dire, ai-je dit préventivement après avoir suggéré que c'était l'heure de la lecture : "Pour quoi faire ? Ça sert à quoi ?" Je vais te dire. Quelquefois, tu vas t'ennuyer, on n'y peut rien, sauf que tu peux toujours lire un livre. Même dans le train, ou en attendant l'autobus.

— Et si le livre est ennuyeux ?

— Dans ce cas, tu en trouves un autre. Il existe plus de livres dans le monde que tu auras jamais le temps d'en lire, alors tu ne risques pas d'être à court.

— Et s'ils sont tous ennuyeux ?

— Je ne crois pas que cela soit possible, Kevin, ai-je dit sèchement.

— Moi je crois que si, a-t-il objecté.

— Par ailleurs, quand tu seras grand, il faudra que tu aies un métier, et tu devras être capable de lire et écrire vraiment bien, sinon personne ne voudra t'embaucher. » Intérieurement, bien sûr, je me suis dit que, si c'était vrai, la majeure partie de ce pays serait au chômage.

« Papa n'écrit pas. Il roule en voiture et il prend des photos.

— Il y a d'autres métiers.

— Et si je ne veux pas avoir de métier ?

— Alors, il faudra que tu t'inscrives au chômage. Le gouvernement te donnera juste un tout petit peu d'argent pour que tu ne meures pas de faim, mais pas assez pour que tu puisses faire des choses amusantes.

— Et si je ne veux pas faire de choses du tout ?

— Je parie que tu voudras. Si tu gagnes ta vie, tu pourras aller au cinéma, au restaurant, et même dans d'autres pays, comme Maman autrefois. » Le « autrefois » m'a arraché une grimace.

« Je crois que je veux m'inscrire au chômage. » C'était le genre de réplique que j'avais entendu répéter par d'autres parents pour faire rire dans les dîners, et j'ai lutté pour la trouver trop mignonne.

Je ne sais pas comment se débrouillent ces familles où l'on assure l'instruction des enfants à la maison. Kevin donnait l'impression de ne jamais écouter, comme si le fait de prêter attention était une honte. Pourtant, derrière mon dos, il se débrouillait pour glaner ce qu'il avait besoin de savoir. Il apprenait comme il mangeait – furtivement, en douce, ingurgitant l'information comme un sandwich au fromage quand personne ne regardait. Il détestait reconnaître qu'il ne savait pas déjà, et le petit manège consistant à jouer les crétins pour dissimuler les vraies lacunes de son éducation était très astucieux. Dans l'esprit de Kevin, l'ignorance feinte n'était pas une honte, et je n'ai jamais été capable de faire la distinction entre sa stupidité fausse, et la vraie. De sorte que si à table, le soir, je dénigrais le personnage interprété par Robin Williams dans *Le Cercle des poètes disparus* en le qualifiant de « cliché », je me croyais obligée d'expliquer à Kevin que cela s'appliquait à « quelque chose qui a déjà été beaucoup fait ». Mais il recevait l'information avec un précoce « Je sais ». Avait-il appris le sens de « cliché » à l'âge de trois ans, quand il faisait semblant de ne pas savoir parler du tout ? Dis-moi, toi.

Quoi qu'il en soit, après avoir agressivement massacré son alphabet pendant des semaines (« Après R, c'est quoi ? » « Elèmènopé »), il m'a interrompue dans une de mes diatribes – sur le thème : comment pouvait-il rester assis sur ses fesses en croyant que les choses allaient lui entrer toutes seules dans le crâne ? – en chantant impeccablement l'alphabet de A à Z, mais faux comme une casserole, au point que même sans avoir l'oreille musicale on repérait les discordances improbables et les affleurements en mineur qui faisaient sonner cette mélopée joyeuse comme le kaddish. J'imagine que l'alphabet était au programme de l'École du Bonheur, sans que Kevin en ait soufflé mot. Lorsque, à la fin de la performance, il m'a narguée d'un : « Maintenant que j'ai récité mon alphabet, dis-moi ce que tu penses de moi », j'ai aboyé rageusement : « Je pense que tu es un méchant petit garçon qui adore faire perdre son temps à sa mère ! », et il a souri, d'extravagante façon, avec toute sa bouche.

Il n'était pas exactement désobéissant, détail que les articles des suppléments du dimanche ont souvent mal interprété. En vérité, il pouvait suivre à la lettre les consignes reçues, avec une précision glaçante. Après la période-cadeau de feinte incompétence – P bancals, mal fermés, dégoulinant vers le bas comme si on leur avait tiré une balle –, il s'est installé docilement et a écrit parfaitement entre les lignes de son cahier d'écriture : « Regarde, Sally, regarde. Pars. Pars. Pars. Cours. Cours. Cours. Cours, Sally, cours. » Je ne saurais pas expliquer ce qu'il y avait de passablement affreux, sauf qu'il me donnait à voir le nihilisme insidieux de l'élève de préparatoire. Jusqu'à sa façon de former les lettres qui me mettait mal à l'aise. Absence de caractère. Je veux dire par là qu'il ne se forgeait pas son écriture, imprimant son sceau personnel à la calligraphie standard. Dès l'instant où il a admis qu'il savait, son écriture a reproduit à l'identique et sans hésitation les modèles de son cahier, sans ajouter de queue ni de boucle : il mettait les points sur les i et les barres aux t, et jamais auparavant l'intérieur étriqué des b, et des o, et des d n'avait paru contenir autant de vide.

Ce que je veux dire, c'est que même s'il était à proprement parler docile, lui apprendre les choses était exaspérant. Tu as pu savourer ses progrès remarquables quand tu rentrais à la maison, mais moi, jamais je n'ai eu droit aux instants de « Euréka ! » qui saluent les percées soudaines et récompensent les heures passées par un adulte en patients encouragements et répétitions abrutissantes. Il n'est pas plus gratifiant d'enseigner à un enfant qui refuse ouvertement d'apprendre que de le nourrir en laissant traîner une assiette dans la cuisine. Il me refusait manifestement et délibérément toute forme de satisfaction. Il avait décidé que je devais me sentir inapte et inutile. Sans avoir peut-être partagé ta certitude que notre fils était un génie, je reconnais qu'il était très intelligent – et je suppose qu'il l'est toujours, si tant est que l'on puisse parler ainsi d'un gamin qui s'accroche à un acte d'une aussi totale débilité. Sauf que dans mon expérience quotidienne de préceptrice, je n'instruisais un « enfant exceptionnel » qu'au sens que lui donne la tradition de l'euphémisme, qui semble concocter une appellation plus trompeuse chaque année pour désigner le « crétin ». J'ai mitraillé mes « 2 plus 3 ? » inlassablement, jusqu'au jour où, alors qu'une fois de plus il se refusait résolument et méchamment à répondre « 5 », je l'ai fait asseoir et ai gribouillé :

    12 387
     6 945
   138 964
3 987 234

Puis j'ai tiré un trait horizontal et dit : « Tiens ! Additionne le tout ! Et tant que tu y es, multiplie le résultat par 25, puisque tu te crois tellement malin ! »

Tu me manquais toute la journée, et je regrettais ma vie d'avant, quand j'étais trop occupée pour que tu me manques pendant la journée. J'étais devenue très versée en histoire du Portugal, au point de connaître le nom des rois dans l'ordre, comme le nombre de Juifs assassinés pendant l'Inquisition, et maintenant je récitais l'alphabet. Pas l'alphabet cyrillique, ni l'alphabet hébreu, non, l'alphabet tout court. Quand bien même Kevin se serait révélé un élève avide de savoir, pour moi ce régime aurait indubitablement eu le goût de la régression, dans le style radical qui n'appartient généralement qu'aux rêves ; tout à coup, je me retrouve assise au fond de la classe, en train de passer un contrôle, sans culotte, et avec un crayon dont la mine est cassée. Néanmoins, j'aurais peut-être accepté cette mortification si ne s'était pas ajoutée l'humiliation supplémentaire de devoir vivre, durant plus de six ans, dans la merde jusqu'au cou.

Bon – passons aux aveux.

Est arrivé un après-midi de juillet où, traditionnellement, Kevin avait souillé sa couche une fois et avait été changé, avec toilette complète, crème, talc et tout, pour achever la vidange de ses intestins vingt minutes plus tard. Enfin, selon moi. Sauf que cette fois il s'était surpassé. Le même après-midi, alors que je venais d'insister pour lui faire écrire une phrase qui avait un rapport avec sa vie au lieu d'un couplet fade et exaspérant sur Sally, il a écrit dans son cahier : « À l'écol maternelle, tout le monde dit queue ma mère et vieille. » Je suis devenue cramoisie, et c'est à cet instant que j'ai repéré des effluves sans ambiguïté. Alors que je venais de le changer deux fois. Il était assis en tailleur par terre, et je l'ai attrapé à la ceinture pour le mettre en position debout, et j'ai tiré un peu sur l'élastique de ses Pampers pour être sûre. J'ai flanché. « Comment tu fais ? ai-je crié. Tu ne manges pratiquement rien, d'où ça vient ? »

Une bouffée de chaleur a traversé mon corps de bas en haut, et c'est à peine si j'ai remarqué que les pieds de Kevin pendaient dans le vide, au-dessus de la moquette. Il ne pesait rien, à croire que ce petit corps frêle et compact contenant d'inépuisables quantités de merde était rempli de billes de polystyrène expansé. Il n'existe pas d'autre manière de dire les choses. Je l'ai jeté en travers de la nursery. Il a atterri avec un bruit mat contre le bord en inox de la table à langer. La tête inclinée à l'angle de la perplexité, comme si enfin il s'intéressait à quelque chose, il s'est affaissé, avec une apparente lenteur, jusque sur le sol.

*Eva*

19 janvier 2001

*Cher Franklin,*

Voilà, à présent tu sais.

J'avais l'espoir insensé, en me précipitant vers lui, qu'il n'avait rien – pas de marques apparentes – jusqu'au moment où je l'ai retourné pour voir le bras sur lequel il était tombé. Son avant-bras avait dû heurter le bord de la table à langer quand, pour la première fois, si je peux reprendre ta plaisanterie d'antan, notre fils avait appris à voler. Il saignait, était un peu tordu, avec une sorte de bosse au milieu d'où saillait un truc blanc, et j'ai été prise d'un haut-le-cœur. « Pardon ! Pardon ! Pardon ! » ai-je murmuré. Malgré la petite faiblesse provoquée par le remords, j'étais dans l'ivresse de ce moment qui risque de souligner le mensonge de l'incompréhension que j'arbore face à ce JEUDI. En apparence, j'étais horrifiée. Mais le cœur de cet instant n'était que félicité. En projetant notre petit garçon n'importe où, mais le plus loin possible, comme Violetta j'avais inconsciemment cédé à l'envie de gratter une démangeaison chronique, torturante.

Avant que tu me condamnes sans appel, je te prie de comprendre les gros efforts que j'ai faits pour essayer d'être une bonne mère. Mais la distance entre essayer d'être et être est peut-être aussi grande qu'entre tenter de s'amuser et s'amuser vraiment. Ayant perdu toute éventuelle confiance dans les réactions spontanées dès l'instant où mon petit garçon a été déposé sur mon sein, j'ai observé avec ferveur un régime d'environ trois câlins par jour, au moins deux protestations d'admiration pour ce qu'il faisait ou disait, plus la litanie des « Je t'adore, bonhomme » ou « Tu sais que, ton Papa et moi, nous t'aimons beaucoup, beaucoup, beaucoup », avec la prévisible monotonie des professions de foi liturgiques. Sauf que, trop rigoureusement observés, la plupart des sacrements se vident de leur substance. De plus, pendant six longues années, j'ai tourné sept fois la langue dans ma bouche avant chaque phrase que je prononçais, juste pour être sûre de ne rien proférer d'obscène, de scandaleux, ou de contraire à la politique de la maison. Une vigilance qui avait un prix. Je suis devenue distante, hésitante, empruntée.

Lorsque j'ai soulevé le corps de Kevin dans cette montée d'adrénaline, pour une fois je me suis sentie pleine de grâce, parce qu'enfin existait une convergence non médiatisée entre ce que je pensais et ce que je faisais. Il n'est pas très agréable de le reconnaître, mais la violence familiale a ses vertus. Brute, déchaînée, elle arrache le voile de civilisation qui fait écran entre nous, autant qu'il rend la vie possible. Piètre substitut du genre de passion que nous nous plaisons à célébrer, peut-être, mais le véritable amour a plus en commun avec la haine et la colère qu'avec la bienveillance ou la politesse. Pendant deux secondes, j'avais senti que j'étais à la fois moi-même et la vraie maman de Kevin Khatchadourian. J'étais proche de lui. J'étais moi – moi dans sa vérité non expurgée – et nous communiquions enfin.

Lorsque j'ai repoussé une mèche de cheveux sur le front moite de Kevin, les muscles de son visage se sont crispés furieusement ; ses yeux se sont plissés et sa bouche a grimacé un demi-sourire. Même quand j'ai couru prendre le *New York Times* du jour et que je l'ai glissé sous son bras, il n'a pas pleuré. En lui soutenant le bras avec le journal – je me souviens encore du titre au niveau de son coude : « Le surplus d'autonomie pour les pays Baltes crée un malaise à Moscou » –, je l'ai aidé à se mettre debout, lui ai demandé s'il avait mal ailleurs, et il a fait non avec la tête. J'ai voulu le prendre dans mes bras, autre secousse : il voulait marcher. Ensemble, nous sommes allés cahin-caha jusqu'au téléphone. Il est possible qu'il ait essuyé une larme indésirable pendant que je ne regardais pas, mais Kevin n'acceptait pas plus de montrer qu'il souffrait que d'apprendre à compter.

Notre pédiatre, le Dr Goldblatt, nous a reçus dans l'intimité humiliante de la minuscule salle des urgences, où j'ai eu l'impression que tout le monde pouvait deviner ce que j'avais fait. L'affichette annonçant le « numéro vert de la police de l'État de New York réservé aux victimes », placardée à côté du bureau d'accueil, semblait s'adresser spécialement à mon fils. J'ai trop parlé, et dit trop peu de choses ; j'ai raconté à l'infirmière du bureau des admissions ce qui était arrivé, mais pas comment. Entre-temps, le calme inhabituel de Kevin s'était transformé en comportement de girouette ; droit, le menton levé, il tournait brusquement la tête à angle droit. Ayant décidé de soutenir lui-même son bras avec le journal, il a autorisé le Dr Goldblatt à lui tenir l'épaule pour parcourir le couloir, mais rejeté ma main. Au moment d'entrer dans la salle d'examen de chirurgie orthopédique, il a fait demi-tour et annoncé sèchement : « Je peux voir le docteur tout seul.

— Tu ne veux pas que je sois là, si tu as mal ?

— Tu n'as qu'à attendre là, dehors, a-t-il ordonné, le frémissement des muscles de sa mâchoire crispée étant la seule indication qu'il avait déjà mal.

— C'est un sacré petit bonhomme que vous avez là, Eva, a dit le Dr Goldblatt. Apparemment, la consigne est claire. » Et, à ma grande horreur, il a fermé la porte.

J'avais envie, réellement envie d'être là pour Kevin. Je voulais désespérément réaffirmer que j'étais un parent sur qui il pouvait compter, pas un monstre susceptible de le balancer à travers la pièce sans préavis, comme une apparition vengeresse dans *Poltergeist*. Mais, oui, j'étais aussi dans la frayeur que Kevin raconte au chirurgien ou à Benjamin Goldblatt ce que j'avais fait. Il y a des lois concernant ces choses. Je risquais d'être arrêtée ; mon cas ferait l'objet d'une petite colonne horrifiée dans le *Rockland County Times*. Je risquais que ma plaisanterie douteuse devienne réalité et qu'on me retire Kevin. Au mieux, j'allais peut-être devoir me soumettre aux mortifiantes visites mensuelles d'une assistante sociale de la protection de l'enfance chargée de vérifier que mon fils n'avait pas de traces de coups. J'avais beau mériter largement une réprimande, je préférais encore la lente brûlure de l'autoflagellation secrète à la cinglante mortification d'une opprobre publique.

Alors, tout en fixant d'un œil vitreux la boîte transparente contenant les lettres dithyrambiques de patients satisfaits à l'équipe soignante, j'ai cherché des reformulations plus bénignes. *Oh, docteur, vous savez combien les enfants exagèrent. Le jeter ? Il courait tête baissée dans le couloir, et quand je suis sortie de la chambre, je l'ai heurté involontairement, un accident... Ensuite, ah, bien sûr il est tombé, violemment, contre... contre le pied de lampe... !* Je me dégoûtais, et chaque enrobage que je concoctais semblait absurde. J'ai eu tout le temps de mariner dans mon jus sur une de ces chaises dures et vert d'eau de la salle d'attente, en plus ; une infirmière m'a informée que notre fils devait subir une intervention pour « nettoyer l'os », procédure dont l'opacité me convenait parfaitement.

Mais lorsque Kevin est réapparu trois heures plus tard, avec son plâtre d'un blanc immaculé, le Dr Goldblatt a administré quelques petites tapes amicales sur le dos de notre fils en disant son admiration pour le courageux petit homme que j'avais élevé, tandis que le chirurgien orthopédique faisait une description neutre de la nature de la fracture, des dangers d'infection, soulignait l'importance de maintenir le plâtre sec et indiquait la date à laquelle il fallait que Kevin revienne pour le bilan suivant. L'un et l'autre médecins ont eu le bon goût de passer sous silence le fait que l'équipe avait dû changer les couches souillées de notre fils ; Kevin ne sentait plus. Ma tête s'est agitée mollement jusqu'à l'instant où j'ai brièvement croisé le regard de Kevin : tranquille, pétillant de parfaite complicité.

J'étais son obligée. Il savait que j'étais son obligée. Et j'allais être son obligée pour très, très longtemps.

Sur le chemin du retour, j'ai bavardé (« Maman a fait quelque chose de très, très vilain, et elle est absolument, absolument désolée… », quoique la mise à distance par l'usage de la troisième personne ait dû jeter un certain doute sur mes regrets, comme si je faisais déjà porter la culpabilité à mon amie imaginaire). Kevin n'a rien dit. Froid, quasiment hautain, les doigts de son bras droit plâtré rentrés de napoléonienne manière dans sa chemise, il se tenait droit sur le siège avant et contemplait le clignotement des lumières du pont Tappan Zee par la vitre de la portière, général triomphant à la face du monde, noblement blessé au combat, et savourant maintenant les vivats de la foule.

Ce genre de sérénité ne m'était pas donnée. J'avais peut-être échappé à la police et aux services sociaux, mais j'étais condamnée à soutenir encore une salve. Alors que, le dos au mur, j'aurais éventuellement réussi à servir une histoire abracadabrante de « collision avec Kevin » au Dr Goldblatt, je n'imaginais pas un instant de te raconter des balivernes, à toi, en te regardant dans les yeux.

« Salut ! Où vous étiez passés, vous deux ? » as-tu crié sans te retourner lorsque nous sommes entrés dans la cuisine où tu étais en train de tartiner du beurre de cacahuète sur un cracker Ritz.

Mon cœur battait à tout rompre, et je n'avais toujours aucune idée de ce que j'allais dire. Jusqu'à présent, je n'avais encore rien fait consciemment qui aurait pu mettre en péril notre mariage – ou notre « famille » –, mais j'étais sûre que si quelque chose risquait de nous rapprocher du gouffre, c'était bien cela.

« Bon Dieu, Kev' ! t'es-tu exclamé, la bouche pleine de miettes et en avalant d'un coup sans mâcher. Bon sang, mais qu'est-ce qui t'est arrivé ? »

Tu t'es vite essuyé les mains avant de te laisser tomber sur les genoux devant Kevin. J'ai ressenti un picotement sur toute la peau, comme si j'étais une clôture électrique et que quelqu'un venait de changer le voltage. J'étais clairement dans la situation où l'on se dit : dans une seconde ou deux, ma vie ne sera plus jamais la même. Comme l'appréhension stérile en voyant une voiture venir en sens opposé sur le même couloir de circulation quand il est trop tard pour donner un coup de volant.

Sauf que le choc frontal a été évité à la dernière minute. Bien habitué déjà à entendre la version des événements fournie par ton fils plutôt que celle de ta femme, tu t'étais adressé directement à Kevin. À tort, cette fois. Si tu m'avais posé la question à moi, je promets – ou du moins je me plais à le croire – que, les yeux baissés, j'aurais raconté la vérité.

« Je me suis cassé le bras.

— Ça je vois. Comment c'est arrivé ?

— Je suis tombé.

— Où cela, tu es tombé ?

— J'avais fait caca dans ma couche. Maman est allée chercher une autre boîte de lingettes. Je suis tombé de la table à langer. Sur… sur mon camion Tonka. Maman m'a emmené voir le Dr Goldbutt. »

Il était très fort. Très, très fort ; tu ne mesures peut-être pas à quel point. Ça a coulé tout seul – l'histoire était prête. Aucun des détails n'était impossible ou gratuit. Au temps pour les balivernes extravagantes que la plupart des enfants de son âge inventent pour camoufler un verre renversé ou un miroir cassé. Il avait appris tout ce qu'un menteur accompli doit maîtriser s'il veut faire carrière : toujours accommoder un maximum de vérité. Un mensonge bien construit se bâtit en grande partie sur l'alphabet de la vérité, qui pourra aussi facilement former une base qu'une pyramide. Il avait bien fait caca dans sa couche. Il s'est souvenu, à juste titre, que la seconde fois que je l'avais changé, cet après-midi-là, j'avais fini la boîte de lingettes. Il était,

372

plus ou moins, tombé de la table à langer. Son camion Tonka était effectivement – j'ai vérifié un peu plus tard – sur le sol de la nursery au moment de l'incident. Qui plus est, j'ai admiré qu'il ait pressenti qu'une simple chute au sol depuis un mètre n'aurait sans doute pas suffi à provoquer la fracture du bras ; il fallait qu'il tombe par malchance sur un objet dur en métal. Et puis, en dépit de sa brièveté, son récit était agrémenté de petites élégances : l'usage du mot « Maman », qu'il évitait soigneusement depuis des mois, nimbait son histoire d'une aura mignonne et affectueuse en extraordinaire contradiction avec la vraie version ; l'espiègle scatologie du lapsus transformant Goldblatt en Goldbutt, le Dr Cul-d'Or, qui te met à l'aise – ton garçon « qui respire le bonheur et la santé » avait déjà récupéré son état normal. Et, plus impressionnant encore que tout le reste, il ne s'est pas permis, comme il l'avait fait aux urgences, un coup d'œil de connivence dans ma direction, qui aurait pu trahir la manigance.

« Dis donc ! t'es-tu exclamé. Tu as dû te faire mal !

— L'orthopédiste dit que, pour une fracture ouverte – l'os a transpercé la peau –, la blessure était nette, et que tout devrait se souder et cicatriser très bien », ai-je répondu. Kevin et moi avons enfin croisé nos regards, juste le temps nécessaire pour que le pacte soit scellé. Je venais de vendre mon âme à un enfant de six ans.

« Tu me laisseras signer ton plâtre ? as-tu demandé. C'est une tradition, tu sais. Les amis et la famille signent pour souhaiter un prompt rétablissement.

— Bien sûr, Papa ! Mais d'abord, il faut que j'aille aux toilettes. » Et de s'éloigner tranquillement, en balançant son bras libre.

« Ai-je bien entendu ? as-tu interrogé tout bas.

— Je suppose que oui. » Raide depuis des heures – la peur est un exercice d'isométrie –, j'étais épuisée et, pour une fois, que notre fils apprenne enfin à être propre était le cadet de mes soucis.

Tu as posé un bras sur mes épaules. « Et toi ? Tu as dû avoir une sacrée frayeur.

— C'est tout ma faute, ai-je dit en me tortillant.

— Aucune mère ne peut avoir l'œil sur son enfant vingt-quatre heures sur vingt-quatre. »

J'aurais voulu que tu ne sois pas aussi compréhensif. « Oui, mais j'aurais dû…

— Chut ! » Tu as posé l'index sur tes lèvres et un délicat bruit d'eau est monté des toilettes de l'entrée : douce musique dans les oreilles de parents. « Tu penses que c'est quoi, le déclencheur ? Simplement le choc ? as-tu murmuré. À moins qu'il ait peur de se retrouver sur cette table à langer. »

J'ai haussé les épaules. En dépit des apparences, je ne pensais pas qu'en piquant une colère à cause d'une couche souillée de plus j'avais terrorisé notre fils au point de lui faire utiliser les toilettes. Mais le changement était sans nul doute lié à notre petit affrontement dans la nursery. Je recevais ma récompense.

« L'occasion mérite d'être célébrée. Je vais aller rejoindre notre héros et le féliciter… »

Je t'ai retenu par la manche. « Ne pousse pas l'avantage trop loin. Laisse-le se débrouiller tranquillement, sans faire tout un cinéma. Kevin préfère opérer ses revirements en dehors des caméras. »

Cela dit, je n'avais pas l'innocence de voir dans l'usage des toilettes un acte de reddition. La grande victoire, c'est lui qui l'avait remportée ; faire pipi aux cabinets était le genre de menue concession qu'un vainqueur condescendant, mais magnanime, peut lâcher à l'adversaire vaincu. Notre bonhomme de six ans avait réussi l'exploit de me pousser à violer les règles de mon propre engagement. J'avais commis un crime de guerre – pour lequel, sans le clément silence de mon fils, mon propre mari m'aurait fait extrader à La Haye.

Quand Kevin est revenu des toilettes en remontant son pantalon avec une seule main, j'ai proposé une grande ration de pop-corn pour dîner, en ajoutant obséquieusement : « Avec plein, plein de sel ! » Savourant la musique de la vie normale à laquelle j'étais en train de dire adieu quelques minutes plus tôt – ta façon bruyante de manier les casseroles, le cliquetis métallique de notre saladier en inox, le joyeux raffut des grains de maïs soufflés –, j'avais le sentiment que le fait de ramper comme je le faisais pourrait fonctionner presque indéfiniment, aussi longtemps que Kevin tiendrait sa langue.

Pourquoi n'avait-il pas déballé la vérité ? Selon toutes les apparences, il protégeait sa mère. Accordé. Je veux bien. Sauf qu'un savant calcul pourrait bien être rentré en ligne de compte. Avant une lointaine date d'expiration, un secret produit des intérêts par le seul fait d'être gardé. Un mensonge arrangé : « Tu sais comment je me suis cassé le bras pour de vrai, Papa ? » risquait d'avoir une puissance déflagratrice plus grande encore au bout d'un mois. De plus, tant qu'il retenait le bénéfice de son compte de créance, il pouvait encore le monnayer, alors que brûler ses cartouches en une seule fois ferait chuter son capital aux cinq dollars hebdomadaires d'argent de poche d'un gamin de six ans.

En outre, après tous les sermons moralisateurs (« Qu'est-ce que tu penserais si… ? ») que j'avais débités, je lui avais offert une possibilité exceptionnelle d'annexer le terrain de l'exigence morale – d'où il découvrirait des vues nouvelles, même si, à la longue, ce terrain ne convenait pas vraiment à ses goûts en matière de biens immobiliers. Mr Diviser-pour-Régner peut aussi avoir reconnu intuitivement que les secrets lient et séparent en stricte relation ceux qui les partagent. Ma discussion avec toi à propos de la nécessité pour Kevin de remplacer les bains par des douches, afin de garder le plâtre sec, était artificiellement brillante et guindée ; lorsque j'ai demandé à Kevin s'il voulait du parmesan sur ses pop-corn, la question suintait de séduction, de terreur, et de servile gratitude.

Parce que, d'un certain point de vue, j'avais été touchée, et je le demeure : je crois qu'il a vécu une proximité avec moi qu'il répugnait à laisser se dissoudre. Non seulement nous étions ensemble dans cette mascarade, mais, pendant l'agression même que nous dissimulions, Kevin aussi avait peut-être éprouvé qu'il était *un*, ancré à la vie par la terrible force du cordon ombilical. Pour une fois, j'avais senti que j'étais sa mère. Alors, peut-être avait-il lui aussi senti, pendant son vol plané de Peter Pan en travers de la nursery, qu'il était mon fils ?

Le reste de cet été aura défié tous mes instincts narratifs. Si j'avais été en train d'écrire un scénario de téléfilm sur une méchante sorcière piquant des crises de rage aveugle pendant lesquelles elle pouvait déployer une force surhumaine, j'aurais fait circuler son petit garçon sur la pointe des pieds dans la maison, et il lui aurait adressé des sourires craintifs, offert des gestes d'apaisement, et d'une façon générale il aurait pratiqué le profil bas, le tremblement timoré, et le oui-tout-de-suite, tout pour éviter de traverser des pièces entières de la maison sans que ses pieds touchent terre.

Mais il n'est pas question de cinéma. C'est moi, qui marchais sur la pointe des pieds. Mes sourires tremblaient. Je faisais profil bas et je bredouillais comme si je passais une audition pour un spectacle.

Parce que parlons un peu de pouvoir. Dans la politique de la famille, le mythe prétend que celui des parents est disproportionné. Je n'en suis pas si sûre. Les enfants ? Ils peuvent nous briser le cœur, pour commencer. Ils peuvent nous faire honte, nous ruiner, et je peux témoigner personnellement qu'ils peuvent aussi nous faire regretter de jamais être nés. Notre pouvoir ? Celui de les empêcher d'aller au cinéma. Oui, mais comment ? Quelle force pouvons-nous donner à notre interdiction si le gamin se dirige résolument vers la porte ? La vérité crue est que les parents sont comme les gouvernements : nous ne maintenons notre autorité qu'à travers la menace, ouverte ou implicite, du recours à la force physique. Un enfant fait ce que nous disons – pour faire bref – parce que nous avons le pouvoir de lui casser le bras.

Or, le plâtre blanc de Kevin est devenu l'emblème flamboyant, non pas de ce que je pouvais, mais de ce que je ne pouvais pas lui faire. En faisant usage de la force pure, je m'en étais dépossédée. Faute d'être certaine de pouvoir user de la force avec modération, je me retrouvais avec un arsenal inefficace, une arme fatale inutile, comme un stock d'armes nucléaires. Il savait parfaitement que je ne lèverais plus jamais la main sur lui.

Au cas donc où tu t'inquiéterais de mon éventuelle conversion, en 1989, à la brutalité néandertalienne, toute cette unité profonde, cette immédiateté, cette réalité que j'avais découvertes en utilisant Kevin comme pour un lancer de poids se sont évaporées en une minute new-yorkaise. Je me rappelle m'être sentie physiquement plus petite. Mon attitude s'est détériorée. Ma voix s'est réduite à un filet. Je formulais toutes mes requêtes à Kevin comme une proposition ouverte : « Chéri, tu veux bien monter dans la voiture ? » « Cela ne te contrarierait pas trop si nous allions au magasin ? » « Peut-être que ce serait une bonne idée si tu n'arrachais pas la croûte au milieu de la tourte que Maman vient de faire cuire ? » Quant aux leçons qu'il trouvait si scandaleuses, je suis revenue à la méthode Montessori.

Au début, il m'a fait passer par tout un assortiment de techniques, comme s'il entraînait un ours de cirque. Il exigeait un plat long à cuisiner pour le déjeuner, comme une pizza faite à la maison, et quand j'avais passé une matinée à pétrir la pâte et faire mijoter la garniture, il piquait des morceaux de poivrons sur sa part et pliait le reste pour en faire une balle de base-ball glutineuse qu'il lançait dans l'évier. Puis il s'est lassé de la maman-jouet aussi vite que de ses autres jouets, ce qui aurait dû me réjouir.

En fait, comme je déversais sur lui tous ces biscuits chargés de sel et de fromage, autrefois contingentés en portions de trente grammes, ma sollicitude n'a pas tardé à lui taper sur les nerfs. J'avais tendance à le couver, et Kevin me lançait le genre de regard assassin dont on gratifie un inconnu qui vient s'asseoir à côté de vous dans un wagon pratiquement vide. Je me révélais un adversaire indigne, et toute victoire supplémentaire emportée sur un gardien déjà diminué à une servilité lamentable ne pouvait avoir que peu de prix.

Bien que l'opération soit délicate avec un bras en écharpe, il prenait désormais son bain tout seul, et si je me penchais pour l'envelopper dans une serviette propre il se dérobait, puis s'emmaillotait, toujours tout seul. En fait, juste après s'être docilement laissé changer sa couche et nettoyé ses testicules, il a développé une pudeur rigoureuse, et en août j'étais bannie de la salle de bains. Il s'habillait seul et loin des regards. À part ces deux semaines remarquables au cours desquelles il a été si malade, alors qu'il avait dix ans, il ne m'a plus jamais laissée le voir nu jusqu'à ses quatorze ans – et à cette époque-là j'aurais volontiers décliné le privilège.

Quant à mes débordements de tendresse, ils étaient empreints de repentir, et Kevin refusait les deux. Lorsque je l'embrassais sur le front, il s'essuyait. Lorsque je lui coiffais les cheveux, il me repoussait et froissait ses boucles. Quand je le serrais contre moi, il protestait froidement que je lui faisais mal au bras. Et quand je déclarais : « Je t'adore, chéri » – sans ânonner désormais avec la solennité due au *Je crois en Dieu*, mais plutôt avec cette ferveur stupide collant au *Je vous salue Marie* –, il arborait une expression caustique d'où devait émerger ce rictus sarcastique sur la moitié gauche de sa bouche. Un jour que je jurais une fois de plus « Je t'adore, mon chéri », Kevin a riposté avec un « Gna gna-gna gna gna-gna » et j'ai mis une sourdine.

Il croyait manifestement m'avoir percée. Il avait épié derrière le rideau, et aucune accumulation de cajoleries et d'en-cas n'effacerait une vision au moins aussi indélébile que le spectacle de la sexualité des parents, la première fois qu'on la surprend. Pourtant, le plaisir apparent que lui procuraient ces révélations des véritables couleurs de sa mère – sa méchanceté, sa violence – me surprenait encore. S'il avait compris mon jeu, ce jeu l'intriguait infiniment plus que celui des nombres de notre ennuyeuse arithmétique d'avant son « accident », et il observait sa mère à la dérobée avec un… je ne parlerai pas vraiment de respect, mais avec un intérêt absolument inédit. Oui.

Quant à nous deux, jusqu'à cet été j'avais pris l'habitude de te cacher des choses, essentiellement perçues comme des crimes – mon atroce absence de réaction à la naissance de Kevin, mon aversion pour notre maison. Alors que dans une certaine mesure nous nous protégeons tous mutuellement de la cacophonie d'atrocités que nous avons dans la tête, même ces non-dits intangibles me rendaient triste. Mais une chose était de garder pour moi l'horreur qui s'abattait sur moi chaque fois qu'arrivait l'heure de récupérer notre fils à l'école maternelle, une autre était d'omettre de te signaler que, au fait, je lui avais cassé le bras. Aussi mauvaises soient-elles, les pensées ne semblaient pas s'inscrire dans mon corps, alors que garder un secret en trois dimensions était comme avoir avalé un boulet de canon.

Tu paraissais tellement lointain. Je te regardais te déshabiller le soir, avec une nostalgie spectrale, m'attendant plus ou moins, quand je passais pour aller me brosser les dents, à ce que tu traverses mon corps aussi facilement qu'on entre dans le clair de lune. En t'observant dans le jardin, quand tu apprenais à Kevin à recevoir une balle de base-ball dans le gant avec sa bonne main, la droite – même si en réalité il était apparemment plus doué avec la pizza –, j'appliquais la paume de ma main contre la vitre tiédie par le soleil, comme pour repousser une barrière spirituelle, poignardée par la même sensation vertigineuse d'exclusion, bienveillante et douloureuse, qui m'aurait torturée si j'étais morte. Même lorsque je posais ma main sur ta poitrine, j'avais l'impression de ne pas parvenir à te toucher, comme si chaque fois que tu ôtais tes vêtements il y avait toujours une chemise L. L. Bean en dessous. Comme dans l'histoire des cinq cents chapeaux de Bartholomew Cubbins.

Et puis, toi et moi, nous n'allions plus nulle part rien que tous les deux – pour attraper *Crimes et délits*, manger un morceau au River Club de Nyack, encore moins pour nous offrir le Union Square Café à Manhattan. Il est vrai que nous avions des problèmes de garde d'enfant, mais tu te faisais assez volontiers à nos soirées à la maison, appréciant, l'été, l'occasion d'entraîner Kevin aux tirs entre les poteaux, chandelles intérieures, et réception de balles. Ton aveuglement au fait que Kevin ne manifestait ni intérêt ni aptitude pour aucun de ces sports m'agaçait un peu, mais j'étais surtout déçue que tu n'aies jamais envie de cette qualité de temps passé avec ta femme.

Inutile de tourner autour du pot. J'étais jalouse. Et je me sentais seule.

C'est vers la fin du mois d'août que notre voisin est venu sonner avec une sévère insistance à notre porte. Depuis la cuisine, je t'ai entendu répondre.

« Veuillez dire à votre fils que ce n'est pas drôle ! a tonné Roger Corley.

— Holà ! On se calme, Roger ! as-tu dit. Quand on trouve à redire au sens de l'humour de quelqu'un, il faut commencer par expliquer de quelle plaisanterie on parle. » Malgré le ton jovial de ta réaction, tu ne l'avais pas fait entrer, et en jetant un coup d'œil dans le vestibule, j'ai remarqué que tu avais seulement entrouvert la porte.

« Trent vient de faire la grande descente de Palisades Parade sur son vélo, il a perdu le contrôle et atterri dans le bas-côté ! Il s'est fait très mal ! »

J'avais essayé de maintenir des relations amicales avec les Corley, dont le fils avait un ou deux ans de plus que Kevin. Bien que l'enthousiasme avec lequel elle avait accueilli l'idée d'organiser des après-midi de jeu se soit évanouie sans explication, Moira Corley avait un jour exprimé un gentil intérêt pour mes racines arméniennes, et j'étais passée la veille seulement lui porter un pain *katah* tout chaud sorti du four – est-ce qu'il te manque parfois, ce feuilleté à peine sucré et outrageusement saturé de beurre dont ma mère m'avait enseigné la recette ? Cultiver de bons rapports de voisinage est un des rares attraits de la vie en banlieue, et j'ai craint que ta manière de ne pas ouvrir grande la porte commence à paraître inamicale.

« Roger, ai-je dit derrière toi, en m'essuyant les mains à un torchon. Pourquoi n'entrez-vous pas, qu'on parle de cette histoire ? Vous semblez bouleversé. »

Lorsque nous sommes tous passés dans le salon, j'ai remarqué que la tenue de Roger n'était pas très heureuse : il avait trop de bide pour ses shorts moulants en Lycra, et avec ses chaussures de cycliste il marchait les pieds en dedans. Tu as reculé derrière un fauteuil que tu maintenais entre Roger et toi comme un rempart. « Je suis absolument navré d'apprendre l'accident de Trent, as-tu dit. Peut-être est-ce l'occasion de réviser un peu les principes de sécurité quand on roule en vélo.

— Il les connaît, les principes, a dit Roger. Par exemple qu'on ne laisse pas la fixation d'une roue débrayée.

— Vous pensez que c'est ce qui s'est passé ? suis-je intervenue.

— Trent a dit que la roue avant a commencé à jouer. Nous avons examiné le vélo, et non seulement le système maintenant la roue n'était même pas enclenché, mais il avait été dévissé pour libérer le cadre. Pas besoin d'être Sherlock Holmes pour arriver à la conclusion que le coupable est Kevin !

— Holà ! Un instant je vous prie ! as-tu dit. C'est très grave comme...

— Trent a roulé avec ce vélo hier matin, sans problème. Personne n'est passé depuis, sauf vous, Eva, avec votre fils... Et je tiens à vous remercier pour le pain que vous avez apporté, a-t-il ajouté, un ton plus bas. Il était très bon, et nous avons apprécié le geste. En revanche, nous n'apprécions pas que Kevin bricole le vélo de Trent. S'il avait roulé un peu plus vite, ou été dans la circulation, mon gamin aurait pu se tuer.

— Cela fait beaucoup de suppositions, as-tu grogné. Le taquet a pu sauter dans l'accident.

— Impossible. Je suis moi-même cycliste et j'ai eu mon lot de chutes. Le taquet ne se défait jamais complètement – et il se dévisse encore moins tout seul pour libérer la roue.

— Même si Kevin a effectivement fait ce que vous dites… (Tu m'as lancé un regard noir en disant ces mots.)… peut-être ne sait-il pas à quoi sert la manette. Ne pas avoir verrouillé est dangereux.

— C'est une théorie, a grondé Roger. Votre fils est peut-être un crétin. Mais ce n'est pas le portrait qu'en trace Trent.

— Écoutez, as-tu insisté. Il est aussi possible que Trent ait tripoté la manette et ne veuille pas se faire enguirlander. Cela ne signifie pas que mon fils doive payer à sa place. À présent, si vous voulez bien nous excuser, nous avons des choses à faire dans le jardin. »

Après le départ de Roger, j'ai eu le triste pressentiment que le pain au bicarbonate que Moira avait promis de faire en échange de mon pain *katah* ne se matérialiserait jamais.

« Bon sang, je vais finir par être d'accord avec toi, as-tu dit en faisant les cent pas. Un gosse ne peut plus se couronner un genou sans que ce soit forcément la faute de quelqu'un d'autre. On a totalement perdu la notion d'accident, dans ce pays. Quand Kevin s'est cassé le bras, est-ce que je t'ai fait des reproches ? Fallait-il à tout prix trouver un coupable ? Non. Les merdes arrivent comme ça.

— Tu veux parler à Kevin de cette histoire de vélo ? Ou bien vaut-il mieux que je m'en charge ?

— Pour quoi faire ? Je ne vois pas ce qu'il a fait de mal. »

J'ai commenté à voix basse. « Le contraire m'aurait étonnée.

« — Et toi, tu es toujours prête à l'accuser », as-tu dit sur le même ton.

Échange banal – pas même spécialement agressif –, je ne sais donc pas trop pourquoi un truc s'est lâché en moi, comme la roue de Trent Corley. Peut-être justement à cause de cette banalité, qui n'avait pas toujours été là. J'ai fermé les yeux, posé les mains sur le dossier du canapé qui avait contenu les accusations incongrues proférées par Roger Corley. Honnêtement, je n'avais aucune idée de ce que j'allais dire, avant de l'avoir dit.

« Franklin, je veux avoir un autre enfant. »

J'ai rouvert les yeux, cillé. Je m'étais surprise moi-même. Ma première expérience de la spontanéité, peut-être, en six ou sept ans.

Tu as pivoté. Ta réaction a été spontanée, elle aussi. « Tu ne parles pas sérieusement ! »

L'occasion semblait mal choisie pour te rappeler que tu reprochais à John McEnroe son absence de fair-play. « Je voudrais qu'on s'y mette tout de suite. »

C'était irréel. J'étais tout à fait sûre de moi, pas du tout dans une fébrilité sauvage et revendicatrice qui aurait pu trahir un coup de folie, ou le recours désespéré à un remède éculé de raccommodage conjugal. J'étais calme, tranquille. Exactement la détermination sans réserve que j'avais appelée de mes prières pendant notre débat à rallonge sur la parentalité, et dont l'absence nous avait entraînés dans les chemins abstraits et tortueux du genre « tourner la page » et « répondre à la Grande Question ». De ma vie, je n'avais jamais été dans une telle certitude, au point d'être déconcertée par le fait qu'apparemment tu pensais que la chose méritait discussion.

« Eva, oublie. Tu as quarante-quatre ans. Tu mettrais au monde un crapaud à trois têtes ou que sais-je encore ?

— Aujourd'hui, beaucoup de femmes ont des enfants après la quarantaine.

— Laisse tomber ! Je croyais que maintenant que Kevin est en âge d'aller à l'école toute la journée, tu envisageais de retourner à AWAP ! Et tous ces grands projets d'aller investiguer dans l'Europe de l'Est postglasnost ? Y mettre le pied très vite, coiffer *Lonely Planet* au poteau ?

— J'ai pensé à reprendre AWAP. Il n'est pas exclu que je le fasse plus tard. Mais j'ai le reste de la vie devant moi pour travailler. Comme tu l'as remarqué avec beaucoup de délicatesse, il n'y a qu'une seule chose que je peux encore faire, mais le temps presse.

— Je n'y crois pas. Tu es donc sérieuse ! Sérieusement… sérieuse !

— "Je voudrais tomber enceinte" est nul, comme plaisanterie, Franklin. Tu n'as pas envie que Kevin ait un compagnon de jeu ? » La vérité, c'est que moi aussi j'avais envie de quelqu'un pour jouer.

« On appelle ça des camarades de classe. Et les frères et sœurs se détestent toujours.

— Seulement s'ils sont trop rapprochés. Elle aurait au minimum sept ans de moins que Kevin.

— Elle ? Tu as dit elle ? » Le féminin t'a hérissé.

J'ai levé les sourcils. « C'est une hypothèse.

— Donc, tout cela, c'est parce que tu as envie d'une fille ? Pour l'habiller avec de jolies tenues ? Eva, cela ne te ressemble pas.

— Effectivement, avoir envie d'habiller une petite fille avec de jolies tenues ne me ressemble pas. Tu n'avais donc aucune raison de prononcer cette phrase. Bon, je vois bien que tu as des réserves, mais je ne comprends pas pourquoi la perspective que je tombe enceinte te met dans une telle colère.

— Ce n'est pas évident, peut-être ?

— C'est tout, sauf évident. Je pensais que tu avais été content d'être père.

— J'ai été content, Eva, oui ! Mais d'où te vient cette idée que même si tu finis par avoir cette petite fille de rêve, tout ira différemment ?

— Je ne comprends pas, ai-je insisté, ayant appris de mon fils les mérites de jouer les imbéciles. Quelle raison aurais-je de vouloir que tout soit différent ?

— Qu'est-ce qui te prend, après la façon dont les choses ont tourné, de vouloir recommencer ?

— Elles ont tourné comment, les choses ? » ai-je demandé sur un ton neutre.

Tu as jeté un coup d'œil rapide par la fenêtre pour vérifier que Kevin était toujours en train de cajoler la balle attachée pour qu'elle s'enroule dans un sens, puis dans l'autre, autour du piquet. Il aimait la monotonie.

« Tu ne veux jamais qu'il vienne avec nous, si ? Tu veux toujours trouver quelqu'un à qui le larguer afin que nous puissions aller faire la fête rien que tous les deux, comme à l'époque que tu considères manifestement comme le bon vieux temps.

— Je ne me souviens absolument pas d'avoir dit une chose pareille, ai-je répliqué sur un ton glacial.

— Tu n'as pas besoin. Je vois parfaitement que tu es déçue chaque fois que je propose de faire une sortie où Kevin peut nous accompagner.

— Voilà sans doute ce qui explique pourquoi toi et moi avons passé tant de longues soirées alcoolisées dans des restaurants coûteux pendant que notre fils se languissait avec des inconnus.

— Tu vois ? Tu regrettes. Et cet été ? Tu avais envie d'aller au Pérou. D'accord, l'idée m'a plu aussi. Mais je pensais à des vacances en famille. Alors j'ai commencé à calculer combien de kilomètres un enfant est capable de faire par jour. J'aurais voulu que tu voies ton visage, Eva. Il s'est affaissé comme une masse de plomb. Dès lors que Kevin était compris dans le programme, il n'a plus été question de Pérou. Je m'excuse platement, mais je n'ai pas fait un enfant pour partir le plus souvent possible loin de lui. »

J'étais inquiète de la tournure que prenait la discussion. Je savais bien que nous finirions un jour par devoir parler de tout ce qui était resté dans le non-dit, mais je n'étais pas prête. Il me fallait du lest. J'avais besoin de preuves à décharge, que j'allais mettre au moins neuf mois à rassembler.

« Je passe la journée entière avec lui, ai-je dit. Il est logique que je sois un peu plus impatiente que toi de faire une pause…

— Et j'entends en permanence le laïus sur le terrible sacrifice que tu as fait.

— Je suis désolée qu'il compte aussi peu pour toi.

— Peu importe que ça compte pour moi. C'est pour lui que cela doit compter.

— Franklin, je ne comprends pas où…

— Et c'est symptomatique, n'est-ce pas ? Tu restes à la maison pour "lui" parce que tu veux m'impressionner "moi". Il n'entre jamais en ligne de compte, n'est-ce pas ?

— Mais de quoi on parle, là ? Je voulais juste te dire que j'aimerais que nous ayons un autre bébé, et j'espérais que tu serais content, ou au moins que tu commencerais à te faire à l'idée.

— Tu t'en prends toujours à lui », as-tu dit. Avec un autre regard du côté de l'endroit où Kevin faisait ses lancers, tu avais l'air d'être seulement au début. « Tu lui fais porter le chapeau pour tout ce qui va de travers dans cette maison. Et dans son école maternelle, en plus. Tu te plains de ce malheureux gamin depuis le tout premier jour. D'abord, il pleure trop, ensuite il est trop silencieux. Il développe sa façon de parler à lui, c'est ennuyeux. Il ne joue pas bien – ce qui veut dire, pas comme toi tu jouais. Il ne traite pas comme des pièces de musée les jouets que tu lui fabriques. Il ne te passe pas la main dans le dos chaque fois qu'il apprend à écrire un nouveau mot, et, sous prétexte que tout le voisinage ne se presse pas pour être sur son carnet de bal, tu es résolue à le dépeindre comme un paria. Il a un, oui, un sérieux problème psychologique, lié à l'apprentissage de la propreté, ce qui n'est pas en soi exceptionnel, Eva, mais peut en revanche être très douloureux pour l'enfant – et tu veux à tout prix y voir une opposition agressive et personnelle à ton égard. Je suis soulagé de voir qu'apparemment il en est sorti, mais vu ton attitude je ne suis pas surpris que cela ait duré aussi longtemps. Je fais mon possible pour compenser ta... – et je suis vraiment désolé si cela est blessant pour toi, mais je ne trouve pas d'autre mot – ... ta froideur. Sauf qu'il n'y a pas de produit de remplacement à l'affection d'une mère, et plutôt mourir que te laisser bousiller un autre enfant de moi. »

J'étais abasourdie. « Franklin...

— Cette discussion est terminée. Je n'ai pris aucun plaisir à dire ce que j'ai dit, et je conserve l'espoir que les choses puissent s'arranger. Je sais que tu crois faire un effort – d'ailleurs, tu fais ce qui pour toi représente un effort – mais jusqu'à présent on est loin du compte. Alors, on va tous continuer... Hé, champion ! » Tu as cueilli Kevin au moment où il arrivait sur la terrasse, et tu l'as soulevé au-dessus de ta tête comme si tu posais dans une publicité pour la fête des Pères. « Tu as fini tes lancers ? »

Lorsque tu l'as remis sur le sol, il a dit : « J'ai lancé la balle huit cent quarante-trois fois.

— Formidable ! Je parie que la prochaine fois tu arriveras à faire huit cent quarante-quatre lancers ! »

Tu essayais de faire une diversion un peu gauche, après une dispute qui m'avait laissée comme si un camion avait roulé sur mon corps, mais je ne peux pas dire que j'adore le gâtisme hollywoodien attendu des parents modernes. Le visage de Kevin a paru refléter un bref « Oh, mon Dieu ! ».

« Si j'essaye vraiment très fort, a-t-il dit, impassible. C'est formidable de marquer, hein ?

— Kevin ! » Après l'avoir appelé, je me suis penchée au-dessus de lui. « Je crois que, malheureusement, ton ami Trent a eu un accident. Ce n'est pas trop grave et il va s'en tirer. Mais peut-être que tous les deux on pourrait lui dessiner une jolie carte pour lui souhaiter de guérir vite – comme celle que Grand-Mère Sonya t'a faite quand tu t'es cassé le bras.

— Bon d'accord », a-t-il dit en s'éloignant. « Il se croit supermalin avec son vélo. »

La climatisation devait marcher trop fort ; je me suis relevée en me frottant les bras. Je ne me souvenais pas d'avoir fait allusion à un vélo.

*Eva*

*Cher Franklin,*

Sans bien savoir pourquoi, j'imagine que tu seras rassuré d'apprendre que je continue de recevoir le *Times*. Mais apparemment, je ne place plus où il faut la grille que j'utilisais jadis pour savoir les articles qui méritaient une lecture. Les famines dans le monde et les divorces à Hollywood semblent également capitaux et également dérisoires. Arbitrairement, je dévore la soupe journalistique jusqu'à plus soif, ou bien je pose le numéro intact sur la pile près de la porte. J'avais bien raison, en ce temps-là ; les États-Unis peuvent se passer de moi sans problème.

Ces deux dernières semaines, le *Times* se retrouve sur la pile sans avoir été ouvert, car, si la mémoire est utile, la pompe joyeuse des inaugurations présidentielles me laissait déjà de marbre quand j'avais des enthousiasmes et des aversions bien définis. Par caprice, ce matin, j'ai tout lu, y compris un article sur le surmenage des travailleurs américains – et peut-être est-il effectivement intéressant, mais je n'ai aucune certitude que le pays de la liberté préfère le travail au divertissement. J'ai lu l'histoire d'un jeune électricien qui devait se marier prochainement et qui, dans son ardeur à se constituer des économies pour sa future famille, n'avait dormi que cinq heures en deux jours et demi. Il venait de passer vingt-quatre heures d'affilée à monter et descendre de poteaux électriques :

> Alors qu'il faisait une pause pour le petit-déjeuner, dimanche matin, il reçut un nouvel appel.
>
> Vers midi, il grimpa au sommet d'un poteau de près de 10 mètres, fixa son baudrier de sécurité et toucha un câble à 7 200 volts sans avoir enfilé ses gants isolants. Il y eut un éclair, et Mr Churchill se retrouva pendu sans bouger à ses sangles. Son père, arrivé sur place avant la grande échelle et pensant que son fils était peut-être encore en vie, est resté planté plus d'une heure au pied du poteau en suppliant qu'on descende son fils de là-haut.

Je n'ai pas d'opinion tranchée sur le surmenage ; je n'ai pas d'électriciens dans mes relations. Je sais seulement que cette image – un père suppliant des spectateurs aussi impuissants que lui, tandis que son travailleur de fils grinçait au vent comme un pendu –, elle m'a fait pleurer. Pères et fils ? Chagrin et zèle mal à propos ? Il existe des liens. Mais j'ai pleuré aussi sur le vrai père de ce jeune homme.

Tu vois, il était gravé en moi depuis que je sais parler que un million et demi d'individus de mon peuple avaient été massacrés par les Turcs. Mon propre père a été tué dans une guerre contre les pires d'entre nous, et, le mois même où je suis née, nous avons été amenés à user de ce qu'il y avait de pire en nous pour les vaincre. Ce JEUDI étant la visqueuse garniture de ce festin de serpents, je ne serais pas étonnée de me trouver une dureté du cœur. Or, je suis au contraire émotive, à la limite de la sensiblerie. Peut-être que le niveau de ce que j'attends de mes semblables est tombé si bas que la moindre expression de gentillesse me submerge, comme ce JEUDI, d'une sensation d'inutilité. Les holocaustes ne me surprennent pas vraiment. Les viols et les enfants esclaves non plus. Et, Franklin, je sais que tu n'es pas d'accord, mais Kevin ne me surprend pas. Je suis surprise quand je laisse tomber un gant dans la rue et qu'un adolescent fait trente mètres en courant pour me le rapporter. Je suis surprise quand une caissière me gratifie d'un grand sourire en même temps qu'elle me rend la monnaie, alors que mon visage n'était qu'un masque de bienséance. Les portefeuilles perdus renvoyés à leurs propriétaires par la poste, les inconnus qui donnent des renseignements précis, les voisins qui s'arrosent mutuellement leurs plantes vertes – voilà ce qui m'étonne. Celia m'a étonnée.

Conformément à tes instructions, je ne suis jamais revenue sur la question. Et je n'ai pris aucun plaisir à te duper. Mais la mystérieuse certitude qui m'avait investie en août ne s'est jamais démentie, et tu ne m'as pas laissé le choix.

Le plâtre de Kevin avait été retiré deux semaines plus tôt, mais c'était comme si mon sentiment de culpabilité avait disparu avec l'accident de vélo de Trent Corley. D'un coup. Il n'y avait pas d'équivalence entre ce que j'avais fait et ce que j'allais faire – qui était totalement irrationnel –, mais je semblais pourtant avoir trouvé l'antidote ou la pénitence parfaites. J'allais me mettre à l'épreuve. Il n'était pas certain du tout que je gagnerais une seconde fois.

Tu as bien remarqué que j'étais devenue une « drôle de coquine », et tu étais apparemment heureux d'un désir qui, si nous ne parlions jamais ouvertement d'émoussement, avait tristement reflué. L'un ou l'autre bâillant de manière théâtrale avant d'aller au lit « un peu crevés », nous étions passés de relations sexuelles quasi quotidiennes à la moyenne américaine d'une fois par semaine. Mon regain de passion ne relevait pas du stratagème. J'avais vraiment envie de toi, et plus nous faisions l'amour, plus je me sentais insatiable pendant la journée, incapable de rester immobile, frottant un crayon à l'intérieur de ma cuisse quand j'étais assise à mon bureau. J'étais en outre heureuse de vérifier que nous n'avions pas encore irrémédiablement sombré dans le rut mécanique du soir qui jette tant de personnes mariées dans des bras étrangers à l'heure du déjeuner.

Car du jour où nous avions eu un petit garçon qui dormait au bout du couloir, tu avais tellement réduit le volume des décibels au lit que je devais souvent t'interrompre : « Hein ? Quoi ?… » Dire des cochonneries dans la langue des signes était un trop gros effort, et à la longue nous avions l'un et l'autre battu en retraite dans notre cinéma personnel. Privés de l'embellissement de tes improvisations – tu avais un vrai don pour la dépravation et il était fort dommage de ne pas cultiver un tel talent –, mes propres fantasmes avaient fini par m'ennuyer, et je les avais remplacés par des images indécises, rarement érotiques au sens littéral du terme, et toujours dominées par une certaine texture et une certaine tonalité. Sauf qu'avec le temps ces visions s'étaient faites corrosives, comme des gros plans de croûte ou des illustrations géologiques de magma séché. D'autres nuits, j'avais des images éclair de couches souillées et de testicules durs et pas encore descendus, ce qui peut t'aider à comprendre que j'aie contribué à ramener le rythme de nos ébats à une fois par semaine. Pire que tout peut-être, les rouges vibrants et les bleus céruléens qui s'infiltraient dans ma tête quand nous faisions l'amour, du temps que nous étions sans enfant, s'étaient progressivement embourbés en perdant leur lustre, jusqu'à ce que les miasmes sous mes paupières agitent furieusement la poix et le brun des dessins affichés sur la porte de notre frigo.

Lorsque j'ai commencé à laisser mon diaphragme dans sa boîte bleu ciel, les images peuplant ma tête pendant l'amour ont pris de la légèreté. Alors que mon champ visuel s'était resserré, je voyais désormais de grandes distances, comme si je regardais depuis le mont Ararat ou que j'écumais le Pacifique en planeur. Je contemplais de longs couloirs qui miroitaient indéfiniment vers la ligne de fuite, leur sol de marbre éblouissant, la lumière du soleil se déversant de chaque côté par des fenêtres. Toutes mes visions étaient lumineuses : robes de mariée, paysages de nuages, champs d'edelweiss. S'il te plaît, ne te moque pas – je sais que ce que je décris ressemble à une pub de tampons. Mais c'était beau. Je me sentais enfin transportée. Mon esprit s'ouvrait, alors que ma tête auparavant semblait pratiquer la spéléologie dans un trou de plus en plus étriqué, de plus en plus sombre. Ces vastes projections en panoramique ne faisaient pas non plus dans le flou mièvre, elles étaient vives, précises, et je m'en souvenais quand nous avions fini. Je dormais comme un bébé. Enfin, comme certains bébés, ce que j'allais bientôt découvrir.

Je n'étais manifestement pas au meilleur de ma fécondité, et il s'est écoulé une année. Mais quand enfin mes règles ont manqué le rendez-vous, l'automne suivant, je me suis mise à chanter. Pas des comédies musicales, cette fois, mais des chansons du folklore arménien, avec lesquelles ma mère nous berçait quand elle nous bordait le soir, Giles et moi – comme *Soode*, *Soode* (« C'est un mensonge, un mensonge, un mensonge, tout est mensonge ; en ce monde, tout est mensonge ! »). Quand je me suis aperçue que j'avais oublié certaines paroles, je l'ai appelée pour lui demander de bien vouloir me les écrire. Elle s'est fait un plaisir de s'exécuter, surtout que, pour elle, j'étais toujours la fillette têtue qui rechignait aux leçons d'arménien en disant que c'étaient des devoirs supplémentaires ennuyeux ; alors elle a copié mes préférées – *Kele Kele*, *Kujn Ara* et *Gna Gna* de Komita Vardapet – à l'intérieur de cartes de vœux illustrées à l'encre et au crayon, de scènes villageoises et de motifs de tapis arméniens.

Kevin a remarqué ma transformation, et s'il avait apprécié de voir sa mère ramper dans la maison comme un ver de terre, il n'a pas vraiment aimé la voir sortir de son cocon sous forme de papillon. Il s'enfermait dans un silence morose et gémissait : « Tu chantes faux », ou ordonnait, récitant une phrase de son livre d'école multiethnique : « Pourquoi tu ne parles pas anglais ? » Je lui ai expliqué que les chansons populaires arméniennes étaient polyphoniques, et quand il a fait semblant de comprendre, je lui ai demandé s'il savait ce que cela signifiait. « Ça veut dire stupide », a-t-il dit. J'ai proposé de lui apprendre une ou deux chansons, non sans lui rappeler : « Tu es arménien, toi aussi, tu sais », ce qu'il a aussitôt contesté. « Je suis américain », a-t-il asséné avec la pointe de dérision de qui affirme une évidence comme : « Je suis une personne. Et pas un tamanoir. »

Il se passait quelque chose. Maman ne courbait plus l'échine, ne faisait plus profil bas, ne parlait plus avec un filet de voix, sans pour autant que la Maman d'avant le bras cassé ait refait surface : cette femme sèche, un peu guindée, qui parcourait la maternité avec la martialité d'un soldat qui défile. Non, cette nouvelle Maman vaquait à ses occupations comme un ruisseau bouillonnant, et tous les cailloux qu'on pouvait lancer dans ses remous sombraient avec un bruit cristallin et inoffensif au fond de son lit. Informée que son fils jugeait que ses camarades de dixième étaient des « demeurés » et qu'il savait déjà tout ce qu'ils étudiaient en classe, cette Maman ne réprimandait pas en disant qu'il n'allait pas tarder à découvrir qu'il ne savait pas tout ; elle ne l'abjurait pas de ne pas dire « demeuré ». Elle se contentait de rire.

Bien qu'alarmiste par nature, je ne me suis même pas mise dans tous mes états à cause de l'escalade des menaces proférées par le Département d'État à propos de l'invasion du Koweït par l'Irak. « Toi qui dramatises toujours ce genre d'événements, as-tu remarqué en novembre, tu ne t'inquiètes pas ? » Non, je ne m'inquiétais pas. De rien.

C'est quand je n'ai pas eu mes règles pour la troisième fois que Kevin a commencé à m'accuser de grossir. Il montrait mon ventre et se moquait : « Tu es énorme ! » Habituellement vaniteuse à propos de ma silhouette, j'ai confirmé joyeusement : « C'est vrai. Maman est une grosse vache. »

« Tu sais, il se peut que tu te sois un tout petit peu épaissie, au niveau de la taille, as-tu fini par remarquer un soir de décembre. On devrait peut-être lever le pied sur les patates, non ? Perdre un petit kilo ne me ferait pas de mal non plus.

— Mmm », ai-je fait. Et j'ai pratiquement dû m'enfoncer le poing dans la bouche pour ne pas rire. « Je veux bien prendre un peu de poids. Ce n'est pas plus mal pour s'affirmer.

— Ça alors, tu nous fais quoi, là ? Tu deviens adulte ? D'habitude, si j'insinue que tu as pris cent grammes, tu grimpes au rideau ! » Tu es allé te brosser les dents avant de me rejoindre au lit. Tu as pris ton polar, mais seulement pour tapoter la couverture, en glissant ton autre main vers un sein gonflé. « Tu as peut-être bien raison, as-tu murmuré. Un petit peu plus d'Eva, c'est très excitant. » Laissant tomber le livre sur le sol, tu t'es tourné vers moi en levant le sourcil. « Tu l'as mis ?

— Mum, ai-je fait de nouveau, avec un hochement de tête affirmatif.

— Tu as de gros seins, as-tu observé, en venant les renifler. Tu vas avoir tes règles ? Il me semble que ça fait un moment. »

Ta tête s'est immobilisée entre mes seins. Tu as reculé. Le regard que tu as plongé dans mes yeux était totalement dégrisé. Puis tu as blêmi.

Mon cœur a chaviré. J'ai su que les choses seraient pires que j'avais voulu le croire.

« Tu comptais me le dire quand ? as-tu demandé d'une voix dure.

— Bientôt. Il y a des semaines, à vrai dire. C'est juste que je ne trouvais pas le bon moment.

— Je comprends pourquoi, as-tu dit. Tu comptais me vendre ça comme une sorte d'accident ?

— Non. Ce n'était pas un accident.

— Je croyais que nous avions eu une discussion à ce sujet.

— Précisément, c'est ce que nous n'avons pas eu, cette discussion. Tu es parti dans une tirade. Tu as refusé d'écouter.

— Alors toi, tu as continué – la politique du fait accompli, exactement, une sorte d'agression. Comme si je n'étais pas du tout concerné.

— Tu es évidemment concerné. Mais j'avais raison, et tu avais tort. » Je t'ai affronté franchement. Pour reprendre une de tes expressions, nous étions deux, et toi tu étais seul.

« C'est la chose la plus présomptueuse… la plus arrogante que tu aies jamais faite.

— Oui. Je suppose que oui.

— À présent que mon opinion n'a plus la moindre importance, tu vas m'expliquer à quoi rime cette histoire ? J'écoute. » Tu n'avais pas l'air d'écouter.

« Il faut que je tire quelque chose au clair.

— Quelle chose ? Jusqu'où tu peux me pousser avant que je ne te pousse à mon tour ?

— À propos… » J'ai décidé de ne pas m'excuser pour le mot. « À propos de mon âme.

— Existe-t-il quelqu'un d'autre que toi dans ton univers ? »

J'ai courbé la tête. « Je voudrais bien.

— Et Kevin ?

— Quoi Kevin ?

— Ça va être dur, pour lui.

— J'ai lu quelque part que certains enfants ont des frères et sœurs.

— Ne sois pas sarcastique, Eva. Il est habitué à mobiliser toute notre attention.

— Ce qui est une façon de dire qu'il est gâté. Ou pourrait le devenir. C'est la meilleure chose qui pouvait arriver à cet enfant.

— Mon petit doigt me dit qu'il ne va pas voir ça de cette façon. »

J'ai mis un moment à me rendre compte qu'en cinq minutes nous étions déjà en train de parler de notre fils. « Peut-être que ce sera bien pour toi aussi. Pour nous deux.

— C'est un poncif du courrier du cœur. La chose la plus stupide qu'on puisse faire pour ressouder un mariage qui part à vau-l'eau, c'est un bébé.

— Notre mariage part à vau-l'eau ?

— Grâce à ce que tu viens de faire, oui », as-tu répliqué avant de te retourner dans ta moitié de lit.

J'ai éteint la lumière et me suis enfoncée dans mon oreiller. Nous ne nous touchions pas. Je me suis mise à pleurer. Sentir tes bras autour de moi a été un tel soulagement que j'ai pleuré encore plus fort.

« Dis, as-tu demandé, tu as vraiment cru… ? Tu as attendu aussi longtemps pour me parler parce que tu voulais qu'il soit trop tard ? Tu as vraiment cru que je te demanderais de faire une chose pareille ? Sur notre propre enfant ?

— Bien sûr que non », ai-je reniflé.

Mais quand je me suis calmée, tu as pris un ton plus sévère. « Écoute, je n'aborde le sujet que parce qu'il le faut. Mais tu as quarante-cinq ans, Eva. Promets-moi de faire ce test. »

.e « test » en question n'avait d'intérêt que si
.ous étions décidés à intervenir en cas de résultat
décourageant. Intervenir « sur notre propre
enfant ». Pas étonnant que j'aie tardé le plus longtemps possible à te mettre au courant.

Je n'ai pas fait le test. Oh, je t'ai dit le contraire,
et la nouvelle gynécologue que j'avais trouvée – et
qui était adorable – m'a proposé de le faire, mais, à
la différence du Dr Rhinestein, elle ne semblait pas
considérer toutes les femmes enceintes comme un
bien public et n'a pas insisté exagérément. Elle a
juste dit, en revanche, qu'elle espérait que j'étais
prête à aimer et soigner qui – elle voulait dire ce
que – je mettrais au monde. J'ai répondu que je ne
pensais pas avoir une vision romantique du bonheur d'élever un enfant handicapé. Mais j'étais probablement trop restrictive dans ce que – et qui – je
choisissais d'aimer. Alors j'avais besoin de faire
confiance. Pour une fois. D'avoir une foi aveugle en
– et j'ai choisi de ne dire ni la vie, ni le destin, ni
Dieu – moi-même.

Que notre second enfant soit mon enfant n'a
jamais fait doute. En conséquence de quoi, tu n'as
pas réédité ces tracasseries de propriétaire attentif à
son bien qui avaient pourri ma grossesse quand
j'attendais Kevin. J'ai porté mes sacs de provisions.
Je ne me suis attirée aucune réprimande à cause du
verre de vin rouge que j'ai continué de me servir
avec modestie et raison. J'ai carrément augmenté
mes activités physiques, y compris la gym tonic, la
course, et même le squash. Pour être tacite, notre

accord n'en était pas moins clair : ce que je faisais avec cette bosse était mon problème.

Kevin avait déjà perçu la perfidie à l'œuvre. Il marquait plus que jamais des distances avec moi, avec des regards en coulisse, les verres de jus de fruits qu'il sirotait comme s'il s'agissait d'arsenic, la nourriture que je laissais pour lui et qu'il inspectait prudemment, allant souvent jusqu'à la disséquer complètement en alignant les éléments constitutifs régulièrement sur le bord de son assiette ; comme s'il cherchait des éclats de verre. Il entourait ses devoirs d'école du plus grand secret, à la façon d'un prisonnier codant la correspondance où il expose le détail des mauvais traitements infligés par ses geôliers, avant de la faire passer clandestinement à Amnesty International.

Il fallait que quelqu'un lui parle, et vite ; ma grossesse commençait à se voir. J'ai donc suggéré de profiter de l'occasion pour lui expliquer le sexe en général. Tu étais réticent. Dis-lui simplement que tu es enceinte, as-tu conseillé. Il n'a pas besoin de savoir comment c'est arrivé. Il n'a que sept ans. Ne devrions-nous pas préserver encore un peu son innocence ? Penser qu'ignorer tout des choses du sexe protège du péché est une conception assez fruste de l'innocence, ai-je objecté. Et sous-estimer l'intelligence sexuelle de son fils est la plus grossière des erreurs.

De fait. J'avais à peine amorcé le sujet en préparant le dîner que Kevin m'a coupée avec agacement. « Tu vas parler de baise ? »

C'était donc vrai. On ne fabriquait plus les gosses de dixième sur le même moule. « Mieux vaut utiliser le mot "sexe", Kevin. L'autre risque de choquer certaines personnes.

— Tout le monde le dit.

— Tu en connais le sens ? »

Kevin a levé les yeux au ciel et récité : « Le garçon met son zizi dans la tototte de la fille. »

J'ai débité les âneries guindées sur le thème des « petites graines » et des « œufs » qui m'avaient persuadée, petite fille, que faire l'amour était une activité se situant entre la culture des pommes de terre et l'élevage de poulets. Kevin s'est contenté de faire preuve de tolérance.

« J'étais déjà au courant.

— Quelle surprise, ai-je marmonné. Est-ce que tu as des questions à poser ?

— Non.

— Aucune ? Parce que tu peux toujours m'interroger, moi ou papa, sur ce que tu ne comprendrais pas au sujet des garçons, des filles, du sexe ou de ton corps.

— Je croyais que tu allais m'annoncer quelque chose de vraiment nouveau », a-t-il dit sombrement en sortant de la pièce.

J'ai été prise d'une étrange honte. J'avais suscité une attente, avant de la balayer aussi vite. Quand tu as demandé comment s'était passée la conversation, j'ai répondu « pas mal », je crois ; tu as voulu savoir ensuite s'il avait eu l'air effrayé, ou gêné, ou perplexe, et j'ai dit qu'en fait il avait semblé placide. Tu as ri, tandis que je demandais tristement si quoi que ce soit pourrait un jour l'impressionner, quand ce sujet le laissait de marbre.

Le chapitre 2 des Choses de la Vie allait forcément passer plus difficilement.

« Kevin, ai-je commencé le jour suivant. Tu te souviens de notre conversation d'hier soir ? Sur le sexe ? Eh bien, Maman et Papa le font aussi, quelquefois.

— Ça sert à quoi ?

— Pour commencer, à avoir le plaisir de ta compagnie. Mais toi aussi, tu aimerais peut-être un peu de compagnie. Tu n'as jamais eu envie d'avoir quelqu'un, un compagnon de jeux, à la maison ?

— Non. »

Je me suis penchée sur la table de jeu où Kevin était en train de casser systématiquement en morceaux chaque crayon de sa boîte Crayola 64. « En fait, tu vas en avoir, de la compagnie. Un petit frère ou une petite sœur. Un bébé. Et tu vas peut-être te rendre compte que tu es content. »

Il m'a lancé un long regard noir, sans paraître particulièrement surpris pour autant. « Et si je ne suis pas content ?

— Alors tu t'habitueras.

— Ce n'est pas parce qu'on s'habitue à une chose qu'on l'aime. » Et d'ajouter en brisant net le magenta. « Tu es habituée à moi.

— Oui ! ai-je dit. Et d'ici quelques mois, nous nous serons tous habitués à une nouvelle personne ! »

Plus un morceau de crayon est petit, plus il devient difficile à briser, et les doigts de Kevin étaient maintenant aux prises avec un rogaton récalcitrant. « Tu vas le regretter. »

Il a fini par se casser.

J'ai essayé de t'entraîner dans une discussion sur les prénoms, mais tu restais indifférent ; entre-temps, la guerre du Golfe avait commencé, et il était impossible de t'arracher à CNN. Quand Kevin venait se vautrer à côté de toi, j'ai remarqué que le florilège masculin de généraux et pilotes de combat ne le passionnait pas plus que l'alphabet chanté, malgré l'intérêt précoce qu'il manifestait pour la nature de la « bombe atomique ». Irrité par la lenteur des combats filmés pour la télé, il marmonnait : je ne vois pas pourquoi Cone Power s'embête avec ces minables, Papa. Y a qu'à leur mettre une bombe atomique. Ça leur apprendra qui commande, aux Irakiens. » Tu trouvais ça mignon.

Au nom du fair-play, je t'ai rappelé notre pacte stipulant que notre second enfant pourrait s'appeler Plaskett. Ne sois pas ridicule, as-tu lâché sans quitter des yeux un missile Patriot. Deux gamins, avec des noms différents ? Les gens penseraient que l'un des deux a été adopté. Quant aux prénoms, ils t'ont laissé dans la même apathie. Comme tu veux, Eva, as-tu dit avec un geste de la main pour signifier ton indifférence. Je serai d'accord.

Pour un garçon, j'ai donc proposé Frank. Pour une fille, j'ai délibérément exclu Karru ou Sophia, appartenant aux clans des vaincus de ma mère, et cherché du côté des vaincus de chez toi.

La mort de ta tante Celia, la sœur cadette sans enfant de ta mère, alors que tu avais douze ans, t'avait durement frappé. Elle était souvent chez vous, cette tante un peu dingue qui avait un goût espiègle pour l'occultisme ; elle t'avait donné une boule de huit magique qui disait l'avenir, et elle vous entraînait, ta sœur et toi, dans des séances de spiritisme dans le noir, d'autant plus délicieuses que tes parents désapprouvaient. J'avais vu sa photo, et la tristesse de son physique ingrat, avec la grande bouche aux lèvres minces, mais des yeux clairs et perçants, à la fois braves et un peu effrayés. Comme moi, elle avait le tempérament aventurier, et elle est morte, jeune et célibataire – après une ascension du mont Washington en compagnie d'un jeune et fringant grimpeur qui lui inspirait de grands espoirs – d'une hypothermie fatale consécutive à la monstrueuse tempête de neige essuyée par leur expédition. Mais tu as accueilli cet hommage avec un haussement d'épaules irrité, comme si je cherchais à t'ensorceler par les méthodes surnaturelles de ta tante Celia.

Ma seconde grossesse m'a semblé nettement moins restrictive que la première, et, avec Kevin à l'école élémentaire, je pouvais m'investir plus pleinement dans AWAP. L'enfant déjà là, en quelque sorte, je me sentais aussi moins seule, et quand je parlais à voix haute pendant que tu étais en repérage et Kevin à l'école, je n'avais pas le sentiment de ne parler qu'à moi-même.

Bien sûr, le parcours que l'on fait pour la seconde fois est toujours plus facile. Je n'ai pas hésité à accepter l'anesthésie, même si, vu la taille minuscule de Celia au moment de l'accouchement, j'aurais probablement pu m'en passer sans dommage. L'expérience m'avait aussi appris à ne pas attendre l'éblouissement d'un bouleversement tellurique à sa naissance. Un bébé est un bébé, chacun relevant du miracle à sa manière, mais exiger une transformation radicale à l'instant même de l'accouchement était placer un trop lourd fardeau sur un si petit bout de chou malmené autant que sur une quadragénaire épuisée. Néanmoins, quand elle s'est annoncée avec deux semaines d'avance, le 14 juin, je n'ai pas pu m'empêcher de voir une certaine impatience de sa part, comme j'avais jadis vu une réticence symétrique dans les deux semaines de retard de Kevin.

Les bébés ont-ils des sentiments, même à l'instant zéro ? Ma modeste observation des deux me porte à le croire. Ils n'ont pas encore les mots pour ce qu'ils éprouvent, et sans étiquettes distinctes vivent sans doute un pot-pourri d'émotions où se mélangent les contraires ; j'ai facilement tendance à me trouver dans l'angoisse quand un nourrisson n'a peut-être aucun problème à éprouver à la fois appréhension et décontraction. Néanmoins, à la naissance de mes deux enfants, j'ai pu discerner immédiatement une tonalité émotionnelle dominante, comme on distingue la note la plus aiguë d'un accord, ou la couleur du premier plan sur une toile. Chez Kevin, cette note était le crissement aigu de l'herbe à siffler ; la couleur, le rouge artériel et palpitant ; et le sentiment relevait de la fureur.

L'intensité aiguë de toute cette rage était impossible à tenir, aussi, quand il a été un peu plus grand, la note est-elle descendue pour se fixer au beuglement sans faille d'un avertisseur de voiture qu'on ne lâche pas ; la peinture du premier plan s'est progressivement épaissie, la couleur se coagulant dans les teintes violettes et noires du foie, son émotion dominante refluant des crises de rage pour s'installer dans un ressentiment tranquille et constant.

Mais quand Celia a émergé, en dépit de l'apparence cramoisie et sanguinolente, elle était nimbée de bleu ciel. J'ai été submergée par le même azur de ciel clair qui m'avait visitée lorsque nous faisions l'amour. Elle n'a pas pleuré en naissant, et si elle a émis un son figuratif, c'était la calme mélodie d'un promeneur loin de chez lui qui apprécie la promenade et ne pense pas être écouté. Quant à l'émotion principale émanant de cette créature aveugle – ses mains n'empoignaient pas l'air mais planaient, étonnées ; sa bouche, une fois amenée sur le bout de sein, s'est aussitôt mise à téter –, c'était la gratitude.

Je ne suis pas certaine que tu aies vu la différence instantanément, mais lorsque Celia a été nourrie, emmaillotée, nettoyée et tendue à son Papa, tu l'as rendue bien vite. Peut-être étais-tu encore fâché à cause de ma présomption, et la perfection de cette petite fille ajoutait-elle à ton désarroi, parce qu'elle était la preuve vivante que j'avais bien fait de te mener en bateau. De toute façon, les années à venir allaient confirmer mon intuition initiale : tu percevais la différence, et cette différence te mettait en colère. Je t'imagine tout hérissé de résistance comparable si, après avoir vécu des années dans notre maison de rêve mortellement petit-bourgeois, tu entrais dans la demeure victorienne, avec la balancelle sur la véranda ouverte, le passe-plat, la balustrade en acajou, et que tu apprenais qu'elle était à vendre. Tu aurais regretté de l'avoir seulement vue, et quelque chose en toi la détesterait un peu. De retour dans notre cathédrale de série tout en teck, tes yeux se dessilleraient, tu ne verrais qu'une accumulation douteuse de prétentions, et ta brave aptitude au consensus en serait invalidée à jamais.

Voilà pour moi la seule explication à ton faible enthousiasme, dans la mesure où tu semblais fort peu enclin à la tenir dans tes bras, et fort attentif à ne pas la dévorer des yeux en lui accordant ces longs regards dont Brian dit qu'ils sont le moment où un parent tombe amoureux. Je crois qu'elle te faisait peur. Je crois que tu considérais ton attirance pour ta fille comme une trahison.

L'accouchement s'étant passé en douceur, je ne suis restée qu'une nuit à la maternité et tu as amené Kevin avec toi pour venir nous prendre à l'hôpital de Nyack. J'appréhendais, évaluant parfaitement l'état de rage où doit être un aîné confronté à l'imminente invasion de son territoire par une petite chose qui ne parle pas. Mais lorsqu'il est arrivé dans ton sillage, Kevin n'a pas vraiment sauté sur le lit afin d'asphyxier avec un oreiller mon bébé en train de téter. Portant un T-shirt « Moi je suis le grand frère » avec un smiley dans le « o » du « Moi » – les plis encore marqués et l'étiquette du prix sur l'encolure indiquant l'achat d'une béquille de dernière minute à la boutique cadeaux de l'hôpital –, il s'est avachi au pied du lit, avant de passer d'un bond de l'autre côté pour tirer un zinnia du bouquet offert par toi et d'entreprendre de priver la fleur de tous ses pétales.

« Kevin, ai-je dit. Tu veux que je te présente ta sœur ?

— Pourquoi faudrait me la présenter ? a-t-il répondu avec accablement. On la ramène avec nous, je crois. Alors, tu pourras me la présenter tous les jours.

— Il faut au moins que tu saches comment elle s'appelle, non ? » Doucement, j'ai arraché le bébé au sein pour lequel Kevin avait jadis manifesté une féroce absence d'intérêt, alors qu'elle venait juste de se mettre à téter. Dans ce genre de situation, la plupart des nourrissons poussent des hurlements, mais Celia a accepté d'emblée la privation comme étant son lot naturel, et elle recevait le moindre cadeau avec de grands yeux béats et gênés. J'ai remonté le drap et offert le bébé au regard d'inspection.

« Kevin, je te présente Celia. Je sais que pour le moment elle n'est pas franchement marrante, mais quand elle sera un petit peu plus grande, je parie qu'elle deviendra ta meilleure amie. » Je me demandais s'il savait seulement ce qu'était un ami. Il n'avait encore jamais ramené de camarade de classe à la maison.

« Tu veux dire qu'elle va me coller sans arrêt et ce genre de trucs. J'ai déjà vu. C'est la barbe. »

Tu as serré les épaules de Kevin par-derrière pour le secouer affectueusement. Le visage de Kevin s'est crispé. « Eh oui. Ça fait partie des joies d'être grand frère ! as-tu dit. Je sais de quoi je parle, parce que j'ai eu une petite sœur, moi aussi. Elles ne te fichent jamais la paix. Tu as envie de t'amuser avec tes petites voitures et elles te cassent les pieds pour jouer à la poupée !

— Moi, je jouais aux petites voitures », ai-je objecté, en te fusillant du regard ; on reparlerait à la maison de ces conneries rétrogrades distinguant les rôles masculin et féminin. Il était regrettable que ta sœur Valerie et toi – une petite fille chochotte devenue une femme désespérément altruiste, absorbée par la coupe de ses tentures et, lors de nos brèves visites à Philadelphie, déterminée à organiser des « sorties » dans des demeures historiques – vous n'ayez jamais été très proches. « On ne sait pas ce que Celia aura envie de faire, pas plus que tu n'es en mesure de dire si Kevin aime jouer avec des poupées.

— Dans tes rêves ! t'es-tu écrié fraternellement.

— Et les tortues Ninja ? Et Spiderman ? Les figurines sont des poupées, en réalité.

— Super, Eva, as-tu grogné. Flanque un complexe à ce petit bonhomme. »

Entre-temps, Kevin s'était rapproché et avait plongé la main dans le verre d'eau posé sur la table de chevet. Avec un regard en biais en direction du bébé, il a tenu sa main mouillée au-dessus du petit visage et laissé quelques gouttes tomber, clip, clop. Déconcertée, Celia a grimacé, mais ce baptême ne semblait pas la déranger, encore que j'aie appris par la suite à considérer que l'absence de cris et larmes de ma fille ne voulait rien dire. Avec une expression de curiosité clinique, rare chez lui, Kevin a de nouveau humecté sa main et éclaboussé le nez et la bouche de sa sœur. Je ne savais pas trop comment réagir. Le baptême pratiqué par Kevin me rappelait ces contes de fées dans lesquels une parente pleine de rancœur débarque pour maudire la princesse dans son berceau. Pourtant, il ne lui faisait pas vraiment mal, et je n'avais pas envie de gâcher ces présentations par une réprimande. Quand il a plongé sa main dans l'eau une troisième fois, je me suis donc réinstallée confortablement contre l'oreiller et, en lui essuyant le visage sur le drap, j'ai discrètement placé le bébé hors d'atteinte.

« Ho ! Kev' ! » Tu te frottais les mains. « Ta mère doit se préparer, alors si on allait se chercher un truc bien salé et bien gras en bas, dans les distributeurs du hall ? »

Quand nous avons quitté l'hôpital tous ensemble, tu as dit que je devais être crevée, après avoir passé une nuit entière à m'occuper d'un nouveau-né, et tu t'es proposé pour prendre la relève pendant que je dormais un peu.

« Non, c'est extrêmement bizarre, ai-je murmuré. Je me suis effectivement levée deux ou trois fois pour la tétée, mais il a fallu que je mette un réveil. Franklin… elle ne pleure pas.

— Hum. Ne compte pas trop que ça va durer.

— On ne sait jamais. Tous les bébés sont différents.

— Un bébé doit pleurer, as-tu affirmé avec vigueur. Un gosse qui reste au lit et dort toute la journée, c'est une plante verte que tu élèves. »

En arrivant à la maison, j'ai remarqué que la photo encadrée de moi du temps où je n'avais pas encore trente ans ne se trouvait plus sur la petite table du vestibule où nous l'avions posée, et je t'ai demandé si tu l'avais changée de place. Tu as répondu que non, en haussant les épaules, et je me suis abstenue de poursuivre sur le sujet, supposant que la photo finirait par réapparaître. Ce qui ne s'est pas produit. J'étais un peu contrariée ; je n'étais plus aussi jolie qu'à l'époque, et de loin, alors les preuves permettant de vérifier que l'on a été mignonne et sans rides deviennent précieuses. La photo avait été prise sur une péniche à Amsterdam, et j'avais eu une brève liaison sans complication avec le capitaine. J'aimais beaucoup l'expression qu'il avait saisie – ouverte, détendue, chaleureuse ; était fixée là en toute beauté l'époque où je demandais peu à la vie : la lumière sur l'eau, un bon vin blanc, un bel homme. Le portrait avait adouci la sévérité qui caractérisait la plupart des photos de moi : mon front incliné, mes yeux enfoncés et dans l'ombre. Le capitaine de la péniche m'avait envoyé la photo, dont je n'avais pas le négatif. Bon. Disons que pendant que j'étais à l'hôpital, Kevin avait chipé la photo pour y planter des épingles.

De toute façon, je n'étais pas d'humeur à m'énerver pour une malheureuse photo sans intérêt. En fait, bien que ma métaphore martiale risque, je le crains, d'être un peu provocatrice, lorsque j'ai franchi le seuil de notre porte avec Celia dans les bras, j'ai éprouvé la sensation enivrante d'avoir rétabli l'équilibre au sein de nos troupes. J'étais loin de me douter que, comme alliée militaire, une petite fille confiante est pire que rien du tout, elle ouvre un flanc.

*Eva*

18 février 2001

*Cher Franklin,*

Tu sais, je pensais à l'instant que j'aurais peut-être été mieux à même de tout maîtriser – le JEUDI, les procès, même notre séparation – si seulement j'avais eu le droit de garder Celia. Néanmoins (et cela risque de te surprendre), j'aime me la représenter avec toi, vous imaginer ensemble, tous les deux. Je suis contente si vous réussissez enfin à mieux vous connaître. Tu as été un bon père pour elle – je ne suis pas en train de critiquer –, mais tu étais toujours si attentif à ne pas négliger Kevin que tu en faisais peut-être trop dans l'affirmation permanente que tu étais de son côté. Tu la tenais légèrement à distance. Et puis, en grandissant, elle est devenue franchement jolie, non ? À sa manière timide, pas rassurée, avec ses belles boucles blondes qui lui tombaient en permanence sur le visage. Je crois que tu prenais mal, à cause de Kevin, que les gens la trouvent tellement adorable, alors qu'avec son frère ils étaient plutôt sur leurs gardes, débordant d'un enthousiasme excessif, ou bien hypocrites, voire manifestement soulagés quand nous débarquions chez eux sans l'avoir amené avec nous. Ce n'était pas juste, selon toi. Je suppose que, d'un point de vue très universel, c'était effectivement injuste.

Peut-être mon amour pour Celia était-il trop facile. Peut-être que, selon mes propres termes, Celia était une forme de tricherie, dans la mesure où toute ma vie je m'étais battue pour surmonter les difficultés, vaincre les terreurs. Celia était littéralement aimable. Je ne me souviens pas que quelqu'un ne l'ait pas trouvée mignonne, encore que je ne sois pas certaine qu'elle restait gravée dans les mémoires. Les voisins aimaient rarement Kevin, même s'ils étaient trop polis pour le dire ouvertement, mais ils se souvenaient de lui. Nos deux familles se sont dotées de trucs. Ta sœur Valerie était toujours nerveuse à l'idée de laisser Kevin sans surveillance où que ce soit dans sa maison méticuleusement décorée et, juste pour jeter un œil sur lui, elle passait son temps à porter à notre fils des sandwichs dont il ne voulait pas ; chaque fois qu'il tripotait une bonbonnière ou le pompon d'une embrasse, elle bondissait et retirait l'objet. Bien avant que les déficiences de Kevin soient devenues de notoriété publique, chaque fois qu'il demandait des nouvelles de notre fils, mon frère Giles semblait en quête d'anecdotes déplaisantes

419

pour confirmer des préjugés secrets. Apprécier Kevin n'était pas chose aisée, sans même parler d'amour, mais ainsi il était parfaitement calibré pour les personnes comme sa mère. Kevin était difficile à aimer comme il était difficile de bien manger à Moscou, de trouver un hôtel pas cher à Londres ou une laverie automatique à Bangkok. Sauf que j'étais revenue m'installer aux États-Unis, je m'étais adoucie. Tout comme je cédais parfois à la facilité en commandant des currys à livrer avec un nan au lieu de mijoter du poulet dans le curcuma pendant des heures sur mon fourneau, j'ai choisi le confort aisé d'une enfant docile et toute prête plutôt que de rompre les fibres résistantes d'un gamin dur à cuire qui requiert un feu doux et prolongé. J'avais relevé des défis pendant la plus grande partie de ma vie. J'étais fatiguée, et, depuis peu, amollie ; mentalement, je ne tenais pas la forme.

Mais il n'est jamais que naturel pour un flux émotionnel de suivre la voie de moindre résistance. À ma totale stupéfaction, lorsque je posais Celia, elle dormait ; je suppose que nous étions effectivement en train de faire pousser une plante verte. Alors que Kevin avait hurlé à chaque besoin imaginable qui se présentait, Celia se soumettait à toutes les formes de privations concrètes sans l'ombre d'un gémissement, sans broncher, et elle pouvait mariner pendant des heures dans une couche mouillée si je ne pensais pas à vérifier. Jamais elle ne pleurait de faim, mais elle prenait toujours le sein, ce qui m'obligeait à la nourrir à heures fixes.

Je pourrais bien avoir été la première mère de l'histoire à s'être désespérée que son bébé ne pleure pas suffisamment.

La petite enfance sans joie de Kevin s'était prolongée dans un ennui uniforme ; le moindre hochet transportait Celia de bonheur. Rigoureusement aussi réjouie par un bout de chiffon coloré que par le coûteux mobile en nacre au-dessus de son berceau, elle manifestait une fascination sans discrimination pour l'univers tactile qui aurait comblé nos maîtres de Madison Avenue. Ironiquement, pour une fillette si facile à satisfaire, il allait devenir difficile de lui acheter des cadeaux, à cause de son attachement aux jouets qu'elle possédait. En grandissant, elle se forgeait des loyautés si passionnées envers des peluches en lambeaux que se voir offrir de nouvelles créatures au poil soyeux semblait la plonger dans la confusion – à croire que, comme son Papa, père pour la seconde fois, elle redoutait qu'agrandir sa petite famille mette en péril des engagements antérieurs, plus primitifs. Les nouveaux animaux n'avaient accès à ses câlins du soir qu'après avoir fait leurs preuves en perdant une oreille, ou avoir rejoint le monde faillible des mortels grâce au baptême d'une tache de jus de brocoli. Quand elle a su parler, elle m'a confié qu'elle prenait soin de jouer quotidiennement avec chaque membre de la ménagerie, pour qu'aucun ne se sente négligé ou jaloux. Ses jouets préférés, ceux qu'elle défendait avec le plus de ferveur, étaient ceux qui (grâce à Kevin) étaient cassés.

Il est possible qu'elle ait été trop fifille pour toi ; et son absence d'assurance ainsi que sa délicatesse toute féminine m'étaient à moi aussi étrangères. Tu aurais peut-être préféré un garçon manqué intrépide et tonitruant, qui aurait fait ta fierté en conquérant les sommets des cages à écureuil, en défiant les garçons au bras de fer, en déclarant aux visiteurs qu'elle voulait devenir astronaute – une casse-cou va-t'en-guerre qui saute dans toute la maison en chaps de cow-boys couvertes d'huile de vidange. Ce genre de fille m'aurait peut-être bien plu, à moi aussi, mais ce n'est pas celle que nous avons eue.

À l'opposé, Celia aimait porter des robes à dentelles et emprunter le rouge à lèvres que j'utilisais rarement. Mais son côté fifille ne se limitait pas à une fascination pour les bijoux rangés sur ma coiffeuse ni à des parcours chaloupés sur mes hauts talons. Il se manifestait aussi par un supplément de faiblesse, de dépendance, de confiance. Elle était pleine de qualités charmantes, mais elle n'avait pas de cran. Elle était submergée de terreurs, et elle avait non seulement peur du noir, mais de l'aspirateur, de la cave, des bouches d'égout. Soucieuse de faire plaisir, elle a demandé le pot bien avant l'âge de deux ans, mais à l'école maternelle elle hésitait encore à s'aventurer seule aux toilettes. Un jour, elle m'a regardée ouvrir le frigo et jeter un pot de yaourt moisi, et pendant des semaines, ensuite, elle ne s'est plus approchée du frigo, et n'a plus touché de substance ressemblant de près ou de loin à du yaourt, du flan à la vanille ou de la gouache blanche. Comme beaucoup d'enfants, elle était hypersensible aux textures ; alors qu'elle supportait la boue, elle avait une aversion pour ce qu'elle appelait la « poussière » : limon très fin, saleté sur le linoléum, voire farine. La première fois que je lui ai appris à rouler une pâte à tarte, elle est restée pétrifiée au milieu de la cuisine, les mains enfarinées loin du corps, les doigts écartés, les yeux exorbités. Chez Celia, l'expression de l'horreur était toujours silencieuse.

Quant à la nourriture, il m'a fallu un certain temps pour repérer ce qui devait s'avérer correspondre à de violentes répulsions. Plutôt que de passer pour difficile, elle se forçait à ingurgiter tout ce qu'on lui proposait, à moins que je remarque ses épaules basses et ses haut-le-cœur étouffés. Tout ce qui était grumeleux (tapioca, pain de seigle aux raisins), visqueux (okra, tomates, sauces épaissies à la fécule), avec de la « peau » (le fond d'un flan, la surface marron refroidie sur un cacao chaud, même une pêche pas épluchée) lui répugnait. Malgré mon soulagement d'avoir un enfant doté de goûts et dégoûts – j'aurais pu servir à Kevin des aliments en cire colorée –, quand elle frissonnait devant ces comestibles, elle devenait si pâle que la nourriture aurait pu s'apprêter à la dévorer. Pour Celia, tout ce qui l'entourait était animé, et chaque grumeau de tapioca possédait une petite âme dense et nauséeuse.

Je sais qu'il était assommant de devoir toujours penser à laisser le couloir allumé, ou de se lever en pleine nuit pour l'accompagner aux toilettes. Tu m'as plus d'une fois accusée de la dorloter, dans la mesure où tenir compte d'une peur revenait à l'entretenir. Mais qu'étais-je censée faire en trouvant un bout de chou de quatre ans tremblant comme une feuille, dans le couloir, à trois heures du matin, frigorifiée dans sa chemise de nuit et cramponnant son entrejambe, sinon lui dire de toujours, toujours réveiller un de nous si elle avait envie de faire pipi ? Par ailleurs, Celia était effrayée par tellement de choses diverses qu'il est bien possible qu'elle ait été, à sa manière, courageuse. Combien de textures abominables et de coins sordides l'avaient terrorisée, qu'elle avait su affronter seule ?

En revanche, je ne te suivais pas quand tu la trouvais désespérément « collante ». L'adjectif est bien laid, non ? qui décrit le miel du cœur comme une substance poisseuse et importune refusant de partir. Et si « collant » n'est pas simplement ou uniquement un qualificatif misérable pour ce qu'il y a de plus précieux au monde, il implique une incessante demande d'attention, d'approbation, d'ardeur réciproque proprement inacceptable. Or Celia ne nous demandait rien. Elle ne nous harcelait pas pour que nous venions voir ce qu'elle avait construit dans la salle de jeux, ni ne nous tripotait ni ne nous sollicitait pendant que nous essayions de lire. Chaque fois que je l'étreignais spontanément, elle répondait avec une gratitude fougueuse impliquant qu'elle ne méritait pas ce baiser. Après que je suis retournée travailler à AWAP, elle ne s'est jamais plainte de mon absence, même si son visage virait au gris quand je la déposais à l'école maternelle, pour s'illuminer comme un sapin de Noël quand je rentrais à la maison.

Celia n'était pas « collante ». Elle était juste affectueuse. Il lui arrivait parfois d'enrouler ses bras autour de ma jambe, dans la cuisine, et de poser sa joue contre mon genou en déclarant avec stupéfaction : « Tu es mon amie ! » Cependant, malgré le problème qu'a pu te poser son arrivée, tu n'as jamais été dur au point de ne pas te laisser toucher par ce genre de démonstration. Confirmer que nous étions ses « amis » la comblait apparemment beaucoup plus que de grandes protestations abstraites d'amour parental. Bien que je sache que, pour toi, Kevin était de loin le plus intelligent des deux, ce dernier est entré dans le monde pris au piège de questions comme : « à quoi bon ? » et « ça sert à quoi ? », alors que Celia a débarqué avec une certitude inébranlable concernant ce qu'elle désirait, et ce qui rendait la vie digne d'être vécue : cette glu qui refusait de partir. Ce qui, assurément, constitue une forme d'intelligence.

D'accord, elle n'était pas très bonne à l'école. Mais c'est parce qu'elle s'appliquait trop. Elle devenait tellement obnubilée par la volonté de bien faire, pétrifiée par la perspective de manquer à ses parents et ses professeurs, qu'elle ne parvenait pas à s'atteler à la tâche elle-même. Au moins ne tenait-elle pas tout ce qu'on essayait de lui enseigner dans un parfait mépris.

J'ai essayé de lui faire la leçon : contente-toi de mémoriser que la capitale de la Floride est Tallahassee,

425

point final. Parce que, à l'instar de celle dont elle portait le nom, elle croyait au mystère. Celia n'imaginait pas que c'était aussi simple, qu'il n'y avait pas de tour de magie, et elle doutait d'elle-même, de sorte qu'en passant le test sur les capitales des États elle s'interrogeait instantanément sur Tallahassee précisément parce que le mot lui était venu à l'esprit. Kevin n'avait jamais eu de problème avec le mystère. Il attribuait au monde entier la même terrifiante absence d'intérêt, et pour lui la question n'a jamais été de savoir s'il était capable d'apprendre quelque chose, mais si cela valait la peine. La foi de Celia, aussi empathique envers les autres qu'elle était déficiente à son propre égard, lui donnait la certitude que personne ne la pousserait jamais à étudier ce qui serait manifestement inutile. Le cynisme de Kevin lui donnait l'égale certitude qu'une pédagogie sadique et maligne ne lui apporterait que du vent.

Je ne suis pas en train d'expliquer que Celia ne m'exaspérait jamais. Comme Kevin, elle était impossible à punir, encore que les motifs de le faire aient été rares, sauf à la sanctionner pour une bêtise que finalement elle n'avait pas commise. Pourtant, elle prenait à cœur la moindre remarque, de sorte qu'une réprimande équivalait à recourir au marteau pour écraser une mouche. L'insinuation la plus ténue qu'elle nous avait déçus la laissait inconsolable, se confondant en excuses avant même d'être certaine de ce que nous aimerions l'entendre regretter. Une simple parole cinglante l'expédiait dans la panique générale, et je reconnais que j'aurais été

soulagée, une fois en passant, de pouvoir aboyer :
« Celia, je t'ai demandé de mettre la table ! » (elle
était rarement désobéissante, mais très étourdie)
sans voir ma fille se déliter en une flaque durable
de remords.

Mais mon exaspération première était ailleurs.
Appliquée judicieusement, la peur est un outil efficace d'autoprotection. Si la bouche d'égout ne risquait pas vraiment de lui sauter à la gorge pour la
mordre, Celia était suffisamment dotée en terreurs
pour avoir de quoi faire face à d'autres dangers plus
réels. Il y avait dans notre maison une chose dont
elle aurait pu avoir peur à raison, or elle l'adorait.

Sur ce sujet, je ne tolère aucune discussion, et
j'entends profiter sans vergogne du fait qu'il s'agit
là de ma vision et que tu n'as pas d'autre choix que
de te soumettre à l'angle de ma perspective. Je ne
prétends pas connaître toute l'histoire, parce que je
ne pense pas qu'il s'agisse d'une histoire dont toi
ou moi aurons jamais une connaissance complète.
J'ai peine à me souvenir de ma propre enfance à
Enderby Avenue, où l'alliance entre mon frère et
moi était infiniment plus volatile, et où Giles et
moi menions l'essentiel de nos vies en dessous du
champ de vision de notre mère. L'un ou l'autre
était certes susceptible de courir plaider sa cause
auprès d'elle (provoquant un froncement de sourcils réprobateur pour tricherie), mais la majeure
partie de nos collusions, batailles et tortures
mutuelles se déroulaient, sinon hors champ, du
moins en version codée. Mon immersion dans le
monde des autres nains était si totale que mes

souvenirs avant l'âge d'environ douze ans sont largement dépourvus d'adultes. Peut-être en est-il allé différemment pour Valerie et toi, puisque vous ne vous aimiez pas trop. Mais beaucoup, sinon la majorité, des membres d'une fratrie partagent un univers secret où fleurissent bienveillance, trahison, vendetta, réconciliation, recours à la force et abus de pouvoir, dont les parents ne savent pratiquement rien.

Pour autant, je n'étais pas aveugle, et une certaine dose d'innocence parentale relève du désintérêt pur et simple. Quand je mettais le pied dans une salle de jeu pour découvrir ma fille recroquevillée sur le côté, les chevilles entravées par des chaussettes, les mains attachées dans le dos avec le ruban de ses cheveux, la bouche fermée avec du scotch, et mon fils invisible à l'horizon, je pouvais me faire une idée de la réalité recouverte par l'explication pleurnichée du « jouer à l'enlèvement ». Je n'avais peut-être pas accès aux mots de passe maçonniques de la secte secrète de mes enfants, mais je connaissais assez bien ma fille pour être certaine que, en dépit de ses déclarations prétendant le contraire, elle ne tiendrait jamais la tête de son cheval préféré sur la flamme du poêle. Et si elle faisait preuve d'une inquiétante docilité en se forçant à avaler des nourritures quand je n'avais pas remarqué qu'elle ne les supportait pas, elle n'était pas complètement masochiste. Alors, le jour où je l'ai découverte sanglée dans sa chaise haute, devant la table couverte de vomi, j'ai pu raisonnablement supposer que le saladier qui se trouvait sur la même table, plein de mayonnaise, confiture de fraises, mélange de curry thaï, vaseline et grumeaux de mie de pain n'était pas le résultat d'une recette concoctée par elle.

Tu protesterais, bien sûr – puisque c'est ce que tu as fait à l'époque –, que les aînés tourmentent traditionnellement les cadets, et que les menues persécutions opérées par Kevin restaient dans les limites du « tout ce qu'il y a de normal ». Tu pourrais aussi objecter qu'à présent je ne peux trouver sinistres des incidents de cruauté enfantine ordinaire que par le bénéfice de l'effet rétrospectif. Dans le même temps, des millions d'enfants survivent à des familles où l'on pratique abondamment la violence tyrannique et ils y gagnent souvent en sagesse pour négocier l'autorité darwinienne de l'âge adulte. Nombre de ces tyrans d'antan deviennent des maris attentionnés qui pensent aux anniversaires de mariage tandis que leurs victimes d'autrefois se transforment en jeunes femmes sûres d'elles, menant des carrières de haut vol et ayant une vision agressive du droit de la femme à choisir sa vie. Néanmoins, ma présente situation offre assez peu d'avantages acquis, et j'ai effectivement le bénéfice de la vision rétrospective, Franklin, pour autant que « bénéfice » soit le mot approprié.

Pendant le trajet pour aller à Chatham, le week-end dernier, il m'est apparu que je pourrais éventuellement bénéficier aussi de l'exemple de pardon chrétien offert par notre timide et fragile petite fille. Sauf que la déconcertante incapacité de Celia, depuis son plus jeune âge, à garder rancune semble indiquer que l'aptitude au pardon relève du don de la nature, et n'est pas forcément un truc pour les vieux briscards. De plus, en ce qui me concerne, je ne suis pas certaine de ce que « pardonner » à Kevin entraîne. Assurément, il ne s'agit pas de faire disparaître artificiellement ce JEUDI sous la moquette, ou de cesser de l'en tenir pour comptable, ce qui ne saurait aller dans le sens de son intérêt moral au sens large. Je ne puis pas davantage imaginer que je sois censée « passer par-dessus », comme on saute par-dessus un muret de pierre ; si ce JEUDI a représenté une quelconque forme de barrière, cette barrière était faite de barbelés, que je n'ai pas franchis d'un bond, mais que j'ai traversés en force, me retrouvant en morceaux écorchés vifs de l'autre côté de quelque chose, uniquement dans un sens temporel. Je ne peux pas faire comme s'il n'avait pas fait ce qu'il a fait, ni comme si je n'aimerais pas qu'il ne l'ait pas fait, et si j'ai abandonné l'heureux univers parallèle auquel mes complices blancs, dans la salle d'attente de Claverack, sont enclins à s'accrocher, la renonciation à mes « si seulement » secrets est plus le fruit d'une imagination en rupture de réserves que d'une saine acceptation du fait que ce qui est fait est fait. Sincèrement, lorsque Carol Reeves a solennellement « pardonné » à notre fils, sur CNN, d'avoir assassiné son enfant, Jeffrey, dont le talent précoce à la guitare classique lui valait déjà d'être courtisé par la Juilliard School of Music, je n'avais aucune idée de ce dont elle parlait. Avait-elle fabriqué dans sa tête une boîte autour de Kevin, sachant que ne résidait là que de la rage, et notre fils était-il désormais simplement un endroit où son esprit refusait d'aller ? Au mieux, je me faisais le raisonnement qu'elle avait réussi à le dépersonnaliser pour en faire un regrettable phénomène naturel qui s'était abattu sur sa famille comme un ouragan, ou bien avait ouvert une brèche dans leur salon comme un tremblement de terre, pour arriver à la conclusion qu'il était stérile de s'en prendre à la météo et autres mouvements de plaques tectoniques. Mais s'il est stérile de s'en prendre à qui ou quoi que ce soit virtuellement en toute circonstance, cela n'empêche pas la majorité d'entre nous de le faire.

Celia, tout de même. Je n'imagine pas que Celia ait pu ranger dans une boîte ou réduit à un passage nuageux le jour où Kevin, avec la délicatesse d'un entomologiste en herbe, a extrait un nid de larves de notre chêne blanc dans le jardin, pour les laisser incuber dans son sac à dos. Un peu plus tard, quand elle a sorti son cahier d'orthographe en classe, il était couvert de chenilles rayées – du genre de celles que Kevin écrabouillait en magma visqueux vert sur notre terrasse – dont plusieurs rampaient déjà sur sa main et son bras en rigidité cadavérique. Malheureusement, Celia n'avait pas le hurlement facile, ce qui lui aurait valu d'être secourue plus vite. Je suppose qu'au lieu de cela elle s'est pétrifiée – le souffle court, la narine en émoi, les pupilles comme des soucoupes – et que la maîtresse a continué d'expliquer le « G » de « garçon » au tableau. Finalement, les filles des tables voisines se sont mises à crier, et a suivi un grand charivari.

Pourtant, le souvenir tout frais de ces chenilles n'a pas fait surface, deux semaines plus tard, quand Kevin lui a proposé de la « prendre sur son dos » pendant qu'il grimperait dans le chêne blanc, et elle s'est accrochée à son cou. Elle a forcément été surprise quand Kevin lui a demandé timidement d'aller se percher sur une branche encore plus haut, après quoi il a rejoint calmement la terre ferme. En fait, lorsqu'elle a appelé doucement : « Kewin ? Kewin, ze veux descendre ! » elle devait croire sincèrement que, après l'avoir abandonnée à six mètres de haut pour rentrer se chercher un sandwich, il allait revenir l'aider à descendre de l'arbre. Est-ce du pardon ? Comme Charlie Brown fonçant une fois de plus sur le ballon de Lucy, sans penser au nombre d'animaux empaillés que Kevin avait éventrés ni aux cathédrales miniatures qu'il avait abattues, Celia n'a jamais cessé de croire que tout au fond de son grand frère il y avait un gentil garçon.

Tu peux parler d'innocence ou de crédulité, mais Celia a commis l'erreur la plus commune de ceux qui ont bon cœur : elle a pensé que tout le monde était comme elle. Les preuves du contraire n'ont jamais réussi à trouver leur place, comme un livre sur le chaos dans une bibliothèque qui n'aurait pas de rayon sciences. En même temps, elle n'a jamais rapporté, et sans témoignage il était souvent impossible d'attribuer ses malheurs à son grand frère. En conséquence de quoi, dès l'instant où sa sœur est née, Kevin Khatchadourian, au sens figuré au moins, a connu l'impunité.

J'avoue que pendant les premières années de Celia, pour moi, Kevin s'est éloigné de deux grands pas en arrière, comme dans « Jacques a dit ». Les petits enfants sont très prenants, et il avait entre-temps acquis une indépendance militante. Et puis tu l'emmenais si gentiment jouer au ballon, ou visiter des musées pendant ton temps libre que j'ai peut-être un peu lâché du lest. Ce qui me rend redevable envers toi, et me met particulièrement mal à l'aise d'avoir observé ce qui, à distance de ces deux pas de géant, devenait encore plus frappant.

Franklin, notre fils développait une personnalité à double face. La chose avait commencé à l'école maternelle, sinon plus tôt, mais elle n'a jamais cessé d'empirer. De façon exaspérante, nous sommes tous sérieusement entravés dans notre appréciation des autres par le correctif permanent que constitue notre présence, d'où l'incomparable valeur de ces instants où le hasard nous permet d'apercevoir un être aimé simplement en train de marcher dans la rue. Tu dois donc prendre ma parole pour argent comptant – je sais que tu ne le feras pas – quand je dis que, en ton absence, Kevin était maussade, renfermé et sarcastique. Non pas une fois en passant, ni les mauvais jours. Il n'avait que des mauvais jours. Ce personnage laconique, méprisant et peu bavard semblait bien être le vrai Kevin. Il y avait peut-être d'autres pans de vérité, mais celle-ci ne ressemblait pas à un rôle de composition.

À l'opposé de l'attitude de Kevin auprès de toi – même si, Franklin, je me sens parfaitement minable dans cette histoire, comme si j'essayais de te reprendre quelque chose à quoi tu tiens. Quand tu entrais dans la maison, son visage changeait. Ses sourcils se dressaient, sa tête s'inclinait, et il installait un sourire sur sa bouche fermée nettement audessus du menton, les lèvres se joignant au niveau de la gencive supérieure. En résumé, son visage arborait cette expression permanente de bonheur étonné que l'on observe chez les starlettes vieillissantes ayant abusé de la chirurgie esthétique. « Salut, P'pa, s'écriait-il. Tu as fait des trucs intéressants au travail, P'pa ? Est-ce que tu as photographié des trucs super ? D'autres vaches, P'pa ? Des champs, des bâtiments immenses, des maisons de gens pleins aux as ? » Tu partais dans une description enthousiaste des sections d'autoroute que tu avais filmées, et il renchérissait : « Mince alors, c'est super ! Une nouvelle pub de voiture ! Je vais raconter à tout le monde dans mon école que mon père fait des photos pour Oldsmobile ! » Un soir, tu as rapporté un exemplaire du dernier *Atlantic Monthly*, en montrant fièrement la pub pour Colgate qui avait financé notre salle de bains en marbre rose. « Ouais, P'pa ! s'est exclamé Kevin. Maintenant qu'on a notre salle de bains dans une pub de dentifrice, on est devenus célèbres. » « Un tout petit peu célèbres seulement », as-tu concédé, et je jure que je me rappelle avoir persiflé : « Pour être vraiment célèbre, dans ce pays, il faut tuer quelqu'un. »

Oh, ta crédulité n'avait rien d'exceptionnel ; Kevin a donné le change à ses professeurs pendant des années. J'ai toujours, grâce à toi, des piles de ses devoirs scolaires. Spécialiste amateur d'histoire de l'Amérique, dans la famille tu étais le chroniqueur, le photographe et le documentaliste, alors que j'avais plutôt tendance à considérer l'expérience en tant que telle comme un souvenir. Je ne sais donc pas très bien ce qui m'a pris de sauver, parmi les steppers et découpeurs d'œuf dur que j'ai abandonnés en masse lorsque j'ai déménagé, les dossiers contenant les devoirs de Kevin.

Ai-je gardé ces dossiers uniquement à cause de ton écriture serrée et penchée : « classe de onzième » ? Pour une fois, je ne crois pas. J'ai subi deux procès, si ce qui a précédé n'est pas à considérer comme un troisième, et j'ai appris à raisonner en termes de preuves avérées. Parce que j'ai une telle habitude désormais d'abandonner la propriété de ma vie à d'autres personnes – des journalistes, des juges, des *webmasters* ; des parents d'enfants morts, et Kevin lui-même – qu'aujourd'hui encore je répugne à parler des devoirs de mon fils ou les critiquer, de peur de commettre un acte pouvant m'exposer à des poursuites.

Qu'importe, on est dimanche après-midi et je me suis forcée à en lire quelques-uns. (Te rends-tu compte que je pourrais les vendre ? Et pas pour trois sous, en plus. Apparemment, c'est exactement le genre d'articles improbables qui atteignent des milliers de dollars aux enchères sur eBay, à côté de paysages pas franchement bouleversants signés Adolph Hitler.) Leur présentation matérielle est désarmante : caractères gras d'une totale banalité, fragilité du papier jauni. Quel prosaïsme ! ai-je d'abord pensé. Je n'apprendrai rien, sauf que, en garçon obéissant, il avait fait ses devoirs. Mais en lisant plus avant, j'ai été captivée, happée dans le genre de fascination nerveuse qui pousse à se faire éclater un bouton en train d'affleurer, à tenter d'arracher un poil poussant sous la peau.

Ma conclusion a été que Kevin était enclin à endormir ses professeurs, moins par cet entrain de gentil garçon de bonne famille avec lequel il saluait ton retour du travail que par une troublante absence d'affect. Les devoirs de Kevin suivent toujours la consigne à la lettre, excessivement ; il n'ajoute rien, et lorsqu'ils obtiennent une note passable, c'est en général parce qu'ils sont trop courts. Ils ne comportent jamais d'erreur. Ils sont factuellement corrects. L'orthographe est bonne. Dans les rares cas où ses professeurs risquent une observation suggérant qu'il pourrait « donner un caractère plus personnel à son approche », ils ne parviennent pas à identifier précisément une lacune :

Abraham Lincoln a été Président. Abraham Lincoln avait une barbe. Abraham Lincoln a affranchi les esclaves afro-américains. En classe, nous étudions pendant un mois entier les grands Américains afro-américains. Il y a beaucoup de grands Américains afro-américains. L'année dernière, nous avons étudié les mêmes grands Américains afro-américains pendant le mois de l'histoire afro-américaine. L'année prochaine, nous étudierons les mêmes grands Américains afro-américains pendant le mois de l'histoire afro-américaine. Abraham Lincoln a été assassiné.

Si tu ne me tiens pas rigueur d'abonder dans le sens de Kevin, pour une fois, ses professeurs et toi avez cru pendant toute sa scolarité primaire qu'il avait besoin d'être soutenu pour développer ses compétences organisationnelles, mais j'estime que ces compétences, il les possédait à la perfection. Depuis la onzième et de façon constante, ses devoirs exposent une appréciation intuitive de l'arbitraire, du pouvoir assoupissant de la répétition, du potentiel absurde de l'absence de lien logique. De plus, ses affirmatives lancinantes ne révèlent pas une absence de maîtrise des subtilités de la prose : elles constituent son style en la matière, avec toute la méticulosité d'un H. L. Mencken. On nous laissait entendre, non sans un certain embarras, lors des réunions parents-enseignants, que Kevin ne semblait pas « prendre à cœur son travail scolaire » ; bien au contraire, Kevin mettait tout son cœur dans son travail, son cœur et son âme. J'en veux pour preuve ce devoir rendu en huitième sur le sujet : « Je vous présente ma mère » :

Ma mère s'en va quelque part ailleurs. Ma mère dort dans un autre lit. Ma mère mange une autre nourriture. Ma mère rentre à la maison. Ma mère dort à la maison. Ma mère mange à la maison.

Ma mère dit aux autres personnes d'aller quelque part ailleurs. Les autres personnes dorment dans un autre lit. Les autres personnes mangent une autre nourriture. Les autres personnes rentrent chez elles. Les autres personnes dorment chez elles. Les autres personnes mangent chez elles. Ma mère est riche.

Je sais ce que tu penses, ou je sais ce que tu pensais à l'époque. Que c'était l'attitude maussade et renfrognée de Kevin qui était affectée, alors qu'avec toi il pouvait se détendre et afficher son entrain et sa gaieté naturels. Mais la rigidité envahissante de son travail écrit mettait à jour un fossé banal entre ses pensées et son pouvoir d'expression. Je suis prête à concéder que sa condescendance bornée à mon égard était un leurre, même si son lien avec les circonstances, depuis le jour où je lui avais confisqué son pistolet à eau, avait des accents d'authenticité. Mais, pour autant, ni le gentil boy-scout ni l'écolier studieux n'étaient moins frelatés. Avec Kevin, on pouvait jouer à la timbale, mais les trois timbales étaient vides.

Je viens de relire ce que j'ai écrit jusqu'à présent, et je me rends compte que je me suis montrée affreusement sommaire concernant sept bonnes années de notre vie en famille ; que de plus l'essentiel de ce résumé parle de Celia. J'en suis honteuse, mais alors que je me souviens parfaitement de chacun de ses anniversaires au cours de ces sept années, mes souvenirs de Kevin entre huit et quatorze ans ont tendance à se brouiller.

Certes, certains éléments restent saillants, particulièrement ma tentative désastreuse de communiquer les enthousiasmes de ma vie professionnelle en vous emmenant, Kevin et toi, au Vietnam (Kevin avait treize ans, et tu te souviendras que Celia, trop jeune, était restée avec ma mère). J'avais délibérément choisi cette destination parce que c'est un pays qui, pour n'importe quel Américain, de notre génération au moins, a une signification le dissociant de cette sensation du « On est ailleurs, et après ? » qui affleure facilement quand on visite un pays étranger pour la première fois, et à laquelle Kevin céderait naturellement. Par ailleurs, le Vietnam ne s'était que récemment ouvert au tourisme, et je n'avais pas pu résister moi-même à l'attrait des circonstances. Mais je reconnais que ce sentiment de familiarité, d'intimité coupable avec les rizières et les vieilles femmes ridées sous leurs chapeaux de paille coniques nous concernait surtout toi et moi. J'étais allée manifester à Washington quand j'avais vingt ans, pendant que tu suppliais, inutilement du reste, le bureau de conscription de ne pas te réformer à cause de tes pieds plats ; trois ans après la chute de Saigon, nous avons eu de belles empoignades au sujet de la guerre lorsque nous nous sommes rencontrés. Kevin n'avait pas ce type de références, alors il est possible qu'en dépit de mes intentions premières je l'aie de fait traîné « quelque part ailleurs, et après ? » Pour autant, je n'oublierai jamais ma cuisante humiliation lorsque notre fils – qui apprenait vite, il faut lui concéder cela au moins – s'est lancé dans la marée des scooters de Hanoi en demandant aux « niakoués » de dégager.

Néanmoins, un autre souvenir ressort avec une netteté parfaite de tout ce flou, et il ne s'agit pas,

Franklin, d'une calomnie minable de plus montrant que notre fils a toujours été sans cœur.

Je veux parler des deux semaines où il a été très malade. Il avait dix ans. Pendant un moment, le Dr Goldblatt a craint une méningite, bien qu'une très douloureuse ponction lombaire ait prouvé le contraire. En dépit de son peu d'appétit, Kevin était globalement un enfant en bonne santé, et cette expérience a été la seule où j'ai vu notre fils en aussi piètre état pendant aussi longtemps.

Quand les premiers symptômes se sont manifestés, j'ai remarqué qu'il n'y avait plus d'agressivité moqueuse dans sa façon de faire la grimace devant mes repas ; il regardait son assiette et s'affaissait, comme vaincu. En fait, étant habitué – à l'instar de sa mère – à combattre ses propres pulsions comme des forces extérieures à lui, il a même lutté pour avaler un de mes *sarma* d'agneau avant de capituler. Il ne se cachait plus dans les coins d'ombre ni ne parcourait le couloir avec une autorité martiale, mais s'est mis à errer, en s'appuyant contre les meubles. L'expression rigide de son visage s'est amollie et a perdu de sa morgue oblique. Pour finir, je l'ai trouvé recroquevillé comme une âme en peine sur le tapis arménien maculé d'encre de mon bureau, et j'ai eu la stupéfaction, en l'aidant à se relever et à se coucher dans son lit, de le voir n'offrir aucune résistance. Franklin, il a noué ses bras autour de mon cou.

Dans la chambre, il m'a laissé le déshabiller, et quand je lui ai demandé quel pyjama il voulait mettre, au lieu de lever les yeux au ciel en grognant : « M'en fiche », il a réfléchi un instant avant de murmurer d'une petite voix : « Celui de l'astronaute. J'aime bien le singe dans la fusée. » C'était la première fois que je l'entendais dire qu'il aimait une pièce de sa garde-robe, et quand je me suis rendu compte qu'il s'agissait de l'unique pyjama se trouvant au linge sale, j'ai été plus que désemparée en l'extirpant du panier avant de vite revenir lui promettre de le laver le lendemain pour qu'il soit comme neuf. J'attendais un : « Pas la peine », au lieu de quoi – autre première – j'ai entendu : « Merci. » Quand je l'ai bordé, il s'est niché volontiers en remontant la couverture sous son menton, et quand j'ai glissé le thermomètre entre ses lèvres écarlates – son visage était criblé de rougeurs de fièvre – il a léché l'extrémité en verre à coups de minuscules succions, comme si finalement, à dix ans, il avait appris à téter. Sa température était élevée pour un enfant – plus de 38°4 –, et lorsque je lui ai tamponné le front avec un linge humide il a ronronné.

Je ne saurais dire si nous sommes moins nous-mêmes quand nous sommes malades, ou plus. Mais ces deux semaines hors du commun ont été pour moi une révélation. Lorsque je restais à son chevet, Kevin appuyait le sommet de sa tête contre ma cuisse ; lorsque j'ai acquis la certitude que ce ne serait pas pousser trop loin l'avantage, j'ai soulevé sa tête pour la poser sur mes genoux, et il a agrippé mon pull. Deux ou trois fois, il n'a pas eu le temps d'aller aux toilettes pour vomir ; pourtant, quand j'ai nettoyé en lui disant que ce n'était pas grave, il n'a pas arboré la morgue satisfaite du temps des couches souillées mais a pleurniché qu'il était désolé, et il paraissait, malgré mes protestations, sincèrement confus. Je sais bien que nous changeons tous, dans un sens ou un autre, quand nous sommes malades, mais Kevin n'était pas seulement sur les nerfs ou fatigué, il était une personne radicalement différente. C'est d'ailleurs ce qui m'a permis d'évaluer la quantité d'énergie et de volonté qu'il devait dépenser le reste du temps pour être un autre enfant (ou d'autres enfants). Même toi, tu avais admis que Kevin était un peu « hostile » vis-à-vis de sa sœur, mais lorsque notre bout de chou de deux ans s'est risquée sur la pointe des pieds dans sa chambre, il l'a laissée lui poser des petites compresses humides sur le front. Quand elle lui a offert ses dessins de bon rétablissement, il ne les a pas dédaignés en les qualifiant de nuls, et n'a pas profité de son état pour la prier, comme il en aurait eu parfaitement le droit, de le laisser tranquille, faisant au contraire l'effort de dire faiblement : « Il est joli ce dessin, Celie. Est-ce que tu pourrais m'en faire un autre ? » J'avais cru immuable le registre émotionnel extravagant qui le gouvernait depuis la naissance. Rage ou colère, la seule variante était le degré d'intensité. Or, sous les couches de fureur, je découvrais avec stupéfaction une strate de désespoir. Il n'était pas furieux. Il était triste.

Mon autre sujet d'étonnement a été l'étrange aversion qu'il s'est mis à nourrir par rapport à ta compagnie. Tu ne t'en souviens peut-être pas, vu qu'après une ou deux de ses rebuffades – protestant dès que tu apparaissais qu'il aimerait dormir, ou laissant lourdement tomber sur le sol les précieuses bandes dessinées de collection que tu lui avais rapportées – tu as été suffisamment blessé pour te mettre en retrait. Peut-être se sentait-il incapable d'articuler le joyeux : « Super, P'pa » de vos samedis après-midi de Frisbee, auquel cas il considérait cette jovialité de collégien comme obligatoire avec son père. Je te consolais en disant que les enfants préfèrent toujours leur mère quand ils sont malades, mais tu restais tout de même un peu jaloux. Kevin brisait les règles, rompait l'équilibre. Celia était à moi, et Kevin à toi. Kevin et toi étiez proches, il se confiait à toi, il s'appuyait sur toi en cas de problème. Mais je pense que c'est précisément la raison de son recul : ton insistance, ta façon d'être un Papa envahissant, exigeant, cajoleur, sympa. C'était trop. Il n'avait pas l'énergie – non pas de te donner l'intimité que tu désirais, mais d'y résister. Kevin s'inventait un personnage pour toi, et il devait se nicher, dans la générosité même de cette fabrication, un désir profond et poignant de plaire. Peux-tu imaginer sa déception que tu prennes le leurre pour la réalité ?

La seconde industrie dont il n'avait plus les moyens était la fabrique de l'apathie – bien que l'on puisse imaginer que l'apathie venait naturellement en situation de malaise. Au lieu de quoi, de petits îlots de désir timide se sont mis à émerger comme des monticules de sable ensoleillé dans une mer froide en reflux. Quand il a pu conserver quelque nourriture, je lui ai demandé ce qu'il aimerait manger, et il a admis qu'il aimait bien ma soupe aux clams, allant même jusqu'à préciser qu'il la préférait au lait plutôt qu'à la tomate. Il a aussi commis l'exploit de réclamer une tranche de *katah* grillée, alors qu'il s'était auparavant évertué à dédaigner tout ce qui était arménien. Il a avoué un faible pour un des animaux en peluche de Celia (le gorille, tout râpé), qu'elle lui a offert solennellement en le posant sur son oreiller, comme si son modeste primate avait été sélectionné pour un honneur rare – ce qui était le cas. Quand je lui ai demandé ce que je pourrais lui lire pour meubler les longs après-midi – j'avais bien sûr pris un congé à AWAP –, il a été un peu désarçonné, mais je pense que c'est uniquement parce que lorsque l'un de nous avait lu des histoires jusque-là il avait refusé d'écouter. Alors, sur une inspiration soudaine – l'histoire semblait intéressante pour un garçon – j'ai sorti *Robin des Bois, prince des voleurs*.

Il a adoré. Il m'a supplié de lui lire et relire les aventures de Robin des Bois jusqu'à ce que j'en connaisse par cœur des passages entiers. À ce jour, je ne sais toujours pas si ce conte particulier a marché parce que je l'ai lu au moment chimiquement parfait – quand il avait assez de force pour fixer son attention tout en restant trop faible pour générer l'inertie de l'indifférence – ou bien s'il y a quelque chose, dans la nature même de cette histoire, qui a captivé son imagination. Comme beaucoup d'enfants intégrés dans la folle course de la civilisation alors qu'elle a déjà parcouru un long chemin, il s'est peut-être plu dans les arcanes d'un monde dont il comprenait les fonctionnements : voitures à cheval, arcs et flèches sont faciles à appréhender quand on a dix ans. Peut-être aussi aimait-il l'idée de voler aux riches pour donner aux pauvres à cause d'un goût instinctif pour l'anti-héros. (À moins que, comme tu l'avais dit en plaisantant à l'époque, il n'ait été qu'un démocrate en herbe rêvant d'État-providence).

Si jamais je n'oublierai ces deux semaines, aussi indélébile reste le matin où il s'est senti assez bien pour sortir de son lit, en m'informant qu'il allait s'habiller tout seul, alors si je voulais bien sortir de la chambre. Je me suis exécutée, essayant de masquer ma déception, et lorsque je suis revenue un peu plus tard lui demander ce qui lui ferait plaisir pour déjeuner, une soupe aux clams, peut-être, il a hoché la tête avec agacement. « M'en fiche », a-t-il dit. La devise de sa génération. Un sandwich toasté ? – « Je m'en branle total », a-t-il répondu – expression qui, en dépit de tout le discours selon lequel les enfants grandissent si vite de nos jours, continuait de me hérisser, dans la bouche d'un gamin de dix ans. Je me suis retirée, non sans avoir remarqué que ses lèvres avaient retrouvé le rictus en biais. Je me suis dit qu'il fallait se réjouir ; il allait mieux. Mieux ? Enfin, pas pour moi.

Toutefois, cette fièvre n'a jamais atteint des températures assez fortes pour réduire en cendres les germes d'un minuscule intérêt naissant. Je l'ai surpris, la semaine suivante, en train de lire *Robin des Bois* tout seul. Plus tard, je suis allée avec vous acheter son premier arc et des flèches, au magasin de sport du centre commercial, et je vous ai aidés à monter le stand de tir à l'arc, en haut de notre jardin en pente, en priant que cette esquisse d'enthousiasme de notre fils aîné dure aussi longtemps que l'apprentissage nécessaire. J'étais ravie.

*Eva*

24 février 2001

*Cher Franklin,*

Quand je l'ai vu aujourd'hui, Kevin avait la joue gauche meurtrie et la lèvre inférieure gonflée ; il avait aussi les phalanges écorchées. Je lui ai demandé s'il allait bien, et il a dit s'être coupé en se rasant. Peut-être que la remarque la plus lamentable passe pour de l'humour quand on est enfermé. Il tirait un plaisir palpable à me refuser l'accès à ses misères intérieures, et qui suis-je pour me mêler de ses rares distractions ? Je n'ai pas insisté. J'aurais pu me plaindre par la suite aux autorités de la prison de leur incapacité à protéger notre fils, mais, au regard de ce que Kevin lui-même avait fait subir à ses pairs, protester à cause de quelques bobos semblait procéder d'une susceptibilité pour le moins malvenue.

J'ai abandonné les entrées en matière. Je suis de plus en plus indifférente à l'idée de le mettre à l'aise pendant mes visites alors que ses propres efforts ne visent qu'à me plonger dans l'embarras.

« Une chose me travaille, ai-je attaqué directement. Je parviens presque à comprendre qu'on soit pris d'une rage aveugle et qu'on se lâche sur tous ceux que l'on croise sur sa route. Comme ce quidam hawaïen, il y a un ou deux ans, qui a pété les plombs…

— Bryan Uyesugi, a précisé Kevin. Il collectionnait des poissons.

— Sept collègues ? »

Faux applaudissement ironique de Kevin. « Deux mille poissons. Et c'était chez Xerox. Il était réparateur de photocopieurs. Glock, 9 mm.

— Je suis absolument ravie que cette expérience t'ait permis d'acquérir une expertise.

— Il habitait dans Easy Street, a raillé Kevin. Un cul-de-sac.

— Je disais donc que Uyooghi…

— UYE-SOU-ghi, a rectifié Kevin.

— Manifestement, savoir qui étaient ces employés n'a pas compté dans…

— Le type était membre de l'Association de la carpe hawaïenne. Il pensait peut-être que cela lui donnait le devoir de se plaindre. »

Kevin fanfaronnait ; j'ai attendu, pour être certaine que le petit récital était terminé.

« Mais toi, ton rendez-vous au gymnase, ai-je repris, il était "sur invitation seulement".

— Tous mes collègues ne font pas dans le carnage à l'aveugle. Prends Michael McDermott, en décembre dernier. Wakefields, Massachusetts, Edgewater Technology – AK, 12 Gauge Shotgun. Cibles précises. Des comptables. Quiconque avait un lien avec son bulletin de salaire de deux mille dollars…

— Je n'ai pas envie de parler de Michael McDermott, Kevin…

— Il était gros.

— … ni de Eric Harris et Dylan Klebold…

— Des crétins. Ils ruinent la réputation du tueur faisant dans le carnage. »

Je t'ai dit, Franklin, ces gamins de Columbine l'obsèdent. Ils ont surcoupé sur lui douze jours plus tard en faisant six victimes de plus ; je suis sûre que je n'ai cité leurs noms que pour le mettre en rage.

« Harris et Klebold ont au moins eu l'élégance d'épargner un paquet de fric au contribuable en quittant rapidement la scène, ai-je observé froidement.

— Des rigolos qui essayaient juste de grossir leur chiffre des victimes.

— Pourquoi tu ne l'as pas fait ? »

Il n'a pas semblé prendre mal la question. « Pourquoi faciliter les choses à tout le monde ?

— Moi, par exemple.

— Dont toi, a-t-il confirmé calmement. Évidemment.

— Mais pourquoi Dana Rocco, et pas une autre prof ? Pourquoi ces jeunes spécialement ? Qu'est-ce qu'ils avaient de particulier ?

— Euh, ben. Je les aimais pas.

— Tu n'aimes personne, ai-je fait remarquer. Alors quoi, ils t'ont battu au foot ? Ou c'est juste que tu n'aimes pas les jeudis ? »

Dans le contexte de la nouvelle spécialité de Kevin, mon allusion biaisée à Brenda Spencer tenait de la référence aux classiques. Brenda avait tué deux adultes et blessé neuf élèves dans son lycée de San Carlos, Californie, uniquement sur la base de « J'aime pas les lundis », comme devait l'attester par la suite le single des Boomtown Rats. Que cette atrocité sanglante remonte à 1979 fait de l'adolescente de seize ans un précurseur, en avance sur son temps. Mon coup de chapeau à son puéril panthéon m'a valu ce qui, chez d'autres enfants, aurait été un sourire.

« Ça a dû être un sacré boulot, de constituer la liste, ai-je dit.

— Géant, a-t-il admis poliment. Avec quelque chose comme cinquante ou soixante candidats sérieux au départ. Ambitieux, a-t-il dit, avant de secouer la tête. Mais impraticable.

— D'accord, il nous reste quarante-cinq minutes. Pourquoi Denny Corbitt ?

— Le cabot ! a-t-il dit comme s'il vérifiait sa liste de courses avant de payer.

— Tu te souviens du nom d'un réparateur de photocopieurs à Honolulu, mais tu n'es plus trop sûr du nom des gens que tu as assassinés.

— Uyesugi a effectivement fait quelque chose. Corbitt, si mes souvenirs sont exacts, est juste resté assis les yeux exorbités contre le mur, comme s'il attendait que le metteur en scène arrête le jeu.

— La réponse qui m'intéresse est donc : Denny était un cabot. Et alors ?

— Tu vois cet abruti jouer Stanley dans le *Tramway nommé désir* ? Je pourrais faire mieux l'accent du Sud, sous l'eau.

— Tu joues quel rôle, là ? Le renfrogné, le frimeur ? Ça te vient d'où ? Brad Pitt ? Tu sais, tu as pas mal attrapé l'accent sudiste. Pas formidable, non plus. »

Ses codétenus sont massivement noirs, et sa façon de parler a commencé de se gauchir en conséquence. Il a toujours parlé avec une lenteur spéciale, un côté laborieux, comme s'il devait aller chercher les mots au fond de sa gorge à la pioche, alors la contamination de l'économie de l'articulation sommaire du ghetto urbain, avec les consonnes et les verbes qui disparaissent, s'effectue naturellement. J'étais tout de même contente de moi : apparemment je l'avais contrarié.

« Je ne joue pas un rôle. Je suis le rôle, s'est-il enflammé. Brad Pitt devrait m'interpréter, moi. »

(Il était donc au courant ; un film était déjà en préparation chez Miramax.)

« Ne sois pas ridicule, ai-je dit. Brad Pitt est bien trop vieux pour jouer un petit mec en dernière année de lycée. Et même s'il avait l'âge, le public n'avalerait jamais qu'un gars qui a l'air aussi futé fasse une chose aussi débile. J'ai lu quelque part qu'ils avaient des problèmes de casting, tu sais.

Personne à Hollywood ne veut toucher ton petit rôle immonde, même avec des pincettes.

— Tant qu'ils mettent pas Di Caprio, a grogné Kevin. C'est un demeuré.

— Revenons à nos moutons. » Je me suis adossée. « Tu avais quel problème, avec Ziggy Randolph ? Tu peux difficilement l'accuser de ne pas être au niveau de l'exaltation de tes exigences artistiques, comme Denny. On raconte qu'il avait un avenir professionnel dans la danse.

— Ce qui avait un avenir professionnel, c'était son trou du cul.

— Il a eu un accueil fantastique quand il a fait ce discours, expliquant qu'il était homo et fier de l'être devant ce public. Tu n'as pas supporté, n'est-ce pas ? Tous les élèves chantant les louanges de son courage.

— Et tu penses quoi, toi, d'un pareil triomphe parce qu'on se fait bourrer le cul ?

— En revanche, je n'ai vraiment aucune idée pour Greer Ulanov, ai-je dit. Cette fille, petite, aux cheveux crépus et aux dents en avant.

— Des dents de cheval, a-t-il rectifié.

— En général, tu n'avais rien contre les jolies filles.

— Tout pour qu'elle la ferme sur sa "vaste conspiration de la droite".

— Ah, c'était elle, ai-je conclu. La pétition. (Je ne sais pas si tu te rappelles, mais une pétition virulente adressée aux élus de l'État de New York avait circulé dans le lycée de Gladstone au moment de la procédure contre Clinton.)

— Reconnais, ma petite Maman, que craquer pour le Président est vraiment bas de gamme.

— Je crois surtout, ai-je risqué, que tu n'aimes pas beaucoup les gens qui craquent sur des trucs en général.

— On fait dans la théorie ? Parce que je pense, moi, que tu as besoin d'avoir une vie.

— J'en avais une. Tu l'as prise. »

Nos regards se sont quittés. « Maintenant, ma vie, c'est toi, ai-je ajouté. Tout ce qui en reste.

— Là, on fait dans le pathétique.

— Parce que ce n'était pas ça, l'idée ? Rien que toi et moi, et on fait enfin connaissance.

— Encore un peu de théorie ! Je suis vraiment quelqu'un de fascinant.

— Soweto Washington. » J'avais une longue liste à passer en revue. Il fallait que j'avance. « J'ai lu qu'il allait remarcher. Tu es déçu ?

— Qu'est-ce que ça peut me faire ?

— Il a bien fallu que ça te fasse quelque chose, non ? Puisque tu as essayé de le tuer.

— Jamais essayé de le tuer, a maintenu sèchement Kevin.

— Ah, je vois. Tu l'as laissé avec des trous dans les deux cuisses parce que c'est exactement ce que tu voulais faire. Comme si l'on pouvait imaginer que Mr Parfait Psychopathe manque sa cible. »

Kevin a levé les mains. « D'accord ! D'accord ! J'ai commis des erreurs. Laisser ce petit ringard du cinéma s'en tirer à aussi bon compte était la dernière chose que je voulais.

— Joshua Lukronsky, me suis-je souvenue, même si cela anticipait sur le programme. Es-tu au courant que ton ami Joshua est entré dans l'équipe du film de Miramax comme consultant pour le scénario ? Ils veulent être exacts d'un point de vue historique. Pour un "ringard du cinéma", c'est un rêve qui se réalise. »

Les yeux de Kevin se sont plissés. Il n'aime pas trop que des personnages collatéraux viennent émarger sur son cachet. Il avait eu la même réaction négative lorsque Leonard Plugh avait mis en ligne sa page web : KK's_best_friend.com, qui a récolté des milliers de visiteurs et prétend dévoiler les plus noirs secrets de notre fils pour le prix d'un double-clic. « *Best friend* ! Meilleur ami, mon cul ! a ricané Kevin quand le site est apparu. Lenny, c'était plutôt le genre hamster dans sa cage. »

« Si cela te fait du bien de le savoir, ai-je dit sur un ton aigre, la carrière de basketteur de Soweto n'est plus un pari gagnant.

— Oui, tu as raison, je me sens beaucoup mieux. Le monde se portera mieux sans un négro de plus qui veut faire le malin dans la NBA. C'est pas un scoop !

— Pas un scoop ! Tu aimerais un nouveau massacre dans un collège ? »

Kevin se curait les ongles. « Je préfère parler de tradition.

— Les médias ont dit que tu t'en es pris à Soweto parce qu'il était noir.

— C'est clair, s'est gaussé Kevin. Il y avait trois gars enfermés dans ce gymnase. Un seul des neuf

454

est de la branche blackos, et bingo ! on est dans le crime racial.

— Oui, c'était effectivement un crime racial », ai-je confirmé calmement.

Demi-sourire de Kevin. « Absolument.

— On a dit la même chose à propos de Miguel Espinoza. Que tu t'en es pris à lui parce qu'il était latino.

— Le basané ? Je laisse tomber le critère couleur, on m'accuserait de discrimination.

— Mais la vraie raison, c'est qu'intellectuellement c'était un cador, non ? Il a sauté une classe. Après le carton qu'il a fait au PSAT et autres tests de compétence.

— Chaque fois qu'il t'adressait la parole, tu te rendais compte qu'il essayait juste de placer le mot "échelon" dans une phrase.

— Mais tu connais le sens de ce mot. Tu connais toutes sortes de mots savants. C'est pour cela que tu trouvais hilarant de rédiger des devoirs entiers en n'utilisant que des mots de trois lettres.

— Exact. Ce n'est donc pas comme si j'étais jaloux. Ce qui, si je comprends bien tes insinuations rasoir au troisième degré, est le message que tu voudrais faire passer. »

J'ai marqué une pause ; tu sais, Kevin avait vraiment l'air de se raser. Les documentaristes comme Jack Marlin, les criminologues qui pondent les best-sellers à la chaîne, les proviseurs, les professeurs, les aumôniers qu'on interroge aux infos ; tes parents, Thelma Corbitt, Loretta Greenleaf – tous ces gens obsédés par la question « Pourquoi

KK a-t-il agi ainsi ? », à l'exception notable de notre fils. Un sujet de plus qui n'intéressait pas du tout Kevin : lui-même.

« L'employé de la cafétéria, ai-je repris. Il ne va pas dans le tableau. (Je me sens toujours un peu penaude de ne pas réussir à me souvenir de son nom.) Il n'était pas sur la liste, lui ?

— Dommage collatéral, a dit Kevin, en bâillant.

— Et, ai-je embrayé, déterminée à le sortir de cette torpeur, je connais ton secret à propos de Laura Woolford. Elle était jolie, hein ?

— L'ai rendu service, a dit Kevin sans articuler. À la première petite ride, elle se serait flinguée de toute façon.

— Très, très jolie.

— Ouais. Même que son miroir devait être usé.

— Et toi, tu avais un gros faible pour elle. »

S'il avait subsisté quelque doute, le gros rire théâtral de Kevin l'a levé d'emblée. Cela n'arrive pas souvent, mais là il m'a fait mal, un petit peu. Les adolescents sont tellement transparents. « Fais-moi au moins le crédit, a-t-il raillé, d'avoir meilleur goût. Cette poupée Barbie, c'était que du trompel'œil.

— Tu as été embêté, non ? ai-je insisté. Le mascara, les Calvin Klein, les coupes de cheveux de grand coiffeur. Les collants et les escarpins nacrés. Pas le style KK, glacial et misanthrope.

— Elle était un peu moins canon, quand j'en ai eu fini avec elle.

— La plus vieille histoire du monde, l'ai-je asticoté. "Après avoir sombrement confié à quelques amis : 'Si elle n'est pas à moi, elle ne sera à personne d'autre…', Charlie Schmoe a ouvert le feu…" Tout ce triste carnage, c'était seulement pour couvrir ça ? Un adolescent boutonneux de plus rendu fou furieux d'avoir été éconduit par la reine du bal ?

— Dans tes rêves. Si tu as envie de transformer l'événement en bluette pour Harlequin, c'est ton imagination à deux balles, pas la mienne.

— Luke Woodham était malade d'amour, non ? À Pearl ? Tu sais, "le pleurnicheur" ?

— Il n'est sorti que trois fois avec Christy Menefee, et ils avaient rompu depuis un an !

— Laura t'a éconduit, n'est-ce pas ?

— Je ne l'ai jamais approchée au-delà d'un kilomètre, cette conne. Quant à ce gros lard débile de Woodham, est-ce que tu sais que sa mère l'accompagnait chaque fois qu'il avait un rancard ? Pas étonnant qu'il lui ait sorti les boyaux avec un couteau de boucher.

— Que s'est-il passé ? Tu as fini par prendre ton courage à deux mains et la coincer contre un vestiaire pendant l'heure du déjeuner ? Elle t'a giflé ? Ri au nez ?

— Si c'est l'histoire que t'as envie de te raconter, a-t-il dit en se grattant la partie de ventre qu'il avait à l'air, je peux rien y faire.

— Pas à moi seulement, à d'autres aussi. J'ai été contactée par un réalisateur de documentaires, il n'y a pas très longtemps. Il tenait beaucoup à connaître ma "version". Je devrais peut-être le rappeler. Lui expliquer que tout cela se résume à une

457

histoire d'amour en sens unique. Mon fils était fou dingue de cette ravissante petite chose qui refusait de faire son bonheur. Après tout, comment Laura est-elle tombée ? Kevin a peut-être fait de la bouillie du reste de cette foule, mais à elle il a transpercé le cœur, notre cupidon du lycée de Gladstone. Tous ces pauvres malheureux n'étaient que du camouflage, du... comment a-t-il dit ? dommage collatéral. »

Kevin s'est penché en avant et a baissé la voix pour susurrer : « Est-ce que tu te souciais beaucoup de savoir les filles qui me plaisaient et celles qui ne me plaisaient pas, avant que j'en bousille une ou deux ? Est-ce que tu te souciais de ce qui se tramait dans ma tête tant que rien n'en sortait ? »

Je crains d'avoir un peu perdu la main, à ce moment. « Tu voudrais que je te plaigne ? ai-je dit d'une voix qui a porté, et le surveillant a regardé de notre côté. Je commencerai par plaindre Thelma Corbitt, et Mary Woolford. Les Ferguson et les Randolph, les Ulanov et les Espinoza. Je laisserai mon cœur saigner pour une professeur qui se mettait en quatre pour entrer dans ta précieuse petite tête, pour un basketteur qui peut à peine marcher, et même un employé de cafétéria que je n'ai jamais croisé. Ensuite seulement, nous verrons s'il reste un peu de pitié pour toi. Ce n'est pas impossible, mais tu auras droit aux miettes, et ces miettes, tu devrais encore t'estimer heureux de les avoir.

— Gna gna-gna, gna gna-gna gna-gna gna-gna-gna gna-gna gna gna gna-gna ! »

Et il a ri. Oh, Franklin, chaque fois que je me lâche, il a l'air tellement content !

Je reconnais, j'ai essayé de le mettre en rage, aujourd'hui. J'étais résolue à l'obliger à se sentir petit, non pas la sombre énigme impénétrable et profonde de notre Société Contemporaine, mais un minus qui prospère sur sa propre débilité. Parce que chaque fois que Kevin est salué comme le Mal Incarné, il s'enfle un peu plus. Chaque épithète qui lui est accolée – nihiliste, dénué de morale, dépravé, dégénéré ou vil – donne de l'ampleur à son squelette maigrichon plus que l'ont jamais fait mes sandwiches au fromage. Pas étonnant qu'il s'étoffe. Les cordiales condamnations du monde lui servent de petit déjeuner. Eh bien, je ne veux pas qu'il se sente abyssal, qu'il se prenne pour une grande allégorie compacte de désaffection générationnelle ; je ne veux pas le laisser draper les détails sordides de son exploit minable, misérable, tocard, et dérivatif dans la grande cape de la « jeunesse d'aujourd'hui privée de repères ». Je veux qu'il se sente dans la peau d'un vulgaire môme idiot, lamentable et sans mystère. Je veux qu'il se sente bête, geignard, insignifiant, et la dernière chose au monde que j'ai envie de dévoiler est combien de temps je passe chaque jour, tous les jours, à tenter de deviner ce qui fait avancer ce gamin.

Ma provocation sur le thème de son coup de cœur pour Laura n'était qu'une hypothèse raisonnée. Bien que la seule suggestion que sa sublime atrocité ait pu être le résultat d'un banal petit chagrin d'amour constitue de toute façon une insulte en soi, sincèrement je ne suis pas certaine que le béguin de Kevin pour Laura Woolford ait eu le moindre lien avec ce JEUDI. Pour ce que j'en sais, il cherchait à l'impressionner.

En revanche, j'ai bien étudié ces victimes, sans m'occuper qu'il accepte ou pas d'examiner la liste avec moi. Au premier coup d'œil, le groupe est disparate, tellement hétéroclite que les noms auraient pu sortir d'un chapeau : un basketteur, un Latino studieux, un passionné de cinéma, un guitariste classique, un tragédien émotif, un pirate informatique, un étudiant en danse homo, une militante politique tranquille, une ravissante petite crâneuse, un employé à temps partiel dans une cafétéria, une professeur de lettres pleine de zèle. Une tranche de vie : l'assemblage arbitraire de onze personnages sélectionnés au hasard dans la cinquantaine de ceux qui se trouvaient déplaire à notre fils.

Sauf que le fait de déplaire à notre fils n'est pas le seul point commun entre ces victimes. Bon, éliminons l'employé de la cafétéria, dont la présence relève manifestement du hasard ; Kevin a l'esprit rigoureux, et sa préférence allait forcément à un paquet de dix, bien net. À part cela, tous ils « aimaient » quelque chose. Que cette passion se soit ou non accompagnée de talent importe peu ; en dépit de ce que peuvent dire ses parents, je crois que Soweto Washington n'avait aucune chance de faire une carrière professionnelle ; Denny était (pardon, Thelma) un comédien épouvantable, et la pétition de Greer Ulanov pour faire pression sur les élus de l'État qui de toute façon voteraient pour Clinton était une perte de temps. Personne n'acceptera de le reconnaître à présent, mais l'obsession cinéphilique de Joshua Lukronsky n'agaçait semblet-il pas seulement notre fils ; il passait son temps à citer des séquences entières de dialogues tirés des scénarios de Quentin Tarantino et à organiser d'ennuyeuses compétitions à l'heure du déjeuner, alors que le reste de la table préférait négocier des échanges de sandwiches de roast-beef contre des tranches de quatre-quarts, pour déterminer qui était capable de donner les titres, dans l'ordre chronologique, de dix films tournés par De Niro. Quoi qu'il en soit, Joshua adorait le cinéma, et même s'il embêtait tout le monde, Kevin ne lui enviait pas moins sa passion en tant que telle. L'objet de l'engouement n'avait apparemment aucune importance. Soweto Washington aimait le sport et ne serait-ce que l'illusion d'un avenir chez les Knicks ; Miguel Espinoza, étudier (Harvard à tout prix) ; Jeff Reeves, Telemann ; Denny Corbitt, Tennessee Williams ; Mouse Ferguson, le processeur Pentium III ; Ziggy Randolph, *West Side Story*, pour ne rien dire des autres hommes ; Laura Woolford s'aimait elle-même ; et Dana Rocco – le comble de l'impardonnable – aimait Kevin.

Je me rends compte que chez Kevin les aversions ne naissent pas de l'envie. Pour Kevin, ces dix victimes atteignaient toutes les sommets du ridicule. Elles se passionnaient pour des âneries et leurs enthousiasmes étaient comiques. Sauf que, comme les cartes tapissant mes murs, les passions impénétrables n'ont jamais fait rire Kevin. Depuis sa toute petite enfance, elles le mettent en rage.

Certes, la plupart des enfants ont le goût de la spoliation. Mettre les choses en pièces est plus facile que les fabriquer ; aussi contraignants qu'aient été les préparatifs de son JEUDI, ils n'ont pu représenter un effort comparable, tant s'en faut, à celui de se rapprocher de ces personnes. L'anéantissement est donc une forme de paresse. Mais elle offre néanmoins les satisfactions de l'organisation. Je dévaste, donc je suis. De plus, pour la plupart des gens, construire est une activité méticuleuse, concentrée, touffue, alors que le vandalisme soulage ; il faut être un artiste pour donner une expression positive à l'abandon. Et puis la destruction procure une sensation de posséder, une intimité, une appropriation. De cette façon, Kevin a serré Denny Corbitt et Laura Woolford contre sa poitrine, il a inhalé leurs cœurs et leurs hobbies, en bloc. La destruction pourrait bien être motivée par la thésaurisation, une sorte d'avidité malavisée, et brutale.

J'ai regardé Kevin massacrer les plaisirs des autres pendant la plus grande partie de sa vie. Je ne compte pas le nombre de fois où j'ai entendu le mot « préféré » pendant une diatribe maternelle pleine de colère – les bottes en caoutchouc rouges pleines de gâteau du goûter, à l'école maternelle, étaient les chaussures « préférées » de Jason. Kevin pouvait facilement m'avoir entendue dire que le caftan blanc qu'il a aspergé de jus de raisin noir était ma robe longue « préférée ». D'ailleurs, chaque cible adolescente sur pied dans ce gymnase était l'élève « préféré » d'un professeur.

Il semble condamner particulièrement les plaisirs que je ne peux qualifier que d'innocents. Par exemple, il avait l'habitude de guetter les gens qui faisaient des photos pour passer délibérément devant l'objectif. Je me suis mise à redouter nos visites de sites historiques, ne serait-ce qu'en pensant à tous ces Japonais avec leurs pellicules gâchées. Sur le globe entier sont éparpillés des dizaines de clichés potentiellement négociables, où apparaît en flou le profil du célèbre KK.

Je pourrais encore citer d'innombrables exemples ; je me contenterai d'un seul, que je vais exposer en détail.

Alors que Kevin venait d'avoir quatorze ans, j'ai été sollicitée, à l'occasion d'une réunion de parents d'élèves, pour être présente pendant le bal de printemps des classes de troisième. Je me rappelle avoir été légèrement surprise que Kevin ait manifesté l'intention d'y participer, dans la mesure où il boycottait la plupart des activités scolaires. (Rétrospectivement, Laura Woolford pourrait bien en avoir été la raison, avec la robe chatoyante très mini qui avait dû coûter les yeux de la tête à Mary.) Ce raout de fin d'année était l'événement phare du calendrier mondain de l'établissement, et la plupart de ses camarades de classe devaient attendre depuis la première année de collège leur admission à ce rite de passage exclusivement réservé aux plus grands. L'idée était de permettre à ces gamins de s'entraîner à être de vrais adolescents, et de les laisser plastronner à leur aise avant d'entrer dans le lycée adjacent comme bizuts en bas de hiérarchie.

Bref, j'avais accepté, sans enthousiasme particulier à l'idée de confisquer les pintes de Southern Comfort ; je gardais le souvenir ému de mes propres descentes subreptices et anxieuses de flasques de poche derrière le rideau de scène du lycée William Horlick, à Racine. Je n'ai jamais couru après les rôles de rabat-joie, et je me demandais si je ne pourrais pas simplement regarder ailleurs, tant que les gamins étaient discrets et ne tombaient pas ivres morts.

J'étais évidemment naïve, et le Southern Comfort était le cadet des soucis de l'administration. Lors de la réunion préparatoire, une semaine avant la fête, on a commencé par apprendre aux parents chaperons à reconnaître un rocher de crack. Plus sérieux encore, les autorités vivaient toujours dans l'angoisse suscitée par deux incidents d'ampleur nationale survenus au début de l'année civile. Les jeunes qui finissaient leurs années de collège n'avaient peut-être « que » quatorze ans, mais Tronneal Mangum n'en avait « que » treize quand, au mois de janvier, à West Palm Beach, il avait descendu un camarade de classe devant tout son collège parce qu'il lui devait quarante dollars. Trois semaines plus tard seulement, à Bethel, Alaska (c'est gênant, Franklin, mais je me souviens de tous ces faits parce que lorsque la conversation s'étiole, à Claverack, Kevin ressort volontiers ses histoires préférées), Evan Ramsey s'emparait du 12-gauge de ses parents et

464

abattait à sa table un athlète de l'école apprécié de tous, tirait tous azimuts avant de traquer méthodiquement le principal de son collège et de le descendre.

Statistiquement, bien sûr, dans un pays comptant cinquante millions de gosses scolarisés, ces morts n'étaient pas significatives, et je me rappelle qu'en rentrant de cette réunion je t'ai dit que je trouvais la réaction des autorités scolaires disproportionnée. Ils se sont plaints que le budget ne permettait pas d'acheter des détecteurs de métaux, alors que l'on formait un corps entier de chaperons bénévoles à fouiller chaque gamin à l'entrée. Et je me suis offert une tirade d'indignation progressiste (ce dont tu as toujours eu une sainte horreur).

« Évidemment, depuis des lustres, des mômes noirs et latinos se tirent dessus dans les collèges pourris de Detroit, ai-je déclamé au cours d'un dîner tardif, ce soir-là, mais tout cela n'est qu'anecdotique. Une poignée de jeunes bien blancs, des petits-bourgeois surprotégés, avec ligne de téléphone et poste de télé personnels, dans leur banlieue résidentielle, donnent dans la balistique, et d'un seul coup il y a urgence nationale. En plus, Franklin, j'aurais voulu que tu voies ces parents et ces enseignants tout avaler. » Mon blanc de poulet farci était en train de refroidir. « Tu n'as jamais vu des gens se gargariser autant de grands mots, et lorsque j'ai risqué une plaisanterie ils m'ont tous regardée avec cette expression qui dit : "ce n'est pas drôle" – comme pour la sécurité des aéroports, quand on se permet une boutade sur une alerte à la

465

bombe. Ils sont tous ravis à l'idée d'être en pre-mière ligne, de faire quelque chose de, oh ! là, là ! dangereux ; au lieu de jouer les chaperons pendant le bal de l'école, bon sang, avoir une visibilité nationale et pouvoir prendre part à la politique habituelle d'hystérie collective. Je te jure que quelque part ils sont tous jaloux, parce que Moses Lake et Palm Beach et Bethel ont eu le leur, alors pourquoi pas Gladstone, pourquoi cela n'arriverait pas aussi chez nous ? Comme ils espèrent tous secrètement que, tant que Junior ou Baby Jane s'en sortent sans une égratignure, ce serait tout de même super si le bal des troisièmes tournait à la bataille rangée et que nous passions tous à la télé avant que le numéro éventé soit passé de mode… »

Je m'écœure un peu, à cet endroit, mais j'ai bien peur d'avoir tenu ce genre de propos et, oui, Kevin devait écouter. Mais je doute qu'il ait existé un seul foyer, dans tous les États-Unis, où l'on n'ait pas, d'une manière ou d'une autre, parlé de ces tueries. Je pouvais bien décrier la « politique d'hystérie col-lective », ils touchaient juste.

Je suis certaine que ce bal a pris un tel relief dans mon esprit à cause de l'endroit où il s'est tenu. Après tout, c'est un bien petit souvenir : pour la plus grande déception de ces parents ou pas, l'évé-nement s'est déroulé sans accroc ; quant à l'unique lycéenne qui se souvient sans doute de cette soirée comme d'une calamité, je n'ai même jamais su son nom.

Le gymnase. C'était dans le gymnase.

Parce que le collège et le lycée avaient été construits sur le même campus, ils partageaient souvent les équipements. Des équipements de qualité, en vérité, puisque c'est en partie cette « excellente école » qui t'avait amené à nous acheter une maison dans le secteur. Dans la mesure où, à ton grand désespoir, Kevin fuyait les sports scolaires, nous n'avions jamais assisté aux matchs de basket de son collège, si bien que ce glorieux travail de baby-sitting demeure ma seule expérience de cette structure, vue de l'intérieur. Constituant un bâtiment indépendant, elle était vaste, haute de plus de deux étages, lisse et coûteuse – je crois même qu'elle pouvait se transformer en piste de hockey. (Quel gâchis que les services scolaires de Nyack aient, aux dernières nouvelles, décidé de démonter tout le bâtiment. Apparemment, les élèves sèchent les cours d'éducation physique au prétexte que le gymnase est hanté.) Ce soir-là, il y avait une sacrée chambre d'écho pour le DJ. Tous les équipements sportifs avaient été retirés, et si en comptant trouver des ballons et des guirlandes j'étais clairement dans la nostalgie de mes propres débuts dans la danse, avec le twist, en 1961, ils avaient pendu une grande boule à facettes.

J'ai peut-être été une mère désastreuse – tais-toi, c'est la vérité –, mais je n'ai pas été lamentable au point de coller aux basques de mon fils de quatorze ans au bal de son collège. Je me suis donc installée à l'autre bout du gymnase, d'où j'avais une vue impeccable sur ses avachissements contre le mur de parpaings. J'étais curieuse ; j'avais rarement eu l'occasion de le voir dans le contexte de son milieu social élargi. Le seul élève à ses côtés était l'indéracinable Leonard Pugh, avec son museau de fouine hi-hi-hi, puant la flagornerie onctueuse à cent mètres, une obséquiosité ricanante qui semblait ne faire qu'un avec sa perpétuelle odeur de poisson du jour. Lenny s'était fait récemment percer le nez, et la zone entourant le bouton s'était infectée – il avait une narine rouge vif et une fois et demie plus grosse que l'autre. La couche de crème antiseptique prenait la lumière. Quelque chose chez ce gamin m'envoyait toujours des images de taches brunes au fond du caleçon.

Kevin venait, lui, d'inventer son concept de vêtements minuscules, que (typiquement) singeait Lenny. Le jean noir de Kevin devait être à sa taille quand il avait onze ans. Les jambes arrivaient à mi-mollet, découvrant les poils noirs foisonnant sur ses tibias ; la braguette, dont la fermeture Éclair ne fermait pas complètement, rendait justice à ses avantages. Le pantalon de coton jaunasse de Lenny n'aurait pas été moins hideux s'il avait été à sa taille. Ils portaient tous les deux un T-shirt *Fruit of the Loom* blanc étriqué, qui laissait dénudés les dix centimètres de peau de rigueur.

Peut-être était-ce mon imagination, mais chaque fois que d'autres collégiens devaient passer devant eux ils semblaient faire un grand détour. J'aurais pu m'inquiéter de voir notre fils apparemment ostracisé – je me suis un peu inquiétée, du reste, c'était comme si Kevin avait été un paria. Et ce, malgré l'absence de moqueries de la part de ses camarades, au contraire, si les autres élèves étaient en train de rire, ils cessaient. En fait, à l'approche du duo, les autres interrompaient carrément toute conversation pour se remettre à discuter seulement lorsqu'ils ne pouvaient plus être entendus. Les filles adoptaient une raideur peu naturelle, comme si elles retenaient leur souffle. Au lieu de lancer des regards obliques à la brigade en vêtements trop petits, même les athlètes fixaient l'horizon droit devant eux, pour ne jeter un rapide coup d'œil par-dessus l'épaule à Kevin et son « hamster » qu'après s'être mis prudemment hors d'atteinte. Et dans le même temps, tandis que les élèves de troisième traînaient hors de la piste et fleurissaient les murs du gymnase, l'espace de chaque côté de notre fils et de son acolyte restait vide sur plus de trois mètres. Aucun de ses camarades ne lui adressait un signe, ni un sourire ni même un inoffensif « Comment ça va ? », à croire qu'ils hésitaient à prendre le risque – de quoi ?

J'avais imaginé que la musique allait me donner un coup de vieux – avec des groupes dont je n'avais jamais entendu parler, dont la séduction martelée faisait l'impasse sur les vieux décrépits. Mais quand le volume de la sono a monté, j'ai eu la surprise de reconnaître, entre quelques standards intemporels, certains des « artistes », comme nous les baptisions pompeusement à l'époque, qui nous avaient fait nous pâmer du temps de nos vingt ans : The Stones, Creedence, The Who ; Hendrix, Joplin et The Band ; Franklin, Pink Floyd ! N'ayant pas grand-chose pour m'occuper et rebutée par le punch sans alcool (qui réclamait désespérément une giclée de vodka), je me suis demandé si le fait que les pairs de Kevin fonctionnaient encore au rythme de Crosby, Stills, Nash & Young, The Grateful Dead, et même des Beatles signait la distinction ou l'indigence de notre époque. Lorsque *Stairway to Heaven* est passé – le cher vétéran ! –, j'ai dû étouffer une envie de rire.

Je n'ai jamais pensé que Kevin danserait : ce serait carrément « nul », et d'une certaine manière ce gosse n'avait pas changé depuis ses quatre ans. Le peu d'enthousiasme du reste de la troupe pour aller sur la piste de danse était un classique, nous étions pareils : pas envie d'être les premiers, pas envie d'attirer sur nous une attention excessive et forcément sévère. De mon temps, nous n'en finissions pas de nous mettre au défi, de siroter un peu de courage derrière les rideaux, pour enfin nous lancer de conserve dès que nous pouvions être dix – notre quorum de sécurité. J'ai donc été fort impressionnée lorsque, sur la piste où ne tourbillonnait que la myriade de pois projetée par la boule disco, s'est lancée une âme seule. Et elle n'a pas choisi un coin sombre, mais la pleine lumière du centre.

Le teint pâle, translucide, l'adolescente avait des cheveux blonds, et des cils et des sourcils également blonds dont la nuance incertaine semblait brouiller les traits de son visage. Elle avait aussi une faiblesse dans le menton – petit moins –, et c'est surtout à cause de cet unique trait qui était tout sauf classique qu'on ne l'avait jamais trouvée jolie (comme quoi un minuscule détail suffit à nous défaire). L'autre problème était sa tenue vestimentaire. La plupart des filles avaient joué la sécurité du jean, et les quelques robes que j'avais repérées étaient en cuir noir, ou bien tout en strass et paillettes comme celle de Laura Woolford. Mais cette gamine de quatorze ans – que nous appellerons Alice pour faire bref – portait une robe qui lui couvrait presque le genou et avait un gros nœud dans le dos. Elle avait des manches ballons, le motif du tissu était un écossais brun clair. Alice avait aussi un ruban dans les cheveux et des chaussures en vrai cuir aux pieds. La tenue avait manifestement été composée par une mère affligée d'une conception tristement générique et intemporelle de ce qu'une jeune fille devait porter pour aller à une « soirée ».

Même moi, j'ai vu qu'elle avait un look « pas cool », Alice. L'improbable persistance du mot de notre génération à la suivante atteste de l'intemporalité du concept. Ce qui est « cool » varie ; que la notion de « cool » existe est immuable. Et à notre heure de gloire, de toute façon, le ringard lambda se reconnaissait à son comportement mortifié et penaud, sa manière de regarder la pointe de ses chaussures. Mais je crains que cette malheureuse enfant sans menton n'ait pas été dotée de l'intelligence sociale nécessaire pour déplorer sa belle robe écossaise à manches ballons et nœud dans le dos. Lorsque sa mère était revenue avec, elle avait dû lui sauter au cou dans un élan de reconnaissance débile.

C'est *Stairway to Heaven* qui l'avait incitée à faire son numéro. Reste que, si nous gardons tous une petite place émue dans notre cœur pour le bon vieux tube de Led Zeppelin, le morceau est affreusement lent et je m'en souviens personnellement comme d'un truc indansable. Il en fallait plus pour décourager Alice. Elle a écarté les bras et s'est lancée dans une suite de pirouettes décrivant des cercles de plus en plus grands, les yeux clos. Elle était clairement transportée, indifférente au fait que l'enthousiasme de sa performance révélait sa petite culotte. Lorsqu'elle a cédé au sortilège de la guitare basse, ses évolutions ont perdu toute parenté avec le rock'n'roll boogie pour hoqueter entre le classique improvisé et la danse soufie.

Si ma description peut sembler acerbe, en fait j'étais plutôt sous le charme. Notre petite réplique d'Isadora Duncan était tellement désinhibée, exubérante ! J'ai peut-être même éprouvé une pointe d'envie. Je me suis revue avec nostalgie dansant la gigue dans notre loft de Tribeca sur la musique de Talking Heads alors que j'étais enceinte de Kevin, ce que je ne faisais plus, et j'en ai éprouvé de la tristesse. Et bien qu'elle ait au moins huit ans de plus que Celia, quelque chose dans cette gamine, quand elle virevoltait d'un coin du gymnase à l'autre, m'a fait penser à notre fille. Improbable exhibitionniste, elle semblait être allée sur la piste simplement parce que cette chanson était une de ses « préférées » – encore ce mot – et parce que l'espace vide rendait plus facile sa trajectoire hallucinée. Elle cédait probablement à la même émotion dans la salle de séjour de sa propre maison, et ne voyait absolument pas pourquoi elle ne danserait pas avec une flamboyance comparable au seul motif que deux cents adolescents malveillants ricanaient dans les coulisses.

*Stairway to Heaven* paraissait toujours interminable, mais le morceau était cette fois presque fini. Il aurait pu attendre deux minutes. Mais non. J'ai ressenti le coup de poignard particulier de la peur lorsque Kevin s'est arraché nonchalamment du mur en parpaings pour se diriger directement sur Alice, sans hésitation, comme un missile Patriot visant un Scud. Puis il s'est immobilisé, à l'aplomb de la boule à facettes, ayant calculé correctement que la prochaine pirouette d'Alice amènerait son oreille gauche précisément devant sa bouche. Voilà. Contact. Il s'est penché, à peine, et a parlé tout bas.

Je ne saurais prétendre savoir ce qu'il a dit. Mais l'image a nourri toutes mes reconstructions mentales ultérieures du JEUDI. Alice s'est figée sur place. Son visage a absorbé toute la gêne dont il avait été visiblement si dépourvu l'instant d'avant. Ses yeux ont regardé à droite, à gauche, sans pouvoir trouver un seul endroit susceptible de lui offrir un peu de répit. Brusquement consciente, ô combien, de la présence de son public, elle a paru enregistrer les contraintes de la folie qu'elle avait entamée ; la chanson n'était pas tout à fait terminée, et elle avait l'obligation de sauver les apparences en tenant quelques mesures de plus. Pendant les quarante secondes environ qui ont suivi, elle a oscillé avec la lenteur d'une danse macabre, comme Faye Dunaway à la fin de *Bonnie and Clyde*.

Le DJ ayant judicieusement enchaîné sur *White Rabbit* de Jefferson Airplane, elle a attrapé et chiffonné entre ses jambes sa jupe en tissu écossais brun clair. Clopinant vers un coin sombre, Alice serrait fort ses coudes contre sa taille, tandis que chacune de ses mains se battait pour se cacher sous l'autre. J'ai perçu que, de nauséeuse façon, pendant la minute qui venait de passer, elle avait grandi d'un coup. Elle savait à présent que sa robe était moche, que son menton était fuyant. Que sa mère l'avait trahie. Que son look n'était pas cool. Qu'elle ne serait jamais jolie. Et surtout, elle avait appris à ne jamais, jamais se lancer sur une piste de danse vide – voire sur une piste de danse tout court – pour le reste de sa vie.

Je n'étais pas là, ce JEUDI. Mais deux ans plus tôt, j'ai assisté à ses prémices, dans le même gymnase, en étant témoin de l'assassinat d'une élève solitaire du collège de Gladstone.

*Eva*

*Cher Franklin,*

Mon collègue Ricky est venu me parler en fin de journée, aujourd'hui, et son invitation a constitué l'approche la plus précise de l'indicible : il m'a proposé de rejoindre son Église. J'étais embarrassée et je l'ai remercié, non sans dire vaguement : « Je ne pense pas » ; il n'a pas lâché l'affaire et m'a demandé pourquoi. Qu'étais-je censée répondre ? « Parce que c'est qu'un paquet de conneries » ? J'éprouve toujours un peu de condescendance à l'égard des personnes religieuses, comme elles-mêmes vis-à-vis de moi. J'ai donc dit que je voudrais bien, je voudrais bien croire, et parfois j'essaye très fort, mais rien au cours des dernières années de ma vie ne m'incite à imaginer la présence d'une entité bienveillante qui veillerait sur

moi. La réplique de Ricky sur les « voies mystérieuses » ne nous a vraiment impressionnés ni l'un
ni l'autre. Mystérieuses, ai-je dit. C'est peu dire, en
fait.

J'ai souvent repensé à ta remarque, dans Riverside Park, avant que nous devenions des parents :
« Au moins, un enfant est une réponse à la Grande
Question. » J'avais été perturbée, à l'époque, d'une
telle persistance de cette Grande Question dans ta
vie. Notre période sans enfant a bien dû avoir ses
manques, mais je me rappelle avoir répliqué dans
la même conversation que peut-être nous étions
trop « heureux », excès assurément plus agréable
qu'un surcroît de vide déchirant. Je suis peut-être
superficielle, mais, à moi, tu me suffisais. J'adorais
scruter au-delà de la douane et reconnaître ton
visage, après ces longs voyages qui te pesaient
beaucoup plus qu'à moi, puis dormir tard le
matin suivant dans un chaud cocon pectoral. Ça
me suffisait. Mais notre duo, apparemment, ne te
suffisait pas. Si, de nous deux, cela faisait éventuellement de toi le plus avancé sur le plan spirituel, j'en étais blessée.

Pourtant, s'il n'y a aucune raison de vivre sans
enfant, comment pouvait-il y en avoir une de vivre
avec ? Répondre à une vie en lui faisant succéder
une autre vie est un simple transfert des responsabilités sur la génération suivante ; un déplacement
qui constitue un report lâche et potentiellement
infini. On peut prévoir que la réponse de tes
enfants sera de procréer à leur tour, et ce faisant de

se soustraire, de se défausser de leur propre vide sur leur descendance.

Je soulève la question parce que je pense que tu comptais effectivement que Kevin répondrait à ta Grande Question, et lui a perçu cette formidable attente depuis tout petit. Comment ? À de menus détails. L'enthousiasme agressif dans ta voix sous lequel béait une timide impatience. La férocité de tes étreintes, qu'il a pu trouver asphyxiantes. La détermination avec laquelle tu te préparais chaque week-end à être à sa disposition. Alors que je soupçonne les enfants d'avoir envie que leurs parents soient occupés, ils ne veulent pas devoir remplir ton emploi du temps avec leurs misérables besoins. Les enfants veulent avoir l'assurance qu'il y a autre chose à faire, des choses importantes. Plus importantes, de temps en temps, qu'eux-mêmes.

Je ne prêche pas pour la négligence. Mais il n'était qu'un petit enfant, et lui tout seul était censé répondre à la Grande Question que son adulte de père maintenait sous le couvercle. Quel fardeau sur les épaules du nouveau venu ! Pire, les enfants, comme les adultes, diffèrent radicalement dans ce que je ne peux appeler que leurs appétits religieux. Celia me ressemblait plutôt : un câlin, un crayon, un biscuit, et elle était rassasiée. Bien qu'il ait semblé ne pratiquement rien vouloir, je me rends compte maintenant que Kevin était spirituellement affamé.

Nous étions l'un et l'autre des renégats, alors il ne rimait à rien d'élever nos enfants dans l'orthodoxie arménienne ni dans l'Église presbytérienne.

Bien que je répugne à clamer que la jeunesse actuelle a seulement besoin de décrypter l'Ancien Testament, je déchante un peu en me disant que, grâce à nous, Kevin n'est peut-être jamais entré dans une église. Le fait que toi et moi ayons été élevés avec quelque chose à quitter aura peut-être été un avantage, car nous savions ce que nous avions derrière nous, et ce que nous n'étions pas. C'est pourquoi je me demande si Kevin se serait mieux porté, lui aussi, si nous lui avions balancé un paquet de sornettes à l'encens qu'il aurait pu nous recracher au visage – ces histoires extravagantes de vierges mères et de commandements au sommet de montagnes qui ne passent décidément pas dans le gosier d'un gamin. Je ne suis pas réaliste ; je doute du fait que nous aurions pu singer une foi pour le bien des enfants, ils auraient su que nous faisions semblant. Néanmoins, la répudiation d'âneries aussi criantes que des guides de voyage et des pubs pour Oldsmobile doit également être peu satisfaisante.

Je me rends compte que c'est cet état de manque, chez Kevin, que ses professeurs – à l'exception de Dana Rocco – n'ont jamais détecté, préférant voir dans notre rejeton aux résultats très en dessous de ses possibilités une victime de plus du désordre très mode créé par un déficit d'attention. Ils étaient déterminés à lui trouver une déficience d'ordre mécanique parce que les machines cassées peuvent se réparer. Il était plus facile de traiter l'incapacité passive que de s'attaquer au domaine plus effrayant d'un désintérêt farouche et cassant. Les facultés de concentration de Kevin étaient substantielles – tu n'as qu'à regarder ses laborieux préparatifs du JEUDI, ou son actuelle maîtrise impeccable du tableau d'honneur des mauvais, jusqu'à l'élevage de poissons exotiques de Uyesugi. Il laissait des tâches inachevées non pas parce qu'il était incapable de les mener à terme, mais parce qu'il pouvait le faire.

Cette voracité qu'il avait peut partiellement expliquer sa cruauté qui, entre autres choses, doit être une tentative inepte de participation. N'ayant jamais vu d'intérêt à quoi que ce soit, il devait se sentir brutalement tenu à l'écart. Les Spice Girls, elles sont « nulles », les Playstation de Sony, « nulles », *Le Titanic*, « nul », le shopping, « nul », et comment aurions-nous dit le contraire ? Pareillement, photographier les Cloisters, c'est « nul », danser sur *Stairway to Heaven* à la fin des années quatre-vingt-dix, c'est « nul ». Quand Kevin a approché les seize ans, ces convictions sont devenues violentes.

Il ne voulait pas avoir à répondre à ta Grande Question, Franklin. Il voulait que, toi, tu lui répondes. La sacro-sainte errance qui passe pour une existence productive est apparue tellement inepte à Kevin depuis l'âge du berceau que samedi dernier, quand il a déclaré que ce JEUDI il avait rendu service à Laura Woolford, il était peut-être sincère.

Mais moi, je suis superficielle. Une fois terni le vernis du voyage, j'aurais sans doute testé malgré tout les mêmes nourritures étrangères et le même climat d'ailleurs pendant le reste de mes jours, tant qu'au retour, à Kennedy, je pouvais me jeter dans tes bras. Je n'en demandais guère plus. C'est Kevin qui a posé ma Grande Question. Avant sa naissance, j'étais bien trop occupée à faire tourner une affaire florissante et un mariage merveilleux pour me soucier de la signification de tout cela. Ce n'est qu'après m'être retrouvée coincée avec un enfant que tout ennuyait, dans une maison immonde, pendant des jours sans fin, que je me suis demandé à quoi cela rimait.

Depuis ce JEUDI ? Il a emporté ma réponse facile, ma tromperie, ma version négligemment abrégée du sens de la vie.

La dernière fois que nous avons laissé Kevin, il avait quatorze ans, et je m'inquiète. Il se peut que je me sois autant attardée sur ses premières années pour mieux esquiver le ressassement des incidents plus récents qui nous ont douloureusement dressés l'un contre l'autre. Nous redoutons indubitablement tous les deux de patauger dans des événements dont le seul aspect positif est qu'ils appartiennent au passé. Sauf que ce n'est pas le cas. Pas pour moi.

Pendant le premier semestre de l'année de seconde de Kevin, en 1997, il y a eu deux autres fusillades dans des établissements scolaires : à Pearl, Mississippi, et à Paducah, Kentucky, deux petites villes dont je n'avais jamais entendu parler, mais l'une et l'autre désormais définitivement assimilées, dans le vocabulaire américain, à des synonymes de violence adolescente meurtrière. Le fait que Luke Woodham, à Pearl, ait non seulement tiré sur dix gamins, dont trois sont morts, mais également tué sa mère – de sept coups de couteau, non sans lui écrabouiller la mâchoire avec une batte de base-ball en alu – m'a peut-être fourni un sujet de médi-tation. (En vérité, j'ai remarqué, quand les repor-tages ont commencé à tomber : « Tu as vu, ils se contentent de s'interroger en boucle sur la manière dont il a abattu ces mômes. Et puis tout à coup : "Tiens, au fait, il a aussi assassiné sa mère." Au fait ? Il est évident que toute cette histoire est liée à sa mère. » Un jour viendrait où ce genre de remarque se verrait juridiquement qualifié de « témoignage de l'intéressée contre ses propres intérêts ».) Cela dit, je n'aurai pas la prétention de m'attribuer, au cours de cette période, une forme de pressentiment personnel et profond, comme si je percevais dans ces tragédies à répétition racontées aux infos un inexorable compte à rebours menant au malheur de notre famille. Pas du tout. Comme pour toutes les infos, je ne me sentais absolument pas concer-née. Que cela te plaise ou non, la globe-trotter mar-ginale s'était métamorphosée en mère de famille des beaux quartiers, blanche et aisée, et je ne pou-vais m'empêcher d'être déconcertée par ces coups de folie meurtrière de rejetons de ma propre espèce. Les règlements de comptes entre bandes à Detroit ou Los Angeles, c'était sur une autre pla-nète ; Pearl et Paducah, c'était chez moi.

J'ai vraiment ressenti un concentré d'aversion pour ces jeunes, incapables de supporter la petite amie infidèle, le camarade casse-pieds, ou un relatif manque d'attention de la part d'un parent isolé qui travaille – sans aller inéluctablement incruster leurs problèmes sans originalité dans la vie d'autres familles. C'est la même minable vanité qui a poussé des contemporains moins dérangés que ces jeunes à graver leurs vilains petits noms sur des monuments historiques. Plus une dose de complaisance. Ce Woodham à la vue basse avait apparemment fait passer un mot à l'un de ses amis avant de mettre en scène son ire avec le fusil de chasse de son père : « J'ai été ridiculisé toute ma vie. Toujours battu, toujours détesté. La société va-t-elle me reprocher ce que je fais ? » Et j'ai pensé : Oui, espèce de petit salaud ! Sans l'ombre d'une hésitation !

Michael Carneal, à Paducah, était un cas semblable – surcharge pondérale, objet de moqueries, il se vautrait dans sa petite souffrance comme s'il espérait prendre un bain dans une flaque. Mais il n'avait jamais eu de problème de discipline auparavant ; le pire méfait pour lequel il s'était fait prendre était de regarder la chaîne Playboy à la télé. Carneal s'est distingué en ouvrant le feu – sur un groupe de prière. Il a réussi à faire trois morts et cinq blessés, mais à en juger par la miséricorde exprimée pendant les cérémonies en l'honneur des victimes, et les calicots accrochés aux fenêtres des classes – dont l'un encadrait dans un même cœur les photos non seulement de ses victimes mais aussi de Carneal –, les chrétiens régénérés faisaient revenir les leurs en pardonnant dans la mort.

Le soir d'octobre où est tombée l'information sur Pearl, j'ai explosé pendant que nous regardions ensemble l'émission « Jim Lehrer Newshour ». « Putain, un quelconque gamin le traite de pépé ou le bouscule dans le couloir, et brusquement c'est : "Ouh, ouh, faut que je tire dans le tas, faut que je me libère de cette horrible pression !" Depuis quand on nous fait des petits Américains si fragiles ?

— Oui, on se demande en effet, as-tu approuvé. On ne sait plus sortir régler ça dans la cour de récré ?

— Ils pourraient se salir les mains. » J'ai sollicité l'avis de notre fils qui se dirigeait discrètement vers la cuisine ; il avait espionné, ce qu'en général il préférait à la participation à une conversation familiale. « Kevin, est-ce qu'il arrive jamais que les garçons de ton école règlent un différend tranquillement à coups de poings ? »

Kevin s'est arrêté pour me regarder attentivement. Il lui fallait toujours le temps d'évaluer si mes questions méritaient une réponse. « Le choix des armes, a-t-il fini par dire, c'est la moitié du combat.

— Ce qui veut dire ?

— Woodham est faible, mou, on ne l'aime pas. Aux poings, ses chances sont minces. Un mollasson est plus facilement gagnant avec un 30 mm. Bon choix.

— Pas si bon que ça, me suis-je emportée. Il a seize ans. C'est l'âge charnière dans la plupart des États pour être jugé par un tribunal pour adultes. Ils vont le boucler et jeter la clé. » (De fait, Luke Woodham allait prendre trois perpétuités, plus cent quarante ans pour faire bonne mesure.)

« Et alors ? a dit Kevin avec un sourire distant. La vie de ce gars est déjà finie. Il s'est plus amusé que la plupart d'entre nous le feront jamais. Bravo.

— Calme-toi, Eva, es-tu intervenu alors que j'éructais. Ton fils te fait marcher. »

Pendant la plus grande partie de sa vie, les problèmes de Kevin sont restés sur le mode mineur. Il était intelligent, mais détestait l'école ; il avait peu d'amis, et celui que nous connaissions était hypocrite et mielleux ; il y a eu tous ces incidents ambigus, depuis Violetta jusqu'à celle que nous avons appelée Alice, qui ont déclenché le signal d'alarme, mais à un volume qu'apparemment j'étais la seule à entendre. Reste que la personnalité s'exprime avec une constance remarquable, que ce soit sur un champ de bataille ou dans un supermarché. Pour moi, Kevin était monolithique. Si mes théories sur ses dispositions existentielles semblent ampoulées, disons que le principe unificateur peut se résumer en un mot : « méchanceté ». En conséquence de quoi, lorsque deux policiers d'Orangetown ont sonné à notre porte, ce soir de décembre 1997, remorquant Kevin et le déplaisant Leonard Pugh, tu as eu un choc alors que pour moi cette visite des forces de l'ordre arrivait plus que tard.

« Que puis-je pour vous, messieurs ? ai-je entendu de loin.

— Vous êtes Mr Khatchadourian ?

— Mr Plaskett, as-tu corrigé, et ce n'était pas la première fois. Mais je suis le père de Kevin. »

Étant occupée à aider Celia à faire ses devoirs, je me suis approchée sur la pointe des pieds pour me placer derrière ton dos, tout excitée d'impatience voyeuriste.

« Nous avons eu un appel téléphonique d'un automobiliste, et je crains que nous n'ayons trouvé votre fils et son ami ici présent sur la passerelle piétons au-dessus du 9 W. Nous avons dû les prendre en chasse, mais il semble assez évident qu'ils sont les gamins qui jetaient des choses sur la chaussée.

— Ils visaient les voitures ? as-tu demandé, ou seulement les voies où il n'y avait pas de véhicules ?

— Sur les couloirs sans rien, ça n'aurait pas été aussi rigolo, a grincé le second policier.

— On a surtout jeté des bombes à eau, P'pa », a précisé Kevin, derrière la police. Je sais que sa voix était en train de muer, mais chaque fois qu'il s'adressait à toi, Franklin, il montait d'une octave dans les aigus.

« Ce n'est pas pour se plaindre de bombes à eau que cet automobiliste a appelé, a dit le second policier, qui était plus trapu et paraissait plus remonté. Il a parlé de "cailloux". Et nous avons vérifié la chaussée, des deux côtés de la passerelle – elle était jonchée de morceaux de brique. »

Je suis alors intervenue spontanément. « Quelqu'un a été blessé ?

— Dieu merci, il n'y a pas eu d'impact direct, a répondu le premier policier. Ce qui est une grande chance pour ces deux garçons.

— Tu parles d'une chance, a geint Lenny, quand on se fait gauler par les flics.

— Faut avoir de la chance, pour te permettre de la pousser, gamin, a dit le policier le plus fâché. Ron, je continue de penser que nous devrions…

— Écoutez, Mr Plastic, a coupé le premier. Nous avons entré le nom de votre fils dans le fichier, et celui-ci est parfaitement vide. Pour ce que je vois, ce jeune homme vient d'une bonne famille. (Bonne signifiant en l'occurrence riche, évidemment.) Nous allons donc nous contenter de lui faire un avertissement. Mais nous prenons ce genre de choses très au sérieux.

— Putain, a interrompu le second flic. Il y a quelques années, un tordu a lancé une pièce de vingt-cinq cents contre une voiture qui roulait à plus de cent dix kilomètres-heure. La pièce a explosé le pare-brise et est allée se loger à l'intérieur de la tête de la conductrice. »

Ron a lancé à son partenaire un regard à les entraîner dans les meilleurs délais au Donkin'Donuts. « J'espère que vous allez faire sérieusement la leçon à ce jeune homme.

— Et comment ! ai-je dit.

— J'imagine qu'il n'avait aucune idée du genre de risque qu'il prenait, as-tu dit.

— Ouais, a fait le flic numéro deux, amer. C'est ce qui fait le charme du lancer de briques depuis une passerelle. Ça a l'air parfaitement inoffensif.

— J'apprécie votre indulgence, monsieur l'agent, a récité Kevin à l'intention du premier. J'ai compris la leçon, monsieur l'agent. Ça ne se reproduira pas, monsieur l'agent. »

Les policiers entendent souvent ces « Monsieur l'agent » ; ils n'ont pas eu l'air franchement étonnés. « L'indulgence ne se reproduira pas non plus, a dit le second flic. Et ça, c'est plus que sûr. »

486

Kevin s'est tourné vers le policier en colère, et c'est avec un éclat particulier dans le regard qu'il a croisé celui de ce dernier. Apparemment, ils étaient sur la même longueur d'onde. Bien qu'interpellé par la police pour la première fois (à ma connaissance, du moins), Kevin était égal à lui-même. « J'apprécie également que vous nous ayez raccompagnés. J'ai toujours eu envie de faire une balade dans une voiture de police... monsieur l'agent.

— Le plaisir était pour moi, a répondu le flic avec morgue, comme on fait péter une bulle de chewing-gum. Mais mon petit doigt me dit que ce n'est pas ton dernier tour de manège noir et blanc... l'ami. »

Après quelques protestations de reconnaissance teintées de flagornerie de notre part à tous les deux, ils sont repartis et, au moment où ils s'éloignaient du pas de la porte, j'ai entendu Lenny marmonner : « On a bien failli vous battre au sprint, vous savez, parce qu'apparemment votre forme physique, elle est plutôt nulle, les gars ! »

Tu avais semblé si calme et courtois pendant toute cette conversation que, lorsque tu as repassé la porte, j'ai observé avec surprise que tu étais blême de rage. Tu as attrapé notre fils par le haut du bras et crié : « Tu aurais pu provoquer un carambolage et faire une putain de catastrophe ! »

Nimbée de morbide satisfaction, je me suis retirée pour te laisser opérer. Jurer, rien que ça ! D'accord, si une de ces briques avait effectivement pulvérisé le pare-brise, j'aurais aussitôt oublié cette jubilation mesquine au profit d'une pure angoisse dont je n'allais pas tarder à avoir une grande pratique. Mais le désastre m'ayant été épargné, je pouvais à mon aise savourer la comptine de cour de récré : « C'est bien fait pour sa pomme ! » Parce que mon exaspération était sans bornes ! La kyrielle sans fin des mésaventures marquant le sillage de Kevin n'était apparemment jamais sa faute, de ton point de vue s'entend. Enfin un « rapporte-paquet sans ficelle » qui n'était pas moi – la police en qui Mr Je-vote-Reagan-et-républicain ne pouvait qu'avoir confiance – avait pris notre innocent persécuté la main dans le sac ; alors je n'allais pas bouder mon plaisir. De plus, j'étais ravie que tu fasses l'expérience, à ton tour, de l'étrange désarroi d'être le parent omnipotent tout en étant complètement désarmé pour trouver une punition susceptible d'avoir un effet dissuasif. Je voulais que tu vives toi aussi la débilité de « mettre au coin » un garçon de quatorze ans, la prévisibilité usée jusqu'à la corde du sermon quand, par ailleurs, il n'avait jamais envie d'aller nulle part, et l'horreur de se rendre compte que, s'il décidait de sortir son matériel de tir à l'arc pour braver ton interdit de pratiquer la seule activité physique qu'il semblait apprécier, tu te retrouverais devant le dilemme de recourir ou non au châtiment corporel en l'envoyant brutalement valser dans l'herbe. Bienvenue dans ma vie, Franklin, ai-je pensé. Je te souhaite bien du plaisir.

Celia, qui n'avait pas l'habitude de te voir rudoyer son frère, s'est mise à pleurer. Je l'ai ramenée du vestibule à la table de la salle à manger, pour faire ses devoirs, en lui racontant pour la rassurer que les policiers étaient gentils et voulaient seulement s'assurer que tout allait bien chez nous, tandis que tu emmenais notre fils, stoïque, vers sa chambre. Dans une atmosphère aussi volatile, j'avais du mal à me concentrer sur les animaux de la ferme que Celia devait étudier dans son livre de lecture. Les hurlements ont cessé étonnamment vite ; tu étais loin de te calmer aussi rapidement lorsque ta fureur était dirigée contre moi. Probablement étais-tu passé au registre de la profonde déception qui, chez beaucoup d'enfants, est plus dévastatrice qu'une bouffée de colère, encore que j'aie aussi tâté de la sombre gravité jusqu'à plus soif avec notre premier-né pour me heurter à une impuissance de plus dont j'étais ravie que tu fasses l'expérience. À part cela, je n'avais guère de solution pour résister à l'envie de parcourir le couloir sur la pointe des pieds afin d'écouter derrière la porte.

Lorsque tu as enfin fait ta réapparition, tu as fermé derrière toi la porte de Kevin avec une solennité religieuse, et ton visage exprimait une paix étrange quand tu es arrivé dans le coin repas. Je me suis dit qu'expurger toute cette honte et toute cette réprobation de toi-même avait dû avoir un effet purificateur, et quand tu m'as poussée vers la cuisine, j'ai supposé que tu allais m'exposer la punition que tu avais infligée à Kevin afin que nous puissions la faire respecter à l'unisson. J'espérais que tu allais annoncer une sanction inédite et facile à appliquer qui toucherait notre fils là où ça faisait mal, même si personnellement je n'avais pas encore trouvé ce lieu. Je doutais de ses éventuels remords concernant les briques qu'il avait lancées, mais peut-être avais-tu réussi à le persuader que la délinquance juvénile patentée était une erreur tactique.

« Écoute, as-tu chuchoté. Toute cette histoire grotesque était l'idée de Lenny, et Kevin a suivi parce qu'au début Lenny n'a parlé que de bombes à eau. Il se disait qu'en explosant les ballons éclabousseraient seulement – et tu sais combien les enfants trouvent ce genre de truc rigolo. Je lui ai expliqué que même un petit ballon qui explose aurait pu surprendre le conducteur et être dangereux, et il a dit qu'il en était conscient maintenant.

— Et… et… pour les briques ?

— Eh bien… ils se sont trouvés à court de bombes à eau. Alors, Kevin dit qu'avant qu'il se rende compte de ce qui se passait Lenny a lancé un caillou – qui était peut-être un morceau de brique – au moment où une voiture arrivait. Kevin dit qu'il a aussitôt demandé à Lenny d'arrêter, parce que quelqu'un risquait d'être blessé.

— Ouais, ai-je vaguement articulé. Je reconnais tout à fait Kevin.

— J'ai cru comprendre que Lenny avait réussi à jeter encore quelques morceaux de brique avant que Kevin réussisse à le convaincre d'arrêter. C'est sans doute à ce moment qu'un automobiliste a appelé les flics avec un portable. Apparemment, ils étaient toujours sur place, tu vois, sans rien faire, quand la police a débarqué. C'était plus que nul – il le reconnaît aussi –, mais pour un gosse qui n'a jamais eu de problème avec la loi, ces gyrophares bleus étaient carrément effrayants, alors sans réfléchir...

— Kevin est un garçon très intelligent, comme tu le répètes toujours. » Tout ce qui sortait de ma bouche était lourd, pâteux. « Je pense qu'il a beaucoup réfléchi, justement.

— Maman ? a lancé Celia.

— Chérie, ai-je dit. Retourne faire tes devoirs, d'accord ? Papa raconte à Maman une histoire formidable, et Maman a hâte de connaître la fin.

— Bref, as-tu repris, ils sont partis en courant. Ils ne sont pas allés très loin, dans la mesure où il s'est vite rendu compte qu'il était stupide de fuir, alors il a attrapé la veste de Lenny pour le freiner. Et voilà : apparemment, notre ami Lenny Pugh a déjà un dossier – le vieux truc du bout de sucre dans le réservoir à essence, ou équivalent. Lenny avait été prévenu que s'il se faisait encore prendre pour quoi que ce soit il serait envoyé devant le juge. Kev a calculé qu'avec son absence de dossier il s'en tirerait probablement avec un avertissement. Il a donc déclaré aux flics qu'il était le meneur, et qu'il était le seul à avoir jeté des cailloux. Je dois dire que, une fois les choses mises sur la table, je me suis senti un peu mal à l'aise de lui avoir foncé dessus comme j'ai fait. »

Je t'ai regardé avec une admiration médusée. « Tu lui as présenté tes excuses ?

— Bien sûr. » Haussement d'épaules. « Tous les parents doivent reconnaître qu'ils se sont trompés quand ils commettent une erreur. »

Je me suis accrochée et j'ai essayé de trouver une chaise dans la cuisine ; je devais impérativement m'asseoir. Tu as versé un verre de jus de pomme, que j'ai décliné quand tu me l'as proposé (depuis combien de temps étais-tu incapable de reconnaître quand j'avais besoin d'un vrai remontant ?). Tu as tiré une chaise pour t'asseoir à ton tour, avec une espèce de complicité comme si tout ce malentendu allait resserrer encore nos liens de famille solidaire dans le souvenir du coup tordu de cette passerelle à la noix.

« Je dois te dire, as-tu repris en avalant une gorgée de jus de fruits, que nous avons eu une conversation formidable sur les complexités de la loyauté, tu vois ? Quand faut-il soutenir ses amis, où tracer la ligne lorsqu'ils font une chose que l'on estime inacceptable, jusqu'où faut-il aller dans le sacrifice personnel pour un copain. Parce que je l'ai mis en garde : il aurait pu faire une erreur de calcul en prenant les torts. Il aurait pu être inculpé. J'ai admiré son geste, mais je lui ai dit que je n'étais pas vraiment certain que Lenny Pugh le méritait.

— Ben dis donc ! On a été très loin. »

Ta tête a pivoté d'un coup. « C'est ironique ? »

Parfait. Puisque tu n'envisageais pas de traiter une urgence médicale, j'allais me verser un verre de vin moi-même. Je suis revenue m'asseoir, et j'ai englouti la moitié du verre en deux gorgées. « Tu viens de me raconter l'histoire en détail. Tu ne verras donc pas d'inconvénient à ce que je fasse une ou deux clarifications.

— Vas-y.

— Lenny, ai-je commencé. Lenny est un minable. En fait, c'est le genre idiot, Lenny. Il m'a fallu un moment pour comprendre la séduction qu'il exerce – sur Kevin, s'entend. Et puis j'ai pigé : c'est justement ça, sa séduction. C'est un minable, idiot, servile, qui aime être humilié.

— Une seconde, je ne l'adore pas trop non plus, mais "qui aime être humilié" ?

— Est-ce que je t'ai dit que je les avais surpris, tous les deux, et que Lenny avait son pantalon sur les chevilles ?

— Eva, tu devrais savoir comment sont les garçons pubères. Il se peut que tu éprouves une certaine gêne, mais il leur arrive de faire des expériences…

— Kevin n'avait pas le pantalon baissé. Il était tout habillé.

— Alors, tu en tires quelles conclusions ?

— Que Lenny n'est pas son ami, Franklin ! Lenny est son esclave ! Lenny fait tout ce que Kevin lui dit de faire, et plus c'est dégradant, mieux c'est ! Alors l'hypothèse que ce misérable gamin, ricanant et lèche-cul, ait pu avoir l'idée de faire quelque chose – a fortiori d'être le "meneur" dans une action grotesque et dangereuse, entraînant dans son sillage et contre son gré ce pauvre Kevin si vertueux – bref, c'est n'importe quoi !

— Tu veux bien ne pas hausser le ton ? Et je ne pense pas que tu aies besoin d'un autre verre de vin.

493

« — Tu as raison. En fait, c'est un double gin dont j'ai besoin, mais le merlot fera l'affaire.

— Écoute, il a peut-être protesté sans trop de conviction, et nous en avons parlé ensemble. Mais il fallait du cran pour prendre tous les torts sur lui, et putain, je suis vachement fier...

— Les briques, ai-je interrompu. C'est lourd, des briques. C'est gros. Les ponts et chaussées ne stockent pas de briques sur une passerelle pour piétons. Comment elles ont atterri là ?

— Un morceau de brique. J'ai parlé d'un morceau de brique.

— Ouais. » Mes épaules se sont affaissées. « Je suis sûre que c'est aussi ce qu'a dit Kevin.

— C'est notre fils, Eva. Cela devrait impliquer un minimum de confiance.

— Mais la police a dit que... » J'ai laissé la phrase en suspens, ayant perdu mon enthousiasme. J'avais l'impression d'être un avocat entêté qui sait que la sympathie du jury est d'ores et déjà perdue, mais qui doit faire son travail jusqu'au bout.

« La plupart des parents, as-tu dit, s'appliquent à comprendre leurs enfants, pas à relever le moindre...

— J'essaye de le comprendre, justement. » Ma férocité avait dû porter. De l'autre côté de la cloison, Celia s'est mise à pleurer. « Je voudrais que tu en fasses autant !

— C'est ça, va t'occuper de Celia, as-tu marmonné lorsque je me suis levée. Va sécher les larmes de Celia, va caresser les jolies boucles blondes de Celia, et va faire les devoirs de Celia à

494

sa place, puisqu'il ne faut surtout pas qu'elle apprenne à faire quoi que ce soit toute seule. Notre fils vient de se faire cueillir par les flics pour une faute qu'il n'a pas commise, il est sacrément retourné, mais peu importe, Celia a besoin de son biberon.

— C'est exact, ai-je répliqué. Parce que l'un de nos enfants apprend à écrire les noms des animaux de la ferme, tandis qu'un autre lance des briques contre les phares qui approchent. Il serait temps que tu apprennes à faire la différence. »

J'étais vraiment furieuse à cause de cette soirée, et j'ai gaspillé l'essentiel de ma journée de travail à AWAP le lendemain, en me reprochant dans ma barbe d'avoir épousé un « parfait crétin ». Excuse-moi. Et puis, je n'ai pas de quoi être fière, mais je ne t'ai jamais raconté sur quoi je suis tombée en fin d'après-midi, ce jour-là. Peut-être par gêne, ou par orgueil.

Hors de moi donc parce que je n'arrivais à rien, j'ai usé de mes prérogatives de P-DG et quitté le boulot de bonne heure. Quand je suis rentrée, après avoir libéré Robert, l'étudiant qui gardait Celia, j'ai entendu des voix dans le vestibule. Apparemment, le minable idiot, servile et rampant n'avait même pas eu le bon sens de se faire un peu discret pendant quelques jours après être arrivé à notre porte entre deux policiers, puisque j'ai reconnu la voix nasillarde et geignarde qui venait de la chambre cauchemardesquement ordonnée de Kevin. De façon inhabituelle, la porte était entrebâillée. Mais il faut dire que je n'étais pas censée rentrer avant encore deux heures. En me dirigeant vers la salle de bains, je n'ai pas vraiment tendu l'oreille, mais... bon, disons que j'écoutais. L'envie d'écouter à cette porte était en moi depuis la veille et n'avait pas tout à fait disparu.

« Tiens, tu vois le flic au gros cul qui débordait du pantalon ? rappelait Lenny. Je te parie que s'il avait chié un coup en courant, la merde serait passée par-dessus la ceinture ! »

Kevin ne semblait pas approuver la rigolade de Lenny. « Ouais, bon. Tu as eu de la chance que je me sois débrouillé de Mr Plastic. Mais j'aurais voulu que tu entendes la scène, ici, Pugh. On se serait cru dans « Dawson ». À gerber. J'ai cru que j'allais fondre en larmes avant la page de pub de nos sponsors.

— Oui, je sais ! Comme avec ces flics, mec, tu as été trop cool, mec, j'ai cru que ce gros tas allait t'embarquer dans une petite pièce et te tabasser, parce que tu le rendais, euh, carrément zinzin ! "Monsieur l'agent, je tiens à protester énergiquement, c'est moi que j'ai...

— C'est moi QUI, espèce d'illettré. Et surtout rappelle-toi, blaireau, tu me dois une fière chandelle.

— C'est vrai, mon frère. J'ai une putain de dette. T'as pris l'orage comme un superhéros, comme... comme si t'étais Jésus !

— Je suis sérieux, mec. Ce coup-là, tu vas le payer, a dit Kevin. Parce que ton numéro à la con aurait pu sérieusement nuire à ma réputation. J'ai des principes. Tout le monde a des principes. Je t'ai sauvé la mise cette fois, mais ne compte pas sur une suite, genre "Le Sauveur II". Je n'aime pas m'associer avec des merdes comme ça. Lancer des cailloux depuis une passerelle, c'est archinul, mec. Zéro classe. Nul, archinul. »

*Eva*

3 mars 2001

*Cher Franklin,*

Tu as fait le lien : j'avais honte de mes fausses accusations, et c'est la vraie raison qui m'a décidée à inviter Kevin à une sortie mère-fils, rien que tous les deux. Tu trouvais l'idée scabreuse et, lorsque tu as lancé avec un bel enthousiasme que Kevin et moi devrions faire plus souvent ce genre de choses, j'ai su que tu n'appréciais pas – surtout lorsque tu as ajouté ce couplet conseillant d'éviter les passerelles, « parce qu'on ne sait jamais, des fois que Kevin soit pris d'un irrépressible besoin de balancer des transats sur la route ».

J'appréhendais le moment où je devrais l'approcher, mais je me suis secouée, en me disant qu'il était inutile de nous plaindre que nos ados ne nous parlent jamais, si nous ne nous adressons jamais à eux. Et j'ai fait le raisonnement que le voyage au Vietnam, deux étés plus tôt, avait eu des effets négatifs pour avoir voulu en faire trop – trois pleines semaines de huis clos familial alors qu'aucun gosse de treize ans ne supporte d'être vu avec ses parents, pas même si ces gens sont des communistes. Assurément, une journée à la fois serait plus facile à gérer. De plus, je lui avais imposé ma propre passion pour le voyage, au lieu de faire un effort pour ce dont il avait envie – quel que soit l'objet de cette envie.

Mes plans sur la comète pour trouver le moyen d'aborder la question me mettaient dans la peau d'une collégienne timide manœuvrant pour inviter notre fils à un concert rock. Quand j'ai fini par le coincer – ou me coincer moi-même, en réalité, dans la cuisine –, j'ai improvisé en disant : « Au fait, j'aimerais bien te demander de sortir avec moi. »

Méfiance de Kevin. « Pour faire quoi ?

— Juste un truc ensemble. Un truc sympa.

— Comme quoi ? »

C'était la partie que j'appréhendais. Trouver quelque chose de « sympa » à faire avec notre fils, c'était un peu trouver un grand voyage à entreprendre avec son caillou chéri. Il détestait le sport et était indifférent à pratiquement tous les films ; manger était idiot ; la nature un truc rasoir, juste le régulateur de la chaleur, du froid, des mouches. J'ai donc eu un petit haussement d'épaules. « On pourrait faire quelques courses pour Noël. Et ensuite, je t'invite à dîner ? » Puis j'ai sorti mon atout gagnant, en parfaite harmonie avec la carapace absurdiste de Kevin. « On pourrait faire un parcours ou deux au golf miniature. »

Il a affiché son demi-sourire maussade, et je m'étais assuré un cavalier pour samedi. Je m'inquiétais désormais de ma tenue.

Dans un retournement digne du *Prince et le Pauvre*, j'allais assumer le rôle du parent aimant et impliqué de Kevin, tandis que tu deviendrais le protecteur de Celia pour la journée. « Eh bien, as-tu plaisanté, il ne me reste plus qu'à trouver une occupation qui ne la terrorise pas. Ce qui, je suppose, exclut l'aspirateur. »

Dire que je désirais, que j'avais un vrai désir de passer l'après-midi entier, puis la soirée avec mon hérisson de fils et ses quatorze ans relèverait de l'exagération, mais je désirais puissamment avoir ce désir – si cela a le moindre sens. Sachant combien le temps se délitait auprès de lui, j'avais planifié notre journée : golf miniature, courses à Nyack dans les boutiques de Main Street, et ensuite je l'emmènerais dîner au restaurant. Le fait que ni les cadeaux de Noël ni les dîners au restaurant ne l'intéressaient n'était pas une raison suffisante pour sauter ce chapitre des choses qui se font, tout simplement. Quant à notre intermède sportif, personne n'est censé se passionner pour le golf miniature, ce qui rendait précisément ce choix approprié.

Kevin s'est présenté à l'heure dite avec une mine de résignation maussade, comme un condamné que l'on embarque pour servir sa peine (encore qu'en cette circonstance justement, deux ans plus tard, il arborerait une expression tranquille et crâne). Son pull Izod, ridicule en taille enfant, était d'un orange soutenu, comme les combinaisons de prisonnier – une couleur, j'aurais tout le loisir de le constater, qui ne lui allait pas très bien – et, avec la chemise étriquée qui lui maintenait les épaules en arrière, on aurait pu le croire menotté. Le pantalon kaki, qui datait de sa classe de cinquième, était au top de la mode ; descendant à mi-mollet, il annonçait le retour en force des forcenés de la pédale.

Nous sommes montés dans ma Luna VW jaune métallisé toute neuve. « Tu sais, de mon temps, ai-je dit histoire de bavarder, les Coccinelle Volkswagen, on les voyait partout. Généralement pétaradantes et cabossées, pleines de marginaux chevelus fumant des joints et faisant hurler *Three Dog Night* sur des huit pistes au son métallique. Je crois qu'elles coûtaient quelque chose comme deux mille cinq cents dollars. Aujourd'hui, cette réédition vaut dix fois plus cher ; elle permet toujours de transporter deux adultes et un chat, mais c'est une automobile de luxe. Je ne sais pas ce qu'il faut y voir – de l'ironie, du comique. »

Silence. Puis enfin, laborieusement : « Ça veut juste dire que tu mets vingt-cinq mille dollars pour te faire croire que tu as toujours dix-neuf ans, sans avoir plus de place dans le coffre.

— Oh, je crois bien que je commence à me lasser de tout ce cirque rétro. Les remakes pour le cinéma de *La Famille Brady* et des *Pierrafeu*. Mais la première fois que je l'ai vue, j'ai eu le coup de foudre

501

pour le design. La Luna n'est pas une copie de l'original, c'est un rappel. Et puis la vieille Coccinelle n'était pas terrible. La Luna est encore un peu dure à la conduite, mais elle est d'une surprenante beauté.

— Ouais. Tout ça, tu l'as déjà dit. »

J'ai rougi. C'était vrai. Je l'avais déjà dit.

Je suis entrée sur le parking de ce drôle de petit parcours, dit « Golf de la 9 W », à Sparkhill, et j'ai enfin remarqué que Kevin n'avait pas pris de veste. En plus, le temps était froid et couvert. « Pourquoi tu n'as pas pris de veste ? ai-je explosé. Tu tiens tellement à te sentir mal, c'est ça ?

— Comment je me sentirais mal ? Alors que je suis avec ma Maman ? »

J'ai claqué la portière, mais vu la qualité du matériel allemand, je n'ai provoqué qu'un petit bruit sourd.

Dieu sait ce que j'avais imaginé. Le golf miniature étant fondamentalement une farce, peut-être avais-je espéré que notre après-midi y aurait gagné la composante pétillante du caprice. À moins qu'à l'inverse j'aie attendu un renversement émotionnel, dans la mesure où tout ce qui avait du sens pour moi n'en ayant aucun pour Kevin quelque chose qui n'en avait aucun pour moi risquait de faire sens pour lui. Dans les deux cas, c'était une erreur. Nous avons payé l'employé et nous sommes dirigés vers le premier trou – une baignoire d'où jaillissaient des mauvaises herbes, gardée par une girafe en plastique ressemblant à un poney au cou tordu. En fait, tous les éléments de décor étaient kitsch et dépourvus de signification, donnant à l'endroit une atmosphère de « rien à foutre », comme dirait Kevin. La circulation sur la 9 W était bruyante et dense, et Kevin avait visiblement la chair de poule. Il était frigorifié, et je lui imposais tout de même ce truc parce que j'avais eu cette idée baroque de « sortie mère-fils » et que nous allions, nom d'une pipe, nous amuser.

Naturellement, n'importe qui était capable de faire rouler la balle de golf entre les deux pieds de griffon de cette baignoire, distants de près d'un mètre. Mais quand le parcours est devenu plus difficile – sous la fusée, par-dessus le phare, sur le pont suspendu, autour des pots de lait, par la porte de la caserne des pompiers de Sparkhill-Palisades en modèle réduit –, Kevin a abandonné son incapacité étudiée à lancer comme il faut un Frisbee, dans le jardin, déployant en revanche la stupéfiante coordination entre la vision et la gestuelle que son professeur de tir à l'arc avait maintes fois commentée. Sauf que, justement, le fait même qu'il était très bon à ce jeu le rendait d'autant plus inintéressant, et je n'ai pas pu m'empêcher de faire le rapprochement avec notre premier « jeu » ensemble, alors qu'il avait deux ans, avec cette balle qui avait roulé exactement trois fois entre nous deux. Pour moi, l'ineptie crasse de l'exercice est devenue si patente que j'ai sombré dans l'apathie et manqué presque tous les trous. Nous n'avons rien dit, et le parcours a été rapidement bouclé, en temps réel du moins ; je n'ai pas cessé de regarder ma montre. Voilà, c'est ça être Kevin, me disais-je. Le lent et pesant défilement des minutes : être Kevin tout le temps, c'est ça.

À la fin, Kevin a posé avec son club comme un beau monsieur, toujours aussi silencieux, mais avec une sorte de « Et après ? » inscrit sur le visage, comme pour dire : J'ai fait ce que tu voulais, j'espère que tu es satisfaite.

« Bon, ai-je dit sombrement. Tu as gagné. »

J'ai tenu à repasser par la maison pour prendre sa veste, malgré mon embarras – tu as eu l'air médusé par ce retour précoce –, avant de retraverser Nyack, Gladstone et retour pour faire des courses, ce qui n'a fait qu'aggraver les choses. Néanmoins, à présent qu'il avait bien gâché mon projet original et sympathique d'après-midi ensemble – en en faisant une farce frigorifiée et mécanique –, Kevin était apparemment plus satisfait. Lorsque j'ai eu garé la voiture (bien au-delà de Broadway, car à la mi-décembre on roule pare-chocs contre pare-chocs, et trouver cette place était déjà un coup de chance), à ma stupéfaction, Kevin a émis spontanément une opinion.

« Je ne comprends pas pourquoi vous fêtez Noël alors que vous n'y croyez pas, a-t-il dit avec une pointe d'emphase.

— Eh bien, il est exact que ni ton père ni moi ne croyons qu'un jeune homme qui, il y a deux mille ans, était très fort en prise de parole était le fils de Dieu. Mais c'est bien d'avoir des vacances, non ? Rendre un peu différent un moment de l'année, que l'on attend avec impatience. J'ai appris, en étudiant l'anthropologie à l'université de Green Bay, qu'il est important d'observer des rituels culturels.

— À condition qu'ils ne soient pas vides de sens, a observé Kevin avec une certaine fougue.

— Tu nous trouves hypocrites.

— C'est toi qui as prononcé le mot, pas moi. » Et de passer crânement devant The Runcible Spoon qui fait le coin avec Main Street, non sans accrocher le regard de quelques lycéennes plus vieilles que lui qui traînaient du côté du Long Island Drum Center. Honnêtement, je pense que c'était moins son physique ténébreux d'Arménien que l'élégance languide de sa démarche, en totale contradiction avec ses vêtements grotesques, qui retenait leur attention. Il se mouvait avec fluidité, comme s'il était monté sur roulettes. Et puis ses hanches minces et exposées ne devaient rien gâter.

« Donc, a résumé Kevin en slalomant entre les piétons, tu veux garder les cadeaux et le super-punch du soir, mais balancer les prières et le service religieux archicasse-pieds. Encaisser les aspects positifs sans payer le prix de la merde qui va avec.

— On peut dire ça comme ça, ai-je admis prudemment. Plus largement, c'est ce que j'essaye de faire depuis toujours.

— Pas de problème, tant que tu peux t'en tirer, a-t-il commenté sur le mode cryptique. Pas sûr que ça marche à tous les coups quand même. » Puis il a laissé tomber.

Une fois de plus, la conversation s'est tarie, alors, quand un de ces engins a failli me rentrer dedans, j'ai envisagé à voix haute la possibilité d'acheter à

Celia une de ces trottinettes Razor en aluminium superléger qui connaissaient un succès foudroyant.

Kevin a dit : « Tu sais, il y a deux ans à peine, tu aurais offert à un môme une trottinette à la con pour Noël, il aurait fait une tête de trois kilomètres. »

J'ai foncé sur l'occasion de faire front commun. « Tu as raison, c'est un des problèmes de ce pays, de fonctionner par engouements. Il s'est passé la même chose avec les rollers, pas vrai ? Du jour au lendemain, c'était devenu le must absolu. Cela dit... » Je me suis mordu la lèvre en regardant filer un autre gamin sur une de ces minces structures argentées. « Je ne voudrais pas que Celia se sente à l'écart des autres.

— Ma petite Maman, sois réaliste. Celia serait morte de trouille. Il faudrait que tu tiennes sa menotte partout où elle va, ou que tu la portes, elle, la trottinette et tout. Tu es prête à ça ? Parce que, ne compte pas sur moi. »

Très bien. On n'a pas acheté de trottinette.

En fait, on n'a rien acheté du tout. Kevin me mettait dans un tel malaise que toutes mes amorces d'idée semblaient signer ma condamnation. J'ai regardé les foulards et les chapeaux à travers ses yeux, et d'un seul coup ils ont été stupides, ou inutiles. Nous avions déjà des foulards. Nous avions déjà des chapeaux. Alors à quoi bon ?

Malgré mon regret de perdre la place de stationnement, je me suis fait un plaisir d'agir en mère adéquate, pour une fois, et j'ai annoncé qu'on allait maintenant à la maison, où il s'habillerait avec des vêtements de taille « normale » pour sortir dîner – encore que sa réaction légère : « À tes ordres », m'a donné davantage conscience des limites de mon autorité que de sa force. Lorsque nous sommes repassés devant The Runcible Spoon pour rejoindre la voiture, une femme corpulente était assise seule à une table près de la vitre, et son chocolat liégeois avait les proportions américaines généreuses que les Européens à la fois moquent et nous envient.

« Chaque fois que je vois des gros, ils sont en train de manger, ai-je ruminé à l'abri de la vitre de l'établissement. Qu'on ne vienne plus me parler de glandes, ou de gènes, ou de métabolisme trop lent. N'importe quoi. C'est une question d'alimentation. Ils sont gros parce qu'ils mangent mal, trop, et tout le temps. »

Habituelle absence de réaction, pas même un « mm-hum » ou un « c'est vrai ». Puis, une rue plus loin : « Tu sais que tu peux être un peu dure, parfois. »

Surprise, je me suis arrêtée de marcher. « Tu peux parler !

— Oui. Je peux. Je me demande d'où je tiens ça. »

Sur le chemin du retour, ensuite, chaque fois qu'il me venait une remarque – sur l'arrogance des conducteurs de 4 × 4 (ou, comme j'aimais les appeler, les automobilistes « single »), les illuminations de Noël ostentatoires de Nyack –, je me rendais compte que c'était mesquin, et je ravalais la critique. Je faisais apparemment partie de la catégorie des personnes qui, si elles doivent suivre l'adage du : « Si tu n'as rien d'agréable à dire, etc. », choisissent de se taire. Notre silence pesant, dans ma Luna, était un avant-goût des longs temps morts qui ponctueraient mes visites à Claverack.

À la maison, Celia et toi aviez passé l'après-midi à fabriquer des décors pour l'arbre de Noël, et tu l'avais aidée à tresser des fils d'or dans ses cheveux. Tu te trouvais dans la cuisine, occupé à disposer des poissons panés surgelés sur un plateau, lorsque j'ai émergé de la chambre comme une bombe pour te demander de bien vouloir boutonner le haut de ma robe de soie rose vif. « Waouh ! as-tu dit. Tu ne fais pas très maternelle.

— Je voudrais que ce dîner soit marquant. Je croyais que tu aimais cette robe.

— C'est le cas. Mais tout de même, as-tu marmonné en boutonnant ma robe. Cette fente sur la cuisse monte un peu haut. Pas la peine de le mettre mal à l'aise.

— Disons que, manifestement, il y en a un qui l'est, mal à l'aise. »

Je suis partie chercher des boucles d'oreilles et m'asperger d'un peu d'Opium ; puis, de retour dans la cuisine, j'ai pu découvrir que Kevin n'avait pas, pour une fois, suivi mes instructions au pied de la lettre, car je m'attendais plus ou moins à le trouver arborant un costume de lapin « à la bonne taille ». Il était debout devant l'évier, le dos tourné, ce qui ne m'empêchait cependant pas de voir que son pantalon de rayonne noire habillait en souplesse ses hanches étroites et tombait sur ses chaussures de cuir en cassant légèrement. Cette chemise blanche n'avait pas été achetée par moi ; avec ses manches longues et joliment amples, elle évoquait un peu les tenues de bretteur.

J'ai été touchée, vraiment, et j'allais m'exclamer sur la beauté de sa silhouette quand il ne portait pas des vêtements taillés pour un enfant de huit ans, lorsqu'il s'est retourné. Dans ses mains se trouvait la carcasse d'un poulet froid, entier. Ou qui l'était avant qu'il ait arraché les deux blancs et une cuisse, dont il était encore en train de dévorer le pilon.

J'ai probablement blêmi. « Je m'apprête à t'emmener dîner. Pourquoi est-ce que tu manges un poulet rôti quasiment entier juste avant ? »

Kevin a essuyé du revers d'une main un peu de graisse au coin de ses lèvres, en dissimulant mal le sourire sarcastique. « J'avais faim. » Aveu suffisamment exceptionnel pour n'être qu'une ruse. « Tu sais… les garçons en pleine croissance ?

— Pose ça immédiatement et enfile ta veste. »

Naturellement, une fois installé au Hudson House, notre garçon en pleine croissance avait assez grandi pour la journée, et il a fait savoir que son appétit avait disparu. Je ne partagerais le pain avec mon fils qu'au sens le plus littéral, car il a refusé de commander un plat, ou même une entrée, préférant se jeter sur la corbeille de pain. Bien qu'il ait réduit la pâte au levain en boules de plus en plus petites, je ne pense pas qu'il ait mangé le moindre morceau.

Non sans défi, j'ai commandé une salade de mesclun au pigeon en entrée, du saumon en plat principal et une bouteille entière de sauvignon blanc dont j'avais le sentiment que j'allais la finir.

« Donc », ai-je commencé, combattant la déception en mangeant ma verdure sous l'œil ascétique de Kevin. Nous étions dans un restaurant, pourquoi devrais-je m'excuser de manger ? « Comment ça se passe à l'école ?

— Ça se passe. On ne peut guère demander plus.

— Je peux demander quelques détails.

— Tu veux mon emploi du temps précis ?

— Non. » Je voulais d'abord ne pas être contrariée. « Plutôt, quelle est ta matière préférée, ce semestre ? » Je me suis rappelée trop tard que pour Kevin le mot « préféré » renvoyait exclusivement aux enthousiasmes des autres, qu'il aimait saccager.

— Tu tiens pour acquis que j'en aime au moins une.

— Bon, ai-je dévié, ayant des difficultés à piquer des feuilles de Trévise assez petites sans me tartiner le menton de vinaigrette au miel. As-tu envisagé de t'inscrire dans un club d'activités périscolaires ? »

Il m'a regardée avec la même incrédulité qui accueillerait par la suite mes questions sur les menus de la cantine de Claverack. Mais qu'il ne daigne pas apporter la moindre réponse à cette question faisait peut-être de moi quelqu'un qui avait de la chance.

« Et tes, euh, tes professeurs ? Est-ce que certains sont, tu sais, particulièrement…

— Et quels groupes est-ce que tu écoutes en ce moment ? a-t-il dit avec conviction. Ensuite, tu pourrais chercher à savoir s'il n'y aurait pas une jolie petite conne au premier rang qui me colle d'étranges démangeaisons. Après quoi, tu pourras enchaîner en disant que tout cela ne regarde que moi, évidemment, mais avant de sauter la nana dans le couloir, je pourrais décider d'attendre d'être prêt. Au dessert, tu pourras aborder les DROOOGUES. Prudemment, genre tu ne voudrais pas me flanquer la trouille pour que je m'en tienne à l'écart, alors tu diras que tu as fait l'expérience, ce qui ne veut pas dire que je doive en faire autant. Pour finir, quand tu auras entièrement vidé cette bouteille, tu pourras avoir l'œil humide et affirmer que c'est formidable de passer des moments riches ensemble, avant de t'extirper de ton siège et de me prendre par l'épaule, que tu serreras doucement.

— Très bien, Mr Mépris. » J'ai abandonné ma salade. « De quoi veux-tu parler ?

— C'était ton idée. Moi, je n'ai jamais dit que j'avais envie de parler d'un seul putain de truc. »

Nous avons cessé les hostilités autour de mon filet de pigeon au coulis de cassis, et j'ai commencé à manier le couteau. Kevin avait le talent de transformer les plaisirs en dur labeur. Quant au tournant qu'il a pris après trois ou quatre minutes de silence, je peux seulement en conclure qu'il a eu pitié de moi. Plus tard, à Claverack, il ne serait jamais celui qui cède, mais après tout, au Hudson House, il n'avait que quatorze ans.

« D'accord, j'ai trouvé un sujet, a-t-il proposé sournoisement, en prenant un crayon rouge carmin dans le pot de Crayola qui devenait aussi omniprésent dans les restaurants que les trottinettes sur les trottoirs. Tu te plains en permanence de ce pays en regrettant de ne pas être en Malaisie ou je ne sais où. C'est quoi ton problème ? Franchement. C'est le matérialisme américain ? »

Un peu comme Kevin lorsque j'ai proposé cette sortie, j'ai soupçonné un piège, mais j'avais encore un plat et les deux tiers d'une bouteille devant moi et je n'avais pas envie de passer tout ce temps à faire des solitaires sur la nappe en papier. « Non, je ne crois pas que ce soit la raison, ai-je répondu sincèrement. Après tout, comme disait ton grand-père…

— … tout est dans le matériau. Alors, c'est quoi qui te gêne ? »

Tu vas assurément être stupéfait, mais à cet instant je n'ai pas réussi à trouver un seul défaut aux États-Unis. J'ai souvent ce genre de blocage quand un inconnu, dans un avion, cherchant à faire la conversation lorsque je pose mon livre, me demande quels autres romans j'ai aimés : j'oppose un blanc si parfait que mon voisin de siège pourrait conclure que le livre de poche coincé dans la pochette contre le dossier est le premier roman que je lis de ma vie. Ma vision pleine de réticences sur les États-Unis m'était chère – même si, grâce à toi, j'avais appris à regret à faire crédit à ce pays d'être au moins un lieu d'improvisation et d'énergie qui, en dépit d'un vernis de conformisme, cultivait une impressionnante pléthore de cinglés complets. Brusquement incapable de nommer un seul trait de ce pays qui me rende dingue, j'ai senti une seconde le sol se dérober sous mes pieds en me disant que je regardais les États-Unis avec distance moins par une sorte de cosmopolitisme sophistiqué qu'à cause de préjugés médiocres.

Reste que, dans les avions, il finit par me revenir que j'adore *Un thé au Sahara* de Paul Bowles. Puis je me souviens de *À la courbe du fleuve* de V. S. Naipaul, qui me rappelle toujours le délicieux *Girls at Play* de Paul Theroux, et c'est parti, je redeviens lettrée.

« C'est moche, ai-je dit.

— Quoi ? *America the Beautiful* ? L'ambre de ses champs de blé ? a-t-il chantonné.

— Les fast-foods à deux balles. Tout ce plastique. Et ça contamine tout le pays, comme le mildiou la pomme de terre.

— Tu disais que tu aimais bien le Chrysler Building.

— C'est vieux. La majeure partie de l'architecture américaine moderne est immonde.

— Ce pays est donc une merde. Pourquoi ce serait mieux ailleurs ?

— Tu n'es pratiquement pas allé ailleurs.

— Le Vietnam est un trou à rats. Ce lac, à Hanoi, il puait.

— Mais tu n'as pas trouvé que les gens étaient superbes ? Simplement et physiquement, superbes.

— Tu m'as emmené en Asie pour voir du cul de chinetoque ? J'aurais pu réserver des vacances organisées sur le Net.

— Tu t'amuses bien ? ai-je demandé sèchement.

— J'ai connu mieux. » Il a lancé une boule de mie de pain dans la corbeille. « En plus, les mecs avaient tous l'air de filles.

— Moi, j'ai trouvé que ça changeait agréablement, ai-je insisté. Au bord de ce lac – même si effectivement il sent mauvais –, la façon dont les Vietnamiens paient quelques dongs à des gars qui ont des balances de salle de bains pour se peser, avec l'espoir d'avoir pris un ou deux kilos. C'est biologiquement sain.

— Tu laisses ces niakoués assez longtemps à proximité d'une marmite pleine de frites, ils vont se goinfrer et devenir plus larges que hauts, comme les rats des centres commerciaux du New Jersey. Tu crois que les Américains sont les seuls à se goinfrer ? Je ne suis pas trop l'histoire européenne, mais je crois que la réponse est non. »

Devant mon saumon pour lequel je n'avais plus très faim, j'ai pianoté sur la table. Sur le fond de paysage marin panoramique qui occupait tout le mur de la Hudson House, dans cette chemise éclatante à amples manches, le col relevé et le décolleté en V découvrant le sternum, Kevin aurait pu se faire passer pour Errol Flynn dans *Capitaine Blood*.

« L'accent, ai-je dit. Je déteste.

— C'est le tien aussi. Malgré tes intonations snobinardes.

— Tu trouves ma façon de parler prétentieuse…

— Pas toi ? »

J'ai ri. Un petit peu. « D'accord, c'est prétentieux. »

Quelque chose se desserrait, et j'ai pensé : Tiens, peut-être que cette sortie n'était pas une si mauvaise idée, finalement. Peut-être qu'on avance. J'ai commencé à me passionner pour la conversation. « Tu veux que je te dise une chose que je ne supporte vraiment pas, dans ce pays ? C'est l'incapacité à assumer. Tout ce qui va mal dans la vie d'un Américain doit être la faute de quelqu'un. Tous ces fumeurs qui ramassent des millions de dommages et intérêts des compagnies de tabac alors que, quoi, ils connaissaient les risques depuis quarante ans. On n'arrive pas à arrêter la cigarette ? La faute à Philip Morris. Bientôt, les gros vont faire des procès aux chaînes de fast-foods parce qu'ils ont mangé trop de Big Macs ! » Je me suis interrompue un instant, pour reprendre mon souffle. « Je me rends compte que tu as déjà entendu ce couplet. »

Kevin était en train de me remonter, évidemment, comme un jouet mécanique. Il avait la même expression intense, mauvaise, que celle que j'avais vue récemment chez un gamin qui jetait sa voiture téléguidée contre les cailloux, dans Tallman Park. « Une ou deux fois, a-t-il concédé en retenant un sourire.

— Les tapis de marche.

— Qu'est-ce qu'ils ont ?

— Ils me rendent dingue. » Évidemment, ce couplet aussi, il le connaissait. Mais il n'avait pas entendu le développement complet, parce que je n'avais pas encore fait le raisonnement complet. « Ici, les gens ne peuvent pas aller "marcher", tout simplement, il leur faut s'inscrire dans une forme de programme. Et tu vois, c'est peut-être ça le cœur du problème pour moi, ce qui me gêne. Tous ces intangibles de la vie, ces choses à la fois bonnes et évanescentes qui font que la vie vaut d'être vécue – les Américains ont l'air de croire qu'ils peuvent atteindre chacune d'elles en faisant partie d'un groupe, en signant une souscription, en observant un régime spécial, en faisant de l'aromathérapie. Ce n'est pas seulement que les Américains croient que tout s'achète, c'est qu'ils croient en plus que si l'on suit exactement les instructions écrites sur l'étiquette le produit marche. Ensuite, quand le produit ne marche pas, et qu'ils sont toujours malheureux alors que le droit au bonheur est inscrit dans la Constitution, ils se font des procès à n'en plus finir.

— Tu entends quoi, par "intangibles".

— Tout et n'importe quoi, comme disent tes amis. L'amour… la joie… l'intuition. » (À Kevin, j'aurais aussi bien pu parler des petits hommes verts sur la Lune.) « Sauf que ça ne se commande pas par Internet, ça ne s'apprend pas à un cours de la Nouvelle École, ça ne se trouve pas dans un manuel pratique. Ce n'est pas si facile, ou peut-être tellement facile… qu'essayer, suivre les instructions, empêche… je ne sais pas. »

Kevin griffonnait furieusement la nappe avec son Crayola. « Autre chose ?

— Bien sûr qu'il y a autre chose », ai-je dit, éprouvant la force qui afflue dans ces bavardages d'avion quand je parviens enfin à accéder à la bibliothèque qui se trouve à l'intérieur de ma tête, et que me reviennent *Mrs Bovary*, et *Jude l'Obscur*, et *La Route des Indes*. Les Américains sont gros, ils parlent mal, ils sont ignorants. Ils sont aussi exigeants, autoritaires et gâtés. Ils se croient vertueux et moralement supérieurs à cause de leur précieuse démocratie, ils sont méprisants à l'égard des autres nationalités parce qu'ils pensent avoir toujours raison – et peu importe que la moitié de la population ne vote pas. En plus, ils font les malins. Tu peux ne pas me croire, mais en Europe il n'est pas considéré comme tolérable de balancer d'entrée de jeu à des gens que l'on connaît à peine qu'on a fait Harvard, qu'on est propriétaire d'une grande maison, et de dire combien elle a coûté, et de nommer les célébrités que l'on reçoit à dîner. Et les Américains ne saisissent jamais, non plus, qu'il existe des endroits où, dans un cocktail, il est grossier de confier son goût pour la sodomie à une personne rencontrée cinq minutes plus tôt – puisque dans ce pays le concept de vie privée semble s'être totalement délité. Cela parce que les Américains sont trop confiants, innocents au point de devenir stupides. Et le pire du pire, ils ignorent totalement que le reste du monde ne peut pas les sentir. »

Je parlais trop fort pour un établissement aussi petit et pour exprimer des sentiments aussi décapants, mais j'étais d'humeur étrangement joyeuse. C'était la première fois que je réussissais à parler à mon fils, et j'espérais que nous avions franchi le Rubicon. Enfin, j'étais capable de lui confier des choses auxquelles je croyais dur comme fer, au lieu de faire des sermons – tu es prié de ne pas cueillir les roses de collection des Corley. Certes, j'avais commencé sur le mode de la puérilité inepte, en demandant « comment ça se passe à l'école », alors que c'était lui qui avait dirigé notre conversation, en adulte compétent, entraînant son interlocutrice. Mais la conséquence, c'est que j'étais fière de lui.

J'étais d'ailleurs en train de préparer une remarque de cette teneur lorsque Kevin, qui avait griffonné avec ardeur sur la nappe avec le Crayola, ayant sans doute terminé son dessin, a levé les yeux et hoché la tête en relation avec son gribouillis.

« Waouh, a-t-il dit. Ça en fait des adjectifs. »

Au temps pour le désordre dû à un « déficit d'attention ». Kevin était un élève doué quand il s'en donnait la peine, et il ne gribouillait pas, il avait pris des notes.

« Voyons, a-t-il dit en reprenant successivement les éléments de sa liste avec le Crayola rouge. "Gâtés". Tu es riche. Je ne sais pas trop ce dont tu te passes, mais je parie que tu aurais les moyens de te l'offrir. "Autoritaires". Définit parfaitement ce petit couplet ; à ta place, je ne commanderais pas de dessert, parce que je parie que le serveur va mollarder dans ton coulis de framboise. "Parlent mal" ? Attends, je cherche… Il a scruté la nappe et lu à haute voix : "Ce n'est pas si facile, ou peut-être tellement facile, je ne sais pas." Pour moi, ce n'est pas vraiment du Shakespeare. Et puis, je crois bien que j'ai en face de moi la dame qui fait ces grandes tirades contre la "télé-réalité" alors qu'elle n'a jamais regardé une seule de ces émissions. Ce qui – pour reprendre un de tes mots préférés, ma petite Maman – s'appelle être "ignorant". Quant à "faire les malins"… c'était quoi, ce festival genre : ces gros cons font des pipes à deux balles et je suis beaucoup plus cool qu'eux, sinon de l'esbroufe ? Comme le coup de la personne qui "pense avoir toujours raison" quand tous les autres se trompent.

"Confiants… en ignorant totalement que le reste du monde ne peut pas les sentir". » Il a insisté sur cette citation, avant de me regarder droit dans les yeux avec une haine affichée. « Parfait. Tout ce que je peux dire, c'est que la seule chose peut-être qui te sort du lot des autres connards d'"Américains", c'est que tu n'es pas "grosse". Et le seul fait d'être maigre te donne le droit de jouer la "vertu"… le "mépris"… la supériorité "morale". Mais si j'avais préféré avoir pour mère une grosse vache qui au moins ne se croyait pas au-dessus de tous les autres humains vivant dans ce putain de pays ? »

J'ai réglé. Nous n'aurions pas d'autre sortie mère-fils jusqu'à Claverack.

Découragée de lui acheter la trottinette, je me suis donné un mal de chien pour dénicher un « rat à trompe » afin de l'offrir à Celia comme cadeau de Noël. Lorsque nous avions visité l'exposition des « Petits Mammifères » au zoo du Bronx, elle avait succombé au charme de ce petit animal incongru qui donnait l'impression que le produit du croisement d'un éléphant avec un kangourou avait copulé avec plusieurs générations de souris. L'importation était probablement illégale – sinon carrément en voie d'extinction, la minuscule créature vivant dans le sud de l'Afrique était répertoriée au zoo comme « menacée, à cause de la disparition de son milieu naturel » –, ce qui n'a pas joué en ma faveur lorsque tu t'es agacé du temps qu'il me fallait pour trouver un de ces petits animaux. Nous avons fini par conclure un marché. Tu regarderais

ailleurs lorsque je dénicherais sur Internet une ani-
malerie spécialisée en animaux « inhabituels », et je
ferais de même pendant que tu achèterais cette
arbalète pour Kevin.

Je ne t'ai jamais dit combien avait coûté le cadeau
de Celia, et je ne pense pas que je vais te le dire
davantage aujourd'hui. Disons simplement qu'une
fois en passant il est agréable d'être riche. Le rat à
trompe, à défaut d'avoir un nom à faire rêver, aura
été, de loin, le cadeau le plus apprécié qu'il m'ait
été donné de faire. Certes, Celia aurait été bouleversée par un paquet de pastilles à la menthe, mais
même notre fille facile à combler exprimait divers
niveaux de jubilation, et quand elle a découvert la
grande cage vitrée, ses yeux se sont écarquillés. Puis
elle m'a sauté dans les bras en se confondant en
remerciements. Elle a ensuite passé le repas de Noël
à se lever pour vérifier la température dans la cage
ou donner une airelle au petit animal. Moi, je
m'inquiétais déjà. Les animaux ne prospèrent pas
toujours sous des climats étrangers, et offrir un
cadeau aussi périssable à une enfant hypersensible
était sans doute imprudent.

Et puis, j'avais peut-être acheté « Trompette »,
comme l'avait baptisé Celia, pour moi-même
autant que pour elle, ne serait-ce qu'à cause de
cette délicate vulnérabilité aux grands yeux qui me
faisait songer justement à Celia. Avec ses longs
poils duveteux rappelant les jolis cheveux de notre
fille, cette boule de cent cinquante grammes donnait l'impression que, si on soufflait un bon coup,
elle sèmerait à tout vent comme une fleur de pis-

senlit. En équilibre sur des hanches s'étrécissant en minces échasses, Trompette paraissait précaire dès qu'il se dressait. Son long museau préhensile, qui lui avait valu le nom de Trompette, explorait la cage tapissée de terre, comique et touchant à la fois. L'animal bondissait plus qu'il ne courait, et ses petits sauts dans l'enceinte close de son univers borné exprimaient l'optimisme joyeux et résigné avec lequel Celia ne tarderait pas à faire face à ses propres limites. Bien que les rats à trompe ne soient pas strictement végétariens – ils se nourrissent de vers et d'insectes –, ses immenses yeux marron donnaient à Trompette une expression de peur et d'effroi qui n'évoquait en rien le prédateur. Intrinsèquement, Trompette, comme Celia, était une proie.

Consciente que son petit animal ne devait pas être trop tripoté, elle passait un index prudent par la porte de la cage pour caresser le pelage fauve. Quand des camarades venaient jouer à la maison, elle laissait la porte de sa chambre fermée pendant qu'elle les orientait vers des jouets plus durables. Si seulement cela pouvait signifier, espérais-je, qu'elle commence à jauger les autres. (La popularité de Celia reposait partiellement sur son absence de discrimination, vu qu'elle ramenait à la maison des camarades que les autres enfants dédaignaient – comme cette créature stridente et gâtée, Tia, dont la mère avait eu le front de m'informer tranquillement qu'il vaudrait « franchement mieux la laisser gagner aux jeux de société ». Celia était arrivée à cette conclusion sans qu'on le lui dise, puisqu'elle m'a demandé songeusement, après le départ de sa tyrannique copine : « C'est grave, de tricher pour perdre ? ») En observant notre fille en train de défendre Trompette, je cherchais sur son visage une détermination, une fermeté susceptibles d'indiquer un début d'aptitude à se défendre elle-même.

À contrecœur cependant, j'envisageais le risque que, adorable à mes yeux, Celia ait une séduction qui échappe aux étrangers. Elle n'avait que six ans, mais je redoutais déjà qu'elle ne soit jamais jolie – qu'elle ait peu de chances d'insuffler un jour un peu d'autorité dans son comportement. Elle avait ta bouche, trop grande pour sa petite tête. Ses lèvres étaient minces et exsangues. Son côté timoré encourageait autour d'elle une prudence lassante. Ces cheveux, soyeux et très fins, étaient voués à devenir mous, sa blondeur dorée à se faire terne à l'adolescence. Par ailleurs, la vraie beauté ne doit-elle pas être un rien énigmatique ? Et Celia n'avait pas assez de malice pour laisser supposer un mystère. Elle avait un visage lisible, et il y a quelque chose d'implicitement inintéressant dans le physique d'une personne qui dira tout ce que l'on désire savoir. Tiens, je voyais déjà la suite : elle deviendrait le genre d'adolescente à s'étioler dans un amour sans espoir pour le président des représentants des élèves qui ne sait même pas qu'elle existe. Celia rendrait toujours les armes à moindres frais. Plus tard, elle s'installerait – trop jeune – avec un homme plus âgé qui abuserait de sa nature généreuse et la quitterait pour une femme plus accorte sachant s'habiller. Mais au moins viendrait-elle toujours passer Noël avec nous et, si l'opportunité lui en était donnée, elle ferait une bien meilleure mère que moi.

Kevin se tenait à l'écart de Trompette, dont le seul nom faisait honte à un adolescent. Il capturait plus que volontiers araignées et sauterelles dont il jetait les morceaux vifs dans la cage – mission typiquement masculine qui lui convenait parfaitement, compte tenu des dégoûts de Celia. En revanche, l'humour noir et impassible était sans pitié. Tu n'as sûrement pas oublié le soir où j'ai servi des cailles au dîner et où il lui a fait croire que la maigre carcasse dans son assiette était tu sais qui.

Bien sûr, Trompette n'était qu'un animal de compagnie, coûteux, et l'histoire ne pouvait que finir mal. J'aurais dû y penser avant de lui donner cette petite bête, encore qu'éviter les attachements par crainte de la perte de l'objet de cet attachement soit passer à côté de la vie. J'avais espéré qu'il durerait plus longtemps, mais les choses n'auraient pas été plus faciles pour Celia quand la catastrophe est arrivée.

Cette soirée de février 1998 est la seule circonstance où je me souvienne d'avoir vu Celia cacher quelque chose. Elle allait d'un coin à l'autre de la maison, à quatre pattes, relevant la housse du canapé pour regarder en dessous, mais quand je lui demandais ce qu'elle cherchait, elle gazouillait : « Rien ! » Elle a poursuivi ses investigations rampantes après l'heure du coucher, refusant d'expliquer à quoi elle jouait, mais réclamant de continuer encore un peu. Finalement, quand j'ai estimé que cela suffisait, je l'ai emmenée de force, tandis qu'elle se débattait. Ce genre de séance n'était pas son genre.

« Comment va Trompette ? » ai-je demandé pour faire diversion au moment où j'allumais la lumière.

Son corps s'est raidi, et elle n'a pas regardé du côté de la cage quand je l'ai laissée tomber sur son matelas. Après un court instant, elle a murmuré : « Il va bien.

— Je ne le vois pas d'où je suis. Il est caché ?

— Il est caché, a-t-elle dit d'une voix encore plus faible.

— Si tu allais me le chercher ?

— Il est caché », a-t-elle répété, toujours sans regarder la cage.

Le rat à trompe dormait parfois dans un coin, ou sous une branche, mais quand j'ai fouillé moi-même la cage je n'ai pas senti de poils. « Tu n'as pas laissé Kevin jouer avec Trompette, dis-moi ? ai-je demandé sèchement, sur le ton que j'aurais pu utiliser pour demander : Tu n'as pas passé Trompette au mixer, dis-moi ?

— C'est ma faute à moi ! a-t-elle articulé, avant de sangloter. Je cro-croyais avoir fermé la porte de la cage, mais j'ai p-p-p-as dû le fai-faire ! Parce que quand je suis venue après dîner, elle était ouverte, et Trompette n'était plus là ! J'ai cherché partout !

— Chut, c'est fini, on va le retrouver, ai-je dit pour la rassurer, mais sans succès.

— Je suis une idiote ! C'est ce que dit Kevin et il a raison. Je suis une idiote ! Idiote, idiote, idiote ! »

Elle se frappait si violemment la tempe de son poing serré que j'ai dû lui attraper le poignet.

J'avais l'espoir que la crise de larmes s'épuiserait d'elle-même, mais le chagrin d'une petite fille est doté d'un stupéfiant pouvoir de persistance, et la force qu'elle mettait à se détester m'a fait céder à la tentation des fausses promesses. Je lui ai affirmé que Trompette ne pouvait être allé bien loin et qu'il serait forcément de retour dans sa cage douillette le lendemain matin. Saisissant ma perche perfide, Celia s'est calmée avec un petit haussement d'épaules.

Je ne crois pas que nous ayons capitulé avant trois heures du matin – et une fois encore, merci pour ton aide. Tu avais une nouvelle mission de repérage le lendemain, et nous n'aurions ni l'un ni l'autre notre compte de sommeil. Je ne vois pas un recoin où nous ne soyons allés voir ; tu as déplacé le sèche-linge, j'ai passé tout ce qui traînait au peigne fin. En marmonnant gentiment : « Où il est, ce vilain ? », tu as sorti tous les livres des étagères du bas de la bibliothèque pendant que je surmontais mon dégoût pour chercher une boule de poils dans la poubelle.

« Je n'ai pas envie de rendre les choses plus difficiles en déclarant : je te l'avais bien dit, as-tu commenté avec des moutons de poussière dans les cheveux lorsque nous nous sommes effondrés tous les deux sur le canapé du salon. Et il était vraiment mignon. Mais il s'agit d'un animal rare, délicat, et elle n'est qu'en onzième.

— Mais elle s'est montrée si responsable. Il avait toujours de l'eau, elle faisait très attention à ne pas lui donner trop à manger. Elle aurait laissé la porte ouverte, comme ça ?

— Elle est étourdie, Eva.

— Exact. Je suppose que je pourrais en commander un autre…

— Oublie. Une leçon de mortalité suffira pour l'année.

— Tu crois qu'il risque d'être sorti dehors ?

— Dans ce cas, il est déjà congelé, as-tu lancé en rigolant.

— Merci.

— C'est mieux que se faire bouffer par un chien… »

J'ai adapté cette version pour Celia, le lendemain : Trompette était sorti jouer dehors, où il était beaucoup plus heureux, à l'air libre, et où il allait se faire des tas d'amis animaux. Hé, pourquoi je n'aurais pas arrangé les choses à ma sauce ? Celia croyait tout ce qu'on lui disait.

Toutes choses égales d'ailleurs, je serais plutôt censée rappeler la léthargie blême de notre fille pendant la semaine qui a suivi, et passer sous silence les menues corvées domestiques. Sauf que les circonstances étant ce qu'elles sont, j'ai de bonnes raisons de me souvenir que le lavabo de la salle de bains des enfants s'est bouché, ce week-end-là. Janis ne viendrait pas avant le lundi, et je n'ai jamais rechigné à faire un peu d'entretien chez moi, de temps en temps. J'ai donc collé quelques giclées de Destop dans le siphon, ajouté une tasse d'eau froide, et laissé reposer, comme indiqué sur la notice. Puis j'ai rangé le Destop. Tu as vraiment cru qu'au bout de tout ce temps j'allais changer mon histoire ? *Je l'ai rangé.*

*Eva*

8 mars 2001

*Cher Franklin,*

Mon Dieu, il y en a eu un autre. J'aurais dû m'en douter, lundi après-midi, quand tous mes collègues ont soudain cherché à m'éviter.

Classique. Dans un quartier à l'extérieur de San Diego, Charles « Andy » Williams, quinze ans – un jeune Blanc assez rachitique et faisant profil bas, des lèvres minces et une tignasse emmêlée comme un tapis ayant vécu –, est arrivé au Santana High School avec un calibre 22 dans son sac à dos. Il s'est caché dans les toilettes des garçons, où il a abattu deux élèves avant de se diriger vers le vestibule en tirant sur tout ce qui bougeait. Deux lycéens ont été tués et treize autres blessés. Après qu'il a eu regagné les toilettes, la police l'a trouvé prostré au sol, le canon de l'arme sur sa tête. Il a

528

pleurniché un incongru : « Ce n'est que moi. » Ils l'ont arrêté sans qu'il oppose de résistance. Il va pratiquement sans dire aujourd'hui qu'il venait de rompre avec sa petite amie – qui avait douze ans.

Curieusement, aux infos de lundi soir, certains de ses camarades de classe ont décrit le tireur, de façon classique, comme une « tête de Turc », un type persécuté et traité de « taré, de pauvre mec, de débile ». Mais une autre série de gamins a répété que Andy avait des tas d'amis, qu'il était loin de ne pas avoir la cote ou d'être harcelé, qu'au contraire il était « apprécié ». Ces derniers témoignages ont dû perturber notre public dans la mesure où, lorsque Jim Lehrer est revenu sur l'événement ce soir pour tenter de répondre aux « pourquoi, pourquoi, pourquoi », toutes les interventions décrivant un garçon « apprécié » avaient été expurgées. Si Andy Williams n'avait pas été « malmené », il ne contribuait pas à étayer la thèse désormais en vogue décryptant ces incidents comme une « revanche des besogneux », interprétation visant à nous éduquer non pas à exercer un contrôle plus rigoureux sur le port d'armes, mais à méditer sur le martyre des jeunes qui se sentent rejetés.

En bonne logique, alors que « Andy » Williams jouit désormais d'une célébrité presque aussi importante que son homologue crooner, je doute qu'un seul consommateur d'infos de ce pays soit capable de dire le nom d'aucun des deux lycéens qu'il a abattus – des étudiants dont le seul et unique tort aura été de se rendre aux toilettes, ce matin-là, quand leurs camarades mieux inspirés décidaient de retenir leur vessie jusqu'à la fin du cours de géométrie. Brian Zuckor et Randy Gordon. Exerçant ce qui ne peut représenter pour moi qu'un devoir civique, j'ai appris leur nom par cœur.

Ma vie durant, j'ai entendu des parents évoquer des incidents terrifiants ayant touché leurs enfants : baptême par immersion totale parce qu'une marmite de ragoût de dinde brûlant se renverse, sauvetage d'un chat égaré en sautant par la fenêtre du deuxième étage. Avant 1998, je pensais en toute désinvolture savoir ce dont ils parlaient – ou évitaient de parler, dans la mesure où ce genre d'histoires est souvent protégé par un mur de silence que seule la famille proche est autorisée à franchir, comme la porte du service des soins intensifs. J'avais toujours respecté ces protections de l'intimité de chacun. Les désastres personnels des autres, quelle que soit leur nature, relèvent du privé, et je remerciais ces panneaux Entrée interdite derrière lesquels il m'arrivait éventuellement d'abriter un soulagement secret et cruel de savoir que ceux que j'aimais allaient bien. Ce qui ne m'empêchait évidemment pas de savoir grossièrement ce qui se jouait derrière. Qu'il s'agisse d'une fille ou d'un grand-père, la détresse reste la détresse. Eh bien, que soit excusée ma présomption. Je n'avais en fait aucune idée.

Quand on est le parent, peu importe l'accident, peu importe qu'on se soit trouvé loin ou pas au moment où il s'est produit, même si de toute façon on n'aurait rien pu faire, on se sent responsable du malheur survenu à un enfant. Nos enfants n'ont que nous, et leur conviction qu'on va les protéger est contagieuse. Alors, au cas où tu t'attends, Franklin, à me voir une fois de plus plaider non coupable, bien au contraire. Globalement, je reste persuadée que c'est ma faute, et globalement, j'avais déjà le sentiment que tout était ma faute à l'époque.

À tout le moins, je m'en veux de ne pas avoir tenu bon sur nos arrangements pour la garde des enfants. Nous avions embauché Robert, cet étudiant en sismologie de l'Observatoire de la Terre de Latmont-Doherty, pour qu'il aille chercher Celia à l'école et reste à la maison jusqu'au retour de l'un de nous, et ces règles auraient dû rester ce qu'elles étaient. Contre toute probabilité, nous avions réussi à conserver Robert – bien qu'il ait menacé de démissionner – après lui avoir assuré que Kevin était désormais assez grand pour se débrouiller seul et qu'il avait seulement la charge de veiller sur Celia. Mais tu avais cette marotte de la responsabilisation. Kevin avait quatorze ans, l'âge de plusieurs baby-sitters du quartier. Pour que Kevin puisse devenir digne de confiance, il fallait d'abord lui faire confiance. Jusque-là, pas de problème. Tu as donc dit à notre Robert que, dès lors que Kevin était rentré de ses cours (il était en troisième), et qu'il était au courant qu'il devait garder un œil sur Celia, lui pouvait partir. Ce qui résolvait le problème récurrent des encombrements susceptibles de te retarder, et du fait qu'il m'arrivait de travailler un peu tard avec pour conséquence (quelle que soit la compensation financière qu'il en retirait) que

Robert était coincé à Palisades Parade, où il piaffait de ne pas pouvoir retourner à ses recherches à Latmond.

Lorsque j'essaie de me souvenir de ce lundi, mon esprit s'emballe, comme pour esquiver une balle de jokari. Puis la mémoire revient en boomerang et me frappe en pleine tête, au moment où je m'apprête à recevoir.

Une fois de plus, je travaillais un peu tard. Depuis le nouvel arrangement avec Robert, je me sentais moins coupable de rester une heure de plus à l'agence, et puis la domination absolue de AWAP dans la niche du voyage à bon marché avait amorcé un fléchissement. La compétition était infiniment plus rude qu'à l'époque de mes débuts – *Lonely Planet* et *The Rough Guide* s'étaient lancés sur le marché. Par ailleurs, tout le pays roulant désormais sur l'or grâce à une Bourse en pleine effervescence, la demande pour des voyages à prix vraiment très bas, qui étaient notre spécialité, avait chuté. À l'encontre de mes principes, lorsque le téléphone a sonné, je travaillais donc à la conception d'une nouvelle ligne, « A Wing and a Prayer pour les Baby-Boomers » – visant les porteurs d'actions juteuses dans la nouvelle économie, probablement lestés de quelques kilos en trop, et ayant la nostalgie de leur première expédition en Europe dans les années soixante, avec un exemplaire tout corné de *W&P* pour seul viatique, convaincus d'être restés d'éternels étudiants, sinon dans les faits, du moins dans l'esprit, habitués à boire du cabernet à trente dollars la bouteille, mais se piquant d'avoir gardé le goût de l'aventure, par quoi il faut entendre qu'ils voulaient du confort pourvu que l'on utilise un autre mot... et surtout, surtout, éviter l'abomination des sinistres Guides bleus de leurs parents.

Tu as dit d'être prudente au volant. Tu as dit qu'elle était déjà à l'hôpital, et que dans l'immédiat je ne pouvais absolument rien faire. Tu as dit que sa vie n'était pas en danger. Plus d'une fois, tu l'as dit. Et tout cela était vrai. Ensuite, tu as dit qu'elle allait « se rétablir parfaitement », ce qui n'était pas vrai, encore que la plupart des porteurs de nouvelles dévastatrices semblent éprouver l'irrépressible besoin de formuler ce genre de paroles rassurantes fondées sur rien.

Je n'ai pas eu d'autre choix que celui de la prudence au volant, la circulation étant pratiquement bloquée sur le George Washington Bridge. Lorsque j'ai enfin aperçu ton expression effondrée, dans la salle d'attente, je me suis rendu compte que tu l'aimais, après tout, et je me suis reprochée d'en avoir jamais douté. Kevin n'était pas avec toi, à mon grand soulagement, parce que j'aurais risqué de lui arracher les yeux.

Ton étreinte avait rarement été aussi peu réconfortante. Je t'ai serré plus fort, comme on presse un flacon vide de lotion pour les mains afin de lui faire rendre encore quelques bulles.

Elle était déjà en chirurgie, as-tu expliqué. Pendant que j'arrivais, tu avais raccompagné Kevin à la maison, parce qu'il n'y avait rien d'autre à faire qu'attendre, et qu'il n'était pas indispensable de rendre les choses plus pénibles qu'elles ne l'étaient déjà pour son frère. Mais je me suis demandé si tu ne l'avais pas évacué pour le protéger de moi.

Nous étions assis sur les mêmes sièges en métal vert d'eau où j'avais vécu l'angoisse de ce que Kevin allait dire aux médecins lorsque je lui avais cassé le bras. Peut-être que pendant ces huit années écoulées depuis il a attendu son heure, ai-je envisagé tristement. J'ai dit : « Je ne comprends pas ce qui s'est passé. » Calmement. Sans crier.

« Je croyais te l'avoir dit, as-tu répondu. Au téléphone.

— Mais ça n'a aucun sens. » Tout sauf vindicatif, le ton de ma voix était seulement celui de l'incompréhension. « Qu'aurait-elle… qu'aurait-elle bien pu faire avec ce produit ?

— Les enfants. » Et tu as ajouté, désabusé : « Jouer, je suppose.

— Mais… mais elle, euh… » Je perdais sans arrêt le fil de ma pensée. Il a fallu que je reconstruise tout ce que j'avais essayé de dire, en me répétant toute la conversation dans ma tête, où nous en étions, et ensuite… La salle de bains. Oui.

« Elle va aux toilettes toute seule, maintenant, ai-je repris. Mais elle n'aime pas trop. Elle n'a jamais aimé. Elle n'irait pas "jouer" dans la salle de bains. » Une pointe d'insistance dans ma voix a dû rendre un écho de danger ; il fallait éviter d'approcher du précipice. Celia était toujours en chirurgie. Pas de dispute. Tu me tiendrais la main.

L'impression que des heures s'étaient écoulées avant que paraisse le médecin. Tu avais appelé à la maison sur ton portable, deux fois, en faisant en sorte que je n'entende pas, comme pour me protéger de quelque chose ; tu m'avais acheté un café, à la machine installée contre le mur, et il était à présent couvert d'une pellicule ridée. Quand une infirmière nous avait désignés au chirurgien, j'ai soudain compris pourquoi certaines personnes révèrent leur docteur, et pourquoi les docteurs ont cette propension à se prendre pour l'égal de Dieu. Mais un seul regard m'a permis de voir que celui-ci ne se sentait pas vraiment l'égal de Dieu.

« Je suis désolé, a-t-il dit. Nous avons fait tout notre possible. Mais les dégâts étaient trop importants. Je crains que nous n'ayons pas pu sauver l'œil. »

On nous a fortement incités à rentrer chez nous. Celia était sous sédatif, et le resterait pendant un certain temps. Trop court, ai-je pensé. Nous avons donc quitté la salle d'attente. Tu as souligné d'une voix neutre qu'au moins, d'après lui, l'autre œil fonctionnait probablement. Le matin même, je tenais pour acquis que notre fille avait deux yeux qui fonctionnaient.

À l'extérieur, sur le parking, il faisait froid. Dans l'affolement, j'avais oublié mon manteau au bureau. Nous avions deux voitures à ramener chez nous, et du coup le froid m'a semblé encore plus froid. Je sentais que nous étions à une sorte de croisée des chemins et je redoutais que si nous embarquions dans des univers véhiculaires séparés nous n'arrivions au même port qu'au sens le plus banalement géographique. Tu as dû éprouver le même besoin de confirmer que nous étions, pour utiliser l'expression que mon équipe avait pris dernièrement l'habitude de prononcer cinq fois par jour, « en phase », car tu m'as invitée à discuter et me réchauffer quelques instants dans ton 4 × 4.

Je regrettais ton ancien pick-up bleu layette, que j'associais au début de notre amour, quand nous foncions sur l'autoroute les vitres baissées et la sono à fond, incarnation vivante d'une chanson de Bruce Springsteen. Et puis il te ressemblait plus, ce pick-up, enfin il ressemblait à toi en ce temps-là : classique, authentique, honnête. Pur, même. Edward Hopper n'aurait jamais peint le gros 4 × 4 par lequel tu l'as remplacé. Surélevé plus que nature sur des pneus larges surdimensionnés, l'habitacle avait les lignes enflées et disgracieuses d'un Zodiac. Les pare-chocs agressifs et le côté suffisant de l'engin m'évoquaient ces malheureux petits lézards dont la seule arme est l'esbroufe, et cette outrance virile de bande dessinée m'avait poussée, en des jours meilleurs, à te taquiner : « Si tu regardes sous le châssis, Franklin, je parie que tu vas découvrir un petit zizi. » Au moins, tu avais ri.

Le chauffage marchait bien ; trop bien, car au bout de quelques minutes à peine nous étions dans une étuve. Le 4 × 4 était plus grand que le pick-up, mais jamais la Ford bleu layette n'avait donné cette sensation de claustrophobie quand nous n'étions que tous les deux à l'intérieur.

Finalement, tu as cogné le derrière de ta tête contre l'appuie-tête rembourré, et tu as fixé le plafond. « Je n'arrive pas à croire que tu l'aies laissé sorti. »

Hébétée, je n'ai pas réagi.

« J'ai songé à ne rien dire, as-tu continué. Mais si je ravalais, je garderais pour moi, pendant des semaines, ce qui m'a semblé encore pire. »

Je me suis humecté les lèvres. Je m'étais mise à trembler. « Je ne l'ai pas laissé sorti. »

Ta tête est retombée en avant et tu as soupiré. « Eva. Ne m'oblige pas à cela. Tu t'es servi de ce Destop samedi. Je m'en souviens parce que tu as fait une remarque sur l'odeur infecte des canalisations dans la salle de bains des enfants, et plus tard dans l'après-midi tu nous as demandé de ne pas ouvrir le robinet de ce lavabo pendant une heure, parce que tu y avais mis du produit à déboucher. »

— Je l'ai rangé, ai-je dit. Dans ce placard en hauteur équipé d'une serrure de sécurité, et que Celia ne peut pas atteindre même en grimpant sur une chaise !

— Alors, comment il est sorti de là ?

— Bonne question, ai-je dit sur un ton glacial.

— Écoute, je sais parfaitement que tu es habituellement très prudente avec les produits toxiques et que tu mets ces saloperies à l'abri automatiquement. Mais les humains ne sont pas des machines.

— Je me rappelle l'avoir rangé, Franklin.

— Est-ce que tu te rappelles avoir mis tes chaussures ce matin ? Est-ce que tu te rappelles avoir fermé la porte derrière toi en quittant la maison ? Combien de fois, alors que nous étions déjà dans la voiture, avons-nous dû retourner dans la maison vérifier que le gaz était fermé ? Alors que fermer le gaz est sans doute une seconde nature.

— Mais le gaz n'est jamais allumé, n'est-ce pas ? C'est presque une règle de vie, une... je ne sais pas, une sorte d'aphorisme comme on lit sur les gaufrettes : Le Gaz N'Est Jamais Allumé.

— Je vais te dire quand il l'est, Eva : le seul jour où tu négliges de vérifier. Et ce putain de jour-là, c'est toute la maison qui brûle.

— Pourquoi avons-nous cette conversation inepte ? Alors que notre fille est à l'hôpital ?

— Je veux que tu reconnaisses les faits. Je ne dis pas que je ne te pardonnerai pas. Je sais que tu dois te sentir très mal. Mais pour surmonter cette épreuve il faut aussi affronter...

— Janis est venue ce matin, c'est peut-être elle qui a laissé ce flacon sorti. » En vérité, je n'ai jamais envisagé un instant que Janis ait été négligente à ce point, mais je tentais désespérément de tenir à distance ce qui commençait à prendre forme dans ma tête quand j'envisageais un suspect plus crédible.

« Janis n'avait pas besoin de Destop. Tous les siphons étaient propres.

— D'accord, ai-je dit en me raidissant. Alors, demande donc à Kevin comment ce flacon est resté sorti.

— Je savais que nous en arriverions là. On commence par s'étonner d'un mystère, puis c'est la faute de la femme de ménage, et ensuite, il reste qui ? Là, quelle surprise, Eva – qui ne fait, elle, jamais de bêtises – montre son propre fils du doigt !

— Il était censé veiller sur elle. Tu as dit toi-même qu'il était assez grand...

538

— Oui, il la surveillait. Mais elle était dans la salle de bains, il dit que la porte était fermée, et nous n'avons pas vraiment incité notre garçon de quatorze ans à surprendre sa sœur dans les toilettes.

— Franklin, cette histoire ne tient pas debout. Oublions pour l'instant pourquoi ce produit était sorti, tu veux ? Peu importe. Mais pourquoi Celia se serait-elle versé du débouche-évier dans l'œil ?

— Aucune idée ! Peut-être parce que les enfants ne sont pas seulement stupides, mais aussi inventifs, et que la combinaison des deux est mortelle. Sinon, pourquoi garderions-nous cette saloperie sous clé ? L'important est que Kevin a fait tout ce qu'il devait faire. Il dit que lorsqu'elle s'est mise à hurler il est arrivé en courant et que quand il a compris ce qui s'était passé il lui a fait couler de l'eau sur le visage et lui a rincé l'œil le mieux qu'il pouvait, qu'ensuite il a appelé une ambulance, avant même de m'appeler sur mon portable – ce qui était parfait, l'ordre était parfait, il a été formidable.

— Il ne m'a pas appelée.

— On se demande bien pourquoi.

— Les dégâts... » J'ai inspiré un grand coup. « Ils sont importants, non ? Ils ne pourraient être qu'énormes. Absolument énormes. » Je m'étais mise à pleurer, mais j'ai ravalé les larmes, parce qu'il fallait que j'arrive à dire ceci. « Si elle a perdu son œil alors que les chirurgiens ont fait beaucoup de progrès, c'est que... c'est que les dégâts étaient importants. Il faut... il faut un certain temps. » De nouveau, je me suis interrompue et j'ai écouté le souffle du chauffage de la voiture. L'air était devenu sec, ma salive collait. « Il faut un certain temps pour que ce produit fasse effet. C'est pourquoi l'étiquette dit qu'il faut laisser agir. »

Compulsivement, j'avais porté mes deux mains contre mes propres yeux, pressant le bout de mes doigts contre les fragiles paupières qui protégeaient les précieux globes tendres et lisses.

« Qu'est-ce que tu es en train de dire ? C'est déjà très mal de l'accuser de négligence...

— Le docteur a dit qu'il resterait une cicatrice ! Il a parlé de brûlure, sur toute cette moitié de son visage ! Du temps, cela a exigé du temps ! Alors il a peut-être rincé le produit, mais quand ? Après avoir fait le reste ? »

Tu as saisi mes bras, que tu as écartés de chaque côté de mon visage, et tu m'as regardée dans les yeux. « Quel reste ? Ses devoirs ? Son entraînement au tir à l'arc ?

— Ce qu'il a fait à Celia, ai-je gémi.

— Ne dis plus jamais, jamais une chose pareille ! À personne ! Pas même à moi !

— Réfléchis un peu ! » J'ai libéré mes bras d'un geste sec. « Celia, se badigeonner d'acide ? Elle a peur de tout, Celia ! Et puis elle a six ans, pas deux. Je sais que tu ne la crois pas très intelligente, mais ce n'est pas une débile ! Elle sait qu'il ne faut pas toucher au gaz, et elle n'avale pas d'eau de Javel. En revanche, Kevin peut atteindre ce placard, Kevin peut manier les serrures de sécurité les yeux fermés.

Il n'est pas son sauveur ! C'est lui qui a tout fait ! Franklin, c'est lui, lui qui a…

— J'ai honte pour toi, honte, as-tu dit dans mon dos pendant que je me recroquevillais contre la portière. Diaboliser ton fils pour la seule raison que tu es incapable de reconnaître ta propre négligence. C'est pire qu'une ignominie. C'est à vomir. Tu fustiges à tour de bras, tu portes des accusations scandaleuses, et comme d'habitude tu n'as aucune preuve. Ce médecin… a-t-il fait la moindre remarque laissant entendre que la version de Kevin ne cadrait pas avec les blessures de Celia ? Non. Absolument pas. Seule sa mère est en mesure de détecter un habillage dissimulant un mal indicible, parce qu'elle est experte en médecine et experte en produits chimiques corrosifs, vu qu'il lui arrive de faire un peu de ménage chez elle. »

Comme toujours, tu n'as pas pu continuer à crier contre moi alors que je pleurais. « Écoute, as-tu supplié. Tu ne sais pas ce que tu dis parce que tu es bouleversée. Tu n'es pas toi-même. Cette histoire est pénible, et elle va continuer d'être pénible parce que tu vas devoir la regarder. Celia va souffrir, et le spectacle va rester horrible pendant un certain temps. La seule manière pour toi de rendre les choses plus faciles, c'est d'assumer ta part de responsabilité dans ce qui s'est passé. Celia – même Celia, avec ce rat à trompe – reconnaît que c'est sa faute. Elle a laissé la cage ouverte ! Et une partie de la souffrance vient de là, parce que non seulement il est arrivé quelque chose de triste, mais cette chose ne serait pas arrivée si elle avait agi différemment. Elle assume, et elle n'a que six ans ! Pourquoi n'es-tu pas capable d'en faire autant ?

— Je voudrais bien pouvoir admettre ma responsabilité, ai-je chuchoté en faisant de la buée sur la vitre de la portière. Je dirais : je m'en veux à mort d'avoir laissé ce débouche-évier dans un endroit auquel elle avait accès ! Tu ne vois donc pas combien les choses seraient plus faciles ? Pourquoi suis-je dans tous mes états ? Si c'était ma faute, et seulement ma faute ? Auquel cas je ne serais pas terrifiée. Franklin, c'est grave, il n'est plus question d'une petite fille qui a gratté son eczéma. Je ne sais pas comment il est devenu ce qu'il est, mais il est atroce, et il la déteste…

— Suffit ! » Ton intervention avait un ton liturgique, profond, explosif et définitif comme le « Amen » qui clôt une prière. « Je ne fais pas souvent acte d'autorité. Mais Kevin a subi un traumatisme incroyable. Sa sœur ne sera plus jamais la même. Il a conservé la tête froide en situation de crise, et je veux qu'il en soit fier. Reste qu'il était celui qui avait la charge de Celia et qu'il va forcément se dire que tout est sa faute. Tu vas donc me promettre sur-le-champ que tu feras tout ce qui est en ton pouvoir pour le persuader du contraire. »

J'ai tripoté la poignée de la portière que j'ai entrouverte. Je me disais : il faut que je sorte d'ici, il faut que je m'en aille.

« Ne t'en va pas, pas encore, as-tu dit en me retenant par le bras. Je veux que tu promettes.

— Que je promette de me taire ou de croire sa piètre histoire ? Je pourrais en raconter une autre.

— Je ne peux pas te forcer à croire ce que dit ton propre fils. Et pourtant, ce n'est pas faute d'avoir essayé. »

Sur un point, tu avais raison : je n'avais pas de preuve. Hormis le visage de Celia. Je ne croyais pas si bien dire. Elle ne serait jamais belle.

Je suis descendue du 4 × 4 et me suis retournée pour te regarder par la portière ouverte. Avec le vent froid qui ébouriffait mes cheveux, j'étais au garde-à-vous, et j'avais dans la tête l'image de ces trêves fragiles passées entre des généraux sur leur garde au milieu des champs de bataille dévastés.

« C'est d'accord, ai-je dit. Nous parlerons d'un accident. Tu peux même lui dire : "Je crains que ta mère n'ait oublié de ranger le Destop samedi dernier." Après tout, il savait que j'avais débouché ce siphon. Mais en échange, fais-moi une promesse : plus jamais nous ne laisserons Kevin seul avec Celia. Même cinq minutes.

— Accordé. De toute façon, je suppose que Kevin ne tient pas vraiment à faire du baby-sitting dans l'immédiat. »

J'ai dit qu'on se retrouverait à la maison. Prendre congé courtoisement a représenté un effort.

« Eva ! as-tu crié dans mon dos, et je me suis retournée. Tu sais qu'en règle générale je ne suis pas un fervent partisan des psys. Mais tu devrais peut-être parler avec quelqu'un. Je pense que tu as besoin d'aide. Ceci n'est pas une accusation. Simplement... tu as raison sur un point : les choses deviennent graves. Elles dépassent mes compétences, je le crains. »

Effectivement.

Les deux semaines qui ont suivi se sont déroulées dans un calme peu naturel, avec Celia toujours à l'hôpital. Nous parlions peu ensemble. Je te demandais ce que tu aimerais manger pour dîner ; tu disais que cela t'était égal. À propos de Celia, nous réglions essentiellement des questions de logistique – le moment de nos visites respectives. Même s'il nous semblait intelligent d'aller la voir séparément, afin qu'elle ait de la compagnie pendant une part plus importante de la journée, la vérité était qu'aucun de nous deux n'était pressé de partager de nouveau ton 4 × 4 surchauffé. De retour à la maison, nous discutions des détails de son état, et malgré le caractère peu encourageant de celui-ci – une infection consécutive à l'énucléation, leçon de vocabulaire dont je me serais volontiers passée, avait endommagé davantage le nerf optique et excluait une éventuelle greffe –, c'étaient des faits qui nourrissaient la bouche de la conversation. Cherchant un ophtalmo pour la suivre ensuite, je me suis fixée sur un praticien nommé Krikor Sahatjian, qui recevait dans l'Upper East Side. Les Arméniens sont solidaires entre eux, t'ai-je affirmé. Il nous accordera une attention particulière. « Comme le Dr Kevorkian », as-tu grogné, sachant parfaitement que le parrain du suicide assisté était un Arménien que ma très conservatrice communauté ne revendiquait pas volontiers. J'ai néanmoins apprécié un échange que l'on aurait pratiquement pu qualifier de léger, ce qui devenait rare.

Je me souviens que je faisais des efforts, ne haussant jamais la voix, ne protestant jamais quand tu touchais à peine un plat que j'avais cuisiné avec beaucoup de soin. Dans la cuisine, j'essayais de ne pas faire trop de bruit, en amortissant les chocs de casseroles. Concernant l'humeur contre toute attente enjouée de Celia à l'hôpital de Nyack, j'ai ravalé plus d'un commentaire admiratif qui aurait pu sembler malvenu, comme si son improbable caractère heureux était un affront aux plus rares mortels qui, à raison, se plaignent de ce qu'ils endurent et deviennent irascibles pendant leur convalescence. Chez nous, un compliment à ma fille semblait toujours être reçu comme une vantardise *pro domo*. Jusqu'au bout, j'ai fait un effort délibéré pour agir normalement, ce que nous pouvons désormais ajouter à notre liste des projets condamnés d'avance, avec essayer de s'amuser et m'efforcer d'être une bonne mère.

Ta remarque sur le fait que j'avais « besoin d'aide » m'a finalement perturbée. Je m'étais tant de fois repassé le film où je rangeais le flacon de Destop que la bande était usée et que je ne pouvais guère m'y fier complètement. Je repensais à mes soupçons et parfois ils ne… bref, rien n'était bien clair. Avais-je bien rangé ce flacon ? Les dommages étaient-ils trop sévères pour cadrer avec l'histoire racontée par Kevin ? Pouvais-je pointer la moindre amorce de preuve tangible qui tiendrait devant un tribunal ? Je n'avais pas besoin de « parler à quelqu'un », mais j'aurais donné tout ce que j'avais pour pouvoir parler avec toi.

C'est seulement deux ou trois jours après l'accident que tu nous as conviés à ta conférence à trois. Nous avions juste fini de dîner, si l'on peut dire : Kevin s'était enfourné son repas directement depuis la casserole. À ta grande satisfaction, il s'est installé à table avec son style contrit et oblique. Ayant aussi été convoquée bien malgré moi à cette séance, j'avais l'impression d'être une gamine, que l'on contraignait une nouvelle fois, à l'âge de neuf ans, à présenter ses excuses à Mr Wintergreen pour avoir ramassé des noix tombées du noyer de son jardin, devant sa maison. Après un regard furtif à Kevin, j'avais envie de dire : « Efface ce petit sourire de ta figure, il ne s'agit pas d'une plaisanterie, ta sœur est à l'hôpital. » J'avais envie de dire : « Va enfiler un T-shirt qui ne soit pas cinq tailles en dessous de la tienne, le seul fait de me trouver dans la même pièce que cet accoutrement me donne des boutons. » Sauf que je ne pouvais pas. Dans la culture de notre famille, ce genre d'admonestations parentales fort banales, pour moi du moins, étaient inenvisageables.

« Au cas où tu serais inquiet, Kev', as-tu commencé... (Mais il ne me semblait pas franchement inquiet.) ... ceci n'est pas une inquisition. Nous voulons surtout te dire combien la rapidité de tes réactions nous a impressionnés. Qui sait, si tu n'avais pas appelé immédiatement les urgences, les choses auraient pu être encore pires. » (Comment ? me suis-je demandé. Encore que j'imagine qu'elle aurait pu prendre un bain de Destop.) Et ta mère a quelque chose qu'elle tient à te dire.

— Je voulais te remercier, ai-je commencé, en évitant le regard de Kevin, d'avoir fait conduire ta sœur à l'hôpital.

— Dis-lui ce que tu m'as dit, as-tu soufflé. Tu te souviens, tu as dit que tu craignais qu'il se sente, tu sais… »

Cette partie était facile. Je l'ai regardé dans les yeux. « J'ai pensé que tu te sentais probablement responsable. »

Sans sourciller, il a soutenu mon regard, et j'ai fait face à mon propre nez un peu large, ma mâchoire étroite, mon front proéminent, mon teint mat. J'étais devant un miroir, sauf que je n'imaginais pas que mon reflet pensait. « Pourquoi je me sentirais responsable ?

— Parce que tu étais censé prendre soin d'elle, tiens !

— Mais, as-tu dit, tu voulais aussi lui rappeler que nous n'avions jamais attendu de lui qu'il la surveille en permanence, que les accidents, ça arrive, et que par conséquent ce n'était pas sa faute. Ce que tu m'as dit. Tu sais, dans le 4 × 4. »

Exactement comme les excuses à Mr Wintergreen. Quand j'avais neuf ans, j'avais eu envie de lancer : « La plupart de ces noix à la manque étaient véreuses ou pourries, espèce de vieux machin » ; au lieu de quoi, j'avais promis de récolter un plein tonneau de ses méchantes noix et de les lui rapporter sous forme de cerneaux.

« Nous ne voudrions pas que tu te fasses de reproches. (Mon intonation imitait celle de Kevin répondant aux policiers – monsieur l'agent par-ci, monsieur l'agent par-là.) Les torts sont de mon côté. Je n'aurais jamais dû laisser le Destop en dehors du placard fermé. »

Haussement d'épaules de Kevin. « Jamais dit que je me faisais des reproches. » Il s'est levé. « Vous m'excuserez ?

— Encore une chose, as-tu dit. Ta sœur va avoir besoin de ton aide.

— Pour quoi ? a-t-il demandé en se dirigeant vers la cuisine. Elle n'a qu'un œil en moins, si j'ai bien compris. C'est pas comme si elle avait besoin d'un chien d'aveugle ou d'une canne blanche.

— Tu as raison, ai-je dit. Elle en a de la chance.

— Elle va avoir besoin que tu la soutiennes, as-tu insisté. Il faudra qu'elle porte un bandeau…

— Super », a-t-il dit. Il est revenu avec le sac de lychees qui se trouvait au frigo. On était en février : c'était la saison.

« Elle devra porter un œil de verre définitivement, as-tu dit, mais nous apprécierions que tu sois derrière elle si les gamins du quartier se moquent d'elle…

— En disant quoi ? a-t-il demandé en écalant soigneusement la coque rose et rugueuse pour dévoiler la chair blanc rosé. Genre : Non, Celia ne ressemble pas à un épouvantail ? » Quand le pâle globe translucide a été bien pelé, il l'a mis dans sa bouche, l'a sucé, puis l'a ressorti.

« Écoute, que tu t'y prennes…

— Attends, P'pa ». Méthodiquement, il a ouvert le lychee en deux, détaché la chair glissante du noyau marron et lisse. « Pas trop sûr que tu te rappelles bien le monde des enfants. » Il a introduit le fruit dans sa bouche. « Celia va devoir se faire à sa situation. »

Je te sentais exulter intérieurement. Ton adolescent était en train d'exhiber la dureté archétypale de son âge, sous laquelle il cachait les sentiments confus et contradictoires concernant l'accident tragique de sa sœur. Il faisait un numéro, Franklin, la cruauté enrobée de sucre, qu'il te servait sur un plateau. Il était dans la confusion et la contradiction totales, mais si tu regardais ses pupilles, elles étaient opaques et gluantes comme du goudron. Son angoisse adolescente, elle n'était pas fabriquée.

« Hé, Mr Plastic, a proposé Kevin. Un lychee ? » Tu as décliné.

« Je ne savais pas que tu aimais les lychees, ai-je dit sèchement lorsqu'il a attaqué le second.

— Ben oui, a-t-il dit en écalant complètement le fruit avant de faire rouler d'un doigt le globe charnu sur la table. Il avait la couleur blême et laiteuse d'une cataracte.

« C'est juste à cause de leur délicatesse », me suis-je agacée.

Il a broyé le lychee entre ses incisives. « Ouais, comment tu dis, déjà. » Il a mastiqué bruyamment. « Un goût acquis. »

Il avait manifestement l'intention de manger tout le paquet. Je suis sortie de la pièce, et il a ri.

Les jours où j'assurais les visites du début d'après-midi, je travaillais depuis la maison. Le bus scolaire de Kevin le déposait souvent au moment où je rentrais de l'hôpital. La première fois que je l'ai croisé en train de traverser nonchalamment Palisades Parade, je me suis arrêtée avec ma Luna pour lui éviter la grimpette à pied avant d'arriver chez nous. On pourrait croire que le simple fait de se trouver seule en voiture avec son fils est une affaire fort banale, surtout pour deux minutes. Sauf que Kevin et moi ne pratiquons pas habituellement ce genre de promiscuité étouffante, et je me rappelle avoir tenu le crachoir pendant tout le trajet. La rue était encombrée par plusieurs autres véhicules à l'arrêt qui attendaient un gamin pour lui éviter l'insigne effort d'une marche à pied de quelques pas, et j'ai noté au passage qu'il s'agissait exclusivement de « singles ». La remarque était sortie de ma bouche avant que je me souvienne que Kevin détestait ma manière de désigner les 4 × 4 – comme pour perpétuer le mythe que je ne vivais pas dans ce pays à coups d'impropriétés ironiques.

« Tu sais, ces trucs sont finalement une métaphore de ce pays », ai-je poursuivi. Je savais parfaitement que ce genre de déclarations rendait mon fils fou, ce qui m'a peut-être poussée à insister – un peu comme plus tard, à Claverack, je citerais les noms de Dylan Klebold et Eric Harris, par pure provocation. « Elles donnent une position dominante par leur hauteur, et développent une surpuissance absolument inutile. Jusque dans le design – ces trucs me font toujours penser à ces obèses qui déambulent dans les centres commerciaux en bermuda XXL et baskets à capitonnage géant, en se goinfrant de gaufres à la cannelle.

— Ouais, tu as déjà roulé là-dedans ? » (J'ai reconnu que non.) « Alors, qu'est-ce que tu en sais ?

— Je sais en tout cas que ça prend trop de place, que ça bouffe trop d'essence, et que parfois ça se retourne.

— Qu'est-ce que ça peut te faire que ça se retourne ? Tu détestes ces gens, de toute façon.

— Je ne déteste pas…

— Reste donc dans ta "single" à toi ! » Avec un hochement de tête, il a claqué la portière de la VW. La fois suivante, quand je lui ai proposé de le ramener, il m'a envoyée balader d'un geste.

Il se trouvait même un élément étrangement insupportable dans ces quelques heures où il nous arrivait de partager la maison avant l'entrée de ton 4 × 4 dans le garage. On aurait pu imaginer que, dans ce vaste espace de teck, la cohabitation ne poserait pas de problème, mais quel que soit l'endroit respectif où nous nous installions, jamais je n'oubliais la réalité de sa présence, ni lui, je présume, de la mienne. Sans Celia et toi pour faire tampon, se retrouver rien que tous les deux sous le même toit… c'est le mot nudité qui me vient. Nous ne parlions pour ainsi dire pas. S'il se dirigeait vers sa chambre, je ne lui parlais pas de ses devoirs. Si Lenny passait, je ne m'intéressais pas à ce qu'ils faisaient. Et si Kevin sortait, je ne demandais pas où il allait. Je me disais que les parents doivent respecter l'intimité des adolescents, mais je savais aussi que j'étais lâche.

Cette sensation de nudité avait aussi un aspect concret. Je sais que les garçons de quatorze ans subissent un feu d'artifice hormonal, etc. Je sais que la masturbation procure un soulagement vital et normal, que c'est un passe-temps inoffensif et agréable qu'il ne faut pas ranger abusivement parmi les vices. Mais je croyais également que pour les adolescents – et soyons sérieux, pour tout un chacun – cette distraction ne se pratique pas en public. Nous le faisons tous (je le faisais – oui, une fois de temps en temps, tu croyais quoi, Franklin ?), nous savons tous que nous le faisons tous, mais il n'est pas courant de dire : « Chéri, tu peux jeter un œil sur la bolognaise pendant que je vais me masturber ? »

Il a fallu que la chose se produise plus d'une fois pour que je finisse par évoquer la question, parce qu'après notre altercation sur le parking de l'hôpital j'avais épuisé pour plusieurs mois mes velléités de parler.

« Il laisse la porte de la salle de bains ouverte », ai-je rapporté sans enthousiasme un soir, tard, dans notre chambre, et tu t'es mis à retirer les poils de ton rasoir électrique avec ardeur. « Or on voit la cuvette depuis le couloir.

— Bref, il oublie de fermer sa porte, as-tu conclu sèchement.

— Il n'oublie pas. Il attend que j'aille me faire un café dans la cuisine, pour que je le voie en retournant dans mon bureau. C'est parfaitement délibéré. Et en plus il… il fait du bruit.

— À son âge, je me faisais sans doute trois branlettes par jour.

— Devant ta mère ?

— Pas loin, derrière la porte. Je croyais que personne ne s'en apercevait mais je suis sûr qu'elle savait.

— Derrière la porte, ai-je répété. La porte. C'est important. » Le rasoir, c'est fou ce qu'il était encombré de poils, ce soir-là. « Savoir que je vois… je pense que ça l'excite.

— Euh, même si tu fais ton possible pour avoir une position saine sur le problème, tout le monde est un peu tordu dans ce domaine.

— Non, tu ne, hum… tu ne comprends pas. Je sais bien qu'il va faire ça, ce qui ne me pose aucun problème, sauf que j'aimerais autant ne pas être incluse dans l'opération. C'est inapproprié. » Ce mot avait une rude tâche à l'époque. Le scandale Monica Lewinsky avait éclaté un mois plus tôt, et le Président Clinton devait un peu plus tard poser un voile pudique sur les détails en qualifiant leurs relations d'« inappropriées ».

— Alors, pourquoi tu ne dis pas quelque chose ? » Tu devais avoir épuisé les charmes du rôle d'intermédiaire, je suppose.

« Imagine que Celia se masturbe devant toi. Tu lui parlerais ou bien tu préférerais que je m'en charge ?

— Bref, tu veux que je lui dise quoi ? as-tu demandé sur un ton las.

— Qu'il me met mal à l'aise.

— Tiens, c'est nouveau ça. »

Je me suis mise au lit, j'ai attrapé un livre que je serais incapable de lire. « Dis-lui simplement de fermer sa porte de merde. »

Je n'aurais pas dû m'inquiéter. Oui, tu m'as informée que tu avais fait ce que je t'avais demandé. Je te voyais parfaitement, passant une tête dans la porte de sa chambre et lançant une remarque désinvolte et complice du genre : « Tu ne deviendrais pas un peu sourd, toi ? » jouant sur une plaisanterie datée qu'il n'a sans doute pas comprise, avant de laisser tomber, archidécontracté : « Essaie de ne pas oublier que c'est un truc privé, d'accord ? », avant de dire bonsoir. Mais quand bien même tu aurais eu une longue discussion, sérieuse et précise, tu aurais passé sous silence le fait qu'il m'avait touchée, ce qui était toujours une erreur, concernant Kevin.

L'après-midi du lendemain qui a suivi votre « conversation », donc, je me dirige vers mon bureau avec ma tasse de café et j'entends un râle explicite au bout du couloir. Je prie qu'il ait reçu le message et espère qu'il y aura au moins une mince mais fort bienvenue cloison de bois entre moi-même et la virilité bourgeonnante de mon fils. Je pense : à part les placards, il n'y a pas plus de quatre ou cinq portes dans cette maudite maison, alors qu'elles nous servent à quelque chose, bon sang ! Mais dès que j'ai fait deux pas de plus, le niveau sonore dément le plus minime souci de décence.

Je pose le café chaud entre mes yeux pour soulager un début de migraine. Je suis mariée depuis dix-neuf ans, je sais comment fonctionnent les hommes et je n'ai aucune raison de m'effaroucher d'une somptueuse branlette. Sauf que, soumise aux petits gémissements pressants au bout du couloir, j'ai de nouveau dix ans, quand on m'envoyait faire une course pour ma mère cloîtrée chez elle et que je devais traverser le parc en regardant bien droit devant moi pendant que des garçons plus grands se gaussaient dans les fourrés, la braguette ouverte. Je me sens surveillée dans ma propre maison, nerveuse, harcelée, moquée, et je tiens à te dire que je suis carrément excédée.

Alors je prends sur moi, comme autrefois pour pouvoir rentrer à la maison, quand je me faisais la leçon pour ne pas courir afin de ne pas servir de proie. Je marche d'un pas plus assuré que discret, avec mes talons qui résonnent sur le parquet, clip-clop, clip-clop. J'arrive à la salle de bains des enfants, dont la porte est entrouverte, avec vue sur notre aîné dans toute sa glorieuse puberté, le dos plein de boutons d'acné. Les jambes écartées, penché en avant, il a pivoté légèrement au-dessus de la cuvette pour que j'aie une vue parfaite sur son jou-jou – violet et luisant de ce que je prends d'abord pour de la gelée lubrifiante K-Y, mais dont l'emballage argenté, sur le sol, tend à désigner mon beurre doux Land O'Lakes – et c'est ainsi que je constate pour la première fois que mon fils est désormais doté de poils pubiens inhabituellement raides. Alors que la plupart des mâles se livrent à cet exercice les yeux fermés, Kevin a les siens grands ouverts, ce qui est parfait pour lancer un regard torve et ensommeillé à sa mère, par-dessus son épaule. En réponse, je regarde sans ciller son organe – indubitablement ce que j'aurais dû faire dans le parc au lieu de détourner les yeux, dans la mesure où l'appendice est si peu impressionnant dès lors qu'on le regarde franchement que l'on s'interroge sur les raisons d'en faire toute une affaire. J'avance et je ferme la porte, brutalement.

Le couloir résonne d'un ricanement sec. Je fais demi-tour vers la cuisine. J'ai renversé du café sur ma jupe.

Bon. Je sais que tu as dû te poser la question. Pourquoi je ne suis pas simplement partie ? Rien ne m'empêchait de prendre Celia sous le bras pendant qu'il lui restait encore un œil, et de déguerpir direction Tribeca. J'aurais pu te planter là avec ton fils et cette horrible maison qui faisaient bien la paire. Finalement. J'avais tout l'argent.

Je ne suis pas certaine que tu me croiras, mais l'idée de partir ne m'a jamais traversé l'esprit. J'avais peut-être vécu assez longtemps dans ton orbite pour avoir assimilé ta conviction féroce qu'une famille unie ne saurait se résumer à un mythe, et que quand bien même, plutôt mourir en aspirant à un inaccessible meilleur que mariner dans la résignation cynique et passive à l'idée que l'enfer, c'est les autres, ceux à qui l'on est lié. Je détestais la perspective d'une défaite ; si en portant Kevin j'avais d'emblée relevé un défi personnel, supporter le même Kevin au quotidien impliquait un défi plus grand encore. Et puis, il y avait peut-être un aspect pratique à ma ténacité. Il aurait bientôt quinze ans. Il n'avait jamais parlé d'études supérieures – jamais évoqué son avenir d'adulte du tout. N'ayant jamais exprimé le moindre intérêt pour un métier ou une carrière, il s'en tenait, pour ce que je savais, au serment qu'il avait fait à cinq ans d'être chômeur. Mais théoriquement, notre fils aurait quitté la maison dans trois ans environ. Ensuite, il y aurait seulement toi, moi et Celia, ce qui nous permettrait d'envisager cette famille heureuse de tes rêves. Ces trois années sont pratiquement écoulées à présent, et si elles se sont avérées les plus longues de ma vie, je n'avais aucun moyen de le savoir à l'avance. Enfin, ce que tu risques de trouver un peu bête, je t'aimais. Je t'aimais, Franklin. Et je t'aime toujours.

Il n'empêche que je me sentais effectivement assiégée. Ma fille se retrouvait borgne, mon mari doutait de ma santé mentale, mon fils agitait sous mon nez son pénis tartiné de beurre. Histoire d'en rajouter sur la sensation d'être attaquée de toute part, Mary Woolford a choisi ce moment entre tous pour faire sa première incursion furieuse chez nous – première et dernière, finalement, puisque la fois suivante, c'est au tribunal que nous nous sommes rencontrées.

Elle avait encore une silhouette de sylphide à l'époque, avec ses cheveux bruns jusqu'aux racines, au point que je n'aurais jamais soupçonné qu'ils étaient teints. La façon dont ils étaient attachés était un rien sévère. Même pour cette visite de voisinage, elle était sur son trente et un, tailleur Chanel et bijoux discrets aux revers étincelants de respectabilité. Qui aurait imaginé que trois maigres années plus tard, elle déambulerait dans le Nyack Grand Union en vêtements défraîchis ayant besoin d'un sérieux coup de pressing, et qu'elle casserait les œufs dans la boîte posée sur le siège enfant du Caddie d'une autre cliente ?

Elle s'est présentée rapidement et, malgré le froid, a décliné l'invitation à entrer. « Ma fille, Laura, est ravissante, a-t-elle dit. Toutes les mères pensent la même chose de leur fille, mais je crois que sa beauté est évidente aussi pour les autres. À deux exceptions de taille : Laura elle-même, et ce jeune homme qui est votre fils. »

J'avais envie de rassurer globalement cette femme en lui disant que notre fils maussade ne voyait la beauté de personne, mais j'ai senti que nous étions toujours au préambule. Mon attitude semblera peut-être guère aimable, si l'on considère que mon fils allait un peu plus d'une année après assassiner la fille de cette femme, mais je crains d'avoir nourri une antipathie immédiate pour Mary Woolford. Elle avait des gestes brusques, ses yeux regardaient d'un côté puis de l'autre, comme sous l'effet d'un désordre intérieur permanent. Cependant, certaines personnes mitonnent leurs propres chagrins comme d'autres gâtent un petit chien de race à coups de boîtes de pâtée de luxe. Mary m'est apparue d'entrée de jeu comme relevant de cette catégorie, à qui personnellement j'attribuais l'étiquette

« Cherche les Problèmes » – ce qui était selon moi de l'énergie perdue, dans la mesure où mon expérience était que les vrais problèmes vous tombent dessus sans qu'on les cherche.

« Depuis environ un an, a continué Mary, Laura souffre de l'idée fausse qu'elle est trop grosse. Je suis certaine que vous avez entendu parler de cet état. Elle saute des repas, jette son petit déjeuner au fond de la poubelle, et prétend qu'elle a mangé chez une amie. Abus de laxatifs, de coupe-faim – disons simplement que c'est très effrayant. En septembre dernier, elle est devenue si frêle qu'elle a été hospitalisée et mise sous perfusions, qu'elle arrachait dès qu'on avait le dos tourné. Vous voyez le tableau ? »

J'ai marmonné quelques syllabes faiblement compatissantes. Je prêtais normalement une oreille pleine de sympathie à ce genre d'histoires, mais à cet instant je ne pouvais m'empêcher de songer que ma fille était à l'hôpital elle aussi, et pas – j'en avais la conviction farouche – pour s'être stupidement mise en danger toute seule. De plus, j'avais entendu trop d'histoires à la Karen Carpenter pendant les réunions de parents d'élèves de Gladstone, et on avait souvent l'impression qu'il y avait compétition chez les parents d'anorexiques. Le prestigieux diagnostic était fort convoité, moins par les lycéennes que par les mères, qui se battaient pour déterminer celle qui mangeait le moins. Comment s'étonner ensuite du ravage chez ces malheureuses gamines ?

« Nous avions progressé, a continué Mary. Depuis quelques mois, on lui sert des portions modestes pendant les repas en famille auxquels elle est obligée de participer. Elle a fini par reprendre un tout petit peu de poids – comme votre fils Kevin s'est empressé de le lui faire remarquer. »

J'ai poussé un soupir. À côté de ma visiteuse, je devais sembler hagarde. En revanche, la surprise ne devait pas se lire sur mon visage et mon incapacité à faire : « Oh, mon Dieu, mais il a quoi dans la tête ce gosse ? » l'a apparemment mise hors d'elle.

« Hier soir, j'ai surpris ma ravissante fille en train de vomir son dîner ! De surcroît, j'ai réussi à lui faire avouer qu'elle se livre à ce manège depuis une semaine déjà. Et POURQUOI ? Un des garçons du lycée ne cesse de lui dire qu'elle est "grosse" ! Quarante-cinq kilos et elle se fait traiter de "grosse vache" ! Il n'a pas été facile de lui soutirer le nom du garçon, et elle m'a demandé de ne pas venir ici ce soir. Mais moi, je pense qu'il est temps que nous autres parents commencions à prendre nos responsabilités face aux comportements destructeurs de nos enfants. Mon mari et moi-même faisons tout ce qui est en notre pouvoir pour éviter que Laura se fasse du mal. Alors, si vous et votre mari pouviez faire en sorte que votre fils ne lui en fasse pas de son côté ! »

Ma tête a oscillé comme celle des chiens que l'on pose sur les plages arrière des voitures. « Com-mment ? » ai-je psalmodié. Il est possible qu'elle ait pensé que j'étais ivre.

« Je ne veux pas le savoir !

— Vous voulez que nous, nous lui parlions ? » J'ai dû crisper les commissures de mes lèvres pour contrer le sourire ironique et incrédule qui constituait un écho trop précis de Kevin en personne.

« C'est effectivement mon avis.

— Que nous lui demandions d'être attentif aux sentiments d'autrui, et de ne pas oublier la Règle d'Or ? » J'étais appuyée contre le chambranle de porte, avec sur les lèvres ce qui était proche du rictus sarcastique et Mary a reculé d'un pas, sur ses gardes. « À moins que mon mari ait une petite conversation d'homme à homme avec notre fils et lui explique qu'un vrai homme n'est ni cruel ni agressif, mais gentil et plein de compassion ? »

J'ai dû m'interrompre une seconde pour ne pas rire. Je te voyais faisant irruption dans la cuisine pour faire ton rapport : « Écoute, chérie, toute cette histoire n'est qu'un gros malentendu ! Kevin dit que ce pauvre sac d'os de Laura Woolford a mal entendu ! Il n'a pas dit qu'elle était "trop grosse" mais seulement "trop", ce qui est admiratif. Il ne l'a pas non plus traitée de "grosse vache" – il parlait de quelqu'un d'autre qui l'avait énervé ! » J'ai dû laisser filtrer un demi-sourire, car Mary est devenue écarlate avant d'exploser. « Je ne vois vraiment pas ce qui peut vous faire rire !

— Mrs Woolford, vous avez des garçons ?

— Laura est fille unique, a-t-elle répondu avec ferveur.

— Alors, je vais vous renvoyer aux comptines de notre enfance, genre "les quilles à la vanille, les gars au chocolat". Je serais ravie de pouvoir vous aider, mais dans la pratique ? Si Franklin et moi disons un seul mot à Kevin, les conséquences pour votre fille seront encore pires. Peut-être le mieux serait-il que vous tentiez d'enseigner à Laura – comment disent les enfants, déjà ? À faire avec. »

Je devais payer plus tard cette bouffée de réalisme, mais comment aurais-je pu savoir à ce moment que mon conseil frappé au coin du bon sens serait recyclé dans le témoignage de Mary au civil, deux ans plus tard – agrémenté de quelques ajouts fielleux pour faire bonne mesure ?

— Eh bien, merci de rien ! »

En regardant Mary remonter l'allée d'un pas outragé, j'ai médité le fait que toi, les professeurs de Kevin, et à présent cette Mary Woolford me seriniez qu'une mère doit « assumer ses responsabilités ». Exact. Mais si j'étais à ce point responsable, pourquoi est-ce que je continuais de me sentir si démunie ?

Celia est rentrée à la maison au début du mois de mars. Kevin ne lui avait pas une seule fois rendu visite. Protectrice, je ne l'y avais guère poussé. Tu lui proposais de façon informelle de t'accompagner, mais reculais aussitôt, eu égard au traumatisme qu'il avait subi. Il n'a jamais demandé de ses nouvelles, en fait. Quelqu'un écoutant aux portes n'aurait jamais pensé qu'il avait une sœur.

Je n'avais que modestement progressé dans l'acceptation de sa nouvelle apparence. Les brûlures qui lui grêlaient la joue et striaient sa tempe, bien qu'en voie de cicatrisation, faisaient encore des croûtes que je la conjurais de ne pas gratter pour ne pas aggraver les dégâts. Elle se pliait à cette interdiction, et j'ai repensé à Violetta. Ignorant tout jusqu'à présent de la mode chez les borgnes, je m'étais attendue à un bandeau de couleur noire, et des souvenirs de Shirley Temple chantant *The Good Ship Lollipop* dans *Shirley Aviatrice* m'avaient peut-être fourni des visions gentiment rassurantes de mon petit pirate aux boucles blondes. Je crois que j'aurais d'ailleurs préféré un bandeau noir qui m'aurait permis de courir acheter un chapeau tricorne et de me lancer dans une tentative pathétique pour transformer ce cauchemar macabre en jeu costumé afin de la distraire.

Au lieu de quoi, la couleur chair de ces patches autocollants 3M Opticlude a effacé la moitié gauche de son visage. Enflée, elle avait perdu tout relief caractéristique, comme la pommette. À croire que son visage n'était plus vraiment en trois dimensions, mais ressemblait plutôt à une carte postale, avec une image d'un côté, et du papier blanc impeccable de l'autre. Quand je saisissais au vol son profil droit, l'espace d'un instant ma jolie poupée était inchangée ; un coup d'œil sur le profil gauche, elle était effacée.

Ce manège « je suis là / je ne suis plus là » donnait désormais forme à cette conscience nouvelle et douloureuse que j'avais acquise que les enfants étaient une denrée périssable. Sans l'avoir jamais, je crois, tenue pour avérée avant son retour à la maison, j'ai carrément abandonné tout effort antérieur pour dissimuler la préférence que j'avais pour un de mes deux enfants. Elle ne parvenait plus à se résoudre à s'éloigner de moi, et je la laissais me suivre comme une ombre et venir faire les courses avec moi. Je suis certaine que tu avais raison de penser qu'il ne fallait pas la laisser prendre davantage de retard à l'école, et que plus vite elle se ferait à son handicap en public, mieux ce serait, mais j'ai pris encore un peu de congé à AWAP pour la garder deux semaines de plus à la maison. Dans l'intervalle, elle avait perdu certaines des aptitudes qu'elle avait acquises, comme celle de lacer ses tennis, et j'ai dû recommencer à le faire pour elle tout en reprenant l'apprentissage de zéro.

Je la surveillais comme le lait sur le feu quand Kevin était dans les parages. Je reconnais qu'elle ne semblait pas avoir peur de lui. Et lui a repris aussitôt l'habitude de lui donner pléthore d'ordres suintant d'ennui ; du jour où elle avait été en âge de courir chercher et de rapporter, il l'avait traitée comme un animal domestique aux capacités limitées. Mais même lorsqu'elle répondait à une demande aussi anodine et innocente que celle de lui apporter un biscuit ou de lui lancer la télécommande du téléviseur, je pensais détecter à présent chez Celia un instant d'hésitation, une petite paralysie, comme quand on peine à avaler. Et bien qu'elle ait auparavant imploré le droit de porter son carquois et se soit sentie honorée de l'aider à retirer ses flèches de la cible, la première fois qu'il lui a négligemment proposé de reprendre ses fonctions, j'ai freiné : je savais qu'il était prudent, mais Celia n'avait plus qu'un œil et elle n'approcherait pas du stand de tir. Je m'étais attendue à des pleurs de Celia. Elle avait toujours désespérément tenu à lui être utile, et elle adorait regarder son grand chef indien de frère décocher ces flèches qui se fichaient sur la cible en plein mille. Mais elle m'a gratifiée d'un regard reconnaissant, et un peu de sueur a perlé en haut de son front.

Quand il lui a proposé de sortir jouer au Frisbee – jouer avec sa sœur, une vraie première –, j'ai été surprise, et même vaguement impressionnée. J'ai donc donné mon autorisation, à condition qu'elle garde ses lunettes de protection sur le nez : j'avais désormais une relation hystérique à son œil valide. Mais lorsqu'un peu plus tard j'ai regardé par la fenêtre, il ne jouait « avec sa sœur » qu'au sens où l'on joue avec un Frisbee. La vision en profondeur de Celia était encore très limitée, et elle tentait systématiquement d'attraper le Frisbee un peu trop tôt, le manquait évidemment, et le recevait ensuite en pleine poitrine. Très drôle.

Bien sûr, le plus dur au début a été d'affronter ce trou dans le visage de Celia, une béance qu'il fallait laver souvent avec une compresse de shampoing de bébé, et humecter avec un Coton-tige. Si le Dr Sahatjian nous avait assuré que les sécrétions cesseraient quand la prothèse serait en place et la cicatrisation achevée, dans les premiers temps la cavité laissait échapper en permanence cette humeur un peu jaune, et parfois, le matin, j'étais obligée d'appliquer un Kleenex humide parce que la paupière avait collé pendant son sommeil. La paupière elle-même béait – son ophtalmo parlait de *sulcus* – et en plus elle était boursouflée, d'autant qu'elle avait été endommagée par l'acide et partiellement reconstruite à l'aide d'un greffon de peau prélevé à l'intérieur de la cuisse de Celia. (Apparemment, l'augmentation de la paupière est devenue un art suite à la grande demande, au Japon, d'occidentalisation des traits asiatiques, ce qu'en des jours meilleurs j'aurais dénoncé comme l'abominable manifestation du pouvoir de la publicité du monde occidental.) Le gonflement et la teinte légèrement violacée lui donnaient l'allure de ces enfants battus sur les affiches incitant à dénoncer ses voisins à la police. Avec une paupière effondrée et l'autre ouverte, elle semblait faire un gigantesque clin d'œil, comme si nous partagions un horrible secret.

J'avais dit au Dr Sahatjian que je n'étais pas certaine de réussir à nettoyer quotidiennement ce trou béant ; il m'avait assuré que j'allais m'habituer. Et en fin de compte, il avait raison, mais j'ai lutté contre une bouffée nauséeuse, la première fois que j'ai soulevé la paupière avec le pouce. Si elle n'était pas aussi éprouvante que je l'avais craint, l'expérience était perturbante à un niveau plus subtil. Il n'y avait personne à la maison. L'effet rappelait ces Modigliani aux yeux en amande auxquels l'absence de pupilles confère une douceur et une tranquillité hypnotiques, mais aussi une douleur bien présente, avec un zeste de stupidité. La cavité passait du rose sur les bords à un noir miséricordieux vers le fond, mais lorsque je la plaçais sous la lumière, pour mettre les gouttes d'antibiotique, je discernais cette forme incongrue, en plastique, qui empêchait l'affaissement de la cavité oculaire ; j'aurais aussi bien pu regarder à l'intérieur d'une poupée.

Je sais que mon excès d'attentions pour elle t'agaçait et que tu culpabilisais à cause de cet agacement. Pour compenser, tu témoignais une franche affection à Celia, que tu prenais sur tes genoux, à qui tu lisais des histoires. Moi, je ne reconnaissais que trop bien le côté forcé de ces efforts – tu essayais d'être un bon père –, mais je doute que Kevin ait vu plus loin que la surface des choses. Manifestement, la blessure n'avait fait que gagner encore plus d'attention à sa petite sœur – encore plus de : « Tu veux une couverture supplémentaire, chérie ? », plus de : « Est-ce que tu as encore envie d'un bout de gâteau ? », plus de : « Et si on laissait Celia veiller un peu, Franklin ? C'est une émission sur les animaux ». Contemplant le tableau de la salle de séjour, avec Celia qui s'endormait dans tes bras et Kevin qui regardait rageusement « Ma grand-mère a piqué le bébé de mon petit ami » chez Jerry Springer, j'ai pensé : on dirait que ton petit stratagème s'est retourné contre toi.

Au cas où tu t'interrogerais, je n'ai pas harcelé Celia de questions pour obtenir des détails concernant cet après-midi dans la salle de bains. Je répugnais tout autant qu'elle à aborder le sujet : ni l'une ni l'autre n'avions le moindre désir de revivre cette journée. Cependant, par sens du devoir parental – je ne voulais pas qu'elle croie le

sujet tabou, au cas où l'exploration s'avérerait thé-
rapeutique –, je lui ai simplement demandé une
fois, en passant : « Quand tu as eu cet accident,
que s'est-il passé au juste ?

— Kevin… » Elle a touché la paupière avec le
dos de son poignet ; cela la démangeait, mais pour
ne pas risquer de déplacer la forme, elle avait
appris à toujours se gratter en allant vers le nez.
« J'avais quelque chose dans l'œil. Kevin m'a aidée
à le rincer. »

C'est tout ce qu'elle a jamais dit.

*Eva*

*Cher Franklin,*

On dirait que cette histoire Andy Williams a déclenché une avalanche de crimes sur le même modèle. Mais en fait, tous les crimes se ressemblent, tu ne crois pas ?

Il y a eu quatre agressions sanglantes dans des écoles au cours du printemps 1998. Je me souviens clairement de la date où l'info est tombée pour la première, parce que c'était le jour où le Dr Sahatjian a dessiné la prothèse de Celia, avant de faire un moulage de son orbite. Celia était aux anges quand il a méticuleusement peint à la main l'iris de son bon œil. J'ai été surprise qu'il n'utilise pas le scanner mais procède méticuleusement à l'aquarelle avec de fins pinceaux. La peinture d'un iris est apparemment tout un art, puisque chaque œil est unique, comme une empreinte digitale, et même le blanc de nos yeux a une nuance bien à lui, avec son maillage personnalisé de vaisseaux sanguins. Cet épisode aura sans doute été le seul moment de ce parcours atroce à avoir un peu de charme.

Quant au moulage, on nous avait assuré qu'il ne serait pas douloureux, malgré un éventuel léger inconfort, selon le terme qui plaît tant au corps médical pour désigner, semble-t-il, une douleur que l'on n'éprouve pas soi-même. Bien que le remplissage de l'orbite avec du mastic blanc ait été incontestablement désagréable, c'est à peine si elle a gémi : elle n'a jamais vraiment pleuré. Le courage de Celia était particulièrement disproportionné. Elle avait perdu un œil avec le stoïcisme d'un brave petit soldat. Elle continuait de pousser des cris d'orfraie si elle découvrait une moisissure sur le rideau de douche.

Pendant que son assistante replaçait la forme dans l'orbite et appliquait un bandeau tout neuf, j'ai demandé l'air de rien à Kriskor Sahatjian comment il s'était retrouvé dans cette niche professionnelle. Il m'a raconté spontanément qu'à douze ans il avait voulu prendre un raccourci, et traversé le jardin d'un voisin, en enjambant une haie hérissée de piques ; il avait alors glissé, et l'extrémité d'une tige de fer pointue comme une flèche... Laissant délicatement la suite à mon imagination, il a dit : « J'ai été tellement fasciné par la fabrication de ma propre prothèse que j'ai décidé que je venais de trouver ma vocation. » Incrédule, j'ai de nouveau regardé ses yeux de velours marron, qui faisaient songer à ceux

570

d'Omar Sharif. « Vous êtes surprise », a-t-il commenté gentiment. « Je n'avais rien remarqué », ai-je reconnu. « Vous verrez que c'est assez courant. Quand la prothèse sera en place, beaucoup de gens ne sauront jamais que Celia n'a qu'un œil. Et puis il y a des manières de dissimuler – un exemple ? tourner la tête au lieu de bouger les yeux pour regarder quelqu'un. Je lui apprendrai, quand elle sera prête. » J'ai été pleine de reconnaissance. Pour la première fois, son énucléation n'était plus la fin du monde, et je me suis même demandé si la distinction conférée par ce handicap et la force qu'il mobilisait n'allaient pas aider Celia à grandir intérieurement.

Quand nous sommes rentrées toutes les deux de l'Upper East Side, tu étais déjà arrivé et t'étais installé dans le coin télé avec Kevin, devant une des rediffusions à la chaîne de Happy Days. Depuis le pas de la porte, j'ai commenté : « Tiens, les années cinquante comme elles n'ont jamais existé. J'attends toujours que quelqu'un parle à Ron Howard du spoutnik, du maccarthysme et de la course aux armes. » Avant d'ajouter, désabusée : « Mais je vois que vous êtes *accros* tous les deux. »

En ce temps-là, je plaquais systématiquement une ironie bien lourde sur les expressions américaines dans l'air du temps, comme si je les prenais avec des pincettes. Dans le même ordre d'idées, j'avais expliqué au prof de lettres de Kevin que l'usage erroné du mot « littéralement » était « un de mes dadas », avec un petit clin d'œil entendu qui n'avait servi qu'à la rendre perplexe. J'avais toujours considéré la culture américaine comme un sport de spectacle sur lequel je pouvais émettre des jugements depuis les sommets blanchis de mon internationalisme. Mais aujourd'hui, je me mets aussi à singer les pubs de bière lorsque mes collègues de bureau de Travel R Us s'exclament à l'unisson : « C'est quoi ce truc ? », je fais de « pallier » un verbe intransitif, et j'omets les guillemets guindés. La vraie culture, on ne l'observe pas, on l'incarne. Je vis ici. Et je n'allais pas tarder à découvrir, au prix fort, qu'il n'y a pas d'échappatoire.

Notre fils, cependant, entendait tout cela, et plus encore, dans ma prononciation dédaigneuse de *accros*. « Existe-t-il seulement une chose, ou une personne à quoi tu ne te sentes pas supérieure ? a-t-il demandé en me regardant droit dans les yeux.

— J'ai été franche avec toi concernant les problèmes que j'ai avec ce pays, ai-je dit sèchement, laissant peu de place au doute sur le fait que cette franchise était la source de mon regret, et faisant peut-être là ma seule allusion à notre dîner désastreux à la Hudson House. Mais j'ignore ce qui te fait penser que je me sens supérieure.

— T'as jamais remarqué que tu ne parles pas des Américains en disant "nous" ? C'est systématiquement "eux". Comme si tu parlais de Chinois, ou de je ne sais quoi.

— J'ai passé une bonne partie de ma vie adulte en dehors du pays, alors il est probable que…

— Ouais, c'est ça. » Kevin a cessé de me regarder pour s'intéresser de nouveau à l'écran. « Je voudrais seulement savoir ce qui te permet de te croire à part des autres.

— Eva, prends un siège et viens rigoler avec nous ! as-tu dit. C'est l'épisode où Ritchie est obligé de sortir avec la fille du patron sans la connaître, alors il demande à Potsie…

— Tu veux dire que tu l'as vu vingt fois, me suis-je moquée gentiment, reconnaissante pour la perche que tu venais de me tendre. On en est à combien de Happy Days d'affilée, maintenant, trois ou quatre ?

— C'est le tout premier ! Il en reste donc cinq !

— Avant que j'oublie, Franklin : j'ai obtenu l'accord du Dr Sahatjian, à propos du verre. » Caressant les jolis cheveux blonds de Celia, accrochée à ma jambe, je me suis abstenue de précisions concernant ce verre. Je m'étais attaquée plus tôt dans l'après-midi à la tâche d'éteindre chez notre fille l'espoir que son nouvel œil pourrait voir clair.

« E-va, as-tu chantonné aimablement, car tu n'étais pas d'humeur vindicative. Le polymère est ce qui se fait de mieux.

— La cryolite allemande aussi.

— Moins d'infections, moins de risques de casse…

— Le polymère n'est qu'un mot sophistiqué pour désigner le plastique. Je hais le plastique. » Et, pour clore la discussion, j'ai ajouté : « Tout est dans le matériau.

— Regarde, as-tu dit à l'intention de Kevin. Ritchie se dégonfle pour le rendez-vous, et finalement, la dame est un canon. »

Je n'avais pas envie de ruiner ta soirée, mais la mission dont je rentrais n'avait pas vraiment été une partie de plaisir et j'étais incapable d'avaler sans transition tes âneries, ta malbouffe télévisuelle. « Franklin, il est presque sept heures. Pourrions-nous regarder les infos ?

— La barbe, as-tu râlé.

— Pas ces derniers temps. » On était toujours en plein ballet lascif du Monicagate. « On donnerait même plutôt dans le X… Kevin ? » Je me suis adressée poliment à notre fils. « Verrais-tu un inconvénient à ce que, à la fin de cet épisode, on passe à la chaîne info ? »

Kevin était vautré dans le fauteuil, l'œil éteint. « Comme tu veux. »

Tu as chanté en même temps que la musique du générique, « *Monday, Tuesday, happy days…* », tandis que je mettais un genou à terre pour retirer des fragments de mastic blanc des cheveux de Celia. À l'heure pile, je suis passée sur Jim Lehrer. C'était l'ouverture du journal. Pour une fois, notre Président allait devoir garder sa braguette fermée afin de céder la place à deux sales gamins dans son État d'origine, le plus vieux âgé de treize ans, l'autre de onze seulement.

J'ai gémi, en me laissant choir sur le canapé en cuir. « Pas encore un autre ! »

À l'extérieur du Westside College de Jonesboro, Arkansas, Mitchell Johnson et Andrew Golden avaient fait le guet, tapis dans les fourrés en tenue de camouflage, après avoir déclenché l'alarme incendie de l'école. Quand élèves et professeurs sont sortis du bâtiment, les deux ont ouvert le feu avec une carabine Ruger calibre 44 Magnum et un fusil de chasse calibre 30.06, tuant quatre filles, un professeur, et blessant encore onze élèves. Lui-même blessé par une déception sentimentale, le plus vieux des deux garçons avait apparemment prévenu un copain la veille avec un panache de film de cape et d'épée : « J'ai du monde à tuer », tandis que le jeune Andrew Golden aurait juré à un confident de confiance qu'il allait descendre « toutes les filles qui avaient rompu avec lui ». Un seul garçon a été blessé ; les quinze autres victimes étaient de sexe féminin.

« Petits cons, ai-je grogné.

— Ho, Eva ! es-tu intervenu. Surveille ton langage.

— Et ça continue, l'apitoiement sur son propre sort ! Genre : "Mon Dieu, ma petite amie ne m'aime plus ; vite, faut que je tue cinq personnes !" ai-je dit.

— Et tout le cinéma arménien, alors ? a demandé Kevin en me lançant un regard noir. Genre : "Mon Dieu, il y a un million d'années, les Turcs ont été très méchants, et maintenant tout le monde s'en fout !" Ce n'est pas s'apitoyer sur son sort, ça ?

— Pour moi, il y a une petite différence entre un génocide et le fait de se faire larguer, ai-je répliqué sèchement.

— Gna gna, gna gna gna gnagna gnagnagna gna gna gnagnagna gna gna gna gna gna gna gnagna ! a moqué Kevin dans sa barbe. Putain, lâche-nous avec ce truc.

— Et c'est quoi cette histoire de vouloir tuer "toutes les filles qui ont rompu avec lui" ? ai-je raillé.

— Tu pourrais la fermer ? a dit Kevin.

— Kevin ! as-tu grondé.

— Oh, j'essaie de suivre ce truc, et c'est elle qui a dit qu'elle voulait regarder les infos. » Kevin parlait souvent de sa mère comme je parlais des Américains. Nous préférions l'un et l'autre utiliser un pronom personnel à la troisième personne.

— Mais ce morveux a onze ans ! » Moi aussi, je détestais les gens qui parlaient en même temps que les infos, mais je ne pouvais pas me contenir. « Combien de petites amies il a pu avoir ?

— En moyenne ? a répondu notre expert maison. Une vingtaine.

— Et toi, ai-je dit. Tu en as eu combien ?

— Zé-ro. » Kevin était à présent affalé au point de sembler vautré, et sa voix avait un grinçant un peu râpeux qu'il ne tarderait pas à utiliser en permanence. « On saute et on jette.

— Waouh, Casanova ! as-tu dit. Voilà le résultat qu'on obtient en dévoilant les choses de la vie à un gosse de sept ans.

— Maman, c'est qui Onsotte et Ongette ? C'est comme Tweedledee et Tweedledum ?

— Celia, mon cœur, ai-je dit à notre petite fille de six ans dont l'éducation sexuelle ne comptait pas dans les urgences immédiates. Tu n'as pas envie d'aller jouer dans la salle de jeux ? Nous regardons les informations, et ce n'est pas très amusant pour toi.

— Vingt-sept balles, seize coups marqués, a calculé Kevin avec une certaine admiration. Sur cibles mouvantes, en plus. Tu sais, pour des gamins, c'est un résultat honorable.

— Non, je veux rester avec toi ! a dit Celia. Tu es ma copine.

— Mais j'ai envie d'un dessin, Celia. Tu ne m'as rien dessiné de la journée !

— Bon, d'accord. » Elle restait là, en tenant sa jupe.

« Viens me faire un câlin, alors. » Je l'ai attirée vers moi et elle a mis ses bras autour de mon cou. Je n'aurais pas imaginé qu'une enfant de six ans pouvait serrer aussi fort, et j'ai eu mal au cœur de devoir décrocher ses doigts de mes vêtements qu'elle ne voulait pas lâcher. Quand elle a été sortie de la pièce, après s'être arrêtée un instant pour faire au revoir avec la main, je t'ai surpris levant les yeux au ciel à l'intention de Kevin.

Entre-temps, à l'écran, un journaliste interrogeait le grand-père d'Andrew Golden, à qui une partie de l'arsenal des gamins avait été dérobée, notamment trois carabines puissantes, quatre pistolets et une caisse de munitions. « C'est une terrible tragédie, disait-il sans assurance. Nous avons perdu. Ils ont perdu. La vie de tout le monde est fichue.

— Répétez ça, je vous prie, ai-je dit. Parce qu'il pouvait arriver quoi d'autre, sinon qu'ils se fassent prendre, coffrer et mettre à l'ombre pour l'éternité ? Ils pensaient quoi ?

— Ils ne pensaient pas, as-tu dit.

577

— Tu rigoles ? a fait Kevin. Ce genre de truc se prépare à l'avance. Évidemment, qu'ils ont pensé. Ils n'ont même probablement jamais pensé autant de toute leur vie de merde. » Depuis le premier du genre, Kevin s'était emparé de ces incidents, et chaque fois que le sujet était évoqué, il affichait une autorité qui me tapait sur les nerfs.

« Ils ne pensaient sûrement pas à ce qui allait se passer ensuite, ai-je dit. Ils ont peut-être réfléchi beaucoup à leur attaque imbécile, mais pas aux cinq minutes suivantes – et moins encore aux cinquante années derrière.

— Je n'en serais pas aussi certain, a dit Kevin, en prenant une poignée de nachos au fromage phosphorescent. Tu n'écoutais pas – comme d'habitude – parce que Celie avait besoin d'un gros câlin. Ils ont moins de quatorze ans. Selon la loi en Arkansas, Batman et Robin seront de retour en Batmobile à dix-huit ans.

— C'est scandaleux !

— Le dossier est classé secret, en plus. Je suis sûr qu'à Jonesboro tout le monde attend ce jour avec impatience.

— Tu ne peux tout de même pas envisager sérieusement qu'ils ont fait le détour par la bibliothèque de droit avant et vérifié les textes légaux.

— Mmm ! a fait Kevin, dubitatif. Qu'est-ce que tu en sais ? De toute façon, peut-être que c'est nul de penser sans arrêt au futur. Remets toujours le présent à plus tard, et il n'y a plus de présent, tu vois ce que je veux dire ?

— Ils ont raison de prévoir des sentences moins lourdes pour les mineurs, as-tu dit. Ces gamins n'avaient aucune idée de ce qu'ils faisaient.

— Tu ne crois pas ce que tu dis », a grincé Kevin, caustique. (Si le ridicule de mes angoisses adolescentes le blessait, notre fils était peut-être plus accablé par ta compassion.)

« On n'appréhende pas vraiment la réalité de la mort quand on a onze ans, as-tu dit. On ne conçoit pas vraiment l'existence de l'autre – l'autre qui souffre ; qui est, simplement. Et on ne perçoit pas non plus sa propre vie adulte comme un avenir réel. Ce qui facilite les choses pour la bousiller.

— Peut-être que son avenir est une réalité pour lui, a dit Kevin. Peut-être que c'est justement le problème.

— Je t'en prie, Kev, as-tu dit. Tous les gamins impliqués dans ces fusillades sont issus des classes moyennes, ils ne sortent pas du caniveau. Ces garçons avaient devant eux une vie avec un crédit, une voiture, un boulot à responsabilité, et des vacances annuelles à Bali ou ailleurs.

— Ben oui, a ronronné Kevin. C'est ce que je disais.

— Tu sais quoi ? suis-je intervenue. On s'en fout. On s'en fout que le fait de descendre des gens soit ou ne soit pas réel pour eux, et on s'en fout aussi de leurs douloureuses ruptures avec des petites amies qui n'ont même pas encore de nichons. On s'en contrefout. Le problème, c'est les armes. Les armes, Franklin. Si les fusils ne se baladaient pas dans les maisons de ces personnes comme des manches à balai, aucun de ces...

— Oh, ça recommence, as-tu dit.

— Tu as entendu Jim Lehrer dire que dans l'Arkansas la possession d'armes à feu par des mineurs n'est même pas illégale ?

— Ils les ont volées...

— Elles étaient à portée de main. Et ces deux gamins avaient des fusils leur appartenant. C'est absurde. Pas d'armes à feu, et ces deux crétins tirent la queue du chat, ou – ton idée personnelle pour résoudre les différents – ils collent leur poing dans la figure de leur ex-petite amie. Un nez qui saigne, tout le monde rentre chez soi. Ces fusillades sont tellement ineptes que j'imaginais que tu serais content d'y trouver un bout d'étron instructif.

— D'accord, je peux envisager des mesures de restriction sur les armes automatiques, as-tu dit en adoptant ce ton sermonneur qui était pour moi la plaie du statut de parent. Mais les armes à feu ne vont pas disparaître. Elles font partie intrinsèque du paysage de ce pays : tir sur cible, chasse, sans parler de l'autodéfense... » Tu t'es interrompu parce que j'avais manifestement cessé d'écouter.

« La réponse, si elle existe, c'est les parents, as-tu repris, visant la pièce entière à présent, et haussant la voix pour couvrir la télé, où le gros visage éperdu d'amour de Monica Lewinski nous fixait une fois de plus. « Tu peux parier sans risques que ces garçons n'avaient personne vers qui se tourner. Personne à qui ouvrir vraiment leur cœur, en qui ils avaient confiance. Quand on aime ses enfants, on est présent pour eux, on les emmène voir des choses, des musées, des champs de bataille, on trouve du temps pour eux, on leur fait confiance, on manifeste de l'intérêt pour ce qu'ils pensent. C'est à ces conditions qu'on évite ce genre d'épisode hystérique. Et si tu ne me crois pas, demande à Kevin. »

Sauf que, pour une fois, Kevin a fait dans la dérision. « Oui, P'pa ! Pour moi, ça fait toute la différence, cette possibilité que j'ai de tout vous dire, à toi et à ma petite Maman, surtout lorsque je subis la pression de l'entourage et toute cette saloperie ! Tu me demandes toujours à quels jeux vidéo je joue, ou ce que j'ai comme devoirs de classe, et je sais que je peux toujours me tourner vers vous quand besoin est !

— Ouais, et si tu ne pouvais pas te tourner vers nous, champion, as-tu grommelé, tu ne trouverais pas cela aussi comique. »

Celia venait de revenir jusqu'à l'entrée du petit salon, au seuil duquel elle était restée comme en suspens, agitant une feuille de papier. J'ai dû lui faire signe d'entrer. Elle avait toujours ressemblé à un poussin sans défense, mais cette espèce d'humilité soumise proche du Tiny Tim de Dickens était nouvelle, et, je l'espérais bien, temporaire. Après avoir remis son bandeau en place, je l'ai prise sur mes genoux pour admirer son dessin. Déprimant. La blouse blanche du Dr Sahatjian était si grande que sa tête sortait de la page ; quant à l'autoportrait de Celia, il atteignait juste les genoux de l'ophtalmo. Alors que ses dessins étaient habituellement légers, habiles et précis, à la place où aurait dû se trouver son œil gauche, elle avait barbouillé un magma informe qui empiétait sur sa joue.

Et toi, tu demandais : « Sérieusement, Kev – est-ce qu'il arrive parfois que certains élèves, dans ton lycée, semblent déséquilibrés ? Est-ce que certains parlent d'armes, ou jouent à des jeux violents, ou aiment les films violents ? Est-ce que tu penses que ce genre de choses pourrait arriver dans ton école ? Avez-vous au moins des gens pour vous écouter, des professionnels auxquels les jeunes peuvent aller parler s'ils sont malheureux ? »

Grosso modo, tu désirais sans doute effectivement des réponses à ces questions, mais leur ferveur de père attentionné semblait indiquer le contraire. Les enfants ont des radars précis pour distinguer entre un adulte intéressé et un adulte qui veut à tout prix paraître intéressé. Toutes les fois où je me suis penchée sur Kevin, après le jardin d'enfants, pour lui demander ce qu'il avait fait ce jour-là, même à cinq ans, il savait que je m'en fichais complètement.

« Tous les élèves de mon école sont déséquilibrés, P'pa, a-t-il dit. Ils ne jouent qu'à des jeux violents sur leur ordinateur, et ils ne regardent que des films violents. On ne va voir une psychologue que pour sortir de la classe, et tout ce qu'on lui dit c'est des conneries. Autre chose ?

— Tu m'excuseras, Franklin, ai-je dit en soulevant Celia pour l'asseoir à côté de moi, mais je ne vois pas comment quelques conversations à cœur ouvert de plus vont freiner ce qui est manifestement en train de devenir le dernier chic. Ça se répand comme les Teletubbies, sauf qu'au lieu d'avoir une poupée en mousse avec une télé sur le ventre, un adolescent se doit de faire un carton dans son école. Les indispensables de l'année : un téléphone portable *Guerre des étoiles*, et un Roi Lion semi-automatique. Ah, plus le détail mélo du gars qui sert de tête de Turc, ou qui se fait éconduire par une petite mignonne.

— Fais preuve d'un peu d'empathie, as-tu dit. Ces gamins sont perturbés. Ils ont besoin d'aide.

— Ce sont aussi des suiveurs. Tu crois qu'ils n'ont pas entendu parler de West Palm Beach et de Moses Lake ? De Bethel, Pearl et Paducah ? Les gamins voient des trucs à la télé, ils entendent leurs parents parler. Écoute bien ceci : tout accès de colère qui retombe ne fait qu'accroître la probabilité d'une prochaine explosion. Ce pays entier est perdu, tout le monde copie tout le monde, et tout le monde veut être célèbre. À long terme, le seul espoir est que ces bains de sang deviennent d'une telle banalité qu'ils ne paraissent plus dans les infos. Dix gamins se font descendre dans une école primaire de Des Moines, et la nouvelle apparaît en page six. Toutes les modes finissent par passer, et, Dieu merci, il arrivera un moment où il ne sera plus cool du tout pour un jeune de treize ans d'être vu avec un Mark 10. En attendant, Kevin, à ta place, je me méfierais de tes collègues qui commencent à s'apitoyer sur leur sort et portent une tenue camouflée. »

En reconstituant cette tirade, je ne peux m'empêcher d'en lire la morale implicite : si les fusillades dans les lycées étaient vouées à la banalisation, les adolescents ambitieux ayant un faible pour les gros titres avaient intérêt à se lancer tant que le jeu valait la chandelle.

Juste un peu plus d'un mois après, à Edinboro, Pennsylvania, Andrew Wurst, âgé de quatorze ans, avait juré un jour que son bal de fin de promo, pour fêter le passage au lycée, serait « mémorable » ; et de fait, le lendemain, il y a veillé. Dans le patio du Nick's Place, à dix heures du soir, alors que deux cent quarante collégiens dansaient sur la chanson du *Titanic*, *My Heart Will Go On*, Wurst a tiré une balle mortelle dans la tête d'un professeur de quarante-huit ans, avec le pistolet calibre 25 de son père. À l'intérieur, il a tiré plusieurs autres coups de feu, blessant deux garçons et effleurant une professeur. Pendant sa fuite par l'arrière, il a été appréhendé par le propriétaire du Nick's Place, qui tenait un fusil et a convaincu le fuyard de se rendre à la supériorité de sa puissance de feu. Comme se sont empressés de le signaler les journalistes en quête d'une pointe d'humour bienvenue, le thème du bal était : « Le plus beau jour de ma vie ».

Chacun de ces incidents était mis en valeur par les enseignements, aussi minables soient-ils, qu'on pouvait en tirer. Le surnom de Wurst était Satan, ce qui faisait écho à l'implication de Luke Woodham, à Pearl, dans une secte satanique. Wurst était un fan du chanteur rock androgyne et gothique Marilyn Manson, un gars qui sautillait sur scène l'œil souligné par une couche d'eye-liner mal appliqué, et du coup ce type qui cherchait seulement à tirer un profit honnête du mauvais goût adolescent s'est vu stigmatisé par la presse comme une malédiction. Moi-même, je n'étais pas fière de m'être montrée si caustique contre les précautions prises lors du même bal l'année précédente, pour Kevin. Quant aux mobiles du tireur, ils manquaient un peu de tonus. « Il détestait sa vie, avait dit un ami. Il détestait le monde. Il détestait l'école. La seule chose qui le rendait heureux, c'est quand une fille acceptait de lui parler » – échanges dont il nous faut bien conclure qu'ils étaient peu fréquents.

Peut-être ces bains de sang dans une école commençaient-ils à passer de mode, parce que l'histoire de Jacob Davis, âgé de dix-huit ans, à Fayetteville, Tennessee, à la mi-mai, s'est pas mal perdue dans la bataille. Davis avait déjà gagné une bourse pour l'université, et il n'avait jamais eu de problèmes. Un de ses amis a précisé aux journalistes, plus tard : « Il ne parlait pratiquement jamais. Mais je suppose que c'est ceux-là qui vous tombent dessus – les taiseux. » À l'extérieur de l'école, trois jours avant l'obtention de leur diplôme à tous les deux, Davis est allé à la rencontre d'un autre élève de terminale qui sortait avec son ex-petite amie, et il lui a tiré trois balles, avec une carabine de calibre 22. Apparemment, la rupture l'avait atteint durement.

J'ai pu manifester un peu d'humeur contre le mélodrame du chagrin d'amour, mais dans le genre tueur, Davis avait la classe. Il a laissé une lettre dans sa voiture, assurant ses parents et son ex-petite amie de tout son amour. Une fois l'acte accompli, il a posé son arme, s'est assis à côté, a caché son visage dans ses mains. Il est resté ainsi jusqu'à l'arrivée de la police, et s'est alors « rendu sans incident », ont écrit les journaux. Cette fois, de manière atypique, j'ai été touchée. Je voyais le tableau : Davis savait qu'il avait fait une bêtise, et il savait depuis le début que c'était une bêtise. La vérité concomitante de ces deux faits lui fournirait la grande énigme humaine à méditer entre quatre murs le reste de sa vie.

Et pendant ce temps-là, à Springfield, Oregon, le jeune Kipland Kinkel avait bien digéré la leçon que descendre un seul camarade de classe ne constituait plus une voie royale vers l'immortalité. Trois jours exactement après que Jacob Davis a eu brisé le cœur de ses parents bien-aimés, cet avorton de quinze ans au visage de fouine a repris le flambeau. Aux alentours de huit heures du matin, alors que ses camarades de Thurston High terminaient leur petit déjeuner, Kinkel est entré calmement dans la cafétéria du collège avec un pistolet calibre 22, un Glock 9 millimètres et un semi-automatique de calibre 22 sous son trench-coat. Sortant d'abord l'arme la plus efficace, il a arrosé toute la salle d'un tir en rafale, fracassant les fenêtres et envoyant les élèves se mettre à couvert. Dans la cafétéria, dix-neuf jeunes ont été touchés mais ont survécu, tandis que quatre autres étaient blessés dans la panique pour sortir du bâtiment. Un élève a été tué sur le coup, un autre devait mourir, à l'hôpital, et un troisième serait également mort si le semi-automatique de Kinkel ne s'était pas trouvé à court de munitions. Posée sur la tempe d'un gamin, l'arme a fait *clic, clic, clic.*

Pendant que Kinkel se démenait pour insérer un second chargeur, Jake Ryker – qui avait seize ans, était membre de l'équipe de lutte de l'école et avait reçu une balle dans la poitrine – s'est jeté sur le tueur. Kinkel a sorti de son trench-coat un pistolet. Ryker a empoigné l'arme et l'a expédiée au loin, non sans prendre une balle dans la main. Le jeune frère de Rykel a sauté sur le tueur, puis a aidé à le mettre à terre. Pendant que d'autres élèves s'empilaient sur lui, Kinkel a crié : « Tirez, tuez-moi tout de suite ! » Compte tenu des circonstances, je suis plutôt étonnée qu'ils ne l'aient pas fait.

Oh, à propos : une fois en garde à vue, Kinkel a conseillé à la police de faire un tour chez lui – une ravissante maison à étage dans un quartier huppé regorgeant de grands sapins et de rhododendrons –, et ils y ont découvert un homme et une femme d'âge mûr, tués par balles. Pendant au moins un ou deux jours, la presse a beaucoup épilogué sur l'identité précise de ces deux personnes, jusqu'à ce que la grand-mère de Kinkel reconnaisse les corps. Je me demande avec une certaine perplexité qui, pour la police, pouvait bien habiter dans la maison de Kinkel, à part ses parents.

Finalement, cette histoire aura été riche d'enseignements et la morale plaisamment claire. Le petit Kipland avait allumé pléthore de clignotants que l'on n'avait pas pris suffisamment au sérieux. Au primaire, ses camarades l'avaient désigné comme « Ayant les meilleures chances de déclencher la troisième guerre mondiale ». Il avait récemment fait un exposé sur la manière de fabriquer une bombe. En gros, il avait une forte propension à inscrire des inclinations violentes dans le plus anodin des devoirs scolaires. « Si le sujet avait été de raconter ce qu'on ferait dans un jardin, a expliqué un élève, Kipland aurait parlé de tondre les jardiniers. » Bien que, par une mystérieuse coïncidence, les initiales de Kip Kinkel aient aussi été « KK », il était si universellement détesté par ses camarades de classe que même après l'épisode de la cafétéria ils ont refusé de lui donner un surnom. Le plus rageant étant que la veille de la fusillade, exactement, il avait été arrêté en possession d'une arme volée, pour être seulement rendu ensuite à la garde de ses parents. Du coup, le message est passé : les élèves dangereux se trahissent toujours. On peut les repérer, *ergo*, on peut les arrêter.

L'école de Kevin avait fonctionné sur ce postulat pendant le plus clair de l'année scolaire, mais chaque info rapportant un nouveau bain de sang faisait monter d'un cran la paranoïa. Gladstone High avait pris une atmosphère militaire et préventive, sauf que la présomption du maccarthysme ciblait un ennemi intérieur. Les professeurs avaient reçu des listes de comportements déviants à déceler, et pendant les assemblées scolaires, on inculquait aux élèves de rapporter à l'administration la moindre remarque vaguement menaçante, même si elle « avait l'air » d'une plaisanterie. Les devoirs écrits étaient passés au peigne fin pour détecter un éventuel intérêt malsain porté à Hitler et au nazisme, ce qui rendait l'enseignement de l'histoire européenne du XXᵉ siècle pour le moins délicat. Parallèlement, on devenait excessivement sensible au satanisme, au point qu'un élève de terminale, Robert Bellamy, connu sous le nom à rallonge de « Bobby Belzébuth », s'est vu convoquer devant le principal pour expliquer – et changer – son sobriquet. Il régnait un littéralisme oppressant, de sorte qu'une élève de terminale un peu excitable, qui avait crié : « Je vais la tuer ! » parce qu'une autre fille de son équipe de volley avait raté le ballon, a été emmenée au bureau du conseiller d'éducation et exclue pour le reste de la semaine. Et pourtant, le métaphorique ne constituait pas non plus un refuge sûr. Lorsque, pendant le cours de littérature de Kevin, un baptiste bigot a écrit dans un poème : « Mon cœur est une balle et Dieu mon tireur d'élite », la professeur est allée directement chez le principal et a refusé de reprendre ses cours tant que ce gamin ne serait pas changé d'établissement. Même l'école primaire de Celia est devenue fatalement répressive : un petit garçon de sa classe de onzième a été renvoyé de l'école pendant trois jours pour avoir pointé un os de poulet sur l'institutrice en faisant « Pan ! pan ! pan ! ».

C'était pareil dans tout le pays, si l'on en croit les gênantes petites brèves du *New York Times*. À Harrisburg, Pennsylvanie, une gamine de quatorze ans a subi une fouille au corps – une fouille au corps, Franklin – et a été exclue, lorsque, pendant un débat sur les fusillades dans les écoles, elle a déclaré comprendre comment des enfants qui servaient de têtes de Turc pouvaient finalement se rebiffer. À Ponchatoula, Louisiane, un garçon de douze ans a été placé pendant deux semaines entières dans un centre de détention juvénile pour avoir averti ses camarades de sixième en train de faire la queue à la cafétéria qu'il leur « ferait leur fête » s'ils ne lui laissaient pas assez de pommes de terre, ce qui a été interprété comme une « menace terroriste ». Sur un site web de deux pages, Buffyle-vampire.com, un élève de l'Indiana exposait une théorie qui a dû traverser de temps à autre l'esprit de plus d'un collégien, selon laquelle les profs étaient les instruments de Satan ; non contents d'avoir obtenu son exclusion, les enseignants ont porté plainte devant un tribunal fédéral contre le jeune garçon et sa mère, pour diffamation et préjudice moral. Un gamin de treize ans a été renvoyé deux semaines parce que, lors d'une sortie pédagogique au Musée atomique d'Albuquerque, il avait dit : « On va nous apprendre comment on fabrique une bombe atomique ? », tandis qu'un autre prenait une raclée d'un administrateur de l'établissement scolaire simplement pour avoir apporté son cahier de chimie. Dans tout le pays, des gosses étaient renvoyés parce qu'ils portaient des trench-coats comme Kipland Kinkel, ou simplement parce qu'ils s'habillaient en noir. Mais celle que je préfère reste l'exclusion d'un gosse de neuf ans après un travail collectif sur le thème de la diversité et de la culture asiatique, au cours duquel il avait écrit cet aphorisme : « Tu connaîtras une mort honorable. »

Bien qu'il reste en général muet sur ce qui se passe dans son école, Kevin a fait une entorse pour nous offrir des morceaux choisis de cette hystérie galopante. Avec l'effet attendu : tu avais plus peur pour lui ; j'avais plus peur de lui. Paraître dangereux lui plaisait bien, mais il trouvait cependant clairement grotesques les mesures de précaution prises par l'école. « En continuant comme ça, a-t-il observé un jour, et la remarque était juste, ils vont finir par donner des idées aux enfants. »

C'était un soir, peu avant la cérémonie des diplômes, une sortie du monde de l'enfance qui, pour les terminales, avait toujours un petit goût d'apocalypse, ce qui aurait pu rendre l'administration fébrile même sans l'aide de Kip Kinkel. Après son dîner habituel – restauration à la sauvage devant le frigo ouvert –, Kevin repu a régressé vers le fauteuil du salon, d'où il a relaté le dernier épisode : la totalité des élèves avaient été soumis à un « confinement » de quatre cours d'affilée à l'intérieur de leur salle de classe pendant que la police fouillait chaque vestiaire et arpentait les couloirs avec des chiens renifleurs.

« Qu'est-ce qu'ils cherchaient, de la drogue ? » ai-je demandé.

Kevin a rectifié légèrement. « Ou des poèmes.

— C'est ce bazar de Jonesboro-Springfield, as-tu dit. Ils cherchaient visiblement des fusils.

— Ce qui me tue, a dit Kevin, en s'affalant et en crachant les mots comme de la fumée de cigarette – passez-moi l'expression –, c'est qu'ils ont envoyé une note aux professeurs pour les informer. Cette cloche de prof de théâtre, la Pagorski, a laissé le mot sur son bureau, et Lenny l'a vu – j'ai été impressionné : je savais pas qu'il savait lire. Bref, l'info a circulé. Toute l'école était au courant de ce qui allait se passer. Un mec qui aurait eu une AK dans son casier avait largement le temps de reconsidérer sa cachette merdeuse. »

J'ai demandé : « Kevin, aucun de tes camarades de classe n'a protesté ?

— Quelques filles, au bout d'un moment, a-t-il répondu avec désinvolture. Personne ne pouvait faire pipi, tu comprends… D'ailleurs, a-t-il ajouté avec un petit ricanement, l'autre tête de lard d'Ulanov a fait dans sa culotte.

— L'administration avait de réels motifs d'inquiétude ? Ou bien s'agissait-il simplement d'un truc genre : tiens, on est mercredi, si on sortait un peu les chiens ?

— Sans doute un coup de fil anonyme. Ils ont mis en place une hotline, alors c'est facile de piéger ses amis, maintenant. Pour vingt-cinq cents, je pourrais échapper aux Sciences de l'environnement n'importe quel jour de la semaine.

— Un appel anonyme de qui ? ai-je interrogé.

— Ho, ho. Si je te disais de qui, il n'aurait rien d'anonyme, si ?

— Bref, après ce chambardement, est-ce qu'ils ont trouvé quelque chose ?

— Ça oui, a susurré Kevin. Une pelletée de livres en retard pour la bibliothèque. Quelques frites qui commençaient à puer. Un poème qui sentait carrément le mal et le stupre les a occupés un moment, avant qu'ils sachent qu'il s'agissait d'une chanson du Big Black : *"This is Jordan, we do what we like…"* – oh, et encore un truc. Une liste.

— Quel genre de liste ?

— Un classement. Pas "Mes chansons préférées", mais le contraire. Tu sais, avec ILS MÉRITENT TOUS LA MORT écrit en haut, en lettres immenses.

— Putain ! » Tu t'es redressé. « Par les temps qui courent, ce n'est pas drôle.

— Non. D'ailleurs, ils n'ont pas trouvé ça drôle.

— J'espère qu'ils comptent avoir un entretien sérieux avec ce jeune homme, as-tu dit.

— Hou, je crois qu'ils vont faire mieux que ça.

— C'était qui ? ai-je demandé. Où est-ce qu'ils ont trouvé ce document ?

— Dans son casier. L'autre truc marrant, c'est que ce type était bien le dernier que l'on aurait soupçonné. Un gentil toutou.

— Kev', as-tu déclaré sèchement. Je t'ai déjà mis en garde contre cette façon de parler.

— S'cuse-moi. Je voulais dire le señor Espinoza. Je suppose qu'il bouillonne d'hostilité ethnique et de ressentiment réprimé à cause du peuple latino.

— Une minute, suis-je intervenue. Il n'a pas remporté un grand prix dans le cadre de l'enseignement l'année dernière ?

— Je ne sais plus trop, a répondu Kevin avec désinvolture. Mais cette exclusion de trois semaines va faire franchement désordre dans son palmarès. Si c'est pas une honte. Putain, on croit connaître les gens, et voilà.

— Si tout le monde était au courant de cette perquisition imminente, ai-je dit, pourquoi ce jeune Espinoza n'a-t-il pas fait disparaître de son casier une liste aussi compromettante avant la fouille ?

— Sais pas, dit Kevin. Je suppose que c'est un amateur. »

J'ai pianoté sur la table basse. « Ces casiers. Ceux que j'ai connus dans ma jeunesse avaient des fentes, en haut de la porte. Pour la ventilation. Les vôtres aussi ?

— Absolument, a-t-il dit avant de quitter la pièce. Pour que les frites se conservent mieux. »

Ils ont exclu le futur major de promo. À cause d'eux, Greer Ulanov a fait pipi dans sa culotte. Ils ont puni les poètes, les sportifs au sang chaud, ceux qui aimaient les tenues vestimentaires morbides. Quiconque avait un surnom jazzy, une imagination extravagante, ou un carnet mondain pas franchement reluisant de nature à transformer un élève en « paria » devenait suspect. Pour ce que j'en voyais, c'était : À Bas les Excentriques.

Sauf que moi, je m'identifiais à ces excentriques. Pendant ma propre adolescence, à cause de mon visage arménien aux traits durs, tourmentés, on ne me trouvait pas jolie. J'avais un drôle de nom. Mon frère était un anonyme maussade et silencieux qui, quoique m'ayant précédée, ne m'avait ouvert aucune porte sociale. J'avais une mère claquemurée qui ne me conduisait nulle part en voiture et n'assistait à aucune réunion scolaire, même si sa persistance à fabriquer chaque fois des excuses était plutôt gentille ; et puis j'étais une rêveuse qui ne songeait qu'à partir, pas seulement de Racine, mais des États-Unis, carrément. Les rêveurs ne se méfient pas. Si j'avais été élève au Gladstone High en 1998, j'aurais sûrement choqué, l'année de terminale, en exposant dans mes devoirs de littérature un projet chimérique d'arracher les miens à leur malheur en expédiant le sarcophage du 137, Enderby Avenue dans l'autre monde ; ou bien, dans un essai sur la « diversité », les détails horribles de mon récit du génocide arménien auraient trahi une fascination malsaine pour la violence. Autrement, j'aurais exprimé une sympathie peu recommandable pour le malheureux Jacob Davis assis à côté de son fusil, la tête entre les mains, à moins que je n'aie imprudemment critiqué l'examen de latin en le qualifiant de « meurtrier » – mais, d'une façon ou d'une autre, je me serais fait mettre à la porte.

Mais Kevin. Kevin n'était pas excentrique. Pas de façon visible en tout cas. Il se cramponnait certes à son histoire de vêtements minuscules, mais il ne s'habillait pas tout en noir, et il ne se planquait pas dans un trench-coat ; « vêtements minuscules » ne figurait pas dans la liste photocopiée des « signes avant-coureurs » officiels. Ses notes étaient une suite de B, ce dont personne ne semblait s'étonner à part moi. Je me disais : ce gosse est intelligent, la progression des notes est de mise, on pouvait s'attendre à le voir obtenir un A accidentel. Mais non, Kevin utilisait son intelligence à ne pas sortir du lot. Je crois même qu'il en faisait trop dans ce registre. Je veux dire par là que ses devoirs étaient si ennuyeux, mornes et monotones qu'ils frôlaient le pathologique. On aurait pensé que ses phrases elliptiques, sans cohérence (« Paul Revere était à cheval. Il dit que les Britanniques arrivaient. "Les Britanniques arrivent", dit-il. Les Britanniques arrivent. »), étaient une façon d'envoyer sa prof se faire mettre. Mais ce n'est qu'en rédigeant pour son professeur d'histoire des Noirs d'Amérique un exposé où il a réussi à accumuler les mots « manoir », « entonnoir », « patinoire », « bassinoire », « urinoir » qu'il a poussé un peu sa chance.

Socialement, Kevin se camouflait avec juste ce qu'il fallait d'« amis » pour ne pas passer pour un inquiétant solitaire. Tous étaient des médiocres – exceptionnellement médiocres, si cela existe – ou des crétins patentés, comme Lenny Pugh. Tous pratiquaient une approche minimaliste de l'éducation, et ils ne cherchaient pas les ennuis. Il se peut qu'ils aient mené une vie secrète sous ce voile gris de soumission bovine, mais la seule chose qui dans son école ne faisait pas s'agiter un drapeau rouge était une platitude suspicieuse. Le masque était parfait.

Kevin se droguait-il ? Je n'ai jamais eu de certitude à ce sujet. Tu te torturais beaucoup sur la manière d'aborder la question, en restant sur le droit chemin de la dénonciation de toute substance pharmaceutique comme la route directe qui mène à la folie et au caniveau, ou bien en jouant au toxico repenti qui se vante de la longue liste de produits jadis consommés avec boulimie comme des friandises, avant de découvrir à ses dépens qu'ils risquaient de lui gâter les dents. (La vérité – que nous n'avions pas vidé l'armoire à pharmacie,

596

que nous avions en revanche tous les deux essayé un assortiment de drogues désinhibantes, et pas seulement pendant les années soixante, mais jusqu'à un an avant sa naissance ; que la vie rendue plus agréable par la chimie ne nous avait conduits ni l'un ni l'autre à l'hôpital psychiatrique, ni même aux urgences ; et que ces joyeux intermèdes au fil du mental étaient sources de nostalgie plus que de remords – était inacceptable.) Chaque voie avait ses embûches. La première te condamnait comme vieux schnock qui parlait de ce qu'il ne connaissait pas, la seconde empestait l'hypocrisie. Je me souviens que tu as finalement emprunté une voie médiane et reconnu avoir fumé du shit, que tu lui as dit par souci de cohérence que s'il avait envie d'« essayer » ce n'était pas un problème, mais de surtout ne pas se faire prendre, et par pitié, par pitié, de ne dire à personne que tu n'avais pas condamné radicalement toute forme de drogue. Moi, je me suis mordu la lèvre. En moi-même, je pensais qu'ingérer quelques gélules d'ecstasy pourrait bien être la meilleure chose qui soit jamais arrivée à ce garçon.

Quant au sexe, la précision de ce triomphal « on saute et on jette », elle est sujette à caution. Si j'ai affirmé que, de nous deux, j'étais celle qui connaissait le mieux Kevin, c'est uniquement pour dire que je le sais opaque. Je sais que je ne sais rien de lui. Il est possible qu'il soit encore puceau. Je ne suis sûre que d'une chose : c'est que, s'il a eu une expérience sexuelle, elle a été sinistre – brève, avec vidange. Sans enlever sa chemise. (En l'occurrence, il aurait bien pu sodomiser Lenny Pugh. On imagine trop bien la scène.) C'est pourquoi il n'est pas impossible que Kevin ait suivi ton solennel avertissement que, si jamais il se sentait prêt pour les relations sexuelles, il devait toujours utiliser un préservatif, parce qu'un étui de caoutchouc gluant gonflé de sperme laiteux aurait ajouté au sordide délectable de ses rencontres éteintes, par exemple. Mon raisonnement est que rien, dans la cécité à la beauté, n'implique une cécité à la laideur, que Kevin affectionne depuis longtemps. Probablement existe-t-il autant de nuances précises du vulgaire et du somptueux, afin qu'un esprit plein de dégoûts ne soit pas interdit d'un certain raffinement.

Il reste une chose, survenue vers la fin de l'année de troisième de Kevin, avec laquelle je n'ai jamais souhaité te contrarier, mais que je vais citer en passant afin d'être totalement sincère.

Je suis sûre que tu te souviens qu'au début du mois de juin les ordinateurs de AWAP ont été contaminés par un virus informatique. Notre équipe technique a repéré sa trace dans un courrier électronique astucieusement intitulé « MISE EN GARDE : Un virus mortel circule actuellement ». Plus personne apparemment ne se souciait de garder des sorties imprimantes, ni même de faire ses sauvegardes sur ces petites disquettes rustiques, de sorte que, le virus ayant aussi contaminé notre système de copie de secours, il en est résulté un véritable désastre. Un dossier après l'autre était impossible à ouvrir, déclaré inexistant, ou ne déroulait sur l'écran qu'une succession de petits carrés, gribouillis, tildes. Quatre éditions différentes ont dû être retardées de six mois au moins, incitant nombre de nos plus fidèles librairies, dont les chaînes, à commander des stocks de *The Rough Guide* et *The Lonely Planet* quand *A Wing and a Prayer* ne pouvait fournir en listes mises à jour le très réactif marché estival. (Nous ne nous sommes pas fait d'amis, non plus, lorsque le virus s'est expédié à toutes les adresses de notre carnet). Nous n'avons jamais complètement récupéré les marchés perdus cette saison-là, aussi le fait que je me sois trouvée dans l'obligation de vendre la société en 2000 pour la moitié de son prix deux ans plus tôt est-il imputable en partie à cette contamination. Pour moi, elle a contribué substantiellement à cette sensation d'être assiégée que j'ai vécue en 1998.

Je ne t'ai pas parlé de l'origine du virus parce que j'avais honte. Jamais je n'aurais dû me livrer à cet espionnage, aurais-tu dit. J'aurais dû au contraire observer le principe édicté dans tous les manuels d'éducation des enfants et respecter l'inviolabilité d'une chambre d'enfant. Si les conséquences que je subissais étaient terribles, je ne pouvais m'en prendre qu'à moi-même. C'est le retour de bâton le plus vieux du monde, et la stratégie préférée des perfides du monde entier : quand des gens découvrent une chose compromettante en allant mettre leur nez où ils ne sont pas censés le mettre, il faut aussitôt détourner l'attention sur l'indélicatesse de l'espionnage, pour faire oublier ce qui a été mis à jour.

Je ne sais pas trop ce qui m'a amenée à entrer dans cette pièce. J'étais restée à la maison pour conduire Celia à un nouveau rendez-vous chez l'oculiste afin de vérifier son adaptation à la prothèse. Il n'y avait pas grand-chose susceptible d'attiser la curiosité, dans la chambre de Kevin, encore que ce soit peut-être justement cette qualité – le mystère de ce vide lisse – que j'aie trouvé si magnétique. Lorsque j'ai entrouvert la porte, j'ai puissamment ressenti que je ne devrais pas être là. Kevin était en classe, tu étais en repérage, Celia était penchée sur des devoirs qui auraient dû lui prendre dix minutes et allaient donc l'occuper pendant deux bonnes heures, ce qui rendaient bien minces les risques d'être surprise. Mon cœur n'en battait pas moins la chamade et j'avais la respiration bloquée. C'est idiot, me suis-je dit. Je suis dans ma maison et si, contre toute probabilité, j'étais interrompue, je pourrais toujours déclarer que je cherchais des assiettes sales.

Aucune chance, dans cette chambre. Elle était immaculée ; tu taquinais Kevin en lui disant qu'il était ordonné comme une « mamie ». Le lit était fait avec une précision militaire. Nous lui avions proposé un couvre-lit décoré de voitures de course, ou sur le thème Donjons et Dragons. Il avait dit clairement qu'il préférait du beige uni. Les murs étaient nus : pas de posters d'Oasis ou des Spice Girls, pas de Marilyn Manson au regard noir. Les étagères étaient globalement vides : quelques manuels scolaires ; un seul livre, *Robin des Bois* ; les nombreux ouvrages que nous lui offrions à Noël et pour son anniversaire disparaissaient purement et simplement. Il avait sa télé personnelle et une chaîne stéréo, mais la seule musique ou presque que je l'avais entendu passer était un CD genre Philip Glass qui mettait en séquence des phrases générées par ordinateur selon une équation mathématique fixée : informe, ni hauts ni bas, une sorte de bruit blanc proche de celui qu'il mettait aussi sur le téléviseur quand il ne regardait pas la chaîne météo. Là encore, les CD que nous lui avions offerts quand nous tentions de déterminer ce qu'il « aimait » n'étaient visibles nulle part. Bien que l'on puisse installer de jolis économiseurs d'écran à base de dauphins sautant hors de l'eau ou de vaisseaux spatiaux se rapprochant de nous, celui de son PC se limitait à des taches lumineuses clignotant au hasard.

Était-ce à cela que ressemblait l'intérieur de sa tête ? Ou bien cette chambre était-elle, elle aussi, une sorte d'économiseur d'écran ? Il ne manquait qu'un paysage marin au-dessus du lit, et on se serait cru dans une chambre occupée d'un Quality Inn. Pas une photo sur sa table de chevet, pas de souvenir sur son bureau – les surfaces étaient lisses, absentes. J'aurais tellement préféré mettre les pieds dans un capharnaüm total, décor hard rock, doubles pages de *Playboy*, odeurs de transpiration, vieux restes de sandwiches au thon partout ! C'était le genre de tanière adolescente interdite d'entrée que je comprenais, où j'aurais pu découvrir des secrets accessibles et inoffensifs comme un vieux paquet de Durex sous les chaussettes, ou un sachet de cannabis enfoncé dans une basket puante. Par contraste, dans cette chambre, les secrets tournaient tous autour de ce que je ne trouverais pas, une trace de mon fils par exemple. Regarde bien, me suis-je dit, il pourrait être n'importe qui.

Quant à l'idée qu'il n'y avait simplement rien à cacher, je n'y croyais pas. Aussi, quand j'ai repéré une pile de disquettes sur une étagère au-dessus de l'ordinateur, je les ai passées en revue. Inscrits en lettres banales impeccables, les titres étaient opaques : « Nostradamus », « I love you », « D4-X ». Avec la sensation de commettre une mauvaise action, j'en ai pris une et j'ai replacé les autres où je les avais trouvées, avant de m'éclipser.

Dans mon bureau, j'ai mis la disquette dans mon PC. Je n'ai pas reconnu les suffixes qui se sont inscrits, mais il ne s'agissait pas de traitement de texte, ce qui m'a déçue. En espérant tomber sur un journal intime, j'étais peut-être moins impatiente de découvrir le contenu précis de ses pensées les plus intimes que d'avoir confirmation qu'il avait bien des pensées intimes. Pas prête à renoncer facilement, je suis entrée dans le programme Explorer et j'ai chargé un dossier. Étrangement, c'est la fenêtre de Microsoft Outlook Express qui est apparue sur l'écran, tandis qu'au même instant Celia m'appelait depuis la table du coin repas pour me demander de l'aide. Mon absence a duré environ quinze minutes.

À mon retour, l'ordinateur était muet. Il s'était éteint tout seul, ce qu'il ne faisait absolument jamais. Déconcertée, j'ai rallumé, mais n'ai obtenu que des messages d'erreur, même après avoir éjecté la disquette.

Tu es beaucoup plus fort que moi en la matière. J'ai embarqué l'objet au bureau le lendemain pour que mes informaticiens règlent le problème, sauf que j'ai trouvé le bureau sens dessus dessous. L'ambiance n'était pas vraiment celle d'un chahut, mais d'une fête où il n'y a plus rien à boire. Désœuvrés, les éditeurs bavardaient, à plusieurs autour d'un poste. Personne ne travaillait. Ils ne pouvaient pas : pas un seul terminal du réseau ne fonctionnait. Plus tard, j'ai été presque soulagée quand George m'a informée que le disque dur de mon ordinateur était tellement endommagé que je ferais sans doute aussi bien d'en acheter un neuf. Peut-être que, une fois l'objet infecté détruit, personne ne saurait jamais que le virus était sorti de chez la présidente-directrice générale en personne.

Furieuse contre Kevin qui avait à la maison l'équivalent moderne d'un scorpion apprivoisé, j'ai conservé plusieurs jours la disquette comme preuve, au lieu de la remettre discrètement sur son étagère. Mais, la première colère passée, j'ai bien dû reconnaître que ce n'était pas Kevin lui-même qui avait effacé les dossiers de ma société et que j'étais l'auteur de cette débâcle. Un soir, donc, je suis allée toquer à sa chambre, je suis entrée à son invitation et j'ai refermé la porte derrière moi. Il était assis au bureau. L'économiseur d'écran clignotait à sa manière aléatoire, une tache par-ci, une autre par-là.

« Je voulais te demander, ai-je dit, en tapotant sur la disquette. C'est quoi, exactement ?

— Un virus, a-t-il jubilé. Tu ne l'as pas chargé, au moins ?

— Bien sûr que non », me suis-je hâtée de répondre, découvrant que mentir à un enfant produit la même sensation que mentir à un de ses parents : mes joues se sont mises à me picoter comme lorsque j'avais affirmé à ma mère, après avoir perdu ma virginité à l'âge de dix-sept ans, que j'avais passé la nuit chez une copine dont elle n'avait jamais entendu parler. Les mères ont du flair ; Kevin aussi. « Enfin, ai-je rectifié d'une voix sombre, une fois seulement.

— Une fois suffit. »

Nous savions tous les deux qu'il aurait été ridicule de ma part, après être entrée en cachette dans sa chambre et avoir volé une disquette, avec laquelle j'avais détruit mon ordinateur et paralysé ma société, de débarquer ensuite comme une tornade en l'accusant de sabotage industriel. L'échange s'est donc déroulé calmement.

« Pourquoi tu as ça ? ai-je demandé respectueusement.

— Je fais une collection.

— Ce n'est pas un peu bizarre comme idée de collection ?

— Je n'aime pas les timbres. »

À cet instant précis, j'ai eu la vision de ce qu'il aurait pu dire si tu avais surgi, résolu à découvrir pourquoi diable il y avait une pile de virus informatiques au-dessus de son bureau : « C'est après avoir regardé *Le Silence des agneaux*, tu te souviens ? eh bien, j'ai décidé que je voulais devenir un agent du FBI ! Et tu sais qu'ils ont toute cette force d'intervention qui, genre, débusque les pirates qui répandent ces redoutables virus informatiques ? Alors moi, je les étudie, tout ça, parce que j'ai lu que c'était un gros, gros problème pour la nouvelle économie et la globalisation, et même pour la défense de notre pays… ! » Que Kevin ait renoncé à une telle tirade – il collectionnait les virus informatiques, point final –, je me suis sentie étrangement flattée.

J'ai donc demandé modestement : « Tu en as combien ?

— Vingt-trois.

— Et ils sont… difficiles à trouver ? »

Il m'a regardée courageusement, mais avec cette bonne vieille dose d'indécision, puis, d'un coup, il a décidé de faire l'expérience de parler à sa mère. « Ils sont durs à capturer vivants, a-t-il dit. Ils s'échappent, et ils mordent. Il faut savoir les maîtriser. Tu sais… un peu comme les docteurs. Qui étudient les maladies dans un labo mais n'ont pas envie de les attraper personnellement.

— Tu veux dire qu'il faut que tu les empêches d'infecter ton propre ordinateur.

— Oui. Minnie Ferguson m'a appris les rudiments.

— Puisque tu les collectionnes, tu pourrais peut-être m'expliquer pourquoi des gens les fabriquent ? Je ne pige pas. Ils n'obtiennent rien. Quelle est la motivation ?

— Je ne pige pas ce que tu ne piges pas.

— Je comprends qu'on pirate AT&T pour téléphoner gratuitement, ou qu'on vole des numéros de cartes de crédit pour faire une razzia chez Gap. Mais ce genre de crime informatique... il ne rapporte rien à personne. Quel est l'intérêt ?

— Il est là, l'intérêt.

— Je suis toujours perdue, ai-je dit.

— Les virus – ils ont une sorte d'élégance, tu vois ? Ils sont presque... purs. Comme, disons, une entreprise de charité, tu vois ? Sans but lucratif.

— Mais ce n'est pas si différent de la création du SIDA.

— C'est peut-être ce qui s'est passé, a-t-il dit, affable. Parce que sinon ? Tu tapes sur ton clavier, tu rentres chez toi, le frigo arrive, un autre ordinateur crache ton salaire, tu dors, tu entres d'autres conneries dans l'ordinateur... C'est comme si on était mort, un peu.

— C'est donc pour ça. Pour, euh, en gros, savoir qu'on est vivant. Pour montrer aux autres qu'ils ne vous contrôlent pas. Pour prouver qu'on peut faire quelque chose, même au risque de se faire arrêter.

— Oui, exactement », a-t-il dit, approbateur. À ses yeux, je m'étais surpassée.

« Oh, ai-je dit encore en lui tendant sa disquette. Merci pour cette explication. »

Comme je m'apprêtais à sortir, il a dit : « Ton ordinateur est foutu, non ?

— Oui, foutu, foutu, ai-je dit tristement. J'imagine que c'est bien fait pour moi.

— Tu sais, s'il y a quelqu'un que tu n'aimes pas... a-t-il proposé. Si tu as son adresse e-mail, tu me préviens. »

J'ai ri. « D'accord. Je te promets. Encore que, certains jours, les gens que je n'aime pas, ils sont un paquet.

— Préviens-les que tu as des amis mal placés », a-t-il dit.

C'est donc ça, la complicité ! J'ai refermé la porte, éberluée.

*Eva*

16 mars 2001

*Cher Franklin,*

Bon, encore un vendredi soir où je me prépare à une visite à Chatham demain matin. Les ampoules halogènes tremblotent de nouveau, vacillantes comme ma détermination stoïque à être un bon soldat et vivre ce qui me reste de vie pour accomplir un devoir indicible. Il y a plus d'une heure que je suis là, immobile, à me demander ce qui me fait continuer, et, plus précisément, ce que j'attends de toi, en fait. Il va sans dire que c'est ton retour ; le volume de cette correspondance – qui relève plus d'une respondance, non ? – en atteste lourdement. Mais encore ? Est-ce que je veux que tu me pardonnes ? Et si oui, quoi au juste ?

Après tout, j'étais mal à l'aise avec la vague de pardons qui s'est déversée spontanément sur le

608

naufrage de notre famille, dans le sillage du JEUDI. Outre le courrier promettant de lui exploser la tête ou de porter ses bébés, Kevin avait reçu des douzaines de lettres offrant de partager sa peine, s'excusant au nom d'une société qui n'avait pas su reconnaître sa détresse spirituelle, et lui accordant le confort moral de l'amnistie de ce qu'il n'avait pas encore regretté. Amusé, il me lisait des passages choisis, pendant les parloirs.

Assurément, l'exercice du pardon est travesti quand il s'applique à qui ne se repent pas, et je parle aussi pour moi. J'ai moi aussi été noyée sous un torrent de messages (mon adresse postale et mon adresse électronique avaient été affichées sans mon accord sur partnersnprayer.org, comme sur beliefnet.com ; apparemment, à un moment donné, des milliers d'Américains ont prié pour mon salut), dont beaucoup invoquaient un Dieu en qui j'étais moins que jamais disposée à croire, tout en m'acquittant sans autre forme de procès de mes défauts en tant que mère. Je peux seulement conclure que ces gens bien intentionnés étaient émus par l'épreuve que je traversais. J'étais néanmoins contrariée que ce quitus me soit accordé par des inconnus, ce qui lui conférait une moindre valeur, et une ostentation sous-jacente trahissait que la clémence affichée est la version religieuse de la voiture tape-à-l'œil. Par contraste, la solide incapacité de mon frère Giles à nous pardonner l'attention malvenue projetée sur sa propre famille par notre fils incontrôlable est une rancune que je chéris, ne serait-ce que pour sa sincérité. J'avais donc un peu envie d'inscrire

« Retour à l'envoyeur » sur les enveloppes, comme s'il s'agissait de Pocket Fishermans ou de couteaux Ginsu que je n'avais pas commandés. Au cours des premiers mois, encore dans l'asthme du chagrin, j'étais plus d'humeur à partager l'air libre vivifiant des parias que le confinement feutré et asphyxiant de la charité chrétienne. En plus, l'esprit vengeur de mon courrier haineux était saignant et cru, tandis que la gentillesse des condoléances était pastel et moulinée, comme les pots de bébé : après la lecture de quelques pages de miséricorde, j'avais la sensation de m'extirper d'un baquet de guimauve liquide. J'aurais voulu secouer ces gens en criant : « Nous pardonner ! Savez-vous ce qu'il a fait ? »

Rétrospectivement, ce qui me tape surtout sur les nerfs, c'est que cette vaste et stupide absolution qui connaît une telle vogue se dispense de manière aussi sélective. Les faibles ordinaires – intégristes, sexistes, fétichistes amateurs de petites culottes – peuvent faire l'économie d'une demande. « KK » le meurtrier récolte pléthore de correspondants et correspondantes pleins de compassion ; une professeur d'art dramatique pas très claire dans sa tête et voulant désespérément se faire aimer est limogée à vie. Tu peux aisément conclure que je suis moins gênée par la compassion de l'Amérique entière que par la tienne. Tu as fait des pieds et des mains pour comprendre autant que possible des tueurs comme Luke Woodham à Pearl, ou les jeunes Mitchell et Andrew à Jonesboro. Alors, pourquoi n'avoir eu aucune réserve de compassion pour Vicki Pagorski ?

Le premier semestre de l'année de terminale de Kevin, en 1998, a été dominé par ce scandale. Des rumeurs circulaient depuis des semaines, mais nous n'étions pas dans le paysage, de sorte que nous avons entendu parler de l'affaire pour la première fois lorsque l'administration a écrit à tous les élèves suivant le cours de théâtre de Miss Pagorski. J'avais été surprise que Kevin choisisse cette option. Il avait tendance à fuir les feux de la rampe, à l'époque, pour éviter de mettre en péril sa couverture de gosse normal. D'un autre côté, comme le suggérait sa chambre, il pouvait être n'importe qui, alors peut-être qu'il s'intéressait à la comédie depuis des années.

« Franklin, tu devrais jeter un œil à ceci », ai-je dit un soir de novembre alors que tu lisais le *Times* en râlant que Clinton était un « salopard de menteur ». Je t'ai tendu la lettre. « Je ne sais pas trop quoi en penser. »

Pendant que tu ajustais tes lunettes de lecture, j'ai eu un de ces instants de soudaine lucidité qui m'ont fait découvrir que tes cheveux étaient définitivement passés du blond au gris. « J'ai l'impression, as-tu estimé, que cette dame a un faible pour la chair fraîche.

— Disons que tu peux difficilement arriver à une autre conclusion, ai-je dit. Sauf que si quelqu'un a formulé une accusation, cette lettre ne contribue pas à la défendre. "Si votre fils ou votre fille a rapporté des faits étranges ou inappropriés... parlez avec votre enfant..." Ils remuent la merde !

— Ils doivent se protéger... KEV ! Viens ici un instant, je te prie ! »

Dans son minuscule jogging aile-de-colombe dont les élastiques du bas étaient serrés juste sous le genou, Kevin a traversé lentement le coin repas.

« Kev, il se passe une chose un peu embarrassante, as-tu dit, et tu n'as rien fait de mal. Absolument rien. Mais cette prof d'art dramatique, Miss Pagorski... tu l'aimes bien ? »

Kevin s'est appuyé contre le chambranle. « Ça va, je crois. Elle est légèrement...

— Légèrement quoi ? »

Kevin a regardé avec application dans toutes les directions. « Bizarre.

— Bizarre comment ? » ai-je demandé.

Il a contemplé ses baskets pas lacées en regardant de temps en temps à travers ses cils. « Elle est, euh, elle s'habille drôlement. Pas comme une prof. Des jeans moulants, et quelquefois son chemisier... » Il se tortillait, se grattait la cheville du bout d'un pied. « Genre, les boutons du haut, ils ne sont pas... Tu comprends, elle s'excite en dirigeant une scène et du coup... C'est un peu gênant.

— Est-ce qu'elle porte un soutien-gorge ? » as-tu demandé à brûle-pourpoint.

Kevin a regardé ailleurs, retenant un sourire. « Pas toujours.

— Bref, elle s'habille de manière décontractée et parfois provocante, ai-je dit. Autre chose ?

— Ben, c'est pas que ce soit grave ni important, mais elle dit beaucoup de gros mots. Ça ne me gêne pas vraiment, hein, mais pour une prof, patati patata, disons que c'est, ben, bizarre.

— Des gros mots comme "merde" ou "fait chier" ? as-tu continué. Ou pire ? »

Kevin a haussé les épaules, désemparé. « Pire, comme – pardon, Ma petite maman…

— Oh, laisse tomber, Kevin », me suis-je impatientée. Son désarroi semblait assez exagéré. « Je suis une grande personne.

— Comme "putain" ou "baiser", a-t-il dit en me regardant dans les yeux. Elle dit des trucs genre : "Putain, c'était vachement bien joué", ou alors, pour diriger un gars : "Tu la regardes comme si tu veux la baiser, la baiser jusqu'à ce qu'elle gueule comme une truie."

— Là, on déborde un peu, Eva, as-tu dit, les sourcils levés.

— Elle ressemble à quoi ? ai-je dit.

— Elle a de gros, euh… (Il a dessiné dans l'air des melons.) … et un énorme… (Cette fois il n'a pas pu réprimer le sourire.) Un gros popotin. Elle est vieille, en plus. Une vieille sorcière, quoi.

— Et… c'est une bonne prof ? ai-je demandé.

— C'est sûr qu'elle met le paquet.

— Quel paquet ? as-tu demandé.

— Elle essaie sans arrêt de nous faire rester après les cours pour répéter nos scènes avec elle. La plupart des profs sont trop contents de rentrer chez eux, tu sais. Pas la Pagorski. Elle en redemande tout le temps.

— Certains professeurs, ai-je dit sèchement, mettent beaucoup de passion dans leur métier.

— C'est exactement son cas. Elle met beaucoup, beaucoup de passion.

— À t'entendre, elle est un peu bohême, as-tu dit, ou elle a un petit grain. Ce qui n'est pas un problème. Mais il y a d'autres choses qui sont des problèmes. Alors il faut que nous sachions. Est-ce qu'il lui est arrivé de te toucher ? De manière un peu olé-olé. Ou... en dessous de la ceinture. Bref, d'une façon qui t'a mis mal à l'aise. »

Il se tortillait plus que de raison à présent, et il s'est gratté la partie nue au niveau de l'estomac comme s'il n'avait aucune démangeaison. « Ça dépend de ce que tu entends par "mal à l'aise", je suppose. »

Tu as paru inquiet. « Nous sommes entre nous, mon fils. Mais l'affaire est grave, d'accord ? Il faut que nous sachions si quelque chose s'est passé.

— Écoute, a-t-il dit avec gêne. Ne le prends pas mal, ma petite Maman, mais si tu n'y vois pas d'inconvénient, j'aimerais parler à Papa en privé. »

Sincèrement, j'y voyais beaucoup d'inconvénients. Si l'on devait me solliciter pour accréditer cette histoire, je voulais l'entendre de mes oreilles. Sauf que je n'avais pas d'autre choix que de m'excuser et d'aller m'activer dans la cuisine.

Quinze minutes plus tard, tu écumais. Je t'ai servi un verre de vin, mais tu ne tenais pas en place. « Je vais te dire, Eva, cette femme a dépassé les bornes, t'es-tu empressé de murmurer avant de tout me raconter.

— Est-ce que tu vas rapporter cela ?

— Plutôt deux fois qu'une, oui. Cette prof doit être virée. Merde, on devrait la mettre en examen. Il est mineur.

— Tu veux… tu veux porter plainte ? » J'avais failli demander : « Tu le crois », mais à quoi bon ?

Je t'ai laissé t'occuper de la plainte, pendant que je demandais à rencontrer Dana Rocco, la professeur de lettres de Kevin, pour un rendez-vous de routine.

Sortant de la salle de cours de Mrs Rocco à seize heures, Mary Woolford m'a à peine saluée lorsque nous nous sommes croisées ; sa fille n'était pas une lumière sur le plan scolaire, et elle semblait, si ce n'était pas son état permanent, un peu contrariée. Lorsque je suis entrée, Mrs Rocco avait cette expression de la personne qui vient de respirer un grand coup, comme pour mobiliser ses ressources intérieures. Mais elle a récupéré assez vite, et sa poignée de main était chaleureuse.

« J'étais impatiente de faire votre connaissance, a-t-elle commencé, plus ferme que chaleureuse. Votre fils est une énigme pour moi, et j'espère que vous pourrez m'aider à trouver le code d'accès.

— Je crains justement de compter sur ses professeurs pour éclaircir le mystère pour moi, ai-je dit avec un pâle sourire, en prenant le siège encore chaud à côté de son bureau.

— Et je doute qu'ils aient éclairé votre lanterne.

— Kevin fait ses devoirs. Il ne sèche pas les cours. Il n'apporte pas, pour ce que l'on sait du moins, de couteaux en classe. C'est tout ce que les enseignants ont jamais établi à son sujet.

— Je dois préciser que la plupart des professeurs voient plus de cent élèves...

— Pardonnez-moi, ce n'était pas une critique. Vous êtes tellement sollicités que je suis impressionnée que vous ayez seulement retenu son nom.

— Oh, j'ai remarqué Kevin d'emblée... » Elle a paru sur le point d'en dire plus, et s'est interrompue. Elle a posé une gomme sur sa lèvre inférieure. Mince, séduisante, la quarantaine, elle avait des traits marqués qui tendaient à se figer dans une expression implacable, la bouche à peine crispée. Néanmoins, s'il émanait d'elle une sorte de réserve, sa retenue me paraissait moins naturelle qu'apprise, grâce peut-être à une épreuve ou une erreur coûteuses.

Les temps n'étaient pas faciles pour les enseignants, s'ils l'avaient jamais été. Coincés entre l'État exigeant un niveau plus élevé et les parents réclamant de meilleures notes, scrutés à la loupe pour détecter une éventuelle absence de sensibilité ethnique ou une attitude sexuelle inappropriée, déchirés par les demandes systématiques de contrôles standardisés à répétition et la revendication étudiante d'expression créative, les enseignants se voyaient reprocher tout ce qui allait mal avec les jeunes, en même temps qu'ils étaient sollicités pour leur salut. Le rôle contradictoire de bouc émissaire et de sauveur était carrément messianique, sauf que Jésus était probablement mieux payé.

« À quoi joue-t-il ? a repris Mrs Rocco, en faisant rebondir la gomme sur son bureau.

— Excusez-moi ?

— À votre avis, à quoi joue ce garçon ? Il essaye de le cacher, mais il est malin. Plus un talent pour la satire sociale. Il a toujours rédigé ces devoirs ironiques, ou ces parodies pince-sans-rire sont-elles une nouveauté ?

— Il a le sens de l'absurde depuis qu'il est haut comme trois pommes.

— Ces textes dont les mots ne dépassent pas trois lettres sont des tours de force. Dites-moi, existe-t-il une seule chose qu'il ne trouve pas ridicule ?

— Le tir à l'arc, ai-je répondu piteusement. Je ne sais pourquoi il ne s'en lasse jamais.

— Selon vous, il aime quoi dans le tir à l'arc ? »

J'ai froncé les sourcils. « Quelque chose, dans cette flèche... le fait de cibler – un but, le sens de la direction. Peut-être qu'il en est jaloux. Il y a une férocité dans sa pratique du tir à l'arc. Autrement, Kevin peut paraître à la dérive.

— Mrs Khatchadourian, je ne souhaite pas vous mettre sur la sellette. Mais s'est-il passé quoi que ce soit dans votre famille qu'il pourrait m'être utile de savoir ? J'espérais que vous pourriez m'aider à comprendre pourquoi votre fils semble à ce point en colère.

— C'est étrange. La plupart de ses professeurs ont décrit Kevin comme un garçon placide, voire léthargique.

— C'est une façade, a-t-elle dit avec assurance.

— Je le crois effectivement un peu rebelle.

— Et il se rebelle en faisant tout ce qu'il est censé faire. C'est malin. Mais je regarde ses yeux, et il enrage. Pourquoi ?

— Bon, il n'a pas été très heureux de la naissance de sa petite sœur... Mais cela remonte à plus de sept ans, et il n'était pas très heureux avant sa naissance non plus. » Mon discours s'était fait morose. « Nous sommes franchement à l'aise... vous voyez, nous avons une grande maison... » J'ai introduit une note embarrassée. « Nous essayons de ne pas le gâter, mais il ne manque de rien. Son père adore Kevin, presque... trop. Sa sœur a bien eu un... accident l'hiver dernier, dans lequel Kevin était... impliqué, mais cela n'a pas semblé le contrarier. Pas suffisamment, en réalité. À part ces éléments, je ne vois à vous signaler aucun traumatisme terrible ni privation par lesquels il serait passé. Nous avons une vie agréable, en gros.

— C'est peut-être justement ce qui le met en colère.

— Pourquoi le fait de ne manquer de rien le rendrait-il fou ?

— Peut-être parce qu'il a déjà tout ce qu'on peut avoir. La grande maison. La bonne école. Je crois que, d'une certaine façon, la vie est très difficile pour les gamins d'aujourd'hui. La prospérité même du pays est devenue un fardeau, un cul-de-sac. Tout marche, n'est-ce pas ? Si l'on est blanc et que l'on appartient aux classes moyennes, du moins. Du coup, les jeunes doivent avoir souvent le sentiment de n'être pas nécessaires. En un sens, c'est comme s'il ne restait plus rien à faire.

— Sauf tout casser.

— Oui. Et on observe les mêmes cycles dans l'Histoire. Ce n'est pas seulement les enfants.

— Vous savez, j'ai essayé de parler à mes enfants des difficultés de la vie dans des pays comme le Bangladesh ou le Sierra Leone. Mais ces difficultés ne sont pas les leurs, et je ne peux pas les faire dormir chaque soir sur un matelas de clous pour leur apprendre à apprécier le miracle du confort.

— Vous avez dit que votre mari "adorait" Kevin. Et vous, comment vous entendez-vous avec lui ? »

J'ai croisé les bras. « C'est un adolescent. »

Elle a judicieusement changé de sujet. « Votre fils est tout sauf un cas désespéré. C'est ce que je tenais surtout à vous dire. Il est malin comme un singe. Certains de ses devoirs… vous avez lu celui sur les 4 × 4 ? C'était digne de Swift. J'ai aussi remarqué qu'il pose des questions pièges dans le seul but de me prendre en défaut – pour m'humilier devant la classe entière. En fait, il connaît déjà la réponse. Alors je joue le jeu. Je le sollicite, et il me demande la signification de "logomachie". J'avoue volontiers ne pas le savoir, et bingo, il a appris un nouveau mot – car il a fallu qu'il le trouve dans le dictionnaire pour poser la question. C'est un jeu entre nous deux. Il rejette l'apprentissage par les voies normales. Mais quand on l'attrape en passant par la porte de derrière, votre fils est brillant. »

J'étais jalouse. « En général, quand je frappe à la porte, c'est fermé à clé.

— Surtout, ne désespérez pas. Je suppose qu'avec vous, comme à l'école, il est inaccessible et sarcastique. Vous l'avez dit, c'est un adolescent. Mais il absorbe aussi l'information à un rythme féroce, ne serait-ce que parce qu'il est résolu à ne s'en laisser compter par personne. »

J'ai jeté un coup d'œil à ma montre ; j'avais dépassé le temps. « Ces massacres dans des collèges, ai-je dit négligemment en reprenant mon sac. Pensez-vous que ce genre de choses pourrait se produire ici ?

— Bien sûr que oui. Dès que l'on a un groupe de personnes suffisamment important, quel que soit leur âge, quelqu'un risque d'avoir une case en moins. Mais sincèrement, le fait que je signale un poème violent à l'administration ne sert qu'à rendre mes élèves furieux. En fait, ils ont raison d'être furieux. Ils devraient l'être plus encore. Il y a tant de gamins qui supportent toute cette censure, la fouille des casiers…

— En flagrante illégalité, ai-je remarqué.

— Des fouilles pratiquées en flagrante illégalité, a-t-elle acquiescé. Oh, ils sont si nombreux à accepter comme des moutons ! On leur dit que c'est pour leur "propre protection", et pour la plupart ils… ils le gobent. Quand j'avais leur âge, nous aurions organisé des sit-in et défilé avec des pancartes… » De nouveau, elle s'est interrompue. « Moi, je pense qu'il est bon pour eux d'exprimer leur hostilité sur le papier. C'est inoffensif, et cela fait valve de sécurité. Mais ce point de vue est devenu minoritaire. Au moins ces incidents horribles restent-ils exceptionnels. Pas de quoi m'empêcher de dormir.

— Et, euh…, ai-je dit en me levant, les rumeurs à propos de Vicki Pagorski. Vous les croyez un tant soit peu fondées ? »

Les yeux de Mrs Rocco se sont assombris. « Je ne pense pas qu'elles aient été établies.

— Je veux dire, entre nous, est-ce crédible ? Puisque vous la connaissez.

— Vicki est pour moi une amie, ce qui m'empêche de me sentir impartiale. » Elle a encore une fois porté la gomme contre son menton. « C'est une période pénible pour elle. » Elle n'en dirait pas plus.

Mrs Rocco m'a raccompagnée à la porte. « Je voudrais que vous transmettiez un message à Kevin de ma part, a-t-elle dit en souriant. Dites-lui que je ne le lâcherai pas. »

J'avais souvent nourri la même conviction, mais sans jamais l'affirmer aussi guillerettement.

Tenant avant tout à éviter une procédure pénale, l'administration de Nyack School a organisé une procédure disciplinaire interne à Gladstone High à laquelle seuls les parents de quatre élèves de Vicki Pagorski ont été conviés. Pour éviter de dramatiser l'événement, la réunion s'est tenue dans une salle de classe normale. La pièce n'en était pas moins électrisée par l'événement et les trois autres mères étaient sur leur trente et un. (Je me suis rendue compte que j'avais tiré des conclusions simplistes à propos des parents de Lenny Pugh, que nous n'avions jamais rencontrés, lorsque je me suis surprise à tenter de repérer vainement un gros type habillé en Polyester sorti de son mobile home. Je l'ai identifié par la suite dans le type genre banquier en costume à rayures tennis, accompagné de la rousse renversante, visiblement intelligente, en tenue sobre affichant une griffe de couturier, car il n'y avait pas un bouton visible. Ainsi donc avons-nous tous notre croix à porter.) L'administration de l'établissement, ainsi que son principal tout en muscles, Donald Bevons, s'était prévu une rangée de chaises pliantes contre un mur, et tous arboraient une rectitude sévère, tandis que nous, parents, avions été collés dans ces bureaux d'écolier infantilisants. Quatre autres chaises pliantes étaient alignées sur un côté du bureau du professeur, où étaient assis deux garçons apparemment tendus que je ne connaissais pas, en plus de Kevin et Lenny, qui ne cessait de se pencher vers l'oreille de Kevin pour lui dire des choses. De l'autre côté du bureau était installée, selon toute vraisemblance, Vicki Pagorski.

Bravo pour les pouvoirs de la description adolescente. Elle était tout sauf une sorcière. Je doute qu'elle ait eu seulement trente ans. Je n'aurais jamais qualifié ses seins de gros ni son cul d'énorme, car elle possédait la silhouette harmonieusement solide d'une femme qui mange des céréales tous les matins. Jolie ? Difficile à dire. Avec son nez retroussé et des taches de rousseur, elle avait cet air innocent de petite fille perdue qui plaît à certains hommes. Le tailleur gris sinistre avait assurément été revêtu pour la circonstance ; son amie Dana Rocco avait dû lui déconseiller le jean moulant et la chemise profondément échancrée. Dommage cependant qu'elle ne se soit pas occupée de ses cheveux, épais et rebelles. Frisés, ils jaillissaient autour de son crâne dans tous les sens et suggéraient une mentalité frivole, désordonnée. Les lunettes aussi étaient malvenues. La grande monture ronde lui donnait un regard écarquillé qui laissait une impression d'hébétude. Ses mains qui se tordaient sur ses genoux, lesdits genoux serrés sous la jupe droite en lainage, elle m'a rappelé un peu celle que nous avions décidé d'appeler Alice pendant le bal de fin de premier cycle, juste après que Kevin lui avait susurré des mots que je veux continuer d'ignorer.

Lorsque le président du conseil d'administration, Alan Strickland, a demandé le silence dans la salle, un calme désagréable régnait déjà. Strickland a dit qu'ils espéraient clarifier d'une façon ou d'une autre les allégations, sans porter l'affaire devant les tribunaux. Il a évoqué le sérieux avec lequel le conseil traitait ce genre de choses, et débité quelques fadaises autour des notions d'enseignement et de confiance. Il a souligné solennellement qu'il voulait que rien de ce qui se dirait ce soir-là ne sorte de cette pièce tant que le conseil n'aurait pas arrêté, le cas échéant, sa décision ; la sténographe ne prenait de notes que pour une utilisation interne. Démentant la rhétorique de l'entretien informel, il a expliqué que Miss Pagorski avait décliné la proposition d'être assistée par son avocat. Il a ensuite prié Kevin de venir s'asseoir sur le siège placé en face du bureau du professeur, et de faire simplement le récit, avec ses propres mots, de ce qui s'était passé cet après-midi d'octobre, dans la salle de cours de Miss Pagorski.

Kevin aussi avait perçu l'importance de la tenue vestimentaire et, pour une fois, il portait des pantalons et un gilet, boutonné jusqu'en bas, de taille normale. Interpellé, il a traîné la savate en se tortillant et non sans détourner les yeux, comme il s'y était entraîné chez nous. « Vous voulez parler de la fois où elle m'a demandé de rester après le cours, c'est ça ?

— Je ne lui ai jamais demandé de rester après les cours », est intervenue Pagorski. Sa voix tremblait, mais était étonnamment puissante.

« Vous aurez la possibilité de vous exprimer, Miss Pagorski, a dit Strickland. Pour le moment, nous allons entendre la version de Kevin, voulez-vous ? » Il tenait manifestement à ce que cette audience se fasse dans le calme et la courtoisie, et j'ai pensé : bonne chance.

« Je ne sais pas, a dit Kevin, en rentrant la tête dans les épaules. C'est devenu, disons, un peu intime, vous voyez. Je n'avais pas l'intention de dire des trucs, et puis mon père a commencé à me poser des questions, alors, bon, je lui ai raconté.

— Raconté quoi ? a demandé doucement Strickland.

— Ben vous savez – ce dont j'ai parlé à Mr Bevons. » Kevin a glissé ses deux mains jointes entre ses cuisses et a regardé le plancher.

« Kevin, je suis conscient de la situation difficile dans laquelle vous êtes, mais il va nous falloir des détails. La carrière de votre professeur est en jeu. »

Kevin t'a regardé. « Papa, je suis obligé ?

— Je le crains, Kev, as-tu dit.

— Parce que, Miss Pagorski a toujours été gentille avec moi, Mr Strickland. Vraiment gentille. Toujours à me demander si j'avais besoin d'aide pour choisir une scène, ou si je voulais qu'elle lise l'autre rôle pour m'aider à mémoriser le mien… Et moi, je n'ai jamais cru que j'étais trop doué, mais elle disait que j'étais un grand acteur et qu'elle aimait mon "visage théâtral", et ma "silhouette aiguë", et qu'avec mon physique j'avais une carrière dans le cinéma. J'en sais trop rien. Mais en tout cas, je ne voudrais sûrement pas lui créer des ennuis.

— Ça, Kevin, c'est notre affaire. Dites-nous simplement ce qui s'est passé.

— Ben, elle m'avait demandé plusieurs fois si je pouvais rester après les cours pour qu'elle puisse me faire répéter ma scène, mais avant j'avais toujours dit que non, ce n'était pas possible. En réalité, je pouvais pratiquement tous les jours, je veux dire que je n'avais rien de spécial, juste, je ne… Ça me mettait mal à l'aise. Je ne sais pas pourquoi, mais ça me faisait drôle quand elle me tirait jusqu'à son bureau, après le cours, et qu'elle, euh, ben, par exemple, ôtait sur ma chemise des peluches dont je ne suis même pas sûr qu'elles existaient. Ou qu'elle prenait le bout de ma ceinture pour le remettre dans le passant.

— Depuis quand Kevin met-il des ceintures ? » ai-je murmuré. Tu m'as fait taire.

« Sauf que cette fois-là elle a carrément insisté, comme si ça faisait partie du cours, ou bon. Je ne voulais pas y aller – je vous l'ai dit, je ne sais pas exactement pourquoi, simplement, je n'avais pas envie –, mais apparemment, là, je n'avais plus trop le choix. »

L'essentiel de ces paroles s'adressaient au linoléum, mais Kevin lançait de temps à autre de brefs regards en direction de Strickland, et Strickland hochait la tête pour le rassurer.

« J'ai donc attendu jusqu'à quatre heures, vu qu'elle avait dit que tout de suite après la sonnerie elle avait des trucs à faire, et entre-temps, il ne restait plus grand monde dans le coin. Je suis entré dans sa classe, même que je me suis dit que c'était un peu bizarre qu'elle ait changé de tenue depuis son cours avec nous, qui était le quatrième de la journée. Enfin, juste la chemise, qui était devenue un de ces T-shirts en stretch, très décolleté, et tellement moulant que je pouvais voir ses… vous savez.

— Ses quoi ?

— Ses… nichons, a dit Kevin. Bref, j'ai demandé : "Voulez que je dise mon monologue ?" et elle s'est levée pour aller fermer la porte. À clé. Elle a dit : "Il nous faut un peu d'intimité, non ?" J'ai dit qu'en fait j'aimais bien avoir de l'air. Ensuite, j'ai demandé s'il fallait que je commence au début, et elle a dit : "D'abord il faut que l'on travaille ta façon de te tenir." Elle a dit que je devais apprendre à parler du diaphragme, ici exactement, et elle a posé la main sur ma poitrine, et elle l'a laissée là. Ensuite, elle a dit qu'il fallait que je me tienne bien droit, et elle a posé son autre main en bas de mon dos, en appuyant, et en caressant comme pour lisser. Pour le coup, je me tenais droit. Je me rappelle avoir retenu mon souffle, un peu. Parce que j'étais nerveux. Ensuite, j'ai commencé mon monologue, tiré d'*Equus* – en vrai, je voulais faire Shakespeare, vous savez ? Ce truc, là, "être ou ne pas être". Je trouvais ça plutôt sympa.

— Allez à votre rythme, mon garçon. Mais que s'est-il passé ensuite ?

— Je crois qu'elle m'a interrompu au bout de deux ou trois vers. Elle a dit : "Il faut garder dans ta tête que cette pièce parle d'abord de sexe." Et puis : "Quand il aveugle ces chevaux, c'est un acte érotique." Ensuite, elle a commencé à me demander si j'avais déjà vu des chevaux, de grands chevaux de près, pas ces trucs, les hongres, mais des étalons, et si j'avais jamais remarqué le grand... – pardon, vous voulez que je dise ce qu'elle a vraiment dit, ou seulement que je, vous savez, que je résume ?

— Le mieux serait que vous utilisiez ses mots exacts, aussi précisément que vous vous en souvenez.

— D'accord, puisque vous le demandez. » Kevin a inspiré un bon coup. « Elle a voulu savoir si j'avais jamais vu une bite de cheval. La taille que ça a. Et tout ce temps, je me sens un peu... bizarre. Agité. Et elle pose la main sur ma, euh, ma braguette. La braguette de mon jean. Même que je me suis senti plutôt gêné parce que, après tout ce discours, j'étais un peu... un peu stimulé.

— Vous voulez dire que vous aviez une érection, a dit sombrement Strickland.

— Bon, je dois vraiment continuer ? a prié Kevin.

— Si vous le pouvez, ce serait mieux que vous terminiez cette histoire. »

Kevin a regardé le plafond, croisé ses jambes serré, tapant le bout de sa basket droite, selon un rythme agité et irrégulier, contre l'extrémité de la gauche. « Alors j'ai dit : "Mrs Pagorski, peut-être qu'on devrait travailler cette scène un autre jour, parce que faut que je parte bientôt." Je ne savais pas trop si je devais faire une remarque ou pas à propos de sa main, j'ai donc juste continué de dire que nous devrions arrêter, que je voulais arrêter, qu'il fallait que je parte tout de suite. Parce que j'avais l'impression que ce n'était pas correct, et puis, vous savez, je l'aime bien, mais pas comme ça. Elle pourrait être ma mère, plus ou moins.

— Que les choses soient bien claires, a dit Strickland. Légalement, cette affaire ne revêt une telle importance que parce que vous êtes mineur. Mais outre le fait que vous avez seulement quinze ans, il s'agissait d'avances non désirées, est-ce exact ?

— Ben oui. Elle est laide. »

Pagorski a accusé le coup. Le minuscule sursaut bref et mou que l'on provoque en tirant avec un gros calibre sur un petit animal déjà mort.

— Alors, s'est-elle arrêtée ? a demandé Strickland.

— Non, monsieur. Elle s'est mise à frotter verticalement, par-dessus, par-dessus le jean, et elle répétait sans arrêt "Putain…" Elle a dit, et je vous présente toutes mes excuses, je suis vraiment désolé, Mr Strickland, mais vous m'avez demandé… Elle a dit que chaque fois qu'elle voyait une bite de cheval, elle avait "envie de la sucer". Et c'est à ce moment que je…

— Vous avez éjaculé. »

Kevin a laissé tomber sa tête pour fixer ses genoux. « Oui. Ça a giclé fort. Je suis juste parti en courant. J'ai sauté quelques cours, après, et puis je suis revenu en essayant de faire comme si de rien n'était parce que je n'avais pas envie de faire baisser ma moyenne.

— Comment cela ? ai-je murmuré entre mes dents. En ayant un autre B ? » Tu m'as fusillée du regard.

« Je sais que cela n'a pas été facile pour vous, Kevin, et nous tenons à vous remercier de vous être montré si coopératif. Vous pouvez retourner vous asseoir, à présent.

— Est-ce que je peux rejoindre mes parents ? a-t-il imploré.

— Pourquoi ne restez-vous pas avec les autres élèves, pour l'instant ? Parce que nous pourrions avoir d'autres questions à vous poser. Je suis certain que vos parents sont fiers de vous. »

Kevin est reparti vers son perchoir, recroquevillé par une pointe de honte – joli détail. Entre-temps, la salle s'était figée dans un silence total, tandis que les parents échangeaient des regards en secouant la tête. La performance n'avait pas manqué de panache. Je ne saurais prétendre que je n'aie pas été impressionnée.

Et puis j'ai regardé Vicki Pagorski. Tout au début de la déposition de Kevin, elle avait étouffé quelques couinements, ou était restée bouche bée. Mais avant même la fin, elle avait perdu le sens de la représentation, elle qui enseignait l'art dramatique. Elle était affaissée comme une poupée molle sur sa chaise pliante, au point que j'ai craint de la voir tomber, et son auréole de cheveux frisés s'est évaporée dans les airs, comme si toute sa tête était en état de déliquescence.

Strickland s'est tourné vers la chaise du professeur de théâtre, non sans maintenir une distance. « Miss Pagorski, maintenez-vous que cette rencontre n'a jamais eu lieu ?

— C'est… » Il lui a fallu s'éclaircir la voix. « C'est exact.

— Avez-vous la moindre idée de ce qui inciterait Kevin à raconter pareille histoire si elle n'était pas vraie ?

— Non, aucune. Je ne comprends pas. La classe de Kevin est un groupe inhabituellement doué, et je croyais que nous prenions beaucoup de plaisir. Je lui ai accordé une bonne dose d'attention individuelle…

— C'est justement cette attention individuelle qui semble faire problème pour lui.

— J'accorde à tous mes élèves une grande attention individuelle !

— Miss Pagorski, il faut vraiment espérer que non », a dit Strickland avec accablement. Notre petite assemblée a gloussé. « Mais vous affirmez donc que vous n'avez pas proposé à Kevin de rester après les cours ?

— Pas à lui en particulier. J'ai dit à la classe entière que s'ils voulaient utiliser ma salle de classe pour répéter leurs scènes après les cours, je ferais en sorte que ce soit possible.

— Vous avez donc effectivement proposé à Kevin de rester après les cours. » Et pendant que Pagorski bafouillait, Strickland a poursuivi : « Avez-vous jamais admiré le physique de Kevin ?

— Je peux avoir fait quelques remarques sur le fait qu'il avait un visage très frappant, oui. Je m'efforce d'insuffler un peu d'assurance à mes élèves.

— Et cette histoire de "parler depuis le diaphragme". Avez-vous dit cela ?

— Euh, oui.

— Et avez-vous posé votre main sur sa poitrine, pour indiquer où se trouve le diaphragme ?

— C'est possible, mais jamais je ne l'ai touché sur...

— Ou en bas du dos, pour rectifier sa manière de se tenir.

— Peut-être. Il a tendance à se tenir mal, ce qui gâche son...

— Et ce passage tiré de *Equus* ? L'extrait a-t-il été choisi par Kevin ?

— Je l'ai conseillé.

— Pourquoi ne pas être allée chercher du côté de Neil Simon, ou Thornton Wilder, avec *Notre ville*, par exemple ? Un répertoire un peu moins frelaté.

— J'essaie de trouver des pièces susceptibles de parler à mes élèves, sur des choses importantes pour eux.

— Comme le sexe.

— Eh bien, oui, entre autres, évidemment. » Elle commençait à s'énerver.

« Avez-vous décrit le contenu de cette pièce comme "érotique" ?

— Peut-être, probablement, oui ! Je pensais qu'une pièce sur la sexualité adolescente et ses confusions leur parlerait naturellement.

— Miss Pagorski, la sexualité adolescente vous intéresse-t-elle ?

— Qui répondrait non ? » s'est-elle écriée. Quelqu'un aurait dû tendre une pelle à la malheureuse tant elle mettait d'ardeur à creuser sa propre tombe. « Mais *Equus* n'est ni torride ni explicite, on est uniquement dans le symbole.

— Des symboles que vous vous êtes empressée d'expliciter. D'ailleurs, avez-vous parlé de chevaux à Kevin ?

— Bien sûr, la pièce…

— Avez-vous parlé d'étalons, Miss Pagorski ?

— Euh, nous avons effectivement évoqué ce qui faisait d'eux de si fréquents symboles de virilité.

— Et qu'est-ce qui les rend si "virils" ?

— Euh, leur musculature, leur puissance et leur beauté, l'harmonie de…

— Exactement comme les adolescents, a noté Strickland d'un ton sardonique. Avez-vous jamais attiré leur attention sur le pénis d'un cheval ? Sa taille ?

— Possible. Comment l'ignorer ? Mais je n'ai jamais dit que…

— Apparemment, certaines personnes ne parviennent pas à l'ignorer.

— Vous ne comprenez pas ! Il s'agit de jeunes gens et ils trouvent facilement tout ennuyeux. Il faut bien que je les maintienne en éveil, que je les titille un peu ! »

Strickland a laissé cette dernière remarque s'installer. « Certes, a-t-il dit. Il semble qu'en l'occurrence vous y soyez parvenue. »

Livide, Pagorski s'est adressée à notre fils. « Mais qu'est-ce que j'ai bien pu te faire ?

— C'est précisément ce que nous cherchons à établir, est intervenu Strickland. Mais nous avons encore des témoignages à entendre, et vous aurez la possibilité de répondre. Leonard Pugh ? »

Lenny a soufflé quelque chose à l'oreille de Kevin avant de bondir jusqu'à la chaise centrale. Un de ces garçons finirait bien par se trémousser de douleur parce que la Pagorski leur jetait des mauvais sorts.

« Bien, Leonard, vous aussi avez retrouvé votre professeur de théâtre après les cours ?

— Oui, apparemment elle tenait beaucoup à avoir un tête-à-tête », a dit Lenny avec son vilain sourire. Le piercing de son nez était encore infecté, et il avait la narine droite rouge et gonflée. Il venait de se faire décolorer, coupe néo-nazi, avec la lettre Z rasée d'un côté. Quand je lui avais demandé ce que voulait dire ce Z, il avait répondu : « Ce qu'on veut », ce qui commençait par un C, comme je le lui avais fait remarquer.

« Pouvez-vous nous raconter ce qui s'est passé ?

— C'est exactement comme a dit Kevin. Je croyais qu'on allait seulement répéter, et truc machin. Alors je rentre dans la salle et elle ferme cette connerie de porte. Elle a une jupe super courte, vous savez, même qu'on lui voit pratiquement les fesses. » Et Lenny de faire quelques grimaces.

« Et donc, avez-vous répété votre texte pour le cours ? » a demandé Strickland à Lenny qui n'avait pourtant pas besoin d'être encouragé. Mieux, le détail s'est avéré son point fort.

« Ça, pour répéter, on a répété ! s'est exclamé Lenny. Elle a dit : "Je te regarde, au dernier rang, quand je suis à mon bureau. Et il y a des après-midi où je mouille tellement que je suis obligée de me finir en classe !" »

Strickland a eu l'air un peu nauséeux. « Miss Pagorski a-t-elle fait quelque chose qui selon vous était inapproprié ?

— Ben après, elle est assise sur le bord de son bureau, quoi. Les jambes écartées. Alors moi j'avance, et je vois qu'elle a pas de culotte. Y a vue sur la moule grande ouverte, vous voyez le genre ? C'est tout rouge, plein de poils, et ça ruisselle.

— Leonard, venons-en simplement aux faits. » Strickland se massait le front. Pendant ce temps-là, le costume à rayures tennis triturait sa cravate ; et la rousse avait le visage dans les mains.

« Ben elle a dit : "Tu veux goûter ? Parce que je vois la bosse de ton pantalon et faut que je me caresse la chatte…"

— Veuillez surveiller votre langage, je vous prie ! a dit Strickland en faisant des gestes désespérés en direction de la sténo.

— "… alors si tu me prends pas tout de suite, je me fourre cette gomme dans le machin et je me fais jouir toute seule !"

— Leonard, ça suffit.

— Les filles sont plutôt coincées, par ici, alors j'allais pas laisser passer une chatte gratis. Bref, je me suis occupé d'elle, direct sur le bureau, et vous auriez dû l'entendre me supplier de la laisser me sucer…

— Leonard, regagnez votre chaise tout de suite. »

C'était quand même étrange, non ? Lenny est reparti à regret vers sa chaise, et Strickland a annoncé que le conseil en avait suffisamment entendu pour un soir, puis il a remercié tout le monde d'être venu. Il a répété son instruction de ne pas faire circuler de rumeurs avant que soit prise une décision. Nous serions avertis si une action légale était intentée à propos de cette affaire.

Après que nous étions tous les trois grimpés dans ton 4 × 4 silencieusement, tu as fini par dire à Kevin : « Tu sais, ton copain, il t'a fait passer pour un menteur.

— Un débile, a grommelé Kevin. Je n'aurais jamais dû lui parler de ce qui s'était passé avec Pagorski. Il faut toujours qu'il me copie. J'imagine que j'avais seulement besoin de le raconter à quelqu'un.

— Pourquoi tu n'es pas venu directement me trouver ? as-tu demandé.

— C'était dégoûtant ! a-t-il dit, recroquevillé sur la banquette arrière. Toute cette séance, là-bas, était horriblement gênante. Je n'aurais jamais dû raconter ça à personne. Tu n'aurais jamais dû me faire faire un truc pareil.

— Au contraire. » Tu t'es retourné malgré l'appuie-tête. « Kevin, si tu as un professeur dont l'attitude passe les bornes, je veux être au courant, et je veux que l'école soit au courant. Tu n'as aucune honte à avoir. À part, peut-être, concernant le choix de tes amis. Lenny est un affabulateur. Il serait assez bien que tu prennes un peu tes distances, fiston.

— Oui, a dit Kevin. En allant jusqu'en Chine. »

Je ne crois pas avoir prononcé un mot pendant tout le trajet du retour. Une fois à la maison, je t'ai laissé remercier Robert d'avoir réussi à coucher Celia sans quarante-cinq minutes de câlins avec sa mère. Je n'avais aucune envie d'ouvrir la bouche, même pas un tout petit peu, comme on peut hésiter à faire ne serait-ce qu'un minuscule trou dans un ballon gonflé à bloc.

« Kev, tu veux des Triskets ? as-tu proposé après le départ de Robert. C'est Byzance, fiston.

— Non. Je vais dans ma chambre. J'en sortirai quand j'oserai remonter le bout de mon nez. Dans une cinquantaine d'années. » Il a débarrassé le plancher. À la différence de la mélancolie théâtrale des semaines à venir, sa déprime semblait réelle. Apparemment, il souffrait de ce persistant sentiment d'injustice qu'éprouve un joueur de tennis après s'être vaillamment distingué en double, quand son partenaire manque un coup, leur faisant perdre le match.

Tu t'es activé à mettre dans le lave-vaisselle la vaisselle qui traînait. Chaque pièce d'argenterie semblait faire un vacarme extraordinaire.

« Verre de vin ? »

J'ai secoué la tête. Tu m'as lancé un regard aigu ; je buvais toujours un verre de vin ou deux avant d'aller me coucher, et la soirée avait été éprouvante. Mais le vin aurait viré au vinaigre sur ma langue. Et je ne pouvais toujours pas ouvrir la bouche. Je savais que nous avions déjà connu ce genre de situation. Pourtant, j'ai fini par comprendre que nous ne pouvions pas y revenir indéfiniment – enfin, nous ne pouvions pas occuper en permanence des univers parallèles, peuplés de personnages si diamétralement opposés, sans finir par nous retrouver dans des endroits différents au sens le plus terre à terre, littéral.

Il n'en a pas fallu plus pour que je décline un verre de vin, ce que tu as interprété comme un geste hostile. Défiant nos rôles bien établis – j'étais l'alcoolo de la famille –, tu t'es pris une bière.

« Ce n'était pas franchement une bonne idée, as-tu commencé après une première gorgée vengeresse, de présenter des excuses à cette Pagorski, après l'audition. Cela pourrait servir à la défense si l'affaire se terminait au tribunal.

— Ce ne sera pas le cas, ai-je dit. Nous ne porterons pas plainte.

— Disons que je préfère moi-même ne pas imposer cette épreuve à Kevin. Mais si le conseil d'établissement autorise cette perverse à continuer d'enseigner…

— Cela ne peut plus continuer. »

Moi-même, je n'étais pas trop certaine de ce que j'entendais par là, tout en le ressentant fortement. Tu as attendu que j'explicite.

« C'est allé trop loin, ai-je dit.

— Qu'est-ce qui est allé trop loin, Eva ? Arrête de jouer au chat et à la souris. »

Je me suis humecté les lèvres. « Jusque-là, nous étions les cibles principales. Mon mur de cartes géographiques. Ensuite, il y a eu des petites choses – l'eczéma. Maintenant, c'est plus important – l'œil de Celia ; la carrière d'un professeur. Je ne peux pas continuer de regarder ailleurs. Pas même pour toi.

— Si la carrière de cette dame est compromise, elle ne peut s'en prendre qu'à elle-même.

— Je pense que nous devrions envisager de le mettre en internat. Dans un établissement strict, à l'ancienne. Je n'aurais jamais pensé dire cela, mais peut-être même une école militaire.

— Waouh ! Notre fils a été abusé sexuellement, et ta réponse c'est de l'expédier en maison de correction ? Bon Dieu, si un malade s'en prenait à Celia, tu irais directement au poste de police, remplir des imprimés ! Tu téléphonerais au *New York Times* et à une dizaine d'associations de soutien aux victimes, et pas question d'école à Annapolis – tu ne la lâcherais plus d'une semelle !

— C'est parce que si Celia disait que quelqu'un lui avait fait des choses, la situation serait beaucoup plus grave que ce qu'elle laisserait filtrer. Celia est plutôt du genre à se laisser peloter par un vieux satyre pendant des années, parce qu'elle ne veut pas causer d'ennuis au gentil monsieur.

— Je sais ce qui est derrière tout ça : un classique deux poids, deux mesures. Une fille se fait importuner, c'est : Hou, quelle horreur ! enfermons vite ce malade. Mais une femme tripote un jeune garçon et c'est : Super, il en a de la chance, première expérience, et en plus, sûr qu'il a dû aimer ! Parce que le seul fait qu'un garçon réponde – simple réflexe physique – ne signifie pas que la chose ne puisse être un viol dégradant, humiliant !

— Professionnellement, ai-je dit en appuyant patiemment un index sur mon front, j'ai peut-être eu de la chance, mais je ne me suis jamais prise pour une lumière. Kevin arrive bien de quelque part, avec son intelligence. Tu dois donc avoir à tout le moins envisagé la possibilité que tout ceci ne soit qu'une machination sadique.

— Seulement parce que le couplet ajouté par Lenny Pugh était bidon...

— Lenny n'a pas ajouté son couplet ; simplement, il n'a pas appris ses répliques. Il est paresseux et n'a aucun talent de comédien, apparemment. Mais Kevin avait manifestement entraîné les autres élèves.

— Conneries !

— Il n'avait aucun besoin de dire qu'elle était "laide" ». J'en ai frémi, en me souvenant. « C'était remuer le couteau dans la plaie.

— Une espèce de nympho séduit ton propre fils, et la seule personne dont tu te soucies...

— Il a commis une erreur, tu as remarqué ? Il a dit qu'elle avait fermé la porte à clé. Ensuite, il a déclaré être "parti en courant" après qu'elle avait obtenu de lui ce qu'elle voulait. Ces portes, vois-tu, ne ferment même pas à clé de l'intérieur. J'ai vérifié.

— La belle affaire qu'elle n'ait pas littéralement fermé à clé ! Il s'est manifestement senti coincé. Plus sérieusement, pourquoi diable Kevin invente-rait-il une histoire pareille ?

— Je ne sais pas. » J'ai haussé les épaules. « Mais tout colle.

— Tout colle avec quoi ?

— Avec un petit garçon méchant et dangereux. » Tu m'as regardée d'un œil clinique. « Ce que je ne parviens pas à savoir, c'est si tu essayes de me faire mal à moi, à lui, ou s'il s'agit d'une sorte d'auto-torture confuse.

— Le procès en sorcellerie de ce soir était suffisamment épouvantable. On peut laisser tomber l'auto-torture.

— Les sorcières sont un mythe. Les pédophiles sont aussi réels que le péché. Au premier coup d'œil, on voit que cette minable est instable.

— C'est un cas, ai-je dit. Elle veut être aimée d'eux. Elle sollicite leur affection en brisant les règles, en choisissant des pièces osées, et en disant "putain" en classe. Il se peut même que l'idée d'être un peu matée par ces gamins ne lui déplaise pas, mais pas à ce prix. Le pathétique n'a rien d'illégal.

— Il n'a pas dit, comme Lenny Pugh, qu'elle avait ouvert les cuisses et quémandé, que je sache. Non, elle s'est un peu égarée et a franchi la ligne. Il est même resté en pantalon. Je voyais la scène, comme si j'y étais. C'est ce qui m'a convaincu. Il n'aurait pas inventé le coup du "à travers son jean".

— Intéressant, c'est précisément là que j'ai su qu'il mentait.

— Je ne suis pas.

— "À travers son jean". C'est de l'authenticité préméditée. La crédibilité soigneusement calculée.

— Parlons clair. Tu ne crois pas son histoire parce qu'elle est trop crédible.

— Exactement, ai-je confirmé uniment. Il est peut-être sournois et malveillant, mais sa prof de lettres a raison : il est malin comme un singe.

— Tu as eu l'impression qu'il avait envie de témoigner ?

— Bien sûr que non. C'est un génie. »

Et puis c'est arrivé. Quand tu t'es effondré dans le fauteuil d'en face, tu n'as pas rendu les armes uniquement parce que mon opinion était faite et que tu ne pourrais pas plus me faire sortir de ma conviction que Kevin était un scélérat machiavélique, que je ne réussirais à ébranler la tienne, selon laquelle il était un enfant de chœur incompris. C'était pire que cela. Plus massif. Ton visage s'est affaissé un peu comme j'allais voir peu de temps après celui de ton père s'écrouler lorsqu'il a émergé de l'escalier de son sous-sol – à croire que tous les traits qui le constituaient tenaient artificiellement par des petits clous qui auraient brusquement cédé. À cet instant, tiens, vous sembliez avoir quasiment le même âge, ton père et toi.

Franklin, je n'avais jamais mesuré la quantité d'énergie que tu dépensais à maintenir la fiction que nous formions une famille globalement heureuse dont les menus tracas transitoires ne faisaient qu'ajouter au piment de la vie. Peut-être chaque famille compte-t-elle un membre dont la tâche attitrée est de fabriquer cet emballage sympathique. Quoi qu'il en soit, tu avais brusquement renoncé. Sous une forme ou une autre, nous étions passés un nombre incalculable de fois par cette discussion, avec la loyauté habituelle qui envoie d'autres couples chaque été vers la même résidence de vacances. Sauf qu'arrive un moment où ce genre de couple doit contempler cette maison douloureusement familière et s'avouer réciproquement que l'année suivante, ils devront essayer autre chose, ailleurs.

Tu as enfoncé le bout de tes doigts dans tes paupières. « Je pensais que nous pourrions tenir jusqu'à ce que les enfants quittent la maison. » Ta voix était grise. « J'ai même pensé que si nous tenions jusque-là, peut-être… mais cela représente dix ans, ce qui fait trop de jours. Je peux supporter les années, Eva. Mais pas les jours. »

Jamais je n'avais aussi consciemment et totalement regretté d'avoir porté notre fils. À cet instant, peut-être même que j'aurais renoncé à Celia, dont l'absence n'aurait pas été assez remarquable pour être pleurée par une femme sans enfant ayant dépassé la cinquantaine. Depuis toute petite, je n'avais désiré qu'une seule chose, en plus de quitter Racine, Wisconsin. Et cette chose, c'était un homme bien, qui m'aimerait et ne me trahirait pas. Tout le reste était secondaire, bonus, comme les miles gratuits des programmes grands voyageurs. J'aurais pu vivre sans enfant. Je ne pouvais pas vivre sans toi.

Sauf que j'y suis bien obligée. J'avais créé moi-même l'Autre Femme qui se trouvait être un garçon. J'avais été témoin de ce cocufiage entre soi dans d'autres familles et il est étrange que je ne l'aie pas vu venir dans la nôtre. Brian et Louise s'étaient séparés dix ans plus tôt (pour lui aussi, toute cette histoire de santé dans la bonne humeur avait été une sorte de fondamental ; pendant une fête pour son quinzième anniversaire de mariage, un bocal de noix au vinaigre s'est cassé en tombant par terre et il s'est fait prendre en train de baiser sa maîtresse dans l'arrière-cuisine), et Brian avait été bien sûr infiniment plus contrarié par la séparation d'avec ses deux têtes blondes que par le fait de quitter Louise. Aimer femme et enfants ne devrait pas poser problème, sauf que, pour une raison mystérieuse, certains hommes font un choix ; en bons gestionnaires de fonds mutualistes minimisant les risques en optimisant le rendement de leur portefeuille, ils prennent tout ce qu'ils avaient investi autrefois sur leur épouse pour l'investir dans des enfants. Pourquoi ? Est-ce qu'ils représentent une plus grande sécurité parce qu'ils ont besoin de vous ? Parce que jamais vous ne deviendrez leur ex-père comme je pourrais devenir ton ex-femme ? Tu n'as jamais eu complètement confiance en moi, Franklin. J'avais pris trop d'avions dans les années du début, et tu n'as jamais bien intégré que j'achetais toujours un aller-retour.

« Tu veux faire quoi ? » ai-je demandé. J'avais le tournis.

« Tenir jusqu'à la fin de l'année scolaire, si nous pouvons. Prendre des dispositions pendant l'été. »

Et tu as ajouté avec amertume : « Au moins, le problème de la garde des enfants ne sera pas un casse-tête. Ce qui en dit long, n'est-ce pas ? »

À l'époque, évidemment, nous n'avions pas le moyen de savoir que tu garderais Celia.

« Est-ce que c'est… ? » Je n'avais pas envie de paraître lamentable. « C'est ta décision ?

— Il n'y a plus rien à décider, Eva, as-tu dit mollement. C'est un fait accompli. »

Si j'avais imaginé cette scène – ce que je n'avais jamais fait, parce que se représenter ce genre de choses, c'est les appeler –, je me serais vue veiller jusqu'à l'aube en vidant une bouteille, à me demander douloureusement ce qui avait bien pu se passer. Mais j'ai senti que la seule certitude, c'était que nous serions au lit de bonne heure. Il en va de la mécanique des mariages comme de celle des grille-pain et des petites voitures : on ne se soucie de les retaper que pour les voir fonctionner de nouveau. Farfouiller pour trouver le fil rompu avant de balancer le tout à la poubelle ne présente pas grand intérêt. De plus, alors que je me serais attendue à pleurer, je me suis retrouvée absolument sèche : avec la maison surchauffée, j'avais les narines pincées et irritées, les lèvres gercées. Tu avais raison, c'était un fait accompli, et il se peut bien que j'aie été dans le deuil de mon mariage depuis une dizaine d'années. Je comprenais à présent ce que ressentaient les compagnons de longue date de conjoints séniles quand, après des visites entêtées et débilitantes à l'hôpital gériatrique, ce qui est fonctionnellement mort succombe à la mort de fait. Un ultime frisson de chagrin ; un frémissement de soulagement honteux. Pour la première fois dans mon souvenir, j'ai lâché la pression. Mes épaules se sont affaissées de cinq bons centimètres. Je me suis calée dans mon siège. Je suis restée assise. Jamais peut-être je n'avais été aussi totalement assise. Je ne savais que m'asseoir.

Il m'en a donc coûté un gigantesque effort pour lever les yeux et tourner la tête quand un léger mouvement au seuil du couloir m'a distraite de la parfaite immobilité de la nature morte que nous formions. Kevin a fait volontairement un pas dans la lumière. Un bref coup d'œil a confirmé qu'il nous avait épiés. Il paraissait différent. Mis à part les après-midi sordides avec la porte des toilettes ouverte, c'était la première fois depuis des années que je le voyais nu. Oh, il avait toujours sur lui les vêtements de taille normale qu'il avait pour l'audi-tion. Mais il avait perdu le côté biaisé : il se tenait droit. Le rictus sarcastique de sa bouche s'est effacé : il avait le visage au repos. Je me suis dit : il est effectivement frappant, comme l'avait, paraît-il, fait remarquer son professeur de théâtre. Il semblait vieilli. Mais ce sont ses yeux qui m'ont absolu-ment stupéfiée. D'ordinaire, ils avaient le brillant artificiel des pommes que l'on n'a pas encore lavées – plat et vague, ennuyé et belliqueux, son regard m'excluait du paysage. Mais parfois y pétillait une pointe d'espièglerie – tout comme s'échappent, par moments, des flammes égarées, dans la mince bor-dure rouge qui se consume autour des portes métalliques closes d'un haut fourneau. À son entrée dans la cuisine, au contraire, les portes de la four-naise se sont ouvertes en grand pour mettre à nu les coulées.

645

« Je voudrais un verre d'eau, a-t-il annoncé en réussissant à siffler malgré l'absence de "s", avant de se diriger vers l'évier.

— Kev', as-tu dit, ne dramatise pas trop ce que tu aurais pu entendre par hasard. Les malentendus sont faciles lorsqu'on entend une chose en dehors de son contexte.

— Pourquoi est-ce que je ne connaîtrais pas le contexte ? » Il a avalé une seule gorgée de son verre. « C'est moi, le contexte. » Puis il a posé le verre sur le plan de travail et s'en est allé.

J'en suis certaine : cet instant, quand il a eu du mal à avaler, c'est là qu'il a décidé.

Une semaine plus tard, nous avons reçu une autre lettre du conseil d'établissement. Déjà déchargée de ses cours dès qu'avaient été formulées les premières accusations, Vicki Pagorski serait définitivement affectée à des tâches administratives et ne serait plus jamais laissée en contact direct avec des élèves. Néanmoins, en l'absence d'autres preuves que la parole des élèves contre la sienne, elle n'était pas radiée. Nous avons l'un et l'autre trouvé lâche cette décision, mais pour des raisons différentes. Pour moi, soit elle était coupable, soit elle ne l'était pas, et il n'y avait aucune raison d'exclure une innocente d'un métier qu'elle adorait manifestement. Toi, tu étais scandalisé qu'elle ne soit pas virée et qu'aucun des autres parents n'envisage une poursuite au pénal.

Après avoir erré comme un malheureux dans la maison avec autant d'efficacité que l'on peut atteindre dans un exercice bien rodé, Kevin t'a confié qu'il avait sombré dans la dépression. Tu as répondu que tu comprenais pourquoi. Assommé par l'injustice de la petite claque infligée par le conseil d'établissement, Kevin se sentait humilié, ce qui, bien sûr, le déprimait. Tu ruminais aussi le fait qu'il avait deviné un divorce imminent, que nous souhaitions tous les deux ne pas rendre officiel plus tôt que nécessaire.

Il a voulu prendre du Prozac. D'après mon estimation rapide, une bonne moitié de ses condisciples absorbait un antidépresseur quelconque, encore que lui ait réclamé précisément du « Prozac ». J'ai toujours été réticente face aux réconfortants légaux, et la réputation qu'avait ce médicament d'arrondir les angles ; la vision de notre fils encore plus indifférent au monde avait de quoi rendre perplexe. Sauf que, en sortant aussi rarement des États-Unis ces derniers temps, j'avais moi aussi perdu de vue que dans un pays où l'on a plus d'argent, plus de liberté, des maisons plus grandes, des écoles de plus haut niveau, une meilleure santé et plus de perspectives que partout ailleurs sur Terre, bien sûr une grande partie de la population perdait les pédales au moindre chagrin. J'ai donc suivi le mouvement, et le psychiatre que nous avons consulté a semblé aussi ravi de nous offrir profusion de médicaments que notre dentiste de distribuer des sucettes gratuites.

La plupart des enfants sont mortifiés par la perspective du divorce de leurs parents, et je ne nie pas que la conversation surprise par Kevin l'ait expédié dans une spirale descendante. Il n'empêche que j'étais déconcertée. Depuis quinze ans, cet enfant essayait de nous séparer. Pourquoi n'était-il pas satisfait ? Et si j'étais une telle horreur, pourquoi n'était-il pas ravi de larguer son abominable mère ? Rétrospectivement, ma seule hypothèse est qu'il était assez désagréable de vivre avec une femme froide, soupçonneuse, hostile, accusatrice et distante. Une seule éventualité devait lui sembler pire, et c'était de vivre avec toi, Franklin. Se retrouver à la colle avec Papa.

À la colle avec son crétin de père.

*Eva*

25 mars 2001

*Cher Franklin,*

J'ai un aveu à faire. Après m'être tant gaussée de toi, à l'époque, je suis devenue dépendante de la télévision. En fait, c'est à un tel point que je vis en total ostracisme ; un soir du mois dernier, au milieu de *Frasier*, le tube a claqué d'un coup, et je crois bien avoir fait une crise – tapant dans le poste, débranchant et rebranchant, tripotant les boutons. JEUDI ne me fait plus pleurer depuis longtemps, mais je deviens hystérique quand je ne peux pas voir comment Niles prend la nouvelle du prochain mariage de Daphné avec Donnie.

Bref, ce soir, après le blanc de poulet de rigueur (un peu trop cuit), je zappais d'une chaîne à l'autre lorsque soudain, à l'écran, s'est inscrit en gros plan le visage de notre fils. On pourrait imaginer que j'y suis habituée, à force, mais non. Et il ne s'agissait pas de la photo de classe reproduite dans tous les journaux – dépassée, en noir et blanc, avec son sourire acide –, mais du visage plus structuré de Kevin à dix-sept ans. J'ai reconnu la voix du journaliste qui menait l'interview. C'était le documentaire de Jack Marlin.

Marlin avait abandonné le titre « Activités périscolaires », un peu aride, pour le plus incisif « Animal nuisible ». Je me suis souvenue qu'il t'arrivait de me reprocher de traiter notre fils comme un « animal nuisible ».

Jack Marlin ne s'est pas gêné pour désigner ainsi notre fils. Parce que, vois-tu, Kevin était la vedette. Marlin avait dû obtenir l'autorisation de Claverack, car, entrecoupé de scènes sur les douloureuses conséquences de son acte – les piles de fleurs devant le gymnase, l'office à la mémoire des victimes, les défilés Plus Jamais Ça –, le documentaire contenait un entretien exclusif avec KK en personne. Bouleversée, j'ai failli éteindre le poste. Mais une ou deux minutes ont suffi à me clouer sur place. En fait, le style de Kevin était tellement frappant qu'au début c'est à peine si je pouvais fixer mon attention sur ce qu'il disait. L'entretien se déroulait dans sa petite cellule – où régnait un ordre rigide comme dans sa chambre, sans posters ni fioritures. Maintenant sa chaise en équilibre sur deux pieds, un coude coincé dans le dos, il semblait parfaitement dans son élément. Disons qu'il avait seulement l'air plus grand, plus imbu de sa personne, faisant exploser son minuscule survêtement, et jamais je ne l'avais vu aussi animé et à l'aise. Il se prélassait sous l'œil de la caméra comme sous une lampe à bronzer.

Marlin se trouvait hors champ, et ses questions étaient déférentes, presque tendres, à croire qu'il ne voulait pas effaroucher Kevin. Au moment où j'ai pris l'émission, Marlin demandait poliment à Kevin s'il confirmait qu'il faisait partie du tout petit pourcentage de patients sous Prozac à avoir une réaction radicale et opposée à l'effet recherché.

À six ans déjà, Kevin avait intégré l'importance de ne pas démordre de son histoire. « Ben, j'ai effectivement commencé à me sentir un peu bizarre.

— Mais si l'on en croit tant le *New England Journal of Medicine* que le *Lancet*, tout lien de cause à effet entre le Prozac et une psychose meurtrière n'est que pure spéculation. Pensez-vous que des recherches plus poussées… ?

— Hé ! (Kevin de lever verticalement la paume d'une main.) Je ne suis pas toubib. Cette ligne de défense était l'idée de mon avocat, et il faisait son boulot. J'ai dit que je me suis senti un peu bizarre. Mais ce n'est pas pour me chercher une excuse. Je ne rejette pas la responsabilité sur un culte satanique, ni une petite amie de merde ni une brute tyrannique qui m'aurait traité de pédé. Une des choses que je ne supporte pas dans ce pays, c'est l'absence de responsabilité. Chaque fois que les Américains font un truc qui ne marche pas trop bien, il faut que ce soit la faute de quelqu'un d'autre. Moi, j'assume ce que j'ai fait. C'était mon idée et celle de personne d'autre.

651

— Et cette histoire d'abus sexuel ? Pourriez-vous en être sorti avec des séquelles ?

— D'accord, on m'a touché. Mais, merde, a ajouté Kevin avec un regard torve, ce n'était rien du tout à côté de ce qui se passe ici. » (Ils ont passé alors une interview avec Vicki Pagorski, dont les dénégations éructantes et apoplectiques étaient contreproductives. Une indignation trop timide aurait évidemment semblé tout aussi suspecte ; elle était donc dans un jeu perdant, irrémédiablement. Et définitivement, elle devrait faire quelque chose pour ses cheveux.)

« Pouvons-nous parler un peu de vos parents, Kevin ? » a repris Marlin.

Les mains derrière la nuque, il a répondu : « Allez-y.

— Votre père – vous vous entendiez avec lui, ou bien c'était la bagarre ?

— Mr Plastic ? s'est gaussé Kevin. Il aurait fallu que ce soit mon jour de chance pour qu'on ait une dispute. Non, on était toujours dans le "rions ensemble", les hot dogs et les chips au fromage. Un faux cul total, vous voyez ? Genre : "Si on allait au musée d'Histoire naturelle, Kev', ils ont des cailloux super chouettes". Il se faisait un cinéma Little League, coincé dans les années cinquante. J'étais abreuvé de "Je t'aime-je t'aime-je t'aime, fiston !" et moi je le regardais : "Tu parles à qui, là, mon gars ?" Ça veut dire quoi, un père qui t'aime-t'aime-t'aime et qui n'a pas la moindre idée de qui tu es ? Il aime quoi, en fait ? Un môme de la série *Happy Days*. Pas moi.

— Et votre mère ?

— Quoi, ma mère ? a dit sèchement Kevin qui jusqu'alors s'était montré affable et expansif.

— Eh bien, il y a eu un procès au civil pour négligence parentale...

— Complètement bidon, a coupé platement Kevin. De l'opportunisme puant, franchement. La culture de la compensation. Un de ces jours, vous verrez, des vieux zinzins vont attaquer le gouvernement parce qu'ils vieillissent, et des mômes vont faire un procès à leur mère parce qu'ils sont nés moches. Mon point de vue, c'est que la vie est dégueulasse. Manque de bol. En fait, les avocats savaient que ma mère était pleine aux as, et la Woolford, elle ne sait pas encaisser les mauvaises nouvelles. »

Juste au même moment, la caméra a décrit un angle de quatre-vingt-dix degrés, avant de zoomer sur le seul élément de décor que j'aie pu apercevoir, scotché au-dessus de son lit. Tout abîmée d'avoir été pliée et repliée pour tenir dans une poche ou un portefeuille, c'était une photo de moi. Nom d'un chien, c'était le cliché pris sur une péniche à Amsterdam, celui qui avait disparu à la naissance de Celia ! J'étais sûre qu'il en avait fait des confettis.

« Mais que votre mère ait ou non fait preuve de négligence, au sens juridique du terme, a continué Marlin, peut-être vous a-t-elle accordé trop peu d'attention ?

— Oh, foutez-lui la paix, à ma mère ! » Cette voix cassante, menaçante ; elle m'était étrangère, mais elle devait être utile en prison. « Ici, les psys passent leurs journées à essayer de me faire débiner cette femme, et je commence à en avoir un peu marre, si vous voulez savoir la vérité. »

Marlin a fait un repli stratégique. « Diriez-vous que vous étiez proches, alors ?

— Elle a été dans le monde entier, vous êtes au courant ? On ne peut pratiquement pas citer un nom de pays dont elle n'ait pas le T-shirt. Elle a monté sa propre société. Vous entrez dans la première librairie du coin, vous verrez sa collection. Vous avez *Les Bouges Immondes du Monde Entier avec A Wing and a Prayer* ? Je faisais des virées chez Barnes and Noble, dans le centre commercial, rien que pour regarder tous ces livres. Carrément sympas.

— Vous ne pensez donc pas qu'elle ait pu, de quelque façon que…

— Écoutez, il se peut que je sois un pauvre type, d'accord ? Et il se peut aussi qu'elle soit une nulle, ce qui nous mettrait à égalité. Point barre. Pour le reste, c'est privé, d'accord ? Ça existe, dans ce pays, des choses qui relèvent du privé, ou bien faut-il que je vous dise la couleur de mon caleçon ? Question suivante.

— Je crois qu'il ne reste plus qu'une seule question, Kevin – la grande question. Pourquoi ? »

J'ai vu que Kevin s'était préparé à ce moment. Il a ostensiblement marqué un temps de silence, puis a bruyamment laissé retomber les quatre pieds de sa chaise sur le sol. Les coudes sur les genoux, il s'est détourné de Marlin pour s'adresser directement à la caméra.

« Ben voilà, c'est comme ça. On se réveille, on regarde la télé, on monte en voiture, on écoute la radio. On va à son petit boulot, ou dans sa petite école, mais de cela on n'entendra pas parler aux infos de six heures vu que, devinez : il ne se passe rien en vérité. On lit le journal, et si on n'est pas trop dans ce genre de truc, on lit un livre, ce qui est exactement la même chose que regarder la télé, mais en encore plus rasoir. On passe la nuit devant la télé, ou bien on sort pour aller regarder un film, et peut-être qu'on aura un coup de fil qui permettra de raconter à des amis ce qu'on a regardé. Et vous savez, c'est devenu tellement grave que j'ai remarqué les gens, à la télé, dans le poste : la moitié du temps, ils sont en train de regarder la télé. Et quand on a droit à une histoire d'amour dans un film, ils font quoi ? Ils vont voir un film. Tous ces gens, Marlin… (Et d'interpeller l'interviewer d'un hochement de tête.) … ils regardent quoi ? »

Après un blanc gêné, Marlin a meublé : « À vous de nous le dire, Kevin.

— Des gens comme moi. » Il s'est adossé au fond de sa chaise, les bras croisés.

Marlin devait être content de cette séquence et il n'était pas disposé à laisser le spectacle s'achever maintenant. Kevin faisait un carton et il venait seulement de démarrer. « Mais les gens ne regardent pas que des tueurs, Kevin, a provoqué Marlin.

— Conneries, a répliqué Kevin. Ils ont envie de regarder des choses de la vie. J'ai fait une étude : en gros, quand on parle de "choses de la vie", on parle de choses négatives. Dans ma vision, le monde est divisé entre ceux qui regardent et ceux qui sont regardés, et le public est de plus en plus nombreux, et il y a de moins en moins de choses à voir. Les gens qui font vraiment des choses sont une espèce en voie de disparition.

— C'est le contraire, Kevin, a fait tristement observer Marlin. Il n'y a que trop de jeunes gens comme vous qui se sont lancés dans des débauches meurtrières, depuis quelques années.

— Ça vous arrange bien ! Vous avez besoin de nous ! Vous feriez quoi, sans moi ? Vous filmeriez un documentaire sur le séchage de la peinture ? Ils font quoi, tous, là… (Et de désigner la caméra d'un geste du bras.) … sinon me regarder ? Vous ne pensez pas qu'ils auraient déjà zappé si je n'avais pas d'autre titre de gloire qu'un A en géométrie ? Des vampires ! Je fais le sale boulot pour eux !

— Mais le seul intérêt de poser ces questions, a insisté Marlin d'un ton conciliant, c'est de réussir à trouver ensemble le moyen d'éviter que se produisent encore d'autres Columbine. »

Le mot Columbine a fait passer une ombre sur le visage de Kevin. « Je tiens à dire officiellement que ces deux débiles n'étaient pas des pros. Leurs bombes étaient factices, et ils ont tiré dans le tas. N'importe quoi. Moi, c'était trié sur le volet. Les vidéos que ces crétins ont laissées derrière eux, c'était la honte absolue. Ils m'ont copié, et toute leur opération visait clairement à surclasser Gladstone… »

Marlin a tranquillement tenté d'insérer un truc du genre : « En réalité, la police prétend que Klebold et Harris préparaient leur attaque depuis un an au moins. » Mais Kevin a continué sur sa lancée.

« Rien, absolument rien dans ce cirque ne s'est déroulé comme prévu. C'est un échec à cent pour cent, du début à la fin. Pas étonnant que ces deux misérables crétins se soient flingués – ce que j'ai trouvé très dégonflé. Affronter la punition fait partie du truc. Mais le pire de tout, c'est que c'était des vrais dégénérés. J'ai lu des passages des jérémiades du journal larmoyant de ce Klebold. Vous savez quel groupe de personnes il citait, cet imbécile, parmi celles dont il voulait se venger ? Les gens qui se croient capables de prédire le temps qu'il fera. Vraiment n'importe quoi ! Oh, et celle-là aussi – à la fin du Grand Jour, ces deux nuls comptaient, à l'origine, détourner un avion et foncer dans le World Trade Center. Alors laissez-moi rire !

— Vous, hum, indiquez que vos victimes avaient été soigneusement choisies », a dit Marlin, qui avait dû se poser des questions. De quoi il parlait, là ? « Pourquoi ces élèves précis ?

— Il se trouve que c'était eux qui me tapaient sur les nerfs. Parce que si vous, vous prépariez un grand coup de ce genre, vous ne commenceriez pas par les bêcheuses, les pédés, les mochetés que vous ne pouvez pas blairer ? Pour moi, c'est le principal intérêt de se taper la punition. Vous et vos cameramen, vous émargez sur mes exploits et vous avez des gros salaires et votre nom est au générique. Moi, j'ai une peine à faire. Faut bien que j'aie une satisfaction.

— Il me reste encore une question, Kevin, bien que vous y ayez, je le crains, déjà répondu, a dit Marlin avec une note tragique. Éprouvez-vous des remords ? Sachant ce que vous savez à présent, si vous pouviez revenir en arrière, revenir au 8 avril 1999, est-ce que vous tueriez encore tous ces gens ?

— Il n'y a qu'une chose que je ferais différemment. J'en collerais une directement entre les deux yeux de cette tête de nœud de Lukronsky, qui maintenant se fait du blé sur la terrible épreuve par laquelle il est passé. J'ai lu qu'il allait jouer dans ce film de la Miramax ! Je souhaite bien du plaisir au reste de l'équipe. Il va passer son temps à citer "Let's get in character" de *Pulp Fiction*, et faire ses imitations de Harvey Keitel, même que je parie qu'à Hollywood ce genre de merde vieillit très vite. Et tant qu'on est sur le sujet, je tiens à protester en disant que Miramax et tous les autres devraient me payer des droits. Ils sont en train de voler mon histoire et cette histoire a représenté un gros travail. Je ne pense pas qu'il soit légal de la piquer gratis.

— Mais il est contraire à la loi de cet État que les criminels gagnent de l'argent. »

De nouveau, Kevin s'est adressé à la caméra. « Mon histoire est à peu près tout ce que je possède en mon nom, aujourd'hui, et c'est pour cela que je me sens grugé. Mais une histoire, c'est beaucoup plus que ce qu'ont la plupart des gens. Vous tous qui regardez, là, vous écoutez ce que je dis parce que j'ai une chose que vous n'avez pas : j'ai une histoire. Achetée et payée. C'est tout ce que vous avez envie d'avoir, tous, c'est pour cela que vous me pompez. Vous voulez mon histoire. Je sais ce que vous ressentez, vu que, tiens, je ressentais la même chose. La télé, les jeux vidéo, les films, les écrans d'ordinateur… Le 8 avril 1999, j'ai sauté dans le poste, je suis passé dans le clan des "regardés". Et depuis ce jour-là, je connais le sens de ma vie. Je fournis une bonne histoire. Elle a peut-être été un peu sanglante, mais avouez : vous avez adoré. Vous avez tout gobé. Putain, je devrais être payé par le gouvernement ! Sans des gens comme moi, tout le monde se foutrait en l'air en sautant d'un pont, parce que le seul truc que la télé a à offrir, c'est une ménagère qui empoche soixante-quatre mille dollars à « Qui veut gagner des millions ? » pour s'être souvenue du nom du chien du Président. »

J'ai éteint le poste. J'avais eu ma dose. Je sentais arriver une interview de plus de Thelma Corbitt, qui inclurait forcément un appel en faveur de la fondation « Pour les jeunes ayant une vraie vocation » créée en l'honneur de Denny afin de financer des bourses d'études, et à laquelle j'avais déjà contribué au-delà de mes moyens.

Manifestement, cette thèse clinquante sur le côté spectateur passif de la vie moderne n'était qu'un clin d'œil au Kevin d'il y a deux ans. Il a beaucoup de temps à meubler, à Claverack, alors il a tricoté ce thème exactement comme des vieux détenus se bricolent des plaques d'immatriculation fantaisie. Il n'empêche que je dois bien admettre que cette exégèse a posteriori contenait un fond de vérité. Si NBS diffusait une longue série de documentaires sur les coutumes d'accouplement des loutres de mer, l'audience déclinerait. En écoutant la tirade de Kevin, j'ai été malgré moi frappée par le fait qu'une

659

proportion non négligeable de notre espèce se nourrit de la dépravation d'une poignée de réprouvés, sinon pour gagner sa vie, du moins pour passer le temps. Et il n'y a pas que les journalistes. Des commissions de réflexion produisant des montagnes de papier sur les dispositions souveraines de l'indocile petit Timor-Oriental. Des sections « Études des conflits » à l'université, fournissant pléthore de thèses sur les terroristes de l'ETA qui ne sont pas plus de cent. Des réalisateurs de films générant des millions en mettant en scène les prédations de tueurs en série solitaires. Et réfléchis : les tribunaux, la police, la Garde nationale – quelle part du gouvernement est consacrée à la gestion du un pour cent de déviants ? Avec la construction de maisons d'arrêt et l'emploi de gardiens de prison parmi les industries connaissant la plus forte croissance aux États-Unis, une soudaine conversion populaire à la civilisation pourrait déclencher une récession. Dans la mesure où j'ai éprouvé moi-même le besoin pressant de « tourner la page », est-il vraiment excessif de dire de KK que nous avons besoin de lui ? Sous le masque du registre émotionnel, Marlin avait semblé reconnaissant. Il ne s'intéressait pas à l'accouplement des loutres de mer, et il était reconnaissant.

À part cela, Franklin, ma réaction à cet entretien est très confuse. L'horreur coutumière se mêle à ce qui ressemble à… une certaine fierté. Il était lucide, assuré, sympathique. J'ai été touchée par cette photo, au-dessus de son lit, et pas du tout chagrine qu'après tout il ne l'ait pas détruite (je crois avoir toujours opté pour le pire). Reconnaissant dans certaines bribes de son soliloque mes propres tirades pendant les repas, je ne suis pas seulement mortifiée, mais flattée. Et je suis abasourdie qu'il ait jamais mis les pieds chez Barnes & Noble afin de jeter un œil à ma production, pour laquelle son « Portrait de ma mère » ne laissait guère filtrer de respect.

Je suis en revanche consternée par ses remarques désobligeantes à ton propos et j'espère que tu ne les prends pas trop à cœur. Tu as déployé tant d'efforts pour être un père attentionné, affectueux ! Je t'avais pourtant prévenu : les enfants ont un talent particulier pour repérer l'artifice, il est donc logique que ce soit précisément tes efforts qu'il raille. Et tu peux comprendre que vis-à-vis de toi, plus que de quiconque, il se sente obligé de se poser en victime.

J'ai été longuement cuisinée par les avocats de Mary sur les « signes avant-coureurs » que j'aurais dû reconnaître suffisamment à l'avance pour éviter le désastre, mais je crois que la plupart des mères auraient eu du mal à détecter les signaux concrets. J'ai bien posé des questions sur l'utilité des cinq antivols Kryptonite quand ils ont été livrés à notre porte par Fedex, vu que Kevin avait déjà un antivol pour le vélo qu'il n'utilisait jamais. Ses explications semblaient néanmoins crédibles : il était tombé sur une affaire formidable sur Internet, et il avait l'intention de revendre ces antivols, qui dans le commerce de détail valaient environ cent dollars pièce, à l'école, en faisant un bénéfice. Si jamais auparavant il n'avait opéré une telle prise de risque, l'aberration n'est criante aujourd'hui que parce que nous savons à

quoi ont servi les cadenas. Comment il s'est procuré le papier à en-tête du collège, je n'en ai aucune
idée, et je ne suis jamais tombée dessus. Et s'il a fait
généreusement provision de flèches pour son arbalète au fil des mois, il n'en a jamais acheté plus
d'une demi-douzaine à la fois. Il commandait toujours des flèches, et la réserve, qu'il rangeait dehors,
dans l'abri, n'a pas attiré mon attention.

La chose que j'ai effectivement remarquée, pendant le reste du mois de décembre et les premiers
mois de 1999, c'est que le rituel du « super, P'pa »,
Kevin l'avait désormais étendu à un « super, ma
p'tite Maman ». Je ne sais pas comment l'interpréter. « Ouais, on mange un bon plat arménien ce
soir ? Génial ! Je tiens à me familiariser davantage
avec mon héritage ethnique ! Des tas de gars au
collège sont des Blancs pur sucre, et ils sont super
jaloux que j'appartienne à une vraie minorité persé-
cutée ! » Pour autant qu'il ait eu des goûts culinaires
jusque-là, il détestait la cuisine arménienne et cet
engouement feint me blessait. Avec moi, le comportement de Kevin avait toujours été aussi brut de
décoffrage que le décor de sa chambre – sans chi-
chis, atone, parfois dur et corrosif, mais (c'est du
moins ce que j'imaginais) sans camouflage. Je préférais. Découvrir que mon fils pouvait réussir à
paraître encore plus lointain a été une surprise.

J'ai interprété cette transformation comme un
résultat de la conversation qu'il avait surprise dans
la cuisine – à laquelle ni toi ni moi n'avons plus
jamais fait allusion, pas même en privé. Notre
séparation prévue planait comme un gros éléphant

nauséabond dans la salle de séjour, barrissant à l'occasion, et laissant des piles compactes de fumier qu'il nous fallait enjamber.

Pourtant, de stupéfiante manière, notre mariage a connu une seconde lune de miel, tu te souviens ? Nous avons célébré ce Noël avec une chaleur inégalée. Tu m'as offert un exemplaire signé de *Black Dog of Fate*, de Peter Balakian, ainsi que de *Passage to Ararat*, de Michael J. Arlen, des classiques arméniens. Moi, je t'ai donné un exemplaire de *Alistair Cooke's America*, ainsi qu'une biographie de Ronald Reagan. Si nous nous moquions l'un de l'autre, l'intention était tendre. Nous avons offert à Kevin des vêtements de sport ridiculement trop petits, tandis que Celia, de manière symptomatique, était tout aussi ravie par l'emballage en papier bulle que par la poupée en porcelaine avec des yeux de verre qui était à l'intérieur. Nous avons fait l'amour plus souvent que depuis des années, sous le couvert d'un hommage implicite au bon vieux temps.

Je ne savais pas trop si tu étais revenu sur l'idée d'une séparation pendant l'été, ou si tu étais seulement poussé, par culpabilité et tristesse, à tirer le meilleur parti de ce qui était irrévocablement la fin d'une histoire. De toute façon, toucher le fond a des vertus décontractantes. Si nous étions sur le point de divorcer, rien de pire ne pouvait arriver.

Du moins le pensions-nous.

*Eva*

*Cher Franklin,*

Je sais que le sujet est forcément sensible pour toi. Mais je te promets que, si tu ne lui avais pas offert cette arbalète pour Noël, il y aurait eu un arc, ou des flèches empoisonnées. Sur ce chapitre, Kevin était suffisamment inventif pour tirer profit du 2e Amendement et mettre la main sur l'arsenal plus conventionnel des pistolets et des fusils de chasse préférés par ses collègues un peu plus modernes d'esprit. Sincèrement, l'utilisation d'instruments traditionnels dans les massacres en milieu scolaire aurait non seulement réduit sa marge d'erreur, mais aussi augmenté la probabilité pour lui de battre le record de nombre de morts – manifestement une des ambitions motrices puisque, avant l'intervention douze jours plus tard de ces prétentieux de Columbine, il était numéro un au classement. Et tu peux être certain qu'il a longuement réfléchi à ce problème. Il avait déclaré lui-même, à quatorze ans : « Le choix des armes est la moitié du combat. » De ce point de vue, le choix de l'archaïsme est bizarre. C'était un handicap, du moins apparemment.

Il se peut qu'il ait aimé ce handicap. Je lui ai peut-être transmis ma propre inclination à relever les défis, ce qui m'avait d'ailleurs valu de me retrouver enceinte de lui, en premier lieu. Et bien qu'il ait éventuellement pris plaisir à imiter sa mère, qui se considérait comme une personne « hors du commun », avec toute l'insulte du cliché – que cela te plaise ou pas, la petite Mrs Globe-Trotter allait devenir une mère à la chaîne de plus, en toute américaine vulgarité, et il savait combien je souffrais qu'une voiture sur cinq dans le nord-est du pays soit désormais ma très classe VW Luna –, l'idée de se placer en dehors du lot lui plaisait bien. Ayant grommelé à Claverack, après Columbine, que « le premier crétin venu peut tirer avec un fusil de chasse », il devait bien avoir perçu que le statut de « gamin à l'arbalète » inscrirait son petit exploit dans l'imagination populaire. Et de fait, dès le printemps 1999, le terrain était très occupé, et les noms naguère indélébiles de Luke Woodham et Michael Carneal commençaient déjà de pâlir.

De plus, il faisait certainement du cinéma. Jeff Reeves jouait peut-être un riff à la guitare, Soweto Washington faisait peut-être gicler ses coups francs et Laura Woolford captait peut-être les regards de toute l'équipe de football en tortillant son joli petit cul dans le vestibule du collège, Kevin Khatchadourian, lui, transperçait une pomme – ou une oreille – avec une flèche tirée de cinquante mètres.

Néanmoins, je suis persuadée que sa motivation déterminante était idéologique. Pas le coup du « j'ai une histoire » qu'il a fourgué à Jack Marlin. J'ai plutôt en tête la « pureté » qu'il avait admirée dans le virus informatique. Ayant enregistré la tendance compulsive de la société à tirer une vaste leçon pénétrante de tous les carnages débiles, il a dû analyser très scrupuleusement les retombées prévisibles du sien.

Son père, au moins, le traînait tout le temps à un musée pagailleux sur les Indigènes d'Amérique, ou vers quelque morne champ de bataille de la guerre de Sécession, de sorte que quiconque entreprendrait de le décrire comme la victime négligée d'un couple égocentré dont les deux parents travaillent aurait un laborieux combat à mener, et quoi qu'il ait surpris, nous n'étions pas divorcés : rien à glaner là. Il n'était pas membre d'une secte satanique ; la plupart de ses amis ne fréquentaient pas non plus l'église, le thème de l'absence de Dieu n'avait donc guère de chances d'émerger comme élément significatif. Il n'était pas harcelé par les autres – il avait ses amis peu recommandables, et ses contemporains se donnaient beaucoup de mal pour le laisser exister – le coup du « malheureux marginal persécuté » ou du « il faut agir pour faire cesser les pratiques de harcèlement en milieu scolaire » était un numéro qui n'irait pas très loin. À la différence des incontinents mentaux pour qui il avait le plus grand mépris – ceux qui faisaient circuler des messages malfaisants en classe et promettaient à un confident des choses extravagantes –, il s'était tu ; il n'avait pas expédié un message sur un site web assassin ni rédigé des dissertations annonçant qu'il allait faire sauter l'école ; et l'expert le plus créatif aurait bien du mal à repérer dans une satire sur les 4 × 4 ces « signes avant-coureurs », immanquables désormais, censés amener les parents et les enseignants vigilants à appeler un numéro vert confidentiel. Mais, cerise sur le gâteau, s'il avait accompli la totalité de son exploit avec une simple arbalète, ni sa mère ni ses progressistes débiles de copines ne pourraient défiler devant le Congrès avec une affichette de plus demandant le contrôle des armes à feu. En bref, son choix de l'arme visait à s'assurer autant qu'il pouvait une totale absence de signification de ce JEUDI.

Quand je me suis levée comme d'habitude à six heures trente, le matin du 8 avril 1999, je n'avais pas encore de raison d'écrire ce jour en capitales. J'ai choisi un chemisier que je portais rarement. Tu t'es penché sur moi pendant que je le boutonnais, devant la glace, et tu as dit que je risquais de ne pas vouloir en convenir, mais que le rose m'allait bien, et puis tu as posé un baiser sur ma tempe. À ce moment-là, la plus infime gentillesse de ta part était géante, et j'ai rougi de plaisir. Une fois de plus, je me suis prise à espérer que tu sois en train de reconsidérer notre séparation, sans me résoudre à te poser directement la question, au risque de détruire l'illusion. J'ai fait du café, puis j'ai réveillé Celia, que j'ai aidée à nettoyer et remettre en place sa prothèse. Elle avait encore des problèmes de suppuration, et retirer la croûte jaune sur le verre, dans ses cils et dans le canal lacrymal pouvait prendre dix bonnes minutes. Bien que nos facultés d'adaptation soient stupéfiantes, j'éprouvais toujours un soulagement lorsque l'œil de verre était en place, lui rendant son regard bleu azur.

Mis à part le fait que Kevin s'est levé sans qu'il soit besoin de l'appeler trois fois, la matinée a commencé normalement. Comme toujours, j'ai admiré ton appétit, récemment retrouvé : tu auras peut-être été le dernier WASP américain à continuer de faire un vrai petit-déjeuner avec deux œufs, bacon, saucisse et toast. Je n'ai jamais pu faire mieux qu'avaler une tasse de café, mais j'adorais le grésillement du porc fumé en train de frire, le parfum du pain en train de griller, et l'espèce d'euphorie à l'aube de la journée à venir que créait ce rituel. La vigoureuse énergie avec laquelle tu préparais ce festin devait empêcher ses conséquences de se fixer dans tes artères.

« Quelle allure ! » me suis-je exclamée quand Kevin a fait son apparition. J'étais en train de frire méticuleusement le pain perdu de Celia, pour qu'il ne reste pas de bave d'œuf mal cuit. « Que se passe-t-il, tous tes vêtements en taille garçonnet sont au sale ?

— Il y a juste des jours où l'on se réveille avec le sentiment que la journée sera spéciale, a-t-il dit en enfonçant les pans de sa chemise blanche de chevalier dans la ceinture du même pantalon en rayonne noire qu'il avait sur lui pour notre dîner au Hudson House. »

Sans se cacher, il a mis les cinq chaînes antivol Kryptonite dans son sac à dos. J'en ai conclu qu'il avait trouvé preneurs au collège.

« Il est très beau, Kevin, a dit Celia d'un ton timide.

— Oui, ton frère est un bourreau des cœurs », ai-je répondu. Je ne croyais pas si bien dire.

J'ai généreusement saupoudré de sucre glace le pain perdu, en me penchant sur les fins cheveux blonds de Celia pour murmurer : « Et toi, ne lambine pas, si tu ne veux pas être encore une fois en retard à l'école. Tu es censée manger ce qui est dans ton assiette, pas faire des mamours. »

Je lui ai passé les cheveux derrière les oreilles avant de déposer un baiser sur le haut de son crâne, et pendant que je faisais cela, Kevin m'a lancé un regard tout en fourrant une chaîne de plus dans son sac à dos. Malgré la rare énergie qu'il arborait en arrivant dans la cuisine, entre-temps ses yeux étaient devenus morts.

« Hé, Kev' ! t'es-tu écrié. Est-ce que je t'ai déjà montré comment fonctionne cet appareil ? Une bonne connaissance de la photographie n'a jamais fait de mal à personne, et pour moi cela a été carrément payant. Viens par ici, on a le temps. Je ne sais pas ce qui t'a pris ce matin, mais tu as quarante-cinq minutes d'avance. » Tu as repoussé l'assiette graisseuse sur le côté et ouvert la sacoche de photographe qui se trouvait à tes pieds.

Kevin est arrivé sans enthousiasme. Apparemment ce matin-là il n'était pas d'humeur à te servir des « super, P'pa ». Pendant que tu exposais les questions d'ouverture et de focale, j'ai ressenti un pincement de déjà-vu. Chez ton propre père, l'intimité prenait aussi la forme bizarre d'explications infiniment plus détaillées que quiconque a jamais souhaité en entendre sur le fonctionnement d'un objet. Sans partager la conviction d'Herbert, persuadé que démonter le mécanisme de l'univers revient à en révéler les mystères, tu avais hérité du recours à la mécanique comme béquille des sentiments.

« Ça me rappelle, as-tu dit au milieu de la démonstration, que je voudrais faire une pellicule de toi pratiquant le tir à l'arc. Saisir et fixer pour l'éternité ce regard inflexible et ce bras qui ne tremble pas. Qu'en dis-tu ? Nous pourrions faire tout un photomontage et l'exposer : Braveheart des Palisades ! »

La tape sur l'épaule a probablement été une erreur : il a tiqué. Et l'espace d'un très, très bref instant, j'ai mesuré le peu d'accès que nous avions jamais eu à ce qui se passait vraiment dans la tête de Kevin, car pendant une petite seconde le masque est tombé, et son visage a exprimé de... de la répulsion, je crois. Pour laisser filtrer, même aussi brièvement, un peu de ses sentiments, il devait avoir d'autres soucis en tête.

« Ouais, P'pa, s'est-il forcé à articuler. Ce serait... formidable. »

Pourtant, j'ai choisi ce matin entre tous pour peindre ce tableau domestique aux douces couleurs de l'optimisme. Tous les adolescents détestent leurs parents, ai-je pensé, et l'antipathie peut avoir une valeur précieuse quand on sait la supporter. Tandis que le soleil jouait dans l'or des cheveux blonds de Celia, qui découpait son pain perdu en bouchées ridiculement minuscules, et que tu te lançais dans un laïus sur les dangers du contre-jour à l'intention de Kevin qui trépignait d'agacement, je me suis sentie si revigorée par cette scène à la Norman Rockwell que j'ai envisagé de traîner un peu jusqu'à l'heure où les enfants doivent partir à l'école, voire d'accompagner Celia moi-même au lieu de te laisser le faire. Si seulement j'avais pu céder à la tentation ! Mais les enfants ont besoin de routine, ai-je décidé, et si je ne prenais pas un peu d'avance sur l'heure de pointe du matin, j'aurais droit à l'enfer de la traversée du pont.

« C'est bon, la ferme ! a brusquement aboyé Kevin, à côté de toi. Y en a marre ! La ferme ! »

Prudemment, nous nous sommes regardés tous les trois face à cette insolence gratuite.

« Je me fous de la manière dont fonctionne ton appareil photo, a-t-il continué sans passion. Je ne veux pas faire du repérage pour des productions de merde. Ça ne m'intéresse pas. Le base-ball, les Pères fondateurs, les batailles décisives de la guerre civile, ça ne m'intéresse pas. Je hais les musées, les parcs nationaux et les pique-niques. Je ne veux pas apprendre par cœur la Déclaration d'indépendance pour meubler mes loisirs, et je ne veux pas lire Tocqueville. Je ne supporte pas les rediffusions de *Tora, Tora, Tora !* ni les documentaires sur Dwight

Eisenhower. Je ne veux pas jouer au Frisbee dans le jardin, ni faire une seule partie de Monopoly de plus avec une naine borgne, chichiteuse et pleurnicheuse. Les collections de timbres, de pièces rares, de jolies feuilles d'automne qu'on fait sécher entre les pages d'une encyclopédie, je m'en balance total. Et j'en ai ras la casquette des franches conversations père-fils sur des aspects de ma vie qui ne te regardent pas. »

Tu avais l'air assommé. J'ai cherché ton regard et fait un imperceptible signe de tête. Il était inhabituel chez moi de prêcher la retenue. Mais la Cocotte-Minute était fort populaire chez les femmes de la génération de ma mère. Après un incident, devenu mythique dans ma famille, où il a fallu décoller avec un balai le *madagh* accroché au plafond, j'avais appris très jeune que lorsque ce sifflet rond se met à tourner en crachant de la vapeur, la plus mauvaise idée que l'on puisse avoir est d'ouvrir le couvercle.

« C'est bon, as-tu dit sèchement en rangeant les objectifs dans la sacoche. Message reçu. »

Aussi abruptement qu'il avait explosé, Kevin a regagné sa position antérieure, redevenant sans transition le lycéen indifférent et sans imagination qui se prépare à affronter l'ennui d'une nouvelle journée de cours. Je l'ai vu refuser ton chagrin manifeste, une chose de plus qui ne l'intéressait pas. Pendant cinq minutes environ, personne n'a rien dit, puis nous avons progressivement recommencé de faire comme s'il s'agissait d'un matin comme les autres, sans allusion à l'explosion de

Kevin, comme des personnes bien élevées qui font mine de ne pas avoir remarqué un pet particulièrement sonore. Ce qui n'empêche pas l'odeur – sinon de gaz, du moins de poudre – de flotter dans l'air.

Bien que pressée à présent, j'ai dû dire deux fois au revoir à Celia. Je me suis baissée pour lui caresser les cheveux, retirer un dernier fragment de croûte sur ses cils, lui rappeler les livres qu'elle devait emporter avant de lui faire un gros, gros baiser. Mais quand j'ai commencé à prendre mes affaires, j'ai remarqué qu'elle était toujours plantée là où je l'avais laissée, l'air accablé, les mains raides loin du corps comme si elles étaient pleines de crasse. Je l'ai prise sous les aisselles et soulevée, bien qu'elle approche les huit ans et que son poids à porter soit rude pour mon dos. Elle a enroulé les jambes autour de ma taille, enfoui sa tête au creux de mon cou et dit : « Tu vas me manquer ! » Je lui ai dit qu'à moi aussi elle allait me manquer, sans imaginer à quel point ce serait le cas.

Déstabilisé peut-être par la diatribe injustifiée de Kevin et ayant besoin d'un refuge, tu ne m'as pour une fois pas dit au revoir par un bisou distrait sur la joue, mais par un vrai baiser passionné, avec la langue. (Merci, Franklin. J'ai revécu cet instant tant de fois que les cellules de la mémoire doivent en être pâlies et râpées à présent, comme le denim d'un jean adoré.) Quant à mon incertitude antérieure, quand je me demandais si les enfants aimaient ou pas voir leurs parents s'embrasser, un seul regard à Kevin a réglé la question. Ils n'aiment pas.

« Kevin, tu as ton entraînement de tir à l'arc, tout seul, en guise de gym aujourd'hui, n'est-ce pas ? lui ai-je rappelé, ayant bien envie de consolider notre normalité en même temps que je me battais avec mon manteau léger. N'oublie pas de prendre ton équipement.

— Tu peux y compter.

— Autre chose, tu devrais décider ce que tu veux faire pour ton anniversaire, ai-je dit. Ce n'est plus que dans trois jours maintenant, et seize ans c'est un tournant, non ?

— On peut dire ça comme ça, a-t-il dit avec réticence. Tu as remarqué qu'on parle de tournant sans jamais dire vers quoi ?

— Si on disait dimanche ?

— Ça risque d'être difficile. »

J'étais contrariée qu'il rende toujours compliqué l'exploit de lui faire plaisir, mais il fallait que j'y aille. Je n'embrassais plus Kevin depuis quelque temps – les adolescents n'aiment pas –, alors j'ai effleuré son front du dos de la main, et j'ai été surprise de le trouver moite et froid. « Tu as le front glacé. Tu es sûr que tu vas bien ?

— Mieux que jamais », a dit Kevin. J'avais presque franchi la porte quand il a ajouté : « Tu es sûre que tu ne veux pas dire au revoir à Celia encore une fois ?

— Très drôle », ai-je dit sans me retourner, avant de fermer la porte. Je croyais qu'il se moquait de moi. Rétrospectivement, je me dis qu'il me donnait en réalité un conseil avisé que j'aurais bien fait de suivre.

Je n'ai aucune idée de ce qu'on peut ressentir en se réveillant avec une résolution aussi terrifiante. Chaque fois que j'essaye d'imaginer, je me vois me retourner contre mon oreiller en marmonnant : « Tout bien réfléchi, je n'ai pas le courage », ou au moins : « Merde, je le ferai demain. » Puis demain, puis demain. Certes, les horreurs que nous aimons qualifier d'« impensables » sont finalement pensables, et d'innombrables enfants doivent rêver de revanche sur les mille tortures naturelles dont les élèves de terminale sont les héritiers. Ce ne sont ni les visions ni même des plans à demi concoctés qui ont mis notre fils à part. C'est cette stupéfiante capacité à passer du plan à l'action.

Après m'être trituré les méninges, la seule analogie que j'aie identifiée dans ma propre vie est très lointaine : tous ces voyages dans des pays étrangers que, mise au pied du mur, je ne voulais vraiment pas entreprendre. Je parvenais à m'y forcer en démontant un périple apparemment monumental en ses constituants les plus petits. Plutôt que de courir le risque d'un circuit de deux mois dans un Maroc infesté de voleurs, je prenais celui de décrocher le téléphone. Ce n'est pas aussi difficile. Ensuite, avec un larbin au bout du fil, il fallait bien que je dise quelque chose, alors je commandais un billet, me réfugiant dans le caractère miséricordieusement théorique des horaires de vol à des dates si merveilleusement lointaines que jamais elles n'étaient susceptibles de convenir. Attention, le billet arrive par courrier : le plan devient action. Je me risquais à acheter des histoires de l'Afrique du Nord, et plus tard je me risquerais à faire mes bagages. Les défis, une fois mis en pièces, étaient surmontables. Jusqu'au moment où, ayant pris le risque d'un taxi puis celui d'une passerelle télescopique, il était trop tard pour revenir en arrière. Les grandes actions sont une accumulation de petites actions successives, et c'est ce que Kevin a dû piger – la commande des antivols Kryptonite, le vol du papier à en-tête, le chargement de ces chaînes, l'une après l'autre, dans son sac à dos. On s'occupe de chaque constituant, et la somme des éléments se déploie comme par magie.

En ce qui me concerne, ce jeudi-là – encore un jeudi comme les autres –, j'étais très occupée : nous étions sous pression pour tenir nos délais auprès des imprimeurs. Mais dans les rares moments de creux, j'ai réfléchi à l'étrange explosion de Kevin, ce matin-là. La tirade avait été clairement dépourvue des « genre », « disons », « enfin », « je veux dire » et autres « je suppose » qui émaillaient généralement son imitation acceptable de l'adolescent de base. Au lieu de s'affaler de guingois, il se tenait très droit et avait parlé en articulant normalement, sans faire sa bouche en biais. J'étais assurément désolée qu'il ait blessé les sentiments de son père sans aucune retenue, mais le jeune homme qui avait fait ces déclarations franches et directes était apparemment très différent de celui avec qui je vivais tous les jours. Je me suis prise à espérer des retrouvailles, surtout au moment où l'état d'esprit de ce fils inconnu était plus agréable – perspective peu vraisemblable à laquelle je n'ai toujours pas renoncé.

Vers six heures quinze, il y a eu de l'agitation derrière la porte de mon bureau, une concertation secrète entre mes collaborateurs, que j'ai interprétée comme un aimable papotage au moment de se séparer avant de rentrer chez soi. J'étais en train de me résigner à une soirée de travail solitaire lorsque Rose, la déléguée choisie par les autres je suppose, a toqué à ma porte. « Eva, a-t-elle dit sur un ton grave. Ton fils fréquente bien la Gladstone High School, n'est-ce pas ? »

C'était déjà sur Internet.

On n'avait pas tous les détails : « On craint des morts dans la fusillade de Gladstone High ». Qui ? Combien d'élèves ? Ce n'était pas clair. On ne connaissait pas non plus le coupable. En fait, le communiqué était d'une exaspérante brièveté. Les « équipes de sécurité » avaient découvert une « scène de carnage » dans le gymnase de l'école, où la police, en ce moment, « tentait d'accéder ». Je sais que j'ai été troublée, mais tout cela n'avait pas le moindre sens pour moi.

J'ai immédiatement appelé ton portable, juré parce qu'il était éteint : une chose que tu faisais constamment, savourant la solitude sans interruption de ton 4 × 4 tandis que tu sillonnais le New Jersey à la recherche de vaches de la bonne couleur. Je comprenais que tu ne veuilles pas entendre parler d'un commercial de Kraft, ou de tes chefs de projet de Madison Avenue, mais tu aurais pu penser à l'allumer pour moi. Sinon, ce n'est pas la peine d'avoir ce foutu truc. J'étais agacée. J'ai appelé le fixe de la maison, et je suis tombée sur le répondeur ; c'était une belle fin d'après-midi printanière, et sûr que Robert avait dû emmener Celia jouer dans le jardin. Le fait que Kevin ne réponde pas m'a un peu tordu les tripes, mais je me suis vite raisonnée en me disant qu'il avait très bien pu s'éclipser en compagnie de Lenny Pugh, avec qui il avait inexplicablement recollé les morceaux depuis l'audition de Pagorski. Peut-être le marché de disciples serviles n'était-il pas aussi riche qu'un copain docile était facile à remplacer.

J'ai donc attrapé mon manteau et décidé d'aller directement à l'école. Quand je suis partie, mon équipe me regardait déjà avec le respect craintif attaché à ceux qui ont un lien, même très lointain, avec la fenêtre des dépêches de dernière minute sur la page d'accueil de America On-Line.

Tandis que je me précipite au parking reprendre ma VW avant de foncer pour quitter le centre, et me retrouver coincée dans West Side Highway, mettons une chose au point. J'ai vraiment cru que Kevin hurlait dans son berceau par une rage sans motif, et pas parce qu'il avait faim. J'ai pensé avec conviction que lorsqu'il s'est moqué du visage « plein de caca » de notre serveuse, il savait qu'il la vexait ; et qu'il avait bousillé les cartes sur les murs de mon bureau par malfaisance délibérée, et pas sous l'effet d'une créativité débridée. Je restais persuadée qu'il avait sciemment amené Violetta à s'arracher la peau sur la partie la plus visible de son corps, et qu'il avait continué d'avoir besoin de couches jusqu'à l'âge de six ans non pas parce qu'il était traumatisé, perturbé ou retardé, mais parce qu'il était en état de guerre permanente avec sa mère. J'ai pensé qu'il détruisait les jouets et les livres de contes que je m'étais donné un mal de chien à fabriquer parce que pour lui ils valaient plus comme emblèmes de sa propre ingratitude que comme jouets ayant une valeur affective ; et j'étais certaine qu'il avait appris à lire et à compter volontairement en secret pour me priver de tout sentiment d'être utile en tant que parent. Ma certitude qu'il était celui qui avait débrayé la roue avant du vélo de Trent Corley n'a jamais vacillé. Je ne me berçais pas de l'illusion qu'un essaim de chenilles était tombé dans le sac à dos de Celia par le plus pur des hasards, ni qu'elle était grimpée à six mètres de haut dans notre chêne blanc dans le seul but de se retrouver coincée toute seule sur cette haute branche ; et je n'ai pas cru davantage qu'elle avait eu l'idée de se concocter un mélange de curry thaï en pot et de gelée de pétrole pour son déjeuner, encore moins celle de jouer au « kidnapping », ou à « Guillaume Tell ». J'étais sûre et archisûre que les mots glissés par Kevin à l'oreille de celle que nous avons décidé d'appeler Alice, le soir du bal de fin de premier cycle, n'exprimaient pas de l'admiration pour sa robe ; et, de quelque façon que le Destop ait atterri dans l'œil gauche de Celia, il ne faisait pas le moindre doute pour moi que le rôle de Kevin dans l'histoire dépassait celui de preux sauveur. Je considérais ses branlettes à la maison, avec la porte grande ouverte, comme une agression sexuelle gratuite – contre sa mère –, et pas comme l'ébullition normale d'hormones adolescentes. Bien que j'aie déclaré à Mary que Laura ferait mieux de « s'y faire », je pensais totalement crédible que notre fils ait dit à sa fille frêle et affamée qu'elle était grosse. Pour moi, la manière dont on avait pu trouver un « classement » dans le vestiaire de Miguel Espinoza était tout sauf mystérieuse ; et bien qu'assumant la pleine responsabilité d'en avoir propagé un dans ma propre société je ne pouvais voir dans la collection de virus informatiques que la marque d'un esprit perturbé et dégénéré. Je suis demeurée fermement convaincue que Vicki Pagorski avait subi la persécution d'un procès public grâce à un mensonge concocté par Kevin Khatchadourian. Certes, je reconnais m'être trompée à propos de la responsabilité de notre fils dans le jet de morceaux de briques contre les voitures qui arrivaient sur la 9 W, et, jusqu'il y a dix jours, avoir interprété la disparition d'une photo prise à Amsterdam et à laquelle je tenais comme une preuve de plus de l'extrême méchanceté de mon fils. J'ai donc toujours, comme je l'ai dit, cru au pire. Sauf que même mon cynisme maternel contre nature avait ses limites. Quand Rose m'a parlé d'une violente attaque qui, dans le lycée de Kevin, aurait provoqué la mort de plusieurs élèves, je me suis inquiétée pour lui. Pas un instant je n'ai imaginé que notre fils était l'assaillant.

Le témoignage des témoins occulaires d'un événement est notoirement chaotique, surtout dans l'instant. Sur place, la désinformation est reine. C'est seulement plus tard que l'ordre peut gagner sur le bazar. C'est ainsi que, en tapant sur mon clavier, j'ai maintenant accès à de nombreuses versions des actions de notre fils, ce jour-là, qui font brutalement sens chronologiquement. Peu de pièces du puzzle étaient disponibles lorsque j'ai fait une arrivée pétaradante sur le parking, avec la radio allumée ; mais j'ai eu devant moi suffisamment de temps de réflexion contemplative pour l'assemblage de ce puzzle, tout comme Kevin a lui-même encore des années d'accès à un atelier de menuiserie sous-équipé où classer, poncer et polir son excuse.

Les établissements scolaires ne considèrent pas forcément leur papier à en-tête comme les clés du royaume, et je doute qu'il soit mis sous clé. De quelque façon qu'il se le soit procuré, Kevin avait été suffisamment attentif aux cours de Dana Rocco pour digérer que la forme dicte le ton. De même que l'on n'utilise pas d'argot dans un devoir pour l'école, on ne se permet pas les petits jeux nihilistes à coups de mots de trois lettres quand on imprime sur du papier à en-tête. La lettre officielle adressée à Greer Ulanov, par exemple – avec un délai suffisant pour le service postal peu performant de Nyack –, affiche le même sens aigu de l'authenticité que celui déployé par Kevin pour jouer les Ron Howard à ton intention, et la victime timide et troublée avec Alan Strickland :

Cher *e  Greer* ,
La faculté de Gladstone High School est fière
    de tous ses élèves, dont chacun contribue

par ses talents remarquables à l'ensemble de la communauté. Cependant, certains élèves retiennent immanquablement notre attention pour s'être distingués dans des disciplines artistiques, ou pour avoir fait plus encore que leur part dans la constitution d'un environnement éducatif dynamique. Nous sommes heureux de récompenser cette excellence hors du commun à la fin de l'année scolaire.

Après concertation avec l'équipe enseignante et le personnel administratif, j'ai composé une liste de neuf élèves exemplaires qui semblent parfaitement dignes de notre nouveau Prix de la Promesse Éclatante. J'ai le plaisir de vous informer que vous êtes au nombre de ces neuf, distinguée pour vos contributions exceptionnelles en *conscience civique et politique.*

Pour donner suite à cette distinction, nous invitons tous les lauréats PPE à se retrouver dans le gymnase, jeudi 8 avril, à quinze heures trente. Nous espérons que vous pourrez commencer à monter un programme pour la remise des prix début juin. Une démonstration de vos talents exceptionnels serait bienvenue. Ceux parmi vous qui œuvrent dans les arts n'auront pas de mal à faire cette présentation ; les autres, aux talents plus intellectuels, devront peut-être mobiliser leur créativité pour mettre en scène leurs talents.

Bien qu'ayant fondé nos décisions uniquement sur le mérite, nous avons tenté de parvenir à un mélange des genres, races, ethnies, religions et préférences sexuelles afin que les PPE soient un fidèle reflet de la diversité de notre communauté.

Enfin, je voudrais vous demander à tous de bien vouloir garder pour vous cette sélection. Si me revenait aux oreilles la moindre vantardise, l'administration se verrait contrainte de revoir votre sélection. Nous aimerions sincèrement qu'il soit possible d'attribuer un prix à tous les élèves pour être la personne unique qu'il ou elle est, et il est très important que vous ne provoquiez pas des jalousies inutiles avant que soient rendus publics les noms des lauréats.

Avec mes très sincères félicitations,

Donald Bevons
Principal

Des courriers identiques ont été envoyés à huit autres élèves, avec les blancs complétés selon les cas. Denny Corbitt s'est vu salué comme acteur, Jeff Reeves comme guitariste classique ; Laura Woolford pour son « aura personnelle » ; Brian « Mouse » Ferguson pour ses compétences informatiques ; Ziggy Randolph, non seulement comme danseur classique mais pour « encourager la tolérance des différences » ; Miguel Espinoza pour ses résultats scolaires et sa « maîtrise du vocabulaire » ; Soweto Washington pour le sport ; Joshua Lukronsky pour ses « imitations cinématographiques » et – je prends ici Kevin en faute pour ne pas avoir su se contrôler – « le fait de connaître par cœur des scénarios entiers de Quentin Tarentino », encore que la plupart des gens soient peu enclins à recevoir la flatterie avec suspicion. Dan Rocco a reçu une lettre sensiblement différente la priant de présider la rencontre de jeudi, mais l'avisant aussi qu'elle-même s'était vu décerner le Prix du Professeur le Plus Aimé, non sans lui demander également, dans la mesure où tous les autres enseignants sont aussi aimés, de garder le secret sur son PPPA.

Pour être bien pensé, le piège n'était pas immunisé contre les ratés. Dana Rocco aurait pu faire allusion à cette réunion à Bevons, qui aurait protesté de son ignorance, et toute l'affaire aurait pu être dévoilée. Peut-on vraiment dire que Kevin a eu de la chance ? Elle, certainement pas.

Le soir du 7 avril, Kevin a réglé la sonnerie de son réveil une demi-heure plus tôt que d'habitude et préparé pour le lendemain une tenue ayant suffisamment d'aisance pour permettre une liberté de mouvement, choisissant cette chemise d'un blanc éclatant avec ses larges manches de bretteur qui risquait de rendre bien sur les photos. Moi, j'aurais passé la nuit à me tordre d'angoisse dans mon lit, mais il faut dire que moi, je n'aurais jamais concocté un plan aussi grotesque de toute façon, de sorte que je peux seulement supposer que si Kevin a mal dormi, c'était à cause de l'excitation du plaisir anticipé.

Dans le bus scolaire du lendemain, il a dû être embarrassé – ces antivols de vélo pesaient deux kilos huit chacun –, mais Kevin avait organisé ce cours particulier de tir à l'arc au début du semestre, l'intérêt pour ce passe-temps peu populaire étant trop mince pour que soit prévu un cours collectif. Les autres élèves avaient ainsi pris l'habitude de le voir balader son équipement de tir pour venir au lycée. Aucun d'eux n'était assez familier des subtilités de ce sport bizarre pour être perturbé par le fait que Kevin ne traînait pas son arc standard ou son arc anglais, mais son arbalète, dont l'administration s'échina à nier qu'elle aurait jamais été autorisée dans l'enceinte de l'établissement. Malgré le nombre considérable de flèches dont il disposait – il a dû les transporter dans son sac marin –, personne n'a fait de remarque à ce sujet non plus ; la grande marge de manœuvre que ses camarades laissaient à Kevin n'avait fait que s'amplifier pendant son année de terminale.

Après avoir, comme de coutume, entassé son matériel de tir à l'arc dans le local spécial du gymnase, il a assisté à tous ses cours. En lettres, il a demandé à Dana Rocco le sens exact du mot « malfaisance », et elle en a été ravie.

Sa séance individuelle de pratique du tir à l'arc était inscrite en dernier dans son emploi du temps, et – son enthousiasme étant devenu un fait reconnu – les professeurs d'éducation physique ne vérifiaient plus rien pendant qu'il lançait ses flèches dans une cible en agglo. Kevin a donc largement disposé du temps nécessaire pour débarrasser la salle de tous les appareils tels que punching-ball, cheval-d'arçons ou épais tapis de sol. Les gradins étaient déjà repliés, fort opportunément, et pour s'assurer qu'ils le resteraient, il a fixé des verrous à chiffres autour de l'intersection des deux montants métalliques, à chaque extrémité, évitant ainsi qu'ils puissent être déployés. Lorsqu'il a eu terminé, il ne restait absolument plus rien dans le gymnase, hormis six tapis bleus – les minces, utilisés pour les abdos – disposés au centre en cercle convivial.

La logistique, pour ceux qu'impressionne ce genre de détails, avait été impeccablement pensée. Les bâtiments réservés à l'éducation physique constituent une structure indépendante, à trois bonnes minutes à pied du centre du campus. Le gymnase lui-même compte quatre portes d'accès – depuis les vestiaires filles et garçons, depuis la réserve où sont rangés les appareils, et depuis le hall principal ; une porte, à l'étage, ouvre sur une mezzanine, utilisée pour les machines de cardio-training, avec vue plongeante sur le gymnase. Aucune de ces entrées, cependant, ne donne directement dehors. La hauteur sous plafond de ce gymnase est inhabituellement élevée, deux vrais étages, et il n'y a de fenêtres que dans la partie supérieure ; on ne voit donc pas à l'intérieur depuis l'extérieur, quand on est au niveau du sol. Aucun événement sportif n'était prévu cet après-midi-là.

La cloche a sonné à quinze heures, et à quinze heures quinze, la lointaine clameur du départ des élèves n'ayant plus cours s'est éteinte progressivement. Le gymnase lui-même avait été déserté, même si

Kevin devait encore avoir avancé à pas feutrés par l'excitation pour se glisser dans le vestiaire des garçons et ôter le premier antivol Kryptonite passé sur son épaule. C'est quelqu'un de méthodique dans les circonstances les plus banales, et nous pouvons être certains qu'il avait tourné deux fois la bonne clé dans chaque cadenas gainé de plastique jaune vif. Enroulant la lourde chaîne autour de chaque poignée des doubles portes, il l'a tendue au maximum. Après avoir tiré la housse en Nylon noir le long des maillons, il a fixé le cadenas jaune soleil dans le milieu, verrouillé, puis retiré la clé avant de la mettre dans sa poche. Je dirais même qu'il a vérifié que les portes se bloquaient à peine entrouvertes. Il a répété l'exercice dans le vestiaire des filles, puis à l'entrée du gymnase par la salle des appareils, sortant par la porte du fond qui donnait dans la salle des haltères.

Je sais aujourd'hui que ces antivols sont le nec plus ultra en matière de sécurité pour les vélos. Le U du cadenas robuste et minuscule ne fait guère plus de cinq centimètres, décourageant les voleurs éventuels de faire levier avec un pied de biche. La chaîne proprement dite est forgée en usine ; chaque maillon fait un bon centimètre d'épaisseur. Les chaînes Kryptonite sont connues pour leur résistance à la chaleur, dans la mesure où les voleurs de vélos professionnels utilisent notoirement des torches et où la société a suffisamment confiance en sa technologie pour s'engager, en cas de vol d'un vélo, à en rembourser intégralement la valeur à l'achat.

À la différence d'une bonne partie de la concurrence, la garantie vaut également à New York.

En dépit de son désintérêt affiché pour ton travail, Franklin, Kevin s'apprêtait à lancer pour Kryptonite la campagne publicitaire la plus efficace de tous les temps.

À partir de quinze heures vingt, pleins de jubilation et d'autosatisfaction, les premiers lauréats gloussants du PPE ont commencé de franchir la porte du grand hall d'entrée, qui était restée ouverte.

« Hygiène personnelle, merci maman ! a déclaré Soweto.

— Hé ! Nous sommes propres comme des sous neufs, a dit Laura en secouant ses cheveux bruns soyeux. On n'a pas droit à des chaises ? »

Mouse a filé vers la salle des appareils essayer de dégoter des sièges pliants, mais quand il est revenu en annonçant que la pièce était déjà fermée pour la journée, Greer a dit : « Je ne sais pas moi, mais c'est bien comme c'est. On n'a qu'à s'asseoir en tailleur, comme autour d'un feu de camp.

— Je t'en prie, a minaudé Laura, dont la tenue était… réduite. M'asseoir en tailleur avec la jupe que je porte ? Sans compter que c'est du Versace, en plus. Je n'ai pas envie qu'elle pue la sueur et les vestiaires.

— Hé, mignonne, a lancé Soweto en pointant sa silhouette de brindille, ce genre de sueur, ça risque d'être une nouveauté pour toi. »

Depuis la mezzanine, Kevin pouvait écouter ses lauréats. Tant qu'il restait contre le mur du fond, il ne risquait pas d'être vu depuis le bas. Les trois vélos d'intérieur, le tapis de marche et les rameurs avaient déjà été écartés de la balustrade de protection. Retirée de son sac à dos, sa réserve secrète de cent flèches sortait ses dards de deux seaux à incendie.

Séduit par l'acoustique merveilleuse, Denny a cédé à l'envie de déclamer à pleins poumons quelques répliques de *Don't Drink the Water*, tandis que Ziggy, qui avait pris le pli de se balader au lycée en collant et justaucorps pour faire admirer ses mollets, ne pouvait résister à celle de faire ce que Kevin devait qualifier par la suite de « grand numéro pédé », exécutant une série de pirouettes sur *pointes* sur toute la longueur de la salle avant de finir par un *grand jeté*. Mais Laura, qui assurément devait trouver nul de mater des pédés, n'avait d'yeux que pour Jeff Reeves – pourtant silencieux et incontestablement sérieux, un beau blond aux yeux bleus, les longs cheveux coiffés en queue de cheval, pour qui une dizaine de filles avaient un béguin notoire. Une des groupies salivantes de Jeff, selon une interview enregistrée par NBC, était justement Laura Woolford, ce qui plus encore que sa maîtrise de la guitare à douze cordes aurait pu expliquer pourquoi il avait aussi été baptisé Bright and Shining.

Miguel, qui avait dû se raconter qu'il était impopulaire parce qu'il était intelligent ou latino – tout sauf le fait d'être un peu rondouillard –, s'est promptement laissé choir sur un des tapis bleus pour se plonger avec les rides du sérieux dans un exemplaire corné de *L'Âme désarmée* d'Alan Bloom. À côté de lui, Greer, qui commettait l'erreur commune à tous les rejetés de la planète de penser que les parias s'aiment entre eux, était très occupée à tenter de l'engager dans une discussion sur l'intervention de l'OTAN au Kosovo.

Dana Rocco est arrivée à quinze heures trente-cinq. « On s'y met ! a-t-elle lancé en guise de ralliement. Ziggy, tout cela est très impressionnant, mais on n'est pas à un cours de danse classique. Pouvons-nous commencer à bosser, s'il vous plaît ? L'occasion est certes heureuse, mais pour moi il s'agit tout de même d'heures supplémentaires, et j'aimerais être chez moi avant le cinéma de minuit. »

À cet instant est arrivé l'employé de la cafétéria, apportant un plateau de sandwiches sous Cellophane. « Où je dépose ça, M'dame ? a-t-il demandé à Dana Rocco. Nous avons eu une commande de Bevons pour livrer des rafraîchissements.

— Quelle gentille attention de Don ! » s'est-elle exclamée.

La gentille attention de quelqu'un, disons. Et je dois dire que les sandwiches étaient un détail sympathique, le petit plus d'un événement scolaire authentique. Sauf que Kevin avait poussé le bouchon un peu loin, et que son geste se solderait par un dommage collatéral.

« M'dame, j'ai fini mon service maintenant, ça vous ennuierait que je fasse quelques paniers ? Je serai complètement à l'autre bout là-bas, ça gênera pas. Y a pas de panier dans mon quartier. Je vous serais très reconnaissant. »

Elle aura hésité, Rocco – le bruit serait source de distraction –, mais l'employé de la cafétéria était noir.

Kevin a dû se mordre les doigts d'avoir laissé traîner ce ballon de basket, cependant à cette heure – quinze heures quarante – c'était les absents qui le préoccupaient davantage. Neuf seulement de ses dix invités étaient venus au rendez-vous, plus un resquilleur. Cette opération n'avait pas été montée en prévoyant des retardataires, et tandis que la réunion se mettait en place, il devait concocter fiévreusement un plan bis pour intégrer le comportement dilatoire de Joshua Lukronsky.

« Oh, super ! a dit Laura, en faisant passer le plateau. Des sandwiches de dinde. Un festival de calories.

— Pour commencer, vous tous, a entamé Rocco, je tiens à vous féliciter d'avoir été choisis pour cette récompense spéciale…

— *O-kay !* » Les portes du vestibule de s'ouvrir en grand. « *Let's get in character !* »

Kevin n'avait jamais dû être aussi heureux de voir débarquer le très irritant Joshua Lukronsky. Pendant que le cercle s'élargissait pour Josh, Kevin a quitté la mezzanine et s'est faufilé en bas avec un autre Kryptonite. Malgré ses efforts pour ne faire aucun bruit, la chaîne a légèrement cliqueté, et il a peut-être su gré à l'employé de la cafétéria de faire claquer son ballon. De retour dans la mezzanine, il a glissé sa dernière chaîne autour des poignées intérieures de la double porte et fermé son dernier cadenas.

*Voilà.* Simple comme bonjour.

A-t-il eu une hésitation, ou bien savourait-il son plaisir ? Leur réunion avait duré encore cinq minutes lorsque Kevin s'est avancé sur la pointe des pieds jusqu'à la rambarde, avec son arbalète armée. Il n'était pas invisible depuis le bas, mais le groupe était trop occupé à préparer les compliments respectifs pour lever les yeux.

« Je pourrais faire un discours, a proposé Greer. Pour réclamer la suppression de la charge de procureur spécial, par exemple. Parce que je pense que Kenneth Starr est le mal incarné !

— Si on optait pour un sujet plus consensuel ? a suggéré Rocco. Tu ne voudrais pas t'aliéner les républicains.

— On parie ? »

Un bref sifflement, sourd. Comme il existe un minuscule intervalle entre l'éclair et le coup de tonnerre, il s'est écoulé une unique seconde d'un silence très dense, entre le *ch'tounk* de la flèche perforant le chemisier Versace de Laura Woolford et l'instant où les autres lycéens se sont mis à hurler.

« Oh, mon Dieu !

— C'est venu d'où ?

— Elle saigne partout, PARTOUT ! »

*Ch'tounk.* Il n'avait pas encore réussi à se remettre debout que Miguel en prenait une dans le ventre. *Ch'tounk.* Jeff a été transpercé entre les omoplates tandis qu'il se penchait sur Laura Woolford. Force m'est de conclure qu'au cours de ces nombreuses heures que Kevin avait passées au fond de notre jardin le petit rond noir au centre de tous ces cercles concentriques était dans son imagination un cercle parfait de viscose Versace. Touchée en plein cœur, Laura était morte.

« Il est là-haut ! a crié Denny, le doigt tendu.

— Les enfants, sortez ! Vite ! a ordonné Rocco, sans que ce soit nécessaire : ceux qui étaient encore indemnes avaient déjà foncé vers la sortie principale, où le dispositif d'ouverture conforme aux normes des issues de secours aurait mérité le label sans issue. Cependant, compte tenu de la disposition des lieux, il n'y avait pas un seul centimètre carré du gymnase qui ne soit dans l'angle de mire depuis la mezzanine, ainsi qu'ils n'allaient pas tarder à le découvrir.

« Oh, putain de merde, j'aurais dû m'en douter ! a hurlé Joshua en regardant vers le haut, tout en secouant la porte de la salle des appareils que Mouse avait déjà essayée. C'est Khatchadourian ! »

*Ch'tounk.* Alors qu'il tambourinait dans les portes en appelant au secours, avec la flèche fichée dans son dos qui tremblait, un trait est venu se loger dans la nuque de Jeff Reeves. Tandis qu'il courait vers la sortie par le vestiaire des garçons, dont les portes n'ont concédé qu'un mince entrebâillement avant de se coincer, Mouse a pris une flèche dans le cul ; elle ne serait pas mortelle, mais, pendant qu'il claudiquait en direction de la dernière issue du côté des filles, il a assurément compris qu'il avait largement le temps d'en prendre une qui le serait.

Dana Rocco est arrivée à la sortie par le vestiaire des filles à peu près au même moment, alourdie par le poids du corps de Laura dans ses bras – effort stérile, mais néanmoins vaillant, qui serait longuement souligné pendant le service funèbre. Le regard de Mouse a croisé celui de Rocco, et il a secoué la tête. Pendant que ses camarades couraient en hurlant de porte en porte dans un mouvement circulaire évoquant la pâte dans un pétrin, Mouse a crié par-dessus le vacarme : « Les portes sont verrouillées ! Toutes les portes ! Mettez-vous à couvert ! »

Derrière quoi ?

Moins en phase avec le programme Massacre au Lycée que les élèves, qui avaient eu droit à une série d'assemblées préparatoires et étaient entrés directement « dans la peau du personnage », l'employé de la cafétéria, avait rasé les murs comme s'il était à la recherche d'un de ces passages secrets dans les histoires de meurtre, avançant lentement et attirant un minimum d'attention. Le bâtiment en parpaings n'ayant pas révélé de brèche, il s'est pelotonné en position fœtale, tenant le ballon entre sa tête et l'archer. Kevin était indubitablement contrarié d'avoir laissé un obstacle, aussi mineur soit-il, dans l'enceinte du gymnase, et la protection dérisoire du ballon n'a fait que déclencher le tir. *Ch'ffitt.* Le ballon s'est retrouvé embroché.

« Kevin ! a crié sa prof de lettres, faisant à Mouse un rempart de son corps, pour l'évacuer vers l'angle le plus éloigné de la mezzanine. Arrête ! S'il te plaît, s'il te plaît, arrête !

— *Malfaisance* », a clairement grincé Kevin depuis sa position dominante ; Joshua devait dire plus tard qu'entendre prononcer paisiblement ce mot par-dessus le vacarme lui avait paru bizarre. Pendant tout le temps de l'action, ce fut la seule parole proférée par Kevin. Ensuite, il a prestement placé dans sa ligne de mire son alliée la plus convaincue au sein de Gladstone High et lui a mis une flèche entre les deux yeux.

Pendant qu'elle tombait, Mouse s'est trouvé à découvert dans le bout du gymnase et, avant d'avoir le temps de s'abriter complètement derrière son corps, il a pris une autre flèche, qui lui a transpercé le poumon. Pour lui apprendre à partager les secrets des virus informatiques avec de vulgaires cyberdilettantes nettement plus intéressés, en fait, par le tir à l'arc.

Mais Mouse, selon Joshua, avait eu la bonne idée : jusqu'à présent, l'effort de Lukronsky pour récupérer tous les minces tapis bleus afin d'en faire une sorte de barricade ne fonctionnait pas tout à fait aussi bien que dans les films, et deux flèches avaient déjà sifflé à quelques centimètres de sa tête. Rampant jusqu'au coin de Mouse pendant que Kevin était occupé à cribler les cuisses puissamment musclées de Soweto Washington, Joshua s'y est improvisé un rempart de fortune en empilant la mousse bleue des tapis, Dana Rocco, Laura Woolford, et le corps à demi conscient et gémissant de Mouse Ferguson. C'est depuis cette tente asphyxiante qu'il a observé le dénouement, sous l'aisselle de Laura, pendant que le souffle de Mouse hoquetait, produisant des sortes de bulles. Il faisait chaud dans ce confinement où se mêlaient les effluves fétides de la sueur qu'engendrait la terreur et une autre odeur plus gênante et carrément nauséeuse.

Renonçant à pouvoir trouver un refuge sûr, Greer Ulanov s'était avancée jusqu'au mur soutenant la rambarde de la mezzanine, à six mètres en dessous de leur malfaisant cupidon. Elle avait fini par découvrir une *bête noire* plus odieuse encore que Kenneth Starr.

« Je te déteste, pauvre crétin dégénéré ! a-t-elle crié. J'espère qu'ils vont te faire frire, te remplir de poison, et que je te verrai crever ! » La conversion avait été rapide : un mois plus tôt exactement, elle avait écrit un texte plein de fougue pour dénoncer la peine capitale.

Se penchant au-dessus de la balustrade, Kevin a tiré vers le bas, et transpercé le pied de Greer. La flèche s'est fichée dans le plancher, la clouant sur place. Pendant qu'elle blêmissait en tentant d'arracher la flèche, il a cloué son second pied pour faire bonne mesure. Il pouvait s'offrir ce plaisir : il devait lui rester encore cinquante ou soixante flèches.

Entre-temps, les autres blessés avaient rampé jusqu'au mur le plus éloigné où ils étaient effondrés, comme des poupées vaudoues hérissées d'épingles. La plupart se serraient au sol, en s'efforçant d'offrir la cible la plus petite possible. Mais Ziggy Randolph, encore indemne, s'est alors avancé au milieu de la salle, où il s'est immobilisé poitrail offert, talons joints, les pieds ouverts. Le teint foncé et les traits fins, c'était un garçon saisissant, doté d'une présence impressionnante, en dépit de manières banalement efféminées. Je n'ai jamais su vraiment si le côté chochotte des homosexuels était inné ou étudié.

« Khatchadourian ! » La voix de Ziggy a résonné par-dessus les sanglots. « Écoute-moi ! Tu n'es pas obligé de faire ça ! Pose ton arc par terre et discutons. Une bonne partie de ces gars s'en tireront si nous appelons les secours immédiatement ! »

Il n'est pas inutile de rappeler ici qu'après le carnage perpétré par Michael Carneal sur ce groupe de prière, à Paducah, Kentucky, en 1997, un élève de terminale de Heath High, très pieux et fils de prédicateur, répondant au nom romanesque de Ben Strong, a été honoré dans tout le pays pour avoir marché tranquillement en direction du tireur, pressant celui-ci de déposer son arme et se mettant du même coup personnellement en danger de mort. La légende veut qu'en réponse Carneal ait lâché son arme et se soit écroulé. À cause d'une soif nationale de héros se révélant dans des événements qui, autrement, devenaient des sujets d'irrémédiable gêne à l'échelle internationale, l'histoire a fait long feu. Strong a eu sa photo dans le *Time* et est passé en direct dans le « Larry King Live ». La familiarité personnelle de Ziggy avec cette parabole lui aura peut-être donné le courage d'affronter leur assaillant, et l'admiration sans précédent qui avait salué son *coming out* devant une assemblée, plus tôt dans le semestre, avait dû renforcer sa foi dans les vertus persuasives de l'éloquence.

« Quelque chose doit te tourmenter, n'est-ce pas ? » a enchaîné Ziggy. La plupart des victimes de Kevin n'étaient pas encore mortes, et déjà quelqu'un lui témoignait de la compassion. « Je sais que tu as mal à l'intérieur ! Mais ceci n'est pas une solution. »

Malheureusement pour Ziggy, la nature apocryphe du sobrement hypnotique : « Michael ? Pose ce fusil ! » de Ben Strong ne serait révélée qu'au printemps 2000, lorsque se déroulerait devant un tribunal itinérant un procès intenté par les familles des victimes contre plus de cinquante parties adverses – dont des parents, des enseignants, les autorités scolaires, d'autres adolescents, des voisins, les auteurs des jeux vidéo « Doom » et « Quake » ainsi que les producteurs du film *The Basketball Diaries* avec Leonardo DiCaprio. Sous serment, Strong a en effet avoué qu'une version un peu avantageuse des événements servie au principal du lycée avait été encore embellie par les médias, lui échappant complètement. Pris au piège du mensonge, il vivait depuis avec un sentiment de honte. Apparemment, au moment où notre héros s'était manifesté, Michael Carneal avait déjà cessé de tirer et s'était écroulé, sa reddition étant donc sans rapport avec une quelconque injonction défiant la mort. « C'était simplement fini pour lui, a témoigné Strong, alors il a lâché l'arme. »

*Ch'tounk !* Ziggy a reculé en titubant.

J'espère ne pas avoir relaté ces faits dans leur chronologie avec une absence de passion que l'on pourrait interpréter comme de l'indifférence. C'est juste que les faits sont plus gros, plus forts, plus éclatants que n'importe quel petit chagrin. Je ne fais que reproduire une séquence des événements reconstituée par *Newsweek*.

En plagiant leur copie, cependant, je ne prétends pas percer de façon remarquable l'état d'esprit de Kevin, le pays étranger entre tous où je répugne à m'aventurer. Les descriptions de Joshua et Soweto parlant de l'expression de notre fils, depuis sa position dominante, se démarquent de ce qui s'est dit à propos de cas similaires. Les gamins de Columbine, par exemple, étaient déments, le regard vitrifié, souriant bêtement. Kevin, à l'opposé, a été qualifié de « concentré », « impassible ». Il est vrai qu'il avait toujours cette expression quand il tirait à l'arc, rappelle-toi – comme s'il devenait la flèche et découvrait ainsi, à travers cette incarnation, la détermination aiguisée qui lui faisait si spectaculairement défaut dans le flegme de son quotidien.

Cela dit, j'ai médité le fait que pour la plupart d'entre nous existe une barrière solide et infranchissable entre la dépravation imaginée avec un luxe de détails et le passage à l'acte. C'est le même mur en acier massif qui s'interpose entre le couteau et mon poignet, même dans mes instants de plus grand désarroi. Dès lors, comment Kevin a-t-il pu lever cette arbalète, viser le sternum de Laura et ensuite, pour de vrai, dans le temps et dans l'espace, lâcher la flèche ? La seule hypothèse à laquelle j'aboutis est qu'il aura découvert ce que je n'ai jamais souhaité découvrir : qu'il n'y a pas de barrière. Que, comme pour mes voyages à l'étranger ou cette idée absurde des antivols de vélo et des invitations sur papier à en-tête du lycée, le geste même de décocher la flèche peut se décomposer en une suite de parties constitutives élémentaires. Il n'est peut-être pas plus mirifique d'appuyer sur la détente d'un arc ou d'un fusil que de se servir un verre d'eau. Je crains que le passage dans l'« impensable » ne soit finalement pas plus acrobatique que le franchissement du seuil d'une pièce banale ; et le truc, vois-tu, il est là. Le secret. Comme toujours, le secret est qu'il n'y a pas de secret. Il a dû avoir presque envie de pouffer, bien que ce ne soit guère son style ; les gosses de Columbine ont rigolé, eux. Et une fois que l'on a découvert qu'il n'y a rien pour vous arrêter – que la barrière, en apparence si infranchissable, est entièrement dans votre tête –, il doit être possible de franchir et refranchir ce seuil, flèche après flèche, comme si un rien du tout sans pouvoir d'intimidation avait tracé une ligne sur le tapis que nous ne devez pas passer, et que vous l'enjambiez allègrement, encore et encore, à la façon d'un faux pas de danse. C'est la dernière partie qui me déchire le plus. Et je n'ai pas de métaphore à ma disposition.

S'il paraît extraordinaire que personne n'ait réagi aux appels au secours, le gymnase est isolé et les attardés encore présents au lycée qui ont reconnu par la suite avoir effectivement entendu des cris et des hurlements ont assez logiquement conclu qu'un événement sportif passionné ou désordonné était en cours. Il n'y a pas eu de coups de feu révélateurs. Et l'explication la plus évidente à cette absence de réaction est que même s'il faut du temps pour le dire, la panique n'a sans doute pas duré plus de dix minutes. Mais si Kevin avait plus ou moins subi une altération de ses capacités mentales, cette altération avait duré beaucoup plus de dix minutes.

Soweto avait perdu connaissance, ce qui l'a sans doute sauvé. Joshua est resté immobile, sa forteresse en chair et en os soumise à une pluie fournie de flèches, dont l'effet combiné de certaines allait achever Mouse Ferguson. Les appels au secours et les hurlements de douleur ont été réduits par quelques tirs complémentaires. Il a pris son temps, Franklin – vidant les deux seaux de flèches jusqu'à avoir transformé cet alignement de corps sans vie en une famille de hérissons. Mais la cessation de la séance aura été plus atterrante encore que cette piètre démonstration de tir à l'arc – ses victimes ne pouvaient plus être considérées comme des cibles mobiles. Il est étonnamment difficile de tuer des gens avec une arbalète. Kevin le savait. Alors il a attendu. Quand à dix-sept heures quarante, enfin, un agent de sécurité est arrivé avec son trousseau de clés pour fermer, consterné par les antivols Kryptonite, il a jeté un œil par l'entrebâillement de la porte et vu du rouge, et Kevin qui attendait. À l'arrivée de la police, avec ses grosses pinces massives mais inefficaces (et simplement ébréchées par la chaîne) qu'ils ont dû abandonner en fin de compte pour se procurer une scie électrique grinçante et crachant des étincelles – autant de choses qui ont pris du temps –, Kevin a posé ses pieds sur la rambarde de l'alcôve et attendu. En vérité, l'entracte prolongé entre sa dernière flèche et l'irruption du groupe d'intervention de la police dans le vestibule, à dix-huit heures cinquante-cinq, a constitué un de ces laps d'inactivité à propos desquels je lui avais affirmé, à l'âge de six ans, qu'il serait content d'avoir un livre.

Laura Woolford et Dana Rocco sont mortes du traumatisme provoqué par les flèches elles-mêmes. Ziggy, Mouse, Denny, Greer, Jeff, Miguel et l'employé de la cafétéria se sont tous vidé de leur sang, goutte à goutte.

(6 avril 2001 – suite)

Quand je suis descendue de voiture, le terrain était déjà encombré d'ambulances et de voitures de police. Une bande jaune marquait le périmètre. L'obscurité commençait à tomber et des urgentistes à l'air soucieux étaient éclairés par des mélanges sinistres de lumières rouges et bleues. Les brancards étaient amenés successivement dans l'enceinte de ce périmètre – j'étais horrifiée : le défilé semblait sans fin. Cependant, même au milieu du chaos, un visage familier prend mieux la lumière que des véhicules de secours, et mes yeux ont repéré Kevin en quelques secondes. Réaction classiquement tardive. Malgré les problèmes que j'avais pu avoir avec notre fils, j'ai été soulagée de le voir vivant. Mais je n'ai pas eu pour autant le luxe de jouir longtemps de mes saines réactions maternelles. Au premier coup d'œil, il était clair qu'il ne marchait pas vraiment, mais était contraint par les deux policiers qui l'encadraient de parcourir l'allée sortant du gymnase, et que la seule raison qui lui faisait tenir les mains derrière son dos, au lieu de les balancer avec l'insolente décontraction qui lui était coutumière, était qu'il n'avait pas le choix.

J'ai été prise de vertige. Pendant quelques instants, les lumières du parking se sont égaillées dans un désordre de petites taches, comme celles qui s'agitent sous nos paupières quand nous fermons les yeux.

« Madame, je crains de devoir vous prier de libérer l'espace… » C'était l'un des officiers qui s'étaient présentés à notre porte, après l'incident de la passerelle sur l'autoroute, le plus corpulent et le plus désabusé des deux. Ils doivent croiser les yeux écarquillés de pléthore de parents de chérubins délinquants, issus d'« une famille très bien », car il n'a apparemment pas reconnu mon visage.

« Vous ne comprenez pas, ai-je dit, avant de pratiquer l'acte d'allégeance le plus difficile que j'aie jamais eu à faire. C'est mon fils. »

Son visage s'est durci. J'allais m'habituer à ce genre d'expression. Celle-ci, et la mielleuse : « Ma pauvre, je ne trouve pas les mots. » Sauf qu'à ce moment je n'y étais pas encore préparée, et quand je l'ai interrogé sur ce qui s'était passé, j'ai su à l'éclat cruel de son regard que la chose dont je risquais désormais d'être indirectement responsable ne pouvait être que mauvaise.

« Il y a eu plusieurs morts, Madame, est la seule explication qu'il a bien voulu me fournir. Vous feriez bien de venir au poste. Vous n'avez qu'à prendre la 59 jusqu'à la 303 et sortir à Orangetown Road. L'entrée se fait par Town Hall Road. Enfin, à supposer que ce soit votre première visite.

— Est-ce que je peux... lui parler ?

— Il faudra vous adresser au policier là-bas, Madame. Avec le képi. » Et de s'éloigner rapidement.

Avançant vers la voiture de police à l'arrière de laquelle j'avais vu un policier pousser notre fils en posant une main sur son crâne, j'ai été obligée de passer par toutes les étapes, expliquant avec une lassitude croissante qui j'étais à une succession de policiers. J'ai enfin compris l'histoire de saint Pierre dans le *Nouveau Testament*, et comment il avait pu être amené à nier par trois fois tout lien avec certain paria pris à partie par une populace d'humeur lyncheuse. La tentation du reniement aura peut-être été plus grande pour moi que pour Pierre, dans la mesure où, quel que soit le personnage qu'il s'était construit, ce gamin n'était pas le Messie.

J'ai finalement atteint la voiture noire et blanche d'Orangetown, dont la devise « Avec la participation de tous » qui en barrait le flanc ne semblait plus me concerner. Fixant la vitre arrière, je ne voyais pas ce qui se trouvait derrière à cause du clignotement des reflets. J'ai dû faire écran avec mes deux mains placées en visière. Il ne pleurait pas, il ne baissait pas le nez. Il a tourné la tête vers la vitre. Et soutenu mon regard sans problème.

J'avais envisagé de crier : qu'est-ce que tu as fait ? Mais la banalité de l'apostrophe aurait été une rhétorique à mon propre service, une forme de désaveu parental. Je connaîtrais bien assez tôt les détails. Et je n'imaginais pas un dialogue qui échappe au ridicule.

Nous nous sommes donc regardés en silence. Le visage de Kevin était placide. Il exprimait encore des restes de résolution, mais la détermination le cédait déjà à la satisfaction tranquille et fière du travail bien fait. Il avait les yeux étrangement clairs – absolument pas perturbés, presque sereins – et j'y ai retrouvé la transparence qu'ils avaient le matin, même si le petit-déjeuner me semblait remonter à dix ans. C'était le fils étranger, celui qui avait abandonné le masque usé et hésitant des « euh », « je suppose », « je veux dire », pour l'aplomb et la lucidité d'un homme investi d'une mission.

Il était content de lui, je le voyais. Et je n'avais pas besoin d'en savoir davantage.

Pourtant, quand je revois aujourd'hui son visage derrière cette vitre arrière, je me souviens d'autre chose. Une recherche. Il cherchait quelque chose sur mon visage. Il l'a scruté longuement et attentivement, avant de s'adosser de nouveau sur la banquette. Quel qu'ait été l'objet de sa quête, il n'avait pas trouvé, ce qui a aussi paru, d'une certaine façon, le satisfaire. Il n'a pas souri. Mais il aurait fort bien pu.

Sur la route menant au poste d'Orangetown, j'ai bien peur d'avoir pris la rage contre toi, Franklin. Ce n'était pas juste, mais ton portable était toujours éteint, et tu sais comment faire une fixation sur de menus problèmes logistiques peut servir de dérivatif. Je n'étais pas capable, encore, d'être en colère contre Kevin, et il m'a paru plus prudent de décharger ma frustration sur toi, qui n'avait justement rien fait de mal. Appuyant inlassablement sur cette maudite touche rappel, j'ai crié sans lâcher le volant : « Qu'est-ce que tu fous ? Il est presque sept heures et demie ! Allume ce putain de téléphone de merde ! Pourquoi faut-il que tu aies choisi ce soir entre tous pour travailler tard ? Tu n'as pas écouté les infos, bordel ? » Mais tu ne mettais jamais la radio dans ton 4 × 4. Tu préférais des CD de Springsteen ou de Charlie Parker. « Franklin, espèce de sale con ! » Je criais, et mes larmes gardaient la fièvre avaricieuse de la fureur. « Comment est-ce que tu peux me laisser me débrouiller toute seule de ce truc ? »

J'ai d'abord fait toute la Town Hall Road parce que, de prime abord, ce bâtiment vert et blanc, impeccable et presque ostentatoire, ressemble à un restaurant franchisé ou à un club de gym privé. Hormis la frise de bronze immortalisant maladroitement quatre policiers d'Orangetown tombés dans l'exécution de leurs fonctions, le hall d'accueil, lui aussi, offrait de grands murs blancs et un linoléum banal, et l'on s'attendait plutôt à y voir indiquée la direction de la piscine. Mais la salle d'accueil proprement dite était d'une intimité terrifiante, encore plus claustrophobique par ses dimensions minuscules que la salle des urgences du Nyack Hospital.

Je n'ai été l'objet d'aucune attention particulière, bien qu'on m'ait informée froidement, à la réception, que je pouvais accompagner mon « mineur » – un terme dont la dimension réductrice semblait peu appropriée – pendant les formalités de mise en garde à vue. Prise de panique, j'ai demandé : « Est-ce que c'est une obligation ? » À quoi il m'a été répondu : « C'est vous qui voyez. » On m'a alors désigné l'unique canapé en Skaï noir, auquel j'ai été abandonnée sans que l'on se soucie plus de moi, tandis que des policiers entraient et sortaient à un rythme effréné. Je me sentais à la fois concernée et incongrue. Je n'avais pas envie d'être là. Au cas où cette affirmation semblerait renfermer un sous-entendu douloureux, je veux dire que je faisais l'expérience inédite de ne pas avoir envie non plus d'être ailleurs. Dit sans périphrase, j'aurais voulu être morte.

Assez brièvement, sur l'autre extrémité de mon canapé en Skaï noir et poisseux est resté assis un jeune garçon dont je sais maintenant qu'il s'agissait de Joshua Lukronsky. Même si le visage de ce lycéen m'avait été familier, je doute que je l'aurais reconnu en la circonstance. C'était un petit enfant, qui n'avait plus rien d'un adolescent, mais semblait plus près de Celia par l'âge, dépourvu qu'il était de la superbe badine qui faisait apparemment sa renommée au lycée. Il avait l'épaule basse, le cheveu noir et ras en désordre. Les mains jointes enfoncées entre ses cuisses, il imposait à ses poignets l'angle trop sévère caractéristique des enfants souffrant de dystrophie musculaire à un stade avancé. Il se tenait parfaitement immobile. Au point de ne même jamais battre des paupières. Objet d'une attention policière que mon propre rôle ne méritait pas – j'avais déjà cette sensation d'être porteuse d'un germe, contagieuse, placée en quaran-taine –, il n'a pas réagi lorsque l'homme en uni-forme qui se tenait près de lui a tenté de l'intéresser à des modèles réduits de voitures de police exposés dans une vitrine. C'était pourtant une collection pleine d'attrait – rien que des camionnettes, voitures à cheval, motos, Ford 49 de Floride, Philadelphie, L.A., toutes en métal. Avec une gentillesse paternelle, l'officier de police a expliqué qu'un des modèles était extrêmement rare, datant de l'époque où les voitures de police de la ville de New York étaient vert et blanc – avant le bleu du New York Police Department. Joshua regardait droit devant lui, les yeux vides. S'il avait la moindre conscience de ma présence, il ne savait apparemment pas qui j'étais, et je n'étais pas très encline à me présenter. Je me suis demandé pourquoi ce gamin n'avait pas été conduit à l'hôpital avec les autres. Il était impossible de voir que pas une goutte du sang qui maculait ses vêtements n'était le sien.

Au bout de quelques minutes, une grande femme ronde a fait irruption par la porte de la salle d'accueil, s'abattant sur Joshua avant de le soulever dans ses bras d'un seul élan. « Joshua ! » s'est-elle écriée. Mou dans un premier temps sous l'étreinte, ses poignets dystrophiés se sont progressivement enroulés autour de ses épaules. Les manches rougies de sa chemise ont fait des taches rouges sur son imper ivoire. Le petit visage s'est enfoui dans le cou généreux. J'ai été saisie simultanément par l'émotion et la jalousie. J'assistais aux retrouvailles qui m'avaient été refusées. *Je t'aime très fort ! Je suis très soulagée que tu ailles bien !* Moi, je n'étais plus totalement soulagée que notre fils « aille bien ». Après le coup d'œil par la vitre de la voiture, c'était précisément sa manière d'« aller bien » qui avait commencé de me tourmenter.

Le trio a franchi la porte vers l'intérieur. L'officier de police derrière le guichet m'ignorait. Faute de savoir quoi faire, j'étais sans doute contente de m'exciter sur le portable, que je manipulais comme un chapelet : faire les numéros me donnait une contenance. Serait-ce pour varier un peu, je me suis mise à appeler le numéro de la maison, mais je tombais chaque fois sur le répondeur et raccrochais au milieu de ce message compassé, détestant le son de ma propre voix. J'avais déjà laissé trois, quatre messages, le premier retenu, le dernier larmoyant – quel récital à trouver à l'arrivée ! Se rendant compte que nous serions tous les deux en retard, Robert avait manifestement emmené Celia au McDo : elle adorait leurs chaussons aux pommes chauds. Mais pourquoi ne m'appelait-il pas, lui ? Il avait mon numéro de portable ! Et puis, Robert n'avait-il pas écouté les infos ? Bon, je sais, le McDo diffuse Musak, et il n'a pas forcément allumé l'autoradio pour un trajet aussi court. Mais quelqu'un n'aurait-il pas fait référence à l'événement pendant qu'il était en direct ? Comment quiconque dans le Rockland County pourrait parler d'autre chose ?

Lorsque deux officiers m'ont fait entrer dans cette petite pièce sans charme pour prendre ma déposition, mon désarroi avait atteint un tel niveau que je n'ai même pas été polie. Je suis probablement passée pour une imbécile, en plus : je ne voyais pas l'intérêt de prévenir notre avocat alors qu'il ne faisait pas débat que Kevin était l'auteur de tout cela.

De plus, c'était la première fois que quelqu'un estimait utile de donner à sa mère des renseignements, aussi rudimentaires soient-ils, sur ce que recouvrait le « cela ». L'estimation du nombre de morts, débitée sans passion par un policier, s'avérerait ultérieurement exagérée ; mais sur le moment je n'avais aucune raison d'avoir découvert que les chiffres relatifs aux atrocités sont toujours gonflés lors de la première communication. De plus, quelle différence cela fait-il, en vérité, d'avoir porté un enfant qui n'a assassiné « que » neuf personnes au lieu de treize ? Et puis, je trouvais leurs questions obscènes dans leur abstraction : Kevin avait-il de bons résultats scolaires ? Comment s'était-il comporté ce matin ?

« Il a été un peu agressif avec mon mari ! Sinon, rien de spécial ! J'étais censée faire quoi : mon fils a été grossier avec son père, vite j'appelle la police ?

— Voyons, calmez-vous, Mrs Kachourian.

— Khatchadourian ! ai-je rectifié. Pouvez-vous, je vous prie, dire mon nom correctement ? »

Certes.

« Mrs Khadourian, donc, où votre fils a-t-il pu se procurer cette arbalète ?

— Il l'a eue pour Noël ! Oh, je lui ai dit, à Franklin, que c'était une erreur. Je lui ai dit. Puis-je appeler encore mon mari, s'il vous plaît ? »

Ils m'ont laissée appeler, et après plusieurs tentatives sans succès j'ai flanché. « Je suis désolée, ai-je murmuré. Je suis absolument désolée et vous prie de m'excuser. Je ne voulais pas être désagréable avec vous, et je me moque bien de mon nom, je déteste mon nom. Je ne veux plus jamais l'entendre, mon nom. Je suis désolée, désolée…

— Mrs Khadourian… » Un policier m'a prudemment touché l'épaule. « … peut-être ferions-nous mieux de prendre une déposition complète une autre fois.

— C'est seulement que j'ai une fille aussi, une petite fille, Celia, à la maison. Si vous pouviez…

— Je comprends. En revanche, je crains que nous ne devions mettre Kevin en préventive. Aimeriez-vous parler à votre fils ? »

Revoyant cette expression d'arrogante et impassible sérénité aperçue par la vitre arrière de la voiture de police, j'ai frissonné et caché mon visage dans mes mains. « Non. S'il vous plaît, non », ai-je imploré, en me sentant dans la peau d'une abominable lâche. Je devais ressembler à Celia suppliant faiblement qu'on ne la force pas à prendre un bain alors que cette horreur brune et visqueuse était encore embusquée dans le siphon. « Je vous en prie, ne m'imposez pas cela. S'il vous plaît. Je ne pourrais pas le regarder en face.

— Alors, peut-être que le mieux, dans l'immédiat, serait que vous rentriez simplement chez vous. »

Je l'ai regardé d'un air idiot. J'étais morte de honte, je croyais sincèrement qu'ils allaient me garder en prison.

Dans le seul but de meubler le silence pendant que je le regardais sans rien dire, peut-être, il a ajouté doucement : « Lorsque nous aurons un mandat, nous devrons perquisitionner chez vous. Cela se fera probablement demain, mais n'ayez pas d'inquiétude. Nos agents sont très respectueux. Nous n'allons pas mettre la maison sens dessus dessous.

— Vous pouvez bien la brûler, cette maison, je m'en fiche, ai-je dit. Je la déteste. Je l'ai toujours détestée. »

Les deux policiers ont échangé un regard : hystérique. Et ils m'ont reconduite à la porte.

En liberté – je n'y croyais pas – et dehors, sur le parking, je suis passée tristement devant ma voiture, sans la reconnaître au début, dans la file. Tout ce qui appartenait à ce qui était désormais mon ancienne vie m'était devenu étranger. Et puis j'étais sidérée. Comment pouvaient-ils simplement me laisser partir ? À ce moment déjà, je devais commencer à ressentir le besoin pressant d'être incriminée, qu'on me demande des comptes. J'ai dû me retenir de tambouriner dans la porte et d'importuner l'agent affecté à l'accueil pour qu'on me laisse, s'il vous plaît, passer la nuit en cellule. Où était assurément ma place. J'étais persuadée que la seule paillasse sur laquelle je pourrais reposer paisiblement cette nuit-là serait un méchant matelas plein de bosses, avec le drap râpeux de rigueur, et que la seule berceuse qui risquait de m'endormir serait le grincement des semelles sur le ciment et le lointain cliquetis de clés.

Pourtant, après avoir retrouvé la voiture, j'ai été prise d'un calme étrange. Tranquille. Méthodique. Comme Kevin. Contact. Lumières. Ceinture. Essuie-glaces réglés sur le balayage intermittent car il y avait une légère brume. Mon esprit a fait le vide. J'ai cessé de me parler intérieurement. J'ai roulé vers la maison très lentement, freinant à l'orange, marquant un arrêt effectif légal aux intersections, malgré l'absence d'autres véhicules. Et lorsque je me suis engagée dans la longue courbe de notre allée, je n'ai eu aucune pensée en remarquant qu'aucune lumière n'était allumée. J'ai préféré éviter.

Je me suis garée. Ton 4 × 4 était dans le garage. J'ai fait les gestes avec une extrême lenteur. Éteindre les essuie-glaces, les lumières. Verrouiller la voiture. Ranger les clés dans ma pochette égyptienne. J'ai pris le temps de réfléchir à d'autres menues tâches quotidiennes dont je devais m'acquitter avant d'entrer dans la maison ; j'ai retiré une feuille sur le pare-brise, ramassé ta corde à sauter abandonnée sur le sol du garage pour la pendre à son crochet.

Quand j'ai allumé dans la cuisine, je me suis dit que laisser la vaisselle grasse du petit-déjeuner ne te ressemblait guère. La poêle de tes saucisses était dressée dans l'égouttoir, mais pas celle du pain perdu, et la plupart des assiettes et des verres à jus de fruits étaient restés sur le plan de travail. Des cahiers du *Times* traînaient sur la table, alors que sortir le journal chaque matin pour le mettre sur la pile dans le garage était l'une de tes maniaqueries obsessionnelles. Appuyant sur l'interrupteur suivant, j'ai vu d'un seul regard qu'il n'y avait personne dans la salle à manger, personne dans la salle de séjour, personne dans le petit salon. C'était l'avantage des maisons sans porte. Ce qui ne m'a pas empêchée de passer dans chaque pièce. Lentement.

« Franklin ? ai-je crié. Celia ? » Le son de ma propre voix m'a fait perdre tout courage. Une toute petite voix, fluette, et rien en réponse.

En m'engageant dans le couloir, je me suis arrêtée devant la chambre de Celia, où j'ai dû prendre sur moi pour entrer. Elle était dans le noir. Son lit était vide. Même chose pour notre chambre, les salles de bains, la terrasse, dehors. Rien. Personne. Où étais-tu ? Parti à ma recherche ? J'avais un portable. Dont tu avais le numéro. Et pourquoi n'aurais-tu pas pris le 4 × 4 ? C'était un jeu ? Tu étais caché dans un placard, en train de rigoler avec Celia. Ce soir entre tous, tu avais choisi de me faire une farce ?

La maison était vide. J'ai senti monter un besoin urgent et régressif d'appeler ma mère.

J'ai fait le circuit une seconde fois. Bien que j'aie déjà vérifié toutes les pièces, le second passage n'a fait qu'augmenter l'angoisse. Comme s'il y avait quelqu'un dans la maison, un étranger, un voleur, et qu'il était simplement invisible, mettant discrètement ses pas dans les miens, se cachant derrière les placards, cramponnant un tranchoir. Finalement, tremblante, je suis repartie vers la cuisine.

Les précédents propriétaires devaient avoir installé ces projecteurs, derrière la maison, en prévision de somptueuses garden-parties. Nous n'avions guère de goût pour ce genre de réceptions et utilisions rarement les projecteurs, mais je savais où se trouvait l'interrupteur : juste à gauche de l'office, à

714

côté des baies vitrées coulissantes qui permettaient d'accéder à notre jardin en pente. C'était là que je me plaçais pour te regarder jouer au base-ball avec Kevin, exclue, nostalgique. J'étais un peu dans cet état d'esprit justement – sentiment d'exclusion. Comme si tu avais organisé une grande fête familiale et importante sur le plan sentimental, et que je ne comptais pas parmi les invités. Moi. J'ai dû laisser ma main sur cet interrupteur pendant trente bonnes secondes avant d'appuyer. Si c'était à refaire, j'attendrais encore quelques instants de plus. Je donnerais très cher pour chaque minute de vie sans cette image dans le cadre.

En haut de la colline, le stand de tir à l'arc s'est éclairé. J'allais bientôt comprendre l'humour du coup de fil passé à Lamont par Kevin à l'heure du déjeuner, pour dire, semble-t-il, à Robert de ne pas se donner la peine de venir prendre Celia à l'école, car elle n'était pas bien. Le dos contre la cible se tenait Celia – debout en position d'attente, immobile et confiante, comme si elle était ravie de jouer à « Guillaume Tell ».

J'ai ouvert la porte sans ménagement, je me suis lancée dans l'ascension comme une dératée, mais ma hâte était irrationnelle. Celia attendrait. Son corps était fixé à la cible par cinq flèches qui tenaient son buste comme des épingles exposant un de ses autoportraits ratés sur un panneau scolaire. Comme je me rapprochais en criant son nom et en trébuchant, elle m'a adressé un clin d'œil grotesque, la tête basculée en arrière. Bien que je me

715

revoie lui mettant sa prothèse ce matin-là, elle ne l'avait plus.

Il est des choses que nous savons de tout notre être sans avoir jamais à les penser activement, du moins pas avec ce bavardage emprunté dont les mots viennent parfois papoter à la surface de notre esprit. C'était le cas : je savais ce que j'allais encore trouver sans avoir à me le spécifier dans ma tête. Et donc, quand, lors de mon ascension affolée vers le stand de tir, j'ai buté contre une chose sortant des fourrés, mon cœur s'est peut-être soulevé, mais je n'ai pas été surprise. J'ai reconnu l'obstacle dans l'instant. J'avais assez souvent acheté des paires de boots marron foncé de chez Banana Republic.

Oh, mon amour ! Il se peut que j'aie surtout besoin de me raconter une histoire, mais je me suis sentie obligée de tisser une sorte de lien entre le désastre autrement dépourvu de sens de ce jardin et le meilleur de l'homme que j'avais épousé.

Avec vingt bonnes minutes devant vous avant le départ à l'école, tu auras laissé les enfants aller jouer dans le jardin. En fait, tu te seras senti encouragé de voir que pour une fois les deux fonctionnaient en duo – l'attachement affectif. Tu as traîné un peu avec le *Times*, bien que le jeudi soit le jour du carnet déco, qui n'était pas ton préféré. Tu t'es donc mis à la vaisselle du petit-déjeuner. Tu as entendu un hurlement. Je ne doute pas que tu aies été instantanément de l'autre côté des baies coulissantes. Depuis le bas de la colline, tu es parti à l'attaque. Tu étais un homme robuste, malgré la cinquantaine, et tu faisais encore quarante-cinq minutes de saut à la corde tous les jours. Il en aurait fallu plus pour arrêter un type comme toi une fois lancé. D'ailleurs, tu as presque réussi – arrivé à quelques mètres de la crête, sous une pluie de flèches.

Ma théorie est donc la suivante : je crois que tu as marqué un temps d'arrêt. Dehors, sur la terrasse, avec notre fille clouée à une cible de tir à l'arc, une flèche lui transperçant la poitrine, tandis que notre aîné pivotait sur son promontoire et visait son propre père avec la pointe de la flèche de son arbalète de Noël, tu n'y as simplement pas cru. La vie pouvait être belle. Il était possible d'être un bon père, avec les week-ends, les pique-niques, les histoires avant de dormir ; et donc d'élever un fils honnête et vigoureux. On était en Amérique. Et tu avais fait tout bien. *Ergo*, ce qui arrivait n'était pas possible.

C'est ainsi qu'à cause d'un seul instant, fatal, cette arrogante conviction – ce que tu voulais voir – s'est interposée, mortelle. Il est possible que ton cerveau ait même réussi à reconfigurer l'image, remixer la bande-son : Celia, la jolie petite Celia qui fait contre mauvaise fortune bon cœur, l'adorable Celia qui sait voir le bon côté des choses, Celia donc est une fois de plus habituée à son handicap et secoue ses beaux cheveux blonds dans la brise printanière. Elle ne crie pas, elle rit. Elle hurle de rire. La seule raison pour laquelle la serviable Vendredi au féminin de Kevin pouvait se tenir juste devant la cible, c'était qu'elle récupérait consciencieusement les flèches utilisées par son frère – ah, Franklin, elle en aurait bien été capable. Quant à notre gracieux jeune fils, il pratiquait le tir à l'arc depuis six ans. Il a reçu l'enseignement méticuleux de professionnels bien rémunérés, et il est absolument conscient des règles de sécurité. Il ne pointerait jamais une arbalète chargée sur la tête d'une tierce personne, et certainement pas celle de son père.

Manifestement, le soleil avait produit une illusion optique. Il agite seulement un bras levé. Il doit souhaiter, sans le dire vraiment – c'est un adolescent, après tout –, s'excuser pour avoir proféré pendant le petit-déjeuner ces reniements vulgaires et violents de tout ce que son père avait essayé de faire pour lui. Le fonctionnement du Canon l'intéresse, et il espère que tu lui expliqueras ce qu'est une touche « retard » une autre fois. La vérité, c'est qu'il a une profonde admiration pour le choix professionnel de son père, qui s'est fixé sur une activité bizarre, laissant une grande latitude créative et beaucoup d'indépendance. C'est juste étrange pour un adolescent. À cet âge, ils ont l'esprit de compétition. Ils veulent se mesurer à toi. Reste que le petit se sent très mal maintenant d'avoir explosé. La litanie du ressentiment n'était que mensonge. Il chérit toutes ces balades pour visiter des champs de bataille de la guerre de Sécession, ne serait-ce que parce que la guerre est une chose que seuls les hommes comprennent, avec d'autres hommes, et il a appris un paquet de trucs dans les musées. Certains soirs, dans sa chambre, il sort ces feuilles d'automne que vous avez ramassées ensemble sur les terres de la demeure ancestrale de Theodore

Roosevelt et pressées entre les pages de l'*Encyclopædia Britannica*, l'année dernière. Voir que les couleurs commencent à passer lui rappelle la mortalité des choses, mais en particulier celle de son propre père, et il pleure. Il pleure. Tu ne le verras jamais. Il ne te le dira jamais. Mais ce n'est pas nécessaire. Regarde. Le geste de la main ? Il te fait signe d'apporter l'appareil photo. Il a changé d'avis et, avec cinq minutes devant lui avant le passage du car scolaire, il veut que tu fasses quelques photos, finalement – histoire de commencer le montage, *Braveheart of the Palisades*, pour le foyer.

Ce magistral remake n'aura peut-être duré qu'une ou deux secondes avant corruption, comme une gélatine va cloquer et gondoler sous la chaleur d'une lampe de projecteur. Mais il aura duré ce qu'il fallait pour permettre à Kevin d'enfoncer sa première flèche assassine – celle peut-être que j'ai trouvée, plantée en biais dans ta gorge et ressortant dans la nuque. Elle a dû sectionner une artère ; autour de ta tête, sous les projecteurs, l'herbe était noire. Les trois autres flèches – plantée dans le creux entre les pectoraux où j'aimais poser ma tête, fichée profondément dans la fibre musculaire de ton fort mollet de sauteur à la corde, et piquée dans l'aine dont nous venions tout juste de redécouvrir ensemble les plaisirs – n'étaient là qu'au nom du « deux précautions valent mieux qu'une », comme les piquets supplémentaires ajoutés dans les angles d'une tente solidement ancrée.

Malgré tout, je m'interroge sur le rude combat que tu as mené pour gravir cette pente, franchement

– sifflant, commençant d'étouffer avec ton propre sang. Non pas parce que tu n'étais pas attaché à elle, mais parce que tu aurais pu mesurer au premier coup d'œil qu'il était trop tard pour sauver Celia. Le fait qu'elle ne criait plus était mauvais signe. Quant à te sauver toi, tu n'en avais peut-être pas le désir. Nue sous la lumière crue des projecteurs, aiguisée par l'ombre portée de la flèche plantée dans ton cou, l'expression de ton visage… elle disait une immense déception.

*Eva*

*Cher Franklin,*

Je ne sais pas si tu te tiens au courant de ce genre de choses, mais il y a une semaine, un avion militaire chinois est entré en collision avec un appareil de surveillance américain au-dessus de la mer de Chine. Le pilote chinois est sans doute mort noyé, et l'avion espion américain, endommagé, a atterri sur l'île chinoise de Hainam. Il semble qu'il y ait débat sur quel appareil a heurté l'autre. Quoi qu'il en soit, l'affaire a tourné au bras de fer diplomatique, et la Chine retient actuellement en otages les vingt-quatre membres de l'équipage américain – en exigeant des excuses, principalement. Je n'ai pas eu l'énergie de suivre pour savoir qui est ou n'est pas en faute, mais je suis intriguée que la paix mondiale (c'est du moins ce qu'ils disent) soit suspendue à la seule existence de remords. Avant mon éducation en la matière, j'aurais éventuellement trouvé la situation exaspérante. Présentez donc vos excuses, si cela doit les faire revenir ! Mais aujourd'hui, la question du remords me semble obscurément centrale, et je ne suis ni étonnée ni fâchée que des événements d'importance se décident en fonction d'elle. Par ailleurs, cette énigme de Hainam reste relativement simple. Il est infiniment plus fréquent que des excuses ne ramènent personne.

Tu sais, la politique semble pour moi s'être réduite à un essaim de menues histoires personnelles. Je n'y crois plus, apparemment. Il n'y a que des personnes, et ce qui leur arrive. Même ce tintamarre, en Floride – pour moi, il s'agit d'un homme qui voulait devenir Président depuis qu'il était tout petit. Qui s'est tant approché du but qu'il en a savouré le goût. Il s'agit d'une personne et de sa tristesse, et de sa tentative désespérée de remonter le temps, de compter et recompter encore jusqu'à ce que la nouvelle soit enfin bonne – il s'agit du poignant démenti qui lui est opposé. De même, je pense moins aux sanctions commerciales et aux futures ventes d'armes à Taiwan qu'à ces vingt-quatre jeunes gens, dans un bâtiment étrange aux odeurs étranges, nourris de repas qui ne ressemblent pas aux plats des traiteurs chinois avec lesquels ils ont grandi, dormant mal, imaginant le pire – inculpés pour espionnage et pourrissant dans une geôle chinoise pendant que des diplomates échangent des communiqués au vitriol que personne ne leur permet de lire. Des jeunes gens qui se croyaient avides d'aventure jusqu'au moment où ils l'ont rencontrée.

Je suis parfois effarée par la même naïveté chez moi, quand j'étais plus jeune – démoralisée par la présence d'arbres en Espagne, désespérée de constater que toutes les frontières inexplorées se révèlent avoir des ressources alimentaires et un climat. Dans ma tête, je voulais trouver un « ailleurs ». Stupidement, je me voyais nourrissant un appétit insatiable pour l'exotisme.

Eh bien, disons que Kevin m'a fait entrer dans un pays vraiment étranger. Je peux en être certaine, car ce qu'on appelle un pays vraiment étranger est celui qui nourrit un désir poignant et perpétuel de rentrer chez soi.

J'ai tu une ou deux de ces petites expériences vraiment étrangères. Ce qui ne me ressemble pas. Tu te souviens combien j'aimais, jadis, au retour d'un voyage à l'étranger, te déballer mon bric-à-brac culturel, sur le mode prosaïque de la découverte de comment les choses se font ailleurs, découverte que l'on ne peut faire qu'en allant sur place, comme ce menu détail bizarre qui veut qu'en Thaïlande, sur le pain industriel, les croûtons ne sont pas aux extrémités, mais sur le dessus.

Pour ma première cachotterie, je pourrais être coupable de condescendance. Je devrais te faire plus confiance, car dans l'escapade de Kevin la préméditation était criante ; dans une autre vie, il aurait pu connaître à l'âge adulte la réussite dans, disons, la mise en scène de grands colloques professionnels – tout ce qui requiert notoirement « de solides capacités organisationnelles, et de vrais talents pour résoudre les problèmes ». De sorte que même toi, tu te rends compte que la programmation de ce JEUDI trois jours avant son seizième anniversaire ne relevait pas de la coïncidence. Il avait peut-être virtuellement l'âge de la responsabilité légale pleine et entière ce fameux JEUDI, mais statutairement, il avait toujours quinze ans, ce qui signifiait que dans l'État de New York serait appliquée une échelle des sentences moins sévère, même si finalement la loi ne s'est pas appliquée à la lettre et qu'il a été jugé devant un tribunal pour adultes. Kevin s'est indubitablement assuré que la loi, à la différence de son père, n'arrondit pas au supérieur.

Ce qui n'a pas empêché son avocat de faire citer comme témoins tout un assortiment d'experts convaincants qui ont rapporté d'inquiétantes anecdotes médicales. Par exemple, le quinquagénaire affable mais déprimé qui prend du Prozac, et subit une crise aiguë de paranoïa et de démence au cours de laquelle il tue toute sa famille avant de retourner l'arme contre lui-même. Je me demande : as-tu jamais mordu à l'hameçon pharmaceutique ? Notre gentil fils n'aurait été que l'une des malheureuses exceptions dont la réaction aux antidépresseurs était l'inverse de l'effet recherché, de sorte qu'au lieu d'alléger son fardeau le médicament l'a plongé dans les ténèbres ? Parce que moi, j'ai vraiment essayé d'y croire, en particulier pendant le procès de Kevin.

Bien que cette ligne de défense ne l'ait jamais totalement exonéré, ni fait transférer dans un service de soins psychiatriques comme prévu, la sentence appliquée à Kevin aura peut-être été légèrement allégée par le doute qu'a soulevé son avocat concernant sa stabilité chimique. Après l'audience où a été prononcée la peine de sept ans de réclusion à l'encontre de Kevin, j'ai remercié son avocat, John Goddard, en sortant du tribunal. Ma reconnaissance, à l'époque, n'était pas immense – sept ans, ce n'était pas si court –, mais j'étais consciente des efforts déployés par John pour une tâche déplaisante. Cherchant un argument pour étayer mon admiration, j'ai loué son traitement inventif du dossier. J'ai dit que je n'avais jamais entendu parler des prétendus effets psychotiques du Prozac sur certains patients, sinon jamais je n'aurais autorisé Kevin à en prendre.

« Oh, ne me remerciez pas, dites merci à Kevin, a concédé facilement John. Moi non plus, je n'étais pas au courant de cette histoire de psychose. Toute cette stratégie était son idée.

— Mais… il ne pouvait pas avoir accès à une bibliothèque, si ?

— Non, pas en détention préventive. » Il m'a regardée un instant avec une véritable sympathie. « J'ai à peine eu à lever le petit doigt, pour dire la vérité. Il connaissait toutes les citations. Jusqu'aux noms et adresses des experts à citer. Vous avez un fils très intelligent, Eva. » Ce qui ne semblait pas le réjouir. Mais l'accabler.

Quant à la seconde cachotterie – considérant la manière dont on pratique, dans ce lointain pays où des gosses de quinze ans assassinent leurs camarades de classe –, je ne me suis pas tue parce que je pensais que tu ne le supporterais pas. C'est simplement que je ne voulais pas y penser moi-même ni t'y exposer, bien que, jusqu'à cet après-midi précisément, j'aie vécu dans la peur perpétuelle que se reproduise cet épisode.

C'était peut-être trois mois après JEUDI. Kevin avait été jugé et condamné, et je venais d'inscrire ces visites mécaniques du samedi à Chatham dans ma routine. Nous n'avions toujours pas appris à nous parler, et le temps passait lentement. À cette époque, il avait la vanité de croire que mes visites étaient une obligation, qu'il appréhendait mon arrivée et applaudissait mon départ, et que sa véritable famille se trouvait à l'intérieur, parmi ses partisans juvéniles qui le révéraient. Quand je l'ai informé que Mary Woolford venait de m'intenter un procès, j'ai été surprise qu'il ne paraisse pas satisfait, mais au contraire mécontent ; comme Kevin devait l'exprimer plus tard, pourquoi devrais-je récolter tous les lauriers ? J'ai donc dit : pas mal comme marque d'intérêt, après avoir perdu mon mari et ma fille ! Être traînée devant le tribunal ! Il a grinché que je m'apitoyais sur mon propre sort.

« Et toi, non ? ai-je dit. Tu n'es pas embêté pour moi ? »

Il a haussé les épaules. « Tu t'es tirée de cette affaire saine et sauve, non ? Sans une égratignure.

— Vraiment ? Et pour quelle raison, s'il te plaît ?

— Quand on monte un spectacle, on ne tire pas sur le public, a-t-il dit sans passion, en roulant quelque chose dans sa main droite.

— Tu veux dire que me laisser en vie était la meilleure des vengeances ? » Nous avions déjà largement dépassé le stade du « se venger de quoi ? ».

J'étais incapable à ce stade d'en dire plus concernant ce JEUDI, et j'allais me rabattre sur le bon vieux « Est-ce que tu es bien nourri ? », lorsque mes yeux ont été encore une fois attirés par l'objet qu'il faisait passer d'une main à l'autre en le tripotant en rythme avec ses doigts, comme les perles d'un rosaire. En tout sincérité, je voulais juste changer de sujet, je me fichais éperdument de son joujou – encore que, si j'interprétais son manège comme un signe de gêne morale en présence d'une femme dont il avait massacré la famille, j'aie commis une triste erreur.

« C'est quoi, ça ? ai-je demandé. Tu as quoi, dans la main ? »

Avec un petit sourire rusé, il a ouvert la main, exposant son talisman avec la fierté timide d'un gamin qui montre sa bille gagnante. Je me suis levée avec tant de hâte que ma chaise a basculé en arrière. Il n'est pas fréquent, quand on regarde un objet, d'être regardée en retour.

« Ne sors plus jamais ce truc, ai-je dit sèchement. Jamais. Si tu le fais, je ne remettrai plus les pieds ici. Jamais. Tu as bien entendu ? »

Je pense qu'il savait que je parlais sérieusement. Ce qui lui donnait une puissante amulette pour éviter les visites ostensiblement pestilentielles de sa petite Maman. Le fait que l'œil de verre de Celia est resté hors de ma vue depuis ne peut que signifier, je suppose, que tout compte fait il est content que je vienne.

Tu penses probablement que je ne fais qu'inventer des histoires supplémentaires, et que plus elles seront ignobles mieux ce sera. Quel fils immonde nous avons, dois-je être en train de dire, pour tourmenter sa mère avec un souvenir aussi atroce ! Non, pas cette fois. C'est simplement qu'il fallait que je te raconte cette anecdote pour que tu comprennes mieux la suivante, qui date de cet après-midi même.

Tu as bien dû remarquer la date. C'est le deuxième anniversaire. Ce qui signifie également que, dans trois jours, Kevin aura dix-huit ans. Pour le droit de vote (ce dont, en tant que détenu condamné, il sera exclu dans tous les États sauf deux) et pour s'engager dans l'armée, c'est l'âge où l'on devient officiellement adulte. Mais à cet égard, je suis plus encline à rejoindre le système judiciaire qui l'a jugé comme un adulte il y a deux ans. Pour moi, le jour où nous sommes tous devenus formellement vieux restera toujours le 8 avril 1999.

J'ai donc déposé une requête spéciale pour voir notre fils cet après-midi. Bien qu'ils rejettent systématiquement les demandes de visite à un parent pour un anniversaire, j'ai eu une réponse positive. Peut-être ce genre de sentimentalité est-elle celle qui plaît aux gardiens.

Quand Kevin a été introduit dans la pièce, j'ai remarqué un changement dans son comportement avant même qu'il ait ouvert la bouche. Toute feinte condescendance avait disparu, et j'ai fini par mesurer combien il devait être épuisant pour Kevin de faire vivre à longueur de journée ce désenchantement généralisé du « pour ce qu'on en a à foutre. » Compte tenu de l'épidémie de vols de sweats et T-shirts de petite taille, Claverack a renoncé à son expérience de vêtements normaux, aussi portait-il une combinaison orange – qui pour une fois n'était pas seulement à sa taille, mais trop grande pour lui, le faisant paraître plus petit. À trois jours de la majorité, Kevin commence enfin à se comporter comme un petit garçon – perdu, abandonné. Ses yeux avaient gommé leur éclat et s'étaient enfoncés au fond de sa tête.

« Tu n'as pas l'air franchement heureux, ai-je risqué.

— Ça fait un changement ? » Le ton était indifférent.

Curieuse, j'ai demandé : « Est-ce que quelque chose te tracasse ? », contre les règles de notre relation proscrivant ce genre de sollicitation directe et maternelle.

Le plus extraordinaire, c'est qu'il m'a répondu. « J'ai presque dix-huit ans, si je ne m'abuse. (Il s'est frotté le visage.) Viré d'ici. Paraît que ça ne traîne pas.

— Une vraie prison…, ai-je dit.

— Je ne sais pas. Cet endroit est déjà vrai, en ce qui me concerne.

— … est-ce que le transfert à Sing Sing te rend nerveux ?

— Nerveux ? a-t-il répété, incrédule. Nerveux !
Est-ce que tu sais quoi que ce soit à propos de ce
genre d'endroits ? » Il a secoué la tête, désemparé.

Je l'ai regardé, épatée. Il tremblait. Au cours des
deux années écoulées, il a récolté un labyrinthe de
minuscules cicatrices de bagarres sur le visage, et
son nez n'est plus vraiment droit. Le résultat ne lui
donne pas des airs de dur, mais un autre visage.
Ces cicatrices ont brouillé ses traits autrefois aigus
et arméniens, qui sont maintenant moins nets. Il
aurait pu être dessiné par un portraitiste mal assuré
usant constamment de la gomme.

« Je continuerai à venir te voir, ai-je promis, en
me préparant au sarcasme.

— Merci. C'est ce que j'espérais. »

Incrédule, je crois bien être restée bouchée bée.
Pour tâter le terrain, j'ai fait allusion aux nouvelles
de mars. « Tu te tiens apparemment toujours au
courant de ce genre de choses. J'imagine donc que
tu as vu ce qui s'est passé à San Diego le mois dernier ? Tu as deux collègues de plus.

— Tu parles de Andy, euh… Andy Williams ? »
Kevin avait un vague souvenir. « Un jobard. Si tu
veux la vérité, il m'a fait pitié, ce pauvre con. Il s'est
fait avoir.

— Je t'avais prévenu que cette marotte allait
passer. Andy Williams n'a pas fait les gros titres,
tu as remarqué ? Les problèmes cardiaques de
Dick Cheney et cet énorme ouragan qui n'est
jamais arrivé ont tous les deux suscité plus de
commentaires dans le *New York Times*. Quant à la
seconde fusillade, juste après – avec un mort, à

San Diego aussi… Celle-là n'a eu pratiquement aucune couverture.

— Putain, le gars avait dix-huit ans. » Hochement de tête de Kevin. « Je veux dire : franchement, tu ne penses pas qu'il était un peu vieux ?

— Tu sais, je t'ai vu à la télé.

— Oh, ce truc. » Il s'est tortillé, avec une pointe de gêne. « Ça a été tourné il y a déjà un moment, tu sais. J'étais dans… dans quelque chose.

— Oui, et moi je n'avais pas beaucoup de temps pour cette chose, ai-je dit. Mais tu étais tout de même… tu t'exprimais très clairement. Tu te présentes très bien. Maintenant, il ne te reste plus qu'à avoir quelque chose à dire. »

Gloussement. « Tu veux dire : autre chose que des conneries.

— Tu sais quel jour nous sommes, n'est-ce pas ? ai-je avancé timidement. Et pourquoi ils m'ont laissée venir un lundi ?

— Oh que oui. C'est ma date anniversaire. » Finalement, il retournait le sarcasme contre lui.

« Je voulais seulement te demander… », ai-je commencé, avant de m'humecter les lèvres. Tu vas penser qu'il s'agit de curiosité, Franklin, mais je ne lui avais jamais posé cette question auparavant. Je ne sais pas trop pourquoi : peut-être que je n'avais pas envie de me faire insulter à coups d'âneries comme « sauter dans le poste ».

« Cela fait deux ans, ai-je enchaîné. Ton père me manque, Kevin. Je continue de lui parler. Je lui écris, même, si tu peux le croire. Je lui écris des lettres. Et elles forment aujourd'hui une grosse pile

731

désordonnée sur mon bureau, parce que je n'ai pas son adresse. Ta sœur aussi me manque – terriblement. Sans parler de toutes les autres familles qui sont toujours dans l'immense tristesse. Je me rends compte que les journalistes, les psys, et éventuellement d'autres détenus te posent sans arrêt la question. Mais à moi, tu n'as jamais rien dit. Alors s'il te plaît, regarde-moi dans les yeux. Tu as tué onze personnes. Mon mari. Ma fille. Regarde-moi dans les yeux, et dis-moi pourquoi. »

À la différence du jour où il m'avait fixée par la vitre de la voiture de police, les pupilles brillantes, cet après-midi, Kevin a eu le plus grand mal à soutenir mon regard. Ses yeux ne cessaient de se dérober, n'acceptant le contact qu'en biais, avant de revenir se poser sur le mur de parpaings aux couleurs joyeuses. Puis il a fini par céder et me fixer, en très léger décalé, sur le côté.

« Je pensais que je savais, a-t-il dit tristement. Je n'en suis plus si sûr. »

Sans réfléchir, j'ai tendu la main au-dessus de la table et pris la sienne. Il n'a pas reculé. « Merci », ai-je dit.

Ma gratitude semble-t-elle bizarre ? En réalité, je n'avais aucune idée préconçue sur la réponse que je voulais. Je n'avais assurément aucun intérêt pour une explication qui aurait réduit l'ineffable énormité de ce qu'il avait fait à un aphorisme sociologique convenu sur l'« aliénation » tout droit sorti du *Time*, ni une construction psychologique à deux balles du genre « désordre de l'attachement » comme celles que vendent en permanence ses éducateurs à Claverack. J'ai donc été stupéfaite de découvrir que sa réponse était parfaite dans sa formulation. Pour Kevin, le progrès passait par une déconstruction. Il ne pourrait commencer à sonder ses propres profondeurs qu'en commençant par se découvrir insondable.

Lorsqu'il s'est enfin décidé à retirer sa main, cela a été pour la plonger dans la poche de sa combinaison. « Écoute, a-t-il dit. Je t'ai fabriqué quelque chose. Un – euh – disons une sorte de cadeau. »

Pendant qu'il sortait une boîte rectangulaire en bois sombre d'une douzaine de centimètres de long, je me suis excusée. « Je sais que c'est bientôt ton anniversaire. Je n'ai pas oublié. Je t'apporterai ton cadeau la prochaine fois.

— Pas la peine, a-t-il dit en astiquant le bois huilé avec une feuille de papier toilette. Ici, il serait piqué, de toute façon. »

Délicatement, il a glissé la boîte sur la table, en laissant deux doigts posés dessus. Elle n'était pas vraiment rectangulaire, finalement, mais avait la forme d'un cercueil, avec des charnières d'un côté et de minuscules crochets de laiton de l'autre. La forme morbide semblait typique, évidemment. Le geste, en revanche, m'a émue, et la réalisation était étonnamment réussie. Il m'avait offert quelques cadeaux de Noël par le passé, mais je savais toujours qu'ils avaient été achetés par toi, et depuis qu'il était enfermé il ne m'avait rien donné.

« C'est très joliment fait, ai-je dit, sincèrement. C'est pour ranger des bijoux ? » J'ai voulu attraper le coffret, mais il a accentué la pression de ses doigts sur le couvercle.

« Non ! a-t-il dit sèchement. Je veux dire : S'il te plaît, quoi que tu en fasses, ne l'ouvre pas. »

Ah. Instinctivement, j'ai reculé. Dans une incarnation antérieure, Kevin aurait fort bien pu sculpter le même « présent » exactement, doublé ironiquement de satin rose. Mais il l'aurait lâché allègrement – retenant un petit sourire sinistre pendant que dans une innocente impatience j'aurais défait les crochets. Aujourd'hui, c'était sa mise en garde – « ne l'ouvre pas » – qui donnait peut-être la meilleure mesure de mon cadeau.

« Je vois, ai-je dit. Je croyais qu'il s'agissait là d'une de tes plus précieuses possessions. Pourquoi tiens-tu à t'en séparer, alors ? » J'étais rouge d'émotion, un peu sous le choc, un peu horrifiée aussi, et mon ton était piquant.

« Bof, tôt ou tard, un crétin aurait fini par mettre la main dessus et il aurait servi pour une plaisanterie de bas étage – tu sais, genre, quelqu'un le trouve dans sa soupe. En plus, c'était comme si… ben, elle me regardait en permanence. Ça commençait à me flanquer des frissons.

— Elle te regarde, Kevin. Et ton père aussi. Tous les jours. »

Les yeux fixés sur la table, il a poussé la boîte un peu plus vers moi, avant d'ôter sa main. « Bref, j'ai pensé que tu pourrais prendre ceci, et disons que tu pourrais éventuellement, tu sais…

— L'enterrer », ai-je fini pour lui. Je me suis sentie très lourde. C'était une requête gigantesque,

734

parce qu'avec ce cercueil sombre de fabrication maison j'allais devoir enterrer beaucoup d'autres choses.

Avec gravité, j'ai accepté. Quand je l'ai pris dans mes bras pour lui dire au revoir, il s'est accroché à moi puérilement, comme il ne l'avait jamais fait au cours de son enfance proprement dite. Je ne suis pas trop sûre, dans la mesure où il a murmuré ces mots dans le col remonté de mon manteau, mais j'aime à croire qu'il a hoqueté : « Je suis désolé. » Prenant le risque d'avoir entendu correctement, j'ai dit distinctement moi-même : « Je suis désolée moi aussi, Kevin. Je suis désolée, moi aussi. »

Je n'oublierai jamais le moment où, au tribunal civil, j'ai entendu la juge aux pupilles minuscules annoncer sèchement que la cour tranchait en faveur de l'accusée. Je me serais attendue à un soulagement. Mais non. Le rétablissement public de ma dignité de mère, ai-je découvert, ne signifiait rien pour moi. La seule chose certaine, c'est que j'étais furieuse. Nous étions censés tous rentrer chez nous, à présent, et j'allais me sentir rachetée. Bien au contraire, je savais que j'allais rentrer chez moi et me sentir immonde, comme d'habitude, et ravagée, comme d'habitude, et sale, comme d'habitude. J'avais souhaité être lavée, mais ce que j'avais vécu sur ce banc ressemblait beaucoup à un après-midi typiquement moite et rugueux dans une chambre d'hôtel au Ghana : on tourne le robinet pour découvrir que l'arrivée d'eau est fermée. Ces quelques gouttes rouillées pleines de mépris étaient le seul baptême que me concéderait la justice.

L'unique aspect du verdict m'ayant donné un brin de satisfaction aura été de me retrouver avec mes frais de justice à assumer. Bien que la juge n'ait peut-être pas été convaincue par la cause de Mary Woolford, elle m'avait clairement prise en grippe, et l'animosité ouverte de parties clés (demande à Denny Corbitt) peut coûter cher. Pendant tout le procès, j'avais été consciente de composer un personnage dépourvu de compassion. Je m'étais donné pour règle de ne jamais pleurer. J'avais répugné à me servir de Celia et de toi dans le but vénal d'esquiver ma responsabilité et, du coup, le fait que mon fils n'avait pas seulement tué ses camarades de classe mais aussi mon mari et ma fille s'est un peu perdu dans la donne. Bien que je sache qu'ils ne cherchaient pas à saper ma défense, ce témoignage de tes parents sur ma fatale visite de politesse à Gloucester a été désastreux : on n'aime pas les mères qui « n'aiment pas » leur propre fils. Je n'aime pas trop ce genre de mères non plus.

J'avais brisé la plus primitive des règles, profané le plus sacré des liens. Si j'avais à l'inverse protesté de l'innocence de Kevin contre des montagnes de preuves concrètes disant le contraire, si je m'en étais prise à ceux qui le « tourmentaient » jusqu'à l'avoir mené là, si j'avais souligné qu'après avoir commencé à prendre du Prozac « il était devenu un garçon complètement différent »... eh bien, je te garantis que Mary Woolford et ce fonds de défense qu'elle levait par Internet auraient été contraints de payer mes frais de justice jusqu'au dernier cent. Au lieu de quoi, mon comportement s'est vu constamment qualifié de « provocateur » dans les journaux, tandis que les descriptions désagréables que je faisais de la chair de ma chair étaient reprises, sans commentaire, avec des pincettes. Avec cette reine des glaces comme mère, pas étonnant, faisait observer notre *Journal News* local, que KK ait mal tourné.

Harvey était scandalisé, bien sûr, et il m'a aussitôt soufflé qu'il fallait faire appel. Payer les frais était punitif, disait-il. Il savait de quoi il parlait : c'est lui qui allait rédiger la facture. J'avais déjà épuisé toutes nos liquidités pour la coûteuse défense de Kevin et hypothéqué une seconde fois Palisades Parade. J'ai donc su immédiatement qu'il me faudrait vendre AWAP, et vendre notre horrible maison vide. Ce qu'on appelle du nettoyage.

Mais depuis – et au fil de ces lettres que je t'écris –, j'ai bouclé la boucle, au terme d'un périple ressemblant beaucoup à celui de Kevin. En demandant avec agressivité si ce JEUDI était ma faute, j'ai dû remonter le temps, déconstruire. Il est possible que je ne pose pas la bonne question. Quoi qu'il en soit, en oscillant violemment entre exonération et expiation, je n'ai réussi qu'à m'épuiser. Je ne sais pas ; à la fin de cette journée, je n'ai aucune idée, et cette ignorance sereine et pure est devenue, en soi, une étrange manière de réconfort. En vérité, que je décide d'être innocente ou coupable, quelle différence cela ferait-il ? Si j'arrivais à la bonne réponse, est-ce que tu reviendrais ?

Voici tout ce que je sais. Que le 11 avril 1983, un fils m'est né, et que je n'ai rien ressenti. Une fois de plus, la vérité dépasse toujours ce que nous en faisons. En même temps que ce nourrisson se tortillait sur mon sein qu'il repoussait avec un total dégoût, je l'ai rejeté en retour – il faisait peut-être un quinzième de ma taille, mais à l'époque j'ai trouvé cela équitable. Depuis cet instant, nous nous sommes combattus avec une férocité sans faille que je pourrais presque admirer. Mais il doit être possible de conquérir la dévotion en poussant un antagonisme jusque dans ses limites, de rapprocher des gens par l'acte même de les tenir à distance. Parce que, après dix-huit ans moins trois jours, je peux finalement annoncer que je suis trop épuisée, et confuse, et seule, pour continuer de lutter, et que, serait-ce par désespoir, voire par paresse, j'aime mon fils. Il lui reste cinq années difficiles à passer dans un pénitencier d'adultes, et je ne peux pas répondre de ce qui sortira de l'autre côté. Mais entre-temps, il y a une seconde chambre dans mon appartement doté des commodités. Le couvre-lit est uni. Un exemplaire de *Robin des Bois* est rangé sur l'étagère. Et les draps sont propres.

*Ta femme qui t'aimera toujours,*
*Eva*

Achevé d'imprimer par GGP Media GmbH, Pößneck
en Septembre 2007
pour le compte de France Loisirs,
Paris

N° d'éditeur: 49841
Dépôt légal: août 2007
Imprimé en Allemagne